# 资本迷局

王国进 —— 著

天津出版传媒集团

天津人民出版社

**图书在版编目(CIP)数据**

资本迷局 / 王国进著. –– 天津：天津人民出版社，
2019.8(2021.11 重印)

ISBN 978-7-201-15015-4

Ⅰ.①资… Ⅱ.①王… Ⅲ.①长篇小说–中国–当代
Ⅳ.①I247.5

中国版本图书馆 CIP 数据核字(2019)第 166731 号

**资本迷局**
ZIBEN MIJU

| | |
|---|---|
| 出　　版 | 天津人民出版社 |
| 出 版 人 | 刘　庆 |
| 地　　址 | 天津市和平区西康路 35 号康岳大厦 |
| 邮政编码 | 300051 |
| 邮购电话 | (022)23332469 |
| 电子信箱 | reader@tjrmcbs.com |

| | |
|---|---|
| 策划编辑 | 王　康 |
| 责任编辑 | 岳　勇 |
| 封面设计 | 明轩文化·王　烨<br>TEL:23674746 |

| | |
|---|---|
| 印　　刷 | 天津新华印务有限公司 |
| 经　　销 | 新华书店 |
| 开　　本 | 787 毫米×1092 毫米　1/16 |
| 印　　张 | 28.5 |
| 插　　页 | 2 |
| 字　　数 | 450 千字 |
| 版次印次 | 2019 年 8 月第 1 版　2021 年 11 月第 2 次印刷 |
| 定　　价 | 68.00 元 |

一切都是最好的安排。

——谨以此书献给所有我认识和认识我的人

# 序 一

读过国进的几本经济学专著。但当《资本迷局》这本堪称财经版的《白鹿原》奢侈地呈现于我们面前时，着实送给了我们一份惊喜，它应该是中国财经小说的一个里程碑。

小说通过花巧凤从农村到都市，从艰苦求学到股市打拼的跌宕起伏的经历，生动地展现了中国改革开放的社会变迁。其间，中国经历了从物资匮乏到资本市场繁荣的阶段，同样，花巧凤的个人命运在波澜壮阔的改革大潮中被改变。作者将其轻松付诸笔端，巧妙演绎成故事，足见其专业水平之外深厚的文学功底。小说构思新颖，视角独特，语言幽默，时空跨度大，具有浓厚的乡土气息、朴实的生活气息和鲜活的时代气息，读时手难释卷，读后余香满怀。

国进，一个从小喜欢读书写诗的英俊少年，转眼成长为玉树临风、挺拔儒雅的才俊，印证了我们这个时代的幸福，更见证了这个时代的伟大。毕竟，在这场经济改革的洗礼中，我们的国家、民族、个人都没有拒绝成长，顺应了世界的潮流，跟上了时代的步伐。

国进生于穷乡僻壤，定居于国际大都市，从清贫的中学教师，做到一流投资公司的专业投资人，既有考研失意的经历，也有名牌大学读博的荣耀。他把这一切经过沉淀、思考、升华，成就了这本颇具高度和深度的《资本迷局》。

德莱塞写了《欲望》三部曲，我们期待国进的财经四部曲早日竣工。

立可达电器(江苏)有限公司董事长 陈勇

2019 年 5 月 10 日

# 序 二

时势造英雄。改革开放的 40 年,是中国经济腾飞的 40 年,是中华民族伟大复兴的 40 年,是中国人民从温饱迈向小康的 40 年,是中国金融市场从无到有再到发展壮大的 40 年。《资本迷局》以一个山村娃成长、求学、工作的人生经历和心路历程,展现了改革开放 40 年来中国城乡面貌的天翻地覆、中国资本市场的革故鼎新、数代金融从业者的开拓进取,为我们描绘了一幅时代变革的磅礴画卷。

长风破浪会有时,直挂云帆济沧海。花巧凤的人生经历,是千千万万的弄潮儿与时代同呼吸、与国家共命运的奋斗历程的集中缩影。改革开放与金融市场的大发展改变了无数人的人生轨迹,他们在这片热土上挥洒青春,收获喜悦与成长,也迎接风雨与挫折。在不断奋斗的历程中,诠释着生命的价值。

春潮带雨晚来急,这是一部资本市场变革创新的"民间史书"。在作者平静的叙述里,蕴含着时代变革的鸣响,让我们仿佛于无声处听到春雷隆隆响起,一个繁花似锦的春天翩翩走来。《资本迷局》以一个金融从业者十数年的浸淫经历为基础,从股市投资者自身感受的角度,带我们回溯了中国股市不断发展、波澜壮阔的历程,深入浅出,由细微处见乾坤。读罢此书,我们仿佛也亲身经历了交易所开业、证监会成立、《证券法》实施、历次股市异动、融资融券、股指期货、熔断机制出台等重大事件,心绪也随着股海的沉浮而激荡。

在股市的潮起潮落中,有人在名利场上迷失了自我,有人听从内心的呼唤"留一份清醒"。《资本迷局》表面上承载的是股市的繁华与纸醉金迷,实际上勾勒的是人心的磨砺和坚守。就如金庸先生以武侠为外衣,其实写的是人生百态。人生七苦,最苦不过"求不得"。在生活的起起伏伏中,如何坚持自己的理念和良知?在股市的潮起潮落里,如何战胜人性的贪婪和恐惧?本书为我们提供了很好的借鉴。

如何加强股市投资者教育一直是个难题。投资有风险,入市需谨慎。但中国的大多数散户投资者金融知识有限，市场理性程度较低，股市价值显现时过于恐惧，泡沫高涨时却过于贪婪。机构投资者法制观念有待加强，内幕交易、违法违规行为层出不穷。《资本迷局》从主人公的视角，见证了股市的一场场悲欢离合、粉墨登场与黯然谢幕。花巧凤坚守本心，倡导稳健的价值投资，最终守得云开见月明；胡笃仁迷失自我，跟随羊群追涨杀跌，堵上全部身家，最终"眼看他起朱楼，眼看他宴宾客，眼看他楼塌了"。有人奉公守法，但求心安；有人依靠内幕消息，违规操作，挪用公款，锒铛入狱。其中关于投资风险、价值分析方法、投资理念、合法合规要求的陈述贯穿于故事当中，体现在主人公的日常生活之间，好似那绵绵春雨，"随风潜入夜，润物细无声"；寓教于乐，似平淡而隽永，可为投资者炒股入市的镜鉴。

青山遮不住，毕竟东流去。这是最好的时代，也是我们的时代。时代仍在发展，我们都是见证者，更是亲历者。我们获得，同时也付出。我们乘势而动，也引领风潮。大江大河，无非你我。"苔花如米小，也学牡丹开"，让我们继续在金融市场中一起弄潮吧！

金融四十人论坛特邀研究员、人民银行金融市场司咨询专家　邓海清

2019 年 5 月 10 日

# 目 录

在大别山区苍茫的群山里，有一个远近闻名的桃花谷。每年初春时节，这里的桃花灿若云霞，引得十里八乡的山民纷纷前往赏花。因为地处偏僻，赏花的人们需要费尽千辛万苦，才能到达目的地。但这并不妨碍人们赏花的兴致。随着乡民们生活的富足及闲暇时间的增多，他们都非常乐意把时间花在游山玩水上。更何况，在桃花谷里大家还可以彼此交流一下山外的见闻，光是老花家那个绰号"花万点"的大女儿就足以勾起他们无尽的好奇心了——

## 第一章

# 蹊跷故事贫困起　金凤飞到农院里

花姓是桃花谷的第一大姓，据说已在桃花谷繁衍好几百年了。等传到花文礼这一代时，中国刚好开始了一个新纪元。花文礼成了生在红旗下，长在新中国的最早一批幸运儿。新中国成立初期，虽然没有了战争，但毕竟还是百废待兴，农村的日子依然十分困苦。就这样，花文礼在紧紧巴巴的日子里一天天长大，后来还勉强念完高小，成为花家历史上学问最大的人了。

1965年，花文礼刚过16岁，他的父亲就按农村的习俗开始张罗着给他找个媳妇。但家庭的贫困极大地制约着这个重大目标的实现。眼看花文礼快到20岁了，媳妇的事连个影儿还没有。正当一家人在为定亲之事一筹莫展的时候，事情居然一下子就有了转机。这天中午，花家刚刚端起饭碗，同村的李大个子匆匆赶来。一进门就大声叫道："花老幺(花文礼父亲在兄弟姐妹中排行最小，按村里的习惯就称老幺)，村里来了个四川姑娘，你快去瞧瞧，我看配你们文礼正好。"听完此言，花老幺随手把饭碗一丢就跟着来到李大个子家里。

李大个子低矮的小屋里挤满了人，屋子正中间坐着一个陌生的30岁上下的黑瘦男人和一个20多岁的女孩。李大个子指着花老幺对那个男人说,他家里正好在给儿子找媳妇,你们自己合计吧。黑瘦男人自称是女孩的大哥,说他们四川老家这几年闹旱灾,一家人实在没法活,只好出来讨饭。如果有谁愿意出500块钱,他可以做主将妹妹嫁过去。花老幺仔细瞅了瞅那位姑娘:稀疏的头发、蜡黄的脸、矮小的个子、无神的眼……要说漂亮那真是根本不沾一丁点儿边。他想,管不了那么多了,儿子已老大不小,只要能娶上媳妇,生个一儿半女的,那就算祖上积德了。于是花老幺痛快地说:"这个儿媳妇我要了。"3天后,当花老幺将七拼八凑的500块钱交到那位黑瘦男人的手上时,这个面黄肌瘦的女孩自然就成了花文礼的媳妇。

自打进了花家,这位本名朱良英的女孩便在粗茶淡饭的滋养下一天天地漂亮起来:先前稀疏干焦的头发开始有了光泽和柔韧,蜡黄的皮肤逐渐圆润丰满,就连眼睛也水汪汪地灵动起来。花文礼暗自庆幸父亲为自己捡了个好媳妇。

1970年的春天,桃花谷的桃花如期开放,花文礼一家的生活也逐渐归于平静。这天早上,天刚麻麻亮,花文礼就被生产队那面破锣发出的刺耳"哐哐"声吵醒。连日的春播劳作使他筋疲力尽,他翻身准备再睡一小会儿。就在半梦半醒时分,破锣的响声更加急促。这是生产队的上工令。他知道自己无法再躲,只好翻身下床,抓起大铁锹就冲出门外。

3月的桃花谷简直就是粉色的海洋,空气中弥漫着芬芳的气息,蜜蜂结伴起舞,嘤嘤嗡嗡,好不热闹。面对如此美景,花文礼却毫无兴致,一边默念"千万别迟到!千万别迟到!"一边踢踢绊绊往田地里跑。突然,一只七彩山鸡扑棱棱撞到他的脚下。他下意识地放慢脚步,蹲下来仔细端详起来。这只山鸡比他家里的公鸡个头略大,通红的眼圈里两只油黑发亮的圆眼珠,长长的脖子上两道白色的圈圈,浑身蓝的、红的、橙的、紫的、黑的各色羽毛错落有致。最漂亮的是那长长的尾巴,令人自然想到年画上凤凰的样子。花文礼心里不由得一颤:莫非这真是一只凤凰?他小心伸出手来,没想到山鸡似乎并不怕他,反倒摇摇晃晃向他走来。他小心翼翼地捧起山鸡,顾不得上工迟到,转身飞快往家跑去。

离家门口尚有十几步的工夫,一声清脆的啼哭声从屋里传来,原来朱良英已经顺利为他生了个宝贝女儿。花文礼百感交集,心想,看来老天是要赐给我一只金凤凰呀。于是他郑重地给这个宝贝女儿起名"巧凤",他想着这个名字既可以如实记下他巧遇"凤凰"的事实,又可以表达他望女成凤的美好愿望。他没想到的是,这个宝贝女儿后来果真给他带来山里人从来不曾想象到的荣耀与喜悦。那只山鸡自然被他们家视为神鸟,放在家里精心饲养,成了巧凤儿时的亲密玩伴。巧凤自会爬开始就成天与山鸡追逐嬉戏,时而她追山鸡,时而山鸡追她,破落的小院里不时发出"咕咕""嘎嘎"的叫声,充满了无尽的生机。

　　转眼六七年过去了。正月的一天上午,村小学的姜老师来到花家。花文礼慌忙让座、递烟。姜老师也不推让,接过花文礼递来的春秋牌卷烟,"嗤"的一声划着火柴,点燃香烟,猛吸一口后,吐出了长长的烟雾。然后慢悠悠地说:"你家的闺女该上学了,正月十六开学,书本费一学期一块,你们先准备一下,别耽误孩子上学。"

　　送走了姜老师,花文礼拉过巧凤,告诉她过几天就要上学了,到了学校不能再像在家那样疯玩,一定要听老师的话。巧凤这时还不懂上学是怎么回事,就仰起胖乎乎的小脸问:"我可以带山鸡一起去上学吗?""不行!"花文礼不容置疑地说。一听说不能带山鸡一起上学,巧凤哇的一声大哭起来。

　　正月十六这一天,花文礼拉着哭成泪人的巧凤走出了家门。走之前,他特意将山鸡关进笼子里,叮嘱朱良英好生看管喂养。半天的时间眨眼就过去了,巧凤背着刚到手的新书像一阵风样从门外蹿进小院,直奔鸡笼而去。然而令她始料未及的是,笼子里空空荡荡,哪有什么山鸡。她不死心,疯了似的在房前屋后、犄角旮旯里一遍又一遍翻找。那只山鸡就像从来没来过她家一样,从此再也不见踪影……

## 第二章

# 小雯霞初显官威　花巧凤仗义助力

孩子的热情来得快，去得也快。上学后的巧凤一下子遇到这么多同龄的孩子，很快就把失去山鸡的怨恨抛到九霄云外去了。她很快有了新的玩伴，这个玩伴不是山鸡，也不是小鸭、小鹅、小羊，而是她的同桌——姜雯霞。姜雯霞是姜老师的小女儿，在家里深受除她爸以外的全家人的宠爱，天不怕，地不怕，唯独只怕她爸爸。虽然在她的小脑袋瓜里很早就知道，连初中都没念完的爸爸能当上小学老师全凭她有一个当大队书记的爷爷，并没有什么了不起的，但一见爸爸故作严肃的脸还是免不了心里发怵。

上学前的雯霞最大的爱好就是和爷爷并排坐在长桌前，看着爷爷对准裹着红绸布的话筒向全桃花谷的老百姓发号施令："社员同志们，社员同志们，咳咳……这个这个……今儿晚上收完工，全大队 16 岁以上的劳力、半劳力都要到大队部集合，这个这个……开忆苦思甜大会，彻底批斗恶霸地主张老蔫……"

看着爷爷指挥千军万马似的庄严表情，雯霞暗下决心：早晚也来给全大队的社员们下点命令。这天下午，她趁爷爷外出、奶奶做饭的空当，悄悄溜进了爷爷奶奶那半是卧室、半是广播室的屋子里，熟练地拧开扩音器的开关，深吸一口气，鼓起腮帮子对着话筒喊起来："社员同志们，社员同志们，哎哎……这个这个……今个晚上收工后，全大队 16 岁以上的……哎哎……这个这个……劳力们……哦，这个这个……还有那个半劳力……"

"啪！"正在兴头上的雯霞只觉得眼前金星四溅，差点摔倒在地。原来是她爸听到大喇叭里传出异样声音后前来查看，一见是她在捣鬼，立即火冒三丈，一个大巴掌唰地打将过来……

晚上吃饭的时候，姜老书记已完全弄清了事情的来龙去脉。他心疼地抱起雯霞，气哼哼地对儿子说："俺孙女又没做什么不得了的坏事，你那么狠心打她，把她打坏了咋办？我在外头也听到了，说得好呢，是个当大官的料！"

听爷爷这么说，雯霞偷偷瞄了眼爸爸，只见爸爸脸色一阵红、一阵白，头低得恨不能钻到桌子底下。也就是从这一天开始，她懵懵懂懂地察觉到作为一家之长的威严和作为一村之长的权势。于是心中暗下决心，一定要当上爷爷所说的那个大官。

姜雯霞对着话筒朝全村人喊话的事情很快在桃花谷传开了。有的说，乖乖，姜家孩子人小鬼大，长大后指不定要当多大的官；有的说，当书记的不好好管教小孩，由着小孩拿公家的喇叭瞎闹，太不像话……可是这些话，谁也不敢当着姜家人的面说。不过从那以后，不管男女老少见到雯霞都要煞有介事地说"我说，社员同志们，社员同志们……"

雯霞虽小，也清楚这分明就是取笑她，却一点也不在乎，反倒更坚定了将来当个大官的决心。赶上心情好的时候，她还会学着爷爷的样子，手一背，眼一瞪，大声吼道："就会起哄，赶明儿个再斗地主，一定把你拉上去一起斗！"说完，背起手，迈开八字步，不紧不慢地走开了。反弄得取笑她的人走也不是，留也不是。

姜老书记自从说出小孙女"是个当大官的料"以后，常常留心观察这个宝贝孙女，真是越看越像，越看越爱，并开始有意识地按当官的套路培养起孙女来。当大队里最后一批下放知青回城的决定做出以后，他拉起雯霞来到话筒前，按他说一句雯霞重复一句的方式，发布了一条重要通知："喂，喂，全大队的社员们，全大队的社员们，这个这个……明个俺们大队的下放学生就全都回城了，这个这个……咳咳……各生产队都停工半天，这个这个……到大队部送送他们……"

开学后的第二天，巧凤和雯霞各自从家里拿来一堆树枝烂草，与邻居家的孩子们一路打闹着来到学校。根据第一天报到、领书时得到的通知，他们今天不是直接进教室上课，而是要动手维修"课桌"和门窗。因为土坯垒起的茅草屋虽能勉强遮风避雨，但用稻草、树枝和着黄泥垒起的"课桌"早被先前的学生弄得东倒西歪。待孩子们来到学校，老师早在每间教室前和好了一大堆稀泥。巧凤和雯霞与小伙伴们就按老师的指挥，先将烂草和树棍填在泥巴台子的塌陷处，然后用破盆兜起稀泥，光着手仔仔细细把稀泥糊上、抹平。正月的气温寒冷刺骨，但成天在泥地里滚爬的山村孩童一点儿也不在意，况且这么多小伙伴一起玩泥巴，似乎还是一件十分有趣的游戏，不仅没人叫苦，反倒你追我赶，神采飞扬……

正月十八一大早，巧凤在爹娘的催促下不情愿地爬起床，草草喝了大半碗山芋稀饭,就搬过吱吱呀呀的小板凳,背起碎布缝起来的小书包,一路吆喝着同伴上学去了。前一天糊弄的"课桌"仍十分潮湿,一些聪明的孩子把随身带来的牛皮纸铺在台子上,然后再掏出书本放上去。巧凤家里根本就没有那种纸,正打算直接把书捧在手里将就一下,后面有人拍了她一下。"要牛皮纸吗?我有多的。"巧凤回头一看,是雯霞!"要,先借我一张,等我有了就还你。"就这样,两个孩子开始了人生中的第一次交易。

一阵不紧不慢的铃声响起,姜老师一只手捧着课本和一小盒粉笔,一只手拿着一根短棍子走进了教室。一向散漫的山里娃哪见过这种架势,教室里一下子没有了一丝杂音。姜老师把课本、粉笔、短棍往黑板前的泥巴台上一放,大声咳了两声,再用他略带寒光的双眼把全班 19 学生的脸挨个盯了一遍,大声说道:"从今天起,你们就是小学生了,老师教你们什么,你们就要学什么,老师要你们做什么就要做什么,上课不许讲话,不许交头接耳,不许做小动作,不许……"巧凤一听有那么多的"不许",心里"咯噔"一下,心想,上学咋这没劲呢!姜老师讲完了"不许"就开始带大家读"a、o、e"。也许是被姜老师刚才的话吓住了,巧凤就跟同伴一样,伸起脖子,扯开嗓子大声跟着读起来。

一个月以后,姜老师在一节课的开始宣布:同学们入学一个月出头了,今天你们要推选几位班干部,班干部是为全班服务的,班长管全班的纪律、学习、劳动。然后,他又分别介绍了学习委员、劳动委员、体育委员、文艺委员等各自的工作内容。巧凤受那天雯霞借纸一事的感动,壮着胆子首先开了口:"我选姜雯霞,她当班长最好!"见有人开腔,其他同学也七嘴八舌地选出了自己喜欢的人,最后,姜老师选定了 5 人,雯霞因为被推选的次数最多,自然成了班长。从此,这个班级有了以雯霞为首的班委会。雯霞也因为巧凤首先推选她而对她更加友好。早上,两人相互呼唤着结伴上学;晚上,两人与家住同一方向的同学排成整齐的队伍,把《东方红》《三大纪律,八项注意》或者《我是公社小社员》等歌一首接一首地唱着回家;盛夏,两人避开家长偷偷溜进山后那条清冽冽的小河戏水;冬天,两人手拉手跑到结冰的池塘上溜冰。

巧凤和雯霞的第一个学年很快结束了。两人成绩都没啥值得圈点的地方,80分、90分与她俩基本无缘。不过,60分以下也很少出现。一年级期末考试,她俩半斤八两,都是六七十分,双双升到了二年级。她们依旧像往常一样应付作业,玩耍嬉戏,整天快活得像小鸟一样,不曾想一场巨大的变革正在悄然走近。

## 第三章

# 联产承包气象新　有女无儿添愁绪

1979 年，当满树桃花送来春天驾临的喜讯时，桃花谷上空再次响起姜老书记沙哑而不失威严的声音："各队队长注意了，各队队长注意了，这个这个……今个天黑以后，这个这个……到大队部开会，商议分田分牛……"

没过多久，桃花谷家家户户有了自己的责任田。花文礼家总共分得将近十亩水旱、薄瘦、远近搭配的土地，并与另外三家共同分得一头壮牛。

桃花谷里四季分明，自古以来水旱轮作，春插水稻，秋播小麦。责任田头两年里，村民们依旧例安排农事，看不出什么大的变化。然而，人们对劳作的态度明显有了不同：先前开工有人催着，上工有人管着，收工有人盯着，但仍然挡不住有人要么借口拉屎、撒尿跑到远处尽可能多歇一会，要么磨磨蹭蹭，偷工减料，出工不出力；现在家家自主安排农活，起得比鸡早，睡得比狗晚，累得腰都直不起，却没见有人埋怨。秋后一算账，花文礼家除去上交公粮，比大集体时整整多出了 3000 多斤水稻。桃花谷其他人家也家家如此，整个村子到处充满了欢歌笑语，见面时不再问"吃没"，而是问"你家今年收多少"。

腊月二十九，花文礼与朱良英一起翻过一道道山冈，赶了年前最后一趟集。回来时，他们的鸭嘴筐里装进了五斤鲜猪肉、一对大红烛、一包檀香、一把塑料花、几副对联、几张五谷丰登年画、一挂一万响的长鞭炮和几挂一两千响的短鞭炮。花文礼用面粉打了半盆糨糊，指挥巧凤和二丫头、三丫头贴上对联和年画，插好塑料花和檀香，点起两只大红烛。朱良英则一头扎进锅屋，做出一桌异常丰盛的年饭：一大瓦盆紫里透红块块长近半尺的红烧猪肉、一大瓦盆汤黄肉嫩的清烩老母鸡、一海碗腊鹅爪炖大豆、一海碗酥鱼烩豆腐、一碟灌肠、一碟油炸面叶子。待全部饭菜上桌，花文礼用一条长竹棍挑起那串万响鞭炮，父亲花老幺配合着用烟火点燃炮引，小院一下子被噼里啪啦的响声震得抖动起来。孩子们捂起双耳，惊喜地看着四处飞溅的火花,不待炮声停下,便你推我搡,在地上找寻未能爆炸的哑炮。桃花谷里鞭炮声越来越响,越来越密,此起彼伏,经久不息,空气中弥漫着呛人的烟味和丰收的喜悦。

正月初一天还未亮,花文礼就早早起床放了挂接年炮,然后,走进父母屋里,恭恭敬敬跪在地上分别给他们磕了两个响头。他依旧沉浸在责任田带来的丰收喜悦里,来不及细细品味丰收的滋味,便迫不及待地和父亲唠叨起新年打算:"去年分田到户只有半年,家里就多收1000多斤籼稻。今年要是年头正常的话,春、秋两季也许还要比往常多收1500斤粮食。粮食有多的,可以卖给国家,也可以多喂一头猪,多养一些鸡鸭,今年说不定就能多挣几百块钱。我想着,跟别人伙用一头牛不是办法,农忙起来牛累死也顾不过来,不如秋后咱们家单独去买一头牛。"花老幺听儿子说得在理,就点头同意了。父子俩正聊得欢,门外传来叽叽喳喳的嬉闹声,原来是本庄的孩子们过来拜圈圈年了。花文礼赶忙招呼朱良英端出花生糖果,为每个孩子装上满满一口袋,又喊起自己的3个丫头加入拜圈圈年的队伍。

第二年,村民们更加从容地安排农事。农忙时节,桃花谷小学还会配合着放几天忙假。这样,老师们可以承担起作为家庭主劳力的重任,孩子们也可以为长辈搭把手。麦收时,小学放了一个星期的忙假。花巧凤跟随大人们拿起镰刀来到麦田里,花文礼给姑娘略作示范,就闷头自顾割起来。巧凤学着大人们的样子,左手挽起麦秆,右手挥动镰刀。虽然因为手小,每一刀下去割掉的麦子不多,但她的动作还真像那么回事。眼看大人们把自己拉下很远,巧凤心急,便加快了速度。不过,无论怎样卖力,她都被大人们越甩越远。更为麻烦的是,她开始感觉劳累,这种累与平常玩耍时的累完全不一样:玩耍时可以随时调整姿势,而现在只能一直弓腰、低头;玩耍时见到刺什么的可以远远避开,而现在只能任由长长的麦芒在脸上、手上划出一道道血口;玩耍时兴致没了可以就地坐一会,而现在只能咬牙把镰刀一直挥下去。

强打精神又割了几刀,巧凤感觉腰似乎都要断了,便稍稍停下,挺了挺腰杆,用左袖口擦了擦额头的汗,顺势瞄了一眼红彤彤的太阳。太阳比她刚下地时并没高出多少,她意识到一天的劳作其实才刚刚开始,只好硬着头皮木然地重复着先前的动作。好容易挨到田头,她觉得天旋地转,一阵眩晕,差点一头栽倒。好在垄起几行后的爸爸恰在这时又割到了尽头,发现她有异常,便招呼全家一起歇一会。巧凤心里明白,她本没有任何毛病,仅仅是太累罢了。短暂的歇息后,巧凤和大人们再次投入紧张的劳动。不知又过了多久,田头终于传来奶奶吆喝吃晌饭的声音,巧凤长长舒了一口气,狠狠地直了直腰,摇摇晃晃地往家走去……

两天半以后,花文礼家的小麦终于割完了。现在的任务是要把散放在田里的小麦捆起来,挑回家门口的打谷场。一家人分工合作,巧凤和妈妈负责把麦铺子抱到草腰上,花老幺负责打捆,花文礼负责挑送。抱麦铺看似轻松,却异常辛苦,巧凤没多久便被麦芒扎得既痛又痒,随手一抓,浑身更加刺挠难忍。打捆看似简单,却是一门技术活,捆得位置不好,挑起来要么打滚,要么半路散掉。花老幺虽然上了年纪,打捆仍然十分在行。挑送则是最需要力气的活,两捆麦子加起来少说也有一百多斤。花文礼虽正值年轻力壮,但连续几日的劳作也已筋疲力尽,开始几趟还能将就,五六趟以后便两腿打战,虚汗不止。为了打起精神,他突然伸起脖子,"吭——吼吼"大喊一声,快步往前冲去。尽管如此,在他从麦田试图跨上田埂的瞬间,差点一个趔趄摔倒在地。巧凤看在眼里,急在心里。可是她自己既累又困,还浑身刺挠,能帮上啥忙呢?只好假装没看见,趁着全家歇息的工夫,一头倒在布满锐利草根和坚硬土块的田埂上,美美地睡着了。

7天的忙假一天比一天难过,巧凤从没有像这几天那样渴盼重新坐进那东倒西歪、黑咕隆咚的教室,因为那里没有太阳火辣炽烈的炙烤,不需要长时间弯腰劳作,不会被长长的麦芒扎得浑身刺痒,更不会被眼见父亲摔倒却无能为力的负罪感所折磨……

雯霞的情况也好不到哪去。虽然爷爷是大队书记、父亲是小学老师,但自家的土地还得自家人打理,孩子们也必须在农忙时多少出份力。略微好一点的是,家里劳动力多的村民会在忙完自家农活后自告奋勇前来书记家帮衬一下。两个小伙伴见面后,看到对方骤然变黑的皮肤及上面的道道血口,不约而同地叹了口气。也就是从那一天起,她们对学习有了特别的热情与兴趣。

责任田前3年,桃花谷粮食总产一年比一年高,各家收入也一年比一年多。花文礼和邻居们并不太介意劳作的艰辛,对生活的改善充满了由衷的感恩。但随着第四个女儿的降生,他开始感觉有点不太对劲了。花文礼先前顺着巧凤的名字,分别把二女儿、三女儿起名巧燕、巧鸽,这回想都没想,张口就把四女儿起名巧鸭。哎!谁叫她又是个女孩呢?要是个儿子,就不能这么随便了,起码要请个文化高深的小学老师给起名字。想到这里,他终于明白哪儿不对劲了:生了4个都不见儿子,这在讲究生儿养老的桃花谷里是件非常严重的事情。其实,从巧燕出生那天他爹花老幺那声"又是丫头片子"的叹息中,他已经感受到了一点点压力,只是没太多想,以为总有一天能生出儿子来。

但是现在他没法不在意了。朱良英生完巧鸭刚过满月,就接到妇女大队长送来的结扎通知。老婆一旦结扎就意味着自己再也不会有儿子了,除非离了再找。不过,离婚在桃花谷里还是少有的事情,更何况离婚、再婚那一大堆钱是他花文礼怎么也拿不起的。怎么办?他连夜跑到妇女大队长家里,用差不多哀求的口气请她放自己一马。好在桃花谷里家家户户都沾亲带故,这位妇女大队长说来还算花文礼的表姑,现在表侄有求于自己,她怎么说也要出出主意。见花文礼急得厉害,就轻轻咳了咳嗓子,压低声音说:"不结扎肯定不行,上面抓得紧,我也不得不照办。你跟公社医院的张医生不是远亲吗?现在全公社的结扎手术都是他在做,你多少花点钱,他稍微做点小动作,一点都不影响良英再生。就是皮肉之苦免不了,好在有麻药,当时也不觉着痛。"花文礼听罢,又详细打听该给张医生送多少,才千恩万谢地回家了。

虽然是远亲,该花的钱还是不能少。花文礼从朱良英的一件破棉袄袖口里翻出了200块钱,这是这几年全家省吃俭用好容易攒下的,本想着再攒几年把家里的房子拆掉盖几间大瓦房的。钱很容易就送出去了。花文礼心里清楚要不是沾远门亲戚的光,这个钱还真送不掉。听说桃花谷里有好几家人被张医生退了钱。几天后,朱良英的"结扎"手术照做不误,天衣无缝,人神不疑。

一年后,朱良英果真又怀上了。为避免被人发现,花文礼把老婆早早送到远在外村的大姐家躲了起来,直到老五满月,才把大人孩子接回来。去大姐家接孩子前,花文礼垂头丧气地走到父母面前说:"又是个女孩,200块钱白花了。"花老幺也非常失望,叹了口气说:"花就花了吧,可这么多女孩咋养得活?干脆送人算了。"花文礼没想到父亲能说出这样的话,他张大嘴吧,双眼直愣愣地盯着父亲,半天没说出话来,仿佛眼前这位白发苍苍、满脸折皱的小老头与自己毫不相干。"送人,那怎么行?人家对孩子不好怎么办?"他终究没有听从父亲的意见,带着十二分的失望悄悄到大姐家接回了母女俩。从此后,这个意外出生、不受待见、却又未被父亲狠心送人的小五有了与老四一样随意的名字:巧鹅。

朱良英结扎后又生下小鹅的消息很快传遍了桃花谷。邻居们议论纷纷,有的说,朱良英命贱,只配生女孩;有的说,花文礼祖上积德不够,活该绝后;有人说,不对呀,朱良英不是结扎了吗？怎么还能生？

几天后的一大早,花文礼家突然闯进十来个身穿黄军服,戴着红袖章的联防队员。这些人进门就高声嚷嚷说,花文礼超生,要罚款500块钱。花文礼哪能拿出这么多钱？只好一遍又一遍重复着乞求放过自己的话。联防队员渐渐失去了耐心,为首的高个青年说:"说啥都没用,不交钱不行,你门口拴的这头牛差不多够500块了。"说着,不由分说,伙同其他联防队员解开拴牛绳,气势汹汹地推开前来拉扯的花家老幼。从此,花文礼刚买半年不到的大公牛再也没了踪影。

责任田第四年,桃花谷所在的人民公社正式改称"乡",桃花谷大队也改为桃花谷"村",姜老书记依然任书记。这一年起,花文礼家的粮食依旧年年丰收,就是产量再难超过第三年了。年头不好时,粮食产量还会稍微下降一点。桃花谷村其他农户情况也都差不多。起初他们以为是肥料不够,就可劲上化肥、烧肥、磷肥、尿素、复合肥,能买到啥肥就上啥肥。化肥紧张的时候,还要求爷爷告奶奶,到处欠人情。得了肥的庄稼,像奶水充足的婴儿一样,一天一个样,三天大变样,长得又粗又壮,青翠欲滴。花文礼每天都要到田埂上转悠,盘算着年底能比上一年增产多少。然而,一阵台风刮过,娇嫩的水稻还没来得及抽穗、扬花,就大片大片地倒在田里。秋收后一算账,扣除各项成本,收入还要比上年少了一些。

更令花文礼心塞的是,他开始遇到卖粮难的问题。前几年,刚脱好的稻谷在打谷场上稍稍晒上几天就可以拉到公社粮站,缴足公粮后,余粮直接就可以卖给粮站换成钞票了。但今年不行,粮站只要公粮,余粮暂时不收。花文礼不死心,专门跑到乡粮站去看个实情。离粮站还有约莫一里地的光景,就见到了排队卖粮的农民有的肩挑两只大笆斗,有的推着独轮车,有的拉着大驾子车……他们已经等了足足半天,据说粮站的人收收停停,根本就没收几家。再一打听,才知现有的几个粮仓已全部装满,粮站在候着县粮库来车多少拉走一点再开始收新粮。

花文礼心里一下凉了半截。初秋的天气虽然依旧燥热,但他还是不由得打了个寒战:如果粮食卖不掉,今年就要吃紧了,前几年攒下点钱,拿了两百送给张医生;因耕牛被联防队拉走,又拿出百十块向邻居租牛;马上秋种,买化肥还得一两百……他越想越急,怎么也弄不明白,全家一年到头风里来雨里去,钱怎么就越来越难余下了呢？

　　花文礼没有立即回家,他转身来到街上。今天正好逢集,他看到不少本村和外村的熟人,有的挎了筐青菜、辣椒之类的蔬菜,有的拎着三两只鸡鸭,有的兜着几十只鸡蛋……他们要把这些自家产的东西在集上卖掉,多少换回点现钞。走到供销社门口时,他正好遇上了邻村的李长腿。李长腿是她妈的表侄,算来他应该叫表哥。两人寒暄了几句,花文礼得知表哥正利用农闲时间贩卖鸭、鹅毛,据说一年下来,挣上一两百块钱没问题,便迫不及待地向表哥请教。李长腿一想,这种生意不多花文礼一个人,再说还是亲戚呢,便把怎么按鸭鹅个数收购、怎么按重量收购,怎么辨别质量好坏、怎么到供销社卖掉等,一五一十地传授给花文礼。最后,李长腿故作神秘地压低声音说:“光知道这些还不够,等你收足了百十斤的样子,去找我一下,我还要教你一件事,不然,你就算不亏本也难赚到大钱!”听完李长腿一席话,花文礼千恩万谢地回家了。

　　有了新门路,花文礼已经不急于出售新粮了,反正也卖不掉。他干脆在房前的打谷场上把粮食圈上、盖好,准备留到次年春天再卖。他寻思,春天粮食紧张,说不定还能卖个好价呢。收拾好粮食,花文礼就叫朱良英拿出家里仅存的一百五十来块钱,又找邻居借了点,拎起那把祖传的细杆秤,夹起蛇皮袋,挨家挨户收购鸭、鹅毛去了。

　　桃花谷是著名的绿头麻鸭和大白鹅产地,到了秋冬季,家家户户都会宰鸭杀鹅,腌渍晒干,留得过年前后待客或自享。花文礼没多久就收得百十斤鸭、鹅毛,鹅毛又占大半。他想起李长腿的话,决定去找表哥一下。出门前,他想着前期东一家西一家收来的鸭、鹅毛干的干、湿的湿,为了将来能好卖一些,就趁天气好,全部摊到小院子里晾晒。

　　花文礼到李长腿家刚说明来意,李长腿就爽快地说现在就可以跟他一起过去。出门时,李长腿随手拎了个沉甸甸的蛇皮袋。花文礼问装的是啥,表哥只说“到你家就知道了”。

　　两人一起回到了桃花谷。见到表弟满院晾晒的鸭、鹅毛,李长腿嘴一撇,摇了摇头说:“表弟呀,晒得越干,分量折得越多,像你这样做生意不亏本才怪呢!”说罢自己动手从厨房摸了只破盆,解开蛇皮袋,从里面倒出半盆面粉一样白花花的细粉。

　　“家里有面,早知就不叫你大老远拿过来了。”花文礼说。

　　“这不是面粉。”李长腿一边说,一边在盆里加了些水,用小棍搅成稀糊,然后,用刷把子沾起稀糊小心翼翼地甩在摊开的鹅毛上。

　　大半盆稀糊很快用完,李长腿又和了半盆。全部干完,稍稍晾了晾,李长腿便吩咐花文礼把鸭、鹅毛装进袋里,并叮嘱花文礼:"这是白土,周围几个村只有我们那有块地方的纯,这半袋用完后再到我们村去挖,贩鹅毛赚钱全靠它了。"

　　第二天一早,花文礼就提心吊胆地把这些鸭、鹅毛送到供销社卖了。回来一算账,足足赚了三十多块。尝到甜头的花文礼越做越起劲,越做越胆大,到年底时足足赚了两百多块。

## 第四章

# 清贫难阻求学梦　懵懂少女已怀春

　　花巧凤念完二年级,桃花谷小学按照上头的要求,给一至五年级各加了一个学期的课程,新学年由此自秋季而不是春季开始了。就在父亲开始贩卖鸭鹅毛那年的秋天,她正好升到了五年级。

　　眼见父亲贩卖鸭鹅毛给全家带来了新的希望,花巧凤的心思也开始活泛起来。她发现班里的男生经常丢东忘西,不是钢笔忘了打水,就是没带橡皮、本子,甚至课本。以前都是相互借,比如:今天借你三滴钢笔水,明天还你三滴;今天借你橡皮擦下字,明天橡皮带了给你用一下……都是一个班上的同学,谁能保证哪天不会忘了打钢笔水或是带橡皮什么的呢?姜老师总强调要互相帮助,那这种借和还应该也算互相帮助吧?现在,巧凤决定与那些忘性大的同学做点生意。做法很简单:三滴钢笔水一分钱、橡皮用十次一分钱……令她没想到的是,她的售卖计划公布后,第一个找她买钢笔水的居然是姜雯霞!她犹豫了半天,感觉非常难办:卖给她吧,她们是好朋友,哪能赚好朋友的钱呢?不卖吧,这可是自己的第一笔生意,再说哪有卖东西还挑人的呢?正当她左右为难、抓耳挠腮的时候,雯霞将一分硬币"啪"地放在她面前的泥巴台上,伸手抢过她手中的钢笔,轻轻地挤了三小滴到自己的笔尖上,又捏了捏装钢笔水的橡皮管,抬头看了眼巧凤说:"好了,我还等着做作业呢。"

　　巧凤向同学卖钢笔水的事情不知怎么被姜老师知道了。桃花谷小学就5个老师,既教语文,又教算术、体育、美术、音乐,还兼当班主任,除了语文和算术规规矩矩上以外,其他课程只是在课程表上出现过,而且每个老师一般都是从一年级带到五年级。所以巧凤现在的班主任仍然是姜老师。姜老师把巧凤叫到办公室,非常严厉地把她训了一顿。巧凤刚刚争辩了一句:"我长大了要做生意,现在想练一练",姜老师便举起小棍条照着她的头敲下来。幸亏她躲得及时,不然,头上一定会起个大包。雯霞有一次就被他爸敲了个鸡蛋大的包,过了好几天才慢慢消下去。至于班里那些调皮捣蛋鬼更是三天两头吃姜老师的棍头子。见姜老师如此气愤,巧凤赶紧哭着承认错误。就这样,巧凤人生中的第一次生意总共只做了三五笔,连赚没赚钱都还没搞明白,就在姜老师的棍棒威逼下悄然收场了。

　　冬天很快到了。这一年的冬天异常寒冷,刚进腊月便下了场大雪,呼啸的北风卷着鹅毛般的雪片整整飞了一天一夜。巧凤第二天一推门,发现地面上的雪足足没过她的膝盖。正愁如何才能到达学校,父亲花文礼拿来几只竹棍,很快绑出三对高跷来。巧凤就带着巧鸽、巧燕穿好妈妈亲手缝制的棉衣、棉鞋,踩上高跷,欢欢喜喜上学去了。到学校一看,还真有不少同学是踩高跷来上学的。不过,能像她姐妹们穿得这么暖和的还真不多。班里穿得最少、最破的是花文东。花文东小名栓柱,算是巧凤的堂叔,因父亲好赌、母亲腿残,家里十分贫困。这一天,栓柱的母亲把能翻到的厚衣服都给他加上了。现在,他上身穿着到处露棉絮的黑棉袄,下身穿着补丁摞补丁、长仅过膝的蓝夹裤,脚穿前面张嘴、后露脚跟的解放鞋,腰上系了根稻草拧就的粗草腰。一阵风吹来,花文东不由得打了个激灵,两条深黄的浓鼻涕差点流进嘴里,他快速举起早被鼻涕浸得明晃晃的袖口使劲蹭了蹭。

　　教室里实在太冷了,即使如巧凤那般穿得厚实,也不免瑟瑟发抖。窗棂上糊着的白纸早被风吹得破烂不堪,外面的寒风一个劲地往教室里挤。姜老师强撑着在黑板上留下东倒西歪的板书,同学们则用僵硬的小手记着公式。

　　最开心的就是课间了,男生可以相互依靠着"挤油",女生则手拉手"翻菱角"。一阵闹腾,身上总归能热乎点。雯霞想着"下雪不冷化雪冷",就和其他几位班干部一起发动全班同学第二天起每人带一把干树棒用于烤火,班干部们另带几只蛇皮袋把窗户蒙上。

　　第二天,教室墙角升起了四堆柴火。尽管浓烟呛得人眼都睁不开,再加蒙上蛇皮袋以后教室比以前突然昏暗不少,但比起寒冷来,还是要舒坦多了。

　　第二年春天,当桃花再次盛开的时候,巧凤和雯霞进入了小学升初中的冲刺阶段。他们非常自觉地要求姜老师早上加一节晨读,晚上加两节自习。姜老师爽快地答应了同学们的要求。条件好的同学从家里带来有玻璃灯罩的台灯。条件差的同学则剪块牙膏皮,穿上粗棉线,放进空墨水瓶里做成小油灯带到学校。

天渐渐热了,蚊虫瞧见亮光疯了似的朝人脸上、手上乱撞,乱咬,但孩子们并不怎么在意,谁都不想随意浪费最后一点小学时光……

功夫不负有心人,巧凤这一届成为桃花谷小学历史上成绩最好的一届,不仅平均分名列全乡第一,而且除花文东以外其他人全部考上了初中。

得知女儿考上初中,花文礼似乎怎么也高兴不起来。五个丫头一天比一天大了。如果她们都小学、初中、高中一级级上下去,任凭他怎么往鹅毛里兑白土,钱也不够用。他决定不叫巧凤念了,十几岁的孩子能做不少事呢。谁知他刚露出不叫巧凤念书的口风,女儿就哭哭啼啼起来,弄得自己心烦意乱。

一天,巧凤竟离家出走了。花文礼白天忙得要死,根本就注意不到孩子在不在家。吃晚饭时,他才发现巧凤没在家,就叫巧鸽、巧燕房前屋后喊了一遍又一遍。直到天黑得不见五指,花文礼才感到问题严重,急忙摸出手电筒与朱良英一起挨家挨户去找。他们找了一家又一家,得到的答复都是"没见过巧凤"。花文礼急得直跺脚。朱良英更是鼻涕一把,眼泪一把,哭得像个泪人。虽说家里孩子多,但个个都是她身上掉下的肉呀!眼看大半夜了,花文礼找到邻队的堂弟花文东家。花文东也说不知道,但提醒堂哥去姜书记家问问,说雯霞与巧凤关系好,有可能知道,即便她不知道,也可以借用一下姜老书记的大喇叭向全村人问问。花文礼感觉在理,就匆匆向姜书记家走去。

到了姜家,已差不多下半夜了。花文礼说明来意后,姜老师叫醒了雯霞。雯霞支支吾吾很久,才在姜老师的呵斥下说出了巧凤的去向。原来,巧凤怕父亲不让自己上学,一大早去家住邻乡街道的小姑家,想请做小杂货生意的小姑帮忙介绍个打零工的活,把自己读初中的学费、生活费挣出来。路过雯霞家时,巧凤特意进来打个招呼,并要求雯霞千万不要跟别人说。得知女儿的去向后,花文礼两口子终于舒了口气,因为巧凤常去小姑家,路很熟。第二天一大早,巧凤的小姑怕哥哥一家不放心就陪着巧凤回来了。花文礼见女儿平安回来,也就不再多问。

整个夏天,巧凤除了帮父母做些农活和家务,只要稍有点空就挎起竹筐,拎上蛇皮带到处撸槐树叶,拣地带皮,挖马齿菜,捉灶前的土鳖,晒干后(土鳖需要先用开水烫死)和妈妈一起赶集卖掉。就这样,两个来月的时间,巧凤竟攒下十来块钱。开学前几天,花文礼在巧凤的软磨硬缠下答应了女儿的上学要求。

开学那天,巧凤央求父亲帮她背了半袋米、一床薄被送到远在街道附近的乡初中,并用自己攒的钱交了学费,开始了每星期回家一次的初中住校生活。为了省钱,巧凤每星期都要带上两大瓶酱豆子、雪里蕻、萝卜干之类的家常菜。吃饭时把菜放到饭头上焐焐就能对付一顿饭。周围的同学包括雯霞也大都这么吃,大家笑称这种生活为"捣菜罐子"。天暖的时候还好将就,一到冬天就难了。同学们排了半天队好容易打到饭,那饭早已凉冰冰了,根本没法把更凉的自带菜焐热乎。巧凤他们偶尔也会在食堂买次把热菜,但花钱不说,食堂那青菜、萝卜、土豆"老三样"里连油珠都见不到。不过,对生活艰苦的农村孩子们来说,家里的菜其实也不比食堂好多少,这点苦根本就不算什么。对巧凤来说,能够有机会继续读书已经十分不易,哪还能想别的呢?

初中的课程比小学一下子多了好几门。巧凤对所有的课程都感到异常新鲜,也都非常上心。幸亏是住校,她不仅免除了每天步行上学的劳苦,还不会被打猪草、喂鸡鸭这些家务活分散精力,因而学习成绩也越来越好。到初二上学期,她已由刚进初中时的二十多名,稳定保持在前五名了。但是也是从这时开始,她常常被一些莫名其妙的事情困扰着。

一天晚上,随着一阵不紧不慢的铃声,巧凤像往常一样结束晚自习与同学结伴回到了宿舍。说是宿舍,其实就是一间比教室略小的空当当的茅草屋。屋里根本没有床,而是在靠墙四周先铺上厚厚的干稻草,上面再铺上同学们从家里带来的五颜六色、破破烂烂的铺被和盖被。巧凤和本班的陈秀菊合睡一张铺,下面铺着秀菊带的烂棉絮,上面盖着自己带的小薄被。刚躺下不久,巧凤就觉得一股热乎乎的东西从身体下面淌了出来,她以为自己做梦尿床,慌忙翻身坐起,使劲憋了憋膀胱。"都上初二了,怎么还会尿床?"她自觉羞愧难当。然而,热乎乎的东西还是断断续续地流,她赶紧从床头下面拽出一件旧衣服垫在屁股下面,希望尽快焐干,要是被陈秀菊知道并传出去,那就糟了!

第二天,天还未完全放亮,她就早早起来,跑到厕所一看,差点吓个半死:原来,昨晚淌出来的不是尿,全是鲜血!她怎么也弄不明白,自己好端端的,怎么会淌这么多血?她重新把旧衣服垫在裆下,整理好衣服,匆忙去二班宿舍找雯霞。

雯霞刚穿好衣服,正拎着毛巾、牙刷准备去护校沟边洗漱。巧凤神色慌张地一把扯过她的胳膊,贴着耳朵上气不接下气地说:"不好了,我……我得怪病了……下面从昨晚到现在……一直流血……"谁知还没等她说完,雯霞竟坏坏地盯着她因紧张、害怕而变得铁青的脸，"扑哧"一声笑了出来："小美女，你走红运了！还不赶紧请我吃点好东西庆贺一下？"见如此要好的小伙伴竟然在她不幸时取笑她，巧凤一甩手，扭头就跑。"跑什么呀，俺又没哄你。"巧凤没听见一样，继续往前跑。雯霞一边追，一边喊："谁哄你谁是小狗。"巧凤这才停下脚步。雯霞拉起巧凤的手一本正经地说："没哄你，你这真是走红运了，俺妈就是这么对俺说的，女孩子十几岁以后都会每月淌几天血，回去叫你妈缝个小布袋，里面装上青灰，下次再淌血的时候夹在裤裆里就没事了，这次你先用我的。"见雯霞说得这么认真，巧凤那颗悬着的心终于落了下来。

巧凤"走红运"的事到底没有瞒过陈秀菊。她已从破棉絮上的新鲜血迹明白了一切。几天后的又一个晚上，秀菊挤眉弄眼地对巧凤说："今晚俺俩睡一头吧，俺有要紧话对你讲。"巧凤怕她睡着了打呼噜，不想答应，但又不知该怎么回绝她。班里有好几对要好的同学就是睡一头的，每天晚上把被子紧紧蒙在头上，嘀嘀咕咕，嘻嘻哈哈，吵得人一时没法入睡，烦也烦死了。秀菊没等答话，就一头钻进巧凤这头，贴着她耳朵小声说："下个星期俺就不来上学了，俺伯叫俺赶紧嫁人，前几天刚问俺婆家那边要了666块的彩礼钱。等俺嫁好了就给俺哥定亲。俺哥都快20了，还没有说到人，家里又没钱，俺伯就天天吵着叫俺赶快嫁人。"巧凤家里没有哥哥，不明白哥哥娶亲居然还会断送妹妹的上学机会，但想着秀菊也挺可怜的，就安慰她说："回去再求求你伯，你虽然比我大一点，也才15岁呀，哪能这么早就嫁人呢。""哎！你不知道，俺们村有好几个十四五岁就嫁人的，班里先前不来上学的4个女生都是回去嫁人了。"秀菊说。巧凤这才明白本来60多人的大班为什么现在只剩50人不到，原来很多人回去结婚了。她不知该再说些什么。秀菊又接着说："不上学也没啥大不了的，俺成绩又不好，俺就是舍不得你，要不早就不念了。俺婆家那个男的比你差远了，脸黑得像从锅洞里钻出来一样，还没到20岁就虾弓着腰，眯缝着眼，跟老头罐子没啥区别。哪像你长得这么细皮白肉，一笑两个酒窝，成绩又这么好！"听着听着，巧凤突然感觉很别扭：男的和女的怎么能比较呢？便不再答话。

半夜里，巧凤做了个梦：她正在睡觉的时候，有个看不清面目的人伸出胳膊使劲地从旁边抱住她，一边用双手轻轻抚摸她的胸部，一边噘起嘴贴近她的嘴巴，过了一会又把舌头伸进她嘴里。她感觉浑身痒痒的、麻麻的，身体越变越轻，越变越软，似乎随时都能飘起来，便把舌头也伸进那人嘴里，两人舌头一起搅来搅去。她感觉很奇妙,越来越沉醉其间……突然,一阵急促的起床铃声把她惊醒,她睁开惺忪的双眼一看,陈秀菊正紧紧地抱着她呢。巧凤吓了一跳,使劲推开秀菊,狠狠地白了她一眼,快速穿好衣服,三步并作两步跑出门外。秀菊在后面紧紧跟上,一边走一边小声嘀咕:"巧凤,俺真的非常喜欢你,俺看你来喜了,想疼疼你呢。"巧凤越听越恶心,忍不住"哇"的一口吐了出来。秀菊见巧凤这么厌恶自己,赶紧回头卷起破棉絮,收拾好东西,连早饭都没吃就回家去了。

晚上,巧凤一个人裹着被子挤在邻近同学的铺位上,仍然没有从昨晚似梦非梦的荒唐中缓过劲来。她想,昨天晚上的那个人哪怕换成蓄着大背头,穿着喇叭裤的土痞子,她都能勉强接受,就是不能忍受同样作为女生的陈秀菊那么做。当然,如果把土痞子换成身材高大、学习优秀、文质彬彬的英俊小伙那就更没问题了!但是这么英俊的小伙在哪呢?她不禁迷惘起来。

## 第五章

# 花文礼艰难持家　乖女儿金榜题名

　　花文礼圈在外面的稻谷果真在第二年春天卖了个好价,每斤比前一年秋天多卖5分钱。更重要的是粮站敞开收,省去了很多麻烦。这种不愁卖的好日子一直延续到秋天,也使花文礼对下一年的粮价更多了一层渴望,他决定今年依旧把稻谷晒干了圈在稻场边上。

　　"你家的粮食还不卖吗?"过来串门的二叔围着花文礼家又高又粗的稻圈转了一圈问道。

　　"先不卖,放到明年春天。"花文礼说。

　　"明天春天什么情况还不知道呢,还是现在卖划算。俺家的稻前两天刚打出来,半天日头都没见,粮贩子就开车到家全买走了。俺看着称的,没扣斤两,不用跑路,钱也是当场就给。这在往常想也不敢想呀。"二叔接着说。

　　"二叔呀,粮这么好卖,估计是外面闹饥荒,要是放到明年春天指不定能卖出什么价钱呢!"花文礼满怀憧憬地说。

　　二叔见花文礼听不进去,自己对明年春天到底怎么样又的确讲不明白,就不再说什么了。

　　然而,第二年春天的粮价并没像花文礼希望的那样涨到天上去。不仅没有上天,还越降越低。眼看小麦一天天变黄,麦收以后稻谷更难卖出好价,花文礼开始不安起来。他跑到乡粮站一打听,得知粮站早已停收稻谷,眼前正在为收小麦腾粮仓呢。他又找到当地有名的几个粮贩子,这些人大多摆出一副爱理不理的样子。只有一个粮贩子歪着头,斜着眼,嘴一撇扔给他几句阴阳怪气的话:"去年秋天求你都不卖,你当稻谷是黄金呀,你们就等着水稻烂掉吧!"吃了白眼的花文礼牛筋一挺,硬生生扔下一句狠话:"难不成粮食变成臭狗屎了?你们现在想买俺还不卖了呢!"

　　麦收以后,天气一天比一天热。花文礼收拾好小麦后,在老父亲的提醒下准备把稻谷盘盘伏。他特意选了个晴好天气。这天一大早,知了就叫个不停。白花花的日头晃得人眼都睁不开。花文礼搬来梯子,架在粮仓上,提起草叉爬到仓顶。刚叉下几叉覆盖粮仓的稻草,就见十好几只大老鼠"噌噌"从粮仓里蹿了出来。待他把草全部掀掉才发现,仓顶的稻谷已经蚀了一大截,稻壳混着老鼠屎铺了厚厚一层。一股刺鼻的尿臊味直往鼻子里钻。他小心抒开上层的垃圾,用手抓了把稻谷,凑近一看,几只米粒长的白虫翻了出来,白虫吐出的丝把稻谷聚成一小团一小团的。他往下又掏了几把,情况也都差不多。花文礼开始后悔没有趁去年秋天好卖时赶紧卖掉了。但事已至此,后悔又有啥用呢。他唉声叹气地一笆斗一笆斗把稻谷运到稻场上摊匀。

　　吃过中午饭,花文礼守着稻场又翻晒了两遍。因担心天气变化,他赶紧拿起家伙收场。午后的太阳肆意地烘烤着大地,知了似乎也被烤蔫了,有气无力地喘着气。花文礼戴着破草帽,光着膀子,仅穿着一件深蓝色大裤衩,裤衩的上半截已经结了一层白花花的盐霜,满头的大汗珠顺着黑油油的上身一直流到大裤衩上,又顺着早已湿透的裤管瘪里啪啦滴到地上。他管不了这么多,一步步将归拢、扬场、筛选各项程序全部干完,再一笆斗一笆斗将稻谷过好数,装进清扫干净的粮仓里。"足足蚀了六笆斗,三百多斤没了。"他垂头丧气地嘟囔着,真是越想越窝囊。

　　到了秋天,花文礼一家像往年一样,男女老幼齐上阵,起早贪黑,拼死拼活,终于把一捆捆稻把子弄到了打谷场。自从那年大公牛被联防队拉走以后,他就没再买耕牛。今天出点钱租张家的牛,明天租李家的牛,凑合了几年。这次他干脆预订了北方来的手扶拖拉机打场。

　　这天一大早他就用草叉把稻把子抖开铺好。那台手扶拖拉机在他来回多次的催促下才"突突突"地冒着黑烟赶过来。虽然来得晚,但手扶拖拉机的劲头还是比牛大多了。眼看着厚厚的稻草下面已经落下了近一指厚的稻谷,花文礼咧开大嘴笑呵呵地对手扶拖拉机驾驶员说:"还是铁牛好哇!来得晚,干得快,出活!"

　　"那可不是,要不咋叫机器呢?再过些年,牛在农村也会变成稀罕物了。"对方应道。

　　就在两人聊得起劲时,远处突然有人大喊:"暴雨来了,快抢场呀!"

　　花文礼抬头一看,大朵大朵的黑云呼呼地自东往西飘动,眨眼工夫就到了他的头顶。花文礼一边赶紧叫停手扶拖拉机,一边跑到屋里唤出老父、妻子和巧鸽。刚到稻场边,豆大的雨点就从天上倾倒下来。待他们手忙脚乱、浑身透湿地把草翻到一边,再堆起水涝涝的稻谷,黑云早已飘到远处,太阳重新炽烤着大地。然而,一切都晚了,湿透的稻场暂时已不能晾晒稻谷。几天后,当花文礼掀开淋了雨的稻堆时,一股热腾腾的霉味扑面而来……

卖粮的时候,花文礼家的陈粮被狠狠地压了价,新粮因为发芽和变质被直接拒收。他只好以极低的价格把新粮卖给人家喂牲口去了。

自打巧凤上了初中,花文礼总感觉干活时人手不太够。但看到女儿成绩越来越好,他稍稍满意了一些。"上就上吧,万一将来考上商品粮,就不用当农民了!"这几年,他越来越觉得当农民真累、真苦、真难,竟有了让女儿跳出农门的念想。

女儿跳农门,不过是瞎想罢了。就算跳出去了,还不知啥时才能给家里带回一分半毫呢!但眼前的日子还得过下去。花文礼知道没法等,也不一定等得到。所以他还是要先安排好各项农活,并趁农闲的空当做点小生意补贴家用。

犁好了稻茬田,花文礼又拿起细杆秤和蛇皮袋开始贩卖鸭鹅毛。几年下来,他在处理鸭鹅毛的水平上已经没得说了,一次都没被发现过,也确实多赚了一些钱。但每次往鹅毛里兑白土时,他总感觉有人从背后戳他的脊梁骨。七十多岁的老父亲也时不时地唠叨几句:"文礼呀,你往雪白的鹅毛里兑泥巴可不是啥好事,按说算是缺德事。缺德事做多了祖上要挨骂,自己也会有报应。赚这点钱,全家都不安生,还是算了吧。"这些话父亲早前没少说,花文礼根本就不信。不过,今年陈稻贱卖,新稻焐烂让他隐隐觉着父亲的话有些在理。所以当花老幺再次唠叨不能兑假时,花文礼连声应道:"不兑了,不兑了,兑来兑去一场空,今年说啥也不兑了!"

然而,当花文礼将啥都不兑的鸭鹅毛送往供销社待卖时,他不仅没得到收购人员的夸奖,还被对方大加刁难:"你这份毛太潮,杂质又多,灰土也大,八成是兑过假吧?像这样兑过假的毛要打七折。"花文礼一听懵了:来前连晒两天,一点东西没兑,这次的鸭鹅毛是这几年质量最好的一批了,怎么反说质量不行呢?待收购员称过分量,噼里啪啦一拨算盘说"总共合 510 块",花文礼才感觉事情有些严重了:整整比成本亏了一百多块!他伸长舌头,瞪大双眼,半天没回过神来。"算了,先送回去吧,过几天再说。"花文礼挑起袋子转身大步回去了。

供销社收购鸭鹅毛的态度大变,这令花文礼十分不解。他决定找表哥问问咋回事。李长腿不在家,表嫂说他出门有事,一会就回来。果真没多久,表哥就回来了。花文礼急不可耐地把去供销社卖鸭鹅毛的不快经历一五一十说了一遍。

"哎!你这还算好的。俺去卖时他们直接拿只筛子,把鹅毛放到筛子上使劲搓,地上掉下一层白土。我被他们当场骂了一顿,差点没把俺吃了。俺就算想 5 折卖也卖不成。"表哥垂头丧气地说。

"知道是咋回事吗?今后这生意还能做吗?"看着表哥凝成一团的眉心,花文礼心有不甘地追问。

"俺后来打听了好几个人,说是前几年外面压了不少鸭毛鹅毛,陈的都用不掉,收起新的来自然挑剔。看样子今年是没指望了。过几天俺想法把鹅毛上的灰土弄干净,送到邻乡随便卖个啥价算了。俺刚才到村里的砖窑厂看了,干一天能挣两三块,一秋一冬下来也能挣两三百块,就是累点吧。"

回家以后,花文礼照着表哥的办法卖掉了鸭鹅毛,然后到本村的砖窑厂找了份搬运的活。搬运对技术没啥要求,只要出力就行。三十多岁的花文礼正当壮年,但一天干下来也累得够呛,何况还要连续多日从早累到晚呢?

十几天后的一个星期六晚上,巧凤像往常一样结束一周的住校生活回到家里。眼看日头已经落山,父亲仍没回来,她就向妈妈询问。

"快了吧,每天都是这样。自打进了窑厂,你伯没有一天在日头下山前回来。"朱良英答道。

说话间,巧凤果真听到熟悉的"啪嗒啪嗒"声。这是父亲的脚步声,她赶紧开门迎了出去:"俺伯回来了!"

"嗯,回来了?"花文礼有气无力地问道。

"回来了。"巧凤借着跳跃的煤油灯光,瞧了一眼父亲,鼻子一阵酸楚,眼泪差点流了出来:眼前的父亲满头、满身都是灰,就连脸上也东一道西一缕抹着黑灰;原本还算挺直的脖子一下子往前伸了老长,足可挂个大篮子;本来已有些弯曲的腰身现在更加前倾,活像一只大麻虾;原本还算麻利的脚步现在一瘸一跛,随时都可能跌倒似的……"俺伯,不要累坏了,不行就不干了吧。"巧凤也不知该咋跟父亲说,费了半天劲才挤出这几个字。

"不干没法子。去年和今年的稻谷赔大了,鸭毛鹅毛也亏了好几十。这一大家人没点活泛钱咋办?"花文礼木然地答道。

巧凤不再说话,她虽然每星期才回家一次,但对家里的难处心里还是透明的,自己又帮不上忙,急能有啥用呢?

这年冬天冷得古怪。刚到农历十一月底,鹅毛大雪就急吼吼地闯进桃花谷。这样的天气已经不再适合摔制砖瓦泥坯,不然,只要稍一上冻,这些潮湿的玩意就得全部报销。前期自然晾干的砖瓦泥坯眼看就要用完,花文礼瞅着窑厂里已经没有多少活要干,也就不再去了。连续干了几个月的苦力,突然闲下来,他反倒心里空落落的,站也不是,坐也不是。实在闷得难受了,他就"咯吱咯吱"踩着厚厚的积雪到田埂上转转。高高低低的梯田白茫茫一大片,晃得人眼睛都睁不开。"瑞雪兆丰年,明年的小麦收成看来没啥问题了。哎!丰收又咋样呢?卖得掉吗?会被人压秤吗?能卖上好价吗?"花文礼就这样一圈圈转着,一遍遍想着,越想越糊涂,越想越心凉。

无聊的日子只过了3天。第四天一大早,村口那只大喇叭就叽里呱啦播出了打河堤的通知。姜老书记因年纪太大不久前退了,原来的花姓村主任接任了书记。这个花书记四十出头,初中毕业,说起话来也比姜老书记流利多了:"各位村民,各位村民,接到乡政府通知,给县城供水的河道拓宽工程就要开工了。俺们村的任务后个开始,估计要干十来天。这个这个……全村每家都要出一个壮劳力,自带棉被、大米、工具参加劳动,不出劳力的明年要多交300斤公粮。"

花文礼没得选,只好挑起竹筐,一头放着棉被,一头放着小半袋米,随着本村的队伍翻山越岭赶到了工地。

工地上人头攒动,彩旗招展,高音喇叭里可着劲地唱着《在希望的田野上》。花文礼挑着鼓鼓两大筐的泥土,好容易才从河床底部爬上两丈多高的大坝。来回仅挑十来趟,他就已经两腿发软、内衣湿透。好在土冻得结实,刨土的村民可劲一镐下去也不过弄出个白道道,否则他要跑得更勤。然而,等土的工夫又冷得要命,一阵寒风刮来,花文礼赶紧缩起头,拢起袖子。凉风仍旧不依不饶,顺着衣领钻进他的前胸后背。湿透的内衣瞬间冰冷刺骨,他不觉连打了好几个寒战。"文礼,别闲着,每次少挑点,多跑几次,省得冷。"有人好意提醒道。少挑多跑以后果真不那么冷了,但爬上爬下一天下来还是累得要命。

晚饭还算丰盛,白米饭就着猪肉炖粉条和大白菜烩豆腐。米是各家自带的,菜是用乡政府补贴款买的。累了一天的农民们捧起饭碗围着露天垒起的土灶蹲的蹲,站的站,一边趁热赶忙扒拉几口饭菜,一边七嘴八舌地扯起来。

这个说:"早不干晚不干,冰天雪地里还派俺们做这苦活。"

那个说:"哎,就会对农民狠,城里人用个水还这么折腾人,他们缩在屋里围着炉子吃火锅,把俺们晾在河坝埂上喝西北风。"

又有人说："责任田前 3 年还不错，有吃有喝有余钱，这几年田越来越没法种了，一年下来没见余钱，活倒是没完没了！"

有年纪稍大些的接过话茬："说啥都没用，农民就是贱命。这些年还好多了呢。俺们二十来岁时那才叫苦。乖乖，一年累到头，肚子都吃不饱，到了秋冬季哪年不打二三十天的河堤？最苦那年俺们一个生产队就在河堤上累死两个。"

牢骚一发起来就容易没完没了，但再多的牢骚也改变不了他们的命运。劳累了一天的人们终于躺进临时搭建的茅草棚。野外的寒风格外刁钻。到了下半夜，花文礼就感觉草棚里四面贼风，头上、脚下全是凉飕飕的。他只好蜷起腿，蒙住头，紧紧把被子裹在身上。就算这样，他还是不停地打着寒战。

十几天后，桃花谷村的河堤任务终于完成了。花文礼虽然两肩新增了红肿、两脚新添了水泡，却为家里免除了多交 300 斤公粮的惩罚。

第二年麦收忙罢，花文礼不再像往年一样急于犁田、插秧。他寻思着，种粮累死不赚钱，不如找六哥看看有没有其他门路。去年刚上任的花书记名叫花文军，与他是同辈本家，比他大两岁，他称六哥。两人原本就是光着屁股一起玩大的，关系比较亲近。

"六哥，粮食老这样种下去不是个事呀，还能有其他的办法吗？"见到花文军，他连弯都没绕就直接问道。

"农民不种粮食还叫农民吗？"花文军看来也没啥好招，但接着又说，"听说乡里今年要成立莲籽公司，那个演孙猴子的刘小童还要来投资呢。"

"那俺们就栽莲藕吧，反正种粮也是亏。"花文礼感觉自己总算抓到了救命稻草，心里一下子敞亮多了。

过了几天，栽种莲藕的通知果真从村口的大喇叭里传了出来："各位村民，各位村民，现在播送一条喜讯，乡政府为帮助全乡农民调整种植结构，增加家庭收入，邀请到著名影星刘小童投资成立了莲籽公司，主要生产莲籽饮料和莲芯茶。希望广大村民大力栽种莲藕。莲籽公司会免费提供种苗，秋季敞开收购莲籽。"花文礼早已做好了准备，所以就第一个报名领取了莲藕种苗。

栽种莲藕的劳作比插秧要轻松多了，先把地犁好，施肥、耙平，再灌上四五指深的水，就可以把莲藕苗按两三尺远一棵的距离插进稀泥里了。一个月以后，卷曲的立叶带着娇羞探出水面。这时，再清除一遍杂草，追点化肥，把水加至一尺左右的深度就可以了。

到6月中旬的时候,花文礼的田里就长满了青翠欲滴的荷叶。眼看着荷叶越长越大,越长越密,花文礼心里有说不尽的欣喜。他每天至少要到藕田边转上两遍。他喜欢荷叶的青翠和舒展,喜欢荷叶散发的缕缕清香,更喜欢莲藕带给他的完全不同于水稻的希望……

就在花文礼沉迷于荷叶芬芳的时候,一个更大的好消息令他心花怒放。这天下午,久未回家的巧凤哼着小调,迈着轻快的脚步推开了家门。一进门就欢喜地说道:"俺伯、俺妈,俺预选通过了。今年全区好几个乡加一块只有两个应届生通过预选,就是俺和姜雯霞。"

"啥叫预选?"花文礼问。

"预选就是在正式考试前先把一些成绩比较差的刷掉,不通过预选就没有机会参加正式的升学考试。听老师说预选可难了,参加考试的学生只有1/3不到能通得过。像我和雯霞这样一级没留就通过预选考试的非常少见。我们学校其他通过预选的不是在初三复习好多年,就是初中毕业后又从初一读到初三。"

巧凤这么一解释,花文礼全明白了:女儿通过预选,就意味着她战胜了很多复习生,得到了参加升往更高级学校考试的机会,因此也高兴得几乎合不拢嘴。

天气一天天热了起来,花文礼家的荷花纷纷绽放。一朵朵粉红的荷花像一个个孩子的笑脸一样给他带来无尽的欢乐。为保护好劳动成果,花文礼在田埂上搭起草棚,晚上就在草棚里睡觉。野外的蚊子格外凶猛,嗡嗡嘤嘤,横冲直撞。棚里虽有蚊帐,但这些蚊子总有办法成群结队地钻进来,在他的头上、脸上、手上、腿上……任何能够下口的地方毫不留情地叮咬,弄得他全身都是大块大块的肿块,奇痒无比。但是一看到满田的荷花和逐渐鼓胀起来的莲蓬,他便顿觉浑身舒畅,似乎他根本没有被蚊子叮咬过。

中考的成绩终于出来了,巧凤未能延续预选考试的辉煌。她所在的初中只有三个复习生考上了能吃商品粮的中专学校,雯霞考上了重点高中,巧凤被一所普通高中录取。按说只要有机会继续学业,商品粮的大门就没被关上。但对花文礼和巧凤来说,这一天最好现在就能出现。

暂时没有方向的巧凤正好可以参与采摘莲蓬的活。莲花好看,莲籽好吃,采摘莲蓬却是一桩比割稻更加辛苦的活。早晨采摘,浑身衣服会很快被露水打湿;中午采摘,毒辣的太阳会把人的皮都晒焦。而无论早晨,还是中午、晚上,采摘者都躲不过荷叶长柄上那密密麻麻的小刺。被麦芒、稻芒刺怕了的巧凤,现在才感觉到割麦、割稻竟然是比采摘莲蓬轻松很多的事情。

好容易摘下莲蓬,还必须把带壳的莲籽剥出来。嫩莲子的壳是青色的,好剥,但市场上大量收购的是外壳变黑变硬的老莲籽。巧凤知道家里无论种粮还是种莲藕都非常不容易。这些年,她因为上学给家里帮忙帮得少了。现在赶上采摘莲蓬,她没有理由,也不忍心不尽力多干些。连续两个月的繁忙劳动,使得巧凤已是满身血口,老伤摞上新伤。更难受的指甲。为了把老莲籽坚硬的外壳剥掉,她必须使劲用大拇指的指甲抠进去,以致指甲与肉分离开来。俗话说,"十指连心"。离了肉的指甲钻心的痛,她只好找些棉线把指甲缠起来,继续忍痛一个个剥下去。这种经历是如此的苦痛难忍,以致多年以后身家数亿的巧凤再见到满塘的荷花时,一点也不会将它们与"美丽、漂亮"这样的字眼联系起来。

莲蓬日渐稀疏,巧凤归校之情愈益浓烈,常常拿着待剥的黑莲籽发呆。知女莫如母,朱良英见女儿神色不对,就悄悄问道:"想上学了?"巧凤"嗯"了一声没再说话。她的确是想上学了,但上哪个学呢?能立马吃到商品粮的学校没考上,那个普通高中似乎距离商品粮更远。吃晚饭的时候,朱良英就当着孩子们的面对花文礼说:"活忙差不多了,巧凤该上学了。"

"想上就上吧,你那个高中录取通知书不是拿到了吗?"花文礼对巧凤说,"上了高中就该去考大学了吧?大学肯定更难考,别说桃花谷,就算全乡也没听说过谁家孩子能考上大学呢。"

"俺想好了,不去念高中,家里这么穷,巧燕她们都要花钱,俺想再复习一年考个中专。"巧凤轻声接着说,"就是得换个学校,听说考上高中的不准复读。俺们学校前几年就有人考取高中不去上,结果第二年考取中专却被人检举没上成。"

一家人你一句,我一句,讨论半天。最后,花文礼对巧凤说:"就去你小姑家附近那个初中复读吧。"

巧凤的小姑是个心直口快的好人,小姑父老实巴交不当家。可能是做杂货生意小有积蓄的缘故,小姑说起话来口气显得比较大。听说巧凤要来她这儿的学校复读,她也很高兴,不容推辞地说:"俺家离学校近,就叫巧凤在家里住吧,吃得热乎些,睡得也安稳些。"

住惯了学校的巧凤哪里肯在小姑家里住,就说:"俺还是住校吧,在你们家里住太麻烦了。"

"麻烦啥？你不在家里住,邻居会说俺闲话呢。"小姑有点不高兴地说。

花文礼也在一旁插话:"就听你小姑的吧。又不是外人,住在家里也安全些。"

巧凤没法再辩,只好依着大人的意思在小姑家住下了。

小姑家有两个孩子,大的是个女孩,叫吴耀珍,比巧凤小1岁,小的是个男孩,叫吴耀福,比巧凤小3岁。得知巧凤要来住在自己家,耀珍特别高兴,又是帮忙收拾书桌,又是帮忙拾掇床铺。巧凤这时倒也不客气了,毕竟是在亲姑家。耀珍正好也升到了初三,巧凤就插班进了耀珍那个班。

原本学习成绩就非常优秀的巧凤,现在学习基本没有什么障碍了。她现在的任务不是学习新知识,而是设法巩固旧知识。本来成绩就比较差的耀珍面对更多的新课程越来越力不从心。两个孩子从小结下的深情厚谊很快在学习的差距面前变得脆弱不堪。第一学期期中考试成绩出来了。巧凤除语文外,其他各科都是满分,总分列全班第一。耀珍却多门不及格,总分全班倒数第五。

小姑得知女儿成绩这么差,气不打一处来。她一边吃饭一边唠叨:"你这个死丫头,咋这么笨!倒数第五,你妈可丢不起这个人。看你姐多聪明,还不向你姐多学学!"

"巧凤读过一年初三了,叫俺怎么比呀?"耀珍被母亲唠叨得又羞又恼,忍不住顶了一句。谁知话音刚落,她妈"啪"的一巴掌就抽将过来,直打得耀珍眼冒金星,口吐鲜血。

巧凤放下饭碗赶忙去劝小姑,却怎么也劝不了。小姑竟越骂越来气,越骂越难听,直到自己嗓子都叫哑了,才慢慢停下来。

从此以后,巧凤再也无法在小姑家安心学习。只要母亲不在身边,耀珍不是翻白眼给巧凤看,就是跺脚给巧凤听。吃饭的时候,吃着吃着看到表妹的白眼,巧凤心里会"咯噔"一下,剩下的饭再也不易下咽。最难的就是晚上睡觉,耀珍要么假装做梦使劲一脚把巧凤踹醒;要么把被子使劲一拉,使巧凤大半个身子都在外面冻着……

巧凤觉着实在没法在小姑家再待下去了,就趁小姑心情好的时候对小姑说:"学校最近作业多,我想住在学校里,早晚有问题也好问问老师。"

"不行!你要是住校,别人不用吐沫星子淹死你小姑才怪!"小姑坚决制止道。

眼看无法商量,巧凤决定直接在学校住下不回算了。谁知小姑当晚就追到学校把她拉了回来。没办法,巧凤只好硬着头皮在小姑家继续住了下来。

"宝剑锋从磨砺出,梅花香自苦寒来。"当中考成绩再次公布以后,巧凤终于以年级第一的成绩考取了位于省城的旅游中专学校。

　　巧凤考取省城中专的消息像长了翅膀一样迅速传遍整个桃花谷。这可是桃花谷里走出的第一个秀才，而且还是个女秀才！

　　"文礼呀，巧凤这丫头有出息，给俺们老花家争脸了，你可要好好操办操办！"花文礼的二叔得到消息后第一个跑来祝贺。

　　"是呢！俺也寻思着该操办一下，就是不知该咋办。"花文礼应道。

　　"这事以前没遇过，这么大的喜事怎么操办都不为过，依俺看可以按娶媳妇嫁闺女的礼数办。"二叔说。

　　"好勒，俺这就准备去。"花文礼开开心心地准备去了。先是挨个通知不住桃花谷的近亲，接着借助村里的大喇叭向本村各家各户发出邀请。为了把场面办得漂亮些，花文礼请来屠户宰杀了准备过年用的大肥猪以及十几只鸡鸭，又赶集置办了烟酒之类酒席必备品。

　　3天后的一大早，花文礼的亲戚和邻居们便从四面八方结队而至。花文礼的房前早已搭起简易的帆布篷，篷下面整整齐齐地摆放着从邻居家借来的5张八仙桌，桌上摆好了碗筷、烟酒。帆布篷的旁边就地支起两口大锅。一个人高马大的男性主厨和五六个打杂的中年妇女围着大锅跑来跑去，大锅里不断腾起阵阵蒸汽和油烟。

　　开席了。先到的亲戚四邻相互谦让着先后落座，暂时没排上的在篷外的大板凳上悠闲地坐着喝茶、聊天。花老幺颤颤巍巍地走到每一位客人面前寒暄、问好。巧凤领着几个妹妹不停地给客人们沏茶、递烟。落座的客人一面对巧凤考取中专一事极尽溢美之词，一面喜笑颜开地品尝花文礼精心准备的地道"八大海"。

　　八大海是桃花谷待客的最高礼仪，以当地常用的大海碗盛装八道美食：头碗烩菜、二碗鸡、三碗圆子、四碗汤、五碗酥鱼、六碗扣肉、七碗八碗素菜配。八大海的食材构成有较大调整空间。比如，头碗烩菜的标准做法是以煮熟的猪蹄皮、切成薄片的蛋皮卷肉或蛋饺为主，少量加些白菜，用猪骨汤或鸡汤等高汤清烩。但在烹饪的时候，猪蹄皮可换成滑肉，蛋皮卷肉或蛋饺可换成少量蛋皮丝，白菜可以放得更多，高汤可换成清水。再比如，三碗圆子的标准做法要用肉圆，但也可以用面圆、绿豆圆、糯米圆替代。又比如，四碗汤又称"仙米汤"，标准做法是用拆骨肉或鸡、鸭杂剁成肉屑，再加高汤和淀粉调制，也可只用少量或不用肉屑，只用清水不用高汤。

　　花文礼一心想着真心答谢各位亲友，特意叮嘱主厨不仅要用标准的做法，还要碗碗实诚，最后的两碗素菜也不要纯粹上素菜，而是分别以青椒炒肉丝和青椒炒毛鱼来替代。桃花谷的村民们虽然没见过多少世面，但实诚不实诚还是心里透明的。见文礼这么用心待客，亲友们个个吃得高兴，闹得欢实，桃花谷里洋溢着难得的欢乐气氛。

　　这场筵席整整吃了3轮，每轮5桌，总共15桌。每一轮上到6碗扣肉时，花文礼都要拉着巧凤挨个给每位亲友敬酒，亲友们则在接受敬酒时随手递上或6块或8块钱的红包。巧凤总是一边双手接过红包，一边"叔叔、大爷"地谢着。叔叔、大爷们也总不忘夸上几句："乖丫头，俺桃花谷真的飞出金凤凰了！"

　　巧凤的小姑也带着女儿耀珍前来祝贺。待花文礼父女拿着酒杯走到巧凤小姑身边时，小姑扯开嗓子笑道："啊哈哈哈……俺就说嘛，俺们花家的闺女就是厉害！巧凤真乖，这么有出息，小姑算是没白疼你！"

　　"是呢，不是你小姑给你生活调理得好，你咋能有好身体，没好身体咋能学得好？快给小姑敬酒！"花文礼接过话茬说。

　　巧凤赶忙恭恭敬敬地给小姑敬酒，一转身却见两道冰冷的眼光剜向自己。这是表妹耀珍的眼光。巧凤突然打了个激灵。想着这是在自己家里，她很快恢复了平静，微笑着对耀珍说："好妹妹，这一大年给你添了好多麻烦，姐以后再慢慢感谢你吧。"

　　哪知耀珍根本不领情，嘴一撇，眼一斜，幽怨地"哼"了声，把头扭向一边去了。巧凤讨了个没趣，赶忙陪着父亲给其他亲戚敬酒去了，但内心里凭空增添的恐惧却久久挥之不去。

　　"文礼，这么大的喜事咋不见巧凤妈呢？"欢喜的客人里不知谁冷不丁地问了一句。

　　"回四川娘家去了，她那边的亲戚这些年也都有吃有喝的，前段日子捎信来叫她回去看看。"花文礼躲躲闪闪地答道。

　　快开学了，花文礼按照巧凤录取通知书上的要求，拉了一车粮食送到乡粮站，把巧凤的户籍转到了省城的旅游中专学校。过了几日，巧凤背起行李，坐上了开往省城的长途客车。那天一大早，村口的大喇叭就唱起了《在那桃花盛开的地方》，似乎在为巧凤送行，又似乎在提醒巧凤无论走到哪里都不要忘了桃花谷。"在那桃花盛开的地方，有我可爱的家乡……"坐在车里的巧凤一面依依不舍地隔窗凝望这块既美丽又贫瘠的土地，一面一遍又一遍低声吟唱《在那桃花盛开的地方》。

## 第六章

## 为生儿倾家荡产　遇良师化险为夷

送走了巧凤,花文礼开始为秋收做些准备。一天上午,他正在小院里收拾农具,听到院外有人喊,便赶忙出门迎客。原来是妇女主任。

"乡里通知了,十日之内所有育龄妇女都要去乡卫生院妇检。良英也是妇检对象。"妇女主任火急火燎地说。

"她不是结扎了吗?"花文礼惴惴不安地问。

"结扎后又生过小孩的也要妇检,良英逃不掉的。"妇女主任答道。

"那该怎么办?不瞒表姑您说,你表侄媳妇又怀上了,这段日子在俺大姐家躲着呢。这都怀上八九个月了,表姑再给俺想想法子吧。"花文礼可怜巴巴地哀求道。

"哎!不是表姑不帮你,现在上面盯得紧,育龄妇女都得按期妇检,哪怕没结过婚的也得检查,没法逃呀。只要被发现计划外怀孕,就算快生了,也要引产拿掉孩子。表姑能做的只能是睁只眼闭只眼,假装啥都不知道,你们就拖着吧,千万别说俺知道,要不俺就要犯大错了。"

花文礼到底没有拖过去。几天后,花文礼家门口"嘣嘣嘣"开来一辆机动三轮车。车一停,就跳下六七个五大三粗的乡联防队队员。这帮人有的手持电击棒,有的拿着小木棍,有的拎着粗绳子,见到花文礼,不分青红皂白,直接就把他架上了三轮车。待花老幺和孙女们追出门时,三轮车已冒着黑烟"嘣嘣嘣"地开远了。

没多久,花文礼被扔进乡政府大院里的一个小房间。小房间正中放了一张破条桌,条桌的一边放着一张带靠背的椅子,另一边放着一条大板凳。过了一会,门"吱呀"一声开了。一个肥头大耳的矮胖中年男人昂着头背着手踱着方步走了进来。这人走到靠背椅前,用眼睛的余光缓缓地左右扫了扫,再向上翻了翻,才双手撑着桌面一屁股坐了下来。站在屋角的花文礼不明白自己到底犯了什么事,正在那里搜肠刮肚地寻思呢,见来人如此气度不凡、威风八面,顿时两腿发软,心虚气短。那人坐正后，轻轻咳了一声，眯起小如豌豆的双眼，微微翘起下巴，努努嘴，示意花文礼坐在条桌另一边的大板凳上。花文礼赶忙走近大板凳，用半拉屁股小心翼翼地坐了下来。

"知道为啥把你叫到这里吗？"那人用平缓低沉但却明显带有责难的语气问。

"不知道呢，领导。"花文礼不知该怎么称呼这个人，想想叫领导总归不会错。

"不知道？你就装糊涂吧！"那人突然抬高声音，"啪"的一声用右手狠狠拍了一下桌子。

"真不知道呢。"花文礼嗫嗫嚅嚅地说。

"好！就算你不知道。我问你，你老婆哪里去了？"那人用近乎咆哮的声音问。

"回她四川娘家去了。"花文礼答。

"你就编吧！你什么时候交代老婆躲哪里了，什么时候回家。"那人一边用右手食指点着花文礼，一边一字一顿地从牙缝里挤出一句话，然后，"腾"地一下站起来，背起手哐当哐当紧走几步，把门使劲一摔，"啪嗒"一声把门锁了起来。

这下，花文礼终于明白了：人家这是冲着自己老婆来的，看来躲是躲不过去了，咋办呢？他使劲拽着自己的头发，努力想着应对的办法，可脑壳想破也想不出什么法子来。他就这样一个人待在小黑屋里，出也出不去，喊也没人来，肚子越来越饿，嗓子越来越干。更难受的是憋了一泡尿，咋办呢？总不至于就尿到地上吧！他摸索着在四面搜寻，就着盆口大的小窗透进的微弱亮光，居然发现墙角处有一只旧塑料壶。他欣喜地拎起塑料壶把一大泡尿"哗哗啦啦"尿了进去。

估摸着到了下半夜的光景，小屋里的电灯泡随着门外"啪"的一响，亮了，花文礼被刺得难受，赶忙闭上眼睛。待他再次睁开眼，那个矮胖子已经菩萨一般稳稳坐在靠椅上了。

"怎么样？想明白了吗？"矮胖子眯起眼睛问。

"领导，俺没说谎呢！俺孩子他妈确实回四川娘家了。"花文礼心有不甘，还想扛下去。

"算了吧，别绕了！就算回四川了也要在5天之内回来妇检。要是5天之内来不了就视同超生处理，你已超生一胎了，这一胎该重罚。"矮胖子咬牙切齿地说。

"如果算超生，要罚多少？"花文礼试探着问。

"至少要罚三千，一分不能少。"矮胖子毫不含糊地回道，嘴角边挂着一丝不易察觉的冷笑。

"哪里弄那么多钱呢？"花文礼听罢，脸都绿了。

"怕花钱？那就按时来妇检。没怀孕就算了。要是查到你老婆计划外怀孕，就刮胎、引产。就算小孩明天生，今天也要引下来处理掉。"矮胖子脸色阴森地说。

花文礼听后，知道已没有商量余地，便用近乎哀求的语气说："领导，俺家哪来那么多钱呀，这些年粮食卖不上价，种莲籽累得半死也没比粮食多弄几个钱。"

"谁管你有没有钱？要么来妇检，要么交罚款。"矮胖子不耐烦地说。

"那好吧，俺可以回家准备一下吗？"花文礼绝望地问。

"当然可以，但是别跟我耍滑头！嗯，就算你耍滑头也不要紧。跑了和尚跑不了庙，再把你抓来就不是罚3000了，至少要罚4000。"矮胖子脸色阴沉地说。

"那俺就交罚款吧。"花文礼轻声叹了口气，目光呆滞地对矮胖子说。

"哈哈哈，你这个人呀，早说不就成了吗？费俺这么多工夫！好，你回去吧，5天之内把钱交到计生办来，晚交一天罚100。要是耍滑头跑了，看俺们咋收拾你！"矮胖子冷笑着说。

待花文礼赶回桃花谷，天色已经大亮。刚进村口，他就看见村小学的姜老师一手拎着大半桶石灰，一手拿着宽宽的排笔，正在沿路住户的墙上写着标语。已经写好的几条要么是"计划生育好，政府帮养老"，要么是"要想富，少生孩子多养猪"。当看到"今天逃避计生政策外出，明天回家一切财产全无"时，花文礼长长叹了口气。

花老幺见儿子平安回来，终于放宽了心。花文礼把被抓原因和要交罚款的情况和老父仔仔细细说了一遍。花老幺无奈地摇摇头说："哎，哪来这么多的钱呢？要是再生个女孩，几千块钱可就白丢了。"

"那也没办法，再有月把时间孩子就要生了，咋说也是一条人命呢！"花文礼难过地说。

过了几天，花文礼忍痛把卖粮、卖猪、卖鸡、卖鸭，外加到亲戚、邻居那里三百两百借来的总共3000块钱送到了乡计生办。

"文礼，巧凤来信了！"花文军高举着一封牛皮纸信封敲响了花文礼的家门。

"是六哥呀，快进来！"花文礼接过信，迫不及待地撕开信封，一边嘀咕"这丫头怎么这么久才来信？"一边快速抽出信纸，从头至尾看了一遍。

"丫头还好吧？"花文军问。

"六哥，好着呢！丫头说刚开学学习任务重，一直没闲下来给家里写信。她说学校每个月给发 21 块钱的生活费、25 斤粮票,钱和粮票足够用,还能余些下来,再过些日子,她会给家里寄点钱回来。"花文礼开心地说,"哎,这丫头!一个人在外难着呢,家里再困难也不缺她那几个钱。"

"不是缺那几个钱,这是孩子的一片孝心。"花文军接过话茬说。

还真让花文礼说着了,一个人在外的巧凤这段日子过得还真不容易。省旅游中专学校坐落在省城西郊,一条五百米左右宽的流沙河从学校门前蜿蜒而过,校园里绿树成荫,风景优美。开学那天,巧凤经过大半天的长途颠簸,终于来到这所神往已久的美丽校园。刚到校门口,她就被迎新的同学接下了行李,紧接着被带到候在校门口的一位老师面前。这位老师约莫五十来岁,身高一米七左右,微胖,腰板坚挺,上身穿一件深蓝色夹克,下身穿深灰色西裤,脚蹬乌黑发亮的宽头皮鞋,国字脸,宽额头,满头的乌发整整齐齐地自前向后梳去,挺直的鼻梁上架着一副黑边眼镜,厚厚的镜片后面藏着一双深沉、威严的大眼睛。

"这是李老师,你们的班主任。"迎新的同学说。

"李老师好!我叫花巧凤。"巧凤一边问好,一边暗自赞叹:还是大城市的老师神气!

"欢迎你呀,花巧凤同学!我叫李仁杰,是你们的班主任。你先去办好注册和入住手续,明天下午 2 点到我办公室来一下。"李老师微笑着说。

第二天下午,巧凤按迎新同学的指引早早来到李老师办公室门口。等了没多久,李老师就从外面过来。李老师的办公室不大,屋内陈设简洁:一张办公桌,一把办公椅,几只小凳子,一个小书橱,书橱里面整整齐齐摆放着薄厚不一的各种书籍。"坐下吧。"李老师指了指小凳子,接着说,"找你来是要向你了解点事情。""啥事呀?老师您问吧。""你在考取旅游中专前被其他学校录取过吗?"一听李老师这么问,巧凤一下子愣住了。尽管她在来之前已经想到过这个问题,也设想了多种应答方案,比如:就答没被其他学校录取过,或者说自己是应届生,这次考上旅游中专是第一次参加升学考试。但是当李老师真的提出这个问题来,她反倒不知该如何回答了:"我……我……""好了,别紧张,我都明白了。"李老师扶了扶眼镜,看了一眼巧凤,接着说,"先尽快熟悉学校的情况,什么都别想,第一学年的学习任务重,你要想办法把学习搞上去,其他的事以后慢慢说。"李老师虽然没有再问下去,但也没有说不会再问。巧凤回到宿舍后越想越担心:也许有人举报过自己曾考上高中这件事。真要是这样的话,学校可能就会取消自己的入学资格,先前的苦就白受了,自己和那个一贫如洗的家庭就白欢喜了。但为什么李老师又叫自己专心学习,其他的事以后慢慢说呢?她就这样一天天在担心中度过,丝毫没有心思欣赏校园的美景,更没有心思像其他同学那样嬉笑着逛遍省城的大街小巷。为了掩饰和转移自己的担忧,她尽量少言寡语,把空闲的时间都用书本填满。然而,一个星期过后,没有任何不利的事情发生;两个星期过后,还是没有任何不利的事情发生。直到一个月后的又一个下午,李老师把她再次叫到办公室。"花巧凤,快坐下吧。"李老师温和地说。待巧凤坐定,李老师用右手拢了拢原本就一丝不乱的头发,又扶了扶镜框,慢条斯理地说:"学校已经弄清了你的情况。"巧凤脑袋"嗡"的一声,身体不自主地摇晃了一下。她赶紧用双手撑住小凳子,心想:咋这么容易就被查清了呢?小姑不是说老师把俺的学籍档案全部重做了吗?熟悉俺的人根本就不知咋回事,谁会把情况说得那么清呢?该不是耀珍?李老师看着她魂不守舍的样子,没有急于说话。待巧凤稍稍平静了一点,李老师继续不紧不慢地说:"有人匿名举报说你是假应届生,学校专门派人到你毕业的初中调查,听说接受调查的老师和其他同学都打保票说你没问题,只有一个姓吴的女同学一口咬定举报属实。"巧凤一听,眼泪像缺了口的小河一样哗哗流了下来,她明白这个吴姓女同学一定是表妹耀珍。李老师见巧凤哭得伤心,便安慰道:"别哭了,这些都过去了。"巧凤抬起通红的双眼,疑惑地看着李老师。"我琢磨着你的档案应该真有问题,但看你家境那么贫寒,学习那么用功,能考上中专很不容易,就找到我们学校的一些领导设法把你保了下来。现在学校已经以证据不足为由结束了调查工作,希望你放下包袱,集中精力搞好学习。"李老师仍旧不紧不慢地说。

巧凤听罢,哭得更加伤心,一边抹着眼泪,一边无比感激地说:"真是太感谢李老师了,这个书要是念不下去了,俺都不知道往后该咋活下去呢!"

消除了心病的花巧凤突然感觉轻松无比。上中专不仅意味着自己从此脱离了贫苦的农村,而且还拥有了不用为生存发愁的国家干部身份。这样的变化自接到中专录取通知书那天起,她就想过。但也正是从那天起她变得异常忧虑,担心这费尽千辛万苦好不容易得来的一切随时因可能的举报而变得灰飞烟灭,担心自己不得不像父亲那样一年四季辛苦奔波在贫瘠的农田里,担心自己不得不像母亲和同学陈秀菊一样被随便嫁个人就算了,担心……现在李老师已明确告诉她,这一切担心都是多余的了,她能不如释重负吗?从此以后,花巧凤虽然仍像刚入学那段时间一样,早早地起床,很晚才入睡,几乎所有时间都用在了学习上,但她的脸色一天天活泛起来,本就白净的脸颊现出了绯红,如同两片粉嫩的桃花,水灵灵的大眼睛忽闪忽闪地眨着,如同两汪清澈见底的深潭。她还没学会梳妆打扮,但随意扎起的马尾辫和微微突起的胸脯却越来越洋溢起青春的气息。

两个月以后,花巧凤工工整整地给家里写了第二封信,欣喜地把班主任李老师如何帮她、学校生活如何紧张有序、校园如何优美干净、省城如何繁华等绘声绘色地告诉了父母,最后千叮咛万嘱咐要几个妹妹好好学习,争取像她这样考取能吃商品粮的学校,并随信汇回了省吃俭用余下来的15块钱,说是要家里买些好吃的改善一下生活。花文礼接到信后与老婆朱良英一起一遍又一遍读着,久久不愿放下。"这孩子真懂事,这些年的苦算是没白受呀!"花文礼连声感慨。

其实,令花文礼感慨的何止是大女儿花巧凤?上个月,东躲西藏大半年的朱良英终于给他生了个儿子。当他看到这个卖光家里所有值钱东西并借了一屁股债才换来的小生命的时候,也曾感慨万千。他想隆重庆祝一下,但家里已无力办起哪怕一桌酒席,甚至连朱良英本该增加营养的钱都拿不出来了。营养不足的朱良英两只奶子瘪塌塌的,使老大劲也很难挤出几滴奶水,儿子整天"哇哇"地哭着。眼看大人孩子饿得可怜,花文礼背起竹篓,扛起渔网,捞遍周围大大小小的沟塘河堰,终于捞回一些小鱼小虾。这些年,什么都承包了,少数几处没被承包的水面早被人捞了几百遍,能捞点小鱼小虾已十分不易。花文礼不晓得接下来的日子该怎么过,也不晓得该怎么把这个来之不易的儿子养大。但他对儿子依然寄予厚望,希望这个儿子能像大女儿一样为家庭争得荣光,兴旺发达,于是他郑重地给儿子起名巧旺。

时间很快进入农历腊月,花文礼没法继续捕鱼捞虾了。原因不是天冷,而是包括他家在内的桃花谷农户必须完成一项任务,这项任务用消息灵通者的话说就叫"迁坟整地",说是上面要求把公路沿线河坝埂上的新老坟墓统统迁走,而且必须在农历新年到来之前完成任务。

村支书花文军还没来得及传达上面的具体要求,就被怒气冲冲的村民围着讨要说法。

有的问:"花书记,听说要迁坟,离过年也没几天了,不让祖宗过年吗?"

有的说:"不是打河堤,就是迁坟,没有一个冬天能让人安生的!"

花老幺也拄着个竹棍子,颤颤巍巍地找到花文军:"文军呀,你当书记好几年了,说话应该有分量了吧?这坟能不迁吗?!"

"老叔,没法子,上面盯得紧!"花文东摇着头说。

"哎!七几年大集体的时候就平过一次,扒出来的棺材烧了,换成小木头盒子把祖宗的骨头埋到河坝埂上。现在俺队那块大旱地就是那年平出来的。现在田都分到户了,你让大家伙把坟迁到哪里呢?"

"老叔,俺这也不知该咋办呢!"花文军皱着眉头答道。

"不知咋办就拖着吧。按老风俗说,腊月里不能迁祖坟,对不住祖宗。"花老幺苦着脸说。

"老叔讲得是呀,能拖得了当然最好了!听说这次迁坟是县里压下来的,说公路边上满眼都是坟茔,难看!如果把坟迁走栽上高产优质桃树既漂亮,又能增加收入。好像县里已经花大价钱为俺们订好了树苗,明年一开春就要栽上。上面说了,对那些不主动迁走的坟,就当无主坟处理,会派联防队刨掉。"

花老幺见没回旋余地,只好摇摇头,叹了口气,叮嘱花文军一定要先做通大家的工作:"谁家没有祖坟,河坝埂上埋的还是俺们花家人多,你可万万不能莽撞,别坏了花家风水!"

花文军与村里其他干部拍破了脑袋,终于想出了一个办法:砍掉各村里仅存的公共林地上的林木,改为公共墓地,村干部和各村民小组组长带头迁坟。眼见无法逃避,又担心联防队乱刨,花文礼和桃花谷的大多数村民们只好老老实实迁坟去了,唯独花文东久久没有露面。花文东自那年与巧凤一起考初中未中就没再上学,他自认笨得出奇不是读书的料,又加上家里穷,自己是家中长子,就主动回家务农了。穷人的孩子早当家,加上他本来就比巧凤大两岁,所以十七八岁的花文东已是一个壮小伙了。不幸的是,他那嗜赌如命的父亲在年初一次赌局中直接死在牌桌上。据说,那次赌局玩得倒也不大,一局下来输赢也就十块八块。但花文东的父亲赌兴浓得很,除了吃喝拉撒差不多三天三夜未下桌。第三天天快亮的时候,他摸得一手好牌,就在他"啪"的一声把牌九摔向桌面的时候,竟然头一歪,直接挂在桌沿,从此再没醒来。

花文东想着父亲刚死不久,年初安葬父亲时已经麻烦过亲友,现在家家都要迁坟,也找不到人帮忙,就寻思着等别人忙完自家的事再说。但是乡里面并不允许他等,并把他当作钉子户专门派联防队重点盯防。花文东毕竟年轻气盛,看着联防队员气势汹汹的样子,哪肯服软,便撂下狠话说:"本想等亲戚们自家事忙完了就迁。既然你们这么欺负人，俺现在还真不打算迁了。"

联防队员们也不是吃素的。一个头头模样的人冷笑着说："俺们也是奉上级指示办事。本来你伯应该火葬的，你们却偷偷土葬。已经过去的事情就不追究了，但是这次你要是到时不迁坟，俺们就只好替你办了。"

"你敢！"花文东怒不可遏地嚷道。

"敢不敢你到时就知道了！"头头依旧不紧不慢地说。

听说花文东与联防队僵持不下，花文军赶紧跑来劝说。谁知双方谁也不肯退步。尽管花文东的父亲也算自己的叔叔辈，但毕竟还隔了一层，他也无法压着花文东拿主意。

迁坟的最后期限到了。花文东早早来到父亲的坟前，他不信联防队真敢刨坟暴尸。大概上午八九点钟的光景，一辆三轮车"嘣嘣嘣"地停在路边，十来个身强力壮的联防队员扛着铁锹、镢头动作麻利地跳下车，直奔花文东父亲的坟茔，二话没说，轮起家伙刨的刨，挖的挖。花文东见他们真敢动手，就拼命上去拉扯。然而，再凶的小伙也敌不过十个壮汉，花文东很快就被几个壮汉牢牢按在地上。动弹不得的花文东一面声嘶力竭地叫骂着，一面眼睁睁地看着这些人挖开坟茔，露出棺材，又用镢头把馆材胡乱撬离墓穴，扔到空地上，然后开着三轮车"嘣嘣嘣"扬长而去。闻讯而来的花氏族人及其他亲戚邻居虽然个个气愤难当，但见事已至此，只好一边劝文东消气，一边帮忙整理棺木，移至村里的新墓地重新埋好。

除夕又要到了，花文礼很想好好操办一下。他寻思着：这可是俺家承包责任田以来最扬眉吐气的一年，巧凤吃那么多的苦头到底还是考上了能吃商品粮的学校，这在俺们桃花谷可是天大的喜事！嗯，还有巧旺，投胎迟是迟了点，总算来了，俺这一门香火可以续下去了。不是说"不孝有三，无后为大"吗？现在俺花文礼也该算是个大孝子了吧？可是今年过年吃点啥呢？年猪老早就因为巧凤中榜宰掉待客了，其他牲口不得已卖掉缴纳罚款了，粮食只能凑合着接上明年春粮。想到这里，他不由得叹了口气：哎！这些年好容易攒下的一点家底突然就没啦，现在还七拐八磨欠下一屁股债！

花老幺见儿子愁眉苦脸，估摸着他正在为钱发愁，便对花文礼说："钱是人挣的，有了人啥都好说！巧凤再过几年就要当国家干部了，这在俺老花家这些年还是第一次呢。巧旺这不也生出来了吗？这孩子，俺一看见他就不知该咋乐呢！一两个年过得不好不要紧,现在咋说也比解放前强多了。"

　　见白发苍苍、弯腰驼背的老父亲还这么想得开, 花文礼不由得鼻子一酸,心想:俺伯俺妈也不知还能再活几年,今年家里出了两件这么大的喜事,怎么说也要想办法把年过得好一点,让他们好好乐乐。想到这里,花文礼对父亲说:"俺伯,俺都想好了,今年就过野味年吧,一定热热闹闹地过。"

　　花文礼说得轻巧,其实野味也不好弄。迁坟之前,花文礼为了给老婆催奶费了好大的工夫才弄了些小鱼小虾。现在天寒地冻、水面缩小或干涸见底,能捞到的鱼虾越来越少。但这些并没难倒花文礼,他扛起铁锹来到夏季栽过水稻或莲藕的田埂上,一天下来好歹也能挖出十几条黄鳝和几只螃蟹。他在自家小院里挖了两个坑,把黄鳝和螃蟹分别养在里面。过了两天,他又戴上火车头帽子,扎紧腰带和裤管,顶着嗖嗖的冷风,迎着扑面而来的鹅毛大雪,来到人烟稀少的深山密林,循着忽隐忽现的野兔足迹竟然抓到了一只深陷雪窝里的野兔。

　　"俺大姐回来了!"正在外面玩雪的巧鸭和巧鹅大声吆喝着快步跑到屋里。花文礼和朱良英赶忙探头张望,还真是巧凤!

　　"俺伯、俺妈,俺回来了!"巧凤一边放下背在肩上的帆布袋子,一边跺着脚,呵着手说。

　　朱良英一手拉住巧凤,一手上下翻飞掸去巧凤身上的雪花。"巧凤这半年长高了,也长胖了。"朱良英欣喜地说。

　　"长了快五斤呢!"巧凤伸出舌头朝妈妈扮了个鬼脸说,"俺妈,你在家辛苦了!"说着,巧凤凑近放在堂屋正中的摇窝子,对着刚刚醒来的巧旺用嘴"咯咯"逗了两声。巧旺似乎对这个大姐早已非常熟悉,竟"咿咿呀呀"地叫出声来。

　　花老幺和老伴听闻大孙女回来了,也从里屋走了出来。巧凤见两位老人出来,快走两步迎了上去。一家人相互问过好,巧凤打开帆布袋,从里面掏出带给家人的礼物:给爷爷奶奶两盒白切糕,给父亲两包大前门香烟,给妈妈一瓶雅霜,两个大妹一人一支英雄牌钢笔,两个小妹一人一本新华字典。最后,巧凤取出一个橡胶做的小老头,对着巧旺连捏几下,小老头"叽哇叽哇"的叫声再次把巧旺逗得"咿呀咿呀"叫个不停。一家老幼被巧旺的"咿呀"声逗得前仰后合,破旧的小院充满了久违的欢声笑语。

　　除夕那天,花文礼用巧凤带回来的10块钱,赶到集上买回了香蜡纸炮。他叫来巧凤说:"你现在也算俺们村学问最高的人了,俺今天赶集特意向集上最有名的文化人张老先生讨了几副对联，你赶快把纸裁了写上吧。"巧凤接过父亲递来的纸条，快速扫了一眼，只见为首的两句写道：

锦鲤一跃过龙门

少爷辗转入农家

横批：苦尽甘来

巧凤本想推说自己不会写毛笔字，但一抬眼看到父亲眼巴巴的样子，也就不再推辞。她凝神屏气一口气写好对联，就和几个妹妹张罗着整理房间，张贴对联，点燃并插好蜡烛和檀香。

放鞭炮照例是花文礼的专利。朱良英一声"可以开饭了"，花文礼赶忙将炮焾凑近父亲手中的烟头。"噼里啪啦"的万响鞭炮很快把白色的烟雾弥漫到整个小院。

年夜饭不算太差，四瓦盆一竹篓，热气腾腾：一盆红烧野兔、一盆红烧黄鳝、一盆干鱼烧萝卜、一盆青菜烩豆腐，中间一大竹篓红彤彤的清蒸螃蟹。这顿饭，老人吃得畅快，孩子吃得舒心。看着这难得的欢乐场面，花文礼不禁想起父亲先前说过的那句话并脱口而出："钱是人挣的，有了人啥都好说！"

## 第七章

# 背井离乡寻生路　人心不古空手归

　　年算是热热闹闹地过掉了,春却似乎越来越难过。眼看着麻袋里的稻谷越来越少,花文礼担心接到春粮前会断顿,就吩咐朱良英从年初三开始把每天两干一稀改为一干两稀。人只要不太饿着还能勉强撑得过去,但有些钱还是没法省的,比如孩子们的学费。巧燕今年初中要毕业了,成绩虽然不怎么样,但还是坚持要把最后半年念完,想好歹拿个初中毕业证。巧鸽刚上初一,一心要学大姐,学习拼得狠,成绩也拔尖。巧鸭、巧鹅分别上小学三年级和一年级,成绩一般般。

　　“几个孩子上学的学费加起来可是一大笔钱呢!要是没有巧凤考上中专这事给了俺念想,早就不能让她们念下去了。”花文礼对老婆嘀咕道,“现在要想尽一切办法,只要她们愿意读,哪怕摔锅卖铁也要让她们读下去。”

　　“眼门前就没钱交学费了,咋办?”朱良英问。

　　“只有再找六哥去借点了。”花文礼长长叹了口气说。

　　第二天,花文礼带着巧凤来到花文军家里。刚一进门,花文礼就喊道:“六哥六嫂,给你们拜年啰!”

　　花文军两口子听到有人来,赶紧出门相迎。

　　“六伯六妈,给你们拜年啰!”巧凤见两位长辈出来,也甜甜地跟着道贺。

　　“咦!文礼爷俩来了,快进屋!”花文军笑呵呵地说,“看看,还是巧凤乖,喝过洋墨水,见过大世面,就是不一样!”

　　“六伯,俺只是在省城念中专,还没喝过洋墨水!”巧凤不好意思地纠正道。

　　“哈哈,俺就是这么个说法,谁能断定你将来不去喝洋墨水呢?”

　　听六伯这么说,巧凤也不再争辩,就跟着六妈和堂姐妹们到里屋说悄悄话去了。

　　“六哥,这些年俺们累死累活,日子咋就越来越难过了呢?”刚一坐定,花文礼就跟六哥唠叨起来了。

"可不是嘛！你没听到今年过年鞭炮声都比往年稀疏多了吗？"花文军反问道。

"还真是这样！大家日子都不好过，年前迁坟又折腾了一下，都心塞着呢，哪有心思放炮仗？"花文礼应道，"俺家也难着呢，俺想着巧凤考学、巧旺出生都是大喜事，倒是放了挂一万响的长炮，可眼下几个孩子上学又要出一大笔钱，家里哪能拿得出来呀！"

"孩子上学可是大事，马虎不得！巧凤要是不坚持上学，能进省城读书吗？你要多少？待会叫你六嫂给你们拿点。"没等文礼开口，花文军就主动提出借钱给他。

花文军的话令花文礼十分感动。他赶紧起身连声道谢。

"自家兄弟，你还客气上了？你也知道，俺家里现在也不宽裕，帮不了你大忙，今年秋天准备帮你大侄儿把媳妇娶上来，也不知到时钱够不够用。"花文军接着问："现在这个样子也不是长久之计，你有没有其他打算？"

"想倒是想过，这几年桃花谷里不少人到外打工，听说多少能挣些，俺也想出去试试，就是人生地不熟，不知该往哪去。"

"到外打打工倒也是一条路，昨天文东过来拜圈圈年也提起过这事，你找他商量商量，你们一老一小俩兄弟结伴出门，也好相互照应一下。"

花文礼一听，感觉有道理，就站起身说："俺这就找他去。"

"急什么，吃过中午饭再去不迟。"花文军一边拦着花文礼，一边吆喝老婆准备午饭。文礼见六哥诚心留客，也就不再坚持走。

午饭非常丰盛：六盘六碗一火锅，六盘分别是腊鹅、腊鸡、腊�、腊鱼、灌肠和猪蹄炖大豆冻六碟凉菜，六碗分别是清烩蹄皮、红烧板鸭、白切腊肉、酥鱼烩豆腐、肉丝炒木耳、虾皮炒青菜六海碗热菜，外加一只牛肉粉条火锅。

宾主推让着落坐后，花文军从柜子里摸出一个盐水瓶，对花文礼说："你们爷儿俩过来，俺和你六嫂都特别高兴。去年一年你家不容易，家底也该光了，今天俺哥俩就来几杯八毛冲子尽尽兴。"

"六哥，俺不会喝酒，你又不是不知道！"花文礼想推掉。

"就喝三杯助助兴。一来为巧凤中榜、巧旺出生；二来为今后俺花家都能兴旺发达。"花文军说着一仰脖子"吱溜"一声喝了下去。

花文礼见六哥开心，不好扫他的兴，也撮起嘴巴小心翼翼地抿了一小口，接着闭起眼，皱紧眉，连连吸溜两口说："六哥酒量好，俺就恭敬不如从命了！"

　　花文军见花文礼喝酒的样子好笑,忍不住哈哈大笑起来:"文礼呀,俺对你啥意见都没有,你这酒可要抓紧练起来,要不然等五个闺女长大了,她们孝敬你的酒,还不都得便宜俺这个当六伯的了!"

　　"那是那是,不用六哥说,几个丫头的酒哪能少了六哥喝的!"花文礼也不禁兴奋起来。

　　两杯小酒下肚,气氛越来越热乎,黄铜火锅"咻咻"响着,白色的烟雾和着水气不停地向上蒸腾着。

　　花文军一边用手背擦去头上沁出的汗珠,一边对巧凤说:"去年你伯为了你和巧旺可没少遭罪,你这次回来,家里肯定也没啥好吃的,今天就多吃点吧。我让你六妈给你准备了一只腊鸭、一只腊鸡,你走时别忘了带上,等回省城上学时送给你班主任,人家为你的事可没少操心呢!"

　　巧凤见六伯六妈一家人这么热情,眼睛一热,差点哭了出来。

　　"这孩子真懂事!不要紧,再难的事都会过去的!"花文军老婆一把搂过巧凤安抚道。

　　俗话说,"酒逢知己千杯少,话不投机半句多"。花文礼虽然不胜酒力,却在不知不觉中喝完了三杯。哥俩都是满脸通红,越聊越投机,越聊越敞亮。

　　饭后,哥俩又坐下来喝茶闲聊了一会,花文礼才起身告辞:"六哥,俺们该回了,明个俺就去给病老婶子拜年,顺带和文东商量怎么办去。"

　　花文军也不再挽留,就叫老婆取出 100 块钱和腊鸡腊鸭来。花文礼想要推辞,花文军佯装生气,说:"咋还客气上了?钱是借给你的,腊物算是俺和你六嫂送给巧凤的,以后巧凤送酒回来匀点给俺喝就行了!"

　　花文礼见六哥六嫂诚心诚意,内心十分感动,便接过东西千恩万谢回家去了。

　　第二天一早,花文礼来到花文东家。说到外出打工,两兄弟一拍即合。他们等不及过罢正月十五,便在正月十二这天一人拎着一只蛇皮袋,里面装上棉被和换洗衣服,随同以前在外打过工的十来个同村男性挤上开往省城的长途客车。至于目的地是哪里,他们似乎并没有考虑太细,只知道要一路向东。听说越接近大海的地方,打工的机会越多。

　　大半天的工夫,他们就到达了省城,但接下来的路看来就不那么好走了。人山人海的火车站广场边上一台黑白电视机正在回放'87春晚。马季、赵炎等人表演的群口相声《五官争功》逗得等车人大笑不止,前仰后合,过年的气氛依然十分浓郁。花文礼一行人虽然因为村里尚未通电而无缘在桃花谷的家里观看春晚,但此时倒也无心围观。他们排了很久的队,好容易在天黑时到达售票窗口,却听到窗口里扔出了冷冰冰的话:当天东去的火车票已卖光,就连站票也不卖了,后天的票倒是还有一些。大家一商量,后天就后天吧,既然出来了,总不能就此打道回府。于是他们果断买下第三天晚上去无锡的无座票。

夜渐渐深了。花文礼一行人挤到墙角,从各自的蛇皮袋里翻出凉馒头、炒花生之类的食物将就着填填肚子,用随身携带的陶瓷缸从厕所的水龙头上接点自来水喝下,然后扎紧蛇皮袋,头枕在上面就地躺下了。

两天的时间对庄户人来说本不算什么,他们有的是大把大把的时间。但对流落在外,囊中空空的人来说,两天的时间还是相当漫长。事实上,花文礼、花文东这哥俩一天也耽搁不得。花文礼把从六哥花文军那里借来的 100 块钱留了 50 块在家里给几个孩子缴学费,自己带了 50 块作路费,现在买完车票已所剩不多。他必须小心用好这点钱,在外面耽误得越久,钱就越不够用。而花文东出来时连 50 块钱都没有,他的钱只够买从桃花谷到无锡的单程车票。除此之外,哥俩还面临一个共同的问题,那就是因为毫无外出打工经验而没有带足干粮,两人的干粮已在第一天就全部吃完了。第二天下午,哥俩饿得实在难受,只好到广场边上一人买了两个热气腾腾的大馒头吃了。到了下半夜,花文东的肚子咕噜噜响个不停,躺在地上翻来覆去怎么也睡不着。

"哥,这样挨下去要饿死了,等明个一大早,俺要到街上看看有没有吃的弄点回来。"花文东对花文礼小声嘀咕道。

"咋弄呀?俺这里也没啥钱了。"花文礼不解地问。

"俺想着办法了,明天一早就去弄。"花文东应道。

花文礼不知花文东葫芦里卖的什么药,想到两人年龄差了二十来岁,也不便刨根问底地去细问,就没再吱声。

天亮以后,花文东跟花文礼他们打了个招呼就独自一人沿着马路往热闹的地方去了。没多久,他就来到一个菜市场里面,随着人群有一搭无一搭地瞎逛着。见前方一堆人围着一个摊位,他也挤了过去。原来这是一个炸油货的摊位,老板一边往翻滚的油锅里放着待炸的面条,一边用两根长长的细竹棍不停地翻着。刚进锅的生面很快膨大,伸直,变黄。花文东不由得伸出舌头舔了舔焦干的嘴唇,使劲咽了口吐沫。这会儿他的肚子咕噜噜叫得更欢了。"咋办?"他下意识地摸摸口袋,"就剩这几个钢镚了!"饥饿实在难以忍耐,他咬咬牙翻出兜里的全部硬币买了3根刚出锅的香喷喷、胖乎乎的油果子,一转身就狼吞虎咽地全部吃掉了。"真香!"花文东吧嗒吧嗒嘴,又舔了舔手上残留的油迹,突然感觉肚子饿得更厉害了。他想离开这里,但脚下像灌了铅一样不听使唤,竟随着人流又回到油货摊位前。老板依然切面,下面,翻搅,捞起,接钱,找钱,忙得团团转。花文东瞅准老板转身给客人找零的空当,一把抓过堆在桌子一角的剩油果子,扭头挤进来来往往的人群,快速迈开脚步大步朝前走去,连续转了三道弯才壮着胆子用眼睛的余光往身后扫了扫,确定无人追赶后方才停了下来。"好险呀!"花文东一边用空着的左手擦了擦脖子上冒出的冷汗,一边自言自语嘀咕着。他清点了一下右手紧紧攥着的"战利品",总共有6根,他不敢相信自己有那么大的手,一把抓到那么多!他又吃下3根,连打了几个饱嗝,总算踏实了。

"哥,饿坏了吧,吃油果子。"花文东回到火车站把剩余的3根油果子递给花文礼说。

"还真是饿得要命。"花文礼伸手接过被文东捏得热乎乎、软塌塌的剩油果子,狼吞虎咽地吃了下去。直到只剩半根时,他才似乎想起什么,一边使劲嚼着口中的食物,一边呜呜哝哝地问道:"对了,你不是没钱了吗?哪来的油果子?"

花文东尴尬地挤了点笑声说:"嗯嗯!别问了,先填饱肚子再说吧。"

花文礼似乎什么都明白了,又似乎什么都不明白,低下头瞪大双眼细细品味着那最后半根油果子……

东去的绿皮车终于"哐当哐当"进了站。花文礼一行人早已顺着大呼小叫的人群挤到站台。站台上挤满了和花文礼一样拎着蛇皮袋的农民,他们焦急地东张西望,相互呼唤着对方的大名或绰号,生怕自己一不留神被挤散了。人群里间或混着身背帆布袋或牛仔布袋的男女学生,也是一样的焦躁不安。十来个站台工作人员戴着"执勤"字样的红袖章,手里拿着大喇叭,对着人群有气无力地重复着同样的话:"不要拥挤,不要拥挤,请退到黄线外候车。"然而,仍有不少人或主动或被动地进入线内。好在车速比牛车也快不了多少,眼看车头接近自己时,那些人把身子稍稍斜一下也就平安无事了。

火车尚未停稳,已有眼疾手快的老乡一把扒上半开的窗户,伸长脖子探进车厢里。站台上的同伴随即配合着抓起这人双腿，往上轻轻一抬，再用力托起他的屁股，这人便哧溜一下钻到了车里，然后再伸手拽进同伴伸过的双手或递进来的行李。有了内应，外面的同伴很容易就接二连三从这个特殊通道爬进车厢。

车厢里本来就座无虚席，过道里、厕所里、车厢的连接处全都乌泱乌泱挤满了人，越窗而入的好处就是可以率先塞进车上仅有的一点空隙。

车门终于打开了，仅有的几个下车人刚走到车门口便被一哄而上的人流又挤回车内，如此反复多次终未能下得了车。眼看火车即将发动，这些下车人无论男女老幼全都顾不得体面不体面、危险不危险，统统挤到窗边或麻利或笨拙地爬下去。待花文礼一行人费尽九牛二虎之力挤进车厢，车里可真是连下脚空都没有了。

"哎哟，我说你这个人呀，没觉着硌脚吗？"

花文礼循声一看，一个蜷缩在座位下面的中年男人龇牙咧嘴地扭动着身子。原来花文礼一不小心踩到对方的小腿上，应该非常疼痛。花文礼赶忙向对方赔着不是，心想，这人挤人人擦人的，想不踩着人家可不比登天容易多少呀！

没有下脚空，就意味着没法站。怎么办？还是花文东脑子转得快。他见花文礼踩着的那人躺在座位下面，便寻着一处座位底下的空档，先快速把蛇皮袋塞进去，然后一手抓住座位旁的柱子，一手撑着地面，两脚向座位下一伸，屁股往前一挪，整个身子便完全躺在座位下面了。躺定后，他小心翼翼地伸了个懒腰，感觉在如此拥挤的车厢里居然还能舒舒服服地躺下来真是太幸福了。他歪起头朝两边看了看，除了城墙一般的人腿和散放在座位下面的蛇皮袋、帆布袋、竹篮子、涂料桶……其他几乎什么也看不见。既然什么都看不见，那就睡一会吧。花文东闭上眼，随着火车的"哐当"声也无聊地"哐当哐当"嘀咕着。"怎么又饿了？"花文东自言自语道，"哎，能不饿吗？从早上到现在俺就吃过那6根油果子。"他感觉自己更饿了。咋办？现在可没有油果子好偷了！他感觉很难受，只好用手使劲按住干瘪的肚子。哎！这里面除了不缺自来水外，真是太缺食物了。要是有只大鸡腿吃就好啰，猪蹄膀也行，最好是浇上酱油盖紧锅盖焖上半天的那种红彤彤、烂乎乎的猪蹄膀……就这样，他越想越饿，越想越恍惚。车里早已听不见说话声，长的短的粗壮的纤细的呼噜声倒是此起彼伏，也不知这些人都是咋睡着的。不行，得想点办法了！他使劲抬起头，就着人缝里漏进的微弱亮光朝周围观望着。突然，他眼睛一亮，从离他一臂长的地上发现了一只鼓鼓囊囊的黑色手提包。手提包的拉链没拉紧，上面露出了塑料纸包着的面包样的东西。他屏住呼吸，确定没人注意后，伸手拽出那包东西,果然是面包!是他偶尔在街上的商店里看过、却从来没吃过的面包!他不再犹豫,张开大口无比享受地吞咽起来,一连吃了三个,肚子终于不再翻搅。他把剩下的两只面包小心装进兜里,心想:"还不知啥时能到呢,留着下顿吃吧。"

肚子里有了东西,花文东感觉稍稍有了精神。火车依旧不紧不慢地"哐当哐当"着,花文东开始悠闲地朝四下张望起来。瞧着瞧着,他的目光不由自主地停在两只腿上。这应该是一男一女的两条腿,因为两只脚上一只穿着男式高跟尖头黑皮鞋,另一只脚上穿着尖跟尖头红皮鞋。两条腿上都包着牛仔裤,但这两条腿一直不肯消停,时而穿黑皮鞋的腿蹭蹭穿红皮鞋的腿,时而穿红皮鞋的腿蹭蹭穿黑皮鞋的腿,时而两条腿紧紧缠在一起。咦!这个女的咋这么骚?她到底长啥样呢?是长发还是短发?是扎小辫还是烫着大波浪?是圆胖脸还是瓜子脸?是白白嫩嫩还是黑里透红……花文东把他能想到的女人的样子全部想了个遍。他想起身验证一下自己的猜想,但怎么也挪不开身,只好闭上眼继续云天雾地瞎想着。想着想着,他的心中竟升腾起一股莫名的邪火,并随着"哐当哐当"的撞击声越烧越急,越烧越旺……

也不知又过了多久,花文东开始感觉小肚子憋得难受。自打上车,他就没去过厕所。好不容易抢了个睡觉的地方,一旦离开,这个地方可能就不是自己的了。但白天喝了那么多自来水,能坚持这久已经十分不易。现在他必须起来上趟厕所,好在大家已经找到并适应了各自的位置,不至于去抢占别人的了。花文东拍了拍挡在他面前的腿,示意那人稍稍抬一下,他好从座位下爬出去。"在家十日好,出门一时难。"出门在外的难处,大家倒也都能够相互理解,挡在他前面的腿非常配合地抬了起来。尽管如此,花文东还是费了很大的劲才从座位下爬出来,并使出攀、跳、撑多种功夫才到达厕所门口。

到是到了,但他一看傻眼了,根本没法进。不是因为门上锁了,门倒是大开着的。也不是因为厕所肮脏,那么多人挤在车上,厕所要是不脏,那是根本不可能的。进不去厕所,那是因为——里面至少挤进了七八个人,把那个狭窄的空间塞得满满当当,就连蹲坑上也有个身形黑瘦的中年农民一只脚踩在这边一只脚踩在那边。而蹲坑里面,哎,那就别提了!花文东虽然也是农村人,见惯了露天厕所、猪屎猪尿,但依然忍不住皱了皱鼻子,使劲屏住呼吸,因为那气味实在呛得人无法忍受。

俗话说,"人有三急",既然到得了厕所门口,怎么着也要把这泡尿尿出来!花文东朝那位站在蹲位上的中年人苦笑了一下:"大叔,能让让吗?俺要憋死了。"

"大的小的？"

"小的。"

"小的还成，大的你就憋着吧。"中年农民一边说一边抱住身边同伴的肩膀，一只脚往旁边挪了挪，另一只脚抬在半空，为花文东腾出了差不多能垫一只脚的地方。见有了下脚空，花文东也不管门关不关了，反正根本没法关，便迫不及待地对着坑里的污物一顿猛冲，心想，"这下你可要感谢俺了，瞧俺帮坑里冲得多干净！"

解决了内急，花文东无比轻松畅快。他一边再次施展攀、跳、撑等多种功夫，一边留心观察车内外的情况。车窗外，黑咕隆咚，偶有几点微弱的亮光一闪而过；车窗内，呼噜声此起彼伏，间闻磨牙梦语惊悸之声。见花文礼等同伴们趴的趴、靠的靠，虽不能舒舒服服地坐着或睡着，但也多少能有容身之处，也就稍稍放了点心。"前面不是刚才那对狗男女吗？俺倒要看看是啥样的女人，喔！脸还行，挺白净的。不对呀，你那手插哪里了？怎么插到这小子肚皮上了？这小子也不是玩意，黄着个毛，尖着个嘴，你小子咋就把狗爪子伸到姑娘棉袄里了呢？都不是好玩意，伤风败俗！这要是在俺桃花谷，不笑话死你们才怪呢？！"花文东就这样一边挪向刚才躺着的地方，一边死死盯着这一男一女，一边在心里愤愤不平地骂着。在他重新钻进座位前，还狠狠地用眼剜了一把两人。不过，花文东剜也白剜，这俩人正头颈相接，身体相缠，哪有心思理会旁人的反应？

花文东再次躺下后感觉睡意全消，开始畅想起打工后的美好生活：俺们要去的那个地方高楼多不多？俺也能睡上楼房吗？有啥工作好做？老板对人好不好？每个月能拿多少钱？对了，要是一个月能挣50块钱，俺就隔三岔五去饭店吃顿大肉，弄瓶啤酒；要是一个月能挣100块钱，俺就去托人给俺说个媳妇，这个媳妇脸要白，人要老实，不能像刚才这个臭女人那样不要脸，还有就是屁股一定要大，听说大屁股女人能生男孩，省得像文礼哥那样被罚那么多钱；要是一个月能挣150块钱，那俺一年就最少能攒下七八百块钱，过几年俺差不多就可以盖上3间大瓦房了，看谁还敢欺负俺！想到这里，花文东不禁又有点愤愤不平了，他咬紧牙，攥紧拳头，心情久久不能平复。

"花生瓜子火腿肠，啤酒饮料方便面。要吃早饭赶紧买了！"睡意正浓的花文东突然被一阵不紧不慢的吆喝声吵醒，他睁开眼偏起头朝外张望一下。天早已大亮。花文东想：这些人咋就这大本事？连人都挤不过去，他们居然能把小车子推来推去！哎！肚子倒是又饿了，你那花生瓜子火腿肠俺倒是真想吃呀，可兜里一个钢镚都没有,等俺挣到钱了,一定要把这些东西都尝个遍!

火车依旧"哐当哐当"地走走停停,停停走走。第二天中午的时候,花文礼一行人终于到达了离海边不远的天海市。天海市是与南粤市几乎齐名的一个地级市,乡镇企业非常发达,它的发展经验已被总结成"天海模式"在全国推广。对于这些,像花文礼这样山沟沟里出来的农民们当然是不大明白的,但他们知道这里打工机会特别多。与他们同车的那些老乡们绝大多数也是从这个站下车的,待他们下车后,火车上几乎没剩几个人了。

一出火车站,花文礼一行人便被这个东部城市高大崭新的大楼镇住了。"乖乖哟,这个城市比俺们省城都漂亮多了!"花文礼不由得感叹道。

"漂亮归漂亮,俺们可不是来看西洋景的,今天天黑前要是找不到工打,俺这肚子可就要饿瘪了。"同伴中有人提醒道。

听闻此言,大家都有同感,便加快脚步朝有工地或工厂的地方大步走去。他们穿过一个又一个路口,走进一个又一个的工地或工厂,终于在太阳还有丈把高的时候到达了一处建筑工地,遇到了一个谈得拢的包工头。这个包工头是个南方人,个头不高,偏瘦,但他脖子上挂的又粗又长的金项链和好几只手指上并排戴着的超大金戒指,使他平添了几分财大气粗的味道。

包工头用生硬的普通话告诉他们:"你们介些农村人,除了力气啥都没有啦,不过我介里也不需要你们会别的啦,只要肯出力就行啦。我管吃管住的啦,每个月工资90块钱,月底先发1/3,余下的3个月以后发啦。"大伙一听,工资还挺高的,又管吃管住,这样3个月后能净挣270块呢,便高高兴兴留下了。

包工头很大方,当晚就白米饭加上猪肉炖粉条把他们撑得饱饱的。住的地方不太讲究,他们十来个人被安排与先来的二十多个人挤在一间小铁皮房里。房间里密密麻麻摆了二十多张上下铺铁床,床与床之间仅能容一人侧身而过。仅有的两扇窗户连农村常用的筛口那么大都没有,而且还被蛇皮袋堵得紧紧地。屋子里混杂着刺鼻的脚臭气、汗臊气、霉湿气,令人连换气都费劲。花文礼他们哪里顾上那么多,火车上那么艰苦的环境都挺过去了,何况还能正儿八经躺直了睡下来?他们很快安顿好床铺,一倒头便呼呼睡着了。

接下来几个月,他们按包工头的安排,挑、搬、扛、推,哪里有需要就到哪里,哪里有危险就到哪里,不仅冲着包工头提供的一天三顿饱饭,更是冲着月底时就要到手的 30 块钱和 3 个月一结的 180 块钱。

人一旦有了期盼,这日子就过得出奇的快。建筑工地的活虽然又脏又累,但花文礼他们还是感觉日子过得够快。转眼间,3 个月过去了。他们该拿回第三个月的 90 块钱和前两月被扣的 120 块钱,然后回家割麦插秧了。然而,就在这个关键时刻,包工头却突然失踪!第一个得知消息的是花文东。

这天一大早,工地老板来找包工头,恰好问到花文东:"你们包工头呢?怎么回事?这几天活干得乱糟糟的,再不好好干,别怪我把你们都炒掉。"

花文东听得稀里糊涂,连说:"好几天没见他了。"

老板说:"你们赶快把他找回来,给了他那么多钱,这活不能这么干!"

花文东把这事给同乡们一说,有人突然一拍脑袋,大声嚷道:"完了完了!包工头该不是卷款逃跑了吧?俺以前就听说有包工头逃跑的事,这种事该不是被俺们撞上了?!"大伙一听,一个个顿时像泄了气的皮球,全都瘫软在地。

包工头的确逃走了。老板两天后向工友们宣布了这个消息。有愤怒的民工向老板抗议道:"俺们累死累活给你干了两三个月,他没给够的钱应该你给补上。"

老板摊摊手说:"你们跟我没关系,你们是他雇的,不是我雇的,要钱你们去找他要,你们要是真找到他了,我还要感谢你们呢!这么说吧,谁帮我找到他,我奖励谁 200 块钱。"

大伙一听老板说的在理,才明白那余下的钱真的没戏了。钱要不到了,家还是要回的,家里的农活也耽搁不得呢。花文礼一行人只好愁眉苦脸地收拾行李,准备揣上到手的 60 块钱回家了。

"哥,你们回吧,俺不想回了,出来一趟白干了,咋回去呀?"花文东找到花文礼说。

"哎!不回去你家的地咋办?"花文礼问。

"反正俺家的地也不多,还有俺兄弟在家,他也十五六岁了,又不念书,家里那点活他也差不多应付得了。俺还想求你们这些当哥的教教他,帮帮他,再过两年他也就立住了。"

话说到这份上,花文礼没法拒绝了。他点点头,又再三叮嘱花文东好好干,一个人在外一定要小心处事。

"哥,你说的俺都听进去了。放心吧,不干出个样来俺也没脸回去了!"花文东苦笑着说。

告别了花文东,花文礼几个人怀着万分的遗憾踏上了西去的绿皮车。

## 第八章

# 小姐妹相互激励　恶混混摧花密林

　　"姜雯霞考上大学啦！"当正放暑假的花巧凤从巧鸽口中得知这一消息后,她就如同自己当年考上一样,兴奋得连声叫好。"太好了！太好了！俺要赶紧过去向她道喜！"花巧凤边说边匆忙整理衣服,再随手拢了拢头发,就拔腿冲出门去。

　　时间正值上午九十点钟,太阳已经火辣辣地烤着大地,但巧凤丝毫不感觉热,她一边哼着"走在乡间的小路上,暮归的老牛是我同伴……"一边大步流星往前走。藕田里,碧绿的荷叶挺拔健硕,粉红的荷花摇曳生姿,巧凤深深吸了口扑面而来的清香,随手折了片荷叶顶在头上,继续哼道:"蓝天配朵夕阳在胸膛,缤纷的云彩是晚霞的衣裳。"一阵微风吹来,藕田里传来轻柔的"唰唰"声,似乎在为花巧凤伴奏,又似乎在为花巧凤鼓掌。开心的不只是花巧凤,就连躲在枝叶繁茂的大桃树大榆树大柳树大槐树里的知了也唱出了欢快的歌谣:"知道了！知道了！"

　　"祝贺你呀雯霞！"一见到姜雯霞,花巧凤就兴高采烈地拉起她的双手。

　　"祝贺什么呀？"姜雯霞愁眉不展地问。

　　"当然是祝贺你考上大学啦！"花巧凤说。

　　"哎呀！你说这事呀？那哪是大学呀,就是个大专,两年制的师专。"姜雯霞强调说。

　　"俺听说大专也是大学,你怎么说不是大学呢？"花巧凤疑惑地问。

　　"其实倒也算吧,但是大专与本科差远了。就算考上了本科,还有普通与重点、重点与名牌的区别呢！"

　　花巧凤想想也是,就不再多辩,转而说道:"那总算可以转成商品粮了吧？"

　　"就算是吧,但是谁敢说商品粮就一定比农村户口好呢？现在似乎要好,没准再过 10 年、20 年又要翻了个呢！俺自认不笨,俺们班平时成绩比俺差老远的同学都考上本科、重点了,想想心里就难受。"姜雯霞越说话越多,越说越惆怅。

花巧凤见姜雯霞考上大学都没能高兴起来，一下子感觉自己与这个老同学竟相差那么大。自己不过是个中专生，就想无忧无虑享受人生了，真是丢死人啦！于是，她收起笑容，认真地问道："你打算今后怎么办呢？也准备放弃报到，明年再考一年吗？"

"那倒也不必。那天班主任把俺们叫到他家通知俺考上的事，俺听说自己只考上师专，当时没忍住眼泪就哭出来了。结果老师当众狠狠教训俺一通，说胜败乃兵家常事，何况你还没失败，只是本可打个大胜仗，结果只取得小胜而已。要是真不满足，上了师专以后还可以进修本科，甚至考研究生。"

姜雯霞顿了顿，接着又说："俺听老师说得在理，也就不再纠结。等其他同学都离开老师家以后，俺向他请教了如何进修，如何考研究生。老师桃李满天下，给俺讲了很多自强不息的故事，也告诉俺继续深造的具体办法。俺现在已经想好了，这个暑假先好好休息休息，一进师专校园俺就要开始自学与研究生录取考试相关的课程了。"

花巧凤深受姜雯霞感染，毫不犹豫地脱口而出："那俺也向你学习，和你一起自学考研课程吧！"两个姑娘的手紧紧握在一起，似乎在相互鼓励，又似乎在相互较劲，还似乎在向旁人宣告：任何艰难困苦都别想阻挡她们继续前进的步伐！

开学后，花巧凤按照姜雯霞提供的书单，为自己和姜雯霞各买了一份。自己在省城，大书店里各种书齐全得很。姜雯霞在下面一个小城市，很多书根本买不到，所以买书的任务就落在巧凤头上了。但姜雯霞也有姜雯霞的优势，她上的毕竟是高等学校，老师们不是讲师就是教授、副教授，对考研的情况非常熟悉。两个童年的好朋友又通过考研这件事再次密切联系起来。她们在各自的学校里既要努力完成正常的学习任务，又要抓住一切空余时间自学考研书籍。最难学的是英语，花巧凤中专学的是旅游专业，英语倒是必学课程，但以日常对话交流为主，不是太深；姜雯霞师专念的是中文专业，英语已不再列入必修课程，所以她们差不多都在以高中的基础自修大学英语课程。好在两人都是不肯轻易言败的人，她们都拿出了比当年中考或高考时更大的劲头，并频繁通信，互相激励对方全身心地投入到这场她们自己设定的战斗中。

花巧凤如醉如痴的学习状态与周围的环境极不相称。中专的学制本就 3 年，第三年一般就是用来等待工作分配、加强同学友情或寻找人生另一半的，没有多少人会傻乎乎地一天到晚捧着书本。有深厚社会关系的同学早已通过家长的背后运作锁定了理想的工作岗位，没有什么关系的同学也在想方设法去寻找靠山或者做学校老师、领导的工作，实在什么关系都找不到又不善于跑关系的也没有心思读书学习。一场接一场的聚会是打发漫长无聊时光的最好理由，而如果能寻得俏丽佳人或白马王子那当然更有意思啰，哪怕是假装着谈一场轰轰烈烈的恋爱。

花巧凤到底没能脱离她所处的环境。痴迷书本的她无意中发现了一双灼热的眼睛：在她低头看书的时候，这双眼睛守护在她的身旁；在她匆匆行走的时候，这双眼睛紧跟在她的身后；在她遇到难题百思不解的时候，这双眼睛流露出无限的同情；在她克服困难取得进展的时候，这双眼睛也和她一样充满了欢欣……她想回避这双眼睛，又常常忍不住随着流海的晃动快速扫一眼这双眼睛，甚至有很多次都想直接迎上这双眼睛。她知道这双眼睛的主人是许多女生暗恋的对象。他是一个高大英俊的帅哥，一米八的大块头上均匀分布着健硕的肌肉，飘逸的长发下面长着一张果敢坚毅的国字脸。他打得了一手好球，弹得了一手好吉他，唱得了一曲好歌。这位帅哥名叫曹鹏，是花巧凤的同班同学。

"花巧凤，今晚有空吗？"那个低沉而富有磁性的声音终于在一个阳光明媚的午后冲着花巧凤问了一声。

"哦……俺……俺……俺还有好多作业没做呢。"花巧凤既惊又喜地应道。

"我怎么没见老师布置作业呢？"曹鹏不解地问。

"可能……可能我们学的不一样吧？"

"学的不一样？"曹鹏悻悻地挠了挠头说，"本来想请你看场电影的，那就改日吧。"说完，他扭过头无比失落地走开了。他没有想到像他这样曾经无数次退回过爱慕者的书信、避开过爱慕者炽热眼神甚至主动靠上来的娇柔身体的优秀男生，竟然也会遭到回绝！

见曹鹏转身离开，花巧凤也有些怅然若失。她想追上去说："其实俺今晚也可以不做作业。"但是不知为什么，她根本迈不开腿，也无法张开口。她心里突突直跳，不知是因为激动，还是后悔。她无法再平静下去，便一个人来到沙河边。

初秋的沙河，水位已大幅降低，裸露出大片大片的白沙。花巧凤踩着又细又软的沙子漫无目的地向下游走去，不知不觉地走到一片茂密的桑树林边。这些桑树虽然不是特别高大，但也有一二人高。初夏的时候，她与同学们经常到这里采摘桑葚。现在桑树虽不再生出新的枝叶，但仍旧碧绿苍翠。

"哈哈！美人儿，没想到在这里遇上你了。"树林里突然蹿出一个留着大卷发、蓄着小胡子、身穿花里胡哨夹克衫的小流氓。

花巧凤被吓得一愣，连忙后退几步。

"别怕，小美人！"小流氓嬉皮笑脸地说。

"你……你要干啥？俺……俺又不认识你。"花巧凤惊慌地问。

"你不认识我不要紧，我认识你呀，花……巧……凤！"说着，小流氓快步冲到花巧凤身边，用一只胳膊箍住她的脖子，另一只手紧紧捂住她的嘴吧，使劲把她往树林里拖去。

无论怎么挣扎，花巧凤都无法摆脱那双铁钳般的大手。她想大喊，但嘴被捂得铁紧。她想用脚踢，双腿竟酸软无力。她想用手抓，但双手很快被那人拧到背后。所有的努力都是白搭，她被小流氓一步步拖到密林深处一块平坦的地方，重重地摔在地上。紧接着，小流氓腾出一只手，从兜里掏出一把烂纸，胡乱塞进花巧凤的嘴里。两手并用的小流氓像一条疯狂的野狗，肆意撕扯着花巧凤的衣裤，舔舐着巧凤的脸颊、脖子和胸口，丝毫不理会花巧凤奔涌而出的泪水和掺杂着祈求、无奈和绝望的眼神。

"咔嚓嚓……"遥远的天际突然发出一声震耳欲聋的炸雷，重重密布的乌云随即被撕开一道殷红的血口，如注的血雨紧接着哗哗而下，很快浸湿了干焦的土地……花巧凤疼得早已昏了过去，半梦半醒间只觉得天仍在动地仍在摇，而自己就如一片悬在半空的羽毛，轻飘飘地不知会飘向何方。

小流氓渐渐放缓了动作，但仍像一块巨石一样死死压在花巧凤的身上，用臭烘烘的大嘴胡乱拱着、吸着、舔着……用脏兮兮的双手肆无忌惮地揉着、搓着、捏着……

不知又过了多久，小流氓起身提起裤子，掏出一支香烟，"啪"的一声按响打火机点着了香烟，猛吸一口后，竟倚靠着树干坐下来，一边心满意足地吸着香烟，一边贪婪地瞅着花巧凤年轻的身体。

花巧凤慢慢恢复了知觉，见小流氓仍坐在旁边，便运起浑身的气力，迅速爬起，像只发怒的母狮一头撞向小流氓。小流氓似乎早有准备，身体往旁边一偏，随手再次抱紧了赤身裸体的花巧凤。绝望的花巧凤不顾一切地挥舞双手，碰到哪里就使劲抓哪里，小流氓的脸上、脖子上、手臂上被抓出了一道又一道伤口。

花巧凤的反抗彻底激怒了小流氓。他腾出手对准巧凤娇嫩的脸颊就是一顿猛抽。花巧凤只觉眼前金星四溅，并再次被小流氓死死按倒在地。

"你还反了不成？真是自不量力！"小流氓一边死死压着巧凤，一边恶狠狠地说，"再敢乱动，看我不掐死你！"

花巧凤的嘴仍被堵着，没法说话，心想：死了算了，被你这种人渣糟蹋了，俺也不想活了！于是，她用一种决绝的眼神狠狠盯住小流氓，似乎在说：有种你就掐吧，俺就是到了阴曹地府也要把你捎上！

小流氓好像看懂了花巧凤的心思，阴阳怪气地说："你费尽心机读了中专，眼看就要毕业，该不是就为了死吧？就算你不怕死，你死了你家里人怎么办？听说你家里正等你赚钱寄回去给他们还账呢！"

花巧凤听罢，眼泪再次扑簌簌流了下来。

"怎么样？说到痛处了吧？"小流氓调整了姿势，一下骑在花巧凤的身上，两只手使劲攥住花巧凤的双手，继续说道，"其实你也没啥委屈的，要不是我爸费尽九牛二虎之力把你保下来，你早就不知嫁给哪个乡下老头了！还想上中专，在城里找工作？你就做梦去吧！真以为自己比别人长得美呢？！"

花巧凤越听越糊涂，心想：这个败类居然对俺知道那么清楚，他到底是谁？

小流氓似乎看透了花巧凤的心思，又趾高气扬地说道："想知道我是谁吧？告诉你也没啥，我叫李大丰，你们班主任那是我爸！"

花巧凤听罢，不由得打了个哆嗦，心想：李老师？您怎么会有这样的儿子？您曾经给了俺新生，现在您的儿子却把俺推进地狱！想到这里，她不禁又泪眼婆娑起来。

"你咋又哭上了？我爸帮你保住了学籍，你还不好好谢谢他？嗯，谢倒是不必了。我爸也不看重这些，要谢就谢我吧。等你毕业了，叫我爸帮你找份好工作，再过两年嫁给我就行了！"李大丰越说越得意，再次噘起臭嘴在花巧凤脸上乱亲起来。

花巧凤自知无法反抗，只得闭上眼睛把头使劲左摇右摆起来。"咔嚓嚓……"又一声沉闷的炸雷响起，紧接着狂风大作，地动山摇，倾盆大雨再次呼啸而来……

李大丰终于停止了兽行。他让花巧凤起来穿好衣服，还在一旁配合着递这递那。待花巧凤收拾停当，他一把搂住花巧凤的肩膀，故作心疼地说："别哭了，再哭下去会哭坏身体的。从今天开始你就是我的女朋友了，以后要是有人欺负你，就找我。"

花巧凤还沉浸在无比的痛苦之中，根本没有心思听他假慈悲。

李大丰似乎也不太在意她能不能听得进去，接着说："今天的事不许跟任何人说,包括我爸!我呢,会私下里叫我妈做他工作,争取你毕业时留校。你要是跟别人说了,可别怪我不客气!嘿嘿,其实你说了也不要紧,想想谁还会要你?你家里人的脸面往哪里放?还有,你又怎么能证明自己不是自愿让我干的?好好想想我说的话吧!我先走了,过几天再找你。"说罢,又噘嘴在巧凤脸上使劲亲了几口,吹起口哨大摇大摆地走了。

花巧凤脑子里一片空白,浑身虚脱。她拽出口中的烂纸,瘫坐在地上怔怔地看着小流氓渐渐远去的背影,不知该大喊大叫还是沉默不语。大喊大叫吧,不一定有人能听到见,因为这里远离学校,人迹罕至。就算有人听得到,他们会过来吗?就算听到的人过来,他们能抓得住李大丰吗?就算他们能抓得住李大丰,能证明自己被他糟蹋了吗?就算证明了这个人渣就是个强奸犯并把他枪毙了,那自己被强奸的事不是也要被人知道了吗?真要是那样,自己还能在社会上正常生活下去吗?爷爷、奶奶、父母、弟妹们还能在桃花谷抬得起头吗?哦,还有李老师,这个李大丰长得与李老师还真的很像,记得在李老师的办公桌上有一张全家福照片,照片上有个十几岁的初中生男孩跟这个小流氓长得一模一样,只是不像现在这样流里流气而已。李老师是那样的宽厚仁慈,没有他的帮助,自己真不知已经嫁给什么样的人了,哪还能有机会在省城读书?假如他的儿子被判了刑,那他该如何生活下去?

李大丰的背影彻底消失了,花巧凤仍没理出头绪来。她知道,这种事情要么就去举报;要么永远憋在心里。但举报后的可能结果她已经想到了。要永远憋在心里,她也十分不甘。怎么办?她头痛欲裂,真是呼天天不应,呼地地不灵。还是把命运交给天意吧!她从兜里摸出一块硬币,心想:要是正面朝上,就去告发这个小流氓;要是反面朝上,就憋在心里。她把硬币往上一抛,随即闭上眼睛,那硬币在空中转了几圈,一下摔到地上。她想睁眼查看结果,可眼皮像僵硬的铁片一样,半天也张不开。她又闭上眼,呆坐了一会,终于狠心睁大了双眼。是反面!

她不死心,在心里默念道:不!不!难道就这样放过了这个小流氓吗?她捡起硬币,再次抛向空中,又经过一番挣扎后才缓缓睁开眼,硬币的反面仍旧朝上!"老天呀!你就这样让我不明不白地放过他吗?"花巧凤近乎绝望地捶击着地面,眼泪像断了线的珍珠一样"啪嗒啪嗒"落了下来。

不行!这样的恶人咋能轻易饶恕?她第三次把硬币抛向空中,闭眼,祈祷,再闭眼,再祈祷。待她终于睁开眼睛时,那枚硬币仍旧反面朝上静静地躺在地上。

"天意!天意!天意就是这样捉弄人吗?"花巧凤声嘶力竭地扑倒在地上,可着劲地抠着地上的杂草和土地。她感觉天昏地暗,一切都那么虚幻,一切都那么无情。不知又过了多久,天色越来越暗,气温越来越凉,草丛里的秋虫断断续续发出虚弱的哀鸣,似乎也在为她叹息。花巧凤咬咬牙,扶着树干站起身,木然地掸去身上的尘土,朝着学校的方向缓缓走去……

"花巧凤,你生病了吗?"花巧凤刚跨进校门没多久,曹鹏便从旁边的小路迎了上来,似乎是偶遇,又似乎是在此专候。

"没……没有。"花巧凤木然地答道。

"你好像很虚弱,要不俺陪你到医务室看看吧?"曹鹏仍不放心,又追问了一句。

"不,不用,真没啥。"花巧凤仍旧不冷不热地答道。

曹鹏见花巧凤目光呆滞、头发蓬乱,猜想她如果真没病的话,一定是有什么心事,既然她不愿意说,那自己也不好再问什么,便悻悻地走开了。花巧凤见曹鹏远去,内心更感凄凉和绝望:多么优秀的人呀!这不正是俺经常梦见的那个白马王子吗? 可是……可是……"想到这里,她的眼睛再次潮湿了。

花巧凤泪眼模糊地回到寝室。寝室内空无一人,也许都出去看电影或者逛大街或者跟心仪的人谈恋爱去了。她顾不上想那么多,也根本没心思想那么多,随手拿起脸盆,翻出干净衣服,一头冲进厕所,快速钻进夏天冲凉的小隔间,一把拧开水龙头,任凭冰凉的自来水从头上哗哗流下。她感觉自己很脏,就一遍又一遍地往全身涂抹香皂,一遍又一遍地使劲用手搓揉,仿佛只有这样才能彻底冲刷今日所蒙受的污垢和耻辱。她一边冲着,一边哭着,泪水和着自来水顺着身体不断地往下流……要不是有人从外面敲击小隔间的门说等着接水,也不知道她还会在这里冲多久。她穿好衣服,擦干头发,把脏衣服泡在盆里,便转身回到寝室,随手拉过被子,一头钻了进去……

花巧凤真的生病了,高烧 40 摄氏度。很晚才陆续归巢的同寝室女生发现花巧凤居然在她们归来之前已经上床,起先还很纳闷,待她们听到巧凤在那嘟嘟囔囔发出"不要!不要!"或"滚开!滚开!"之类的呼叫声时,她们才明白花巧凤可能是病了,一摸额头,发现滚烫滚烫,便喊来本班的男生七手八脚地把她扶起送往医务室送。医务室没人,同学们又忙着把她送往附近的一所医院。最忙的算是曹鹏了,跑前跑后,忙得满头大汗。同学们其实早就发现曹鹏对花巧凤有意思,这个时候也都乐意做个好人,给他创造更多的机会。

两瓶盐水吊完,花巧凤的高烧也渐渐退了。其他同学一见花巧凤脱离危险,便接二连三随便找个借口先撤了。曹鹏望着熟睡中的花巧凤不禁陷入了沉思:白天还是好好的,这病咋就来得这么快?

"花巧凤,你终于醒了!你先前烧得厉害,大家可吓坏了!"曹鹏见花巧凤睁开眼睛,欣喜地低声说道。

"没什么,可能是受凉了,给大家添乱了,真不好意思。"花巧凤有气无力地应道。

"没啥!谁不生病呢?你感觉好些了吗?"曹鹏说着想伸手摸下花巧凤的额头,但手举到半空又缩了回来。他朝花巧凤抱歉地笑了笑,起身找来护士帮花巧凤又量了量体温。

过了一会,曹鹏叫花巧凤取出体温计,迎着窗外刚刚发白的亮光仔细瞧了瞧,兴奋地说:"不到 38 摄氏度,太好了!"说着,扶起仍然有些虚弱的花巧凤找到值班医生,又开了些药便离开医院回学校了。

初升的太阳把金色的光芒洒遍城市的角角落落,也洒在了曹鹏和花巧凤的身上。曹鹏经过一夜的折腾,已经非常疲惫,但看巧凤已无大碍,心里倒是暖洋洋的。然而,一想到花巧凤突然间由青春亮丽变得憔悴不堪,他又心痛不已。他懊悔地对花巧凤说:"哎!要知道你会烧那么厉害,昨晚在校门口时俺拉也该把你拉到医院去。"

花巧凤早已心灰意冷,见曹鹏如此体贴自己,心里反倒更加难受,心想,如果昨天同意跟他一起看电影也许就啥事没有了,如果……如果……哪有那么多的如果哟!她凄苦地说:"该来的躲也躲不过。让你费心了,真不好意思。将来我有能力的时候,一定会好好感谢你!"

曹鹏听着花巧凤的话,感觉很奇怪,但又猜不透她到底是啥意思,便不再说什么。

快到校门口的时候,两人碰到了班主任李仁杰老师和两个班干部。

"花巧凤,好些了?"李老师亲切地问。

"好……好些了。"花巧凤怯生生地答道,眼睛却只顾往旁边溜,根本不敢正视李老师,仿佛是自己做了多么大逆不道的事情一样。

李老师又接着问:"医生怎么说?"

"医生说是受凉了,没有大碍,刚刚给开了药就让我们回来了。"曹鹏见花巧凤有点紧张,便抢着说道。

李老师点点头,见花巧凤似乎有心事,也就不再多问,只是和蔼地安慰说:"没大碍就好,你先回去好好休息休息。中午的时候我让你师娘熬点汤给你送来。"

"别……别送!谢谢李老师,俺真得好多了,回去再睡一会可能就没事了。"巧凤说着说着眼泪竟哗哗流了出来。

李老师越听越感觉蹊跷,决定先将这事暂时放一放,等过两天花巧凤好些了再说。

过了几天,花巧凤已完全康复。只是经过这场高烧,她像换了一个人一样,经常一个人呆呆地在教室或寝室一坐就是半天,旁人跟她打招呼也经常没听见似的。曹鹏几次想找她出去走一走,散散心,都被她冷冷地拒绝了:"谢谢你的好意,俺不能拖累你,你这么优秀,没必要把时间都花在俺这里。"

曹鹏非常沮丧。眼看着花巧凤一天天憔悴下去,他却一点忙都帮不上,只好扛起吉他来到沙河边,一遍又一遍地弹唱着童安格的那首《其实你不懂我的心》:"你说我像云捉摸不定,其实你不懂我的心……"

李老师把花巧凤叫到办公室,关切地问:"花巧凤,你最近情绪很低落,是不是家里有什么难处?"

"没……没有,家里一直都那样。"

"那是学习上遇到困难了吗?"

"也没有。"

"哦,有什么困难就直接跟老师说吧,老师尽量帮助你,包括你毕业分配的事。"

"谢谢李老师,俺真的没啥事。只是……只是……"巧凤想随便编个什么借口,把李老师搪塞过去,可想了半天也编不出来,反倒因紧张连话也说不利索了。

李老师更加明白花巧凤心里一定藏着什么事,便继续鼓励她:"有事就说吧,你还年轻,没有什么事是挺不过去的!"

花巧凤见李老师如此通情达理,想到那个小流氓李大丰却禽兽不如,不禁悽然起来,眼睛一下子就湿润了。她怕李老师看见,连忙把头扭到一边,没曾想眼光却落到李老师桌上的那张全家福照片上。李大丰的面目一下变得狰狞起来,她死死地盯着照片,目光中充满了仇恨和惊恐。

李老师很纳闷,心想:花巧凤对这张照片怎么会是这么个态度?难道是对我有什么意见吗?于是便和蔼地问道:"是不是老师哪里做得不好,你对老师有什么意见?"

"没有啊,李老师!您对俺……好……好得很呢!"花巧凤还没说完,情绪终于崩溃了,泪水像决堤的洪水一下子奔涌出来。

李老师接着说:"就算你对老师有什么意见也没关系,老师也是可以改正的。"他见花巧凤的情绪一时难以平复,猜想她暂时还不想跟他说出实情,便说了些鼓励和安慰的话,就叫花巧凤回去了。

"仁杰,听说你们班有个叫花巧凤的姑娘?"李老师的夫人、一位白净富态的银行职员在闲聊时问道。

"嗯,你怎么突然关心起我的学生了?"李老师不解地反问。

"什么叫突然关心?你前两年经常深更半夜才回来,问你干啥去了,你不是说为一个叫花巧凤的女孩去找校领导说情吗?"李夫人故作怨恨地回了一句。

"哦,是有这么回事,你怎么想起这事了?"

"我就是随便问问,看你成天为了学生忙来忙去的,想知道这些孩子都怎么样了。"李夫人应道。

"嗯,孩子们都很聪明,这一眨眼要毕业了,他们就要各奔东西了。只是你说的这个花巧凤最近情绪不太好,我正愁着怎么做她的思想工作呢!"李老师说。

"那还不简单嘛!这个花巧凤一定是在为毕业分配的事发愁。她家里又没关系,看到其他同学都落实差不多了,能不着急吗?"李夫人滔滔不绝地说道,"你就好事做到底吧,想办法活动活动,争取让花巧凤留校。我呢,也想办法找领导帮大丰安排进银行系统。听说这个花巧凤长得漂亮,瓜子脸,柳条腰,皮肤又白又嫩。到时候找人牵牵线把俩孩子弄到一起,你瞧多般配呀,咱们就等着抱孙子吧。"

"抱孙子?瞧你儿子那个样子,他哪一点能配得上人家花巧凤?"李老师怒气冲冲地说。

"什么叫我儿子,难道不是你的?那个花巧凤再优秀也是农民出身,能嫁给咱大丰那是她的福分!"李夫人也不依不饶地回敬道。

"算了算了,不跟你瞎掰了,反正我一看到那个混球就来气。"李老师见争来争去没啥意思,就躲到一边去了。

李老师越想越感觉这事蹊跷:大丰妈怎么突然掺和到花巧凤的事情中了？难道……当晚,李老师就把在外游荡一天才回家的李大丰叫到书房,关起门来严肃地问:"认识花巧凤吗？"

"花……花巧凤,没……没……听说过！"平常见到父亲就像老鼠见猫一样的李大丰,听到父亲突然说出"花巧凤"这三个字,一下子惊呆了,半响才结结巴巴蹦出这么几个字。

李老师眼一瞪,压低了嗓门一字一顿地问:"不认识？我看你撒谎都撒不圆！老实说,你是不是欺负人家了？"

"我都不认识她,怎么去欺负？"李大丰虽然嘴里不肯认账,但无论是眼神,还是说话的声音,都明显底气不足。

"你这个逆子,给我滚！"李老师使劲一拍桌子,声嘶力竭地朝李大丰吼道。

李夫人听到李老师在房间发怒, 慌忙推门进来说:"看你那凶巴巴的样子,别把孩子吓坏了！"

李老师气不打一处来,瞪起眼睛吼道:"看你把儿子都惯成啥样了？"然后狠狠地把门一摔,一个人独自走到外面消气去了。

第二天,李老师再次把花巧凤找到办公室,非常歉意地对她说:"老师知道你为啥委屈了,老师对不起你呀！你放心,老师一定还你一个公道！"

花巧凤见李老师话说得很突然,连忙对李老师说:"李老师,您是俺的恩人,怎么会对不起俺呢？"

李老师摆摆手,长长地叹了口气说:"你也别再为大丰隐瞒了,老师知道你心里有多苦！都怪老师平时没有把大丰教育好,我这些年也是拿他没办法呀！"

花巧凤一听李老师什么都明白了,忍不住再次大哭起来。她一边哭一边对李老师说:"李老师也不要难为自己了,您是个好人,也是个好老师,俺不能让您为难！"

李老师见花巧凤的情绪的确与大丰有关系,便鼓励她说:"你把具体情况都说说吧,老师不为难了,说出来你心里或许好受些。"

花巧凤在李老师的鼓励下,终于鼓足勇气把那天发生的事情向李老师大致说了一遍。李老师听完,再次长长叹了口气,瘫坐在椅子上半天才说:"老师再次向你道歉,但老师的道歉代替不了大丰,他应该为自己的所作所为承担应有的后果。"

　　几天后,李大丰在父亲李仁杰的带领下前往公安机关投案自首。几个月以后,李大丰被判处有期徒刑 3 年。李夫人虽然大闹了好几场,却也未能改变事情的结果。只有花巧凤,虽然在李老师的精心保护下未被透露出来,而且还因为在校成绩出众顺利留校,但她内心所受的伤害久久未能愈合,对李老师的歉疚之情也难以忘记。

## 第九章

# 埋头工作难掩伤　亲妹捎来镇痛贴

花巧凤留校后被分配到校办公室工作。工作内容主要是收发文件、接接电话等一些杂务,事情不算复杂,但需要与各种人打交道,一不小心就可能得罪什么人。好在花巧凤是本校自己培养的学生,本人又做事认真,做人低调,对待办公室里的领导和同事都非常恭敬,因此,即便哪些地方做得确实不太好,领导和同事们也不太跟她计较。不过,办公室工作需要坐班,常常下班后或双休日也会有各种临时性事务需要处理,这在一定程度上打乱了花巧凤的自学安排,所以大半年过去了,花巧凤的自学计划几乎没啥进展。

有在办公室待得久的老同事提醒花巧凤:在学校工作没有学历是万万不行的,趁年轻要找机会早点拿到大学文凭。花巧凤听后,只好苦笑一下,心想:自己何止要拿到大学文凭呢?现在这种状态不是没有时间复习迎考吗?然而,她也非常明白自己目前工作的来之不易,只好一门心思努力干好眼前工作。当然,这样被工作占据大量时间的好处还是有一点的,那就是可以多少转移一下注意力,暂时掩盖一下李大丰对她造成的伤害。

快过年了,远在天海市打工的巧燕回乡途经省城,想到大姐已留校工作,便顺道找到了花巧凤。花巧凤见妹妹到来很是高兴,忙问:"在外打工累不累?"

"累还是挺累的,一天要干十几个小时呢!"巧燕顺口答道,"可是,总比在家当农民要好,一个月能挣一两百块呢。"

花巧凤看着巧燕那深陷的眼窝、苍白的脸色和消瘦的身体,很是心疼,就嘀咕起来:"真是难为你了,看把你累成啥样了,挣几个钱真不容易!"

"哎!大姐,这也没什么,谁叫俺读不进书呢?不然也可以像你这样做个城里人了。"

花巧凤说:"做城里人其实也没什么,城里人和农村人各有各的难处,也各有各的好处。就像你，累是累了点，但你挣得比我多。我这边倒是没你那么累，但也没什么太多自由支配的时间，也许生活就是这个样子吧，总不能让你处处都满意了。"说着说着，花巧凤又想到了那场噩梦般的经历，不由自主地叹了口气。

巧燕感觉姐姐的情绪有点不对，忙问她是不是遇到什么难处了，花巧凤不想让这事给家人带来什么不好的影响，赶忙就把话题岔开了："没什么，没什么，赶快给姐说说，你在那里还有什么新鲜事吗？"

"一天到晚都在屋里干活，外面天塌下来也不知道，哪有什么新鲜事？俺在那边打工倒是遇着个本村人，你猜猜是谁？"巧燕反过来问道。

花巧凤一直在外读书，老家的人也不是太熟，所以一连猜了好几个都没有猜中。

巧燕忍不住哈哈笑道："算了吧，估计你猜到明天也不一定猜得到。告诉你吧，俺遇到了花文东，算是俺们小叔，他跟你还是小学同学呢。"

"花文东我当然知道了，当年读书时就数他鼻涕流得长！你们能在外乡碰上面也算是奇迹。"

"姐，你不知道，更巧的是花文东原来跟俺给同一个服装店老板打工。俺一开始就学缝纫，出师以后到现在一直在做缝纫工。花文东在服装店里换了好几次活，不过，他现在已经不在这里了。"巧燕补充道。

"哦，没想到他这么有本事！"花巧凤惊叹地说。

"哪是有本事？你理解错了，他是因为啥也学不会只好不断地换工种。他学的第一个活是熨衣服。因为他常常把衣服熨出好多洞，老板没办法就让他学拉布。拉布就是帮着大师傅把布拉直。他倒好，经常拉着拉着，头一歪，就撑在桌上呼呼大睡起来。老板看他这么简单得事都做不好，很生气，想把他炒掉。他听说要丢工作，就苦苦哀求老板再给他一次机会。"巧燕纠正道。

花巧凤感觉好笑，赶紧追问："老板给他机会了吗？"

巧燕道："俺那个老板也是个热心人。他看花文东心诚，就让他改学打纽扣眼。他呢，连着好几次把扣眼一直打到衣服的后襟上，好端端的料子衣服直接就变成破烂衣服了。"

花巧凤笑得眼泪都快出来了："哎哟，笑死我了，这世上还有这么不开窍的人！"

看大姐笑成这个样子，巧燕马上提醒道："大姐，你可别趴在门缝看宰相——

小看了大人,俺们那个小叔才不笨呢!"

花巧凤感觉很奇怪,忙问:"他小学成绩俺是知道的,现在学做衣服,又学成这个样子,那还不算笨吗?"

巧燕说:"你先别急,今天晚了,等明天俺慢慢说给你听吧。"

第二天晚上,巧燕又接着前一天晚上的话题说:"花文东被老板辞退后换了一个行当。听他自己说,他一连好几天没有找到工作,手中又分文没有,肚子饿得实在受不了,就背着行李在大街上捡垃圾换点零钱买吃的。白天还好过,遇到天阴下雨这样的坏天气,随便往哪家商店里一躲就没事了。到了晚上,商店一关门,他就没啥地方好躲了,实在困得不行,就只好在天桥下,或者过道边上将就睡上一宿。那时正好快到腊月了,天海市的冬天虽然比俺们老家要暖和些,但冬天也是很冷的,他就使劲裹住那条从老家背过去的薄被子,经常整夜整夜被冻得睡不着。"

"想不到他受了这么多苦,出门在外可真不容易!好像那年他跟俺伯他们一块出去被包工头骗了以后就发誓说,不干出个样子不回老家去,这么说他这几年都没有回去过啰?!"花巧凤感叹道。

"可不是嘛!"巧燕说,"他也真是个很有志气的人!以俺看,啥叫干出个样子?俺们农民一没家底,二没靠山,还远在外乡,能勉强活下去已经不容易了,还能指望干出啥名堂呢?有时候看看那一排又一排的高楼大厦,一条又一条的大马路,一座又一座的过江过海大桥,哪一样离得开农民的血汗?可是把这些东西建好了以后,俺们农民连进门的资格都没有,不是嫌你脏,就是把你当贼防。"

"嘿!你怎么越扯越远了?还是说花文东吧。"花巧凤提醒道。

"对,看俺说哪了!花文东不是靠捡垃圾卖钱买吃的吗?他因为要经常跑到垃圾收购站把手中的垃圾卖掉,就开始留心人家收购的垃圾种类、价格、来源什么的,还缠着收垃圾的老板雇他打工,那个老板经不起他缠,就收留他了。也许是被逼的,也许他天生就该吃收垃圾这碗饭。他在收垃圾的老板那里打了几个月的工,样样做得头头是道,给老板多赚了不少钱,很得老板的赏识,老板每个月能给他开好几百块的工资呢!"巧燕说。

"几百块?"花巧凤简直不敢相信自己的耳朵,"这可是俺的好几倍呢!"

"没错,是几百块!"巧燕接着说,"后来他觉得自己对垃圾收购摸得比较熟了,就揣着几个月攒下的一千多块钱,从收购站出来自己单独收垃圾去了。他说自己因为勤快、嘴甜，经常在上门收购垃圾时顺带额外帮人家干很多活。人家很感动，常常把垃圾半卖半送地给了他。你想想，这样做生意能不赚钱吗？听说他现在已经攒了不少钱了。具体有多少，他不说，俺也不好问，但反正不穷了！"

"真不容易！看来老天对大家还是公平的，它把你的这条路堵上了，一定会给你在其他什么地方再留条路，只是看你有没有福气找到这条路而已！"花巧凤不由得感慨万千起来。

巧燕在大姐这儿住了3天就先回家去了。这3天，姐俩每天都聊到深夜，这对花巧凤来说，也是十分难得的交流机会，既让她暂时忘掉了那场噩梦，也让她更多地了解了她原本所在的那个群体的艰难和机会。她开始重新思考自己的未来：是保持现状，在众多不太感兴趣的事务中漫漫消耗自己的生命；还是跳出既定生活轨道，去尝试另外一种自己感兴趣、也更有挑战的生活？是被动逃避那场噩梦，还是主动融入新的乐章？

过年前几天，花巧凤处理完手中杂务也登上了回乡的长途汽车。一路上，她常常呆呆地望着窗外。马路边光秃秃的树枝上偶尔会有一两只乌鸦被往来的车辆惊起来"呀！呀！"地飞往远处。花巧凤心想：这些乌鸦就像本就不太自信的人一样，稍有风吹草动就魂飞魄散；而一个内心强大的人决不会因为环境的些许变化就失去方向，就像花文东，自身条件那么不起眼，却越战越勇，不仅生存下来，还成了有钱人。

临近新年，桃花谷村口的那条碎石路又开始热闹起来。三五成群的行人挑的挑，背的背，把大半年来远在异乡的酸甜苦辣陆续带回桃花谷。大家相互打着招呼，拐弯抹角地试探着别人的打工内容和收入情况。尽管打听的人心里非常清楚，自己所得到的答案未必就是真实的，但这种好奇心怎么也丢不掉。不过没有不透风的墙，不管你说还是不说，说真还是说假，在这个小小的桃花谷里，还真没啥能瞒得住。

花巧凤一到家便被一家人围了起来。巧旺刚学会走路，见大姐把牛仔包放在地上，便歪歪扭扭跑过来伸手往里乱翻。花巧凤一边哄着弟弟，一边从包里抓出一把大白兔奶糖塞给他。巧旺得到吃的，开开心心躲到一边享受去了。

朱良英见巧凤面容憔悴，便搂着她的肩膀心疼地说："俺大丫头都工作这么久了，咋还跟当学生时没啥区别呢，看你都瘦成啥样了？"

　　花巧凤不想让母亲担心,忙说:"俺妈,俺过得好,吃得饱,睡得着,工作又轻松。"

　　朱良英说:"别骗妈了,你过得好不好,妈还看不出来吗?你看前庄李家那姑娘,比你还小1岁呢,年初刚出去打工,前两天回来就大不一样了,烫着大波浪头,戴着大金耳环,挂着大金项链,手指头上套着大金镏子,身上穿着皮大衣和高跟靴子,也不知挣了多少钱就显摆成那个样子。"

　　花巧凤见妈妈说起李姑娘话都止不住,想存心逗逗她,便问:"俺妈,你是看人家过得好,自己气不过吧?"说罢还不忘做个鬼脸。

　　"俺才不稀罕她呢!一看就没个正形,又是描眉画脸,又是涂嘴唇的,打扮得像个妖精一样!最难受的是听她讲话,这才出去几天,就撇着满口普通话,也不知讲得准不准,反正听起来浑身直起鸡皮疙瘩。在外面讲讲也就算了,回到桃花谷,谁不认识谁呀,还拿腔拿调?你不知道,村里人都在背后戳她脊梁骨呢?!哪像俺巧凤,在省城上这么多年的学,现在又在大城市当国家干部,回到桃花谷还不照样一口土话?"朱良英不服气地说。

　　"李家那个姑娘也就算了,人家年轻。村口那个陈娃子就更邪乎了。他在桃花谷也算是个穷得叮当响的人物了,四十大几的人连个媳妇都没有,这才出去大半年,前几天回来连件不露棉花的袄子都穿不出来,也是拿腔拿调,满口普通话,好像这一出去,就摇身变成城里人一样。"花文礼接过朱良英的话茬,一边说,一边摇着头皱着眉。

　　花巧凤知道父亲前年打工被骗后,就没再出去过,心想:父亲这些年真不容易,光靠家里这几亩地,累死累活挣不到钱,心里面一定很苦。"这两年农村还行吗?"花巧凤问。

　　花文礼叹了口气说:"行啥呀?还是老样!好容易多收些粮食,还卖不掉,就算最后卖得掉也卖不上好价钱。可每年的公粮、水费、农业税一分钱都少不掉。外出打工吧,不是被骗,就是碰上窑塌楼倒。就拿你三爷那门子说吧,跟俺同辈的有兄弟三四个在煤矿打工,前两年倒也挣了点钱,今年赶上矿里瓦斯爆炸,被砸死一个,砸残两个。所以呀,别看很多人出外打工回来后装模作样,拿腔拿调,真能赚到钱的,其实也没有几个人。别人不说,就说巧燕吧,累成那个样子,你问她,到底赚了多少钱?"

　　花巧凤听罢,对老家的情况大致有数,就不再细问,向爷爷、奶奶问过安后,回屋休息去了。

过了两天，花巧凤估摸着姜雯霞也该放寒假回家来了，便去找她。姜雯霞见花巧凤来找，非常高兴，还没说上几句闲话，就问花巧凤自学进展。

花巧凤脸一红，愧疚地答道："能有啥进展？这半年刚刚开始工作，一点都不敢怠慢，生怕哪里出了岔子，根本挤不出时间学习。"话虽这么说，花巧凤心里却明镜似的，其实除了工作原因外，那场噩梦也令她至今无法平静下来。就算有闲暇时间，她也未必能学得进去，但这只能是她一个人的隐秘之痛，根本没法说给包括姜雯霞在内的外人听。

姜雯霞听说花巧凤自学没进展，叹了口气表示理解。她告诉花巧凤，自己这一年多的时间，倒是没放松过自学，只是正常的学习任务也不轻松，自学的东西难度又大，所以进展也不明显。

"那你明年毕业后工作咋办？"花巧凤问。

"工作嘛，就随他去吧。反正师专毕业包分配，一般的去向就是当初中老师。不过，这样也好，可以有更多的自由时间，既然是铁了心要考研究生，还为眼前这点小利争什么争呢？"姜雯霞看似轻松地答道。

从姜雯霞家出来以后，花巧凤不禁暗自佩服起她来。但花巧凤没法像姜雯霞那么超脱，因为那场噩梦无时无刻不在折磨着她，而她工作的地方又是那场噩梦的发生地。要想快速忘掉那场噩梦，除非……于是一个大胆的念头从她的脑子里蹦了出来。

## 第十章

# 停薪留职闯南粤　首站落脚旅行社

　　花巧凤从桃花谷回到省城后,瞒着父母、家人,快速办理了停薪留职手续和边防证,在一片混杂着疑惑和惋惜的问询声中,毅然登上了南下的列车。春运尚未结束,绿皮车上依然人满为患、拥挤不堪。但她感觉自己就像一只出笼的小鸟,有着难以名状的轻松和自由。接下来的路到底好不好走?自己还会遇到多少艰难困苦?她连想都不愿意多想。比起守在噩梦发生地郁郁寡欢,这次吉凶未卜的放飞至少可为自己带来多出一半的希望!

　　列车"咣当咣当"爬了二十多个小时,终于在红日初升的清晨到达了改革开放前沿阵地南粤市——一座靠山临海的现代化新城。就在花巧凤沐浴着金色的朝霞踏上这片土地的一刹那,她的心头不由自主地震颤了一下:啊,南粤,俺来了!都说这是一块神奇的土地,但愿俺也能沾上这里的福气,创造属于自己的神奇!

　　南粤市高楼林立、车水马龙,大街上绿意盎然、生机勃勃。花巧凤沿着大街,寻找着旅行社的招牌。她是旅游中专毕业的,当然要找份自己有专长的工作来做。几乎没走多远,一块"南粤市乐游旅行社"的金字招牌便映入眼帘,花巧凤理了理头发,掸了掸衣服,便大步跨上台阶,走进这家旅行社的接待大厅。

　　"请问你们这里招人吗?"花巧凤礼貌地向前台小姐询问道。

　　"我们这里一直在招人,请问你有预约吗?"前台小姐问。

　　"没有,我刚到南粤,还没找到落脚处呢。"花巧凤歉意地笑了笑,同时也开始把语言模式调成了普通话,她是受过专业礼仪训练的,这一点对她来说并没有任何障碍。

　　前台小姐一番电话之后,微笑着对花巧凤说:"我帮你联系了人事经理,他现在正好有空,请跟我来吧。"

　　人事经理是个二十多岁的年轻男子,个子不高,但声音非常洪亮,见花巧凤进来，客气地让她坐下说话。花巧凤双手递上自己的毕业证和身份证。人事经理看后笑了笑说："不错不错！科班出身，你希望做哪方面工作呢？"

花巧凤心想，自己还真没想过，当务之急是先把工作落实下来，便答："我先前在旅游中专做过半年的办公室工作，相对熟悉些，其他与旅游相关的工作应该都没有问题。"

人事经理见花巧凤一点不挑剔，就给她一份表格。待她详细填写了自己的基本信息、兴趣爱好、经历特长、工作意向后，人事经理拿着表格出门去了。

人事经理很快回来，身后还跟着一个同样年轻的男子："这是行政部的陈经理。我们刚才找公司总经理商量过了，像你这样的专业毕业生正是我们乐游欢迎的。你先在陈经理这边工作一段时间，一来办公室工作对你来说没有障碍，二来可以通过这个部门对公司的总体业务快速熟悉起来。等你各方面情况都熟悉以后，公司再根据你的工作表现和兴趣专长安排其他更适合的工作。"

花巧凤没想到工作这么容易就落实了，便连声称谢，随后拎起行李在后勤人员引导下到公司安排的集体宿舍休息去了。

乐游公司的集体宿舍坐落在距公司不远的一处居民小区内，小区不大，有二十来栋十几层高的楼房。花巧凤的宿舍位于小区中间那栋楼的第三层，是套两室一厅，除客厅公用外，两间房内各摆了两张单人床、两张小书桌、两只大衣柜。陈设虽然简单，但还算干净整洁，甚至比花巧凤在旅游中专的宿舍条件还要稍稍好一些。

花巧凤的室友是个二十三四岁的湘妹子，长相清甜，热情开朗，已在乐游公司从事导游工作近三个年头了。这么容易就找到了工作，而且还有了看起来不错的落脚处，花巧凤感觉像做梦一样。然而，当她真正躺上床以后，竟因为一路的劳累和突然的放松而一夜无梦，一觉睡到次日天明。

花巧凤对办公室的工作驾轻就熟，加上公司内部从总经理到一般员工很少有人超过 30 岁，大家想法接近，关系简单，她很快就适应了新的工作，也很快赢得了大家的信任和喜爱。

花巧凤的室友姓李，名晓芳。因工作是涉外旅游，李晓芳经常早出晚归，甚至几天不回。这实际上为花巧凤创造了非常难得的自学机会。

一个月以后，当花巧凤完全熟悉了工作内容并融入了新的环境以后，她立即重启了自学计划……

　　白天上班,晚上和双休日自学。旅行社里的办公室事务虽然比旅游中专还要多,但这里没有什么熟人,也没有与那场噩梦接近的场景,花巧凤非常珍惜这难得的学习环境。研究生是一定要考的,大的专业方向应该就是经济管理。现在的旅游专业正好属于经济管理大类, 她决定先通过自学考试取得旅游管理大专文凭,然后再考同一专业的本科文凭。这样,工作自学两不误,短期目标与长期目标相结合,还是很合理的。

　　"巧凤,你在想什么呢?"难得早早回宿舍休息的李晓芳见花巧凤盯着窗外发呆,便冷不丁问了一句。李晓芳天性开朗,又是做导游的,两人很快就相处得像一对老朋友了。

　　"我在想工作上的事情呢。"花巧凤回应道。

　　"哄谁呢?看你眼睛直勾勾地盯着窗外,嘴角还带着神秘的笑容,工作上的事能让你这么开心吗?是不是想你的小男朋友了?"李晓芳贼兮兮地笑着问。

　　花巧凤的脸唰地一下红了,忙辩解道:"人家还没有谈过男朋友呢,真是在想工作。你倒好,作为老员工不帮俺多指导指导,还在这里取笑人家。"

　　李晓芳撇撇嘴,嬉笑着说:"我才懒得管你有没有男朋友呢!不过,真要想找男朋友可以贿赂贿赂我,我帮你介绍,我认识的大老板多的是,老的、少的、高的、矮的、胖的、瘦的、秃顶的、长发的……你想要啥样的就直说吧。"

　　花巧凤见李晓芳存心逗她,也不再跟她辩解,干脆回她一句:"这么多大老板你还是留着自己享用吧,俺哪能跟你争呢?!"说罢咯咯大笑起来。

　　"你傻乐什么呀,我跟你说的都是实话。你想想,我是做涉外旅游的,接触的都是海外华侨、港澳商人,不是成功人士,谁会跑到中国旅游呀?"李晓芳一本正经地说,"这些人出手大方,只要你服务周到,让他们感到满意了,随手就会给你一两百块的小费。有一次,我带的一个团因为地接出了点问题,时间衔接不太紧凑,搞得这批客人很生气。我一边协调地接赶快补救,一边征得公司同意,带着这批客人到一家咖啡馆休息。为了让客人们开心,我又是给他们讲故事,又是主动表演节目。本以为这仅是我自己为了做好工作而已,谁知第三天旅行结束前,这个旅游团的领队递给我一个厚厚的信封,说是专门给我的小费。我拆开一点,一下子傻了,居然有这么多!"

　　花巧凤也感觉好奇,忙问:"多少?"

李晓芳不想直接回答,就说:"猜猜看。"

"500块。"

"不对,再猜。"

"1000块。"

"还是不对。算了,告诉你吧。"李晓芳一字一顿地说,"是1000美元!"

"果真大方!"花巧凤张大了嘴巴感叹道,说完,非常认真地请求李晓芳:"这么说我也不麻烦你介绍男朋友了,跟你学做导游如何?"

"没问题!你既然在旅行社工作,不去当导游,那该有多亏呀!不过,要当导游,还是要先考个导游证才行。6月份以后就要开始报名了,你本来就是旅游专业毕业的,要考的那几书你稍微看看,考过应该没问题。等你拿到旅游资格证书,再跟公司商量去做导游。只要你不嫌弃,到时先跟我一起带几次团,你就可以自己独立带团了。"李晓芳爽气地应道。

半年后,花巧凤顺利地拿到导游资格证书。就她的专业基础来说,拿个资格证本没啥大不了的。但她却异常看重这个证书,这是她放弃稳定工作,走出心阴影后的一个重要的里程碑。有了这个证书,她似乎可以彻底与过去告别,从此真正开启一段新的旅程了。她兴奋地拉着难得清闲的李晓芳,徒步来到海边。

10月的南粤,天空碧蓝,洁白的云朵不断变换着造型,倒映在同样碧蓝的海面。微风吹来,海里的云朵飘来荡去,与天上的白云相映成趣。欢快的海鸥忽而贴着海面翻飞起舞,时而一头冲向碧蓝的天空,时而沿着海岸线自由滑行。花巧凤张开双臂,迎着轻柔的海风做出飞翔的动作,不由自主地哼出了"我要飞呀飞……"

花巧凤想做导游的申请很快得到了公司的批准,公司还要求花巧凤跟随李晓芳见习一个月,这些正中她们的下怀。

"花巧凤小姐,从现在开始你应该注意自己的身份了!"与花巧凤一起走出人事经理办公室的李晓芳板起脸一本正经地说。

花巧凤一脸懵懂,忙问:"啥身份?做导游还要注意身份吗?"

"当然要注意!因为你总在与不同的陌生人打交道,不仅要按照已经确定的计划带领客人游览景点,还要应对好各种变化,这不仅考验你的专业水平,还要考验你的人品、耐心、应变能力这一大堆的东西。不过,我说的身份倒不是这些。"李晓芳说完,诡异地撇了撇嘴。

花巧凤愈加糊涂,她翻了翻眼睛,为难地问:"那是指啥呢?"

"哎!你这个人呀,真是个死脑瓜!我是说从我们两人的关系看你的身份!"在说到"我们两人的关系"时,李晓芳故意拉长了声音。

"我们两人的关系?那还不简单,好朋友呀!"花巧凤干脆地答道。

"算了!你还是跟别人学导游吧。"李晓芳故作生气地扭头便走。

"嘿!我当啥呢!你不就是想找个人喊你一声师傅嘛?早说呀,绕了这么大的圈子!"花巧凤一拍脑门,恍然大悟地说。

"哈哈!这还差不多,记住了,从今往后你在我面前的身份就是徒弟,还不快快给师傅请安?"李晓芳仰头抱肩作庄重神圣状。

"师傅,徒弟花巧凤给您请安了!"花巧凤果真拱手作揖并向李晓芳鞠了一躬。

玩归玩,闹归闹。花巧凤刚拜完"师傅",她们就接到了一个带团的指令。这是一个来自东南亚的富商团,共18人,成员均为男性,年龄多在四十出头。李晓芳把富商团的基本情况和旅程安排向花巧凤作了简要介绍后问道:"你看我们是不是要做一做功课呢?"

"没问题,我这算是第一次跟你带团,当然要做功课了。"花巧凤干脆地答道。

"你说的没错。你没做过导游,好好做做功课当然是应该的。但我要告诉你的是,不仅你要做,我也是要做的。因为每一个团都是新的,只有把这个团的基本情况和他们的可能需求提前琢磨透,旅行的时候才能把工作做好。可能大多数导游都是凭经验在做事,不会对一个新的团队提前做过多了解,但我总以为不能因为一个新团队要去的景点都是你熟悉的就不去做任何准备。"李晓芳说道。

花巧凤认真地点点头,表示明白了。李晓芳随后又问:"你能说说这个东南亚富商团的特点和可能的需求吗?"

花巧凤想了想说:"这些人都有钱,所以就出来享受了。他们除了游览景点,一定还想吃点好吃的,玩点特别的,买点不常见的。反正旅游不就是吃、住、行、游、购、娱吗?"

"你说的没错!但用到哪个团上都可以,没把这个团的特点说出来。你看,咱们这个团的成员首先是富商,说明这些人都有钱;第二,他们的年龄大多在四十出头,说明他们正值壮年,还可以做很多事;第三,他们来自东南亚,主要是华侨,说明他们对自己的根很在意,说不定这次旅游也是有寻找投资机会的目的;第四,这个团全部是男性,四十多岁的男性!你听说过男人四十一枝花吗?嘿嘿,你知道这个年龄段的有钱男人除了对事业卖力外,还会对啥卖力呢?"李晓芳一口气说出了四个特点,但对第四个特点却卖了关子不再继续说下去了。

花巧凤听得口服心服,忙说:"还没见到旅游团,你就有了这么多的判断,师傅就是师傅,佩服佩服!不过,你刚才问这些人还会对啥卖力,我又没见到他们,还真是猜不到呢。"

李晓芳看了一眼花巧凤,没直接答话,只是说:"到时你就知道了,现在讲再多你也不一定相信。刚才跟你分析了这些人的特点,接下来我再给你说说他们可能的需求。南粤市是个新城,原本是个小渔村,设市才十几年的时间,没什么名胜古迹,也没有多少漂亮的景点。这些东南亚富商大老远跑过来,难道就是为了看咱们的碧海白沙和红树林吗?当然不是!别忘了,人家本来就住在海岛上,这样的美景多得是!所以他们选择南粤作为旅游目的地首要目的一定不是来看我们的自然景观,而是来了解咱们的投资环境来了。我们在给他们介绍旅游景点的时候,一定要帮他们多多介绍南粤的经济发展和投资机会。这些虽然不是旅行社对我们的硬性要求,但是如果我们把这一块额外做好,那不就是他们的意外收获吗?"

花巧凤听得两眼发直,忙说:"没想到你对做导游还有这么独到的见解,俺在书上都没看到过呢!"

"这些都是我自己瞎琢磨出来的,书上哪会写出来?书上的那是理论,不懂理论没法进入门槛。但光靠理论,不用心联系实际,肯定成不了优秀的导游。你这么聪明,做上一段时间以后,你的独到见解一定比我更多、更高明!"李晓芳谦虚一番后还不忘鼓励一下徒弟。

## 第十一章

## 李晓芳娴熟执导 花巧凤眼界大开

接团这天,天刚蒙蒙亮,花巧凤就被李晓芳喊醒了:"快起来,不要耽误了接机。"

花巧凤一骨碌从床上爬起来,快速冲往卫生间,洗漱、穿衣,拎起挎包快步走到门口等着李晓芳起身。整个过程简洁、连贯,前后不到15分钟。

"你就打算这么出门吗?"仍端坐在桌前对着镜子描眉涂脸的李晓芳问道。

"你不是说要抓紧时间吗?"花巧凤不解地问。

"没错!我们的确要抓紧时间,所以才早早把你喊起来,但不代表你就可以这样出门呀。你需要好好打扮打扮,再换身漂亮的衣服。"李晓芳纠正道。

花巧凤感觉好笑,就问:"我们这是去工作,又不是相亲,打扮那漂亮干啥?"

"听我的没错,赶紧打扮起来!"李晓芳命令道。

花巧凤见李晓芳态度坚决,便随即照做。

李晓芳接着说:"现在很多女导游以为只要带着客人把景点看完了就行,根本不注意自身的衣着打扮,这其实很不明智。你想想,如果把自己打扮得更漂亮一点,给客人留下更好的印象不是更好吗?咱们做服务工作的,一切要围绕着怎么能让顾客更加满意来做。"

"听懂了,师傅!你看我现在的形象如何?"花巧凤拢了拢柔软的披肩长发问道。

"嗯,淡紫色的蝙蝠衫搭配银灰色踩脚裤,不错!色彩明丽、曲线优美,正是今年最时髦的穿法。妆也化得不错,微施粉黛,面若桃花,娇而不媚,艳而不妖!这才像个样子!"李晓芳连声夸道。

"师傅,你别只顾着夸别人,依我看,你才真漂亮呢!你这一袭白色连衣裙搭上这件鹅黄色的紧身夹克,不仅把你那张本就粉嫩娇艳的瓜子小脸衬得更加水灵滋润,还把傲人的酥胸半遮半掩得更加迷人。"花巧凤学着李晓芳的口气回赞道。

"好了好了,别贫了,快走吧!"李晓芳蹬上白色运动鞋嬉笑着先行跨出门外。花巧凤则紧随其后。

旅行社的面包车在楼下等候已久。司机小刘待二人坐稳,一踩油门,直奔机场而去。

旅游团所乘的航班稍微有些晚点。花巧凤举着接机的小牌子在机场出口处焦急地走来走去。虽然她是旅游专业毕业的,并且只是跟在李晓芳后面做个见习导游,但这毕竟是她第一次以导游身份出现。她在心里猜想着客人的形象、性格、爱好,尝试着将自己的猜想与李晓芳总结出的几个特点对照,尝试着假设自己是这个旅游团的唯一正式导游,那么在接下来的 3 天时间里自己该怎么完成任务?客人可能会提出啥样的额外要求?自己该如何应对?

客人终于出现了,不是他们发现了客人,而是客人发现了他们所举的牌子。李晓芳春风满面地向客人简要介绍了自己和花巧凤,并同客人们一一打了招呼,便引导着他们出门登上了面包车。

李晓芳见客人都已坐定,便拿起扩音器,清了清嗓子,大声说:"各位尊贵的客人,非常欢迎你们来到中国改革开放的最前沿——南粤市!这里风光秀丽、精彩纷呈、传奇不断,相信你们在短短的 3 天旅途中会惊喜连连。我是导游,叫李晓芳,你们叫我小李或晓芳都行,司机师傅姓刘,这 3 天的安全工作都归他负责了,请大家给小刘师傅一点掌声!"

一阵热烈的掌声之后,李晓芳继续说:"接下来我想向大家隆重推出我的搭档花巧凤小姐,今天是她第一次以导游身份出现,如果她有什么做得不好的地方,还请大家多多原谅!"她顿了顿,又笑眯眯地补充道:"不过,像她这么漂亮的导游怎么能让大家不满意呢?你们说是不是呀?"

"是!"客人们被李晓芳这么一诱导,立即异口同声地附和起来,接着报以更加热烈的掌声。

花巧凤没想到李晓芳会以这种方式把自己推出来,憋得满脸通红,赶忙起身,回头朝客人深深鞠了一躬说:"非常感谢!非常感谢!请多多包涵!"

李晓芳接着又问:"请问各位,客人中有没有领队?"

话音刚落,便有人举起手,慢条斯理地说:"我叫李钦文,有事可具体找我联系。"

"李先生是东南亚的著名珠宝商,我们这些人中只有他拥有拿督爵位!"客人中有人站起来对这位先生作了补充介绍。

李晓芳定睛一看,这位李先生四十上下的样子,大背头、八字胡、个头中等,身体微胖,果真气宇轩昂,不同一般!便笑着应道:"原来还是本家呢!欢迎本家大哥回乡考察!接下来的几天里,小妹如果哪里做得不好,大哥可一定要原谅哦。"说罢,朝着她的这位"大哥"妩媚而意味深长地笑了笑,引得客人们再次报以热烈而持久的掌声。

毕竟是拿督,见多识广!李钦文对李晓芳抛来的媚眼就像没看见一样,仅仅抿了抿嘴,并没有接招。李晓芳倒也不在意,继续滔滔不绝地说道:"我们这次的旅程安排还是比较紧凑的。三天时间各有特色,第一天是寻根之旅,第二天是文化之旅,第三天是经贸之旅。现在我们就开始寻根之旅,希望各位尊贵的客人玩得开心!收获满满!"

面包车很快到达"壮美中华"景点门口,花巧凤配合李晓芳小心地招呼客人们下车。这批客人都是首次来到中国,见到什么都感到稀奇,即便是扛着糖葫芦来回叫卖的小贩也令他们十分感兴趣,忙不迭地掏出"长枪短炮",噼里啪啦猛按快门。只有李钦文还在不慌不忙地对着大哥大叽里呱啦说着什么。

李晓芳和花巧凤感觉好笑,相互对视了一下。李晓芳叫花巧凤赶快去把门票买了,然后堆起笑脸走到李钦文身边,静静地等他打完电话,嗲声嗲气地说道:"哎呀!我的拿督大哥,你旅游还不忘处理商务,真是大忙人呀!"

李钦文抬头看了一眼李晓芳,摇摇头,耸耸肩,颤动着浓重的八字胡说:"没办法,事情太多!"

花巧凤很快买好门票。李晓芳招呼客人进园,边走边介绍道:"'壮美中华'是当今世界上面积最大的微缩景观景区,在五百多亩的土地上浓缩了全中国120处自然和人文景观。所以参观壮美中华景区,对于各位从没来过中国、时间又特别宝贵的贵宾们可是非常难得的一次全面了解中国的机会,在这里可以在一天之内把中国著名景点看个够。整个景区按中国陆地地图布局,现在我们所处的位置大概就是南粤市,往前稍走几步就是景区内的第一个微缩景观——广东省的丹霞山。下面我想请我的搭档花小姐给大家介绍一下丹霞山的基本情况。"李晓芳话音刚落,客人们便热情地鼓起掌来。

花巧凤之前虽然已经做过功课,把有关丹霞山的情况已经背得滚瓜烂熟,但真要开口对着这么多客人作介绍,她多少还是有些紧张。不过她很快就平静下来,伸手接过李晓芳的话筒,用甜美的声音不紧不慢地介绍起来:"丹霞山由红色沙砾岩构成,它的特色是赤壁丹崖,是国家级风景名胜区,被称为'中国红石公园',这里有世界独一无二的阳元石、阴元石、双乳石、睡美人等著名景点,所以又有'天然性文化博物馆'之称。"

"哇!一上来就给咱们看性文化博物馆,怪不得李导把今天的行程叫'寻根之旅'呢?!"客人中有人兴奋得尖叫起来。

李晓芳和花巧凤都假装没有听到一样,只顾领着客人往前赶路。通往丹霞山微缩景观的道路宽敞而平整,路的两边栽着南方特有的榕树、椰子树、三角梅等树木花草,景色非常优美。客人们一边欣赏着路边的美景,一边七嘴八舌地议论着丹霞山的独特景观。

"哈哈!像!真是太像了!"这些走南闯北、身价不菲的客人们在见到阳元山模型后突然骚动起来。

这个说:"一柱擎天,太妙了!"

那个说:"你看那红彤彤的颜色,还有上面那些弯弯曲曲的道道,是不是很像血管一样!"

还有人说:"哎哎,你们说的那些都不奇怪,要是没有顶上的那个蘑菇盖子,它就是一个石柱子罢了!"

其他人似乎都感觉在理,跟在后面应和着说:"没错,没错,蘑菇盖子才是重点!"

李晓芳见惯了这种场面,站在那里,也不接话,任由客人们指指点点。倒是花巧凤第一次经历这事,脸憋得一直红到脖子根,眼睛看也不是,不看也不是,躲躲闪闪地一个劲地往旁边瞧。李晓芳见状,悄悄用手指捅了捅她的后腰,低声在她耳边说:"这算啥?以后多见几次就习惯了!"

往前稍微又走了几步,阴元山豁然映入眼帘。客人们再次发出"啧啧"的惊叹声:"大自然真是太神奇了!有阳必有阴,你看这阴元山,不仅天然生出孔洞,还生出了皱折、流水和茅草!"

李晓芳偷偷瞄了一眼李钦文,只见他伸颈探腰、两眼放光地盯着洞口发呆,嘴角还有一丝不易觉察的笑意。李晓芳似有所悟地点点头,没有惊动他,而是转身向其他客人介绍道:"丹霞山钟灵奇秀,美不胜收,各位老板今后有时间可以到实景地旅游,相信你们会有更大的惊喜!接下来我们还有 119 个景点要看,这 119 个景点就是 119 个惊喜呀,请老板们移步到下一个景点。"

花巧凤仍然满脸通红,听说要去下一个景点,深深呼了口气,加快步伐,领着客人往前走去。只有李钦文似乎意犹未尽,一步一回头地离开了丹霞山。

李晓芳看在眼里,笑在心里,心想:这么大个老板,还是拿督呢!怎么倒像个生瓜蛋子?

在一天之内品鉴完 120 个中国著名景点的微缩景观,不仅是一件很过瘾的事,也是一件非常考验体力的活动。所有这些微缩景观并不是做成个巴掌大的模型,给人随便把玩一下,而是按 1:15 进行复制,每一个景观也都是要花点时间才能看完的。

直到中午 12 点过后,他们这个旅游团才领略完长江以南的著名景观。无论是武夷山的婉约毓秀、雁荡山的山奇水秀、黄山的雄奇险峻,还是漓江的洞奇石美、山清水绿,西湖的林壑幽深、绚丽多姿,都令这些远道而来的客人们流连忘返,啧啧称奇。李钦文同他的团友们一样,一次性看到这么多名川大山也是如醉如痴,连称"太美了,太美了!"李晓芳见他玩得开心,便有意无意地往他身边凑近一点。那李拿督似乎也心领神会,一会儿紧盯美景,频频点头;一会儿斜眼偷瞄一下李晓芳,并不由自主地舔舔舌头,与早前那种一本正经、拒人于千里之外的神态判若两人。

李晓芳不想与李钦文热乎太快。此时恰逢午饭时间,她便对客人们喊道:"各位贵宾,连续几个小时的游览,你们该饿坏了吧?现在我们正好来到万里长江的入海口,在带领大家游览下一个景点之前,我要先请各位在上海的豫园里小憩片刻,品尝一下地道的海派小吃。"

"李导,你安排得太及时了,现在还真是又累又饿!"客人们争先恐后地跟随李晓芳走进豫园景点。真实的豫园本来就不大,所以景区当初设计时特意将豫园按 1:1 的比例直接复制,一来为游客重点展示一下海派文化,二来也为游客提供一个游园途中的休息进餐之所。花巧凤抢先一步走进得月楼,让服务员收拾出两张大圆桌。待客人坐定,服务员很快摆好各式地道海派小吃,有酥松香脆的蟹壳黄、甜糯可口的大麻球、香气四溢的酥油饼、皮薄汁多的南翔小笼、皮酥馅足的高桥酥饼、嘎嘣脆响的咸蛋黄锅巴,外加每人一碗香气扑鼻的油豆腐粉丝汤。也许是真的饿了,也许是真的好吃,这些身价不菲的东南亚富商很快将桌上的小吃一扫而尽。

　　见客人们吃得开心,李晓芳招呼服务员每人又添了碗酒酿圆子,并宣布了接下来的时间安排:"吃好的客人可在园内自由活动,随便转转,下午2点在湖心亭集合。"

　　"晓芳小姐,你做导游多久了?"见同伴们三三两两地四处闲逛,李钦文磨磨蹭蹭故意把自己落在了后面。

　　"快5年了。"李晓芳表面平静地答道,但心里早已乐开了花,心想,这个大富商终于憋不住了吧?

　　"5年也不算短了,干导游很辛苦,你做得又这么认真,男朋友对你有意见吗?"李钦文接着问。

　　"嘿!辛苦肯定是辛苦啦,但我是一个人,没人来管我。"李晓芳还没说完,便把头低了下来,似乎比较烦闷与无奈。

　　"对不起!没想到你还没有男朋友。"李钦文抖动着八字胡,深表同情地说。

　　"不要紧!其实也没啥啦。"李晓芳故作轻松地回道,接着反问了一句:"拿督大哥保养得这么好,我那大嫂一定是个通情达理的贤内助吧?"

　　"哎!哪里有你说的那么好?!"李钦文苦笑了一下,似有难言之隐。

　　李晓芳见李钦文欲言又止的样子,心里一下子明白了八九分,便不再追问,只是甜甜地朝李钦文笑了笑,说:"拿督大哥事业做得这么好,是少有的成功人士,这次旅游顺便把中国好好了解一下,说不定哪天还要到中国发展呢!"

　　"对!对!我正有这个打算。你不是说第三天是经贸之旅吗?到时还要请你尽可能详细地帮忙介绍介绍。"李钦文赶忙接过话茬说。

　　花巧凤见两人一问一答,聊得投机,感觉自己在旁边似乎有点碍事,便悄悄地往一边躲去。哪知被李晓芳发现,及时叫住了她:"巧凤,时间差不多了,咱们都去湖心亭等候大家吧。"说完,微笑着侧脸朝李钦文看了看。李钦文心领神会,三人边走边聊,朝湖心亭走去……

　　长江以北的著名景观也做得相当不错:泰山气势磅礴,万里长城蜿蜒曲折,秦始皇兵马俑气势恢宏……客人们所到之处,无不为之倾倒。到了下午五六点钟的时候,客人们虽然意犹未尽,但大多已力不从心。好在所有景点就快走完,李晓芳叫花巧凤招呼客人来到独具东方特色、气势雄伟、金碧辉煌的孔庙微缩景观前。这里正在举行盛大的祭孔大典,两位姑娘请大家坐下耐心观看。

　　待祭典仪式结束,李晓芳拿起扩音器,给客人做了个小结:"祭孔大典是专门祭祀孔子的大型庙堂乐舞活动,祭孔大典是世界祭祀史和世界文化史上的一个奇迹,两千多年从未间断。我们今天的旅游活动从观看丹霞山开始,到观看祭孔大典结束,既让大家看到了人类繁衍生息之根,也让大家看到了中华文明绵延不断的文化之根,这就是寻根之旅的真实含义。非常感谢各位贵宾的理解和支持,今天我们一起过得非常愉快,晚餐将要请贵宾们享用著名的广式晚茶,希望大家喜欢!"

南粤的晚茶其实就是晚饭,以点心、小吃为主,也可以加点炒菜,喝点啤酒。对于首次来华旅游的贵宾来说,用地道的当地小吃招待他们,既不用花太多的钱,又可以充分展示当地饮食文化,倒是一项花钱不多,效果不错的讨巧安排。李晓芳见客人们吃得开心,便不失时机地问:"中午是地道的上海小吃,现在是地道的广式小吃,老板们看哪种更合口味呢?"

客人们听她这么一问,一下子没反应过来。有人说:"对了,你要是不问,我们还真没想过,反正都很好吃。"

李晓芳抿嘴笑了笑,转身问李钦文:"拿督大哥,您看呢?"

"啊?!我也说不清楚,就是感觉这个水晶虾饺挺有意思的,饺皮薄得透亮,饺馅又足又嫩,看着赏心悦目,吃着柔韧爽口。"李钦文搜肠刮肚道出了对虾饺的溢美之词。

"哎呀,我的拿督大哥,你可笑死我了,没想到您的中文底子这么好,把虾饺夸得像个美女似的。"李晓芳一边咯咯大笑,一边用手捂住胸口。

"李导,你还真没说错呀!拿督先生一家从他太公下南洋开始就没丢下过中文诗书,他的中文功底说不定比你还要高呢!"有客人凑过来解释道。

李晓芳听罢,立即憋住笑态,向李钦文投出无比崇拜的目光说:"哦,怪不得拿督大哥一看就不同凡响呢!原来不仅有钱,还有学问呢!以后请大哥多教教小妹吧!"

李钦文四平八稳地端坐在那里,微微抬了抬手说:"我们这些人虽然祖上是华人,但自小生活在南洋,要说中文功底未必有多深。不过,要切磋切磋艺术倒是可以应付一下。"

"哎呀,小妹对艺术还真是一窍不通呢,只有交谊舞还能凑合一点。"李晓芳不好意思地说。

"交谊舞不就是艺术吗?今天虽然有点累,但时间还算比较早,你帮忙安排一下，我们跳跳舞去。"李钦文说。

"好呀！南粤是个开放城市，这里的夜生活丰富多彩，你们要是只观景，不体验一下这里的夜生活，还真是挺遗憾的，我这就帮你们联系去。"李晓芳说罢就拉着花巧凤找晚茶店借用电话联系去了。

20分钟后，两个姑娘把旅游团引到一家名叫贵豪的夜总会门前。这家夜总会仅有3层，但层高很夸张，特别是一楼，至少有一般楼房的3层加一起那么高，二楼三楼的层高也至少有普通楼房两层加一起那么高。夜总会的外墙贴着土灰色的石料，廊柱也一律使用土灰色的花岗岩。总之，整个外观高大雄壮，颇有雅典卫城遗风。进入大厅，地面光滑，四壁金黄，在若干巨型欧式吊灯的映照下，闪烁着神秘的光芒。

一行人在干练的服务生引号下，沿着白色大理石旋梯拾级而上，来到一间足可坐下50人的大包房。花巧凤招呼客人在依墙而放的沙发上坐下休息，李晓芳叫来一位年龄三十上下、风姿绰约的妈咪，并在她的耳边嘀咕了几句。

妈咪很快带来了一群身材高挑、打扮艳丽、衣着暴露的小姐。未等小姐们站定，李晓芳手一挥，妈咪立马领着小姐悉数离开。又一批更漂亮的小姐鱼贯而入，李晓芳随手挑了几个，分别安排在相应的客人身边，其余挥手示意离开。待她从第五批小姐中又挑了几位，才使每位客人旁边都坐上了一位美若天仙的小姐。李晓芳又挨个检视了一遍，感觉这些小姐与她们身边的客人还算比较般配，才放心地走到一旁坐定。

在李晓芳为客人挑选小姐的时候，花巧凤只好坐在一边发愣。这是她第一次见识这种场面，有点羞怯，又有点好奇。她不知自己是不是该进到这里，更不知自己该做些什么。

"巧凤，别愣着，待会儿舞曲响起，可别忘了请客人跳舞啊。"李晓芳用胳臂肘碰碰花巧凤说。

"可是我从没跳过呀！"花巧凤为难地说。

"不会不要紧，这些大老板看来个个是舞场高手，到时你跟着动就行了，关键是态度！"李晓芳鼓励道。

客人们对李晓芳给他们安排的小姐看来都比较满意。服务生的果盘、饮料之类的还没上齐，他们就叽叽咕咕地同小姐们聊上了，有的还迫不及待地把手搭到小姐的腰上去。只有李钦文对身边的美女无动于衷，端着架子，面无表情地坐在那里。

舞曲响起了，客人们有的拉起身边的美女走到房间中间勾肩搭背地摇晃起来，有的待在原处与美女更加亲密地互动。李晓芳见李钦文仍然没啥动作，便起身来到他身边，弯腰伸手做了个"请"的动作。李钦文微笑着顺势站起，拉着李晓芳的手款步走到中间的空地上，伴着舒缓的慢四曲《甜蜜蜜》轻巧地舞动起来。李晓芳明显地感到李钦文那只握着她的左手在暗暗地发力，便主动地往前靠了靠。李钦文感受到李晓芳的回应，又用搭在她腰上的右手把她再往自己身上顶了顶。两人一来一回，越拥越紧，舞步也越来越凌乱，慢四干脆走成了慢二……

包房里灯光忽明忽暗，闪烁不定。花巧凤愣愣地看着那一对对紧贴着的身影，突然感觉这里似乎不属于自己，但应该属于哪里又说不清楚。属于桃花谷吗？她历经千辛万苦，好容易才从那个贫瘠之地走出来；属于省城的旅游中专吗？那是她学得知识，掌握本领的重要驿站，同时也是一个伤心之地。

"巧凤，你在想什么呢？"刚刚跳完一曲返回原座的李晓芳好奇地问。

"没想什么，就是感觉自己又不会跳舞，坐在这里挺傻的。"花巧凤应道。

"不会跳可以学嘛，干咱们这一行还是要多会几样才好。我刚入行的时候也不会跳，更准确地说是不愿意跳，感觉与陌生男人搂搂抱抱实在太丢人了，无论哪个客人邀请我跳舞，都是一律拒绝。结果客人很不爽，第二天他们就开始找茬挑毛病，小费就更不用想了。"李晓芳说着竟有些伤感起来，不禁轻轻叹了口气。

"真没想到你也曾经为这事为难过。"花巧凤轻轻拍了拍李晓芳的后背，接着说，"看来做什么都不容易呀！"

"可不是嘛！先别说我们自己，就说我们眼前这些富商吧，看着光鲜亮丽，谁能保证他们没有难处？还有这些 KTV 小姐，人家也是有血有肉的人，不是为了多挣几个钱，谁愿意被人像挑宠物那样挑来挑去？就算被挑中了，还要装出很开心的样子跟自己根本不喜欢甚至讨厌的人跳舞调情。"李晓芳说话间，见李钦文又朝自己看过来，便起身迎了过去。

花巧凤感觉李晓芳说得似乎也有道理，但换了自己还是做不来，至少眼前做不来。恰好此时有几个客人想回酒店休息，她便带着这些人先回去了，留下李晓芳陪着李钦文等人再多玩一会。

第二天是文化之旅，李晓芳和花巧凤把客人们带到民俗村。李晓芳拿起扩音器先作了简要介绍："中国有 56 个民族,在民族村里就能找到 30 个少数民族的村寨,这些村寨都是按 1:1 的比例进行复制的。一会大家不仅能看到各种少数民族的建筑,还可以看到他们的手工展示和风情表演。"李晓芳说到这里,停顿了一下,故作神秘地说:"我想悄悄告诉各位老板一个秘密,很多少数民族的姑娘可都是热情似火,小心你们被抢去做新郎官了。"

客人们一听,个个血脉贲张,恨不得马上成为某个漂亮姑娘的俘虏,便不停地催促李晓芳:"李导,那你就少说两句,赶快带我们进去吧。"

无论是见到汉族的牌坊,还是布依族的石头寨、摩梭人的木楞房,客人们总能发出由衷的赞叹声,就连李钦文也不再端着架子,而是模仿示范的摩梭小伙子玩起了攀爬木楞房的游戏,惹得大伙直呼"拿督先生嫁给摩梭人当上门女婿了!"

更加过瘾的是与身着民族服饰的少数民族姑娘手拉手载歌载舞。虽然前一天晚上,大家已经玩到很晚才散场,但见到风情万种的少数民族美女,客人们还是忍不住冲到场上乐呵了一把又一把。

民俗村很大,又有很多互动项目可以参与。一天下来,这些富商个个累得前仰后合,筋疲力尽。因为第三天经贸之旅结束后,客人们就要直奔机场,旅行社特意在第二天晚上给客人们安排了正宗的粤菜。

粤菜是传统的四大菜系、八大菜系之一。虽然南洋一带的华侨对粤菜并不陌生,但在发源地品尝粤菜还是一件很有诱惑力的事情。李晓芳把客人分成两桌,她和花巧凤各自招呼一桌。点菜时,李晓芳特意选择了以用料丰富、擅长小炒为特色的广州菜。因为潮州菜以海鲜见长,这对生活在海岛上的南洋人来说可能不太稀罕;而东江菜又以肉类为主,油重味咸,这对富商来说,也不太合适。待白切鸡、白灼虾、烧鹅、烤乳猪这些典型的广州粤菜端上桌来,客人们吃得喜笑颜开,一致夸奖李晓芳善解人意,考虑周到。

李晓芳见白天还情绪高涨的李钦文神色凝重,猜想可能与他饭前用随身携带的大哥大打过一番电话有关,便低头问道:"拿督大哥没怎么吃东西,是不是遇到什么不开心的事了?"

"不开心倒是没有,像我这大年纪的人还有什么想不开?就是生意上有些事情需要做出决断。"李钦文答道。

"噢,原来是这样啊!明天不是经贸之旅吗?今晚您早点回去休息,看看明天的活动对您能有启发吗?"李晓芳说。

"是呀，还真是累了。今晚就不玩了，你也早点休息，明天多介绍介绍南粤的发展机会吧。"李钦文温和地回应道。

"好，那就一言为定，老板们吃好喝好了早点休息，明天我们一起感受南粤的经济活力！"李晓芳提高了嗓门，既像是回应李钦文，也像是说给在场的其他客人听。

第三天的经贸之旅始于以"三来一补"著称的南粤工业园。这个工业园面积很大，占地将近五平方千米，里面分布着众多服装厂、鞋帽厂、玩具厂、家具厂、机械厂、电子厂……载着客人的面包车在园区里缓缓地开着，花巧凤按李晓芳的安排把之前熟背的园区简介复述给客人们："三来就是来料加工、来样加工和来件装配；一补就是补偿贸易，具体说就是国外厂商提供或利用国外进出口信贷进口生产技术和设备，由中国企业生产，再通过返销产品的方式分期偿还外方的技术设备价款或信贷本息。"

花巧凤原以为只要照本宣科背出来就可以了，哪知客人们个个兴趣盎然，不时插话问这问那。对于工人工资、上工时间之类的问题，花巧凤还可以凭着大半年来对南粤市的大体了解，连蒙带猜地对付一下。但是当客人们问到市里会出台什么样的新政策、中国改革开放的大方向会怎么走这样的问题时，花巧凤还真是答不出来，只好向李晓芳投去求助的目光。

其实，求助也没用。李晓芳也不比花巧凤知道得更多，有些问题甚至很多年之后也没有答案。但李晓芳毕竟是老练的导游，每当遇到这种情况，她就会把话题岔开，或者叫小刘师傅把车停在某个工厂门口，请客人下车仔细观看。

经贸之旅的第二站是参观国贸大厦。车尚未停稳，客人们便歪着头隔着车窗玻璃使劲往上瞧。李晓芳见客人们如此好奇，便在大家下车前扔出了几个问题：第一个是猜一猜这栋楼到底有多高？第二个是这栋楼在中国是第几高楼？第三个是这栋楼是谁建的？客人们纷纷起哄："要是猜中了，李导给我们什么奖励呀？"

"哈哈，奖励不是问题！只要三个问题全部猜中，今晚我个人出钱请贵宾们再吃一顿广式大餐。"李晓芳一本正经地说。

有人立马嚷嚷着表示抗议："哎呀，没想到李导这么精明，今晚我们就要乘飞机返回南洋了，谁有工夫吃你的大餐？不行，这个奖励一点诚意都没有！"

还有人赶紧提出了替代方案："就算今天不离开，你这顿大餐我们也不吃了。但是我们回去后，你要给我们搜集一些南粤改革开放的新政策，说不定哪天真要再来这里投资发展呢！"

　　未等李晓芳答话，花巧凤马上接过话茬："没问题！没问题！就算你们答不对这些问题，我也可以帮你们搜集这些材料，真的非常欢迎你们再来南粤！"

　　李晓芳提的几个问题其实并不难回答。国贸大厦的楼底下就有一张巨大的广告牌，上面详细记录着国贸大厦的建造历程、关键参数，以及这栋大厦在中国改革开放进程中的象征意义。这是一栋 20 世纪 80 年代初期中国人自主设计、自主建造、自主管理的现代化大楼，楼高 160 米，地面以上共 50 层，在它建成后的十来年时间里一直稳坐"中国第一高楼"交椅。国贸大厦在建造时曾创造了 3 天 1 层楼的奇迹，并因此诞生了"南粤速度"这个概念，成为"中国改革开放的象征"。这些南洋富商们到过世界不少地方，也应该见过不少建筑奇迹，但当他们了解到 3 天建 1 层的故事后，还是深受触动，仰望着国贸大厦巍峨雄壮、大气磅礴的楼体不住地感叹："真不可思议！中国搞经济建设的决心不得了，处在中国改革开放最前沿的南粤市今后的发展不可限量呀！"

　　李晓芳和花巧凤带着客人们围着国贸大厦转了一圈，再走进大厦大厅，这摸摸，那瞧瞧，直到走出大厅还在依依不舍地回望这栋创造奇迹的建筑。国贸大厦门前的广场上人头攒动，一拨又一拨的游客匆匆而来，又匆匆离去。这批南洋富商也和众多旅游者一样，终究还是带着敬意和不舍离开了这里。

　　在去下一个景点的路上，李晓芳再次吊起了大家的胃口："各位尊贵的客人，马上就要到我们本次行程的最后一个景点了。这个景点实际上是一条不过半里长的街道，但这条街道却是南粤人气最旺、生意最兴隆的商业街。听说有家名叫龙凤金行的珠宝店一天就要卖掉一吨黄金，当天卖掉的钱要装好几麻袋，光数钱就要 10 个人从下午 5 点一直数到晚上 8 点多才能数完。什么叫数钱数到手抽筋？这家金店的老板和伙计们最有发言权！"说到这里，她特意停顿下来，俏皮地朝李钦文眨了眨眼睛问："不知道拿督大哥的珠宝店每天数钱要数到几点呀？"

　　李钦文听到龙凤金行一天的交易量时，就露出了吃惊的神色，经李晓芳这么一问，脸居然微微有些泛红："哎呀！你说的这家金店真是太神奇了，我的珠宝店要能有这么好的生意就好喽！"

　　"拿督大哥不要谦虚了！过一会您可以亲眼看看传言到底靠不靠谱。不过，我们要去的这条街最为特殊的还不是这里的生意有多好，而是……"李晓芳不再说下去了，因为车已到达目的地。

　　李晓芳和花巧凤陪着客人陆续下车,把他们带到街道的入口处。一座高大的青石牌楼赫然出现在眼前,牌楼的顶部写着"桥头街"三个烫金大字。李晓芳指着牌楼说:"这就是我们的目的地,别看这条街不怎么起眼,它可有个非常大气的别名——中英街!在这条街道上一半是中国管辖,另一半归英国管辖,外人是不能随便进的,我们要等到花小姐帮大家办好入街手续才能进去。另外,还要提醒各位贵宾的是,因为我们是从中方一侧进去的,等我们进入街道以后只能在中方一侧参观和购物,千万不要跨过中间线走到街道另一边了。"听李晓芳这么一说,客人们兴致一下又上来了,不待花巧凤回来,便个个伸长脖子好奇地朝街道里面张望。

　　中英街里店铺林立。旅游团入街以后,虽然丝毫不敢越界,但贴着中间线或斑斑驳驳、字迹模糊的界碑摆出各种怪异造型拍照留影,还是这些富商非常感兴趣的事情。李晓芳和花巧凤一边帮忙拍照,一边不忘给客人们介绍8块界碑各自的来历:哪些是英国单方面留下的,哪些是被日本侵略者丢掉后又由国民党政府与港英当局共同重竖的。

　　李钦文附和着拍了几张照片后,便忙不迭地向李晓芳打听龙凤金行的位置。李晓芳笑嘻嘻地用手一指说:"看来拿督大哥最关心的还是自己的生意!"随后交代花巧凤照顾好其他客人,陪着李钦文来到龙凤金行门前。这是一间面积不大的小店铺,总共也不过十来个平方米吧。店铺里靠墙围放着半人高的玻璃柜台,柜台里面堆满了各种规格的金条、银条、项链、戒指、耳环之类的贵重货品。柜台外挤满了焦急等待的客人,仿佛一不留心,柜台里的宝贝会立马被人买光一样。柜台后面七八个衣着华丽、珠光宝气的青年女店员忙碌却从容淡定地回应着顾客的各种问题和需求。李钦文好容易挤到柜台前,仔细观察了柜台里成堆的金银首饰和柜台前后买卖者各自不同的表情,不由得心生艳羡。出门后,李钦文悄声向李晓芳询问:"像这样生意好的珠宝店在南粤还有多少?"

　　"不多。但家家生意好得出奇,只是这一家货源直接来自香港那边,在关税和进价方面有更多优势。要是在境外能找到货源,就算在南粤其他地方开,生意也一样火爆!拿督大哥是不是有意在南粤也开一家分店呢?"

　　"哦,我这几天正好要做一个开分店的决策,要是最后决定来南粤开分店,一定聘你做分店经理。"

　　"哎哟!拿督大哥这么给机会,您要是当真来南粤开店,小妹我立马就辞职投靠您了!"李晓芳开心得嘴都合不拢,但随即忸怩了一下,故作谦虚地说:"就怕我把大哥的生意做砸了！"

"不会的！这几天我们朝夕相处，你的能力绝对没有问题。等我回去处理好老店那边的一些事情，很快就会再来南粤。你要是相信我的话，最近多帮我了解一下外国人来南粤开珠宝店的具体政策，再帮忙看看哪有合适的商铺好租。"李钦文认真地说。

"没问题，我把你们送上飞机后就立即准备起来。"李晓芳毫不犹豫地一口应允。

其实，不仅龙凤金店生意火爆，中英街中方一侧所有的店铺前都是人满为患。像李钦文他们这样纯粹看热闹的游客毕竟不多，大多数游客还是冲着这里价廉物美、货真价实的五大洲商品而来的。"要不是亲眼所见，还真不敢想象世上还有这么好做的生意！"这些来自南洋的富商们一边悠闲地看着热闹，一边不住地感叹，"真是一片创造神话的土地！"

时间差不多了。李晓芳和花巧凤开始引导客人返回街门口停车的地方。

"快看，这里还有一家证券营业部呢！"一位客人指着中英街外街一块"中华银行南粤分行信托投资公司证券营业部"的牌子叫道。

"没错！南粤的证券市场都开好几年了，听说有人炒股票赚了大钱呢！"李晓芳一边引导客人上车，一边说，"现在市场上只有七八只股票可以公开买卖，太稀少了，一般人根本买不到。听说前几年的冬天上海那边有人深夜两三点钟就起床排队买一只叫飞乐音响的股票。零下好几度的气温，冻也冻死了。那些人一点也不在乎，因为只要买得到，就可以在短时间内赚上好几倍！"

"短时间内赚好几倍？这怎么可能！股票可以涨，也可以跌的，怎么能只赚不亏呢？"有客人立即表示质疑。

李晓芳不想争辩，因为她对股票到底是什么东西还没弄清楚。但是她知道很多一夜暴富的故事，便不紧不慢地对客人说："各位贵宾，请你们再次查看一下自己的行李和贵重物品，我们就要开车前往机场了。"待花巧凤和客人们都确认无遗漏后，她叫小刘师傅开动了汽车，然后接着说："给你们说个真实的故事。上海有个姓杨的男人，前两年先是贩卖国库券，后来把赚到的钱全部买成了一只叫什么电真空的股票。半年后，他把股票全部卖掉，足足赚了150万！150万呀！我要是能有这么多钱，一辈子都不用工作了！对了，你们猜一猜他的本金有多少呢？"

客人们一听，眼都直了。150万元人民币，对他们来说也算是一笔巨款，那得有多少本金才能赚这么多呢？有的猜"本金 1500 万"，有的猜"本金 500 万"，有的猜"本金 300 万"，最大胆的猜测是"本金 150 万"，因为在他们的认知里，无论做什么生意，半年赚一倍的钱也算是奇迹了。

李晓芳见客人们猜的数字离实际太远，笑得腰都直不起来，趴在座位的靠背上半天才抬起头来。"算了吧！看你们怎么也不像能猜出来的样子，我就揭开谜底了。告诉你们，这个杨先生半年前的本金只有 20 万元，从那以后他就有了一个绰号，叫'杨百万'！要知道，在当下的中国，手头有百万现金的还真没几个！"

客人们被杨百万的故事彻底震撼了。车厢里半天都没人再说一句话，似乎都在寻思自己如何才能进入这个魔幻般的市场。花巧凤也是第一次听说这样的故事，心里暗下决心：一定要尽快弄清楚这到底是怎么回事！

面包车很快到达机场门口，李晓芳和花巧凤热情地把客人们送进登机处。两位姑娘 3 天来的周到服务令客人们非常满意，他们一边不停地道谢，一边留下自己的联系方式，希望她俩能把南粤改革开放的最新动态及时告诉他们。

李钦文取出 3 个封好的信封递给李晓芳，说："非常感谢你们的服务，我们这次真是不虚此行，请接受我们的一点微薄心意。相信我，我很快会回来的！"

李晓芳接过信封，满含深情地伸手与李钦文握别："拿督大哥，欢迎您早日来南粤发展，小妹我还等着给您打工呢！"

## 第十二章

# 华丽转身为拿督　初识股市渐心动

送走了南洋客人，花巧凤也就顺利完成了首次见习导游任务。返程途中，李晓芳打开了李钦文留下的信封。"还行，每人200美元"，她咕哝了一句，随手把信封递给花巧凤和小刘师傅。

花巧凤手一推说："还真不少呢！一天的小费差不多就是我们两个月的工资了，比我们全家的两年农业收入还要多！不过，这钱我不能要，这3天都是你在忙前忙后，我也没做什么，倒是跟你学到了不少书本上没有的东西。"

李晓芳坚持叫花巧凤收下。花巧凤继续推辞："真不能要，你先收下，就算我交的拜师费吧。"

李晓芳有点急了，佯作生气地说："叫你收下你就收下！你前前后后也没少跑路，再说，这个信封上明明写的就是你的名字，你不要，谁好意思拿？还有啊，3天给200美元其实也就是中等水平，他们这些人可都是大老板，况且我们提供的额外服务何止这点价值呢！"

花巧凤见李晓芳执意要给，便收下信封，接着李晓芳的话茬说道："晓芳姐，你说得对呀，你第一天就陪着那位拿督跳了整整一个晚上，他们给小姐的小费也差不多每人100美元了吧？再说，我们今后还要替他们了解南粤改革开放的政策呢！"

"嗯，这件事我们还是上点心吧，这些远在南洋的富商对南粤这么看重，我们给他们帮点小忙，说不定自己也会有意想不到的收获呢！"李晓芳应道。

这以后，花巧凤又跟随李晓芳带了几次团，旅游路线与这次多有重复，有时也会到外地或境外。花巧凤聪明好学，很快就对旅游路线、导游技巧熟悉起来，并逐渐从配角转为主角。这中间，她们在带团的过程中更加有意识地与客人交流国家和南粤的经济政策走向和投资机会。在工作间隙，她们还特别留意报纸、杂志、广播、电视上的各种经济政策和法规。花巧凤除了继续准备她的旅游管理自学考试外,特地去书店买了一大堆投资方面的书籍。她们把自己掌握的一些信息作了汇总,按照当时的承诺给那批南洋客人寄过厚厚两大封信,得到了他们的高度评价。

一个月以后,旅行社开始安排花巧凤独立带团。两个姑娘见面的机会一下变得稀少起来。

一天晚上,李晓芳好容易等到晚归的花巧凤,便拉着她的手认真地说:"我要辞职了。"

花巧凤听言,一下子愣住了,忙问:"这么好的工作,怎么说不干就不干了呢?"

李晓芳说:"比起很多工作,做导游的确不错,收入也非常高,一个月就能赚到别人好几年的钱。但是这个行当是吃青春饭的,再过几年,会有更多年轻漂亮的小姑娘加入进来,到时候,我就算还能干得动,也比不上她们对客人有吸引力了。"

花巧凤以前没想过这个问题,现在经李晓芳这么一说,感觉也蛮有道理的,就问:"难道现在还有比干导游更好的事吗?"

"没错,这种事多了去了。比如做贸易、炒股票。"

"但是做贸易,我们没有本钱和进货渠道;炒股票,还得买得到才行呀。"

"我不是说你也要立即辞职,这还得看机会。我是因为上次南洋那个拿督想在南粤开个珠宝店分店,要我帮着他找商铺,现在我给他找到了,地段不错,租金他也满意,他想先小规模地干起来,要我去做分店经理。我一想,中英街那家龙凤金行那么赚钱,如果在南粤其他地方开个珠宝店,生意也不会差到哪去,如果李钦文赚到大钱了,我的收入也不会少,所以就下决心出来帮他干了。"

"你说得那么好,要不,我也出来一起跟你干吧。"

李晓芳笑了笑说:"先别急,毕竟还是有风险的。我干导游好几年了,多少攒了点钱,如果珠宝店的生意做得不顺,还不至于挨饿。况且我现在快三十了,现在不闯一把,以后就没啥机会了。你年轻,刚开始带团,以前也没啥积累,还是先做几年再说吧。"

花巧凤感觉李晓芳的话在理,便不再坚持一起辞职,转而问李晓芳:"你看现在还有啥机会好抓呢?"

"在南粤,最不愁的就是机会,就看你能不能发现,发现机会了,又有没有决心去抓住它。"

"晓芳姐,太感谢你了!这段时间跟你学了那么多,你以后有什么事我能做得到的,可一定不要客气呀!"

"哈哈！我才不跟你客气呢，咱们这大半年相处下来，像亲姐妹一样，以后有什么机会，一定要想着对方。"李晓芳说到这里，像是突然想起什么似的，一拍大腿，说："对了，听说国家要在南方和北方各开一个证券交易所，南粤这边的交易所已经开始在本月1号试营业了。北方那个开在上海，已在本月19号正式营业。你有空可以多留意一下。"

"哦，我已经注意到了。前些年股票交易都是银行在做，这以后有专门的证券交易所了，看来国家是要鼓励发展股票投资，这里面一定有很多大机会，就是不知道股票会不会还像前几年那样难买？买到以后是不是还像以前那样能赚那么多的钱？我从书上看，炒股票并不一定稳赚不赔，要是亏起来，也能叫人倾家荡产呢！"

"所以你才要多去了解呀！南洋那批富商不也说股票不可能只赚不亏吗？不过，凭我的经验判断，贩卖紧俏东西，多半能赚钱。"

"晓芳姐，你说得太好了！我肯定会多花些心思在这上面。不过，炒股票能不能赚钱，也不一定完全与好不好买有关，也许有一天，遍地都是股票，谁都懒得要了，你随便捡起来放上一段时间，就能发大财了呢！"

"说的也是，这事就交给你了，要想办法尽快弄明白！"

"好勒！"花巧凤爽快地应道。


没多久，花巧凤接待了一个来自上海的旅游团。这个团共有15个人，有男有女，年龄大多在三四十岁。这些人除了对南粤的市容市貌、特殊政策感兴趣以外，还特别要求花巧凤挤出点时间带他们去南粤证券交易所和证券公司看看。花巧凤平时忙得很，一直想在交易时间去这两个地方看个究竟，总是腾不出时间。现在客人主动提出去那里，她自然一口答应。

南粤证券交易所借用了南粤大剧院一角，面积不大，也就四五百平方米。他们到的时候，正是交易时间，交易所的大门紧闭着，只能透过窗户观察一下里面的情况。交易大厅的一边，整整齐齐地排放着十来张长条桌，每张长条桌前坐着一位穿红马甲的男女青年，他们一边不停地接着电话，一边飞快地操作着桌面上的电脑。对面墙上一面巨大的电脑显示装置上快速变换着南粤发展、南粤地产等5只股票的实时成交价。大厅内，几个身穿黄马甲的交易所工作人员急匆匆地走来走去，时不时停下来，处理一些临时出现的问题。

"切勿消！切勿消！"一位胖乎乎、矮墩墩的三十多岁男人摇头晃脑地评价着眼前的一切，"总共只有搭 5 只股票，比阿拉上海还少 3 只！"

花巧凤听得似懂非懂，但看这位陈姓男子一副经多见广、财大气粗的模样，猜想这人一定在股票上赚了不少钱，便凑上来与他说话："陈大哥，看样子您是股票方面的行家啰！"

"行家倒也谈不上，前几年赚了点小钱。"陈姓男子一边用他那只肥厚细嫩的右手捯饬着左手里捧着的大哥大，一边若无其事地答道。那只砖块般厚重的大哥大不时发出滴滴答答的按键声，似乎在向花巧凤自豪地诉说着主人的辉煌战绩。

"陈大哥，您就不要谦虚啦！人家又不分您的钱。"几个月导游做下来，花巧凤也像李晓芳那样嘴变得甜了。

"花导说得对！老陈的确是位大老板，他最近跟着杨百万后面倒腾电真空发了大财！"同行的客人也帮着花巧凤捧这位陈姓男子，搞得他倒有点不太自如了，一边从大哥大上移出右手笨拙地拍了拍后脑勺，一边咧开嘴巴憨憨地笑了笑说："你们这帮兄弟就会瞎起哄，杨百万人家才是大老板，我不过是跟在后面喝点汤水而已。"

"那陈大哥就透露一下如何喝到汤水的吧！"花巧凤不失时机地跟了一句。

"其实也没啥。80 年代初的时候，我还是个毛头小伙子，在一家机械厂当小工人，成天累死累活，一个月的工资也只有几十块钱。我喜欢跟朋友一起喝点啤酒什么的，那点工资根本不够花，我们几个好兄弟就商量着做点小买卖，赚点喝酒钱。正好有个兄弟家里面做小买卖，有靠谱的进货渠道。我们就跟着他一起倒腾些香烟呀、电子表呀、唱片什么的。那时候生意真好做，我们很快就不愁喝酒的钱了，而且还有了点余钱。"陈姓男子说到这里，微微抬头向远处看过去，仿佛又回到那个青春洋溢的过去。

"然后您就开始炒股了是吧？"花巧凤小心地探问。

"那时候谁知道炒股？"陈姓男子"嘿嘿"干笑了两声接着说，"不是去炒股，是想着我有余钱了该怎么办？是存进银行？还是继续做生意？正好这时候上海开始搞什么股份制改革，大的、好的国有企业日子好过得很，不需要改革。像延中实业、飞乐音响这样要么规模不大，要么经营状况不好的小国营、小集体企业反正日子也不太好过，所以市里就拿这几家企业做股份制试点，公开向社会发行股份，募集资金。当时没几个人相信这种改革能够成功，发行的股份也没有太多人愿意认购。我有个小兄弟正好在飞乐音响，他们公司要求全体领导和职工都必须按级别认购不同数量的股份。很多人因为有工作在那边不得不掏钱认购，但他们不看好呀，所以一转身就要把手中的股份拿出来卖掉。这个小兄弟问我有没有兴趣买一点,说这些股票面值多少就卖多少,今后每年还会有分红,分红的收入要比存银行还要多一些。我一听,也没有想太多,就买下了一些,就当存银行吧。"

"陈大哥,您可真有眼光,比杨百万买股票还要早呢!"花巧凤不忘及时拍拍他的马屁。

"这叫啥眼光呀?纯粹是狗屎运!我买了以后放着也没管它。没多久,很多人开始明白过来,都争着抢着要买一点。我一看价格越来越高了,就放着不动,反正暂时也不需要花钱。再后来,杨百万炒电真空出名了,我就更舍不得卖掉手中那点小飞乐了。不仅没卖小飞乐,还用手中的余钱在电真空回调后也买了点。前不久,我看涨得够高,就把电真空全部卖掉了。我现在手里面只剩小飞乐,这只股票我打算放它十年八年再说。"陈姓男子语气坚定地说。

"陈大哥,您真了不起!您看,现在还能买股票吗?"花巧凤像个小学生似的虚心请教着。

"买当然能买了,就是买不到呀!现在全国公开交易的股票加在一起也就13只,大家看到杨百万挣了那么多钱,都挤破头要买了。依我看,只要买得到,就不愁赚不到钱。"陈姓男人把握十足地说,"等一会你再带我们去看看南粤的证券公司,看看你们这边的股票是不是好买一些。"

花巧凤看看时间差不多了,便招呼客人回到面包车上,飞快地向南粤证券开去。

南粤证券位于繁忙的金融街上。这里银行、信托、保险、期货等各种金融机构不下几十家,南粤证券就是由本地的十几家金融机构共同出资成立的,可以说是衔着金钥匙出生的,集万千宠爱于一身。南粤证券的业务大厅位于一栋十层高大楼的底层,面积倒也不大,一两百平方米的样子。一道半人多高的浅褐色柜台把大厅分成两部分,柜台上装着钢筋围栏。柜台前挤满了手举红色交易单(只有极少数人手拿蓝色交易单)和金色证券交易卡的客户。柜台里面的面积约占1/4,沿着柜台安放着同为浅褐色的长条台面,十来个工作人员坐在台面前,紧张有序地接过柜台外面递来的交易单、交易卡和现金,认真地核对清点着。大厅一侧的墙壁上,一块电脑显示装置不停地闪烁着南粤发展等5只股票的买入卖出价格,一时排不上队或者连交易单都没抢到的市民抬头紧盯着显示屏,还不时用手指指点点。

　　旅游团一行人在大厅里兜了一圈，也挤到显示屏前观望着，不时发出啧啧地惊叹声："不得了，股价涨得也太快了！"

　　花巧凤见大家看得津津有味，便凑近陈姓男子问："陈大哥，您看南粤证券跟上海的比怎么样？"

　　"好像没啥大的差别，都是人多拥挤，想买又买不上，你们南粤这边比上海又少3只股票，看来更加难买啰。哎！本打算趁南粤交易所还没正式开业，到这里撞撞运气，开个户头，多少买上一点的，看来没门啰。"陈姓男子一脸失望地摇了摇头说。

　　"陈大哥，您先别灰心呀！南粤这边做啥事都很有效率的。就说南粤证券吧，听说1987年刚成立的时候，全国连一家证券公司都没有，它算是第一家了。那时南粤还没有上市公司，证券公司里也没几个人，他们就靠骑自行车到处推销国债过日子。没多久，他们就把南粤发展弄上市了，这可是改革开放后全国第一只放到柜台上交易的股票。那时候，交易大厅里连块看行情的电脑屏幕都没有，证券公司只好把交易情况随时写在一块大黑板上，买卖股票的人就围着这块黑板看行情。这才不到4年，能买卖的股票就有5只了，说不定要不了多久，这边的股票就会更多起来了，到时您再来买嘛。"花巧凤信心满满地为陈姓男子打气。

　　"哈哈！我绝对相信你说的话。不过，真到了那个时候，上海那边可买的股票也不会少到哪里去。再说了，股票太多了也不一定是什么好事。你想想，你很容易买得到的东西，别人也可以买到，凭什么人家要出高价买你手中的呢？除非你愿意压低价格卖出去！"

　　陈姓男子说的其实就是供求关系对价格的影响，花巧凤在自学经济学课程时已经了解到了，但她仍然谦虚地点着头："陈大哥说得真好！"

　　旅游团看过南粤的交易所和证券公司后，七嘴八舌地讨论了一番，最后一致认为：南粤的股票不比上海的好买，与其千里迢迢跑到南粤排队买股票，还不如老老实实待在上海排队呢。花巧凤也感觉成天在证券公司排队领交易单，又排队把交易单交进窗口是件费时费力的差使，要不是既有闲钱，又有时间，这事一般人还真做不来。她决定抽空把看到的情况跟李晓芳也说一下。

　　李钦文在南粤的珠宝分店前几天刚刚开张，李晓芳也正式受聘为分店的首任经理。分店在南粤最繁华的商业街上租了间一百多平方米的铺面。开业那天，店内店外布置得花团锦簇、喜气洋洋。一阵响亮的鞭炮声过后，身着藏青色西装、系深红色领带的李钦文在一身米黄色套装打扮的李晓芳陪同下,热情地来到店门口迎接着陆续前来道贺的客人。这些客人多半是李晓芳在旅行社积累下来的人脉,他们亲昵地握着李晓芳的手说着"恭喜发财"之类的客套话,李晓芳一边连声感谢,一边把他们介绍给李钦文。

花巧凤也应邀参加了开业典礼,她见李晓芳摇身一变成了干练的经理,不忘打趣说:"晓芳姐,您这一身职业打扮越来越像个大老板了!"

李晓芳佯作生气地说:"哪里像大老板,不过是小小打工妹一个,拿督大哥才是真正的大老板!"

花巧凤扭头朝李钦文笑了笑,见他一副身经百战、气度不凡的样子,就凑到李晓芳的耳边说:"晓芳姐,有没有发现您的这位拿督大哥今天特别帅呀?我看你们很般配,说不定哪天你们真能走到一块去了呢!"

"死丫头,你净胡说八道!人家有家有室的,你说怎么可能呢?"李晓芳脸涨得通红,伸出手来要打花巧凤,花巧凤往旁边一歪,躲了过去。

李钦文见两人叽叽咕咕,还时不时向他瞄上几眼,便抖动着浓密的八字胡问她们在说什么。两位姑娘立即异口同声地说:"我们在说女孩子的事。"便把李钦文草草打发过去了。


花巧凤送走了上海客人,抽空来到李晓芳的珠宝店里,把她陪同客人参观交易所和证券公司的见闻向李晓芳作了详细介绍。李晓芳听罢说:"现在看来能够买卖的股票又少又难买,还真不是我们这样既没多少钱,又不可能放下手中工作去排队的人能够掺和的。不过这事你还要继续留个心眼,南粤这边改革开放推得这么快,说不定哪天机会就来呢!"

花巧凤也认为南粤的股票市场不会一直这么下去,既然已经开起来了,一定会像南粤的改革开放一样,越来越发展壮大,在它发展壮大的过程中也一定会给众多普通老百姓带来意想不到的机会。只是这个机会到底是什么?什么时候才能到来?花巧凤现在还真说不上来。

## 第十三章

# 姐妹联手入股市　风雨之后见彩虹

快过年了，南粤这个由外来移民和打工仔、打工妹支撑起来的城市逐渐冷清下来。花巧凤要接手的旅游团也开始少了起来，她决定今年留在南粤过年，正好利用这段难得的闲暇时间好好读读书。为防父母担忧，她特意给家里写了一封信，称自己受旅游中专安排来南粤公干，过年就不回了，同时还给家里汇回了500块钱，希望一家人把年过得丰盛些。

没多久，花巧凤就收到由妹妹巧鸽代父母写的回信，得知这一年家里粮食虽然比上年增收不少，却又遇上了卖粮难的问题。稻谷的价格从上年的一块三一斤一下子降到九毛一斤，卖粮换到的那点钱，远不够还这些年欠下的账，要不是她寄了500块钱回去，过年时连割肉的钱都没着落！除此之外，花巧凤还得知，爷爷、奶奶已经行动不便，父亲因农活太重加上欠债压力太大不久前生了场大病，母亲既要照顾一家老小，又要烧饭、喂猪、莳弄菜园子，也累得越来越憔悴。花巧凤看过家信后心情非常沉重，就从手中不多的积蓄中又取出500块钱寄了回去，当晚到李晓芳的住处散心去了。

李晓芳现在一个人在靠近珠宝店的居民小区里租了间一室一厅的房子，过年前后，正好生意红火，所以也不打算回老家了。李晓芳见花巧凤情绪不高，忙问原因。花巧凤就把家里的情况跟她大致说了一下，没承想李晓芳听后也被传染似的，情绪一下子也低落下来。李晓芳叹口气说："我们虽然不在同一个省，但家都在农村，看来哪个地方的农村都差不多。我这些年没少贴补家里，但父母在家的日子过得仍然很艰难。一想到他们在家过得那么难，心里就很不好受。好了，不说这个！你最近对股票了解得怎么样了？"

"最近倒是稍微空了点，我昨天还到南粤证券转了一圈，正好赶上南粤发展跌停。"

"噢?！什么叫跌停？不是说南粤发展非常难买吗？怎么还开始跌了呢？"

"跌停就是股票的价格下跌到一定的幅度，按照证券公司规定当天就不能再跌了。南粤发展虽然是个好公司，但也涨了这么长时间了，从1987年刚开始发行到1989年年初也就涨了一倍半。1989年一年涨了三四倍。今年最厉害，从年初到现在涨了将近30倍。你想呀，如果有人买了南粤发展，在一年内赚了那么多钱，他能不卖吗？卖的人多了，股票的价格不就跌下来了吗？"

李晓芳听得眼都直了，嘴里喃喃地说："还真是这个道理！一年就涨30倍，有这种好事，谁愿意错过哟，可惜我们没有赶上呀！"

"没赶上也没有关系，南粤的证券交易所还没有正式开业呢，今后还愁没机会赶上吗？只是政府看南粤的股票价格涨得太疯，已经开始有意打压了，我估摸着南粤发展的股价怎么着都会跌上一段时间。"

"哦，这么疯狂，打压一下应该也是正常的。不然的话大家都去炒股票，谁还愿意老老实实在工厂或者庄稼地里累死累活地干呀？"李晓芳应道。

"你说的没错！其实政府对股票价格的打压从上半年就开始了。春节的时候，南粤发展搞了很大比例的分红和送股分配方案，很多精明人一看，这么厉害的分红，比存银行收益高多了，就挤破头地去抢购。听说当时每天都有两三千人在南粤证券门口排长队。证券公司交易大厅那点小地方根本就挤不下，大家只好把队排到马路上去。这时候政府就开始注意了，先是把股票的涨跌幅限制在10%，眼看股价还噌噌地往上涨，就把涨跌停板降到5%。没几天，又把涨幅限制到1%，跌停板还是保留5%。再过几天又开始对股票卖出征收印花税，对股利所得超过银行存款的部分征收10%的个人收入调节税。你想想，这就是只允许跌，不允许涨呀。但市场还是不当回事，南粤发展的股价还是一个劲地往上蹿。政府也被逼急了，干脆出台红头文件，禁止机关处级以上干部炒股。这下好了，那些领导干部只好把手中的股票卖掉。南粤发展的股价最终没能扛得住大规模抛售压力，昨天终于跌停了。"

李晓芳听得很认真，不住地点着头，说："我好像听明白了，看样子股票价格要跌上一段时间了。等市场平静下来，我们也找机会开个户，多少买点吧。"

"好呀，我正好也有这个意思。只是我还没攒多少钱，只能小小地参与一下。"

"不要紧，我手边钱稍微多一些。到时候，你多帮帮我，我挣到钱了可以分一点给你呀。"

"晓芳姐，你太客气了，我哪能要你的钱？到时候我帮你跑跑就是。"

"也好。咱们先不谈这些,到时候再说吧。只要能挣到钱,什么都好说。"李晓芳眼里开始闪耀着欢快的光芒,似乎已经进入了那种美妙的丰收时刻。

半年很快过去。1991年6月底的一天晚上,花巧凤从电视新闻上得知,南粤证券交易所将在7月3日正式开业。她感觉这可能是一次比较好的参与股市机会,便把自己半年来了解到的股票知识和信息在脑子里仔仔细细过了一遍。第二天晚上,花巧凤匆匆吃了包方便面,就乘公交车来到李晓芳的住处。李晓芳正好在屋,见花巧凤到来,非常高兴,就拉着她问长问短。两人好久未见,相互打趣着,好不热闹。后来,还是花巧凤率先把话题引到此行的目的上。

"晓芳姐,南粤证券交易所7月3号就要正式营业了,我感觉接下来应该要有些机会了。"

"正式营业就正式营业吧,这跟机会有什么关系呢?"

"当然有关系啦!你想想,南粤证券交易所从去年12月1号试营业到马上要正式营业,已经过了半年多时间。这半年多时间里,在南粤证券交易所上市交易的股票已经从开始时的1只增加到现在的6只。如果政府感觉发展股票市场没啥意思,要么叫它继续试营业,要么就直接关掉了,根本不会把试营业改为正式营业。"

李晓芳点点头说:"有道理!既然政府这么关心股票,那这里就有机会。"

"对!不过,更重要的是,股票价格经过大半年的下跌,现在已经非常便宜了。就拿南粤发展来说吧,它现在的股价要比去年12月8号刚开始下跌的时候便宜差不多30%了。我匡算了一下,按现在的价格买入,每年获得的分红比银行存款少不了多少。如果它再跌一点,获得的分红就要比银行存款高了。"

"嗯,关键是现在买入非常划算。就不知现在还像以前那么难买吗?"

"嗨!别提了,晓芳姐!以前是挤破头买不到,现在的情况是大家都把他当成臭狗屎。眼看价格一天比一天低,没有几个人愿意今天买过股票,明天就眼睁睁地看着自己亏损。"

"那我们就来凑个热闹吧,明天就去开户,先买一点试试,全当存银行了。"

"好!一言为定,明天我们一起开户去。"花巧凤高兴地回应着,"我现在攒下1万多块钱了。我打算先拿1万出来,明天开过户以后就把这1万块钱全换成南粤发展的股票。以后每月初,只要它的价格比现在低,我就把上个月挣来的小费全部买成南粤发展,反正还有点工资可以保命呢。"

"我手中的钱比你稍微要多一些，我可以拿出 5 万块钱买股票。明天开户以后，我就先买 3 万块钱的吧，以后你买的时候，通知我一声，我就一次加买 5000 块，等把这 5 万块钱全都买完了再说。"

第二天上午，她们早早来到南粤证券。虽然正值盛夏，客户大厅里却异常冷清，大厅墙上的电脑显示装置依然不停地闪烁着南粤发展等 6 只股票的交易信息，只是颜色基本都是冰冷的蓝色。仅有的十来个客户垂头丧气地候在交易窗口前，手中都拿着代表卖出的蓝色交易单。花巧凤和李晓芳来到开户窗口，窗口前空无一人，工作人员非常热情地接待了她们，很快就帮她们完成了开户工作。两人接着来到旁边的银行，把钱存进了 680 存折，又折回南粤证券按前一天晚上的计划买入了南粤发展。

包括南粤发展在内的 6 只股票并没有因为她们的买进和 7 月 3 日的正式开业而止住下跌的脚步。7 月初的时候，她们分别又在更低的价位上买了点南粤发展。到 7 月底的时候，总浮亏就接近 15% 了。虽然在买进前她们已做好了亏损准备，但当亏损成为现实以后，心里的滋味还是极不好受。花巧凤投入的钱虽然只有 1 万多块，但算下来已经亏了 1500 多块，这可是她爹花文礼几年都挣不到的一大笔钱！李晓芳投入的钱多一些，亏损的钱也更多，一个月下来就亏了将近 5000 块。怎么办？就这样亏下去吗？两位姑娘又凑到一起琢磨起来。

"晓芳姐，真对不住你呀！我要是不拉上你，你也不会亏这么多。我们挣点钱多难呀，没想到短短的一个月，就亏了这么多！"

"不能怪你！是我让你了解的，要怪只能怪这个股票市场太不近人情，不能体谅我们挣点血汗钱的难处。哎！其实也不能怪股票市场，还是怪我们自己贪心，总想挣点轻巧钱。"

"晓芳姐，你说的对，要怪还是怪我们自己贪心。好在我们还年轻，有一份稳定的收入，都能亏得起。眼看就要到 8 月了，你看我们还要像最初计划的那样，趁现在股价比较低继续买吗？"

"你上次不是说如果股价继续下跌，买入以后获得的分红会比存银行高吗？"

"我是说过这话，我来之前又做了些分析，现在仍然坚持之前的判断。"

"既然这样，那 8 月初的时候，只要价格比现在低，我们就继续按原计划买。"晓芳语气坚定地说。

8 月初的时候，南粤发展股价果真继续下跌，两位姑娘也果真继续买入。但到

8月底的时候,她们再次面临同样的问题,两人的浮亏已超过20%了。还要继续买吗?两人再次碰头商量。

李晓芳问:"现在还认为买南粤发展比存银行划算吗?"

"当然了!我还是这么认为,以现在的价格买入肯定比上个月更划算!就是不知道这样跌下去啥时是个头。我反正钱也不多,下个月我还想按原计划继续买入。"

"你说的也对,就是不知道这样跌下去啥时是个头。我有一个建议,不如9月份的时候,我们暂停一个月,观望观望再说。"

"嗯,还是晓芳姐想得周全!那我们都暂停一月吧!"

9月初,两人果真没再继续买入。9月6日,南粤股价指数创下了4月3日确定基准日以来的新低,仅为45.6,5个月足足跌了54.4%。李晓芳和花巧凤虽然刚入市两个多月,但总浮亏也达到25%以上了!

不过,神奇的事情很快发生。自9月7日开始,以南粤发展为首的6只股价竟然一天天涨了起来!

到9月底的时候,花巧凤和李晓芳手中的南粤发展不仅不再亏损,还有了差不多5%的浮盈,这让两位好姐妹一下子看到了希望,自然又凑到了一起。

"晓芳姐,咱们的南粤发展终于开始赚钱了!你说是不是要庆贺一下呀?"

"那当然!走,我们去得粤居吃晚茶去。"李晓芳爽快地应道。

得粤居距李晓芳租住处不远,是南粤最有名的一家早、晚茶连锁店,建筑设计和内部装潢都非常讲究。两人走出小区大门后刚转了个弯就远远望见得粤居。此时的大街,华灯初上,飞檐青瓦、雕龙画栋的得粤居在金黄的灯光照射下显得格外轻盈活泼、赏心悦目。进门以后,两人特意挑了靠窗的安静处坐了下来。花巧凤代劳,唰唰几下在菜单上打好勾递进窗口,清甜的小妹很快端上热气腾腾的豆豉蒸排骨、蚝皇蒸凤爪、沙爹金钱肚和水晶虾饺皇。

李晓芳说:"既然是庆贺,咱们干脆喝杯扎啤吧。"然后又点了潮州卤水拼盘和凉拌黑木耳两样冷菜。两人难得如此放松,边喝边聊,好不惬意。

花巧凤说:"股票这东西真让人捉摸不透,月初的时候我们还亏30%呢,一个月没完,反倒浮盈5%!"

"是呀,没想到变化这么快,早知月初的时候还继续买进了。都怪我打岔。"李晓芳颇为遗憾地说。

"晓芳姐,你说哪去了,当时的情况的确非常不利,有一种漆黑长夜看不到头的味道。要不是市政府出手干预,谁知道还会跌到什么时候?"

"政府干预?"

"是的,我也是听一个游客说的。据说咱们南粤市政府在9月7日指数创年内新低后,紧急开会商讨应对措施。因为如果继续这样跌下去,老百姓就会从股市跑掉,政府就没法推动股份制改革了!"

"股份制改革与老百姓跑不跑还有关系呀?"李晓芳不解地问。

"当然有了!股份制改革说到底就是要向社会要钱,如果老百姓发现买股票不赚钱,谁还会去买股票?股票卖不动,不就意味着向社会融资行不通吗?"

"嗯,所以政府不会坐视股票一直下跌,一定会想办法把股价再搞上去,让老百姓感觉买股票有利可图。"李晓芳若有所思地点点头说。

"没错!那个游客说,南粤市政府见仅有的6只股票一年跌下这么多,想出了好多办法。先是通过广播、电视、报纸宣传,说这些股票如何如何有投资价值,南粤的股市如何如何有前景。眼看市场不买账,又放开机构投资者入市门槛,放开分红送股后复牌股票的涨跌停板限制。就算这样,股价仍旧照跌不误。最狠的是咱们手中的南粤发展,它复牌那天,股价直接由25.2元跌到15.8元,一天就跌掉了37%!政府急红了眼,后来干脆拿出两个亿一头冲进股市直接买进!"

"怪不得呢?还是政府力量强大呀!"

"嗯,你说对了一半。两个亿其实也不是太多,关键是这两个亿用对了地方。他们选择了跌幅更大、分红派息最好的南粤发展,集中火力,连续买入。这样的示范效果比较好,等南粤发展涨起来,其他股票也就跟着慢慢起来了。"

"看来还是你有眼光,我们当时买的时候,你就只说买南粤发展,没想到它还是这些股票中的大哥大呢!来,姐敬你一杯!"李晓芳端起厚重的扎啤杯"咣当"一声碰在花巧凤迎上来的杯子上。

"晓芳姐,不要客气,我们这才刚开始呢!对了,马上又要到10月份了,你还有兴趣再买一点吗?"

李晓芳没有立即回答,而是叹了一口气说:"都怪我这个月初胆子太小了,没在便宜时买进,现在的价格比当时高出1/3还要多了!"

"晓芳姐,我分析了一下,现在南粤发展的价格还不算太高,也就比我们最初买的时候高一点点。前两天人行南粤分行公布,马上又要有11家公司准备申请公开发行股票。如果政府不想办法继续把老股票的价格推上去,这11家将要上市的股票卖给谁呀？"

"有道理！只有继续推高这 6 只老股的价格，才能吸引更多的人进场买新股。那我们下月初继续按原定计划买入南粤发展吧。来，再碰一杯，预祝我们手中的股票越涨越高！"

几天后，花巧凤和李晓芳再次来到南粤证券实施了买入计划。到当天收盘时，6 只公开挂牌的股票全部上涨，南粤股价指数大涨 3%以上。股价的回暖吸引了更多的资金，南粤证券的大厅内外又挤满了手持红色交易单的看多者。10 月 9 日这天，南粤股价指数在众人的惊呼声中节节攀升，当天急升了 12.56%，直令那些没抢到股票的人们捶胸顿足，扼腕叹息。

10 月底的时候，南粤发展的股价已远远高于她们最初买入的价格。她们决定不再继续买入老股票，转而参与南粤玻璃等 11 只新股的申购。据花巧凤分析，新股申购价格会相对便宜些，新股上市后那些没有申购到新股的人会以更高的价格买进。因此，只要能申购得到新股，将来不愁没钱赚，至少不会亏损。但她们很快就听说，受股市回暖刺激，新股的发行工作非常顺利，与她们持相近想法的大有人在，300 万份新股认购表被认领 270 多万份。

人真是有意思的动物。几个月以前还避之唯恐不及的股市，因为它的节节走高很快吸引到了更多人的关注。到 11 月 14 日的时候，南粤股价指数很快达到 136.9。花巧凤和李晓芳的股票账户上如同变魔术一样，竟分别多出了将近 10 万元和 2 万元的浮盈。月底时她们再次来到得粤居举杯庆贺。

"妹妹真厉害！我们这么短的时间就赚了这么多钱，多亏你的好主意！"李晓芳举起手中的酒杯感慨万千地说道。

"晓芳姐不要客气！不是我厉害，而是我们运气好，正好赶上了这波机会。另外，股票账户上的浮盈只要不兑现，就不能算我们的，说不定过几天，股价一回去，我们的浮盈也就没有那么多了。"

"对对！这跟做生意一个样，东西不卖出去，哪能就说自己赚了呢？依你看，我们要把这些浮盈兑现吗？"

"这个还真难说，谁知道接下去市场还会怎么走？你忘了，南粤发展去年就发生过 11 个月涨 30 倍的事呢？！"

"记得。这么令人心痒的事，怎么能忘了呢？那我们就先等等再说吧，不卖也不买，反正现在也不急等着钱花。"

　　股市的繁荣令两位异姓姐妹信心大增。她们每人买了只中文股票机,以便于随时查看股票行情。巧凤想到新年眼看又到,便给家里一次汇回了2000块钱,自己决定再留在南粤过年,把该读的书好好读一读。

　　股市真是让人难以捉摸的东西。以南粤发展为首的6只股票自9月8日绝地反击后,便一路快跑,及至1991年11月14日创出年内新高后,却像霜打的茄子一样,一天天蔫了下来。刚刚装备的股票机,并未因两位主人的慷慨购买而喜讯频传,反倒不断传来令人添堵的数据,这令花巧凤和李晓芳非常沮丧。好在手中的股票还处于盈利状态,为不影响正常工作,她们不约而同地把股票机扔进抽屉里锁了起来。


　　时间转眼间进入了1992年。1月20日,花巧凤像往常一样带着游客往来于南粤的几个著名景点。下午,当她到达国贸大厦的时候,惊喜地得知一位88岁的老人刚刚离开这里,在国贸大厦停留期间,这位老人曾直达49层的旋转餐厅极目四望。花巧凤和众游客非常遗憾未能早到几小时以目睹老人风采。为多少减少点遗憾,她特意带领游客沿着老人的足迹登上49楼。窗外,碧空万顷,云蒸霞蔚。往下看,一栋栋高楼拔地而起,一群群海鸟翱翔翻飞,万紫千红的大街上车水马龙,行人匆匆,一派生机勃勃的繁荣景象。花巧凤想象着老人一定和她一样赏心悦目,不禁为自己两年前的果断南下暗自庆幸。老人的到来令花巧凤隐隐觉得南粤似乎正站在新一轮大发展的起点上。几天后,她再次找到李晓芳。

　　"晓芳姐,听说有位老人刚到南粤的事吗?"

　　"听说过,外面早就传疯了。他去国贸大厦那天下午,香港那边就铺天盖地报道了,前几天还有顾客说亲眼见到他了!"

　　"那你怎么看这事呢?"

　　"当然是好事了!南粤是在他亲自推动下实施改革开放的,现在搞得这么好,证明这个方向是对的。我猜想他这一来呀,股市很快又能好起来了。"

　　"晓芳姐现在对股市越来越有感觉了!"

　　"不是我有感觉,跟在你后面想不长进都难呀!再说,人家香港那边一见老人家到南粤,股市立马大涨,这说明人家看好南粤甚至全中国的发展。"

　　"晓芳姐说得好,现在国内还没有报道过老人到南粤的事情,所以股价还没有明显反应。我猜想哪天新闻里一报,咱们这边也会像香港那样大涨起来,不如我们趁股价没大涨再买一点吧。"

"可以呀，要买就快点。我账户里还剩 1 万块钱，明天就全部买进吧。"

"嗯，我又攒了点小费，明天就把最初的成本加到 2 万块。"

正如两位姐妹所料，南粤的股市开始节节走高。半个月以后，伴随着《南粤日报》连发 8 篇关于深化改革的评论，南粤股价指数像风吹一样，噌噌地往上蹿。到了 3 月底的时候，随着另一篇万字长文《东方风来满眼春》的发表，南粤股价指数更像一匹脱缰的野马，一骑绝尘。5 月 26 日，南粤股价指数冲到 312.2 点，比上一年最高点高出 175.3 点，涨幅达 128%。

两姐妹的账户已经获得了超过 2 倍的浮盈，她们的股票机重新走出抽屉，又成了她俩随身携带的宝贝。

南粤股市的火爆，不仅吸引了南粤人的热捧，也成功吸引了偏僻山村和边陲小镇的注意。一次，花巧凤带领客户途经南粤证券，老远就见南粤证券门里门外人山人海，有穿着朴素干净的干部、白领、知识分子，也有衣着华丽、珠光宝气的大老板、小商人，还有衣衫破旧、面黄肌瘦的农民、工人、无业游民，这些人一股脑地挤在那里，脸上统统流露出既焦急又期盼的神情。花巧凤既暗自庆幸自己买股票时正好错过如此拥挤的情形，又对眼前这些人深表同情。她把自己的感受随口说给车上的人听，谁知有位游客马上表达了不同的感受：

"花导呀，这算啥？我前几天刚去过上海，上海那边比这里更挤。听说南粤这边还有什么无形市场，就是有些人可以通过电脑、电话进行交易。上海那边可全是有形交易，从老百姓到证券公司和交易所，除了行情可以在电脑屏幕上看看，所有的交易全部要通过人工来进行。我到那边的交易所也看了，几百平方米的交易大厅里，有好几十个身穿红马甲的人眼睛盯着电脑，耳朵听着电话，还要用手不停地比画。另外还有不少身穿黄马甲的人在大厅里跑来跑去。热闹倒是热闹，但看起来就处理不了多少交易。到了证券公司那边就更忙了，就算你这边接得了单子，还得交易所那么处理得了才行吧？所以窝在证券公司那边的人更多。没办法，前不久交易所组织一百多家证券公司营业部到文化广场摆摊，搞了个股票大集市。谁知第一天就来了四万多人，把整个文化广场挤得水泄不通。又加上那天组织者见来人太多，宣布只接受蓝色的卖出单。这下可把股民们吓坏了：只准卖，不准买，那股市就只有跌的份了！于是这些人横冲直撞，争相卖出，三下五除二就把组织者临时搭建的柜台挤得七零八散。"

　　一车人听到这里笑得前仰后合。这时,有人说了一句:"人为财死,鸟为食亡。为了发财,死都不怕,文化广场上的这点小骚动根本就不算什么。"花巧凤听着在理,却不由得心里犯起了嘀咕:南粤证券门前虽然没有几万人,但总有好几千吧,万一哪天人再多一些,交易所和证券公司采取了什么不当的措施,那这边的股价不也会大跌吗?反正现在股价已经涨了那么多了,不如先把它们卖掉一部分,至少先把成本拿回来,看一段时间再说。

　　当她把这个想法告诉李晓芳时,得到了李晓芳的爽快支持。经过反复权衡,她们决定先卖掉2/3的股票,拿回最初的成本和相当于成本的盈利,剩下的股票先放上一段时间再说。说办就办,第二天,她们高高兴兴地拿回了人生中的第一笔股票投资收益。李晓芳取出10万元盈利,留下5万元左右的成本;花巧凤取出4万元盈利,留下2万元左右的成本。

## 第十四章

# 狂热只因收益高　骚乱却为恨难平

8月的南粤,酷热难耐,白花花的太阳可着劲地炙烤着大地。火红的凤凰花肆意张扬着热辣的个性,却丝毫提不起人们观赏的兴趣。枝繁叶茂的大榕树尽情伸展着仁慈的臂膀,试图给大街投下尽可能多的荫蔽,然而整个城市就像一座烧透的砖窑,任何遮阳物都形同虚设。

本处淡季的南粤旅游业却在此时意外地迎来了一批又一批的外地客人,这些冲着即将发售的新股认购抽签表而来的外地客人,很快就将南粤的大小酒店住得满满当当,甚至大街上也常见三五成群的外地人通宵露宿。眼看正式发售抽签表尚需几日,一些手头宽裕的外地客人便到旅行社报了个两三日游以打发时间。这些客人有的来自北京、上海这样的大城市,有的来自哈尔滨、乌鲁木齐这样的遥远省会城市,还有的来自分散在祖国各地的大城小镇。但是不管来自何方,也不管职业、收入、文化差异有多大,只要一提起股票,他们都会两眼放光,精神亢奋,有说不完的话。其实,想不提股票都难。这些人本来就是专程前来申购新股的。所以只要有人起个话茬子,不管这人说什么,很快都会被引到"股票"这个最核心的主题上。

"哎!南粤这地方真热,不光是热,还闷得人喘不过气来。看来,这个季节还是俺们那嘎达凉快!"那位健壮如牛、嗓门洪亮的哈尔滨游客王先生一登上旅游面包车就使劲摇动着手中的纸扇打开了话匣子。

"侬嘎西远跑来做啥?在侬冰城里厢待着可不要太爽哟!"衣着光鲜的上海游客赵先生故意拉长话音问。

"嘿嘿,你这个老兄不是故意抬杠吗?谁不知道俺们这一车人都是冲着马上就要开售的新股认购表来的?"哈尔滨男子并没有计较上海游客的挑逗。他的话立即引起众游客的共鸣,一车人随即有了共同的话题。

张三说:"王大哥说得对!不是为了认购表,这个季节谁会跑到这里旅游?尽管这时候南粤的凤凰花开得最艳丽,但你有心情站在大太阳底下耐心观赏吗? 还是认购表吸引力大,听说中一个签就可净赚好几万呀!"

李四兴奋地接过话茬:"没错没错! 股市就是个捡钱的地方,傻瓜才不来呢? 5月份我在上海出差,亲眼见到上海放开 15 只股票涨跌幅限制后股价指数当天就涨了一倍多,随后两天继续大幅上涨。哎! 我当时那个恨呀,手里面一股都没有,只能眼巴巴地看着别人数钱。听说这次南粤有原始股可申购,我是说什么也不能再错过这一把机会啦,就向单位请了几天假,找亲戚朋友凑了 20 多个身份证就来了。"

任五说:"还是你老兄有远见呀! 据说南粤的这次新股申购一个人最多可拿 10张身份证购买 10 张表,按交易所传出来的 10% 中签率算,你就至少可中两个签,那就是小 10 万的收益呀! 不过,你这 20 多个身份证至少需要两个人排队,到时候能不能把多余的身份证借给我用一下呢?"

李四一拍脑门说:"哎呀! 这个我还真没想到,到时候再说吧。"

坐在车尾的徐六按捺不住内心的激动,忽地从座位上站起来,伸长脖子嚷道:"你不肯把身份证借出去,到时候你还变出一个人替你排队不成? 就怕你自己都不一定排得上。我听说这几天全国各地的身份证像雪片一样飞向南粤,很多寄往南粤的包裹中都有身份证,据说最多的一个包裹里面有 700 多个身份证。不仅寄身份证,还要雇人排队,听说有个大老板从新疆一次雇过来 1500 多人帮忙排队呢! 要是传言当真,你想想会有多少大小老板雇人排队? 那队要排成啥样子? 反正我就见这几天四面八方的人都朝南粤挤,广州到南粤的火车票就从 30 块一张炒到了300 块一张,要是包辆面包车,至少得 3000 块钱才行。还有呀,东莞的一些老板干脆停工,正用大货一车一车地往南粤运工人帮忙排队。"

徐六说完话,全车竟无一人吭声了,似乎在为自己的势单力薄而叹息,又似乎在为即将到来的排队大战而焦虑。

花巧凤想起去年 11 月份与李晓芳排队购买新股申购表的情景,虽然队也排了 200 多米,但还是很快就排上了,她们用自己和李晓芳从珠宝店员工那里搜集来的一共 10 张身份证,每人花 500 块钱,各自购买了 5 张申购表。后来,她中了1000 股南粤电视,李晓芳中了 1000 股南粤玻璃。因为是原始股,成本非常低,她们握在手中至今都没舍得卖,浮盈已有一两万了。还是原始股好呀,便宜! 就算股市来次暴跌,抽到原始股也能稳赚不赔。看来,这次的新股申购还是不能错过呀!

目标虽然清晰了,但实施的难度看来不小。花巧凤首先想到的是身份证,去年她们搜集了李晓芳珠宝店店员的身份证,总共凑齐了 10 张,今年不知道还能不能凑得到。其实,不仅要凑得到,最好能凑齐 20 张,这样她俩每人就可以抽到一个签。不过,就算身份证凑得够,还有个排队问题,看样子今年的队绝不可能像去年那样容易排了,不知要多长时间才能排得上,而自己和李晓芳都不可能拿出超过半天的时间来排队。难道也学那些老板雇人排队?嗯,为什么不呢?雇个人大不了一天花100 块钱,中一个签,那可就能赚几万呀!当农民的父亲一辈子恐怕也挣不了这么多钱。想到这里,花巧凤拿定了主意:找李晓芳派两个珠宝店营业员排队,工资照付,一天另给 100 块钱补贴。

想到这里,花巧凤豁然开朗。她赶忙拿起扩音器饱含深情地对着沉默的游客说道:"尊敬的贵宾,大家好!欢迎来到改革开放最前沿观光旅游。天气虽然炎热,但南粤人发展经济的干劲更热!马上我们就要到达南粤的标志性建筑,也是中国目前的最高楼——国贸大厦了,请大家按秩序下车,让我们循着伟人的脚步一起登上 49 楼的旋转餐厅,用心领略南粤的繁荣与壮美!"

关于原始股的价值,花巧凤只消三言两语就给李晓芳讲明白了。要李晓芳派出两位店员去排队也不是问题,店里的 8 位店员大多数是她从老家带出来的。没有她,这些大字不识几个的乡下姑娘不可能在南粤找到这么轻松又收入高的工作。最后,李晓芳选定了本村的阿霞和阿玲。两位姑娘都二十不到,是李晓芳的远门亲戚,听说经理挑她们出去不过就是排队买几张表,居然还额外给补贴,感觉很受重视,也都很开心。花巧凤又通过旅行社的同事,以 20 块钱每张的价格从社会上租了 10 张身份证。这样,20 张身份证也就凑齐了。

8 月 9 日,天刚蒙蒙亮,阿霞和阿玲就在李晓芳的催促下每人背上两瓶矿泉水和几块面包,匆匆赶往离珠宝店最近的一个新股认购抽签表发售点。等她们到了一看,全都傻了眼:发售点门前一两个篮球场那么点大的空地上,早已塞满了黑压压的人头。队伍从发售点门口开始,一折又一折不知叠成了多少道。排队的人不分男女老幼,统统伸出双臂紧紧抱住前面的人,似乎稍一放手,就会有人插进来一样。阿霞瞥见一个和她年龄相仿的漂亮姑娘生生夹在了两个高大的男人中间,脸憋得通红,仍死死地抱住前面的男人,而后面的男人也死死地抱着她。阿霞想,为了买几张表,这些人简直疯了!这个女孩跟前后两个男人都不像认识的样子,就这样抱在一起,真是太丢人了!难道自己也要夹在里面任人搂抱吗?昨天的热气还没散尽,刚刚升起的太阳就像火炉一样烘烤起来,待在空地上汗水都止不住地往下流,自己真要夹进去,不光是丢不丢人的问题,还不被挤成大烧饼呀!

"阿霞,我们赶快排队吧,你看四面八方的人还紧着往这边赶呢!"

阿霞皱了皱眉,指了指队伍说:"咋排呀,还得被人搂着!"

阿玲一听,扑哧笑了:"我当为啥呢?你赶快过去,正好前面是位大妈,你搂着她,我搂着你。快去吧,要不然又要被甩到后面去了。"

"好吧,看在晓芳平时关照咱们的份上,还有那与10天工钱差不多的补贴,咱们就豁出去吧。"阿霞刚刚忸怩着抱住前面的大妈,就差点被保安抡起的电棒打到了额头,幸亏她眼疾手快躲了过去。她本想跟保安争上几句,保安反倒用电棒指着她的脑袋教训起来:"要排就赶快排起来,不要在这里起哄!"阿玲这时也轻轻拧了她一把,示意她不要多言。阿霞环顾四周,见不远处三五成群、全副武装的警察随时都有可能冲过来把她抓走的样子,便忍气吞声低下了憋屈的头颅。

阿霞被挤在大妈和阿玲中间,倒不感觉难为情了。但肥硕的大妈流起汗来格外急,阿霞看见大妈后脑勺上的汗水先是弯弯曲曲地顺着那又白又粗的脖子往下流,就像十几条蚯蚓一样缓缓爬下,没多久这些蚯蚓就拉直了身子,转眼间"蚯蚓"又变成了一条条湍急的小河。来不及灌进大妈衣领的汗水则直接"啪嗒啪嗒"重重地摔在脚下的水泥地上。大妈的衣服很快湿透,深色的短袖衫上结出了一层白花花的盐霜。阿霞和阿玲的衣服很快湿透,阿霞感觉到处都是湿漉漉、咸滋滋的,空气中弥漫着刺鼻的酸骚味、狐臭味、口臭味。她想捂起鼻子,可双手必须搂住前面的大妈。她只好在实在闻不下去的时候暂时屏住呼吸。可是当她忍不住要换气的时候,不得不更大口地吸进这些难闻的气味。

更受不了的是已经爬得老高的太阳。虽然阿霞她俩出门时特意戴上了遮阳帽,但小小的帽檐根本无法遮挡她们全身。阿霞感到但凡皮肤裸露的地方都被太阳晒得火辣辣的,令她不由得想起在家割稻、锄草时的情景:苦是一样的苦,只是远没有干农活累,挣得也比干农活多多了。这样一比较,她心理平衡了,排就排吧,干啥容易呢?

"哗!"一阵密集的雨点没有任何征兆地劈头盖脸砸了下来。有没有搞错?阿霞抬头一看,头顶上正好有一大块乌云,雨点的确是从那里落下来的,她感觉身上顿时凉爽了许多。但东方的太阳一点退意都没有,仍旧像只红透了的铁饼辐射着刺眼的光。乌云没多久就飘到远处去了,但排队的人们早已从头到脚彻底湿透。阿霞摘掉遮阳帽,用手拢了拢水淋淋的头发,见在场的人们仍然秩序井然地搂抱在一起,便有样学样地重新抱住前面的大妈。

四面八方的人还在继续朝这边涌过来。阿霞感觉自己被挤得都有点透不过气了,她只好更紧地抱住大妈,生怕自己稍一松手就会摔倒。其实,这种担忧完全没有必要。就算她把两脚抬起来,都不会摔下,因为她被挤得实在太紧了。

"哎!你们这么拼命地挤在这里有啥用?抽签表早就被领导在里面分掉了!"来回巡视的保安不知是同情还是幸灾乐祸地嘀咕着。

"不可能!市领导不是说这次发放抽签表就是要让普通老百姓得实惠吗?"人群里有个年轻小伙一脸不屑地反问道。

"可能不可能你一会就知道了,我也不想跟你争。不过,你要是买不到表可以找我。网点卖100一张,我只要300一张,要多少有多少。"保安淡定地说完就匆匆走到一边维持秩序去了。

8点钟,网点门前的大铁栅栏准时打开。阿霞长长地舒了一口气,眼看着自己可以一步步地往前挪了,心想,这辛苦很快就该到头了吧。谁知不到二十分钟的工夫,队伍最前面就像炸了窝一样,一下子乱了起来。阿霞竖起耳朵仔细分辨前面的声音,听到有人绝望地大叫:"卖完了?怎么可能?总共也就百十人买到,你们顶多卖掉千把张,怎么可能就卖完了?!"维持秩序的保安也赶忙跑过来,对着人群喊道:"卖完了!卖完了!赶紧散了吧!"阿霞和阿玲将信将疑地松开了手,裹着一身湿淋淋的衣服傻愣愣地站在原处,半晌没有反应过来:遭了这么大的罪,就这样结束了?一张表都没买到,回去咋像晓芳交代呢?

销售点门前的男女老幼们也同阿霞、阿玲一样,他们根本不愿相信自己的耳朵和眼睛,都呆呆地站在原处,一点离开的意愿也没有,尽管太阳更加毒辣、气味更加难闻。

"说好的500万张抽签表平均派到300个发售点,按每人买满10张表算,每个发售点至少有1666个人买得到。这才卖了20分钟,不过百十人买到,这里肯定有问题。"阿霞听到人群里有人在算账。

"对,肯定被那些当官的私分了!刚才保安还在说呢,我先前不信,现在看来他说的是真的。走,找那个保安问问去。"有人接过话茬叫起来。

说曹操曹操到,保安不找自来。有人就问他:"你不是说手里有抽签表可卖吗?

多少钱一张,能卖给我几张吗?"

谁知保安眼一瞪,说:"我什么时候说手里有抽签表好卖了?嘿嘿,我倒是知道哪里有卖的。不过要等一会才行。"说完,保安转悠到别处去了。

"有人要抽签表吗?300 元一张。"一位背着牛仔包的光头青年走了过来。

"300 元一张?这也太贵了!能不能便宜点?"

"嫌贵可以不买。不过,可以告诉你,我这里也没几张了。等我手里的卖完了,别处有卖五六百元一张的,也许你可以到那边买。"光头青年一脸鄙夷地冷笑了两声,走开了。

这时,正好过来几个戴着红袖章的监管人员,有人马上围过去表达他们对销售点存在私分抽签表的猜测,谁知这些人只是用"没有证据,不要胡乱猜测"之类的话就把他们搪塞过去,里里外外转了一圈,丢下一句:"原定今天下午 4 点前交表,现因故推迟到明天上午 10 点前交完。"然后就像没事一样夹着包走了。

"妈的,老子从昨天下午就在这排队,昨晚蹲在地上一夜没合眼,风吹雨淋太阳晒都不算个鸟事,你们才卖了 20 分钟就说卖完了,耍人也没有这样耍的!抽签表肯定被这帮王八蛋私分了!现在又说推迟上交抽签表,依我看,八成是为了你们这些腐败分子有足够时间把私分的表卖出去!"人群中开始有人愤愤不平地叫骂起来。

这个人的叫骂立即引来众人的附和,因连续十几个小时辛苦排队落空后的失望、郁闷、无助、委曲之情,一下子变成了极度的愤怒。大家七嘴八舌地用最恶毒、最肮脏的字眼使劲叫骂起来。"老乡们,一起往上冲呀!"不知是谁怒不可遏地喊了一嗓子,人群立即像洪水一般朝前涌去。销售点门前刚刚锁起的铁栅栏"咣当"一声倒在了地上。

守在附近的警察见这边发生了乱子,很快手持警棍、盾牌跑了过来。愤怒的人们变得更加歇斯底里,他们横冲直撞,毫无顾忌,拿起什么摔什么,遇到什么砸什么。有人甚至捡起碎石、砖块朝警察扔去。警察见众人怒火正旺,只好一边劝说,一边朝旁边躲过去。

震耳欲聋的怒吼声一浪高过一浪。阿霞和阿玲感到脚下的地面都在震动。她们哪里见过这样的场面,担心在空中乱飞的石块、棍棒一不小心会落在自己头上,便远远躲在一边朝人群里张望。

人群越来越混乱,有人不小心被绊了一跤,很快就有好几只脚踩了上去。另一边,一个干瘦的老太太不知怎么把头卡进了半倒的铁栅栏里去了,眼看着奄奄一息,旁边还有大群的人被动地压了过来,幸亏她身边的一位壮汉伸出手,把老太太的头拽出来,又扶着站稳。不然,后果难料。

没多久,有人喊了声:"走,到市政府评理去!"愤怒的人群一边高喊着"打击舞弊""打倒腐败""我们要公平,我们要股票"之类的口号,一边朝市政府方向走去。泥泞的场地上一片狼藉,到处散落着被踩得稀烂的拖鞋、凉鞋以及烂纸、碎石、砖块、空瓶子……

阿霞和阿玲眼看着再等无用,便拖着疲惫的脚步两手空空地回去向李晓芳交差去了。

李晓芳见两位姑娘都平安回来,赶忙迎上去说:"辛苦了!快回去冲个澡,换身干净衣服吧。"两位姑娘空手而归,感觉非常不好意思,便站在那里嗫嚅着想作些解释。李晓芳一挥手打断了她们:"别说了,我都清楚,快回去换衣服!今天就不要来店里了,补贴照样给。"她俩见李晓芳真没计较,才放心回去了。

市政府广场上的人越聚越多。到了晚上七八点钟的时候,大概已聚集了几万人。这些人打着"彻底揪出私分抽签表的腐败分子""还股市清白,还百姓公平"之类的横幅,声嘶力竭地高呼着类似的口号。一些激愤的群众拿着砖头石块扔向警察和警车,有的甚至引火点燃了警车和警用摩托车。市政府眼看事态越来越失控,紧急开会商量对策。没多久,市政府广场上噼里啪啦的催泪弹开始在人群中炸响,力道强大的高压水枪随即也加入了冲刷的行列……与此同时,广场上的高音喇叭义正词严地播放着安民告示:"市民朋友们、来自祖国各地的投资者们,请大家不要参与暴乱,尽快撤离广场。经市委市政府紧急研究,决定对这次新股认购抽签表发售过程中出现的舞弊和腐败行为进行彻底调查,对出现的问题和相关当事人将依法严惩,绝不姑息。为确保广大投资者都有机会参与本次新股申购,市政府还决定增发 500 万份新股申购抽签表,明天上午 8 点将在全市 300 个金融网点正式发售。"听说第二天还有机会购买抽签表,加上催泪弹和高压水枪的强大威力,群众的怒气很快平息下来,开始争先恐后地直接向各个网点奔去。

花巧凤对白天发生的事一清二楚,但苦于身边正有旅游团队不得脱身,直到晚上安顿好游客才匆匆来到李晓芳的住处。她开门见山就说:"晓芳姐,这次南粤因为新股申购把事情闹得这么大,说不定中央会非常生气。我记得上次老人家来南粤时说过,南粤的股票市场总的说是好的,试验得很成功,不好也没关系,可以再关掉。要是南粤的股票市场真关了,咱们还剩下那点股票可就没办法处理了,不如明天咱们抓紧把手里的股票全部卖了吧。"

李晓芳觉得花巧凤说得在理,便同意了她的建议。至于新股嘛,反正便宜,就差使阿霞、阿玲连夜排队去了,补贴增加到每人每天 200 块。

阿霞和阿玲到的时候,销售点外已经挤了不少人,这些人有的站着,有的蹲着,有的干脆坐在地上。看着四面八方的人还在不断涌过来,阿霞不再像上午那样忸怩,赶紧排在一个男人的后面了,她们很快被不断加入的人流围在了中间。阿霞因为白天听说一个网点至少能有 1600 多人买到抽签表,就借着微弱的灯光悄悄数起了前面的人头。前面大概有七八百人,看来明天买到不成问题!此时,虽然没有太阳的炙烤,但天气还是热得要命。经过了一天的折腾,很多人全身湿了干,干了又湿,特别是一些外地赶过来的人,根本就没有条件冲把澡,换件干净衣服。因此,周围的酸骚味、狐臭味比白天更加浓烈。

热也好,臭也好,两人经历了白天的混乱,已经逐渐习惯,就当自己在农村老家的牛棚、鸡舍里待着好了。最可恶的是蚊虫开始肆虐,在农村老家时,她们还可以拿把破蒲扇摇一摇,扇一扇,或者干脆躲进露天搭起的蚊帐里,躺在竹编的凉床上隔着蚊帐数着天上的星星。但现在她们并没随身携带蒲扇,就算带了也没用,周围挤满了人,扇子根本就轮不起来。没办法,她们只能像周围的人一样,用双手来回不停地撸着手臂、大腿、脖子等一切裸露的地方。但是这样做的效果并不大,两人的身上很快被蚊虫叮出一个又一个大疙瘩,奇痒难忍,而且越痒越想挠,越挠又越痒。比白天稍微好一点的是暂时还不必前后紧贴着相互搂抱。她们先是站了一会儿,过了个把小时,渐渐感觉累了,便原地蹲了下来。蹲了没多久,感觉双腿发麻,只好又相互搀扶着站起来。如此反复多次,她们终于筋疲力尽,眼皮僵硬。瞅瞅周围很多人要么坐着,要么跪着,两人干脆也背靠背一屁股坐下来,任凭蚊叮虫咬、恶臭熏人,居然很快进入了梦乡。

天快亮的时候,阿霞和阿玲被一阵急促的暴雨及嘈杂的人声吵醒了。她们睁眼一看,屁股已被雨水淹了大半截,便赶忙站起来,相互拍打着对方屁股上的污垢,试图借助雨水的冲刷把衣服弄干净。场地上的人们也都或站,或蹲,或跪,或专注着处理自己的事情,不仅丝毫没有因为暴雨的到来而乱了方寸,反而因为天色的放亮更加小心地守护着自己的阵地。就连上厕所也变得非常奢侈,不是实在憋得受不了,很少有人会冒着占位被人抢去的风险挤出去再走到很远处解决内急问题。没多久,暴雨停了,太阳渐渐露出狰狞的面目,南粤的大街小巷重新开启了烧烤模式。

与昨天稍有不同的是,8点时销售网点的大门并没正常打开。几个保安一边来回维持着排队秩序,一边告诉大家说,因为时间紧张,印刷厂来不及印制500万份新股认购抽签表,现正在抓紧印刷抽签表兑换券,下午2点之前兑换券可运送到全市各销售网点。

既然如此,大家也没什么好说的,那就继续安心等待吧!骄阳、挤压、酸痛、疲惫、饥饿、内急继续折磨着大家,然而,每个人眼里都充满着希望的光芒!

下午2点,销售点门前的铁栅栏果然打开了。广场上爆发出一阵热烈的欢呼声:"兑换券来了!发财的机会又到了!"阿霞和阿玲长长地舒了一口气。50分钟后,她们终于和众人一样跪着挪到销售窗口前,当阿霞接过兑换券准备起身时,突然惊恐地叫起来:"妈哟,我的腿怎么没啦?"低头一看,腿居然还在!原来长时间在地上跪着,两腿早已麻木得失去知觉。在保安和阿玲的帮助下,阿霞挪到了一旁,一边坐在地上揉着双腿,一边瞅着眼前湿滑的地面。透过人腿的空隙,她清楚地看到地上留下两条长长的血印。那应该是包括她自己在内的众人膝盖被磨破后留下的印迹,因为她和阿玲的双膝都是血淋淋的。

在阿霞、阿玲还在排队购买抽签表的时候,花巧凤和李晓芳也在证券公司的交易大厅排队做着另外一件事——在当日股市开盘后力争第一时间全部卖光手中所余股票。交易大厅里同样人满为患,与此前不同的是,这次是蓝色的卖出交易单极为紧缺。她俩好容易从证券公司人员手里抢到几张,飞快填好卖出信息。

开盘了,交易大厅的电脑显示大屏幕上一片惨绿。等花巧凤她俩把交易单递进窗口时,南粤股价指数已大跌6%以上。好在她们把卖出价填写得非常低,所有的卖出申请全部成交。南粤股价指数毫不留情地继续往下跌着。中间虽有短暂反弹,但每次不高的反弹后都是更猛烈地下跌,到当天收盘的时候,南粤股价指数大跌8.3%。

此后,南粤股价指数就像泄了气的皮球一样,一天比一天疲软。直到3个月以后的11月23日,南粤股价指数才在164点的位置上止跌反弹。从8月10日的310点整整跌掉了146点,跌幅47%。受南粤抢购抽签表和股市暴跌影响,上海的股市也连续3天大跌19%。据说,以往每次上海股市出现大跌或大涨的时候,只要交易所的总经理叉着腰往交易大厅中间一站,说股市要涨了,股市便涨,说股市要跌了,股市便跌。但是在这 3 天的暴跌中,这位总经理的话再也不灵验了。非但如此,上海股市也跟着南粤进入了漫长的下跌之路。

"8·10 事件"发生后,南粤市委市政府根据群众的举报,查实了金融、工商、监察、公安等部门执法人员共有 4000 多人参与营私舞弊,其中处级以上干部 22 人,共截留私分抽签表 10 万多张。"8·10 事件"沉重打击了年幼的中国股市,引发了国家最高层重新审视股市对资本流动的影响,重新审视地方政府对股市监管的能力。两个月之后,以全国性的市场为监管范围的中国证券监督管理委员会正式成立。中国股票市场的发展经历初期的艰苦探索,从此进入了一个新的历史阶段。

## 第十五章

# 大户室里春光好　周末舞会玄机多

证监会的成立让花巧凤隐约感到了国家对股市态度的变化:南粤"8·10事件"闹得那么大,处分了那么多的人,国家居然没有把交易所关了,还成立了一个国字号的监管机构。这说明国家要么不认为股市搞得太糟,要么是对股市还有需要。因此,今后股市不仅不会关门,还有可能得到更多的支持。她的猜测很快被李晓芳证实了。

10月底的一个晚上,李晓芳风风火火地找到花巧凤,说是有要紧事商量。两人自"8·10事件"发生后,还没碰过面。因为成功躲过持续两个多月的大跌,加上刚刚又各自中了1000股新股,现在正好可以坐下来庆贺一下。两人没再去喝晚茶,而是找了家湖南餐馆点了几道正宗的湖南菜,每人各要了一杯扎啤。

李晓芳首先开了口:"我们姐妹相处马上快3年了。本来我还以你的师傅自居,没想到你那么快就把导游工作做得顺风顺水。现在又带着我在股市里挣了这么多钱,我真要好好感谢你呀!来,喝上一大口!"

花巧凤赶紧举杯相迎,说:"晓芳姐,你这么说就见外了!我们谁也不要感谢谁了,要说感谢还是感谢南粤吧。正是因为南粤,我们幸运地碰在一起,还赶上了南粤的大发展,赶上了南粤刚刚起步的股市。"

"南粤也好,国家也好,当然都是要感谢的。但是是你直接把我带进股市,还在赚到钱后躲过了两次大跌。要不是你提醒得及时,我们就算前面有点浮盈,也会被两次大跌吞回去了。"

"晓芳姐,我对这两年的股票买卖的确做过一些分析。到现在为止,也算都碰对了吧,但这不代表以后永远都能碰得对呀。现在国家成立了证监会,我估摸着今后股票市场还会有大发展,但这个证监会今后怎么来监督股市就很难说了。所以呀,以后再分析起来就难了。关键是我这不还要做导游吗?挣的倒不算少,就是时间上身不由己，既难以腾出太多的工夫来分析股市，又可能因为导游这份工作太忙耽误了一些比较重要的买卖机会。”

“说到这里，我正好有件事情想问你一下，不知你想不想听？”李晓芳故意抖了个包袱。

“晓芳姐，有啥好事你就说吧。”

“是这样，我今天在珠宝店接待一个客人。这是一个非常有钱的美女，名叫欧芬，算是我的老客户了吧。自打我们珠宝店开张，她就隔三岔五地来挑选首饰，每次来，我们都要聊上一会。今天她又来买了只戒指，看样子心情不错。她说自己本来在南粤证券里当部门副经理。最近国家要加大证券市场发展力度，外地一家很大的证券公司通银证券想在南粤开拓市场。通银证券的领导看中她在南粤证券的工作经历，有意拉她出来任通银证券南粤分公司总经理。她一想职务和收入都将大大提高，就一口答应了。她刚刚装修好分公司场地，现在正到处招兵买马呢！我一听，这可是个机会呀！你对股市这么有感觉，如果能到她那里工作，一定会非常胜任。”

“晓芳姐，你想得真周到！不瞒你说，我这段日子也正好在考虑怎么能使导游工作与炒股两不误呢，没想到还能有去证券公司工作的好事！如果收入跟现在差不离，我很愿意试一试。只是不知道人家需要什么样的条件？”

“条件嘛，我已经帮你问过了：年轻美女+大专以上学历，有多少要多少！你长得这么漂亮，年龄又没过25岁，第一个条件肯定没问题！至于学历嘛，你不是正在搞自学考试吗？不知你有没有拿到毕业证？”

“晓芳姐，漂亮倒不敢当，你才是真正的大美女呢！不过，我倒是刚刚拿到了旅游管理大专学历。”

“太好了！我们就不要在这里相互吹捧啰，你如果愿意，我明天就帮你问问去。”

“好呀好呀！我先试一试吧，毕竟是一次很好的机会！”花巧凤开心地说。

几天后，在李晓芳的引荐下，花巧凤在一处装修考究的写字楼里见到了欧芬。老实说，欧芬是一位真正的美女。她大概二十五岁上下的年纪，个头在一米六五左右，留着披肩长发，鹅蛋脸上镶嵌着挺直的鼻梁、弯弯的眉毛、乌黑的眼睛和薄厚适中的嘴唇，皮肤非常白皙、细嫩，有一种稍微一掐就能冒出水来的感觉。花巧凤在前台小姐的引导下刚刚进入欧芬办公室的一刹那，就有一种被深深震慑的感觉。这种感觉既来自欧芬办公室的宽大豪华，也来自欧芬骨子里散发出来的美艳、自信、冷傲。欧芬的办公室足有 60 平方米，淡黄色的墙壁上挂着几幅抽象派油画，屋子正中摆一张宽大的紫红色老板桌。见花巧凤进来，欧芬从宽大的老板椅上微微欠了欠身子，稍稍点了点头，示意她坐下说话。花巧凤虽然做了两年多的导游，也算是见过不少世面，此时此刻竟然略微有那么点忐忑，嘴唇颤动了几下，不知该说些什么才好。

后来，还是欧芬打破了尴尬，问了一句："你就是花巧凤？"

花巧凤赶忙回答："是，是，听说你这里正在招人，我想过来试试。"说着双手把大专毕业证恭恭敬敬地递了过去。

欧芬接过毕业证，随手翻过来，很快地扫了一眼，淡淡地说："自考大专，不错，看来你很有毅力！"

听欧芬这么一说，花巧凤反而更不自在起来。她望着欧芬那精致的面庞赶忙自谦一番："毅力还真谈不上，就是对学习有点兴趣。"

谁知欧芬听后，神秘地笑笑说："不必谦虚，有毅力就是有毅力，这正是我们分公司所需要的。"

花巧凤不知该怎么回答，只好赔着笑笑，然后，透过欧芬身后宽大的落地玻璃，把眼光扫向南粤湾开阔的海面和湛蓝的天空。

南粤湾上白帆点点，波澜不惊。被快艇激起的浪花，就像调皮的孩子，无忧无虑地蹦跳着，翻滚着，机灵的海鸥则循着快艇的轨迹，争抢着惊起的鱼虾。沿岸的红树林顽强地伸展着婀娜的身姿，成百上千只白鹭在林中悠闲地追逐嬉戏，与碧空中偶尔飘过的朵朵白云相映成趣。如此美景令花巧凤看得如醉如痴，她甚至想象着欧芬坐在宽大的老板椅里优雅地转过身去，一面慢慢品尝卡布奇诺，一面静静欣赏碧海蓝天的样子。

"花巧凤，你好像在发愣，是不是对到证券公司工作还没有想好？"

欧芬的话一下就打乱了花巧凤的思绪。她赶忙应道："想是想好了，就是不知道我的条件是不是符合你们的要求？"

"哦，依我看，你的条件还行。你原是旅游中专毕业的，现在又拿到了大专文凭，学习能力还是有的。你做过办公室工作，又做了两年导游，有一定的工作经历。最重要的是你是李经理的朋友。我跟李经理也算是好朋友了。"欧芬慢条斯理地说。

"感谢欧总肯定！我对证券公司还是很感兴趣的，就是不知来了以后具体承担哪方面的工作？"

"大户室保单员。这是分公司当前最重要的工作,我们需要尽快吸引到更多有实力的大客户。你可以先做三个月试试,我们也好彼此了解一下。至于工资待遇,我在李经理那里已经大概了解到你现在的收入情况,这边的收入只会比你现在的高一些。"

"太感谢欧总了,我随时都可以过来。"

花巧凤很快辞掉了乐游公司的工作,自 11 月 1 日起正式来到通银证券南粤分公司上班。分公司所在的办公场地就在花巧凤上次来的那栋写字楼。一楼是面向散户的交易大厅,布局同南粤证券差不多,只是面积比南粤证券还要大一些。交易大厅的正面墙上是一块巨大的电脑显示屏幕,大厅里整齐地摆放着塑料椅子,以供观看行情的散户休息。二楼是大户室。这是一个面积在 200 平方米以上的空旷大厅,大厅的天花板上装着五颜六色的彩灯。大厅内沿着四面墙壁安装着一张张可收放的条桌,每张条桌的前面整齐地摆放着一张紫色真皮单人沙发。只有资产 50 万元以上的大户才有资格凭借"大户证"(个人名册登记卡)出入大户室,享受真皮沙发的悠闲舒适和美女保单员的一对一快捷服务。三楼是会议室、分公司总经理及财务等其他管理人员的办公室。

花巧凤的岗位在大户室。她和其他二十几个美女保单员都没有自己固定的座位。事实上,在交易时间,她们根本就没有时间坐下来休息。只有在交易间隙,她们才能在大户室旁的员工休息室兼茶水室里稍微休息一会儿。她们必须随时站在大户的座位旁边待命,在第一时间把大户填好的交易单快速递到分公司红马甲手中,再由"红马甲"把交易指令通过电话报给证券公司在交易所现场的红马甲。

花巧凤的服务对象是一个二十六七岁的年轻小伙,姓杨,名大阳。杨大阳有着一米七五左右的个头,长方脸,一字眉,高鼻梁,宽嘴巴,头上喷着厚厚的摩丝,模样精干,性格要强。也许是得志较早,这位杨大阳先生言谈举止中总有一种高高在上、一切不在话下的傲慢神情。自他见到花巧凤第一眼的时候,便有一种势在必得的冲动。但对花巧凤来说,杨大阳只是她必须周到服务的一个客户,与她之前做导游时打过交道的众多游客并无二致。

大户室保单员工作的技术含量似乎并不太高。从这个岗位的字面上就可以大概知道这个工作的内容:服务好大户的下单需求,确保大户们能在第一时间完成交易,这样的工作似乎一个初中生就能轻松完成。但真要做好这项工作,其实也不是很容易。对于这一点，花巧凤在干了一周之后，才逐渐体会到这个岗位的重要性。大户大户，顾名思义就是比较成功的有钱人，这些人不仅需要别人的尊重，还要享受一般人难以享受到的特权。身边有一个高学历美女本身就会令大户们感受到自己得到的待遇不一般。当然，对于证券公司来说，大户属于优质客户，他们的交易量大，能给证券公司带来更多的佣金回报，所以花点代价，提供更好的服务也是比较划算的。明白了这个道理，花巧凤也就清楚了自己该以什么样的职业精神来做好这项工作了。

通银证券南粤分公司的工作很快在欧芬的精心组织下红红火火地走上了正轨，但南粤股价指数并没有因为通银分公司的红火而停止下跌。这多少令大户室里的大户们有点遗憾。不过，刚进入11月中旬的一天上午，随着欧芬总经理那双紫红色高跟鞋发出的清脆"笃笃"声，大户室里的情绪一下子被调动起来了。原来，欧芬给大家带来了一个确切而令人振奋的消息：她通过一些特殊的私人关系得知上级领导对股市的大幅下跌非常不满，明确要求两大交易所要想办法把股价搞上去。而南粤市政府在上级的催促下正准备拉上某个证券公司以南粤发展为突破口把股价炒上去。欧芬说完，特意请求大户室里的各位老板保守秘密，如果看好南粤发展可以趁其股份低迷先埋伏一点。欧芬的消息一下子激起了大户们的热情，他们很快就南粤发展的投资价值展开了激烈的讨论，一些胆大的大户急不可耐地填好了买入交易单。

花巧凤本来就对南粤发展研究较深，知道经过这么深的调整已经很有投资价值，现在又有欧芬传来的消息，所以也认为这是一个很好的买入时点。只是作为一个证券从业人员，她从入职第一天起就被告知不得参与炒股，那么她该如何处理才好呢？

花巧凤当晚就把自己掌握的最新情况告诉了李晓芳。李晓芳自打跟着花巧凤做过两波南粤发展，以最初投入的5万块钱在股市净赚十几万以后，对股市的情况也越来越关心。平时有事没事就会翻一翻股票机，查看一下最新行情，晚上休息时也会打开电视看看经济类的新闻和股票节目，所以花巧凤一提起南粤发展又跌到了可买价位，加上南粤交易所也要拉抬南粤发展的股价，她当即表示认同，打算拿出10万元前期盈利在当前的价格上越跌越买。

花巧凤见李晓芳如此爽快，打趣说："晓芳姐真是手笔越来越大了，佩服！佩服！"

李晓芳赶忙摆手说:"什么大手笔呀?这些钱还不是跟着你一起赚的!用赚来的钱再去投资,就算赔光了也不心痛,不过,怎么说也不会赔光吧?"

"还是晓芳姐考虑得周到!我要是能继续跟你一起做就好了。"

李晓芳不解地问:"你把我鼓动起来,自己反倒要溜不成?"

花巧凤解释说:"不是我要溜。我现在不是在证券公司工作吗?按规定,证券公司的工作人员是不能炒股的,所以这一次我是没法跟着你一起干了。"

"原来是这样!早说呀,这还不简单!你把资金转到我的账户里,到时候盈亏按比例分成不就行了?你只要告诉我打算放多少资金进来,我明天就抽空把账户资金或增或减一下不就成了吗?!"

花巧凤双手一拍,欣喜地说:"还是晓芳姐考虑周到!我还没有你那么多钱,但是我可以拿出 5 万块。这个星期天,我就把钱取出来送给你。不过,这种事情千万要保密,除了我们俩,外人谁都不能说。"

"明白!明白!我的好妹妹。我们姐妹一体,我以后还指望着跟你一起赚大钱呢,怎么会随便跟人说?从明天开始我就按 15 万的资金开始买入南粤发展好不好?"

"没问题。现在的股价非常安全,你只管买就是了!"花巧凤把握十足地说。

从第二天开始,李晓芳果真快速买进了 15 万元的南粤发展。星期六的时候,花巧凤把自己账户里的 5 万块钱取出来交给了李晓芳。李晓芳接过 5 万块钱,转身从抽屉里拿出一张纸交给了花巧凤。花巧凤接过来展开一看。原来是一张欠条,上面写道:"今借花巧凤现金人民币伍万元整,具体还款期限由两人另外协商。借款人:李晓芳  借款日期:1992 年 11 月 15 日"

花巧凤脸一红,说:"晓芳姐,我们这么好的关系,我还能信不过你?这欠条我不能要。"说着伸手要把欠条还给李晓芳。

李晓芳接过欠条,拿出笔在欠条上填上了日期,又把欠条递了过来,说:"亲兄弟明算账嘛!这张欠条不过是个君子协定。因为你们从业人员是不能够买卖股票的,所以我们也不能签一个跟股票相关的协议什么的,只能用这张欠条将就一下,算是你有一笔资金在我这里的证据。如果能赚到钱,我们就按出资比例进行分配。"

花巧凤见李晓芳态度诚恳,便接过欠条说:"恭敬不如从命吧。不过,哪有炒股票只赚不赔的?我再加一句,如果赔了,也按出资比例共同分担。"

"好!好!还是你这个大专生想得周到。"

在李晓芳把两人的 15 万资金全部买完后没几天,南粤股价指数果真一天天走牛起来。花巧凤一边小心谨慎地服务着那位叫杨大阳的大户,一边密切关注着南粤经济发展和南粤交易所与某证券公司联手炒作南粤发展的信息。前一个问题好办,花巧凤已学会通过报纸、电视新闻结合她对商店、酒楼、菜场等处的直接观察来分析、判断了。后一个问题,却比较难办,这件事也只是欧芬说了一下而已,她又不好跑去问欧芬消息到底从哪来的、可靠不可靠、现在进展怎么样了诸如此类的问题。但也并非一点办法都没有,既然让她做大户室保单员,那她就有责任替大户们把问题搞清楚。想明白这一点,她决定干脆直接跑过去找欧芬问问。

这天下午收盘以后,花巧凤来到欧芬的办公室。欧芬正端着咖啡站在落地玻璃窗前欣赏南粤湾的风景,听见有人敲门,便放下杯子走到老板桌前坐定后喊了声"请进",见是花巧凤,便说:"你来了正好,我还要找你呢!"

"这么巧呀?欧总找我有事吗?"

"也没什么大事,就是想找你聊聊。你也来了好几天了,感觉还能适应吧?"

"能适应!这份工作还是挺有意思的。"

"能适应就好,我们分公司刚刚开业不久,还需要大家通力合作,尽快把分公司做出样子来。你们在工作中有什么困难可以直接找我提出来,我们一起想办法把工作做好。"

"没问题,我肯定会尽力。不过,我现在正好有一个问题想跟您了解一下。您上次说交易所正和一家证券公司联手炒作南粤发展,不知道这件事进行得怎么样了?"

"哦,你居然对这件事还很感兴趣?"

"是这样的欧总,我现在不是大户室保单员吗?这几天大户室里面好多人都在买南粤发展。我想,如果消息可靠,将来他们挣钱了对我们分公司也是好事,能吸引更多有实力的人来这里开户。如果能了解到更多交易所炒南粤发展的细节,对这些大户室的老板也是一种帮助呀。"

"你说的没错,给大户们提供更周到的服务是我们分公司应该尽力做到的事情。这次炒作事件非常机密,事情肯定有,这是我从非常可靠的渠道获得的消息,只是我对具体的细节也不是太清楚,就算清楚了也不方便给那些大户们说得太明。否则的话,上面追究下来,我们都要犯错。"

"明白了,欧总!刚才您说正好要找我?"

"对,你会跳舞吗?"

"会一点。这几年做导游,经常会陪着客户去夜总会,有时候没办法还得陪着客人跳几下,时间久了,也就多少会一点了。"

"会跳就好,最近有一些重要领导在南粤考察工作。我打算本周五把这些领导们请到分公司指导指导工作,晚上留他们跳跳舞娱乐娱乐。你周五晚上安排好其他的事情,来参加这次活动吧!另外,你再帮我问问其他大户室保单员,只要是会跳舞的,叫他们都把周五晚上的时间留下来参加这次活动。"

花巧凤万万没想到,离开了旅行社,还会因为工作而陪人跳舞。但她既然跟欧芬说自己会跳舞,就没有拒绝参加周五晚上活动的理由了。既然无法逃避,那不如开开心心地答算了。于是她爽快地应道:"没问题!只要是工作需要,我都会尽力做好。"

花巧凤把欧芬的意图向各位貌美如花的大户室保单员作了传达。除少数人看起来比较兴奋外,大多数姑娘与花巧凤差不多,并不是太情愿,但碍于欧芬的情面也只好答应。不过,不管情愿不情愿,这个舞会算是可以开起来了。花巧凤立即把情况向欧芬做了汇报。欧芬看起来非常满意,吩咐花巧凤利用接下来几天的收盘时间好好张罗一下。其实,也没啥太麻烦的事情。场地是现成的,把大户室里靠墙安装的可折叠条桌放下来,再把沙发往墙边靠一靠就行了。灯光也不用多虑,屋顶有现成的彩灯。欧芬在装修大户室时已经把它的另外一个用途考虑清楚了。其他要准备的无非就是买点红酒、啤酒、饮料、水果、零食之类,这些事交给后勤人员就行了。唯一需要花点心思的就是要偶尔接待一下领导派来看场地的下属或秘书。他们来时,花巧凤会热情地陪同他们楼上楼下走走看看,然后带到欧芬办公室寒暄一下也就基本完成任务了。把豪华装修的大户室当舞厅,既能物尽其用,又非常安静私密,领导根本就没理由不放心。

"花小姐,有位客人说是要看看场地,你过来接待一下吧。"接到前台小姐通知后,花巧凤来到了前台。当她看到来人后,一下子惊呆了:世上居然还有这么巧的事!来人不是别人,正是她曾经的追求者——曹鹏!曹鹏见迎接他的是花巧凤,也大吃一惊,站在那里半天不知说什么才好。三年多了,这对曾经互有好感却因一场不幸未能更进一步的年轻人各奔东西,从未有过联系。如今,两人却在远离家乡的南粤意外重逢。难道冥冥之中真有一种神奇的力量在安排着芸芸众生的命运吗?

"真是太巧了,没想到在这里遇见你!快请进!"最后,还是花巧凤首先开了口。毕竟她现在是这里的主人。

曹鹏也慢慢缓过神来,朝花巧凤笑了笑说:"哦,真是太巧了!我现在正好也在南粤工作。"便随花巧凤走进了位于二楼的会客室。

花巧凤请曹鹏坐定后,简单介绍了自己这几年的情况。然后问曹鹏这几年过得怎样。

曹鹏说,1989年毕业后他就回自己老家所在的城市,到市旅游局当了名公务员。今年夏天,他刚刚随着一股南下热潮辞掉公职来到南粤。现在在南粤保险公司办公室工作,今天来是专门帮公司董事长看一下周五晚上活动场地的。

既然是来看场地的,那就先公事公办吧。花巧凤带曹鹏先来到可作为舞厅的大户室,并解释举办舞会时房间的布置方案。曹鹏一看,非常豪华,连声称好。接下来,花巧凤领着曹鹏到二楼其他房间和三楼转了一圈。

最后,花巧凤敲开了欧芬的办公室,说:"欧总,这位是南粤保险公司办公室的曹鹏先生,我刚才已经请他参观了大户室。"然后,转过身对曹鹏说:"这是我们分公司的欧总。"

欧芬和曹鹏互递名片后寒暄了一番。

欧芬接着说:"你们南粤保险实力强大,请你回去给你们董事长带个话,就说我们这边已做好准备,随时恭候他大驾光临,也非常欢迎南粤保险能在我们分公司开户!"

曹鹏则客气地回应:"通银证券本来就是个很有实力的大公司,你们分公司更是不同凡响!我回去后一定会把你们的情况如实报告给董事长。"

欧芬见曹鹏高大帅气又这么会说话,非常高兴。曹鹏走时,欧芬特意叫花巧凤拿一份作为礼品的铁观音送给他。

花巧凤把曹鹏送到门口时,曹鹏突然开口说:"晚上有空吗,我请你吃顿便饭吧。"

花巧凤想,毕竟是同学,几年没见面,以前的事早就过去了,如果回绝他也不太好。于是她大大方方地说:"你不要客气,我比你先到南粤,要说请客,那也该我请你呀。"

曹鹏见花巧凤答应了,非常高兴,往周围一瞅,旁边正好有一家得粤居的连锁店,就对花巧凤说:"你先上去吧,晚上我们就在得粤居随便吃点,反正也快下班了,我这就过去找个地方等着你。"

曹鹏走进得粤居,找了一处僻静的地方坐了下来,要了一杯红茶慢慢品了起来。没多久，花巧凤找了过来。两人面对面默默地坐了一会，曹鹏起身叫来服务生。

"也不知道你喜欢吃什么，还是你来点吧。"曹鹏把菜单递给了花巧凤。

"哈哈！我不讲究的，那我就自己挑了。"花巧凤说着随手在菜单上勾了几笔，又把菜单还给了曹鹏。

"你点的都是很家常的菜嘛！"曹鹏说着又加了椒盐濑尿虾、卤鹅肝、蒜香骨几个菜。

花巧凤见曹鹏很较真，也不去拦他，只是说："不要点太多了，吃不了很浪费的。"

曹鹏又问："要不要喝点啤酒？"

花巧凤本来与李晓芳一起时还是会喝点的，但她第一次与曹鹏单独吃饭，不想因为喝酒影响了情绪，便推说自己不会。曹鹏也就没再坚持。

菜很快上来了。曹鹏端起茶杯说："没想到能在这里见面，真是太神奇了！来，我们以茶代酒，我敬你！"

花巧凤也随即端起茶杯与曹鹏碰了一下。

"其实，我早就知道你在南粤了。"曹鹏说。

曹鹏的话，令花巧凤有点吃惊，她抬起头默默地看着曹鹏。

"1990 年春天，我专门到旅游中专找过你，但老师们都说你来南粤了。"曹鹏说完，低头吃了个虾饺，过了一会抬头问："你现在还是一个人吗？"

"是。"花巧凤落寞地答道。

"哦，我也是。"曹鹏似乎想起了什么，尴尬地笑了两声，说："你看，我们好几年未见，好容易凑在一起，先不说过去了，赶快趁热多吃点吧。"

花巧凤也附和着说："是呀是呀！既然这么巧，我也来以茶代酒敬你一杯吧！"说着举起茶杯伸向曹鹏。

吃完饭，曹鹏执意要送花巧凤回去。花巧凤见拗不过他，也就同意了。自打辞掉旅行社的工作，花巧凤就在离通银证券分公司不远的地方租了间一室户的小房子，乘公交约二十分钟的路程，步行也不过四十分钟左右。两人沿着南粤湾边上的人行步道慢慢向前行走，微凉的海风轻轻吹拂着他们的脸庞。此刻的花巧凤越来越觉清醒，尽管曹鹏比读书时更加潇洒、成熟，但历经沧桑的花巧凤早已心如止水，完全没有了当年的心跳感觉，她只想把异乡巧遇的曹鹏当作自己的亲人。

南粤湾里，海水有节奏地发出"哗哗"的声响，曹鹏的内心却比眼前的海水更加波涛汹涌。他苦苦寻找了 3 年,终于找到花巧凤,但此刻却不知该如何对她述说。两人就这样不紧不慢地走着,偶尔说一些天气、冷暖之类无关紧要的话题,然后便是长时间的沉默。

"我到家了,谢谢你送我!"花巧凤在一个小区的门口止住了脚步。

"哦,这么快就到了。你住的地方离公司还挺近的!"曹鹏的确没想到时间过得这么快,尽管他俩一路上也没有说多少话,但他多么希望就这样一直走下去呀!也许再走上一段路程,他就知道该说些什么话了。

花巧凤见曹鹏呆站在那儿,又补上了一句:"我到了,你回去吧。"说完,她对曹鹏礼节性地笑了笑,转身快步走进小区大门。

曹鹏目送花巧凤的身影消失在拐弯处,在门口又呆立了一会,才去寻找能够辗转回去的公交车站。


欧芬确实是个能量极大的人。周五晚上的首场舞会一下子到了十来个重量级人物,有南粤市政府副秘书长、南粤市政府研究室主任、南粤交易所总经理、南粤银行董事长、南粤保险董事长、通银证券总经理等。晚上 8 点刚过,他们就在欧芬的陪同下,谈笑风生地走进了由大户室摇身变成的大舞厅。花巧凤和到场的十几位美女保单员按欧芬事先的要求,早已在门内整齐地站成两排,见客人进来齐刷刷地鼓掌欢迎。客人们见房间装修豪华讲究,灯光迷蒙暧昧,窗帘也拉得密不透风,又有这么多年轻漂亮的姑娘在此恭候,不由得精神为之一振。

市政府副秘书长带头把欧芬大大夸奖一番:"欧总太会办事了!这间大户室被你装修得这么现代,这么高雅,不作舞厅用用也真是可惜了!"

"哪里哪里,领导这是折杀我了!"欧芬赶紧自谦了一番。

这些人来之前应该在什么地方刚刚吃过饭。这一点从他们红光满面的气色和弥散在空气中的酒味就不难判断。另外,要不是在一起吃饭也到不了这么齐、这么准时。

欧芬亲自把客人一一安排坐定,然后示意花巧凤调好音响,拿起话筒开始致欢迎词:"今天是我们通银证券南粤分公司非常荣幸的日子,我们幸运地邀请到南粤金融界的重量级领导前来参观指导。各位领导的到来令我们分公司蓬荜生辉。让我们以热烈的掌声欢迎领导们的光临!"说完,带头鼓起掌来。花巧凤和在场的众美女也赶忙使劲鼓掌。她接着又说:"非常感谢各位领导的捧场!为表示敬意,我先在这里献丑唱支歌给领导们助助兴。"这下轮到领导们和在场的美女们热烈鼓掌了。"谢谢！谢谢！"欧芬深深地向在座的领导们鞠了一躬，舔了舔嘴唇，深吸了一口气，随着音乐慢慢走了几步，深情地对着麦克风唱起时下最流行的《渴望》主题曲："悠悠岁月，欲说当年好困惑，亦真亦幻难取舍……"一句尚未唱完，领导们便迫不及待地鼓起掌来："好！太好了！"不是这些领导瞎起哄，他们什么场面也没见过？欧芬唱得的确声情并茂、字正腔圆，再加上她精心打扮后看起来更加亲甜可人，是个男人都难以抑制自己对她的非分之想！

欧芬越唱越投入，她那柔软的披肩长发在灯光的映照下愈发飘逸，丰满的胸部随着音律的变幻起起伏伏。唱到"过去未来共斟酌"时，欧芬用含情脉脉的双眼把到场的领导们挨个扫了一遍，随即再次鞠躬致意："献丑了，献丑了！接下来请领导们尽情享受今晚的美好时光吧！"说完，放下麦克风径直走向市政府副秘书长，弯腰做了个"请"的动作，拉上副秘书长随着四步舞曲步入房间中央。大家自然又送上一阵热烈的掌声，然后起身各自寻找自己中意的舞伴，进入了角色。

花巧凤做导游时也陪不少客人跳过，但主要是一些外商和国内的有钱人，像这样高级别的本地领导却从未近距离接触过。她开始时还有点小紧张。现在见欧芬这么大方，领导们也不像不食人间烟火的神仙，她便放松了心情，学着欧芬的样子走过去请领导步入了房间中央。

花巧凤邀请的这位领导个头比她高不了多少，身材微胖，年龄也就三十二三的样子。

"小姑娘，看你年龄不大，到我们通银分公司来工作还习惯吧？"领导中气十足的问话使花巧凤顿时明白，原来自己正好遇上了通银证券的二号人物。

"工作挺好的，我自己也很喜欢这份工作。"花巧凤答道。

"喜欢就好，以前工作过吗？"

"做过办公室工作，后来又做了差不多两年的导游。"

领导立即用欣赏的语气说："不错！不错！你的这些工作经历对做好大户室保单员很有帮助。"

花巧凤谦虚地说："我感觉自己的差距还很大，大户室保单员听起来好像只要做好服务工作就行。其实，这项工作的专业性要求还是很高的，既要能回答得了这些大客户关心的经济形势问题、公司基本面问题，还要能回答得出他们关心的政策问题，特别是政府对股价态度的变化，最好还能给他们提供一些大机构的买卖动向。"

"噢，你说的还真是这么回事，所以你们欧总才别出心裁地搞了这么个舞会活动，就是为了跟这些金融界的高层领导把关系搞好，能够了解到更多的关键信息嘛。你看，为了支持你们的工作，我今天一早就专程飞到南粤来了！"

花巧凤赶忙说："真是太感谢了！"

通银证券总经理的一番话令花巧凤对这场舞会的意义有了新的认识，她下意识地扭头看了眼欧芬。此时的欧芬正用左手中间三个手指优雅地搭在副秘书长的肩上，与其聊得非常投机。副秘书长的个头倒是不矮，比欧芬大约高出小半头。欧芬每次要跟他说话的时候都会略微踮起脚尖，仰起脸凑近他的耳朵，一副小鸟依人的样子。而副秘书长也善解人意地把耳朵稍微往欧芬嘴边偏一偏。说到投机处，两人都要仰头"哈哈"笑上几声。副秘书长则会恰到好处地用右手轻轻点一下欧芬的小蛮腰，左手往后微微一带，欧芬便就势后仰着脖子转了一圈。那样子真是特别轻松，特别陶醉！在她转圈时，胸前两座傲人的双峰一下子突显出来，飘柔的长发和连衣裙的裙摆也随之在空中留下优美的弧线，引得房间内的其他男人都忍不住往她身上瞄上几眼。花巧凤亲眼看见通银证券总经理就把眼光从她这里转向了欧芬。花巧凤先前见识过李晓芳与李钦文紧贴热舞的样子，今日又目睹欧芬与副秘书长若即若离、谈笑自如的风采，暗自惊叹两人都是真正的舞场高手。

第一曲很快结束了。场上的人意犹未尽地各自回到原来的座位。这时，欧芬又拿起了麦克风，轻轻甩了甩头发说："刚才大家跳得都很尽兴吧？接下来我想邀请我们尊敬的秘书长与我一起唱一段黄梅戏《夫妻双双把家还》，大家说好不好呀？"

"好！当然好了！"在场的人都使劲抢起双手，以最大的热情鼓起掌来。

副秘书长从沙发里欠了欠身，连忙摆手说："不行不行！我哪能唱得了黄梅戏？以我说，还是请欧总再给我们独唱一首吧。"

欧芬似乎并不听他言，拿着话筒，照直朝他走来。接近副秘书长身边时，欧芬以百般的柔媚，万般的谦恭，伸出纤纤玉手挽起了副秘书长的胳膊。副秘书长哪里还能忍心拒绝，便半推半就地起身接过在场的大户室保单员递过来的麦克风，打开开关，拍了两下，笑呵呵地对准麦克风说道："嘿嘿，欧总可真是不得了，这是要让我这个五音不全的破锣嗓子在这里出丑呢！"

欧芬接过话茬儿，娇嗔道："您折杀我了，我哪里敢让您出丑？我不过是要借您的气势，在这里给在场的领导们助助兴罢了！领导们说是不是呀？"

"是！"房间内爆发出响亮的回应声。花巧凤感觉有趣，也跟在后面使劲拍起手来。

副秘书长不再推辞。他随着欧芬来到房间中央，立定、闭眼，酝酿了一下情绪，伸手示意打开音乐。悠扬的乐曲响起，欧芬甜美的唱功再次赢得了满堂喝彩。副秘书长唱得虽然不能算圆润，但也不至于像他自己说的那样不堪。欧芬边唱边含情脉脉地看着副秘书长，还不时歪一歪头，斜一斜身子，做出无比依恋他的样子。而副秘书长也是见怪不怪，大大方方地与欧芬比画着你恩我爱，十分享受的模样。唱到"你我好比鸳鸯鸟，比翼双飞在人间"时，两人手拉手深情地对视着直到音乐停了才缓缓放开手。

"太好了！非常默契！"在场的领导们纷纷拍手叫好。

有人提议："再来一个好不好？"

众人起哄："好！"

欧芬挽着副秘书长回到座位，深情地对着话筒说："非常感谢领导们的厚爱，我今天已经唱过两首了。秘书长刚才唱得激情四溢，头上都出汗了，他也需要稍微休息一会。再说了，今天请各位领导来是要共同娱乐的，我哪能霸着话筒不肯放呢？所以呀，接下来还请各位领导带着我们分公司的小姑娘继续跳起来。"

欧芬话一落音，节奏明快的三步舞曲响了起来。姑娘们在欧芬的感染下不再拘谨，大大方方地起身迎接领导的邀请。

舞会随着大家交流的加深逐渐进入了高潮。一阵急促的迪斯科音乐响起，房间内的灯光也变得激情四射。有稍微年轻的领导独自上场尽情扭动身体，释放着阳刚与激情；也有稍微老成的领导拉上一个小姑娘踩着鼓点跳起水兵舞，诠释着从容与浪漫。巧凤和欧芬就分别与其他领导不紧不慢地跳着水兵舞，两人穿插、旋转，成为全场最大的亮点。一阵激情之后，大家纷纷跑到卫生间擦汗，整理衣服，回去稍坐一会，喝了点饮料，顿觉轻松无比。突然，全场的灯都熄了，舒缓的两步舞曲在大厅内悠扬地回旋，一种直抵骨髓的酸麻撩逗着房间里的每一个人。花巧凤借着音响间里透出的微弱灯光，隐约看到欧芬与副秘书长紧紧依偎着，与其他几对男女一样，脚步极其缓慢地在大厅中间挪动着……

通银证券总经理又一次向花巧凤走来，花巧凤赶紧站起来迎了上去。

"刚才这一曲你好像没跳嘛！"总经理说。

"前面有点累，想休息一下。"花巧凤羞涩地笑了笑说，心想，刚才看你搂着美女在黑暗中把两步跳得那么投入,应该是个舞场老手,幸亏现在灯又亮了,不然还真不知道该如何应付。

"你好像跟其他的姑娘不太一样。"总经理说。

花巧凤感觉很纳闷,每个人都是一个特殊的个体,不一样是正常的,大家如果都一样,那反倒不正常了。但是领导为什么要说这句话呢?花巧凤一边努力踩着鼓点,一边愣愣地看着总经理。

"哦,我是说其他姑娘跟我跳舞时都想打听打听有没有什么内幕消息,而你却没问过这类事情。"总经理以一种居高临下的语气解释道。

"哦,您说这呀?我猜想既然叫内幕消息,那一定是不想让外人知道的,就算不停地追着领导问,领导也不一定说出来。如果领导说出来了,那也不一定真是很有价值的消息。"

花巧凤的回答似乎令总经理非常满意,他"噢"了一声,盯着花巧凤看了看说:"觉悟挺高嘛!不打听、不传播内幕消息,这正是证券从业人员应该具备的基本素质!不过,要想获得内幕消息还是要付出一定代价的。"说完,他又意味深长地看了看花巧凤。

花巧凤似乎听明白了总经理的话,又似乎没有听明白,只是连声应道:"您说得太精彩了!最近到处传说有一家证券公司正按上级要求炒作南粤发展股价,这种消息一听就知道根本不可能是真的,真的内幕消息哪能传得这么快,这么广?!"

总经理盯了一眼花巧凤,没有说话。

花巧凤接着说:"不过,从南粤发展最近的走势来看,又好像有一股神秘力量在推着股价慢慢走高。"

"噢,看来你对股市很有研究嘛,说说你的理由。"

"理由很简单呀。现在整个市场都很不好,其他股票还在一个劲地跌,南粤发展不仅不跌,而且涨幅还蛮大的。在南粤上市的几只股票就数它股本最大,要不是有大资金在推动,它怎么能涨这么快呢?"

"不错不错!你说的还真是这么回事!刚才我还在跟交易所领导说这事呢。前段时间市里面看股市跌得太厉害了,就去找交易所想办法。交易所一想,这还不简单?就指定一家证券公司弄几个亿资金慢慢把股价拉起来,等社会资金被吸引过来再慢慢退出去,赚到的钱归证券公司。不过,这事属于内幕消息,你知道就知道了,千万不要再到外面去说。"

"是。我哪能说这些呢？"花巧凤满口答应着，想到总经理的话证实了市场传言，心里的一块石头也终于落了地。

轻松的时间总是过得很快。10点半的时候，欧芬走到大厅中央，拿起话筒煽情地说："有人说，时间就像指尖流过的细沙，在不经意中悄然滑过。美好的时光总是显得短暂，今晚的舞会在不知不觉中经历了两个多小时，衷心感谢各位领导在百忙之中光临我们分公司！不敢占用领导们太多时间，今晚的活动就到此结束吧，热烈欢迎领导们再次光临！"掌声再次响起，客人们在《难忘今宵》的乐曲声中轮流与欧芬握手告别，欧芬则动情地向每一位来宾重复着"感谢支持"之类的客套话，随通银证券总经理一起下楼，把每一位贵宾恭敬地送上轿车，再乖巧地站在原地对着轿车挥手，直到一辆辆小车完全消失在夜幕之中。最后，欧芬亲自为自己的顶头上司通银证券总经理拉开了车门，待他坐定后，才关上车门，从车后绕到另一边上了车。从这以后，每到周五、周六，欧芬都要请来政、商、文等各界实力派人物到分公司的大户室里共度欢乐时光。

在大户室里面待得久了，花巧凤逐渐发现了一个规律：这些大户们的资金量都比较大，一笔买单就是十万二十万的。而且大户们很喜欢联手追买同一只股票，往往他们一出手，股价会在几十分钟的时间内上冲三五个百分点。她想，如果有人非常清楚这些大户们的买入需求，在帮他们下单之前先把自己的买单填好，然后把自己的买单放在上面，以便先于大户成交，等股价有几个点的上涨后再把自己的买单平掉，岂不是每天都有几个百分点的稳定收益？而最具这种便利条件的非她们这些大户室保单员莫属，只要事先用别人的名字开个账户就可以了。不过，真要是这么做肯定是要犯错误的，这可是典型的老鼠仓！她花巧凤肯定不敢明目张胆地去犯这种低级错误的。

花巧凤不敢做的事情，不代表别人也不敢做。毕竟这里的利益太大了，只要简单地算笔账就会血脉贲张。假如这个账户里的本金10万元，以每天2%的复利计算，一个月的利润就差不多5万元。以每天3%的复利计算，一个月的利润就差不多8万元。没多久，分公司果然抓住了一位利用自己为大客户下单机会顺手埋下老鼠仓的违规人员。本来这位姑娘做得很隐秘，每次都是当天平仓，几乎没引起注意。谁知她贪心太重，连续得手后，本金也越来越大，以致当天平仓时对股价的冲击太大。交易所从股价异动的线索中倒查，一直查到了她们分公司，终于在某一天这位保单员再次抛出卖单时被抓了个正着。结果,这位姑娘不仅被要求交出全部所得,还被罚了几万块钱,连工作都丢掉了。

宣布对这位姑娘处罚结果那天,欧芬一改平时和善的面目,凶神恶煞般地对着站在她面前的二十来位姑娘大声咆哮:"从你们进分公司第一天起,我就反复跟你们强调,你们的工作是把大客户服务好,使他们能感觉到在我们这里开户要远比在其他地方更加安全,更有收益。现在倒好,工作不尽心也就罢了,还有人玩起了老鼠仓,直接损害大客户的利益,这样下去谁还愿意在我们分公司开户?你们一定认真吸取教训,不能再犯类似错误。否则,一旦发现,处罚肯定要比这次重得多!"花巧凤心想,幸亏自己规矩,要不然也得像这位姑娘落得如此狼狈下场。不过,她又感觉比较奇怪:为什么欧芬更加强调不能损害大户利益,而没怎么提不能违规呢?

## 第十六章

# 晓芳甘做金丝雀　巧凤难择二痴郎

　　花巧凤自从来到证券公司工作以后，就决定把本科阶段自学考试的专业改为金融学。一个星期六的上午，她早早起床，准备前往书店把金融方面的自考学习材料配齐。刚走出小区大门，就听有人喊她。循声一看，原来是曹鹏。曹鹏今天的衣着看起来休闲而洒脱，上身穿着格子衬衫，外套一件淡黄色的运动服，下身穿着一条发白的牛仔裤，脚穿白色运动鞋。花巧凤眼光看过来时，他正站在小区门口的一棵树下冲着她笑。

　　"大清早的，你怎么站在这里？"花巧凤问。

　　"想找你出去转转，又不知道你具体住在哪栋楼，只好站在这里碰运气了。"曹鹏大大方方地答道，"看来今天的运气不错，还真等到你了。"

　　"这样等多浪费时间呀！其实我周末一般都不出来，基本都关在屋里面的。也是今天巧了，要去书店买点书。"

　　"哦，怪不得前几次来都没碰到你。既然你要去书店，那我就陪你一起去吧。"

　　"你还是回去吧，哪能随便浪费你的时间呢？"

　　"听你说的，什么叫浪费时间？能陪你一块去书店也算是一件很高雅的事，你就不要客气了！"

　　花巧凤没办法，只好说："不争了，你随意吧。"

　　辗转到了书店。花巧凤直奔自考书架，很快就按照金融学本科自考大纲的要求挑好了书，又在书店里面转了一圈，随手翻看了其他书籍。

　　走出书店后，曹鹏接过花巧凤手中拎着的书，边走边不解地问："你都要考本科了？"

　　花巧凤随口应道："这有什么？我前不久刚刚拿到旅游管理的专科毕业证，原计划接着考旅游管理本科的，现在不是跳槽到证券公司工作了吗？所以我就想如果接着考本科的话不如考金融学。"

曹鹏听后羡慕地说:"上中专时,你就比其他人用功得多,没想到几年不见你一下跑这么远了!我自从考上中专以后,就读不进书了,只喜欢打打球,唱唱歌,弹弹吉他,一捧起书头就痛,现在都不敢相信当年读书的时候居然能把毕业证混到手,说来真是惭愧呀!"

"你也不用谦虚,每个人的兴趣和特长不一样,你在体育和音乐方面那么优秀,一般人都赶不上你呢!"花巧凤非常真诚地把曹鹏夸奖了一番。

"谢谢!没想到你能这么说。"曹鹏不好意思地挠挠头说,"我还以为你会瞧不上像我这样不喜欢读书的人呢!"

"哈哈!这怎么可能?在当今这个世道谁都不能轻易瞧不起别人。这几年在南粤,我见识了不少人,今天还穷得叮当响,过几天摇身一变就成了大富翁。"

花巧凤的话给曹鹏带来莫大的鼓舞。他挺直了腰身,坚定了步伐,由衷地说道:"你无论说话还是做事,就是和别人不一样!如果今天没有其他事的话,我们再去海边转转如何?"花巧凤心想,反正也累一周了,到海边走走也不错,就点头应允。

周六的海边格外热闹,三五成群的孩子追逐嬉戏,一对对恋人携手缓行。花巧凤和曹鹏时而并排行走,时而坐下小憩。不远处一个风尘仆仆的吉他手面对着一望无垠的大海兀自弹唱着《小城故事》:"小城故事多,充满喜和乐……"花巧凤静静地听着,慢慢地闭上了眼睛。她在想:邓丽君的这首《小城故事》虽然是专为泰国的清迈所作,但用到南粤似乎也无不妥。她到南粤3年来,虽然付出了很多的汗水和艰辛,但更多的还是收获了进步的喜和乐。在这里,她交到了李晓芳这个好姐妹,又偶遇了老同学曹鹏,真可谓"收获特别多"呀!

曹鹏见花巧凤陷入沉思,便问:"是不是感到这首歌特别好听?"

花巧凤睁开眼睛,直视着浩渺的天空,喃喃地说:"是呀!一听到这首歌就特别感动。想到这几年亲眼看见南粤一天天变得越来越发达,越来越漂亮,就非常庆幸自己像歌里所唱的那样'收获特别多'。"

曹鹏说自己也很有同感,所以平时自己在宿舍里也会经常弹唱这首歌。

花巧凤欣喜地说:"我差点忘了,我身边就坐着一个音乐家呢!"

曹鹏谦虚地笑着说:"我哪能称音乐家呢?你要是喜欢听,哪天我专门给你弹唱一曲。"

"太好了,说到做到,你可不要反悔哦!"

曹鹏马上接过话茬说:"这点小事哪能反悔?我还愁没有机会献丑呢!"

美好的时间过得就是快。一转眼到中午 12 点了。曹鹏说想请花巧凤一起吃中午饭。花巧凤见曹鹏似乎仍有追求自己的意思,不想因为几年前的不幸给曹鹏徒增烦恼,打算回避一下,就说:"今天玩半天了,吃饭就算了吧,省得到时又是你买单。"

曹鹏说:"我是男生,吃饭当然要我买单了。"

花巧凤呵呵笑了几声,正色说道:"今天中饭就算了,我正好还要回去看书呢。"

曹鹏见说不动花巧凤,也不再坚持。两人就此告别,各回各处。

"滴滴,滴滴……"一阵急促的响声打断了花巧凤的思路。她放下书本,拿起汉显寻呼机一看, 原来是李晓芳的留言:"本周六上午 10 点请你来南粤花园别墅 18 栋做客。"寻呼机是分公司为随时能找到她们这些大户室保单员而刚刚配发的,平时不怎么响,花巧凤主要拿它替代股票机用了。没想到李晓芳这么快就开始用它与自己联系了。不过,李晓芳怎么会在南粤花园别墅里等自己呢?那可是南粤市刚刚开售不久的超豪华别墅呀!

周六上午 9 点刚过,花巧凤就打扮停当。自从跳槽到证券公司后,花巧凤按照欧芬要求对仪表装束开始花心思了。今天虽然只是两个好姐妹之间的约会,花巧凤也没有等闲视之。她想让李晓芳看看自己形象上的一些变化,顺带也提提建议。她穿上鹅黄色高领羊毛衫,外加一件刚买的浅紫色宽松夹克,再套上银灰色脚踩裤,配上白色运动鞋。接下来,花巧凤在镜子前面坐定,仔仔细细地把微卷的长发梳成一条马尾辫,戴上淡黄色头箍,描了描眉,施了施粉,最后涂上了淡紫色口红。

花巧凤刚走出小区大门,一眼瞥见正在树下东张西望的曹鹏,便随口叫道:"咦,你怎么又站在这里了?"

曹鹏见花巧凤光彩照人地出现在自己面前,脸一下子涨得通红,说起话来竟然有些结巴:"你出来了,正……正好……我就是想来碰碰运气,看……看你是不是又要出去买书。"

花巧凤感觉好笑,心想,就算喜欢看看书,我也不可能每周都跑书店,上次买了一大堆的书,一本还没看完呢。但见曹鹏一副失魂落魄的样子,知道他说的不过是个托词而已。曹鹏既然没直白地把心里话说出来,自己就不好把话说穿了。花巧凤只好接着他的话茬说:"上次买的一堆书才看一点点,最近还真没有买书的打算。"

"哦,不买就不买吧。什么时候想买书了,叫上我就行。如果你今天没有其他安排,能不能请你到我那儿坐坐?我来给你做几样好吃的,然后兑现上次的诺言?"曹鹏巴巴结结地问。

"什么诺言?我怎么一点印象都没有?"花巧凤惊讶地反问。

"上次在海边许诺的,给你弹唱一首《小城故事》。"

"哦,我当什么呢?那不过是随口说说而已。"

"也许你的确是随口说说而已,我可是当真的。"曹鹏急得脸都白了。

"既然这样,那我就先谢谢了。不过,今天不行,我正好要去看一个朋友。"

"什么朋友?"

花巧凤感觉时间不早了,也不太想回答这个问题,就对曹鹏说:"我要赶紧过去了,下次再说吧。"

曹鹏还想说什么,见花巧凤真有点急了,就快快地说:"好吧。"并随手递给花巧凤一张小纸条,"这是我的寻呼机号,有事可随时呼我。"花巧凤也将自己的寻呼机号给了曹鹏,两人就此别过。

南粤花园别墅依山傍海,树木苍翠,鸟语花香。花巧凤找到李晓芳所说的 18 栋别墅楼下时,李晓芳正站在二楼的阳台上焦急地张望着。看到花巧凤,李晓芳朝她招招手后赶忙下楼。两人你拍我打,热闹了半天。

李晓芳把花巧凤拉进屋后嬉笑着说:"妹妹今天穿得这么时髦,是不是接下来还有相亲活动?"

"晓芳姐,你就别拿人寻开心了,我哪里有什么亲好相?这不是要来拜见你这个大富婆吗?不敢穿得太寒酸呀!快说说看,什么时候买的别墅,怎么早前一点音信都没透过?"

"哪个是富婆哟,这栋房子又不是我买的!"

"是不是你买的我也不知道,但我分明看你就住在这里。"

"好了,先不扯这些了,我带你看看房间吧。"李晓芳说完就拉着花巧凤到各屋参观一番。

这是一套独栋别墅,共三层,地下一层,地上两层,总共 240 平方米。地下一层是家庭影院,墙上挂了一面白色的方形银幕,银幕对面靠墙的地方放了一圈紫色真皮沙发,沙发前面一只宽大的咖啡色茶几上整齐地摆放着光碟机和投影仪。除此之外,地下室里面还放着跑步机等健身器材。

一楼是会客室、厨房、盥洗室等,会客室里除了像一般家庭那样摆放着沙发、茶几等家具外,最显眼的是在正对门的地方摆了张大半人高的紫漆香案。香案做工精巧,雕花镂空,上面摆放着一只两尺来长、通体金黄的貔貅。

二楼隔成一间主卧、一间次卧。主卧房间墙壁为玫瑰色,温馨而暧昧,房间正中摆着一张偌大的席梦思床。

花巧凤用手按了按床面,似乎明白了一些什么,但又不好直接说出来,便随口说:"这张席梦思好软和。"

谁知李晓芳接过来说了句:"你要是喜欢,哪天可以搬过来跟我一起住!"

花巧凤嘴一撇,嗔道:"恐怕有人不欢迎我来吧!"说罢,抿嘴笑而不语。

李晓芳伸手拍了一把花巧凤:"你这个死丫头,就你精!"

花巧凤把身子往旁边一歪,不再正面回应。随后在李晓芳的引导下来到阳台上,手扶栏杆,极目四望。整个别墅区依山而建,红砖青瓦与绿树红花相得益彰。往远处看,海天一色,烟波浩渺。凝神静听,远处海浪的"哗哗"拍岸声与房前屋后的百鸟争鸣声组成了一曲优美的交响乐。花巧凤忍不住赞了一句:"太美了!仙境也不过如此吧!"

两人顺着咖啡色的旋转楼梯回到一楼会客室,李晓芳从茶几的抽屉里拿出一小盒印尼红茶,娴熟地冲洗茶具,洗茶,加水。稍等片刻后,李晓芳提起白色刻花小茶壶为花巧凤和自己分别倒满,端起洁白如玉的小茶碗,对花巧凤扬了扬:"来,尝一尝南洋的红茶!"

花巧凤用右手拇指和中指优雅地端起茶碗,凑近鼻前轻轻一嗅,一股淡淡的枚槐花香直入心脾,不禁连声称赞:"真香!真香!"随后用嘴抿了一小口,顿觉满口香甜,不由得再叹:"好茶!好茶!"

"这是印尼顶级红茶,本来就清香可口。我拿到茶以后又用纱布包了些干玫瑰花放进茶罐里,焐上好几天,所以这茶不仅有红茶的天然香味,还有一股淡淡的玫瑰清香。你既然喜欢喝,回头我送你两盒。"李晓芳说起茶来,骄傲之情溢于言表。

花巧凤见李晓芳心情不错,赶忙道谢。然后,她眼珠一转,鬼兮兮地盯着李晓芳问:"唉,对了,这茶这么精贵,晓芳姐是从哪里弄到的?"

李晓芳见花巧凤话里有话,没有立即回答她,却转而问她在证券公司干得怎么样。花巧凤明白李晓芳故意转移话题,也就不再死缠烂打,很开心地说:"不错啊!多谢晓芳姐!正好跟咱们想做的事可以结合起来。"

"你觉着好就行,不然我还想着把你推进火坑里了呢!"

"坑倒的确是个坑,不过不是火坑,而是个金坑。"

"没想到你这么看好,难道就没有什么不如意的地方吗?"

花巧凤想了想说:"哪里有十全十美的事?相对导游来说,我的确更喜欢现在的工作。不过,现在也有很多不如意的地方。你不知道,现在差不多每个周五、周六的晚上都要陪欧芬请来的各路神仙跳舞,自己的休息时间被耽误了不说,有些在电视上经常露面,看起来一本正经的大人物还会趁机摸摸索索占点小便宜,最要命的是遇到这种情况还要假装没事一样赔着笑脸,不能表现出丝毫不满。"

李晓芳深有同感地说:"现实就是这样。当年我在做导游时,不也得忍气吞声,变着法子讨游客欢心吗?不过呀,对这种事情不同的人看法也不一样,我猜想你们分公司参加跳舞的那些小美女们一定有人开心得不得了。就像你说的那样,到你们那里跳舞的都是各路神仙,平常你登门拜访,他还懒得见你呢,现在跟你们距离这么近,很多人做梦都想不到呢!"

花巧凤感觉李晓芳说得在理,想到有几个小姑娘自打同这些大人物跳上舞以后,不仅衣着打扮越来越花哨,就连平时的言谈举止都越来越神气。最近一段时间,在她们这些大户室保单员中间已经有谁谁跟哪个大人物私下约会被撞见之类的传言了。于是,花巧凤叹了口气说:"这样跳下去,还不知道会传出什么乱七八糟的八卦呢?!"

"八卦不八卦,全看每个人自己的判断,你认为丢人没面子的事,也许正是人家做梦都想去做的。"

花巧凤感觉继续扯这些事没啥意思,反正自己也不想傍哪个大人物,就转而问李晓芳珠宝店生意怎么样。没想到一提起珠宝店,李晓芳马上眉飞色舞起来:"珠宝店生意好得很,南粤有钱人不知哪有那么多,我这些天正琢磨着要那位拿督大人投点钱找个好地段再开一家呢!对了,我看咱们的股票最近涨得很好,啥时候该卖,你可要留意了!"

"没问题呀,我整天盯着呢!那些掌管南粤股市大权的大人物们现在也都说不高,我估摸着还要再涨一涨,离过年也没几天了,等过了年看看风向再说吧。"花巧凤正说着话,李晓芳放在茶几上的大哥大响了。

李晓芳伸手拿过大哥大"喂"了一声,听到对方声音后,脸上立马灿若桃花。她用娇滴滴的声音对着大哥大发起了嗲:"死鬼,把人家一个人扔在空荡荡的房子里就不管不问了！马上就要过年了，店里生意这么忙，你就忍心让我一个人这么累着呀？什么？你最近来不了中国？那我怎么办……"

花巧凤在一旁听得明白，感觉电话那头应该就是那个南洋拿督李钦文，便起身想出去回避一下。李晓芳用手示意她坐着不要动，接着说："分店的事你考虑得怎么样了？噢，你说可以呀，那我马上张罗起来。好，不跟你啰唆了，我这还有个小姐妹呢！记得早点过来啊！"说完，李晓芳撅起嘴对着大哥大吧唧几下，又乖巧地"嗯嗯"了几声，才挂掉电话。

花巧凤虽然坐在原处没动，但听到别人谈情逗笑感觉浑身很不自在，只好借着添水的动作稍微掩饰点尴尬。

待花巧凤再次坐定，李晓芳主动坦言："你也听出来了，电话那边是李钦文。这套别墅就是他送给我的，还有这只大哥大、屋里的家具什么的都是他送的。不过，真要较真起来，这些东西也不能算他送的，准确地说是我帮他挣出来的。有人说像我这样的人叫金丝雀。我可跟那些纯粹靠老板养着的人不一样，我和李钦文的关系应该是合作关系，不是包养关系。"

花巧凤听后，感觉很尴尬，也不知该说些什么才好，就支支吾吾地说："晓芳姐，你自己感觉合适就行。"

"你能这样说，我非常高兴。女人天生就是薄命，在男人主导的世界里想有什么作为真是比登天还难呀！就像你们欧总，那么漂亮，那么聪明，不还得想方设法与那些有权有势的男人搭上关系吗？好在李钦文虽然有老婆孩子，但他们都在国外。他自己也算比较善良讲道理，关键是我感觉跟他还很合得来。等过两年我再给他生个一男半女的，他在中国的这些财产还不都是我自己孩子的？"李晓芳越说越激动，花巧凤更感无所适从，就不停地给她添水。李晓芳端起茶碗一饮而尽，冲着巧凤"嘿嘿"笑了几声，接过花巧凤手中的茶壶为她和自己加满后，举起茶杯说："好啦，不说这些了。来，为咱们姐妹俩的友谊干杯！"花巧凤也善解人意地说："祝晓芳姐开开心心，越过越漂亮！"

李晓芳整理一下头发，看了眼花巧凤说："哪有什么越来越漂亮，女人的美好时光也就那么十几年，不趁年轻抓紧把自己的终身大事解决掉，等过了 30 岁就困难了。听姐一句话，趁自己年轻，有合适的赶快给自己找一个吧。"

花巧凤苦笑了一下。她又何尝不想找一个呢？找谁？找曹鹏吗？可那种心理阴影总是挥之不去，便叹了口气说："看缘分吧，现在想太多也没用。"

"可不是看缘分吗？就像我和李钦文，一年前连我自己都想不到我会跟一个比我大十几岁的老男人就这样不明不白地过上了！"

"哈哈，晓芳姐又谦虚了！鞋子合不合脚只有自己知道，你现在的选择也许是最适合自己的呢！对了，你今年过年是不是又不打算回了？"

"回不了。越是到过年，珠宝店的生意越好。现在地方宽敞了，我准备今年过年时把父母接过来。你回去吗？"

"我也不想回，想留在这边看看书。过两天我给家里寄点钱回去，尽尽心意就行了。现在感觉要学的东西好多，不抓紧时间，根本就适应不了。"

李晓芳见花巧凤也不打算回去，就热情邀请她过来一起欢度新年，花巧凤爽快地答应了。

临近春节，南粤股价指数越涨越起劲，所用时间还不到两个月，就从上一年11月17日的最低点反弹了2倍以上，铁了心地要为投资者派送一个大大的红包。通银证券大户室里每天都是喜气洋洋，大户们眼看着不断叠加的大阳线，纷纷猜想下一个高点是多少。尽管很少有人猜对，但大家总是乐此不疲，反正每天眼一睁，账户里就要多出不少钱。面对这样的行情，操作起来倒是很简单，只有一个字——捂！谁都不想因为过早卖出而错过未来不知多少倍的涨幅。

花巧凤服务的那个大户杨大阳的账户就像他的名字一样，也是每天都拉大阳，现在的账户总资产已超百万元了。像杨大阳这样如此年轻就凭借自己的大胆押注在短时间内斩获巨额财富的人，自信心想不爆棚都难。这段日子，杨大阳头上的摩丝更厚了，讲话的底气更足了，走路的动静更大了……最有意思的是他盯着花巧凤看的时间也更长了！现在坐在大户室里，除了等着股票涨，也没啥事好做，杨大阳干脆松松垮垮地躺在宽大的真皮沙发里盯着在他身边待命的花巧凤看着玩，从头看到脚，再从脚看到头。花巧凤被看得头皮发麻，但又不好说什么。在这里，人家是客户，也就是上帝。你必须随叫随到，言听计从。看你两眼又算得了什么？稍微有点难为情的是，每当杨大阳盯着花巧凤的时候，大户室里的其他客户就会大声起哄："大阳大阳，你的账户天天拉大阳，怎么反倒像个花痴一样！真要喜欢人家小姑娘，就正经请她吃吃西餐，看看电影嘛！"杨大阳倒也大度，任凭别人起哄，一点也不计较，只是用手象征性地扶一下油光可鉴的头发，把头往后一靠，两手往沙发扶手上一摊，鼓起厚厚的嘴唇，摆出一副"任凭风浪打，稳坐钓船中"的样子,惹得大户室里笑声一片。

一天中午,花巧凤刚刚吃完饭,寻呼机就"滴滴"响了起来。她拿起一看,上面显示这样一串文字:"请到隔壁大楼的咖啡厅里喝咖啡。"落款是杨大阳。花巧凤不想得罪他,只好硬着头皮走了过去。

杨大阳正坐在靠窗的一张桌子旁,手拿汤匙在咖啡杯里漫不经心地搅着,眼神却不住地往门口方向瞟。见花巧凤进来,他一扫平日在大户室里的趾高气扬,赶紧起身朝她招手。

花巧凤定了定神说:"杨总这么雅兴,一个人在这里品咖啡呢?"

杨大阳傻笑了一下说:"哪里是一个人,这不是在等你吗?"说完,端起杯子低头喝了口咖啡,试图稍微掩饰一下脸上的尴尬,然后指了指对面的座位说:"来来,快请坐!"

花巧凤感觉好笑,心想,这么一个自负的人怎么今天变得这么婆婆妈妈?但她又不好表现出来,就顺势坐了下来。"杨总找我有事吗?"花巧凤强压着发笑的冲动,平静地问道。

杨大阳见花巧凤如约到来,心情慢慢平复下来,就坐下来把饮料单递给花巧凤。花巧凤为自己点了杯卡布奇诺。

"找你来也没什么事,最近股市行情好,多少赚了点钱,请你喝杯咖啡,算是对你平常忙前忙后的感谢吧。"

"杨总太客气了!为你们做好服务保障工作,这是我的工作职责,要说请客,应该我来请你的,因为是你支持了我的工作呀!"

"哈哈!我们就不要这样相互客套了。说实话,我还是非常喜欢你的。"杨大阳自负的样子又逐渐重现出来,说完这句话就坐直身子直勾勾地盯着巧凤。

花巧凤没想到他这么快就直奔主题,琢磨着但凡成功人士也许都是这个样子,但又不知该怎么接他的话,只好低头用汤匙在咖啡杯里有一搭无一搭地搅着,半晌后才轻声说:"杨总开玩笑吧,像您这样的大富豪见过的女孩多着呢,哪能就喜欢上我了?"

花巧凤的话反而进一步激发了杨大阳的自负。他稍稍仰起头,眼睛朝天花板翻了翻说:"见过的女孩再多也不影响我对你的感觉!只要你还没有男朋友,我就可以追求你嘛。更准确地说,只要你还没有结婚,我都可以追求你!"

花巧凤被杨大阳说得满脸通红,不知所措,忙说:"哎呀,杨总越说越远了,能不能先不说这些？"说罢，拿起寻呼机看了看时间说："时间不早了，下午就要开盘了，赶快回去吧！"

杨大阳坐在那儿没动，而是扭头看了看窗外说："也没必要那么急着过去。我今天没有卖出计划，想再买一点也没钱了。要回你先回去。不过，回去之前先回答我一个问题，今晚能不能留点时间出来？我想请你一起吃顿饭。"

花巧凤感觉杨大阳的意图已十分明显，自己对他却没有太多的想法。老实说，在花巧凤的眼里，杨大阳形象还算不错，年龄跟自己也很接近，又事业有成。如果答应赴约，就意味着自己同意与他进一步加深了解。但是要是两人处着处着觉得合不来，今后该如何再做这份工作？花巧凤低垂着眼帘，轻轻咬着嘴唇，一时没了主意。

杨大阳见花巧凤犹豫不决的样子，感觉很可笑，就"嘿嘿"干笑了两声说："不过吃顿饭而已。看你紧张成啥样了，难道我还能把你吃了？"

花巧凤听他这么一说，"扑哧"一声也笑了。是呀，吃顿饭而已，于是心一横说："行！"

杨大阳见花巧凤终于答应，心里面悬着的一块石头终于落了地。他笑了笑说："没想到请你吃顿饭还这么费劲！好了，你先过去吧，我把晚上的地方定好了就回。具体时间、地点一会发到你寻呼机里。"

整个下午花巧凤都有点心神不宁。晚上的这顿饭应该是她人生中第一次真正意义上的约会。她不知道杨大阳会说出什么样的话，做出什么样的举动。但是，既然已经答应，那也只能随他去了。不过，转而一想，花巧凤又感觉自己有点可笑，也就是一起吃顿饭而已，居然紧张成了这个样子！反观杨大阳，人家就像没事人一样，该吹牛吹牛，该躺在沙发里就躺在沙发里，难道这就是男人与女人的区别吗？

晚上 6 点，花巧凤按杨大阳的留言，找到了约会的饭店。这是一家日式料理店，花巧凤一眼就看到上面写着"酒"字的两个红灯笼在凉风中轻轻摇曳。她掀开门上挂着的布帘子，走进了料理店的包房。杨大阳已经坐在那里喝茶了，见花巧凤按时赶到，脸上露出了灿烂的笑容，那浓密的一字眉被拉得更长了。花巧凤脱了鞋，走上地板，在杨大阳对面坐了下来，双脚很舒服地放进了中间的凹陷处。杨大阳问花巧凤喜欢吃啥，花巧凤说随意，杨大阳就拿起菜单自顾点了起来。

趁杨大阳点菜的工夫，花巧凤环顾了房间。房间不是很大，从房顶到墙壁、地板全用原色木板覆盖，感觉比较清爽、安静。地板中间一个长方形凹坑，放了一张小桌子,正好容得下两人面对面坐着。环境不错!花巧凤想。移门打开了,谦恭的服务员跪着端上了刺身、烤鳗鱼、寿喜烧、天妇罗、鱼子酱寿司等一份份精美的菜品,然后退回门口再拉上移门。寿喜烧的雾气很快蒸腾起来,小屋里充满了浓浓的肉香味。杨大阳举起小酒壶,准备给花巧凤斟上。

花巧凤忙用手挡住杯口说:"不好意思,我不会喝酒!"

杨大阳眯着眼笑笑说:"这是清酒,度数不高,跟酒酿的汤水差不多。"

花巧凤的手仍牢牢捂在杯口上,说:"度数再低,也是酒,我真喝不了。"

杨大阳不再理她,只是用一只手把花巧凤的手从杯口强行拿开,直接给她倒上,再给自己斟满。"吃日本料理,最好多少喝点清酒,就给你倒一杯,剩下都是我的了。"杨大阳不容置疑地说。

花巧凤没法,心想,倒就倒吧,大不了我不喝。

杨大阳把煮熟了的牛肉捞了一勺放进巧凤的碗里,端起酒杯对花巧凤扬了扬。花巧凤只好也端起酒杯迎上去碰了一下。

杨大阳盯着花巧凤说:"来,先喝一口,祝贺你能壮着胆子赴我这顿饭局!"

花巧凤一下被逗乐了:"没想到杨总这么幽默!"

见杨大阳一仰脖子"吱"的一声把满杯酒都喝了下去,花巧凤也稍稍抿了一小口。

杨大阳见花巧凤有了笑色,就继续说道:"没想到你这人这么谨慎!看来没跟男人约会过。"花巧凤听后,脸一下子就红了。

"你有没有跟人约会过,我也不管,反正只要你还没结婚,我都会一直缠着你。不过,你也不用担心,我不会强行下手。"杨大阳吃了口菜接着说,"我们在一起合作了几个月,我还没有给你介绍过自己的情况,今天我就跟你说道说道。"

"嗯,我对你的确不太了解。"花巧凤羞涩地说。

"我是1966年生的,老家在北方的一个小县城。小时候读书不太用功,喜欢逃课到外面玩,还喜欢打群架。上初中时,我还三天两头因为打架斗殴被老师叫到办公室一训就是大半天。这样稀里糊涂居然读完了高中。大学肯定是没戏了,我也没心思再去复读考什么大学。我们家在县城做服装生意,那时生意好做,我就在家里帮忙做生意,经常也跟我爹娘跑到南方进货,算是多少见过一点世面。再后来,感觉老在小县城做个小生意,很没劲,就开始琢磨着到外面闯一闯。"

"然后你就来南粤了?"

"是的,我是1988年年底来的。当时听说这里搞开放,遍地都是赚钱机会,就跟家里要了1万块钱一个人跑了过来。刚开始来时,也不知道该做啥好,常常一个人在大街上闲逛。有一天,逛到南粤证券公司门口,见很多人挤在那里喊喊喳喳地要买什么股票,说是只要买得到就能短时间内获得几倍、十几倍的收益。我一听,天下居然还有这样的好事!就有事没事往南粤证券那里转转,跟人聊聊天。很快,我就弄明白股票是个什么东西。有一天,我瞅准机会排了大半天的队,买了8000块钱的南粤发展。算我运气好,买后没几个月,南粤发展的股价就翻了好几倍。我一看,见好就收吧,就把南粤发展全部卖掉了,净赚好几万!首战告捷!我琢磨着这钱赚得也太容易了,就写信跟家里又要了1万块钱,准备大干一把了。"

杨大阳说起了股票,越来越兴奋。花巧凤因为自己前些年也参与过,听起来很有同感,就不住地点头,但联想到有段时间股票很难买得到,便说:"我记得有段时间股票根本买不到,南粤证券大厅里那块电脑显示屏幕前面挤得密不透风,连行情都看不到。"

杨大阳给自己又斟满了酒,一仰脖子喝了下去,接着给自己和花巧凤分别夹了一只甜虾。他一边熟练地剥着甜虾,一边满怀激情地说:"可不是嘛!1990年4月的时候,我见南粤发展股价调了下来,便把手中五六万块钱都陆续买了进去。买进以后不久,南粤发展的股价天天疯了一样涨个不停。它不涨还好,这一涨连看行情的大厅都挤不进去了。我一想,这么多钱都扔进去了,看不到行情,那不急死了?正巧有人发现南粤证券对面的一栋居民楼的二、三层可看到那块电脑显示屏幕。我就学着他们也在对面那栋楼上租了间房间,买了只望远镜,每天就从窗户口用望远镜看电脑显示屏幕上的股票行情。"

花巧凤以前没有听说过这样的故事,感觉非常好笑,也非常不容易,就笑着对杨大阳说:"没想到你还有这么好笑又很不容易的炒股经历,怪不得这么快就赚了那么多!"

杨大阳见花巧凤夸自己,心里美滋滋的,又是给她夹菜,又是忙着给她舀汤。

花巧凤稍稍放松了防范之心,举起酒杯对杨大阳说:"每个成功人士的背后都有不为人知的艰苦努力。刚才听你说得似乎很轻松,但我能感觉到其中的艰难。今天,就借你的酒也敬你一杯吧。"

"哈哈!你真善解人意!其实我做得也不好。那一年,南粤发展从4月到10月整整涨了20倍,而我在它涨到十几倍时就提前卖掉了,要不然,早就成为百万富翁了！"杨大阳遗憾地摇了摇头,接着说,"股票这东西真让人捉摸不透,涨起来没命地涨,跌起来也是不要命地跌。谁要是每一步都能踏准,那真是不得了呀！"

花巧凤深有体会地说:"这个难度怕是大着呢,也许只有神仙能够做得到。"

杨大阳喝了一大口清酒,拿起纸巾擦掉嘴巴上的酒水,狠狠地说:"先不急,我就不信踩不准这个节奏！"

花巧凤见杨大阳一股脑地把经历介绍了一遍,也出于礼貌简要介绍了自己的情况,只是把这些年与李晓芳一起炒股的事略掉了。杨大阳听得很认真,不住地夸花巧凤能干,花巧凤则一再自谦。两人边聊边吃,两三个小时很快就过去了。

花巧凤感觉时间差不多了,起身想走。杨大阳抬起双手做了个往下按的动作,涨红着脸,结结巴巴地说:"急,急什么？叫小姐再添个甜点？"

花巧凤摆手说:"不要了,不要了,吃得太饱了！"

杨大阳不死心,摇晃着因酒精刺激而通红通红的脑袋说:"再,再坐一会,喝点茶也行。"

正在这时,花巧凤的寻呼机响了。她拿起来一看,是曹鹏的留言,约她周六去他住处见证下他的厨艺。

杨大阳把大哥大往餐桌上"哐当"一放,说:"谁打的寻呼机？用我的大哥大给他回电吧。"

"一条留言,不用回电。"花巧凤随口应道。

杨大阳似乎不信:"我问是谁打的寻呼机！"

花巧凤平淡地说:"一个同学。"

杨大阳把头一歪,说:"看来是个男同学。"

花巧凤感觉杨大阳似乎霸道了点,这才哪是哪啊,就管这么宽？便随口说了句:"不管是男同学还是女同学,反正不用回电。"

杨大阳感觉自己的猜测得到了证实,也就不再多问,起身出门付账去了,花巧凤随后跟了出去。

杨大阳执意要送花巧凤回去。花巧凤见他走起路来东摇西晃的样子,知道他喝得差不多了,坚持不让他送。杨大阳哪里听得进去,一招手拦了辆出租车,打开车门,连推带搡地把花巧凤塞了进去。出租车按花巧凤提供的地址首先开到她所在的小区门口,杨大阳要下车送她进去,被花巧凤婉言谢绝。杨大阳不再坚持,一头钻回车里,出租车很快就消失在夜幕之中。

周六上午 10 点左右,花巧凤动身前往曹鹏住处。刚走出小区门口,就见曹鹏已在此等候。

"我正要到你那去,没想到你还过来了。"

"反正也没什么事,我来接你一起过去,省得你还要找半天。"

两人转了几次公交车,终于到达曹鹏的住处。这也是一间面积不大的一室户。屋里除了一张单人床外,最显眼的就是墙上挂着的一把吉他。房间收拾得还算干净。曹鹏把花巧凤让进屋,请她坐在屋里唯一一把靠背椅上,又是倒水,又是拿出早已买好的水果。见花巧凤坐定,曹鹏搓着手,腼腆地说:"你稍微坐一会,我这就做菜去。"

花巧凤感觉要是自己坐等吃喝,让一个男生去下厨房忙活,挺难为情的,就站起来说:"你去歇着,我来帮你做吧。"曹鹏伸手拦住巧凤:"今天你是客人,就安心歇着吧。"花巧凤见曹鹏态度诚恳,也就不再推让,安心坐下喝水等着。

曹鹏很快做好菜,过来与花巧凤一起收拾好小桌子,端上了四只小盆:红烧排骨、白水煮虾、清炒菜心、清蒸膏蟹。曹鹏转身又取来碗筷和啤酒,请巧凤坐在椅子上,自己凑合着坐在床上。

"都是家常菜,千万不要客气,今天一要吃饱吃好!要是不够吃,我那边还有没做的菜。"曹鹏说着拎起一只红彤彤的膏蟹放到花巧凤的碗里。

"挺香的,没想到你还有这种手艺!"

"算不上手艺,这也是逼出来的。一个人长期在外,不知会遇到什么困难,所以一定要想办法把自己填饱。"曹鹏说着,拿过一瓶啤酒问道:"能喝点吗?"

"你自己喝吧,我不会喝。"

"好,不强求,你多吃点吧。过两天我就回老家过年了,你打算哪天回去?"

"今年还是打算不回去。前两天,我给家里寄了点钱,算是多少有个交代吧。"

"哦,你真不容易!如果我没记错的话,你这是第三年没回老家过年了吧?不想家吗?"

"怎么不想?做梦都想回去!但来回一趟太折腾,火车票难买不说,车上又挤,耗时又长。我现在总感觉时间不够用,还是留在这边多做点事情吧。"花巧凤说着说着伤感起来,爷爷奶奶年迈的身影、父亲母亲憔悴的面容、妹妹弟弟们顽皮的笑脸一下子全都浮现在眼前。她叹了口气接着说:"家里太穷了,我回去也帮不上什么忙,不如留在这里把省下的钱给他们寄回去,多少还能帮他们派上点用场。"

"你想得真周到!"

花巧凤苦笑了一下说:"不是周到,是没有办法!"

曹鹏又给花巧凤夹了几只虾,劝她想开点。

花巧凤反问了一句:"你看我像想不开的样子吗?"

曹鹏没有正面回答,只是轻轻笑了笑说:"趁热多吃点。"随手举起杯子说:"祝你笑口常开!"

花巧凤也端起茶水杯说:"感谢感谢,也祝你越来越顺利!"

两人边吃边天南海北地聊着,比上次在得粤居轻松随意多了。

饭后,两人简单收拾一下碗筷,坐下来喝茶聊天。曹鹏喝了口热茶说:"刚才听你说能想得开,我总算放心了!不过,为什么要回避我呢?"见花巧凤低头不语,曹鹏继续说,"其实,这些年我一直在到处打听你。听说你在南粤,我才下决心过来的,没想到还真找到了。看来我们还是很有缘分的!也许老天成心要耍一下大家,才给我们制造了那么多的麻烦。特别是你,吃了那么大的苦。唉!要怪就怪我那天没有坚持请你跟我一起去看电影!我这些年一直都为这一点难以原谅自己。"

听到这里,花巧凤的脸"唰"地一下就白了,忙说:"你在说什么呀?"

曹鹏感觉很奇怪:"你说想开了,我才说的。其实,你当年在学校时遭受的伤痛,我后来都知道了。那不是你的错,相反,你是受害者。"

花巧凤听着听着眼圈就红了。她擦了擦眼睛说:"我前面说能想得开是指在外过年不回去,没想到你理解到这上面了。我原以为这件事大家都不知道的,看来真是应了那句话:没有不透风的墙。"

曹鹏见花巧凤伤心,马上说:"对不起!对不起!原来是我理解错了!不过,我再重申一下,那件事不是你的错,在我眼里你永远纯洁无瑕!"

"谢谢!"花巧凤虚弱地说。

"好啦,好啦,不说这些了,来点开心的吧!"曹鹏转身取下挂在墙上的吉他,轻轻拨了两下说,"我要兑现上次海边散步时的承诺了,下面这首《小城故事》特别献给花巧凤同学!"

曹鹏的弹唱声情并茂,花巧凤非常感动。然而花巧凤却不由自主地想到了杨大阳,他与曹鹏几乎同时出现,对自己也是穷追不舍。花巧凤明白,两人各有优点,又似乎都有那么一点不太适合自己的地方。她决定暂时不作选择,就当是普通朋友往来一段时间再说。所以当曹鹏准备再弹一曲的时候，花巧凤马上起身要走。

曹鹏说要送她回去，也被花巧凤礼貌地谢绝了："我知道路怎么走了，现在又是大白天，我一个人回去没问题。今天玩得非常开心，感谢你的盛情款待！"

1月19日，是1993年春节前的最后一个交易。通银证券南粤分公司的大户室里依然热热闹闹。自上年11月17日反弹以来，南粤股价指数已经反弹了将近一倍。南粤发展这样的龙头品种，涨幅更达8倍以上。面对已经实现的巨大涨幅和春节期间的不确定性，大户室里的富翁们展开了持币还是持股的激烈争论。

有人说："做股票一定要做好波段，我就是因为去年5月股价在高位时舍不得卖，才被套住。现在指数快到去年最高点附近了，如果不卖，万一春节期间有什么利空，那可就惨了！你们卖不卖我也管不了，反正我今天肯定要卖，就算是兑现去年最高点时的盈利吧。"

旁边马上有人接过话茬："你说的没错！关键是谁有本事提前知道哪是最高点，哪是最低点？去年大跌是因为南粤市政府之前没处理好新股认购抽签表里的腐败问题，现在大涨却是因为国家成立了证监会，老百姓有信心了。依我看，现在股市涨得劲头十足，说不定过了年，还要向上猛蹿。所以我打算放一放再卖。"

杨大阳见大家各执一词，忍不住从沙发里"腾"地一下站起来，三步并作两步，走到屋子中间，鼓动着厚厚的嘴唇插话说："你们说得都有道理，也都有站不住脚的地方。我认为，最近几个月的大涨主要原因是前期跌得太深了。就像我家卖衣服一样，衣服便宜大家就愿意买，卖得也快。但你要是卖着卖着，把价格提上来，大家买的兴趣就要下降了。所以这一轮行情刚开始的几天，股价涨得特别猛，最近这段时间虽然还在涨，力道却越来越弱。这轮行情的第二个原因也非常重要，这就是市场上传言的南粤证券炒作南粤发展。大家想想，人家做庄，全部控盘了，还不是想拉多高就拉多高？依我看，现在的股价都有点高了，但庄家似乎还没有收手的意思，年后股价应该还会再往上走一走。至于到底能走多高，那就要看庄家怎么玩南粤发展了。要是哪一天他们突然把手中的南粤发展一股脑扔出来，那可就惨了。所以我打算今天把手中的股票卖掉一半，把成本收回来。剩下的年后看看再说。"

杨大阳说完，走回座位，躺在沙发里环顾着房间内每个人的表情，倾听和分析着每个人的发言。然后，闭上眼睛沉思良久。上午11点之前，他提起笔快速填好交易单，交给花巧凤。花巧凤瞄了一眼，果真全是大额卖单。她飞快地把交易单递给红马甲,站在旁边等了几分钟。"全部成交。"红马甲放下电话对花巧凤说。花巧凤快步回到杨大阳的座位旁,把结果转告了他。杨大阳听到结果后,把身子往沙发里一沉,长长地舒了口气。

中午的时候,杨大阳给花巧凤的寻呼机留言说自己在楼下的树林里等她过去说话。花巧凤快步下楼找到了他。

杨大阳问:"年前的交易完成了,我下午就准备回老家去。你过年怎么安排?"

花巧凤说:"手头事情太多,过年不回老家了。"

杨大阳低头想了想说:"我估摸着你也没有什么大不了的事,不如跟我一起去趟我们老家。"

花巧凤听后瞪大了眼睛盯着他看了一会儿,轻轻笑了笑反问道:"我没有听错吧? 跟你一起回去,这算什么事呢? 我可是连自己家都没有时间回去呀!"

杨大阳也不争辩,只是把握十足地说了句:"算我女朋友!"

花巧凤的脸一下涨得通红,忙说:"杨总,你有没有搞错? 我什么时候答应做你女朋友了?"

"你答应不答应不要紧,反正我就是这么想的!"杨大阳歪着头,嬉皮笑脸地说。

花巧凤不想争论,她稍稍平复了一下情绪,礼貌地应道:"你愿意怎么想就怎么想吧,我又拦不住你,能不能走到那一步还要看缘分。我只知道,我是你的保单员,工作上的事,我会尽力做好。"

杨大阳见花巧凤眼下的确意愿不高,也就不再说什么。他抬起头,向远处看去,嘴里喃喃道:"你等着,我会想办法把你追到手的! 我先回去了,你一人在这里,要多保重!"说完,扭头大踏步地回去了。

关于持股还是持币的问题,巧凤之前也琢磨过。她不像大户室里面的很多人去年有被套的经历。她与李晓芳的股票是去年暴跌之后买的,差不多买在最低点,买的又都是龙头股南粤发展,现在已有七八倍的浮盈。也就是说,按照花巧凤投入的 5 万元算,她的浮盈已有 40 万左右了,不怕股市来点调整。况且她对眼下的市场还是作了比较深入分析的,感觉年后继续上涨的可能性要远比下跌大得多。原因之一是现在的南粤股价指数刚刚到去年的高点附近,老百姓的情绪也刚刚因为成立证监会而逐渐高涨起来,接下来应该会有更多的人进来参与。特别是过年期间,大家说到股票如何如何赚钱,肯定会吸引很多人年后进来抢筹。其次,从她上周五与那些大人物的交流来看,政府对眼下的股市还没有什么负面的想法,也没发现南粤证券有做空南粤发展的迹象。所以她已与李晓芳商定年前不卖,留待年后观望一下再说。至于大户室里面的争论,她在一旁听着就行,有些观点对自己还是有些启发的。但她不好参与发言,毕竟她的职责是为这些大户做好服务工作。

南粤股价指数继前日大涨 7.4% 以后,在节前最后一个交易日以 0.98% 的温和涨幅收盘。收盘后,欧芬满脸灿烂地进来与大家话别。大户们个个脸上洋溢着满意的笑容,大家相互握手说着祝福和告别的话,希冀明年收获更多的财富。

2月1日, 是春节后的第一个交易日。憋了十来天的股市就像打了鸡血一样,开盘后就狂飙不止。通银证券南粤分公司大户室里有人忙着加仓,有人忙着兑现红包,有人懊丧地蜷缩在沙发里生闷气。到当日收盘时,南粤股价指数大涨9.4%,龙头股南粤发展更是狂飙24%。

收盘后,大户室里很多人还久久不愿散去,围在一起交流着当日的体会。比较一致的看法是,在前两个月指数已经翻倍的情况下,还能这么涨,说明春节期间大家对股市的关注不少,眼看股市这么赚钱,又有不少人冲进来了。但是股市也不太可能一直这么涨下去,仓位重的可以慢慢卖出了,仓位轻的暂时也没必要再买了,空仓的一定要忍住不要去抢高位票。

杨大阳多少有点郁闷,虽然他年前的操作还算比较稳妥,但面对突然到来的大涨,难免会胡思乱想。按照他的持股品种和成本算,年前要是不卖掉一半,今天至少要多赚 10 万。但他不想在花巧凤面前表现出来,只好强装出一副满不在乎的样子。他无心参与收盘后的讨论,独自一人走出大户室。没多久,花巧凤收到杨大阳发来的留言,约她晚上再去上次那家日本料理店。而几乎在同时,曹鹏也留言说给她带了点老家的年货,要在下午下班后在她租住的小区门口等她。花巧凤一下子陷入惶恐之中。平心而论,她现在不想接受两人中任何一人的馈赠,但又实在不知该如何回绝他们。思量再三,她决定两人谁都不见,便分别在两人寻呼机上留言说当晚已有其他安排。为避免在小区门口撞见曹鹏,她又给李晓芳挂了电话,说想找她商量点事情。

下班后,花巧凤直接乘公交车赶往李晓芳的别墅。路上她就想好了,今天股市涨这么猛,该跟她谈谈股票的事了。花巧凤到达时,李晓芳已在客厅等候,见到花巧凤,一把挽过她的胳膊,开心地嘴都合不拢。

"哎呀！财神爷驾到,赶快进来！"

"我什么时候成财神爷了？"花巧凤边换鞋,边吃惊地问道。

"在我的心里,你早就是财神爷了。我今天都看到了,咱们的南粤发展一天就涨了24%,这钱挣得可真快！来来来,我把茶都给你泡好了,快趁热喝一口。"

花巧凤端起小茶碗抿了一口说:"不错,这茶很香！"

"这是上等的铁观音,听说你要来,特意泡给你尝的。"

"那就多谢晓芳姐了！"花巧凤又抿了口茶,一抬眼看见紫漆香案上金灿灿的貔貅,就笑着对李晓芳说,"晓芳姐刚才说到财神,你这里才真有一尊财神呢！怪不得我们的股票做得这么顺,原来都是它在保佑着我们呢！"

"这是拿督买来的,他们就信这个。我也不管到底是它起的作用,还是你起的作用,反正你们俩都是财神！对了,找我有什么事？"

"也没什么大事,就想跟你聊聊股票的事。"

李晓芳一听两眼放光,急不可耐地问:"是不是该卖出了？"

"你说呢？"花巧凤反问道。

"依我看,差不多了。我们这次从底部买上来,浮盈快有12倍了。现在不趁早卖掉,万一哪天一下子跌下来,可就白欢喜一场了。"

花巧凤笑了笑说:"晓芳姐越来越高明了！我们现在的确浮盈不少,但这波上涨似乎还没有止步的意思。据我了解,现在老百姓的开户意愿很强。今天一开市,就有不少人排队开户。知道吗？开户就意味着新增资金随时准备进场。你想想,现在市场上就那么几只股票,这么多人扛着钱准备来抢,股价能不涨吗？"

"嗯,还真是这么回事。如果什么时候开户的人越来越少了,这波行情也就该到头了吧？"

"是这么个道理。但如果哪天市场上一下子多了很多股票,就算开户的人还在增加,股价能不能继续大涨,也很难说了。现在还没有新股上市的信息,所以股价可能还会再涨涨。这是我的第二个理由。"

"对,你可要盯牢这方面的消息哟！"李晓芳接着说,"你们那里消息多,看来去证券公司还真是去对了。"

花巧凤点点头说:"我会盯牢的。不过,按理说,证券从业人员是不能到处传播内幕信息的。也是现在上面没有真管,就连南粤证券都明目张胆地坐庄。要不然,我们也不能这样合伙炒股票。"

"那就趁宽松,好好赚一把嘛!"李晓芳两眼放光地说。

花巧凤笑了笑,又把话题绕到怎么处理手中股票上了:"咱们手中的南粤发展虽然涨了不少,但从它现在的业绩和公司发展的趋势来看,目前的股价还不算太离谱。另外,那个坐庄的南粤证券也没听说有收手的意思。"

"这么说,股市还要继续大涨,我们暂时也不用卖了?"

"那倒未必。有些消息你没听到,不代表没有。毕竟这轮行情从底部上来已经涨这么多了,哪天要是调整一下也比较正常。至于卖不卖嘛,我想,咱们还是稳妥点比较好。你明天要是有时间,可以先卖掉20%,把成本和一部分利润收回来。"

李晓芳连连点头说:"还是妹妹想得周到,我明天就去办。"

说话间,李晓芳的母亲从里屋出来喊她们吃饭。花巧凤起身问过好,也没客气,就随着李晓芳走了进去。李晓芳的父母是春节前来的,除夕晚上,花巧凤就跟他们一起过的,所以也不再陌生。

桌上摆着烟熏猪肉、烟熏鸡鸭等典型的湖南家常菜。花巧凤吃着吃着想起了家乡的味道:那色泽金黄、香气扑鼻的腊猪肉,颜色深紫、切成薄片的腊鹅胗,状如凝胶、入口即化的猪蹄冻……一样样浮现在眼前。与这些美味一起出现的还有她妈妈朱良英日渐苍老的面容。3年未饮家乡水,3年未见爹和娘。花巧凤心里有些伤感起来,但因为是在别人家吃饭,不好表现出来,只能强压着浓烈的思家之情。

李晓芳见花巧凤吃着吃着发起愣来,就一边给她夹菜,一边劝她多吃点。

花巧凤礼貌地说:"不用给我夹,照顾好叔叔、阿姨吧!"

李晓芳说:"除夕那天就见你发愣,一定是想家了!"

花巧凤"哦"了一声,没接话。

李晓芳则继续说:"想家就回去嘛,等这轮行情做完了,你找个机会回去看看吧。"

花巧凤想想也是,便不再伤感,暗自计划着回乡的细节。饭后,花巧凤陪李晓芳看了会电视,又天南海北地说了些闲话,便起身告辞回去。

快到自己租住的小区门口时,花巧凤老远就见曹鹏背着牛仔包站在树下来回踱着步子。她走过去喊了声:"咦,你怎么在这里?"

曹鹏见花巧凤回来,咧开大嘴憨憨地笑了:"总算回来了!我把东西给你送过来。"

花巧凤嗔怪道:"我不是说今晚要到外面有事吗?你这样等着,要是我不回来,你准备等到什么时候？"

曹鹏一拍脑袋说："哎呀！还真没想过这个问题。"

"其实你可以改天再过来的。"

"把东西送过来只是一理由，更重要的是十几天没看到你，你过年又没有回老家，就想早点看到你。"

花巧凤接过曹鹏递过来的东西，叹了口气说："何苦呢？东西我先收下了，真是太感谢了！"

"谢什么？一点心意而已。"

"只怕我承受不了这份心意。"

"为什么？"

"其实你知道的，经历过当年那场噩梦，我总觉得自己……哎！怎么说呢？"花巧凤不由得再次陷入痛苦之中。

"我都知道了。年前也跟你说过，那不是你的错。在我眼里，你永远纯洁无瑕！彻底忘掉那件事吧！如果因为我有哪些不好的地方，你可以躲开我。但如果因为那件事，就不要再躲了，好吗？"

"好啦，先不说这些了。我现在脑子很乱，让我先静上一段时间。天晚了，这里虽不比老家寒冷，但你穿得单薄，最好早点回去，不要冻坏了。"

曹鹏见花巧凤说到这份上，知道再说什么也没有多大意义，便告辞回去。花巧凤目送他走远了，才转身跨进小区大门。进屋后，花巧凤打开曹鹏带来的包裹：一袋花生糖、一袋白切糕、几根煮熟的腊肠、几只煮熟的腊鹅胗，还有一包剁好的腊鸡，都是她爱吃的家乡食品。花巧凤尝了几块花生糖和白切糕，一股浓浓的思乡之情涌上心头，她再也抑制不住眼眶里打转的泪水，一头扑在床上"呜呜"哭了起来……

第二天中午，杨大阳又给花巧凤的寻呼机留言，叫她到楼下的小树林散步。花巧凤只好应约跑下楼去。杨大阳正两手抱在胸前，松松垮垮地斜靠在一棵高大的相思树上，头微微仰望着碧蓝的天空，鼓起嘴吹着口哨。花巧凤老远就听到，那是《渴望》主题曲。

花巧凤走到近前问："有事吗？"

杨大阳停下口哨，依然保持着原来的姿势，仅用眼角斜视着花巧凤，用一种略带责怪的口气问道："昨晚干啥去了？"

花巧凤没好气地回答："有事去了。"

杨大阳不死心，又追问了一句："啥事那么重要？非得昨晚去办？"

花巧凤不想与他纠结这些问题，就顶了一句："杨总把我叫下来，就是要盘问这些吗？如果没有其他事，我该上去了。"说完扭头准备回去。

杨大阳见花巧凤要走，赶忙伸手抓她。花巧凤快速把手缩回，没好气地问道："光天化日之下，你这样拉人家算什么？"

那杨大阳反倒乐了："这么说，是我拉的时间不对了？以后换成晚上拉你如何？"

花巧凤有些恼火："晚上更不行！你把我当什么人了？"

"当我女朋友呀！"杨大阳皮笑肉不笑地说。

花巧凤拿他没办法，心想"三十六计，走为上策"，还是赶快走吧，于是向前跨出一大步，边走边说："没事我就上去了。"

杨大阳见花巧凤真要走，就直起了身子说："慢点走，我有正经事。"花巧凤只好停下脚步。杨大阳接着说："我打算融资加点仓。"

花巧凤感觉很奇怪，心想，一向谨慎的杨大阳为何突然要融资追高？但她没吭声，从她的工作职责来说，也不便多说。因此，只是怔怔地看着杨大阳。

"现在市场趋势很好，又没听说政府对股市有什么负面的说法。从昨天的涨势看，我估摸着今后还会有更大力度的上冲。别看大户室里分歧很大，越是分歧大的时候，越是容易产生大机会。这个市场里不会每个人都能发大财，能发财的仅仅是很少一小部分敢与大多数人唱反调的人。否则，你去赚谁的钱？"杨大阳自负地说完这番话，稍稍抬起头，望着遥远的天际，似乎那里有成堆的金银财宝正等着他去认领。

"你打算融多少？"

"先融 50 万。我手中还有现金 50 多万，下午开盘后，把这 100 万全都市价买上。"

"既然你已经决定了，下午我就给你办理。如果没有其他事，我先回去了。"

"急什么？离下午开盘还早着呢，陪我在这里散散步怎么样？"

花巧凤对杨大阳并无多少恶感，只是对他那咄咄逼人的气势有点不太适应，便跟着他在小树林里来回晃悠，偶尔说些不着边际的闲话。过了一会，花巧凤感觉时间差不多了，再次对杨大阳说："要开盘了，我先上去。"

"行,我再走走。"

花巧凤转身,刚要走,杨大阳又接着问了一句:"今晚方便吗?听说刚上映的《霸王别姬》很好看,我们一起去看看怎么样?"

花巧凤仍没做好与杨大阳交往的准备,便干脆地应道:"没空。"

"明晚呢?"

"也没空。"

"后天晚上呢?"

"还是没空。"

杨大阳一下子上火了:"你这不是成心不给面子吗?"

"杨总,先别急!我哪敢不给你面子?感谢邀请,最近时间真的很紧,请多多原谅。我先上去了。"说完,花巧凤兀自转身回去了。

杨大阳感觉很扫兴,一个人在林子里背着手大踏步地来回走着。一颗小石子不巧硌了一下他的脚掌,他一抬脚狠狠地把石子踢了出去。石子飞出很远,"哪"的一声碰到树上,又很快弹了回来,差点砸到自己头上。他下意识地头一偏,却"咣当"一声撞到树干上。杨大阳咧嘴"哎哟"叫了一声,心想:今天怎么这么不顺心,难道是老天暗示我下午不要融资加仓?但转念一想又感觉不对:不是说"情场失意,赌场得意"吗?今天被花巧凤拒绝,这应该算是情场失意,那我下午应该把融资量放得更大才对。等赚了大钱,我就不信搞不上你!

杨大阳快步回到大户室,唰唰几笔填好了一张 50 万元的买入单,接着又填了一张 100 万元的融资申请单,把两张单子一起交给了花巧凤。花巧凤扫了一眼,发现杨大阳把原计划的 50 万元融资调高到 100 万元,就抬头看了他一眼,意思是说,你没有搞错吧?杨大阳没说话,用拳头狠狠砸了一下桌子说:"快拿去执行掉!"花巧凤不好再说什么,便匆匆替他下单去了。

杨大阳在现有的 100 多万资产基础上,又融资 100 万元以后,南粤股价指数并没有像他预期的那样继续大涨,而是连续横盘两周后,才开始新一轮拉升。在这两周时间内,杨大阳坐立不安,每天盯着大户室墙上的电脑显示屏幕,眼见着股价时而变红,时而变绿,内心里充满了无限的焦虑,而 2 月 12 日南粤发展盘中出现的超过 8% 的巨大跌幅更令他吓出了一身冷汗。直到收盘时,南粤发展还大跌 5% 以上。他非常担心股市会从此进入一波大跌,但又不想在花巧凤面前表现出恐慌不安的样子,就干脆缩在沙发里一杯又一怀地接着喝水。

2月16日,南粤股价指数在龙头股南粤发展的拉动下,快速上涨,一举突破前期指数高点,南粤发展更是大涨11%以上。杨大阳终于可以长长地舒了口气。但是就像前一日强压着恐惧一样,今天他也决心强压着欣喜。什么叫大将风度?顺时不傲,遇危不慌,喜怒不形于色,这才叫大将风度。他杨大阳无论股市大跌还是大涨都要稳坐钓船中,不能像那帮散户,一有风吹草动就手忙脚乱,惊慌失措!

花巧凤对杨大阳这段时间的表现看得一清二楚,她非常强烈地感受到杨大阳的刻意掩饰。因为他并不是一个很能沉得出气的人,平日里股市稍有波动,都会鼓噪半天,非得让人接受自己的观点。远的不说,年前最后一个交易日他走到大户室中央侃侃而谈,不就是最直接的例子吗?想到这里,她感觉好笑:钱是自己的,输赢也是自己的,你赚钱也好,亏钱也好,跟别人能有多大的关系?没有半点必要表演给别人看。不过,作为定向服务于杨大阳的大户室保单员,她不仅不能把这些说破,连丝毫的情绪流露都万万不可。

杨大阳的这次融资押宝看来还是做对了。至2月19日,南粤股价指数再次大涨5%,杨大阳的账户总资产已超过270万元,去除融资款及利息外,净资产已达170万元。这个规模的资产在他们大户室里并不多。杨大阳再也无法淡定了!说起话来不是"你这样不对",就是"我可不这么看",就连走路都高抬头颅,双手背后,比以前更加气宇轩昂。

大户室里的炒家们见他春风得意就拿他打趣:"大阳呀大阳,你这样天天账户拉大阳,还不得把我们的钱都赚光了?!"杨大阳明知对方在逗趣,却"嘿嘿"冷笑两声,一本正经地说:"狭路相逢勇者胜,把你们的钱都赚光倒也不是一点可能都没有!"一句话噎得对方差点没背过气去。

也有年前因担心再次暴跌而早早清仓者,怀着对杨大阳高位加仓成功的无比艳羡之情,向他谦虚请教,问他现在是不是可卖了。杨大阳则半闭双眼,不咸不淡地说:"卖不卖要看自己的情况,我手里有融资,所以明天我会把融资的钱卖出来还掉。"第二天,他果真叫花巧凤帮忙卖掉一部分股票,恰好还掉了融资本息。

杨大阳还掉融资本息以后,股市开始跌多涨少,就像霜打的茄子一样,一天比一天蔫了。花巧凤想,南粤股价指数自底部上来已经涨了3倍多,春节后一批新资金该进的也进得差不多了,眼前又没有新的利好出现,估计这一波也该到头了。

在周末的舞会上,花巧凤把自己的想法同到场的高官们不经意地说了说,没想到竟得到他们的高度认同。除此之外,她还得到两条新的信息:一个是中央对物价快速上涨开始担心了;另一个是监管层感觉既然老百姓那么喜欢买股票,准备接下来多发点新股满足大家的需要。

对于前一个消息,花巧凤凭借刚刚接触的经济学原理,感觉到接下来中央可能要控制物价,而控制物价往往又跟加息有一定的关系,这对股市的上涨应该是不利的。对于后一个消息,就看新发行的股票量有多大,如果量太大了,对股市的上涨也是不利的。既然这一轮上涨已经有点力不从心,后面又有两件非常不利的大事可能发生,那么在现在的位置上把手中的股票全部卖掉应该是比较好的选择。

想明白以后,花巧凤立即给李晓芳拨了个电话,叫她务必下周一上午要把手中的股票全部卖掉。李晓芳问她钱怎么办,花巧凤想了想说,可能比较长的时间里都不会有什么行情了,所以她准备把钱全部取回来。李晓芳执行完卖出计划后,给花巧凤的寻呼机里面留了言,约她下周六一起去银行把钱转给她。经过这一波操作,她们最终实现了将近13倍的纯收益,花巧凤投入的5万块钱已增长到近70万元。她已在不知不觉中从一贫如洗的农家女孩,一跃成为不折不扣的富姐。对于这大一笔资金,她暂时还没想清楚该干点啥,又担心错过随时可能到来的抄底机会,所以就把资金全部变成了3个月的定期存款。

股市继续萎靡不振,好久未见像样拉升。面对每天小涨小跌的牛皮行情,杨大阳变得百无聊赖。他见惯了股票几个月之内便完成十几倍、几十倍的火爆行情,根本就不相信牛市会这么快结束。反正手中已没有融资票,这170多万资产不过是他前几年以区区几万块钱通过滚雪球滚出来的,所以他也是能亏得起的人。当然,现在不卖,不代表他愿意再跌回去,而是寄望于股市能再创新高。经过高位融资的成功操作后,他对自己的眼光和能力更加有信心。他深信这个新高只要稍等时日,就会很快到来。

唯一令杨大阳不爽的是花巧凤对他的态度:他想不到一个为他跑前跑后搞服务的小妮子竟然对他这个大富豪那么不当回事!一想到这些,他就恨得咬牙切齿,恨不得一口把花巧凤吃掉。但转念一想,无端去对一个弱女子动气似乎与他成功人士的身份不太相称,他应该想办法让巧凤真心实意地崇拜他才是。想到这里,他再次给巧凤的传呼机留言,约她中午到小树林散步。

## 第十七章

# 曹鹏终得美人心　欧芬强压凤违规

　　花巧凤来到小树林,远远看见杨大阳正坐在林子里的长椅上,往远处的树干上不停地扔着石子。花巧凤走到近前时,恰逢他砸中了远处的一棵相思树,正握紧拳头为自己庆贺呢! 花巧凤盯着杨大阳面前的那堆小石子,故作不解地问:"杨总好雅兴,大中午跑这玩石子呢!"

　　杨大阳这段日子融资操作成功,刚刚又准确无误地砸中了远处的树干,胸中似乎正有千军万马在纵横驰骋,见花巧凤到来,用手拍了拍长椅的另一头,示意她并排坐下。

　　花巧凤没说话,心想坐就坐吧。见花巧凤坐下了,杨大阳伸出右手搭在她肩上。花巧凤赶忙站起,恼怒地说:"杨总,你这是要干啥?"

　　"没干啥,别人谈恋爱不都是这样吗?"杨大阳仰起头,神情淡然地说。

　　"谁跟你谈恋爱了?"花巧凤很气愤,干脆跑到旁边一棵树边,靠着树站在那里。

　　"过来坐呀!"杨大阳又拍了拍长凳说。

　　"站着挺好,有事赶快说吧。"

　　"没事,就是想跟你在外多待一会儿。"杨大阳一副玩世不恭的样子说,"如果一定要说有事,那就是想听你谈谈对我最近操作的看法。"

　　"嗯,操作得很好啊! 这么快就成我们分公司数一数二的大户了,大家都很羡慕你呢。"花巧凤虽然对股市有自己的判断,但又不想给自己的客户泼冷水,只好这样礼貌地应付一下。

　　谁知杨大阳一听,两眼立即放起光来。他要的就是这样的话! 但为了表现自己的经多见广及沉着冷静,他反而伸开手臂扶住长椅的靠背,身体往后一靠,自谦起来:"哪里,哪里,小试牛刀而已,谈不上有多成功!"

花巧凤暗自好笑,却又不想点破,便顺着他的话说:"杨总太谦虚了,这么厉害的操作,竟然只是小试牛刀,等你哪天挥舞大刀,那还了得?!"

杨大阳摇头晃脑地说:"只要你答应做我女朋友,接下去就叫你好好见识一下什么叫大刀狂舞。你想想,等你嫁给我以后,将来我挣的大钱还不都是你的吗?"

花巧凤轻轻笑了笑说:"杨总越说越远,没其他事我该上去了。"说完,转身就走。

见花巧凤横竖不把自己当成大英雄,杨大阳怒火中烧。他快速起身,一把扯过花巧凤的胳膊。花巧凤哪里是他的对手,挣扎半天,非但未能脱身,连另一只胳膊也被杨大阳牢牢控制,两人就这样脸对脸僵持着。花巧凤深感惊惧,恍惚中发现杨大阳的脸一下子变成了李大丰的,她备感绝望,"哇"的一声大哭起来,张开嘴巴对准杨大阳的胳膊使劲咬了一口。杨大阳一下慌了神,竟随手给了花巧凤一巴掌。花巧凤顿觉眼冒金星,一屁股瘫坐在地上。杨大阳本意是要博取花巧凤的好感,没想到自己竟在慌乱中打了花巧凤,所以非常过意不去。但他又不知该如何处理,只好可怜巴巴地蹲下来,嘴里不住地说着"对不起""都是我不好"之类的软话。花巧凤哭了一会,渐渐回过神来,便站起身,擦干眼角的泪水,拍拍屁股上的尘土,快步回去了。留下杨大阳一个人傻傻地待在原地,站也不是,坐也不是。

开盘后,杨大阳耷拉着脑袋回到大户室,一屁股坐在沙发里,强作镇静地看着墙上的电脑显示屏幕。他心里非常清楚,这一巴掌下去,花巧凤可能会离他更远,要想赢得巧凤的好感,不花费更多的心思,看来是根本不可能了。

经过冷静思考,花巧凤也更加清楚,这个杨大阳是根本不适合自己的。先别说这个人能不能成功,单是他这种咄咄逼人的强势性格,她就无法忍受。要是他更加富有,这种居高临下的气势只会变得更加厉害。她花巧凤只想找一个能相互理解的人安心过好自己的日子,不想也不需要依附于任何人。至于财富嘛,她完全可以凭借自己的艰苦努力一步步去创造。这样一想,她就非常清楚什么样的人才最适合自己了。下午收盘后,她主动给曹鹏的寻呼机留言说,晚上想请他吃个便饭。

花巧凤赴约前把自己做了精心的打扮,内穿淡紫色印花真丝长裙,外加一件乳白色皮夹克,脖子上系着粉红色丝巾,微施粉黛,略喷香水。见面的地点依然在得粤居,花巧凤喜欢这里的轻松随意和平民价格。花巧凤到时,曹鹏已经在靠窗的位子等候多时,见花巧凤进来,一下子愣住了。他只知花巧凤清纯美丽,没想到今天竟打扮得如此超凡脱俗、精致高雅。

"哎呀！你总是这么守时！"

花巧凤的招呼声惊醒了正在发愣的曹鹏。他想自己该站起来迎接一下,却不知怎么碰倒了桌上的茶杯,弄得满桌都是水,还滴滴答答往地上淌。他慌忙从纸盒里拽出一堆餐巾纸去擦,忙活半天才把桌子弄清爽。等他抬起头来,花巧凤已经在桌子对面安静地坐了下来。曹鹏尴尬地笑了笑说:"你看,弄成这个样子!"花巧凤则善解人意地说:"没什么,你不是又弄好了吗?"

两人很快点好了菜。曹鹏还为自己要了瓶啤酒,等他把自己酒杯斟满准备放下酒瓶时,花巧凤却开口埋怨起来:"你就只顾给自己倒酒,也不问问别人要不要?"

曹鹏被问得不知所措,结结巴巴地说:"哎,哎呀,真,真对不住,前面两次都没见你喝,以为你不,不会喝呢!"

花巧凤嗔道:"以前不会喝,不代表永远不会呀!"

曹鹏不再解释,便向服务员又要了一只啤酒杯,小心翼翼地给花巧凤倒满,又抖抖霍霍地把杯子放在花巧凤面前。见曹鹏一副诚惶诚恐的样子,花巧凤很受感动,嬉笑着说:"多谢多谢!这才不失绅士风度嘛!"

曹鹏见花巧凤不仅衣着打扮与之前判若两人,连说话也变得如此风趣幽默,不知她葫芦里卖的什么药,便嗫嚅着问:"遇到什么好事了?情绪这么高?"

"猜猜看!"花巧凤用左手托着下巴,将胳膊肘撑在桌上,右手自然放在腿上,做出耐心等待对方给出答案的样子。

"升职了?"

花巧凤轻轻摇了摇头。

"加薪了?"

花巧凤再次轻轻摇了摇头。

"算了算了!你平常净躲着不见我,我对你的事情所知不多,叫我上哪里去猜?"曹鹏"嘿嘿"干笑了两声,接着说,"反正不管你遇到什么好事,我都真心为你高兴!"

花巧凤双眼向上一挑,用略带挑衅的语气问道:"你说真的?"

"真的!"曹鹏表情严肃地答道。

"嗯,那我要是告诉你,我既没有升职,也没有加薪,而是找到了一个非常优秀的男朋友,你也真心为我高兴吗?"花巧凤依然保持着原来的姿势,只用眼睛直直盯住曹鹏。

曹鹏没想到花巧凤会提出这样的问题,心想,难道她真找好了男朋友?如果真是这样,那自己岂不是一点盼头都没有了?但既然已经说过不管她遇到什么好事,自己都真心高兴,便心有不甘地说:"只要这个人能理解你,支持你,我也真心为你高兴。"

花巧凤的眼睛一下湿润了。她低下头,把右手也拿上来托住下巴,喃喃地说:"像我这样有过不堪往事的人谁能真心理解哟!"

曹鹏被花巧凤情绪的再次转变弄得丈二和尚摸不到头脑,但还是语气坚定地说:"我呀!"

花巧凤松开托住下巴的双手,罩住双眼。片刻之后拽出一张餐巾纸,轻轻拭去眼角的泪水,凄然地说:"谢谢!"

曹鹏更加糊涂,盯着花巧凤通红的眼睛小声问道:"刚才还好好的,怎么突然就……"

花巧凤没等他说完就说:"没什么,可能是高兴吧。"

曹鹏似懂非懂地点点头问:"今天怎么想起来约我吃饭?"

花巧凤拿眼瞅了他一眼:"请你吃饭一定要个理由吗?"

"不需要!不需要!太高兴了,我都不敢相信这是事实。"曹鹏诚恳地应道,说完,端起酒杯对花巧凤说:"感谢邀请!我先敬你一杯吧。"

花巧凤也端起酒杯说:"要说谢,也该我谢你呀!你那天给我带的家乡美食真是太好吃了,让我又想起了家乡的山水草木和父老乡亲。我已经三年多没回老家,真是太想念那里的一切了。"说完,与曹鹏"哐当"碰了一下,仰起头"咕咚咕咚"连喝几口。

曹鹏见花巧凤如此爽快,也一口气喝了小半杯下去。随后冲着花巧凤说:"想家了就回去看看吧。"

"嗯,是该回去了。你今年回去感觉怎么样?家乡有什么新变化吗?"

"感觉很好!踏入家乡地界的一瞬间,那熟悉的青山绿水和白墙黛瓦一下子就让我把旅途疲惫忘得一干二净。唯一遗憾的是,家乡人民的生活依然非常贫困。特别是农村,很多家庭连粮食都不够吃一整年。我家算是稍微好一点的,这些年粮价也提高了一些,还是远远跟不上农药、化肥、种子、各种税费之类的成本增长得快,所以也开始欠账了。"

"我们老家跟你那里差不多。还记得3年前我在家过年的时候,年夜饭差点都吃不起来了。这几年要不是我给他们寄点钱回去,还不知道他们怎么熬得过去呢?!"花巧凤说着说着又伤感起来。

"好了,先不谈这些了。等我们将来有能力了,争取给家乡多做点事吧。"曹鹏举起酒杯对花巧凤说:"刚才是你敬我,现在让我也来敬你一杯吧。愿你忘掉过去的伤痛,心中永远充满阳光!"

"谢谢!我会的,愿我们都充满阳光!"

两人你来我往,两瓶啤酒很快被喝到底朝天。花巧凤今天喝得既轻松又愉快,见酒完了,叫来服务员再拿一瓶,却被曹鹏制止了。

"你脸都红了,酒量应该也不大,今天咱们就喝这么多。"曹鹏说着给花巧凤夹了一只水晶虾饺,"还是趁热多吃点东西吧。"

"你这个人真有意思,人家跟女生一块喝酒,都巴不得赶快把女生灌醉,好趁机占点小便宜。你倒好,主动劝我别喝那么多。"

曹鹏憨憨地笑了笑说:"我不仅要理解你,还应该保护你。"

"谢谢,有你真好!"

两人你一言我一语,又边吃边聊了些工作上的事情。曹鹏看吃得差不多了,便起身要去买单,却被花巧凤制止了:"今天是我约你的,这个单应该我来买。"曹鹏哪里肯让花巧凤买单,两人你推我搡争了起来。突然,曹鹏感觉似乎有一道强烈的电流从手指处瞬间传遍全身。他一下呆住了,回神一想,原来刚才不小心碰到了花巧凤的手心。就在曹鹏愣神的时候,花巧凤也愣住了。因为就在刚刚曹鹏碰到她的时候,她也有一种非常奇怪的感觉,这种感觉是她有生以来第一体验过的,是一种麻酥酥、甜丝丝的感觉。两人的脸更红、更热了,竟然连抬头看对方一眼的勇气都没有了。要不是服务员走过来问他们是不是准备买单,不知他们会呆立多久呢!最后,曹鹏终于被花巧凤说服放弃本次买单,因为花巧凤说得很清楚:这次会面的发起人是她花巧凤,目的是感谢曹鹏带来家乡美食,更重要的是花巧凤承诺今后两人聚会不管由谁发起,买单人都是曹鹏。

两人走出得粤居的时候,时间已过晚上 11 点。大街上行人稀稀拉拉,偶尔一两辆汽车从身边快速驶过后,马路上很快又恢复了平静。皎洁的月光笼罩着南粤市的一草一木,一砖一瓦,也笼罩着这两个年轻的身体。一阵微风吹来,花巧凤不觉打了个寒战。这个轻微的动作,却被近在咫尺的曹鹏尽收眼底。一种保护花巧凤避免受凉的强烈冲动令曹鹏随手脱去身上的夹袄,披在花巧凤的身上。花巧凤没有拒绝,而是心安理得地穿着曹鹏的衣服,与他紧挨着慢慢往前行走……

两人走着走着,不知不觉来到了海边的红树林旁。洁白的月光尽情地倾泻到蓝色的海面,随即幻化出无数个闪亮的光点。"扑棱棱",一只大鸟突然从林中飞出。花巧凤吓得"啊"了一声,差点摔了个趔趄。曹鹏赶忙伸手揽住花巧凤的胳膊,一不小心竟碰到她的胸脯,一股更加强大的电流迅速传遍全身,他下意识地抽回手来,嘴里不住地说:"对不起,对不起,我不是故意的。"

花巧凤此时也顿感全身发热,脸上发烧,却不知该怎样安抚曹鹏,只好说:"哎呀!我真自私,身上都快出汗了,还让你冻着。"说着就要脱去夹袄还给曹鹏。

曹鹏把身子往一边歪了歪说:"不要闪了汗,我现在正热着呢!"

花巧凤借着月光深情地看了他一眼,又伸出一只手递到曹鹏手边,羞涩地说:"让我看看你手凉不凉!"

曹鹏迟疑了一下,迅速用一只坚强有力的大手紧紧握住她温热、滑润的小手,另一只大手轻轻揽住那纤细、柔软的腰肢。花巧凤非常配合地往前挪了半步,贴在曹鹏的胸前。两人都不再说话,任凭轻柔的海风划过他们的面颊。四周空无一人,只有海浪的"哗哗"声在为他们鼓掌祝福……

进入3月以后,南粤股价指数开始了一波快速下跌,通银证券南粤分公司大户室里的气氛也随之变得凝重起来。杨大阳虽然利用融资赚得几十万利润,因为在前期价格高点附近仅卖出股部分股票,这轮下跌已经把融资所获盈利全部吐了出来。他开始变得焦躁不安,时不时找些借口对花巧凤发一通脾气。花巧凤对他的情况比较理解,再加上与曹鹏的关系发展迅速,心情不错,所以不但不跟他计较,还总能笑脸相对。杨大阳不知其中的变化,却错误地以为是他那一巴掌镇住了花巧凤。这天中午,他又约花巧凤到小树林里见面。花巧凤为了维持与客户的良好关系,只好如约前往。杨大阳见花巧凤赴约,赶忙迎上去说:"太好了!我还以为你不会下来呢!"

"杨总真客气!你是我们的重要客户,对你提供细致周到的服务,这是我们的职责。你找我说不定有非常重要的事,我哪有不下来的道理?"花巧凤一副公事公办的样子说。

"上次不小心打到你,真是非常不好意思。今天找你过来,主要是想请求你的原谅。"

"杨总太客气了!那次根本就不算什么,我怎么能为这点小事生你的气呢?"

"不生气就好,上次的确是我不对,我性格太暴躁了。这些天我一直在想,只要你原谅我这一次,以后一定下决心改掉自己的坏毛病。"

花巧凤笑了："什么坏毛病不坏毛病的，不过是偶尔一次失手而已，我早就忘记了。"

杨大阳似乎被花巧凤的话鼓舞了，笑呵呵地说："那今晚请你看电影可以吗？"

"看电影就算了，我还有很多事要做。"

"今晚没时间，明天也行。"

花巧凤见他不死心，只好说："明晚也不行，要是我男朋友看见我跟别人单独看电影，他会很伤心的。"

杨大阳简直不相信自己的耳朵，瞪大眼睛说："你什么时候有男朋友的？"

"早就有了呀，他都追我好几年了，我一直没答应，最近想通了，就答应了。"

听到这话，杨大阳顿觉天昏地暗，一屁股瘫坐在长椅上，半天没有说话。但杨大阳毕竟也是个做事执着、不达目的不罢休的人。他不想就此认输，便咬牙扔下一句话："只要你没嫁人，我都不会停止对你的追求！"

花巧凤被杨大阳的一根筋弄得没办法，只好叹了口气说："杨总，这又是何苦呢，比我更优秀、更适合的姑娘多得是，你何必只盯着我呢？！"

杨大阳冷笑了两声说："我就只看上你了！"

花巧凤听后感觉有点难办，心想，这样聊下去也没啥意思，便借口有事匆匆上楼去了。

下班后，花巧凤越想越感觉自己与杨大阳的关系必须及时了断。但她又不想伤害杨大阳，毕竟他也没有恶意，只是不太适合自己而已。她设计了很多种了断的方案，很快又都被自己否决了。犹豫不决中，花巧凤想到了曹鹏，为什么不找他商量一下呢？于是便来到曹鹏住处，把杨大阳的情况详细介绍了一下，问曹鹏自己该怎么办。

曹鹏听罢，"扑哧"一声笑了："这还不简单？你赶快嫁给我，不就全解决了？"

花巧凤没想到曹鹏会给他出这么一个主意，伸出两只粉拳，接二连三地砸在曹鹏那厚实的胸脯上："就你想得美！"

曹鹏握住花巧凤的双手，深情地注视着她那双清澈的眸子说："我是认真的！其实不为回避杨大阳这个人，我们也该结婚了。只是有一个问题，我还没有弄明白。"

花巧凤感觉很纳闷，若有所思地问："什么问题？"

"你愿意嫁给我吗？"

花巧凤不假思索地说:"当然愿意!"

"那不就得了嘛!"曹鹏高兴得一把抱起花巧凤,把她举过头顶,在地上快速转了两圈,然后轻轻放下,对准她的香唇就是一顿狂吻。

花巧凤被曹鹏一连串的动作弄得几乎眩晕,待曹鹏稍稍冷静下来,再次以一番雨点般的香拳砸向曹鹏的胸脯,并佯装生气地说:"你这个傻子,瞎闹什么呀?人家说愿意嫁给你,又不是说现在就要嫁给你!"

"为什么不现在呢?我们都老大不小了,经历那么多波折,好容易走在一起,难道非要彼此多折磨一段时间才肯罢休吗?"

花巧凤没有回答,只是用双手箍住曹鹏的腰身,把炽热的面颊紧紧贴在他的胸前。曹鹏明白现在已无须多言,便伸手轻轻抚摸巧凤那飘逸的长发,任凭时间一分一秒地流逝……


到了3月底的时候,南粤股价指数仍未改变下跌趋势。无论是大户室,还是散户大厅,人都要比前段上涨时期少了许多。通银证券南粤分公司的营业额也因此下降了很多。为确保业绩平稳增长,欧芬不仅想方设法利用自己的社会关系到处拉有实力的新客户,还把拉新客户的任务压到分公司每个员工身上。

一天下午,欧芬通过内线电话叫花巧凤到她办公室去一下。花巧凤正好也要找她,便三步并作两步到达欧芬办公室。欧芬正坐在会客沙发上和一位中年男人面对面谈事。见花巧凤进来,指了指自己身边的位子,示意她坐下,并向那位客人介绍说:"这位是花巧凤小姐,我们大户室里最优秀的保单员之一。她是我一位非常要好的姐妹介绍过来的,吴总可直接找她开户。"转脸又对巧凤说:"这位是吴总,他是位非常成功的企业家,准备到我们分公司开户,来支持我们的工作,你必须以最好的服务质量帮他尽快办理好相关手续。"

花巧凤这几天正愁客户难拉,分公司总经理竟亲自给她送上一个大客户,心里别提有多高兴,就对那人说:"开户很简单的,只要一张身份证就行了,欢迎您来我们分公司开户!"又对欧芬说:"谢谢欧总!把这么好的机会交给我。"

谁知那位吴总手一摊说:"我叫吴忠,现在缺的就是身份证。"

欧芬则在一旁解释说:"吴总是美籍华人,他只有护照,没有身份证。"

花巧凤面露难色地说:"按规定开户一定需要身份证才行!"说完看看那位吴总,又转身看了看欧芬。

吴忠没吭声，只是微笑着把眼光瞥向欧芬。

"不要紧，你就拿他护照帮他开掉吧，不要跟任何人说我知道这件事就行。我不去管，别人也不会追究。"欧芬轻描淡写地说。

"可是按规定外国人是不能开户的。"花巧凤还是想提醒欧芬注意一下这个问题。

"让你开你就开，有什么大不了的？上面不是还有我吗?！"欧芬不耐烦地说。

花巧凤本想再坚持一下，见欧芬已流露出非常不开心的表情，又加上能到通银证券南粤分公司工作多少因为有欧芬的关照，便硬着头皮接过吴忠的护照，出门帮他开户去了。开户本身并不是什么麻烦事，花巧凤没多久就返回欧芬办公室，把股票账户和680存折交到吴忠手上。吴忠非常礼貌地向欧芬和花巧凤分别道了谢。

欧芬摆手说："不要谢我！吴总要多谢谢花小姐，没有她具体经办，你这个户还真开不出来。另外，你今后交易也需要她具体帮你办理，她就是你的保单员。"

花巧凤哪敢贪欧芬的功劳，看着吴忠说："要谢就谢欧总吧，没有欧总在这里给我撑腰，我还真不敢帮您办这个。"

这位吴总倒也是见过大世面的人，对眼前的两位不偏不倚地谢道："你们都不要谦虚了，缺少你们中的任何一个，我这个户都开不成！改天一定请你们吃饭，略表谢意！"

花巧凤心想，这个户反正已经开了，再扯其他的一点意思也没有，便起身向两人告辞。快到门口时，花巧凤想到还有要事找欧芬，便回头对她说："欧总方便时请叫我一下，我还有事要跟你商量。"

过了一会，欧芬把花巧凤叫上来问到底什么事。花巧凤红着脸说："我想请一个月假。"欧芬感觉很奇怪，就问请这么长的假干什么。花巧凤吞吞吐吐地说："我要回老家结婚了，没有一个月时间怕来不及。"

"我当啥事呢？这可是大喜事呀，哪能不允你的假?！只是你这保密工作做得也太周密了，从没有发现你还有男朋友。"欧芬用故作责备的口气说，"等你回来一定要好好补我们一顿喜酒喝才行！"

"那就多谢欧总了！我可没有保密，只是没有刻意跟大家说出来而已。另外，喜酒肯定少不了你的，等我从老家回来一定恭恭敬敬地请你和晓芳姐一起热闹热闹，到时候你可一定要赏光哟！"

"赏光，赏光，一定赏光！"欧芬的积极回应多少有些刻意冲淡因开户而闹不愉快的成分。

花巧凤和曹鹏很快登上了北去的列车。花巧凤当年果断南下的时候,怎么也不会想到北上的行程竟然在 3 年之后才得以实现。更意想不到的是,如今在她的身边还多了一个包容她、支持她、宠爱她的英俊男人。她放松地把头枕在曹鹏的肩上,闭上眼睛静静地听着"哐当哐当"的撞击声,似乎这就是全世界最美妙的音乐。

回到省城后,花巧凤与曹鹏在旅游中专学校附近找了个旅馆住了下来,由曹鹏出面把他们的班主任李老师请到校外的饭店里略表谢师之意。李老师见花巧凤已走出当年阴影,又与曹鹏走在了一起,心里非常高兴。几年前发生的那件事不管对花巧凤还是对李老师都是巨大的伤害,大家都小心翼翼地不去碰触内心的那份脆弱。但花巧凤对李老师的知遇之恩和大义灭亲却没齿难忘,她与曹鹏频频向李老师敬酒,以表达自己由衷的敬意。

送回了李老师,花巧凤来到保留着她户籍和档案的旅游中专学校,开具了结婚证明,之后就马不停蹄地登上了开往桃花谷的长途客车。一路上花红柳绿,莺啼鸟啭。车子到达桃花谷时,更是满山桃红,遍野飘香。花巧凤激动地向曹鹏指点着眼前的一草一木,给他讲述童年的趣事。

快到家时,花巧凤老远就看见妈妈坐在树底下,一边择菜,一边向路口张望,看到花巧凤领着大个头小伙来家,赶忙放下手中的活计迎了上来。花巧凤见状也加快脚步,小跑着来到妈妈近前。距离还有五六步时,两人都停了下来,相互打量着对方。花巧凤发现妈妈头上的白发比 3 年前又增加了不少,脸上的皱纹也更深地刻在蜡黄而粗糙的脸上,哪里像个 45 岁还不到的人,心里不由得一阵酸楚。她轻声地喊了一声:"妈,你怎么老成这样了?"便一头扑过去,紧紧抱住妈妈的肩膀抽泣起来。

朱良英轻轻拍打着女儿的后背喃喃地说:"傻孩子,你都长这么大了,妈能不老吗?来,让妈好好看看。"花巧凤抬起头,冲妈妈挤了个笑脸。

朱良英伸出粗糙的右手,用手背帮花巧凤轻轻抹去眼角的泪水,喃喃道:"回来就好,别哭了,再哭就不俊了!"

花巧凤明显感觉妈妈帮她擦泪时,脸被扎得有点痛,心里格外难受。但既然妈妈叫她别哭,她当然要表现得开心一些,就再次朝妈妈挤了个笑脸。当她瞥见曹鹏还傻乎乎地站在一旁赔着笑脸,便羞涩地对妈妈说:"这是曹鹏,我把他带回来给您和俺伯看看,你们要是看上了,就让他做你们的大女婿吧。"

朱良英从花巧凤先前寄回来的家信和照片中已经对女儿与曹鹏之间的关系非常熟悉,现在亲眼看到这个帅小伙活生生地站在自己面前,开心地嘴都合不拢,连声说:"满意!满意!我和你伯都说好了,只要你自己满意,我们肯定都满意。"

花巧凤则顽皮地转了转眼珠,嘟着嘴撒娇道:"妈,这可是您说的,我现在就让他喊妈了!"说完冲着曹鹏眨眨眼睛说:"还不快喊妈?!"

曹鹏得到指令后,立即声音洪亮地喊了一声"妈"。花巧凤在一边笑呵呵地鼓掌说:"这才像样嘛!"

花文礼听到外面有说话声,猜想该是大女儿到家了,便快步出门查看。花巧凤见父亲出来,脆生生地喊了声:"俺伯,我回来了!"回头又对曹鹏说:"快喊伯!"曹鹏也恭恭敬敬地喊了声:"俺伯!"一家人随即你搀我扶地跨进了家门。

一家人在门口说话的工夫,周围早已围满了看热闹的小孩。农村的孩子没见过什么事面,也没见过什么生人,所以要是谁家来了个生人,又带着大包小包,他们一定会呼朋引伴地跑来围观。花巧凤记得自己小时候也是这样,对这群围观的孩子见怪不怪,还热情地从包里取出糖果分给他们。曹鹏也是一样,见孩子们瞪大眼睛,伸头探脑,相互拥挤着看热闹的滑稽模样,想到自己小时候也这么干过,差点笑出声来。但他碍于首次拜见老丈人和丈母娘,不宜太随便,只好强压着笑出来的冲动,老老实实地配合花巧凤给孩子们分发糖果。

花巧凤领着帅小伙回家的消息很快在桃花谷传开了。来看热闹的已不仅限于这些学龄前的孩子,左邻右舍的老爷爷、老太太、大姑娘、小媳妇们也都匆忙放下手中的活计,三五成群前来瞅一眼三年多未归家的花巧凤和她带回来的小伙。花巧凤始终笑盈盈地向客人问好,曹鹏则全力配合着端茶、倒水、递烟、送糖。直到天快黑的时候邻居们才一波一波慢慢返回家去。

天黑以后,花巧凤领着曹鹏进里屋扶起了卧床休息的爷爷和奶奶。花老幺和老伴都已年届八十,这在农村已算高寿了。他们毕竟年事已高,走起路来都颤颤巍巍,很不灵便。花巧凤和曹鹏一人搀着一个,把他们扶到堂屋,安排在八仙桌主位端坐,又帮着父母把碗筷、菜饭等一一端上来。因为巧燕在天海市打工,巧鸽和巧鸭都在上中学,平日里住在学校,巧鹅和巧旺正在本村读小学,当晚,八仙桌上正好坐满8人。

饭是大米饭,菜是家常菜,却散发出浓浓的香气。花巧凤刚才去厨房端菜时从母亲口中得知,家里这两年依旧穷困潦倒,父亲听说她要带毛脚女婿一起回来,昨天好不容易才凑了点钱去街上割了几斤猪肉，还反复叮嘱她妈妈杀只老母鸡炖汤给他们吃，因此，深感这顿普通餐食的来之不易。她不停地给爷爷、奶奶、父母、弟妹夹菜，希望他们能多吃一些。而父母也心疼他们在外不易，总想着给他们多夹点。一家人你推我让，好不温馨。

饭后，花巧凤卷起袖子，系上围裙，走进低矮的厨房，要帮妈妈刷锅洗碗。朱良英心疼女儿，不让花巧凤插手，花巧凤哪里听得进去，强行把妈妈推进堂屋，按在椅子上说："这么多年也没帮你干过家务，今天一定要帮你洗一次，你和俺伯先歇着，跟曹鹏说说话，我很快就来。"朱良英只好服从女儿的安排，打发完巧鹅、巧旺一边写作业去，就安心坐下，陪着花文礼同曹鹏东一句西一句地唠着家常。

"你家里有几口人？"花文礼问。

"五口。爷爷、父亲、母亲、我和妹妹。我上面还有个哥哥，前几年结过婚就出去单过了。奶奶去世得早，爷爷也快八十了，身体也不太好。父母也都是农民，身体还算可以。妹妹二十多岁，在南方电子厂里打工，过两年也要出嫁了。"

"噢，人口要比我们家轻不少。我们家都因为多生了你巧鹅妹和巧旺弟，被罚了一大笔钱，到现在都没有翻过身。要不是巧凤这几年寄了不少钱回来，这一大家人连吃饭都成问题了。"花文礼说完，叹了口气。

"这些事巧凤都跟我说过，您和妈真不容易！这几年农业收成还好吧？"

"当农民的就这个苦命！责任田刚开始那几年还可以，家家都有余粮、余钱，后来就不行了。不遇上大事还将就能过，要是家里有人生个灾害个病，或者就像我们家这样超个生，那就完了。这两年年成好，粮食收成每年多少能增加一些，国家还搞了粮食收购保护价，钱也能比以前多卖些，可就是赶不上化肥农药这些东西价涨得快。"

"记得我小的时候，乡里面组织过农民种些莲藕什么的，现在还有这类事情吗？"花巧凤刚刚洗涮完毕走进来，听父亲说起收成情况，便插嘴问道。

"哎！别提了！你读初中那几年乡里可着劲地发动全乡栽莲藕。这种东西栽在田里，好看是蛮好看的，就是摘莲蓬、剥莲子太苦。一季干下来，不是浑身上下因为摘莲蓬被划满血道道，就是手指甲因为剥莲子被弄得离了肉，比种水稻还要苦得多呀！"说到这里，花文礼撸起裤管，指着满腿的疤痕说，"这些疤还是去年留下的，到现在都没有彻底消掉。"

花巧凤看在眼里，痛在心里，就说："的确太苦了！"

　　"苦也就算了,做农民怎么能不苦?就是累死累活也不比种粮多挣几个钱。听说刘小童来咱们乡开的那个莲籽公司都破产了,以后收再多莲籽也卖不掉啰。"

　　"那种果树该没问题吧?我们回来时,见河坝埂上的桃花开得正旺,今年桃子一定要结不少。"花巧凤又跟了一句。

　　"花开得旺有啥用?过几天这些树就要被砍掉了。"

　　"刚刚开上花,为什么要急着砍掉?"花巧凤睁大了眼睛不解地问。

　　"谁知道呢?都是上面定的,听说乡里的新书记嫌桃树品种不好,就算丰收了也卖不上好价。其实,从去年结的桃子看,还算不错。哎!反正就是折腾。听说以后要改种冬枣,说是这东西既高产,又高价,只要栽上它,想不发财都难。"

　　"真有这么神奇吗?"花巧凤和曹鹏异口同声地问道。

　　"神奇什么?还不是他们想怎么说就怎么说。听说这种冬枣树苗老贵了,卖树苗的又是新书记的朋友,你以为他真为老百姓呀?说到底还不是为了给他那个朋友推广树苗?老百姓也不傻,气得天天骂。哎!骂有什么用?胳膊拧不过大腿,大家终究还得按乡书记的意思办!"

　　"他这么瞎搞,难道就不给人讲理的机会?"花巧凤生气地问。

　　"跟你讲理?还记得当年为栽桃树,乡里派联防队把你文东叔父亲也就是你小爷的坟刨掉吗?你文东叔跟谁讲理去?还是老天有眼,当年张罗平坟种树的那位乡书记去年被抓起来了,据说有一项罪名就是从卖桃树苗的商人手里拿了不少回扣。"

　　"活该!这种人就该多关他几年!这么说这位新书记也要从卖枣树的朋友手里拿到不少回扣啰?"花巧凤问。

　　"这个连想都不用想。拿不到好处,他会那么起劲推广树苗吗!"

　　"哎,这种人真坏!拿点回扣也就罢了,好端端的桃树,眼看就要结果子,他们却要砍掉改栽枣树,就算能栽得活,还不知什么时候能结果呢?实在太可恶了!"曹鹏愤愤不平地说。

　　"什么坏不坏的,只要折腾得不离谱,老百姓也就睁只眼闭只眼不计较了,就怕来回折腾。现在枣树还没栽上,老百姓都开始议论了,过几年再换个书记,不知道又会把枣树砍下来种啥树呢?"

　　"看来农村的情况都差不多,我们老家那边也是这样。种粮食不赚钱,做点小生意吧又没有本,只好到外面打工。能干点脏活、苦活、累活都算走运的了,就怕干那些对身体有害的活。我们老家那里就有不少人因为在煤矿和石灰厂做工,得上了尘肺病。有些病人严重时气都没法出,最后活活憋死了。这种病一旦得上,很难治好。其实就算能治好,农民又到哪里弄钱去?"曹鹏也接过岳父的话茬把他们老家的情况介绍了一番。

"一言难尽呀!什么时候咱农民才能过上顺心的日子?"花文礼盯着黑漆漆的屋顶,长长叹了口气。一家人都深受感染,沉默良久。

朱良英见团团圆圆的热闹气氛被不开心的话题冲淡,感觉再聊下去更难受,就提醒大家该休息了。

洗漱完毕,花巧凤跟妈妈挤在一张床上,悄悄地问妈妈:"你看曹鹏怎么样?还满意吧?"

"人长得挺俊,也很懂事,就不知他家里条件怎么样?"

花巧凤笑了:"你怎么还在乎人家家里条件?他家也在农村,比咱家的条件稍微好一点吧,我以前写信不都说清楚了吗?"

"妈是穷怕了,不想看你们再过苦日子。"

"这个我明白,但我们都在外工作了,我也不可能真搬到他们家里一起过。以后过好过坏,还不都得靠我们自己干吗?"

"道理是这个道理,妈就是转不过弯来。"

"哦,慢慢你就会转过来的。我这几年在外面多少也挣了点钱,你就只管放心吧。家里不太好过的时候,就给我写信,我还能帮衬一下。"

"有你这句话,妈就知足了。你们在外面挣点钱也不容易,留着慢慢花吧。家里不到万不得已,不会给你们添麻烦。"

"什么叫添麻烦?你们把我养育这么大,我尽点孝心,尽量让你们过得好一些,这也是我的责任啊!"

"好啦好啦!天不早了,走了那么远路,回来后又人来人往闹哄哄的,还是安心睡觉吧。"朱良英轻柔地抚摸着女儿的头发和后背说。

躺在妈妈身边的花巧凤在一种久违的放松氛围中乖乖闭上眼睛,如同3岁孩童般甜甜地笑着进入了梦乡。

花巧凤和曹鹏在桃花谷小住几日,就要辗转前往曹鹏家举行结婚仪式。临行前,朱良英拉着花巧凤的手呜呜地掉着眼泪。按桃花谷的风俗,嫁女是件大事,娘家不仅会要求男方奉上可观的彩礼,也会准备木箱、棉被之类的嫁妆,婚礼那天娘家要请来亲戚挑着嫁妆,陪着新娘去婆家。但现在的情况是,两家相隔太远,又都不太宽裕,这样送来送去难度很大,最关键的是花巧凤坚持不给两家父母添麻烦,能简化的尽量简化。

花巧凤见妈妈哭得伤心,心里也不是滋味,想想自己这一去,就成别人家的媳妇了,妈妈哪能不伤心?但送儿千里,终须一别,花巧凤学着妈妈迎接她回家的样子,一边用手背替妈妈擦拭泪水,一边安慰妈妈:"别哭了,我给你们找了这么优秀的女婿,你还是开开心心地看着我们走吧!"说完,向爷爷、奶奶、父亲、母亲和到场送行的亲戚邻居们深深鞠了一躬,转身三步一回头地踏上了南去的路途。

曹鹏的家在黄山脚下,太平湖边。这里山清水秀,人杰地灵,是中国三大地域文化所在地之一,对中国文化的丰富发展产生了极大的影响。他们快到家的时候,恰逢满山的红杜鹃倒映在清冽冽的水中,遍野的油菜花环抱着粉墙黛瓦的村舍。

花巧凤是旅游中专毕业的,又在旅行社工作过几年,对眼前美景的价值自然十分清楚,就问曹鹏:"这么美的地方,老百姓怎么还那么贫穷呢?"

曹鹏回应道:"何止是美?徽州地区有价值的东西多了去了,等我们办完喜事,我再慢慢介绍给你听。至于老百姓为何还那么穷,这个我也一直没弄清楚。或许就跟你们大别山区一样,是被折腾坏的。你们那里不也一样风光秀美、文化深厚吗?"

花巧凤听后若有所思地点点头,对曹鹏说:"快到家了,我们就在路边歇歇脚,换换衣服吧。"于是两人就在太平湖边停了下来。

花巧凤对着明镜似的水面化了淡妆,绾起头发,插上红花,戴上曹鹏在南粤向他求婚时送的银耳环、银戒指和珍珠项链。银制及珍珠饰品相比纯金饰品要便宜不少,但花巧凤深知即使这几样东西已耗尽曹鹏手中仅有的那点积蓄,所以她一定要在今天把它们全部美美地戴在身上。

花巧凤梳妆打扮的时候,曹鹏在一旁看得发呆。花巧凤通过水中的倒影看到他傻呆呆的样子,"扑哧"笑了出来:"就知道在一边犯傻,没看过新娘子呀?还不赶快把我那件红色风衣拿出来!"

曹鹏像是大梦初醒一样,一拍脑袋:"嘿,我怎么把这事忘了?"说罢从行李箱中取出那件他专门在南粤给花巧凤选的大红色毛料短风衣,披在她的肩上,仔细地帮她扣上扣子,系上腰带,然后,扶着巧凤的双肩,深情地盯了一会,撅起嘴巴就要往前凑。

"看你猴急的样!人家刚上好的妆,要是被你蹭掉了,又得重新费事。"花巧凤轻轻推开曹鹏,娇嗔地埋怨道。曹鹏舔了舔嘴唇,咽了口唾沫,退到一边心有不甘地傻看着。

花巧凤收拾停当,又来帮曹鹏整理了头发和他那身深蓝色的西服,与曹鹏并肩站在水边看了看水中的倒影,轻声问道:"般配吗?"

"般配!"曹鹏张开双臂,一把抱起花巧凤,在原地转了起来。花巧凤吓得花容失色,一边叫着"当心落水!"一边把香拳雨点般地敲在曹鹏的后背上。两人疯了一会,曹鹏小心放下花巧凤,提起行李,激情澎湃地说了声:"回家去!"

快到家门口的时候,他们远远就见一大群人聚在路口向前张望。曹鹏指着正快步迎来的男人和少妇说:"前面是我哥和嫂子,应该是来帮我们接行李的。"待两人走到跟前,花巧凤恭恭敬敬地喊了声:"大哥、大嫂你们好!"哥嫂接过他们的行李,领着他们往家走去。

家门口的那群人也慢慢迎了上来。为首的小伙子手里举着长长的竹竿,竹竿上缠着红彤彤的鞭炮。不待4人走近,一旁的人就点燃了鞭炮的引信。随着一阵噼里啪啦的爆响,曹鹏的家门前顿时弥漫起欢乐的硝烟。胆大的孩子你争我抢地捡起地上未引爆的鞭炮,胆小的大姑娘小媳妇则捂起耳朵躲在一边。有人朝空地上撒起糖果,孩子们立刻扔下手中的鞭炮嘻嘻哈哈地争抢起来。大人们也不甘示弱,你推我搡地参与进来。就连白发苍苍的老头老太也颤巍巍地捡起地上的糖果,剥开糖纸,扔进嘴里,相互做着鬼脸,露出孩子般天真的笑容。

曹鹏和花巧凤跟着哥嫂一边往前走,一边笑容满面地与亲朋四邻打着招呼。跨进大门的一瞬间,花巧凤瞥了眼贴在门框上的喜联——

凤翥九霄百鸟欢
鹏翔万里天地宽

横批:琴瑟和鸣

花巧凤不禁有些激动,心想,真不愧中国三大地域文化所在地之一,竟写出了如此催人奋进的喜联!

踏进家门后,曹鹏和花巧凤在一位长者的主持下,完成了一拜天地、二拜高堂、夫妻对拜的仪式,双双步入了红彤彤的洞房。几天前特意从南方返家的妹妹把一碗卧着荷包蛋的花生、桂圆、核桃汤喂给花巧凤吃了下去。曹鹏儿时的玩伴和县城里的同学、朋友听说他今日大婚已早早前来祝贺，刚才人多没说得上话，现在纷纷进屋与曹鹏和花巧凤打招呼，见花巧凤美丽大方明事理，都非常艳羡。

屋子本来不大，陈设也很非常简单：一张木板床、一只床头柜、一张小条桌、一张靠背长椅而已。但布置得非常喜庆和温馨：几样家具一律漆成紫红色；床上铺着粉红色床单，码着一红一绿两床丝绸棉被，床头放一对粉红色枕头；粉白的墙上贴着两幅胖娃娃招贴画，不大的窗户上蒙着红彤彤的对联纸，窗户上、门上、床头柜上多处张贴着囍字。

屋子里很快挤满了人，大家互致问候，相互说着祝福的话。曹鹏父母见儿子领回这么漂亮的媳妇都非常开心，他们心疼两个孩子旅途劳累，眼见太阳快要落山，宾客们也到得差不多了，便齐齐过来喊儿子、儿媳先出去吃饭。

席面在曹鹏家门前的空地上里举行。一张偌大的帆布篷下紧凑地放着10张八仙桌，好几只100瓦的白炽灯把篷下照得雪亮。曹鹏和花巧凤在一位长者的安排下与爷爷、父母、哥嫂等自家人坐在正中的一桌，其余客人分别坐在四周的桌子旁。原本一桌坐8人，稍微多出来的几个人将就着挤在其他桌子上，来的都是亲友，大家图的是热闹，没有谁会在意挤不挤。

菜是徽州地区宴席的最高规格八碗八：红烧肉、红烧鸡、红烧鱼、红烧猪蹄、糯米圆子、烧竹笋、米糊汤、蜜枣甜羹八大碗，配上牛肉片、猪肝片、笋丝、小河虾、花生、瓜子、蚕豆、桂圆八小碟。酒是徽州当地的土烧酒。吃的喝的都是当地的特产，色浓，味香，曹鹏吃得满面红光，花巧凤吃得香汗淋漓。

酒过三巡，菜过五味。曹鹏领着花巧凤挨个给客人敬酒、点烟、送糖，主客尽欢，欢快的笑声穿过薄薄的帆布在清朗的山谷中久久回荡。

闹新房的环节终不可少，但亲友们觉着曹鹏和媳妇都是读书人，还是手下留情，嘴上行善为好。不过，武的可免，文的不饶。闹得最狠的还是曹鹏那帮儿时的玩伴，大家琢磨着："你小子光屁股啥样，我们还不知道？俗话说，三朝无大小，姑娘小叔都能吵，你就甭在婚礼上装大尾巴狼了！"可思来想去，还真没有什么妙招。

最后，还是那些经多见广者拿定了主意。他们把曹鹏与花巧凤拖到床上，令其盘腿对面而坐。然后，推选出一位口齿伶俐的主持人。主持人在众人的簇拥下，面向新人，手捧装有大米、小米、玉米、花生、绿豆、桂圆、红枣、核桃、板栗、莲籽等五谷五果的小竹篮，一边念念有词地说着"撒帐撒四方，华堂花烛喜洋洋，挂灯结彩凤，熄灯鹏逗强,良辰美景同共枕,半推半就上牙床……"一边把竹篮里的五谷五果撒向曹鹏和花巧凤。每撒一次,屋里的人们就爆发出一阵震耳欲聋的叫好声……

第二天天刚蒙蒙亮,花巧凤就起床帮公公婆婆收拾房间。婆婆比花巧凤妈妈看起来稍大,也是一副饱经沧桑的苍老模样,也是一样的心地善良。见花巧凤这么乖巧懂事,婆婆心疼地拦住她,让她多歇会。花巧凤诚恳地说:"妈,别客气!我也是农村长大的,小时候在家没少干家务和农活。你们为了昨天的筵席,不知辛苦准备了多久,倒是该歇一歇,让我和曹鹏多干点才是!"

曹鹏起得比较晚,见花巧凤一大早就在忙活,有点不好意思,走过来夺下巧凤手中的扫帚说:"不好意思,睡过头了,你一边歇着去,让我干一会。"花巧凤乘旁边没人,凑到曹鹏耳边悄声说道:"你昨晚太辛苦了,多睡一会是应该的!"婆婆见两人为一把扫帚夺来夺去,识趣地躲到一边去了。

吃完早饭,曹鹏领着花巧凤到房前屋后转悠了一圈。这是徽州地区最常见的民房:巨石奠基,砖块砌墙,屋顶起脊盖瓦,两边的山墙上再砌起高高的马头墙,内外墙一律刷成粉白,屋顶盖着青瓦片,马头墙上覆着小青瓦。花巧凤非常喜欢这样的建筑风格,感慨万千地说:"徽派建筑就是不一样,就连你们这样的农家小屋都这么气势雄浑、古朴清雅!"

"那是!要么怎么叫中国三大地域文化之一呢?其实,徽州文化最直观的就是建筑,以粉墙黛瓦马头墙为基本特征,讲究的建筑还会饰以砖雕、木雕、石雕,特别富丽堂皇。我们村子里就有好多明清时的古建筑,那才叫造型大气,镂刻精细,只可惜年久失修,又在'文革'时遭受人为破坏,现在大多东倒西歪,破烂不堪了。"

"这些可都是宝贝呀,等我们有钱了,一定要设法为保护这些老祖宗留下的宝贝尽点心意。"花巧凤惋惜地说。

"好主意!刚才讲到的是建筑,除此之外,徽菜、徽剧、文房四宝、新安理学、徽州朴学、新安画派、徽州篆刻、徽派版画、徽州刻书、新安医学、徽派雕刻、徽派盆景、徽州漆器、徽州竹编都是徽派文化的重要内容。"曹鹏一高兴讲了一大串有关徽文化的东西,仍言犹未尽,"就拿我们昨晚吃的徽菜来说吧,作为中国八大菜系之一,选料精良,制作讲究,风味独特,深得各方食客厚爱。"

花巧凤听得两眼发直,突然两手一拍,打断了曹鹏的话:"对了,我有主意了!等咱们回到南粤,就开一家徽派菜馆,把你刚才说的徽派建筑、徽派雕刻、徽派盆景之类的都融入这间徽派菜馆里如何?"

## 第十八章

# 张狂人异想天开　遇假闻意外爆仓

　　曹鹏和花巧凤在黄山脚下吃着美食，赏着美景，享受着美妙的新婚之乐，一晃半个多月过去了。他们带着对这片土地的无限眷恋，踏上了南下的列车。

　　回到南粤，曹鹏就收拾行李搬过来住在花巧凤先前的租住处。两人约定，花巧凤继续在通银证券南粤分公司上班，曹鹏则要利用上班的闲余时间琢磨徽菜馆的事，由花巧凤拿出 5 万元开办资金，先开间小一点的徽菜馆，待生意做起来后，曹鹏再辞职专做餐馆。

　　在花巧凤休假的这一个月时间内，南粤股价指数持续下行。杨大阳的账户资产又收缩了 20% 以上，心情极度沮丧。见花巧凤结婚回来给大家分发喜糖，杨大阳心里更加不是滋味，常常有事没事找点茬子，冲着花巧凤发脾气。花巧凤跟曹鹏两人的小日子过得正是蜜蜜甜的时候，再加上服务好大户是她的职责所在，倒也不跟他计较。

　　大户室里像杨大阳这样账户大幅缩水的炒客不在少数，整个大户室里的气氛越来越凝重，谩骂声、牢骚声不绝于耳。大家削尖了脑袋，四处打探内幕消息，希望在恶劣的市场中抓住一只牛股，以填平持续下跌造成的巨额亏损。

　　一天开盘前，杨大阳在《南粤都市报》上发现了一则令人振奋的上市公司公告：世纪科技拟于近期收购某优质资产。

　　"这可是天大的利好！"杨大阳晃着手中的报纸在大户室里激动地来回走着，"我算了一下，收购完成后，世纪科技的每股净利润至少提高一倍以上，也就是说，股价在现在的基础上至少要翻一番！"

　　"快！帮我融资 100 万，我今天要以开盘价做一把世纪科技！"杨大阳对花巧凤下着指令。花巧凤立即着手办理。

　　开盘后，南粤股价指数继续小幅下跌。但是世纪科技却跳空高开将近 15%。

"要下单吗？"花巧凤小心地征求杨大阳的意见。

"为什么不下？按照并购后的业绩，世纪科技的股价至少要翻一番，现在才涨15%，后面的空间大着呢！"杨大阳把握十足地说。

花巧凤赶紧按照杨大阳的要求，快速替他融资100万元并以开盘价下单买进。世纪科技果然不负众望，一路上涨到30%才开始震荡盘整，到下午2点以后，再次大幅拉升，全天收涨42%。杨大阳当天浮盈就超过25万元。这令他一扫前期压抑，顿时扬眉吐气起来。

跟着他开盘买入的大户们纷纷走到杨大阳的座位前，向他致以衷心的感谢："还是杨总厉害呀！看得准，出手快！我们跟着你都发大财了！"

杨大阳倒也不客气："告诉你们，听我的没错！它这才刚刚涨一天，距离翻一番的目标还有60%，你们就等着继续发财吧！"

第二天，世纪科技继续高开高走，到上午收盘时，再次大涨12%。杨大阳及大户室里参与买入世纪科技的大户们个个喜笑颜开，拍手称快。

中午的时候，花巧凤再次收到杨大阳的留言，约她到楼下的小树林里去聊聊。花巧凤不好拒绝，只好赴约。

花巧凤到时，杨大阳正靠在小树林里的长椅上，志得意满地哼着小曲，抖动着双腿。

"杨总找我有什么事？"花巧凤礼貌地问。

"没事就不能找你了？"杨大阳傲慢地反问道。

"当然可以，我是你的保单员嘛！"花巧凤说。

"明白就行！为什么结婚这么大的事都不跟我说一声？"

"你是客户，我怎么敢随便打扰你呢？"

"什么敢不敢的？我除了是你的客户，还是你的男朋友，你结婚了应该通知我一声，我也好给你包一个大红包。"

"那我就更不能跟你说了，哪有工作人员随便接受客户红包的？再说，要是我先生知道也不太好吧？"

"嘿！说到你男人，我倒想问问他是干什么的？有钱吗？"

"他就是一个办公室普通工作人员，每个月挣点死工资，谈不上有钱，但也不至于饿着。"

"哎！我说你这个人呀，跟我过多好，不愁吃，不愁穿，不愁住！"

"对不起,每个人都有自己的生活目标,我的生活目标并不是靠别人活着,所以我先生虽然现在没有钱,但我并不在乎。"

"好了,在乎不在乎,我也不想多听。不过,我对你还是非常在乎的,你要是缺钱了,跟我说一声,要多少我支持你多少。至于还不还都不要紧,只要你答应做我女朋友就行。"

花巧凤瞪大了眼睛说:"杨总,你有没有搞错?我已经是结过婚的人了,怎么还能做你女朋友呢?"

"哈哈,这你就不懂了!在南粤这个地方生活成本高,没有钱是万万不行的。我说做我的女朋友,不是让你离过婚再来找我。你可以一边跟那个男人假装过日子,一边做我女朋友,说白了就是做我的情妇,我隔三岔五给你点钱,也好让你们补贴一下生活。"

花巧凤听得脸都白了,非常生气地说:"杨总,你想多了,我并不是那样的人,建议你不要在我这个结过婚的人身上浪费时间了!"说完扭头就走。

杨大阳倒也不气,欢快地哼着小曲,目送花巧凤的背影消失在墙后,自言自语道:没有钱摆不平的事,别看你现在一副铁骨铮铮的样子,等那天清苦日子忍不下去了,还不得乖乖爬到我的床上去?!他闭上眼睛,设想如果巧凤哪天真要爬到他床上,他该用哪种招式令她服服帖帖……

下午开盘后,世纪科技不知因为什么,就像掉了魂一样,一头从高处栽了下来,短短两三分钟内股价就从上午收盘时大张 12% 变为大跌 20%。大户室内一片慌乱,乘还有不少盈利,人们纷纷以更低价格挂出卖单。但越是低挂,越是下跌,基本没多少卖单能够成交。脑子快的人赶忙命保单员抓紧撤单,以更加低得多的价格挂卖。

待杨大阳回到大户室时,世纪科技已跌破昨日开盘价,直接回到前日收盘价附近。杨大阳一天半时间所获的将近 40% 浮盈眨眼间被全部抹平,而且还被套 15% 以上。怎么办?止损吧,两天亏损十几万,实在心有不甘。但如果继续留着,按照他现在的资产情况,过了几天就极可能爆仓。杨大阳呆坐在沙发里,闭着眼睛心如刀绞似的盘算着。突然,他睁开眼,右手使劲拍了一下沙发的扶手,冲着花巧凤叫道:"快!帮我把世纪科技以现有价格全部卖掉!"说完绝望地再次闭上眼睛,深深陷在沙发里,直到收盘后好久才慢慢起身,步履蹒跚地走出大户室。

第二天,《南粤证券报》和《南粤都市报》双双刊登了世纪科技的澄清公告。大致内容是,世纪科技近期没有兼并收购等重大事项,前天的公告并非公司发布,公司已报案提请公安机关追查不实公告来源。多日以后,世纪科技再次刊登公告称,前次不实公告系外地某国企财务人员因挪用公款私自买入世纪科技后发生巨额亏损,为尽快填补亏空,刺激世纪科技股价快速反弹,竟私刻公章,以世纪科技的名义杜撰了一篇兼并收购公告,同时投至《南粤都市报》等多家南粤本地报纸。

看到报纸上刊登的世纪科技澄清公告和公安机关调查结果,通银证券南粤分公司大户室里自然是一通异常激烈的谩骂。遗憾的是,再恶毒的谩骂都无法挽回他们的巨额亏损。

自融资操作世纪科技失利以后,杨大阳的账户净资产已快速降到两位数,而且还有不断收缩的趋势。虽然他几经挣扎,试图在偏空的大市里捕捉一些短线机会,但总是亏多赚少,整个人一下子萎靡下来,成天缩在沙发里发呆。不仅不再对花巧凤发脾气,就连花巧凤找他有事,他也尽量躲避。

世间的事就是这么奇怪:你想贴近人家,总是得不到机会,一旦人家给你机会了,你倒要千方百计地躲起来了。这不,杨大阳这段日子最怕的就是花巧凤找他。

事情的起因是这样的:被世纪科技虚假新闻误导亏了一大笔钱以后,杨大阳怎么也不死心,他感觉股市已连跌了两个多月,南粤股价指数的下跌幅度也有20多个百分点了,这正是加仓大干一把的好机会,便以不到100万的净资产向通银证券南粤分公司融资200万元,全仓买进了南粤发展等几只他看好的股票。谁知他买入以后,南粤股价指数在南粤发展这只先前的龙头股带动下,三日一小跌,五日一大跌。到6月底的时候,杨大阳再次亏损60多万元,他的净资产距离归零已越来越近。

眼看杨大阳就要爆仓,花巧凤根据分公司的要求,每天早盘和午盘都要提醒他注意控制风险,该减仓就减仓,该清仓就清仓。那杨大阳本是个异常自负和要面子的人,股票市值大幅缩水,已经令他十分懊恼,现在又成天被花巧凤这个他未能得手的暗恋对象盯着提醒风险,更使他感到自尊心受到莫大伤害。一股成功人士通常会有的犟脾气一下上来了:你越是让我减仓,我越是要坚持,我就不信自己押错了方向!

然而花巧凤的话他可当作耳旁风,花巧凤的脸他却再无底气面对,不是刻意躲避她的眼神,就是进出大户室时设法绕开她。其实,不是花巧凤对他态度不好,花巧凤每次都恭恭敬敬地和他说话,生怕哪里让他不舒服,毕竟从公的方面来说他是客户,从私的方面来说他对她也没有什么恶意。杨大阳的失利,花巧凤看在眼里,有心帮他一把,却一点办法都没有。她非常清楚,这个市场看样子是要继续跌下去了,她一个小小的保单员又不可能改变市场的走向,除非杨大阳愿意及时止损,否则等待他的大概率是爆仓。

市场继续下跌,到7月中旬的时候,杨大阳账户的净资产已在盘中跌得仅剩几万块钱。为避免杨大阳爆仓,花巧凤按照分公司的要求强行平掉了他的仓位。

杨大阳在短短的几个月时间内,由身价接近200万元突然间变得几乎一文不名。当花巧凤把强平的消息告诉杨大阳的时候,他一下子瘫坐在沙发里,双手紧抱头部,半晌都没有抬起来。

花巧凤就在一旁静静地站着,她明白在这个时候说什么话都是苍白无力的。憋了很久,她终于想出一句话,就以非常理解的口吻轻声地对杨大阳说:“杨总不要难受了,凭你的才能,相信你很快还会站起来的。”

杨大阳无力地抬起头,两眼茫然地看着前方,咬了咬嘴唇说:“谢谢! 我会再回来的!”说完,快速收拾了一下自己的东西,跌跌撞撞地离开了大户室。

## 第十九章

# 横欧芬翻脸推责　倔巧凤忍辱背锅

　　股市继续下跌。自杨大阳被强行平仓以后，南粤股价指数又跌了将近20%，又有好几个大户因接近爆仓被强平。也就是说，假如通银证券南粤分公司不对杨大阳强行平仓的话，他大概率还要再亏至少40万元，而再亏的钱就是分公司借给他的钱了，到时候，杨大阳有没有能力还上这笔钱还很难说。

　　然而世间的事总是那么令人琢磨不定。自7月22日开始，南粤股市开始了一波快速拉升行情。短短的半个月时间内，南粤股价指数便反弹了50%以上。大户室里再次洋溢着欢乐的气氛，有人忙着追涨，有人忙着平仓。闲暇之余，大家也会为杨大阳等人未能熬到大反弹而扼腕叹息。然而，这就是金融，它的本质是时间的价值，根本容不得回到过去，只能老老实实地为这段时间支付相应的成本。

　　到了8月16日的时候，南粤股价指数已经反弹到2月份的高点附近。大户室里看多的声音开始多了起来，有人还拿着精心手绘的K线图在大户室里跟同伴们分享压力线与支撑线的位置。胆大的开始加仓，更胆大的开始全仓，更更胆大的开始透资。

　　花巧凤结婚前刚刚开户的那位美籍华人吴忠先生就属于那种更更胆大的乐观派。他给花巧凤递过来一张100万元的透资买入单，花巧凤快速查寻他的净资产后发现，吴忠的净资产只有不到50万元。按照先前给杨大阳等人融资的先例，帮他透资买入股票虽属违规行为，倒也是包括通银证券南粤分公司在内的很多证券公司常见的做法。但这次花巧凤却多了个心眼，因为当初帮他开户是在欧芬的强压下被迫所为。如果这次再帮他透资，万一哪天吴忠爆了仓，她花巧凤岂不是错上加错，百口莫辩？想到这里，花巧凤就把买单退还给了他。

　　"对不起吴总，你的账户净资产只有不到50万元，按规定没法再帮你买股票。"花巧凤礼貌地说。

"那你帮我透资行吗？"吴忠问。

"按规定我没法帮你透资。"

"为什么别人可以透资，我却不行？"

"别人按规定也不能透资，但现在我们分公司对部分资产质量好的客户也可以网开一面。您的资产质量没问题，但上次帮你开户的时候，我已经违规一次了，这次真的不能再违规，请吴总体谅。"

见花巧凤已把话说到这个份上，吴忠只好不情愿地撤回交易单，怏怏地回到自己的座位上。

中午的时候，欧芬把花巧凤叫到办公室。

"欧总叫我有事吗？"花巧凤礼貌地问。

"有一点小事，听说你不愿给吴总透资？"欧芬坐在老板椅里，一边喝着茶，一边漫不经心地问。

"欧总，不是我不愿意，前面帮他开户，已经违规一次了。这次再违规给他透资，万一哪天他爆了仓可就难办了！"花巧凤力图让欧芬清楚一再违规的严重后果。

岂料欧芬未等她说完，就皱着眉头，极不耐烦地说："我知道你想说什么，可是现在几乎所有的证券公司都这么做。你不能让客户满意，他们就会跑到其他地方去，那我们分公司的业绩怎么办？"

"为客户提供优质服务这个道理我是懂的，我也在尽力做好自己的工作。但对同一个客户反复违规，将来他爆仓了，我们分公司不仅要承担损失，还可能暴露其他的一些违规问题呀！"

花巧凤还想坚持自己的意见，但欧芬的态度已经从不耐烦明显转为愤怒了。她把手中的茶杯往桌上重重地一掼，杯中的茶水溅得满桌都是。欧芬用眼角扫了一下桌面，神色冷峻地说："下午开盘后你必须快速帮吴总透资买好股票，不要耽误了人家的市场机会。否则，你能负得起责任吗？"

"可是……"花巧凤还想解释，欧芬却以近乎咆哮的语气说："可是什么？是你说了算还是我说了算？"

花巧凤没法，只好像犯了错的小学生一样，一边劝欧芬不要生气，一边心有不甘地退出欧芬办公室。下午开盘后，当吴忠再次把交易单递过来时，花巧凤连问也懒得问一声，就把他的买入申请打电话报给了红马甲。

不知是吴忠运气不好，还是花巧凤运气不好。就在吴忠透资买入股票的第二天,南粤股价指数在早盘快速冲高后,便急转直下,当天大跌 15.8%,全天振幅超过 30%。此后多个交易日,每天都以大跌收盘。

到 9 月中旬时,吴忠的账户净资产已亏得只剩几万了,如果稍微再跌一点,他必然爆仓无疑。花巧凤想按分公司的要求把他强制平仓算了,但又不敢擅自做主,只好去请示欧芬。欧芬也感觉事态比较严重,找来吴忠商量对策。

"欧总只管放心吧,再给我十天的时间,我保证股价会上去!"吴忠拍着胸脯信心满满地说。

"要是股价上不去怎么办?"欧芬和花巧凤齐声问道。

"该补多少钱我就补多少钱,肯定不会让你们分公司亏啰!"吴忠一副财大气粗的模样说。

"行,那就再给你 10 个交易日的时间,如果爆仓你一定要在第一时间增加保证金。"欧芬看了看吴忠,又看了看花巧凤说。

欧芬拍板后,花巧凤只好耐心等待。但市场似乎并不买吴忠的账,此后的几个交易日,南粤股价指数在刚刚出炉的恶劣通货膨胀数据刺激下,连续跳空低开,很快跌破了吴忠的净资产。吴忠的个人资产不仅归零,还令分公司融资给他的钱亏了近 30 万元。更加麻烦的是,当初信誓旦旦要增加保证金的吴忠就像人间蒸发一样,再也没有音信。

吴忠爆仓以后,花巧凤第一时间跑到欧芬办公室,把情况当面向她做了汇报。欧芬听到消息后,一下子瘫在沙发里,沉吟半晌才抬头对花巧凤说:"这是件大事,你首先要做好保密工作,决不能把消息透露出去。同时,要想方设法联系吴忠,叫他尽快补足保证金。"

"保密没问题,我绝不会对任何人泄露半点消息。但吴忠那里我每天都打多次电话,他的手机一直处于关机状态,我这里又没有他的其他联系方式。不知欧总知不知道有没有其他的办法找到他?"花巧凤小心翼翼地问着。

"我哪有办法找到他?好像我跟他很熟一样!"欧芬莫名其妙地突然发起脾气来。

花巧凤感觉很奇怪,心想,当初开户时不就是你要我帮他开的吗?怎么突然说跟他不熟了呢?

欧芬见花巧凤满脸的狐疑表情,故作轻松地笑了笑,以非常柔和的语气说:"记住我前面说过的话,首先要保密,然后想方设法找到他。特别要提醒你注意的是,我根本就不认识这个人。你来我们分公司也快一年了,当初你来时我也是看晓芳的面子才把你招进来的,现在你工作出现了失误,我还会尽自己所能来帮你减轻责任。但如果你一定要说吴忠是我介绍给你认识的,那我可就没办法帮你了。"

花巧凤越发不明白了:明明是她介绍我认识的,在开户和透资时还强压我违规操作,说一切责任都由她来承担,怎么突然间就不认识这个吴忠了呢?

花巧凤还想说点什么,欧芬却开始下了逐客令:"快回去吧!记住,不管什么人问起来,我都不认识吴忠!"花巧凤只好极不情愿地离开了欧芬办公室。

通银证券南粤分公司发生爆仓事件的消息很快在圈子里面传开了。熟悉花巧凤的人见面就问:"听说你负责的客户爆仓了。哎!你工作那么认真负责,业务那么熟练,怎么能在他快要爆仓时不及时把他的仓位平了呢?"

花巧凤自知瞒是瞒不住了,解释也解释不清楚。每每遇到有人问吴忠爆仓的问题,她只好笑而不语,一个人默默承受着巨大的压力。

然而仅靠沉默是解决不了问题的。通银证券总部得知南粤分公司发生爆仓事件后,特意成立了调查组。调查组一共有3人,在南粤分公司专门辟一间办公室作为调查组的工作间。花巧凤因为是具体经办人,所以在调查组来到的第一天便被叫去问话。她虽然问心无愧,但同时面对三张陌生而严肃的面孔,心里还是有点发虚。

听完花巧凤对事件前因后果的详细介绍后,调查组负责人问:"对这位吴忠,你们分公司还有谁认识?"

花巧凤想到欧芬反复强调自己不认识吴忠的话,只好说:"好像没有其他人了。"

"好了,你可以回去了。"调查组对花巧凤的问询就这样很快结束了。

几天后,调查组再次把花巧凤叫去问话。这一次调查组三人的态度都要比上次严肃得多。花巧凤刚一坐定,为首的那位负责人就以一种异常冷峻的口气说:"经过我们的全面调查,现在所有的证据都指向了你。听说你与这位吴忠关系非常密切,他不仅是你的客户,还是你的男朋友,你试图通过这种关系申请美国绿卡。另外,你们之间有合谋恶意透资嫌疑。请你解释一下,到底有没有这回事?"

花巧凤一听,脑袋嗡的一声,像要炸裂一样。她双眼直愣愣地看着这位负责人,嘴唇颤抖着说:"我刚刚结婚回来,怎么可能做他的女朋友?他仅仅是我的客户而已,我帮他办理业务,没有任何的个人利益在里!"

"这么说是我们冤枉你了?!"负责人冷笑着说。

"我的确是被冤枉的！"花巧凤满眼含泪，一字一顿地强调。

"冤枉不冤枉不是你自己说了算，也不是我们随便说了算，一切都看证据！今天的问话就到这里，你可以回去了。"负责人说。

花巧凤浑身颤抖着走出问讯室。她没有立即回到自己的座位，而是敲开了欧芬的办公室。

"欧总，调查组刚才又找我问话了，他们不仅说所有责任由我一个人承担，还说我是那个吴忠的女朋友，这简直就是胡说八道！"

"要你承担你就承担吧，没什么大不了的！"欧芬轻描淡写地说。

"可是你知道我是冤枉的，请你替我澄清这些不实之词。"花巧凤以近乎乞求的语气说。

"我怎么替你澄清？我又不认识吴忠，所有的事情都是你一人经手完成的。"欧芬态度坚决地说。

"那位吴忠明明是你介绍我认识的呀！"花巧凤近乎哭了出来。

"谁说是我介绍的？有证据吗？"欧芬的嘴角露出一丝不宜觉察的笑意。

花巧凤自知再辩无宜，只好跌跌撞撞地离开了。

几天后，通银证券南粤分公司在大户室里召开了一次全体干部员工大会。会上，调查组宣布了对这次爆仓事件的调查结论：花巧凤因违规帮助美籍华人吴忠开立证券交易账户并违规为其透资，在其接近爆仓时又不及时采取平仓措施，致使分公司遭受巨大损失，应承担全部责任。经组织慎重考虑，给予花巧凤严重警告处分，停发工资 3 个月，调后台工作；南粤分公司欧芬等相关领导管理不严，应负领导责任，给予公开批评处理。

结果宣布完毕，花巧凤看到坐在主席台上的欧芬一脸事不关己的样子，气得浑身颤抖。她突然从座位上站起身来，狠狠地把不久前刚买的摩托罗拉手机摔在地上，快步走到门边，猛然拉开门，一步跨到门外，再"哐当"一声狠狠地把门带上，昂首阔步离开了会场。

花巧凤被发配到了后台，做些清算、归档之类的工作，下班后读读书，与曹鹏一起筹划筹划徽菜馆开办事宜，日子过得倒也轻松。就在这段时间，通银证券南粤分公司发生了一起因老鼠仓获刑事件。

事情的起因是这样的：大户室保单员曾某利用工作便利，在帮大户下单重仓买入股票前,会顺便利用她控制的账户先买入一点同一股票,然后在该股股价由于大资金购买而快速上涨后及时平掉自己的仓位,从而每天稳获几个百分点的利润。本来这类事情在业内差不多是公开的秘密,欧芬对这类老鼠仓行为管得也比较严,分公司开业不久就因老鼠仓开除过员工。但因为收益确定,利益巨大,监管难度高,这类事件一直都未能真正禁止,就连花巧凤后来也忍不住利用李晓芳的账户偷偷做过几笔交易,只是资金规模不大,所以从没被发现。但这位曾小姐却越干资金量越大,终于东窗事发,并引来公安机关的介入,最后被判有期徒刑3年。

短短半年时间内,通银证券南粤分公司就经历了外国人违规开户爆仓和老鼠仓判刑两件大事。通银证券总部对欧芬在南粤利用公司资源结交权贵搞独立王国本来已有所防范,这下正好借机把她调回总部。岂知欧芬在南粤苦心经营一两年,成天跟各方权贵密切交往,早已羽翼丰满。在接到调回总部通知的第二天,欧芬就高调地向通银证券总部递交了辞职报告。几天后,她开始以中成证券总经理助理的新身份重新活跃在南粤政商各界高层。

## 第二十章

## 徽菜馆开门迎客　营业部挖来高人

经过几个月的紧张筹备，曹鹏的徽菜馆终于在 1994 年 1 月 1 日这天隆重开业了。这间名为"凤鹏徽菜馆"的小菜馆距南粤湾不远，处于人流量大的闹市区。虽然菜馆面积并不大，但从门脸到内部陈设无不融入徽文化要素。菜馆的牌匾特意请徽州当地书法大家赐字，以木雕技术精心刻在香樟木上。大厅里整齐地摆放了 6 张八仙桌。考虑到食客的私密需求，另辟 4 间包房。

为感谢好姐妹李晓芳这些年来对自己的照顾，花巧凤在 1 月初的一天晚上把李晓芳请来菜馆小酌。李晓芳一进菜馆就被曹鹏迎进了包间，在这里，花巧凤早已等候多时。两姐妹多日不见，今天在花巧凤自己的菜馆相见，自然少不了一番嘘寒问暖。曹鹏倒也识趣，为两人泡好黄山毛峰就悄悄退出包房，掩上房门。

"巧凤呀，你自打结婚后，真是越来越漂亮了，看来这位曹先生没少滋润你哟！"

"晓芳姐，看你说的！你是过来人，你这么漂亮，莫不是拿督先生天天滋润的？"

"哎！别提那死鬼了，连个鬼影都难见到，害得我独守一大座空房子！早知道也像你这样找个能长年陪伴在自己身边的靓仔了！都怪我财迷心窍，找了个中看不中用的老男人！"李晓芳凄然地说。

"晓芳姐，别难过，都是我不好，不该跟你说这些话。"

"唉，哪能怪你！路是我自己选的，这个话题也是我先说出来的。其实我也是最近才开始慢慢明白，凭我自己的本事未必挣不到钱，做不成事，以前做导游的时候，钱不也没少挣吗？只是后来见到李钦文不知怎么就被他迷上了，鬼使神差走上这条路。我已经想开了，过段日子跟李钦文好好谈一谈，要么他离婚娶我，要么我们分手，我再好好找个人嫁了。"

说话间，曹鹏敲门给她俩端上来三菜一汤：红烧臭鳜鱼、香菇板栗烧仔鸡、香菜炒臭干、石饵肉片汤。

"晓芳姐，先来尝尝可不可口？"花巧凤说着给李晓芳夹去一大块臭鳜鱼。

"哇！真不可思议，闻着臭，吃着香，天下还有这等美食！"

"好吃就多吃点吧！"花巧凤又给李晓芳夹了一大块臭鳜鱼。

"好妹妹，别光顾着给我夹，你自己也要多吃点嘛！对了，你最近工作怎么样？"

"别提了！通银证券南粤分公司那里这半年出了几档事，闹哄哄的。本来总部那边要惩罚一下欧芬的，谁知人家门路多，反倒跳槽去中成证券做总经理助理去了。"

"那就是升官了？"

"可不是吗？！据说是监管部门的老大直接跟中成证券打的招呼。"

"哦，我早就看出来她不是等闲之辈！不过，她走了以后，你怎么办？"

"她走不走对我其实没什么影响。你也知道，当初虽然是你把我推荐过去的，但她并没有拿我当嫡系，人家有自己的人。"

"嗯，这个我明白，她不过就是我生意上一个老顾客而已，我跟她也没有什么深交。"

"不过，说来也巧，接下来我可能也要到中成证券去。"

"是她把你带过去的吗？"

"不是。中成证券正好要增开一个营业部，想挖我去做交易部经理。我因为在大户室做保单员时能力和业绩都比较突出，在业内也算有点名气。虽然前面出了爆仓事件，但人家也明白我不过是个替罪羊而已，所以就想把我挖过去。"

"太好了！看来你也算升官了！"

"晓芳姐，你又取笑了，这算什么升官？不过是因祸得福罢了。"

"你从一个办事员升为交易部经理还不算升官吗？来，用你的毛峰敬你一杯！"

花巧凤赶忙端起茶杯迎了上去，"哐当"一声，两只茶杯溅起了高高的水花。

"对了，咱们把手中的股票卖掉那么久了，中间你虽然搞过几次老鼠仓，但也没赚到大钱。什么时候咱们才可以再大干一把呀？"

花巧凤摇了摇头说："晓芳姐，老鼠仓的事情，以后千万不能说，我也不太可能再做了。至于什么时候再大干一把，这个还真很难说，现在一年期银行存款利率都到 10.98% 了，谁还愿意把钱放到股市里冒风险呀？再说了，马上又要有大批新股发行，票多钱少，今后很长的时间内都不太可能有机会了。"

"这么说，还不如把钱存到银行里啰？"

"那当然,先把钱存好,等机会来了再出手吧!"

1994 年 1 月中旬,花巧凤正式来到中成证券滨海营业部上班。她首先敲开了营业部总经理王永富的办公室。

王永富是位接近六十岁的老同志,虽然头发已经全白,却面色红润,腰挺背直,精神矍铄。见花巧凤如约而来,腾地从老板椅里坐起来,张开大手热情地捏住花巧凤柔软的小手,声如洪钟地表达了他的欢迎之意:"巧凤,你来得真准时呀!来了就好,这下我老头子可有好帮手啰!"

花巧凤被王永富捏得生痛,又不好把手抽回来,只好皱着眉头苦笑了一下。

王永富见花巧凤笑得不自然,忙问:"怎么了?是不是身体不舒服?"

花巧凤只好如实回答:"我身体很好,就是您老的手劲实在太大了!"

王永富这才反应过来,随即收回手来,爽声哈哈大笑:"你看我高兴的,把小姑娘手捏痛了都不知道,哈哈哈哈!来来来,别介意,我带你各处转转!咱们营业部刚成立不久,工作人员都是新人,大家听说有个美女经理要来,都眼巴巴地盼望能早日见到呢!还有大户室里的那些富豪们,更是急得不行!"说着,就领花巧凤各处介绍去了。

花巧凤所到之处,果然就像王永富所说的那样,无论男女老幼,大家都对她的到来表示了热烈的欢迎。当花巧凤走进大户室后,大户们更是爆发出雷鸣般的掌声。

"怎么样?老板们,我没骗你们吧?这位花经理不仅长得漂亮,还非常有才,专业能力在业内小有名气,我们费了很大力气才把她挖过来!她善于为客户提供周到细致的服务,你们就偷着乐吧!"王永富扯开嗓门,不吝赞美之词地夸着。

花巧凤没想到王永富会这么夸自己,羞得满脸通红,连连摆手说:"多谢王总肯定,我哪有那么好,今后还承蒙各位老板多多支持!"

"支持,我们都支持!"大户室里再次爆发出热烈的掌声。花巧凤忙向他们深深鞠了一躬。

"花经理能帮我们介绍一下现在的市场形势吗?"不知是不是要有意试探一下花巧凤的专业能力,大户室里有人抛出了这么一个专业性很强的问题。

幸亏花巧凤平日里对经济金融知识学习领悟较深,对这个问题倒真能说得清楚,只见她轻轻清了清嗓子,笑呵呵地说:"这个问题专业程度高,我试着说说吧。首先,国家对股市是非常重视的,前年国家成立了证监会,去年中央发文正式承认中国证券市场进入试验阶段。所以,股票投资也是参与国家经济建设的正经事业。第二点我想提醒一下大家,目前宏观经济过热现象突出,通货膨胀压力大,国家收缩银根的力度很大,也就是说市场上资金会越来越紧张;还有,这两年新股发行节奏越来越快,股票越来越多,所以短期内市场难以走牛。"

"好!说得太好了!"花巧凤的发言引发了大家的高度认同。有人马上又抛出一个问题:"那你说说既然没有牛市,股票还能不能做?"

"当然能做!一种方式是等股价跌到位了再买,另一种方式是打新股。现在新股一上市就能几十、几百倍地涨,如果多弄些账户,中的新股多了,收益也是非常可观的!"

"有道理!打新股我们都明白,现在我们都在做。只是什么叫跌过头,还真是很难说,你能帮我们解释解释吗?"

"这个我也只懂点皮毛,现在也讲不太清楚。不过没关系,等过段日子我给大家请一位股评家过来,由他每天给大家分析一下市场行情和投资机会怎么样?"

"太好了!"大户室里再次爆发出热烈的掌声。

王永富和花巧凤在大家的掌声中退出大户室。王永富把花巧凤一直送到她的座位旁,诚恳地说:"刚才你也看到了,大家都对你寄予厚望,希望你好好发挥自己的专业优势,把咱们营业部的业绩快速做上去!"

"谢谢您,王总!我会努力的。"巧凤语气坚定地应道。她麻利地收拾好自己的物品,以极其饱满的热情很快进入了新的工作状态。

花巧凤到中成证券滨海营业部以后,陆续从通银证券南粤分公司带来一批大客户。这些大客户有个共同的特点,那就是只认花巧凤,不认证券公司。没用多久,滨海营业部果真如王永富所期待的那样,因为花巧凤的加盟,各项工作很快走向正轨,并成为业内一块响当当的牌子。

春节过后,王永富为进一步招揽大客户,准备对现有的大客户搞点回馈活动,便召集各部门经理商讨回馈大客户的具体办法。他开门见山地说道:"去年2月以来,股市持续下跌,我们这个诞生于熊市的营业部竟然这么块就立住了脚跟,各位功不可没,功劳最大的我不说大家应该也都知道,她就是——"说到这里王永富停了下来,似乎有意制造悬念,又似乎为了加强仪式感。

在场的部门经理其实也都知道他指的是谁,纷纷将目光转向花巧凤,并小声嘀咕着花巧凤的名字。大家的反应令王永富很满意,他爽朗地笑着说:"对,花经理！没有花经理带过来这么多优质客户，我们的业务很难在这么短的时间内就走上正轨。不过，花经理来的时间太短，我们今天还不能给她什么奖励，只能先口头表扬一下。为了支持花经理的工作，我们可以给总资产较多的大客户来点回馈。大家看买点什么东西送他们比较好？"于是大家七嘴八舌地议论起来，有人说请吃饭，有人说送纪念品，有人说组织旅游，有人说返还佣金……王永富见大家意见一时难以统一，就把问题抛给了花巧凤："客户那边主要是你联系得多，还是你说说看吧。"

花巧凤刚来不久，本不打算多言，但见王永富点名要自己说，感觉不好拒绝，只好回应一下："其实，大家的建议都挺好的，只要能让客户满意，就可以尝试。以我看，第一，这些大客户都手握重金，一般的回馈，他们不一定看得上眼，开销大了呢，营业部也未必承担得起。既然要回馈，最好少花钱或者不花钱，但能针对他们的需求。从我跟他们接触的情况来看，这些人最需要有人帮他们解析宏观形势和提供投资思路。所以我建议咱们营业部最好能请一些这方面的专家隔三岔五来讲一讲，专家费用可由我们营业部出。第二，刚才也有同事说了，返还佣金在实质上可以降低他们的交易成本，这个办法他们应该也会非常欢迎。另外，买点实用性强的礼品有利于我们拉近跟这些大客户之间的关系，听说最近新出的一款摩托罗手机不错，价钱也不是太高，可以买一些送给他们。"

王永富见花巧凤的思路比较有意思，带头鼓掌表示肯定，并当场指派相关人员去具体落实。此后不久，中成证券滨海营业部每月都会邀请一位经济或行业专家前来答疑解惑，这一活动成为滨海营业部稳定老客户，吸引新客户的一大法宝。

至于那款新出的摩托罗手机，那些大客户拿到以后也都高兴得爱不释手。虽然他们都是有钱人，但白给的东西又那么时髦好用，为什么要拒绝呢？

你别说，花巧凤还真遇上了这么一个坚决不要营业部礼物的人。当花巧凤把按一年交易总额换算出来的几万块钱佣金和一部崭新的摩托罗手机送到这个人手里时，他说什么也不要。这个人姓马，名顺天，是一家国有企业派驻在营业部的现场操作人员。马顺天在那家国企里并非等闲之辈，而是副总经理。据说他在南粤证券交易所成立之前就在股市里小试牛刀，大赚过几笔。后来，这家国企负责人想参与股市，就想方设法把他挖了过来，委任为公司副总经理，但不参与公司的日常经营管理，只负责在证券营业部具体从事股票交易。

马顺天掌管的炒股资金共有 1.5 亿元以上，这在滨海营业部大户室里可是一等一的大客户。不过,这么大的资金量,马顺天也不敢怠慢。特别是在当前市场低迷、二级市场风险巨大的情况下,他基本不从事二级市场的买卖,而是按市场上通行的做法,从外面买了几十个身份证,开了几十个账户,再把这几十个子账户挂到一个主账户下从事新股申购业务。自1993年以来,新股批量上市,他管理的资金量又十分巨大,所以收益非常可观。到1994年6月底的时候,马顺天管理的账户就获得了近4000万元的净收益。

就在马顺天在新股申购上如鱼得水的时候,他突然有好几天没进营业部。花巧凤多次打他手机,均被告知已关机。花巧凤好生纳闷:这位马顺天到底怎么啦?

"丁零零"一阵急促的电话铃声打断了花巧凤的沉思。她打开手机一看,是一个陌生的固定电话号码,接通一听,原来是马顺天。

"喂!花经理,我是马顺天呀!"

"晚上好,马总!这几天一直在找你呢。"

"哎!别提了,我手机可能被监听了,现在是用投币电话给你拨过来的。你最近就不要拨我手机了,过几天我会到营业部取东西。"

挂掉电话后,花巧凤更加不解了:马总到底怎么了?该不会是特务吧,不然手机怎么会被监听呢?如果真是特务,那自己不会被连累吧?想到这里,她感觉脊背凉飕飕的,尽管7月的南粤热得要命。曹鹏还在饭店里忙活,花巧凤也无法把这种莫名的忧虑向人述说,只好拧开水龙头,洗把脸清醒清醒,继续埋头读书。

凤鹏徽菜馆最近生意不错,曹鹏已辞去南粤银行办公室的工作,全身心投入其中。为解决人手问题,曹鹏从市场上招了几位小姑娘,还把自己和巧凤在外打工的妹妹曹娟和花巧燕拉到饭店参与日常管理。自家人已有三个在饭店忙活,花巧凤自然落得个清闲自在,她很少操心饭店的事情,只把时间重点投入到营业部工作和自学财经类课程上了,偶尔也会去徽菜馆转悠转悠,或请上几位朋友一起品尝一下徽菜。有意思的是,但凡跟花巧凤一起品尝过徽菜的朋友,都对他们的饭菜质量赞不绝口,并经由他们为饭店带来了更多的稳定客源,倒是有点无心插柳柳成荫的味道。

曹鹏回来的时候,花巧凤已经洗漱完毕,准备上床睡觉了。"今天怎么回来这么晚?你要注意休息,不要累坏了身体!"花巧凤心痛地说。

"今天客人特别多,来了一茬又一茬,我看用不了多久,我们这家小饭馆就得扩大门面了!"曹鹏开心地回道。

　　见曹鹏那么开心,花巧凤也心情大好,把之前马顺天打电话的事一下子抛到了脑后,就故意逗曹鹏:"那好呀!我反正已经帮你提供起步资金了,往后再怎么扩大规模都是你自己的事了。"

　　"那是当然!我哪能一直靠老婆呢?"

　　"有你这话我就放心了!我就知道你是一个能干成事的人,不过你可要记住哟,你的饭店今后无论做多大,老板可都是我!"

　　"哈哈!没问题,我情愿一辈子当你的打工仔!"曹鹏说着凑近巧凤狠狠地亲了一口。

　　"滚,滚,滚!一身臭汗,还不赶快去冲个澡。"花巧凤嗔道。

　　曹鹏转身冲洗,很快就回到花巧凤身边,一本正经地说:"对了,我突然想起一件事,最近来店里吃饭的有很多股民,我听他们在吃饭时谈起股市叫苦连天,骂声不绝,你在营业部的工作还好吧?"

　　"噢,咱们饭店大掌柜居然关心起股市了?!"

　　"不是关心,只是顺便问问,我看股民情绪都不太好,担心你的工作也受影响。"

　　"这样呀!我们还好。从去年2月以来,股市已经下跌将近一年半了。很多人亏损很厉害,那些爆仓的就更苦了,说不定正常的生活都过不下去,有点情绪也避免不掉。但股市就是这样,有赚就有亏,既然参与进来,就要做好亏钱的准备。"

　　"股民都亏了,你们能不受影响吗?"

　　"我们呀现在看来影响还真不大,只要股市还在开着,每天都会有买有卖,我们都会有佣金收入,而且3‰的佣金率带来的收益还是很可观的。当然,如果是牛市,参与的人就会更多,那我们的佣金收入也就会更多。"

　　"嗯,你这样讲我就放心了。但我看那些股民倒是挺可怜的,好不容易凑点钱投到股市里,盼着发财后改善改善生活呢,结果反而亏损累累。"

　　"没想到你还挺忧国忧民的!其实国家对股市下跌也操碎了心,今年3月证监会当家人宣布了'四不'政策,也就是新股半年内不上市、年内不征收股票转让所得税、公股个人股年内不并轨、上市公司年内不得乱配股。就这样,市场也只是反弹半个多月,紧接着就是更猛烈的下跌。其实,光靠证监会出点政策用处不大,现在整个国家经济都处在紧缩状态,市场上资金非常紧缺,股市怎么能涨得起来呢?"

曹鹏似懂非懂地点点头说："这么说，今年股市是没有机会了？"

"那倒也未必！现在很多股票的价格都非常低，有点跌过头的味道。证监会3月中旬就对股市下跌那么着急，现在都到7月底了，市场又跌了那么多，说不定国家还会出台什么更大的措施。"

"嗯，还是夫人眼光独到呀！"曹鹏由衷地夸道。

"先别忙着夸我。你刚才提到的事，倒也提醒我了，明天晚上我要约晓芳姐过来吃饭，你给我留个房间吧。"

"得令！别说留一个房间，明晚你来包场都没问题！"说着轻柔地搂过巧凤，享受起甜美的两人世界……

第二天，花巧凤和李晓芳在凤鹏徽菜馆商定两人各出资30万元，由李晓芳根据花巧凤的指令买入相关股票。花巧凤随即从银行取出30万元积蓄转账到了李晓芳的账户上，只待花巧凤一声令下即可开始买入。

7月28日，南粤股价指数在1993年2月见顶以来，已经累计下跌超过70%的基础上，再次低开低走，人气涣散到了非常极端的程度。中成证券滨海营业部里，不管大户、中户，还是散户，莫不惊慌失措，纷纷夺路而逃。

花巧凤带领的交易部一帮人被市场搞得手忙脚乱，往往一个卖单刚刚挂出，股价就下跌了好几个百分点。于是欲卖出的客户赶忙撤回先前的卖单，再挂上更低的卖单。如此越挂越低，个股价格早已跌得不成样子，很多股价已接近或跌破净资产，似乎世界末日已到，卖点钱是点钱，哪里还顾得上卖贵卖贱。

花巧凤见时机已到，就趁中午休息的时间悄悄给李晓芳打了个电话，要她下午先拿出两人总投入的2/3也就是40万元，平均花费8万元分别买入南粤银行、南粤地产等5只股票，买入价格在上午收盘价以下即可。当天下午开盘后，南粤股价指数果真疯了一样继续下杀，到收盘时大跌3.96%。

然而，7月28日的南粤股价指数并非此轮下跌的最低点。7月29日，南粤股价指数在前一天的基础上再次快速下跌，到上午收盘时，又跌了近2%。两人前一日买入的股票已差不多亏损了3万块钱，花巧凤心里多少有点痛，每人1.5万元的亏损，这可是一笔不小的损失啊。更要命的是，花巧凤虽然确信自己买入的这些股票都非常廉价，绝对物超所值，但一点也不清楚这样跌下去何时才是个头。

花巧凤利用中午休息的时间，一个人躲在会议室里对这次买入的理由重新进行了梳理：股价便宜、管理层着急。对！股价实在太便宜了，她不能错过这么好的廉价买入机会,至于管理层会不会再出台什么更有针对性的利好措施就不是她花巧凤能猜得到的了。想清楚以后,她给李晓芳拨了电话,要她务必在下午开盘后以尽可能低的价格用剩下的 20 万元继续增持昨日买过的几只股票,平均每只股票 4 万元。

下午,南粤股价指数继续下跌,最大跌幅接近 2.5%。直到下午一点半以后,指数才稍稍缓了口气,在一些零散买盘的推动下逐渐走高,当天竟小涨 0.01%。从营业部大户室里的专业投资者手工画出的 K 线图来看,当天算是收出了一根带上下引线的红十字星。懂技术的都明白,这种 K 线形态出现在下跌趋势中意味着下跌已接近尾声,接下来可能会有一波反弹行情。至于反弹的力度还要看有没有什么利好刺激,利好越大,反弹力度就大。

真是无巧不成书。7 月 30 日,《人民日报》公开发表了证监会与国务院有关部门共同推出的稳定和发展股市“三大政策”:暂停新股发行与上市、严格控制上市公司配股规模、扩大入市资金范围。文章发表后,大家奔走相告,一致认为这三大措施都是实实在在的大利好,前两大政策明确限制了股票供应,第三大政策则意味着要有大量的新增资金进入市场。股票供应总量不变,入市资金会大量增加,股市岂有不涨的道理?

花巧凤看到《人民日报》的消息后,长长地舒了一口气,心想,自己极可能歪打正着,在这轮长近一年半的下跌中,抄到了最低点!

8 月 1 日,南粤股价指数果真跳空高开,憋足了劲地往上蹿,似乎要一口气把一年多的损失补回来。营业部的角角落落里到处洋溢着久违的欢乐气息。手中有钱的大户小散争相补仓抢筹,没钱的纷纷打听能否融资进场。股票买入申请单雪片般地飞向交易部,花巧凤和她的同事们忙得焦头烂额,头昏脑涨。为争取时间,花巧凤他们就连上厕所都跑步前进,中午吃饭就更免谈了,草草咬了几口饼干,便立刻投入到紧张的工作中。到当天收盘时,南粤股价指数大涨 26.2%,成为南粤交易所成立以来单日涨幅最猛的一天。

狂飙的势头并没有立即结束,此后一个月时间内又出现过几次单日超过 10% 的大涨。到 9 月初的时候,南粤股价指数从最低点上来累计涨了一倍多。花巧凤和李晓芳的账户浮盈已有 100 多万元。眼看一月之内获得如此巨大的收益,花巧凤心里自然是乐开了花。但她也明白宏观经济形势依然严峻,紧缩的货币政策和财政政策没有根本转变,所以决定趁市场热度未散,把股票全部抛掉,尽快把利润装进口袋。

几天后,当李晓芳把本利近 80 万元资金转进花巧凤的银行账户时,花巧凤盯着存折上的数字仔仔细细地数了一遍又一遍。她简直不敢相信自己的眼睛,更不敢相信自己能在这么短的时间内就接近成为一名百万富婆。她悄悄地收起存折,尽可能用读书的枯燥去平复内心的激动。

9月第一周过后,南粤股价指数渐渐上涨乏力。连续横盘近三周以后,南粤股价指数选择向下突破。9月29日,南粤股价指数盘中大跌超过16%,至收盘时大跌8.22%,留下一根长长的下影线。但这根下影线立即被第二天的大跌7.79%填得满满当当。10月5日,国务院证券委员会为限制股市过度投机,决定自1995年起取消T+0回转交易,实行T+1交易制度。南粤股价指数应声大跌11.9%。一轮轰轰烈烈的井喷行情戛然而止,市场重新步入漫漫熊途。

10月中旬的一天下午,花巧凤正和交易部的同事们整理当日交易材料,马顺天突然出现在大家的面前。见到马顺天的一刹那,花巧凤愣了一下,但随即恢复了平静。她热情地和马顺天打着招呼:"马总回来了!快坐快坐!"紧接着,非常惋惜地叹了口气说,"真可惜,你完美错过了这一轮井喷行情。"

马顺天嘴角轻微撇了撇说:"什么可惜不可惜的,错过就错过了吧,花经理能出来一下吗?我有话要跟你说。"

花巧凤原本担心马顺天会连累到自己,但现在看他出现在面前,加上自己又没有跟他合伙做过什么坏事,就自然放松了紧绷着的神经。她把马顺天带到空着的会议室里,随手关上门,关切地问道:"马总这段时间是不是遇上什么大麻烦了?"

马顺天神情落寞地应道:"可不是吗?我差点被抓起来了!"

花巧凤听后大吃一惊,忙问:"因为什么?"

"还不是因为这笔炒股资金!这笔钱是我们公司老大从流动资金里挪出来的。本来仅仅把资金挪作他用,问题也不是太大,问题是他把这笔钱投入到私下成立的公司用于打新股,而且还把打新股赚到的钱全部私下分掉。也不知是谁走漏了风声,有人向上级举报,办案人员很快就开进了公司,所有公司高管和财务人员全被严密控制。"

"哦,原来是这样。"看来这件事除了炒股资金放在滨海营业部外,其他跟自己完全无关,花巧凤悬着的心终于放了下来,接着问马顺天,"那你应该也分到了吧?"

"是的。如果没分到,我就彻底没事了。不过,这件事跟我关系并不太大。公司老大和几个主要负责人怎么成立的公司、怎么挪用的资金、怎么具体分配的利润,我都一概不知。"

"你也是公司的副总经理,为什么对这些事都不知道呢?"花巧凤不解地问。

马顺天把身体往后靠了靠,仰起头盯着天花板,深深地换了口气说:"有时候,一个人不是知道得越多越好。我的特长和爱好都是炒股,所以在公司里与炒股无关的事我尽量不去过问,也根本没兴趣过问,偶尔撞上他们谈其他事情,我都会马上走开。再加上我长期在证券公司大户室里待着,公司的日常管理基本也没有参与,所以对公司里发生的事情知道的非常有限。"

"这么说,你就是个只有副总经理名头的办事员啰?"话刚出口,花巧凤便感觉自己问得有点鲁莽,赶忙补了一句,"对不起马总!刚才这么问有点不礼貌。"

"嗯,不要紧,你说得也的确是事实吧。不过,还真是多亏了我只是个挂名的副总经理。也许正是因为我对抓权不感兴趣,今天才可以重新回到这里。前几天,办案人员最后一次对我问讯时,手铐都带上了,随时都可能把我抓走的样子。"马顺天幽幽地说道。

"这么严重呀!"花巧凤惊得下巴都快掉下来了。

"是呀!我当时也被吓坏了,心想,是祸躲不过,那就听天由命吧。我心里很清楚,除了公司分给我的那点打新股收益,我没有任何其他经济问题。你想想,就连你们营业部平时给我送些小礼品,返还点佣金我都不要,我还能跑到公司里面占什么便宜吗?至于他们问的问题我全部如实回答,一点也没有隐瞒,更没有胡编乱造。其实,就算我想编也不知道该怎么编。办案人员一开始态度非常严厉,后来大概看我的确什么都不知道,也没有其他经济问题,才渐渐和气起来。最后他们只是轻描淡写地说了句'你先回去,有事我们再找你。'"

"马总对自己要求一向严格,这一点我非常清楚,也非常钦佩您的为人!那他们后来又找你了吗?"

"找了,但没有再问讯,只是宣布对我的处理结果:撤销公司副总经理职务,上缴全部私分的打新股收益。"

"哦,有点可惜,那些钱可是你辛辛苦苦挣来的,不过人没事就好!"

"也没啥可惜的,反正打新股的资金也不是正常渠道来的钱,生了利也本该还回去才是。至于职务嘛,也没啥大不了的。其实相比其他几位高管,我算是最幸运的,他们都被抓起来了,接下去还不知道要被判多少年呢。"马顺天平静地说。

"啧啧,真险!看来我应该恭喜马总才对!有句话叫'大难不死,必有后福',说不定您以后还要走大运呢！"

"呵呵"，马顺天干笑了两声说："经历过这件事以后，我彻底想开了，功名利禄都不重要，能自由自在地过上普通人的日子才是最幸福的。"

"马总这么想得开，我真该好好向您学习！"

"我有啥值得学习的，不过是一个侥幸逃脱法律制裁的小人物而已。你还年轻，今后的路长着呢！"

"马总太客气了！您今后对股票操作还有什么打算吗？"

"哪里还有什么打算？我今天来一是要拿回自己的东西，二是要把公司开在这里的股票账户处理一下，明天开盘后要把里面的股票全部卖掉，再把资金转回去，这也是办案人员交给我的一个必办任务。"

"嗯，完全理解！希望能跟您保持联系。"

"谢谢！"

第二天，马顺天一股脑地卖光了账户里的全部股票，拿上自己的东西，很快离开了营业部。从此，中成证券滨海营业部少了个亿元大客户。

# 第二十一章
## 因爷病危急返家　贵人相助三二七

　　10月底的一天,花巧凤接到父亲从镇上邮电局打来的电话,说是爷爷病危,叫她和巧燕赶快回去一下。她立即找王永富请假。王永富倒是通情达理,说这么大的事还是快点回去吧,反正最近行情不好,营业部平常也不太忙,给了她一周假期,说时间不够还可打电话再续几天。

　　曹鹏得知后要一起回去,被花巧凤制止了:"饭店这边事太多,离不开你,我和巧燕回去就行了。"

　　花巧凤和花巧燕两姐妹很快登上了北上的特快列车。一路上,看到两边的景色由满眼葱郁、高楼林立,渐渐转为遍地枯黄、茅屋低矮,花巧凤的心里久久不能平静:这些年,像南粤这样的沿海地区因为有中央政策支持,经济发展已经到了相当高的水平,但类似桃花谷这样更广大的内陆农村却依旧贫困不堪,什么时候远乡僻壤的农民也能过上吃穿不愁、老有所养、病有所医的安稳日子呢?

　　花巧凤姐妹俩风尘仆仆赶在天黑之前回到家里的时候,她们的爷爷已于当天凌晨过世。院内院外到处都是头顶白孝巾,腰系白孝带的亲戚。花巧凤大姑见姐妹俩回来,赶忙从屋里取出孝巾、孝带帮她们系上,嘴里还哭哭啼啼地说:"你爷咽气后不肯闭眼,他是想再看你们一眼呀!他最疼的就是巧凤了,可惜最后还是没能看到!"花巧凤未进家门,眼睛就开始湿润了,现在听大姑这么一说,再也抑制不住内心的悲痛,"哇"的一声大哭起来,三步并着两步跑到安卧在冷铺上与自己阴阳两隔的爷爷遗体前长跪不起……

　　爷爷是花巧凤记事以来失去的第一个亲人,虽然他去世时年已78岁,在农村也算是高寿了,但花巧凤好半天都不能接受这个事实。在她的记中,要么是爷爷带着她玩耍的情景, 要么是爷爷赶集回来从鸭嘴筐里拿出油馃子塞到她手里的情景。她不明白生命为什么如此短暂与脆弱,不明白老天为什么不让爷爷看上自己最后一眼。她遗憾自己没能早几年贴补家用以便让爷爷多少享受一下富足的生活,他们那一代人实在太清苦了!

一直到头七,花巧凤整天都在恍惚中度过。特别是当她看到风烛残年的奶奶,那种伤感就更加强烈。妈妈和巧燕知道花巧凤伤心,担心她忧伤过度,伤了身体,多次劝她想开点。可她明知人死不能复生,依旧伤心不已。头七那天,她扒在爷爷新起的土坟前再次号啕大哭,似乎只有这样才能把她对爷爷的思念之情彻底表达出来。亲戚们见花巧凤哭得那么伤心,都说她孝顺、懂事,纷纷过来劝她节哀。

头七一过,花巧凤的假期差不多就结束了。她不想超假,尽管王永富许诺可以再打电话延期几天。当她把该回南粤的想法跟父母说出来的时候,他们几乎没有什么反应。特别是父亲花文礼,似乎仍未从痛楚中缓过神来。花巧凤完全理解父亲此刻的心情,她又重复了一句,父亲才"嗯"了一声。母亲朱良英则在一边说:"走就走吧,家里面也就这么点事情,还是你们工作的事大。"但事实上,母亲更舍不得让巧凤这么快就走了,这些天家里人来人往,闹哄哄的,女儿连个安稳觉也没睡过。

花巧凤问家里还有什么困难。朱良英不想让女儿分心,就吞吞吐吐地说:"没,没有。都是些鸡毛蒜皮的事情。我和你伯慢慢对付就行了。"

花巧凤感觉母亲话里有话,就跟着问了一句:"果真没有吗?如果需要钱,你们就吱应一声,我在外面还是要比你们在家挣钱方便些。"

朱良英就说:"算了吧,你这些年已经贴补家里不少了。"

花巧凤明白家里一定又遇到什么要花钱的事情了,就说:"这次回来走得匆忙,我也没带多少钱,先给你们留下 5000 块吧,等回去了再给你们寄点回来。"

朱良英听后眼睛一亮,她没想到花巧凤一下子能拿出来这么多钱留给家里,5000 块钱对于贫困的农村家庭来说实在是个天文数字!她担心女儿拿出来这么多钱后,自己在外面还能不能过得去,就心疼地说:"差不多够了,你把钱都留给家里,你们在外怎么办?"

"看来家里还是需要钱。我们在外挣钱比家里容易多了,我们怎么过,您就不用操心了。"

"哎!其实本来可以不要你钱的,但上半年乡政府要搞聚集农庄,要求各家各户一定要在规定的时间内在新规划的宅基地上盖大瓦房。"

"要是没钱怎么办?"

"有钱要盖,没钱也要盖。反正乡政府给时间了,要是谁家没在规定的时间内把老房子拆掉，乡政府会派联防队来拆。"

"还有这样的事?!"花巧凤简直不敢相信自己的耳朵，"如果人家盖不起房，你又把人家房子强行拆掉了，人家一家人住哪里呢?"

"住在哪里那是老百姓自己的事。邻村有一家人就是因为盖不起新房子，乡政府派联防队强行把他家的房顶给掀掉了。他们没办法，就在屋顶蒙上塑料布，将就着住。后来赶上夜里下雷暴雨，墙被淋塌了，一家人被砸死好几个。"

"真是太不像话了!"听到妈妈讲起农村里的惨事，花巧凤心里突然腾起一股莫名的怒火。但她自知除了同情以外，真是一点办法也没有。

"什么像话不像话的，农村就是这个样子。我们家幸亏有你六伯保着，他是村书记，帮我们说句话，人家多少还给点面子，这几间破房子才没被强拆掉，但这样拖下去也不是办法。这下好了，有你给的这些钱，差不多够盖3间平房了。"

听完妈妈的一番话，花巧凤一阵心酸。她知道，她家和千千万万个农村贫困家庭一样，眼下最缺的还是钱，便安慰母亲说："钱你们先用起来，我回南粤后再给家里寄点回来。只是其他的忙也帮不上你们，你们照顾好自己和奶奶吧，不要太节省，生活一定要放好一些!另外，这次回来后，今年过年又不能回来了。"

听到女儿说今年又不能回来过年，朱良英心里一怔，她紧紧抓住花巧凤的双手，上上下下看了一遍又一遍。

姐妹俩如期回到南粤。王永富见花巧凤这么守时，很是感动，就对花巧凤说："最近股市越走越低，市场交易非常清淡，听说很多资金都跑去做国债期货去了。早知就让你在家多待几天了，反正现在营业部里事情也不多。"

花巧凤忙说："一周假期再加上双休日总共有9天呢，家里也就那么些事，我再待下去也帮不了什么忙，还不如早点回来把工作干好。"至于国债期货，花巧凤以前倒是关注过。它是1992年底上海证券交易所首次设计并推出的，最初有12个品种的期货合约。刚开始时，大家不太买账，市场交易非常清淡。直到1993年7月10日，财政部公告称政府将参照中央银行公布的保值贴现率给予一些国债品种保值补贴，国债期货的炒作空间扩大，才开始吸引越来越多的资金参与炒作。股市走牛的时候，一些资金会集中往股市里进。而一旦股市开始走熊，这些敏感资金就会转向国债期货。滨海营业部里就有不少大客户在10月份以后把资金撤出股市去炒作国债期货了。她不知道王永富为什么要提到国债期货，就接着问道："王总对国债期货有什么想法吗?"

"我就是随便说说。我们是股票营业部,又没法参与期货交易。你空闲的时候可以找一些投资者聊聊,看有没有机会把资金留在咱们营业部里。"

花巧凤找到了营业部里的资深大户钟逸勤,准备虚心向他请教。钟逸勤三十不到的年纪,一米七左右的个头,身材偏瘦,白白净净,戴着一副金丝眼镜,颇有儒雅学者的风度。他从京城的一所财经院校毕业后就只身南下闯荡,前几年正好赶上南粤的原始股热潮,赚了不少钱。这两年对股市的节奏踩得也蛮准,所以身价一直在涨,目前用于金融市场的资金有五百多万元。

花巧凤将钟逸勤请到宽敞明亮的会议室里,帮他现磨了一杯香气浓郁的咖啡。与钟逸勤面对面坐定之后,花巧凤谦虚地问道:"听说钟总最近开始做国债期货了,能向您请教一下从股市转战期市的原因吗?"

钟逸勤微微笑了笑说:"这还不简单?我们做金融的,哪里机会大就到哪里去嘛。"

"那您是认为现在国债期货的机会更大啰?"

"这不是明摆着的吗?"钟逸勤反问道,"当前通货膨胀压力虽然有所减轻,但宏观经济形势依然不是太好,所以8月份这轮股市大涨后,就再也涨不动了,取消T+0交易不过就是股市继续下跌的一个借口。股票没法做空,要想在股市里赚钱就得等到下一个牛市才行。我是学金融的,最怕资金闲置。国债期货多空都可以做,所以我就把一部分资金转到国债期货里做了。"

"钟总真有远见!我还想请教一下,除了能做空,还有什么吸引您参与国债期货的呢?"

"杠杆足够大!"钟逸勤不假思索地说,"国债期货的保证金率定在2.5%,这就意味着1万块钱可以当40万用。40倍的杠杆率,这在股票市场里想都不用想,现在你们帮客户放杠杆也就是两三倍吧?"

"没错。"花巧凤说,"但高杠杆也意味着高风险呀!"

"那是当然!"钟逸勤神秘地笑了笑,又接着说,"所以说没有一定的把握,期货是不能随便玩的。"

"看来钟总对国债期货还是很有把握的啰!听说最近327合约很火,能不能请教下您对它走势的看法呢?"

钟逸勤没有立即回答她,而是低头用汤匙漫不经心地搅着咖啡,过了一会才端起杯子闭上眼睛抿了一小口,再将身子往后面稍稍靠了靠,把头搁在椅背上,似在思考花巧凤的问题，又似在闭目养神。花巧凤耐心地坐在那里等待回答。过了半分钟的样子，钟逸勤坐直身体，幽幽地说："做国债期货，首先要对政治经济形势有深刻的理解和独到的判断，还要熟悉金融本身的运行规律和操作规则。但光有这些还不够，更重要的是要能获得可靠的信息。"

他说的这些道理，花巧凤都晓得，但又不想打断他的话，就一直盯着钟逸勤，似乎在鼓励他继续说下去。钟逸勤谈性正浓，加之花巧凤听得非常认真，就继续说道："所谓信息，一个是政策方面的信息，一个是交易对手方面的信息。我大学时的不少老师和同学目前在部委里工作，有的已身居要职，所以我能在第一时间知道经济金融方面的重要信息。至于交易对手方面的信息，这个你比我明白，你们证券营业部的工作人员其实对每个人的交易信息都非常清楚，期货营业部也是一样。我有非常可靠的渠道知道交易对手的持仓情况和资金情况，能有针对性地开仓和平仓。所以我做国债期货比一般人把握还是大得多。"

"钟总实在是太厉害了！不过，我有句不该问的话，您刚才说的这些算不算内幕交易呢？"

钟逸勤呵呵笑了两声，说："你说算它就算，说不算它就不算。反正现在监管层也是睁一只眼闭一只眼，很多时候他们自己都在搞内幕交易，哪还有工夫去管别人？现在所有的人都希望自己获得内幕信息，大家不是恨内幕交易，而是恨自己得不到内幕信息，你能说自己没有参与过内幕交易？"

花巧凤抿嘴笑了笑，算是作答，然后又像想起了什么，就说："您还没有说对327合约的看法呢！"

钟逸勤又喝了口咖啡，故作神秘地说："这个问题比较有意思，不过现在说它为时尚早，过段时间我再跟你说吧。"

与钟逸勤聊过以后，花巧凤又同其他几个大客户交流了一下。她开始明白这些金融玩家是不可能让大量资金躺在营业部睡大觉的，要想在熊市里把他们的资金留下来难度比较大，就把自己掌握的情况向王永富做了汇报。王永富也很无奈，让花巧凤继续关注国债期货。花巧凤照办。

过年期间，凤鹏徽菜馆的客人一下少了不少，曹鹏与花巧凤商量干脆停业休整几天。除夕这天，花巧凤想着以前不回老家的时候，都是跟李晓芳一起过年，今年干脆把李晓芳请到凤鹏徽菜馆一起过。饭店雇的厨师和服务员都回老家过年去了，曹鹏的妹妹曹娟因为想家，也已在前几天回去了。所以年夜饭便由曹鹏亲自下厨操办，花巧燕一旁帮着打打下手。

李晓芳到的时候，外面的鞭炮声渐密。四人携手挂好灯笼，贴上春联，放罢鞭炮，齐齐地围坐在热腾腾的八仙桌旁。

花巧凤仍未完全从爷爷去世的阴影中走出来，但今天是大年三十，又有李晓芳在场，便尽量做出欢快的样子。见大家都已坐定，就笑呵呵地说："我和晓芳姐一起在南粤过了好几个除夕了，除了去年在晓芳姐家过的那一次，以前都是瞎对付。今天，我们很高兴晓芳姐能与我们一起过年，这些菜都是地道的徽菜，我们人不多，就没弄那么多菜，六凉六热，六六大顺，也就图个吉利！"

李晓芳仔细一看，还真够丰盛的：凉菜有腊肠、腊肫、腊猪耳、凉拌皮蛋、凉拌金针菇、酸辣蕨菜粉，热菜有银芽山鸡、火腿炖甲鱼、红烧划水、三虾豆腐、问政笋、中和汤，不由得感叹道："六六大顺，吉利吉利！没想到我们居然在南粤过上了地道的徽州新年。"

"是呀，我们在外闯荡这些年，现在慢慢开始在南粤找到了家的感觉。"花巧凤呼应道，"来来来，晓芳姐趁热赶快吃点，尝尝咱们曹大掌柜的手艺怎么样？这个胶原蛋白含量高，据说是美容的，晓芳姐多吃点一定会变得更漂亮！"说着给李晓芳夹了一大块甲鱼边。

"不错！不错！曹大掌柜果然厨艺高强！"李晓芳几样菜各尝了一口，的确香鲜无比，忍不住把赞美的话一股脑地抛了出来。

"晓芳姐谬赞！我也就是在厨房里忙活忙活，哪有你们姐妹俩本事大！你把那么大的珠宝店管理得头头是道，巧凤也在证券营业部里当上了部门经理！"曹鹏在自谦的同时，却不忘赞美客人和自己的老婆，引得两姐妹脸映红霞，心花怒放。

"哎呀呀，曹大掌柜真会说话！巧凤你可真是嫁对了人！"李晓芳嬉笑着说，"不过，今天还真有点意思哎，我们四人各霸一方，也各自从事不同的职业，说不定再过几年，我们都能成为自己这个行业的知名人士呢！"

"晓芳姐说对了七成半，还有两成半恐怕应验不了！"一直默不作声的花巧燕羞涩地开了腔。

"你怎么能这样说晓芳姐呢？"花巧凤微笑着提醒妹妹。

"我说的没错呀？我们四个人只有我最笨，文化最低。再说，我不过是帮我姐和姐夫买买原料送送货而已，哪可能像你们那样成为行业里的知名人士？"花巧燕认真地说。

李晓芳听罢笑得不行,她伸手轻轻拍了拍花巧燕的后背说:"小妹妹,你真老实!不过,千万不要小看了自己!南粤是年轻人圆梦的地方,我和你姐刚来南粤的时候,都几乎一无所有,哪能想到有今天这番事业?你聪明伶俐、眼明手快、美丽大方,今后一定会有自己的事业!至于你说的买原料送货嘛,说不定将来会成为一个与你姐夫做的餐饮管理并列的独立行业。"

"晓芳姐这么鼓励我,我一定要好好敬您一杯。"花巧燕说完把大家面前的高脚杯分别斟上些许赤霞珠,恭恭敬敬举起杯子与李晓芳碰了一下。

"巧凤,你怎么只顾给我夹菜,自己却放着一大桌美味不享用,光顾着吃酸辣蕨菜粉?"李晓芳不解地看着花巧凤。

"我也不大清楚,这段时间总是想吃酸的,对其他的菜都没什么胃口。"花巧凤说。

"啊?你莫不是有了?"李晓芳放下筷子,欣喜地拍着手说,引得曹鹏和花巧燕齐刷刷把眼光瞥向花巧凤。

"晓芳姐,你尽瞎说!"花巧凤被李晓芳的话羞得满脸通红。

"我哪里跟你瞎说了?不信过罢年,你自己去医院查查!不过,如果被我说中了,你可要再补我一顿酒席哟!"李晓芳把握十足地说。

曹鹏似乎听明白了,赶忙站起来举杯向李晓芳道谢:"多谢晓芳姐吉言!如果被你说中了,别说补你一顿,只要你不嫌弃,我这小饭馆,随时向你敞开大门!"

花巧燕也似乎听明白了,再次举杯向李晓芳道谢。

"俗话说,酸儿辣女,巧凤你这怀得可是大胖小子呀!"李晓芳笃定地说。

"太好了!"曹鹏拉上花巧凤、花巧燕一齐举杯向李晓芳致谢!凤鹏徽菜馆里洋溢着希望的欢声笑语。

春节过后,花巧凤去医院一查,果真已经怀孕,据医生推测,花巧凤已怀孕两月有余。从此,曹鹏像心疼大熊猫那样把花巧凤照顾得无微不至。

1995 年 2 月中旬开始,随着 6 月份到期兑付日的接近,327 国债期货热度渐增。

花巧凤有好几天未见钟逸勤,也不知他国债期货做得如何了,便拨通他的手机。

钟逸勤一听是花巧凤，便说："花经理你好呀！我正想着明天回去找你呢，这电话就打来了，真是太巧了！"

花巧凤一听，感觉很纳闷，就追问一句："钟总找我有什么事呀？"

"一两句话也讲不清楚，我现在手头正忙，明天见面再细聊。"说罢就挂断了电话。

第二天收盘后，钟逸勤如约回到滨海营业部。花巧凤依旧把他请到会议室里，沏好茶，关上门，面对面坐了下来。

"钟总说要找我，到底有什么重要的事情呀？"花巧凤开门见山地问道。

"你不也说要找我吗？女士优先，还是你先说吧！"钟逸勤气定神闲地说。

"年前我不是跟您请教过国债期货问题吗？最近听说 327 国债期货再过 3 个月就要到期了，市场上炒作得很厉害，不知钟总现在做得怎么样？"

"哈哈！我就知道你要问这个问题！"钟逸勤笑眯眯地说。

"哦？钟总猜得这么准？！那你要跟我说什么呢？"花巧凤好奇地问。

"我要跟你说的是同样一件事。"钟逸勤平静地说。

"果真是太巧了，我们两个竟然想到一块去了！"

"这就叫有缘嘛！自从年前我们谈过国债期货，我就知道你对它上心了！"钟逸勤一副料事如神的样子。

"的确是这样！钟总现在做得怎么样？是看多还是看空呢？"

"现在谈做得怎么样，还为时尚早，因为距离到期兑付还有两三个月的时间，况且财政部对 327 国债期货的保值贴现率还没有公布。不过，要问看多还是看空，我还是可以说道说道的。"

"那就请你透露一下吧。"

"告诉你，我看——"钟逸勤说完"看"字，特意拉长了声音，语气坚定地把话落在"多"字上。

花巧凤最近对 327 国债期货多少有些研究，当钟逸勤说完"多"字，她简直不敢相信自己的耳朵，便反问道："国家现在对通货膨胀调控得很严，今后几个月 CPI 明显要继续走低，你为啥会看多呢？"

"你说的没错！其实从逻辑上来说，我本应该看空的，道理跟你刚才说的一样。不过，道理是道理，现实是现实，这两者往往不是一致的！"

花巧凤愈加糊涂了，就蹙起眉头，眼睛翻向天花板。

　　钟逸勤见花巧凤的确没弄明白,就对她解释说:"现实是财政部有可能提高保值贴现率啊!"

　　花巧凤还是不明白,就盯着钟逸勤问:"财政部为什么要逆着经济规律来做呢?"

　　"这个我也讲不清楚。反正我现在有可靠的消息,那就是财政部极可能把保值贴现率由最近几年的7%—8%提高到10%。"钟逸勤说完,低头喝了两口热水。

　　"钟总这么笃定?"

　　钟逸勤没吭声,而是抬起头,眼神飘向窗外。远处烟波浩渺,天高云淡,不时有成群的海鸥贴着海面箭一般地划向远方。片刻之后,他用手指了指窗外说:"比如现在的天气,在如此风和日丽的情况下,我要说马上会有暴风雨,你肯定不信,因为现在是2月,天气不会变得那么快。但如果是盛夏时节,我要说马上会有暴风雨,你大概不会太怀疑我吧?"

　　花巧凤点点头,没有说话。

　　"财政部的心思就像夏季的天气,如果都让普通老百姓看明白了,那他们岂不是一点权威都没了?"

　　"哦,我似乎明白了一点!你的意思是说,财政部要提高保值贴现率肯定有他们自己的理由,至于具体是什么一般人是猜不到的。"

　　"是这样!"

　　"那为什么一定会提高到10%呢?"

　　"这个我也不清楚,反正我的消息来源确凿可靠!"

　　"感谢钟总把这么重要的信息告诉我!"

　　"不用谢!我看你对这件事很关心,知道你嘴紧,不会把这个消息说出去。更重要的是,我想邀请你跟我一起参与这次327国债期货交易。"

　　"钟总这么信任我,真是太感谢了!说到国债期货,我虽然作为证券从业人员可以参与期货交易,但我在交易部里工作那么多,也没时间去做呀!"

　　"不用你自己亲自做,你可以先开个国债期货账户,具体由我来帮你操作。"

　　"哦,我倒没想过还可以这么做。不过我自己没有多少钱,更重要的是我相信自己的逻辑,我是看空的,从心理上难以接受你帮我去做多,尽管我相信你有非常可靠的消息来源。"花巧凤犹豫道。

　　"没想到花经理还是一个坚持原则的人!"钟逸勤轻轻笑了笑说,"我也是为了感谢你平时在股票交易上对我的帮助，才提出帮你做的，这次机会实在难得，建议你最好还是参与一下。"

花巧凤尴尬地笑了笑，说："我哪有钟总讲的那么高尚哟！如果您有可靠的看空消息，我肯定会找你做的；但你要做多，这跟我的判断差距太大，我只能少量参与一点。"

第二天，花巧凤抽空去开好了期货账户，并转了10万块钱进去，就把账户交到钟逸勤的手中了。

钟逸勤拿到花巧凤的期货账户后，就以亏光赔偿的心态，用10万元保证金以147元的价格全仓买入327国债期货。此后几天，327国债期货基本维持在147—148元之间反复震荡。一旦价格跌至147元附近，就会出现巨量多单，把价格快速拉至148元附近。而价格一旦上了148元，也会有巨量空单，把价格打至147元。多空双方互不相让，又都留有余地，似乎暗中达成了某种默契，又似乎都在等待着什么，一场血腥的厮杀随时都会降临。

多空相持的狭窄区间里，钟逸勤并没有闲着。他自己是去年10月以100万元的保证金重仓进入的，此后坐等多方抬轿，此时已有近30%也就是1000万元左右的浮盈。花巧凤的账户仓位虽重，资金量却非常小，钟逸勤权当短线练手之用。就在147元附近全仓做多，在148元附近全仓做空。如此多次滚动操作，竟然帮花巧凤赚了320多万元。

3月23日，财政部公告称327国债将按148.50元到期兑付。上午开盘后，钟逸勤发现有一笔300万口的多单将前一日148.21元的收盘价直接推高到150元。他明白这肯定是中经开那帮朋友干的，知道他们还会继续买入推高，便用花巧凤的账户，以100万元的保证金跟了个多单。下午开市后，钟逸勤发现突然有一笔50万口的多单瞬间将327国债价格拉高到151.98元。此时，花巧凤的账户又多出了50多万元的浮盈。钟逸勤不敢恋战，立即反手平掉了这笔多单。

下午4:22，钟逸勤发现有一笔50万口的空单从天而降，327国债价格从151.30元直接掉到150元，随后又有几笔巨量空单一鼓作气把价格压到148元，这个价格已经比财政部宣布的到期兑付价跌了5毛钱。钟逸勤果断出手，把花巧凤账户上的370多万元保证金全部压上了多单。然而，就在一转眼的工夫，一个730万口的巨量空单直接把327国债打回到147.4元。钟逸勤惊得目瞪口呆，花巧凤的账户已经浮亏180多万元。此时，当日交易已经收盘，他既没有时间，也没有资金来替花巧凤做出反应。钟逸勤想想非常懊恼,也不清楚空方哪来这么大的力量。他这几天好容易替花巧凤挣了370多万元,现在只剩190多万元了。要是明天空方继续施压,说不定很快就会把花巧凤的10万块本钱赔光。

就在钟逸勤心痛不已的时候,花巧凤的电话打了过来。"钟总,听说今天的327国债多空厮杀得非常厉害,您一直看多,现在还好吧?"

钟逸勤似乎还没有从下午的紧张气氛中缓过神来,他神情落寞地说:"还好,我自己的多单是去年10月份建的,至今几乎没有动过,目前浮盈已有25%以上了。你的账户上,我一直在做短线,目前还处在盈利状态。"他没好意思说已将10万元做到了370万元,却在最后几分钟回吐了190万元;更不好意思说因为现在仓位的关系,说不定明天会给花巧凤带来亏损。

花巧凤在电话那头听出了钟逸勤的失落,知道钟逸勤把她的账户可能操作出了什么问题,但既然他没有说,自己也不好多问,便安慰他说:"钟总不要有压力,您资金量大,没受今天行情的影响就好。我那个账户总共也就10万块钱,就算赔光也没什么,千万不能因为照顾我的账户,耽误了您自己的操作。"

"放心吧,不会耽误! 我就是感觉很奇怪,今天最后一笔730万口的卖单市值1400多亿元,到底是什么样的机构有如此强大的实力?"

与钟逸勤同样郁闷的还有很多人。到当天收盘时,不知有多少人从千万身家的暴发户变成债台高筑的穷光蛋。

钟逸勤心事重重地随便扒了几口饭,没有理会老婆叫他出去散步的邀请,而是默默打开了那台12英寸黑白电视,等待财经新闻对当天交易的报道。财经新闻正在播报,但画面上的雪花点越来越密,哧哧啦啦的噪音也越来越重,搞得钟逸勤更加心烦意乱,一个人在屋里走走坐坐,坐坐走走。

10点半以后,播音员播报了一条重要消息:针对下午的国债期货交易,上交所召开紧急会议后宣布,当天下午最后8分钟所有交易均属异常无效交易,当日327国债品种收盘价为无效交易时段之前的最后一笔交易价是151.30元。他眼睛一亮,腾地一下从沙发上站起来,一边搓着手,一边在房间里来回踱步。刚才这个消息意味着,截至当日收盘,不仅花巧凤的账户浮盈仍为370万元,就连他自己的账户也一下多出了140多万元的浮盈。这真是太不可思议了!

钟逸勤一时无法平复自己内心的激动,想到下午花巧凤刚刚打电话过来问及国债期货,便避开老婆,给花巧凤打了个电话,把这段时间如何帮她赚到370万元,又差点失去这些盈利的故事原原本本地向她述说了一遍。当花巧凤得知她那10万元保证金经钟逸勤操作已在短短几天内滚到370万元后,简直不敢相信自己的耳朵,在电话那头反复地向钟逸勤说着感谢的话。

钟逸勤经历前一日的大悲大喜,突然感觉身心疲惫。他见327国债期货价格基本维持在150元上下,推测在财政部已公布148.5元的到期兑付价以后,继续做多空间已基本没有,就打电话与中经开的密友进行了沟通。这番电话证实了他的判断,他瞅准机会果断以150.50元的价格全部平仓。至此,钟逸勤自己斩获1000多万元净收益,给花巧凤也赚了370多万元。

钟逸勤暂别国债期货市场,重新回到中成证券滨海营业部。花巧凤这几天心里一直美滋滋的,如今她的身家已近500万元,这对一个农村出来的小姑娘来说简直是不可思议的事情。见钟逸勤回来,她喜笑颜开地把钟逸勤请进会议室里聊了起来。

"钟总,您一下子帮我赚了这么多的钱,我该怎么谢您才好呢?"花巧凤诚恳地问道。

"什么谢不谢的,这次真是侥幸逃脱!差点把你的10万块钱赔光了,我到现在还心有余悸呢!"钟逸勤摇摇头说。

虽然钟逸勤现在已是名副其实的千万富豪,但花巧凤竟然在他的表情中看不出丝毫的富贵气,知道他在这次327国债期货事件中受惊不小,便有心安慰道:"哦,我已经说过10万块钱赔光也不要紧的,哪知您这么较真呢?事情既然已经过去,您给我们两个人的账户都赚了那么多的钱,就不要太纠结那天的事情了吧!"

"你可以不在乎那10万块钱本金,我不能不用心操作呀!况且是我鼓动你开户的,又跟你说过我有可靠的信息来源,要是真把你做亏了,还真是说不过去!其实我也是做好了亏光本金后如数赔偿你的思想准备,但不知何故,赚钱的时候没感觉,一旦要亏了,竟然紧张得要命!"

"真是太难为您了!要知道您经历这么大的煎熬,我当初真的不让您做了。"

"可是如果真是那样,我也就没机会表达自己对你的爱慕之情了。"钟逸勤冷不丁冒出这么一句后,便含情脉脉地盯着花巧凤。

花巧凤被钟逸勤看得满脸绯红,浑身发毛,她不知所措地低下头,伸手捧起茶杯,想借喝水多少掩盖一下尴尬的表情,却一个哆嗦差点把满杯的热水洒在自己的腿上。

钟逸勤见状,知道花巧凤此刻心情复杂,就补了一句说:"恕我刚才失言,你不必记在心上。"

花巧凤抿嘴咬牙,好容易挤出了点笑容,说:"我只当没听见,其实我已经结过婚,现在刚有孕在身,我们俩怎么可能呢?"

"我也结过婚了,但婚姻不是障碍呀,我们可以在维持现有婚姻的前提下,彼此走得更近嘛!"钟逸勤似乎已从 23 日那天的惊吓中走了出来,两眼开始泛起光来。

听完钟逸勤的话,花巧凤的脸涨得更红了,她抬头看着天花板说道:"没想到钟总这么开放,可我是个保守的人,恐怕您说的我做不到,实在非常抱歉。好了,咱们还是接着前面的话题说吧,我想请教一下,为什么上海证券交易所要取消 23 号那天最后 8 分钟的交易?"

钟逸勤是个转弯比较快的人,见花巧凤态度坚决,也不想继续纠缠这个话题,便回到 327 国债期货的话题上:"花经理不要介意,刚才这个话题我们以后有机会再说吧。至于你刚才问到的这个问题,现在的情况都比较明朗了,因为作为空方的万国证券在最后 8 分钟总共抛出了 1056 万口空单,你知道这意味着什么吗?"

"这个我已经从新闻上看到了,管总最后 8 分钟的 1056 万口空单对应着 2100 亿元的总市值,而 327 国债总共才 240 亿元。"

"你说的对! 这么多的空单,总共需要 52.8 亿元的保证金,管金生的万国证券根本就拿不出这么多的钱。"

"可管总也是被逼无奈呀! 明明通货膨胀已经得到控制,根本就没有理由再提高保值贴现率,财政部也没有必要多支出十多亿的利息!"花巧凤仍对财政部的做法表示不解。

"这个我们就没有必要再多说了,反正财政部的理由我们也猜不透,我只是根据事先得到的可靠消息做了一波违背常理的正确操作而已。"

"嗯,这个的确难以理解! 你说管总会被处分吗?"

"我看肯定会被处分,他现在不是已经被停职了吗? 但是处分的理由未必就是违规操作。"

"这个我就不明白了! 明明是违规,为什么要找其他的理由呢?"

"道理很简单,因为大家都违规,法不责众啊! 根据上交所的规定,个人持仓不得超过 3 万口,机构持仓不得超过 40 万口,大家都违规了,你处理谁去? 再说了,如果盯着违规，可能管金生他们也会盯牢中经开为什么那么坚决地要把327国债期货价格做到148块以上。"

"明白了，这可能又会把中经开的内幕交易牵扯出来。"

"所以说，管总肯定会受到处分，但一定不会是以违规作为理由！"

"没想到这个327国债期货弄出这么多的事！钟总以后还会做国债期货吗？"

"短时间内我不会考虑了，这次虽然赚了很多钱，可也被吓坏了！"

"那会考虑继续做股票吗？"

"我正有此打算，现在行情不太好，我打算拿出一两百万小规模做做，省得离市场太久，连盘感都没有了。"

"那我就等您的下单指令了！"花巧凤已差不多完全从钟逸勤前面提到的尴尬话题中恢复了平静，以公事公办的口气结束了两人的这次交流。

327国债期货事件的影响并没有因为钟逸勤的撤出而很快平静下来。虽然他个人在此一战中为自己挣了1000多万，但毕竟只是一个侥幸成功的跟庄者。能动辄抛出几十万口买卖单的多空对手，才是本次事件的主角。

这次事件之后紧接着就是3月份的中国两会时间。多方借助自己的政治资源以及强大的话语权对空方的违规行为进行了彻底的围攻，上交所及相关政府机构也因监管不力受到激烈的批评。

钟逸勤敏感地觉察到国债期货基本走到了尽头，大量的投机资金或被迫转战股票市场，便按计划叫花巧凤分批帮他买入了150多万元的股票。然而，市场情绪低迷到了极点，南粤股价指数就像丢了魂一样，在低位窄幅波动，看不到丝毫生气。钟逸勤并未因此气馁，他每天哼着小曲，品着香茶，静待市场转机。非但如此，他还多次提醒花巧凤不要错过可能的机会。

"花经理，这一轮股市的调整时间已经不短了，通货膨胀正在得到控制，其他经济指标也都在走好，更重要的是327国债引起那么大的争议，万一哪天国家要关闭这个市场，那些活跃资金很可能会回到股市里来。"钟逸勤走近花巧凤的工作台说。

花巧凤知道他对期市和股市都有独到的见解，又有可靠的信息来源，想他可能有话要说，见旁边无人，便约钟逸勤晚上去凤鹏徽菜馆小酌。

钟逸勤知道徽菜馆是花巧凤先生所开，推辞道："花经理，凤鹏徽菜馆我已经去过几次了，今天能不能换个口味？"

花巧凤想,钟逸勤那里早晚要感谢的,人家帮自己赚了那么多钱,这顿饭在哪吃都不为过,便爽快地说:"到哪里吃都行,钟总您定吧!"

"那咱们就去吃潮州菜吧?"

"没问题!"

晚上6点,两人如约来到南粤一家有名的潮州菜馆,走进一间装饰豪华的海景大包间。包间中间是一张宽大的花梨木圆桌,厚重而大气,两张同为花梨木的太师椅相对而放。钟逸勤请花巧凤落座后,自己随之就座。花巧凤一招手,干净利落的服务生双手递来菜单。

"花经理,我们事先说好了,你点菜,我买单!"钟逸勤诚恳地对花巧凤说。

花巧凤笑而不语,很快点好了菜。"钟总想喝点什么酒?"花巧凤问。

"你喝什么我就喝什么。"

花巧凤莞尔一笑:"您忘了?我还怀着孩子呢!"

"哦,你看我这记性!潮州菜多海鲜,海鲜配干白,那我就来一瓶新西兰长相思吧。"

服务生很快上来卤水拼盘和龙虾刺身两个凉菜,并帮花巧凤和钟逸勤分别斟上些许干白。浓郁的酒香慢慢弥散开来,整个房间都充满了暧昧的气息。钟逸勤支走服务生,举起酒杯对花巧凤说:"很荣幸能与你共进晚餐!"

花巧凤也端起酒杯说:"不敢不敢!我要郑重向您表示感谢!我稍稍抿一点陪您吧。"

钟逸勤笑着说:"完全理解!"随后一饮而尽。

三杯酒过后,钟逸勤的话渐渐多起来:"花经理自己做股票吗?"

"我们从业人员按要求是不能做的。"

"如果你想做股票,可以把钱放在我这里,我可以像操作国债期货一样帮你一起操作掉。"

"我现在还没想好。"

"你需要抓紧决断了。"

"您是不是又有什么消息了?"

"现在还没有。不过,我从部里那些朋友处得知,最高层对327国债事件很恼火,也许哪天就会出台什么限制性的政策。"

"您是说国家一旦限制国债期货交易,一些投机资金就会转战股票市场吗?"

"没错！"

"明白了，最近宏观经济有走好迹象，很多股票的价格也跌得够低了，如果国家对国债期货的限制性政策出台，股市很可能会迎来一波大规模反弹。"

"是的，所以我最近想在之前 150 万元的股票仓位上再加大点资金量。"

"钟总真高明！向您表示敬意！"花巧凤再次举杯向钟逸勤表示感谢。

服务生很快端上麒麟鲍片、清炖鳗鲡汤、酸辣青蚝、火文海参等热菜。两人在轻松愉快的气氛中，又深入探讨了当前的经济形势、个股机会和股票操作技巧。眼看时间已晚，花巧凤喊来服务生买单，却被钟逸勤一把抢过账单。花巧凤争他不过，只好再次道谢："钟总帮我这么大的忙，连顿饭都不肯吃我的，真是太感谢了！"

与钟逸勤共进晚餐之后，花巧凤也感觉再次入市的机会已到，就在第二天转出 200 万元资金交给李晓芳，叮嘱李晓芳按以前的做法根据自己提供的股票组合抓紧时间建仓。

## 第二十二章

# 育儿不误投与学　升职多亏有伯乐

　　327 国债期货事件持续发酵两个多月后，证监会于 1995 年 5 月 17 日宣布关闭国债期货交易。开市仅两年六个月的国债期货就此夭折。受此消息刺激，5 月 18 日的南粤股价指数跳空高开近 20%。中成证券滨海营业部大户室里一片欢腾，花巧凤领衔的交易部一帮人更是手忙脚乱。自前一年 9 月中旬以来，被压抑了大半年的激情像火山一样喷薄而出。加仓！加仓！还是加仓！没有仓位或仓位较轻的人翻出压箱底的钱闭着眼睛随便吃进任何一只股票；手中有股的人则紧紧捂住股票账户，生怕一不留神，股票被别人抢夺而去。

　　钟逸勤虽然已经料到国债期货被关闭后资金会转战股票市场，但看到市场热度如此之高还是颇感意外。中午的时候，他把花巧凤约至会议室里作了简单的交流。"知道会有一轮行情，但没想到这么火爆，花经理前几天真该建些仓位！"钟逸勤多少有些遗憾地说。

　　"多谢！多谢！只要这个市场还存在，就永远不缺机会。其实真要想买，今天冲进去也是没有问题的。"花巧凤表情轻松地应道。

　　"说的没错，可是像这样的大机会毕竟不多呀！错过了低位建仓的机会，就算今天冲进去还有机会，毕竟错过了 20% 多的巨大涨幅，况且这个 20% 的收益还是非常安全的呢！"钟逸勤依然掩饰不住自己的惋惜之情。

　　"也是啊！有些机会如果没有及时把握住，错过也就错过了。钟总看这一轮行情能延续多久呢？"

　　"现在还很难说。从上午半天的交易量来看，已经差不多是前几日交易均量的 20 多倍。这在 T+1 的交易机制下是相当不容易的，因为当天买入后没法卖出，若不是非常看好，谁也不会冒着第二天可能大幅低开低走的风险来买入股票。既然大家都这么看好，接下去往上再走走应该问题不大吧！"

"钟总讲得太有道理了！这次大家抢筹像疯了一样,我一个上午忙死了。"

"嗯,你倒是提醒我了,从今天上午的交易风格来看,这是典型的期货操盘手法,攻势凌厉,拉抬果断,说明今天行情是从国债期货里面撤出的资金发动的。不出意外的话,今后一段时间还会出现类似的逼空走法。"

"您是说还会继续猛拉吗?"

"短期来看应该会继续猛拉,但也要特别当心拉抬的人反手做空。拉抬的时候有多凶悍,做空的时候就有多决绝。"

"明白了。看来您是要观察两天才会考虑是否卖出了?"

"没错!今天才刚刚启动嘛。不过我会密切关注相关信号。"

下午,做多力量继续顽强上攻。至当日收盘时,南粤股价指数大涨23.57%,交易量高达前几日交易均量的10倍。

5月19日,南粤股价指数小幅高开后,便在一个狭窄的区间内反复振荡,但多方很快占据优势,继续猛攻猛打,高歌猛进。截至当日收盘时,南粤股价指数再次大涨6.67%,交易量也比前一日进一步放大。

5月22日,经历双休日的休整,人们又激情满怀地投入股市。开盘后,南粤股价指数再次跳空高开。但很快就在强大的抛压下不断走低,直到上午10点半以后,才慢慢拉了上去。午休时,钟逸勤再次把花巧凤引到会议室里做简短交流。

"股市连续大涨两天半,但从今天上午的交易情况来看,多方渐渐力不从心,有边拉边撤的迹象。我刚才给部里的朋友打电话了解了一下情况,听说国务院证券委员会第五次会议准备讨论这两天突然爆发的井喷行情,有领导对股市里出现的过度投机非常担心,说不定这次会议会做出不利股市做多的决定。所以今天下午,不管大盘涨跌与否,我都将清空所有股票。"钟逸勤开门见山地说。

"嗯,我看也可以撤了。这几天涨得太猛,算下来您已经有差不多40%的收益了,要是哪天回调起来也像这几天上涨那样凶狠,可就白忙一场了。"

"没错,不管是做期货还是做股票,要想赚钱,一定要赚确定性的钱。从消息面来看,虽然暂时还不太清楚国务院证券委员会要做出什么样的决定,但感觉方向是偏空的。从技术面来看,今天上午的走势比较磨叽,多方随时可能会调转枪头,平仓而去。从宏观经济来看,通货膨胀得到了一定程度的抑制,但实体经济还处在缓慢恢复的过程中,企业业绩不可能很快得到提高,所以股价继续走高的基础也非常不牢靠。"

"钟总真厉害,分析得这么深刻！您赶快填好交易指令,我下午开盘后第一时间就帮您下单。"

花巧凤对钟逸勤的判断深以为信。事实上,她自己之前也有行情到头的预感,钟逸勤的一番话恰好证实了她的判断。下午开盘前,花巧凤抽空给李晓芳打了个电话,叫她务必在下午收盘前全部卖出两人手中的股票。

5 月 22 日,南粤股价指数最终以近 2.75% 的涨幅收盘。至此,仅仅三个交易日南粤股价指数大涨 41.5%。花巧凤和李晓芳各自凭 200 万元的本金分别斩获 100 多万的净收益,而花巧凤的身家已近 600 万元。

6 月 23 日一早,各大财经新闻纷纷报道了 6 月 22 日国务院证券委员会所强调的三点精神:一是加大监管,抑制投机;二是发行新股,分批上市;三是加强对金融衍生品市场的研究与监管。这三点对股市的利空不是一般的大,23 日开盘后,南粤股价指数跳空低开。中成证券滨海营业部里不管大户小散无不夺路而逃。至当日收盘时,南粤股价指数暴跌 16.66%。此后数日,南粤股价指数一路走低,至 7 月 4 日时基本回到 5 月 17 日行情启动前的位置。

进入 7 月以后,天气一天比一天热,花巧凤的肚皮也一天比一天臃肿。好在股市重新回归平静,交易部的工作也不是太忙,花巧凤白天躲在空调力道十足的办公场所,倒也轻松自在。晚上,租住的房间新装了空调,也不会热着。

最有可能热着的地方就是路上了。对这个问题曹鹏早有准备,刚刚进入初夏时节,他就用饭店里赚得的利润买了一部二手轿车。当时,花巧凤倒是想过是否支持曹鹏点钱,让他一步到位买辆新车,后来一想新车旧车还不是一样坐？而且让曹鹏多少花点钱也有助于体现他的自信心和责任心,便没有多言。现在,曹鹏每天开着那辆被他擦得锃亮的二手车接送花巧凤上下班,两人有更多的时间腻在一起,那种美妙的天伦之乐真是无以言表。

一日晚间,曹鹏正俯首把耳朵贴在花巧凤高高隆起的肚皮上倾听胎儿的心跳声,胎儿一脚踹来,正中曹鹏脸颊,一股麻酥酥的电流瞬间传遍曹鹏全身的每一根神经末梢。他兴奋地向花巧凤"诉苦":"这小子居然踢我！"

花巧凤故意逗曹鹏说:"他大概对你不满,马上就要投胎你家,却发现他老爸还租住在别人的房子里。"

"咦？这倒真是个问题,要么我们自己买套房子吧？"曹鹏说完眼巴巴地盯着花巧凤看起来。

"嗯,没想到你还挺有责任心的!"花巧凤继续逗着曹鹏。

"什么叫没想到?咱本来就很有责任心好吧?"曹鹏挺直脊背,双手"砰砰"地拍着胸脯说。

花巧凤感觉好笑,但又怕太激动动了胎气,就强压着不大笑出来。"好,好,好!我的大帅哥!你这么有责任心,我可就靠你了。你打算买什么样的房子呢?"

"两室一厅吧,也不用太大,80平方米应该够住了。"曹鹏想了想说。

"要买就买套大的吧,最好是买套别墅,带小花园的那种,将来孩子玩的地方也宽敞一些。"花巧凤一本正经地说。

曹鹏简直不相信自己的耳朵,下意识地"啊"了一声,盯着花巧凤看了一会儿,发现她似乎很认真地在说这事,又伸手摸了摸花巧凤的额头,说:"嗯,没有发烧呀,怎么尽说胡话?你知道一套别墅得多少钱吗?"

"看你这话问的!没吃过驴肉,还能没见过驴打滚?"花巧凤嬉笑着反问道。

"行行行,算我有眼无珠,趴在门缝看宰相——小看了大人!"曹鹏也趁机幽了一默,"听说现在南粤的房价在3000元到5000元之间,一套80平方米的公寓房总价30万左右,首付五六万也就差不多了,我们拼凑拼凑,首付钱应该问题不大。但是一套200平方米的别墅,总价至少需要100万元,首付至少要20万元,以后每月的还款压力更是不得了,你看我们到哪里能筹到这么多钱呢?"曹鹏扳起手指头,仔仔细细算给花巧凤听。

"如果我来解决首付问题,那以后每月的分期付款都由你来想办法如何?"以花巧凤现在的财力全款买入1栋200平方米的花园别墅完全不在话下,但想到这样可能会给曹鹏造成压力,花巧凤便有意提出这么个设想。

"没问题呀!100万的房子每月的按揭款也就几千块钱,我的小饭店每月利润肯定要大大超过这些。不过,你哪来那么多的钱付首付呢?"曹鹏不解地问。

"我这些年的收入一直都还可以,平时又不怎么花钱,就可劲地攒呀攒呀,攒了这么多年,差不多攒了20多万元,付个首付应该没问题。只是今后分期付款就要指望你了。"花巧凤既要打消曹鹏对首付资金的顾虑,又要维护好曹鹏作为男子汉的自信心,就字斟句酌地说了上面一番话。

"好!我们买别墅去。趁你现在行动还可以,这个周末我们就出去看房怎么样?"

"一言为定！"花巧凤说完，伸出右手与曹鹏对击了一下。

此后几个周末，曹鹏拉着花巧凤在南粤各处物色新房。两人最终在一处依山傍海的别墅区选定一栋220平方米的花园别墅。

9月底的时候，花巧凤生下一子。曹鹏忙前忙后，整天笑呵呵的，嘴都合不拢。孩子百日后，一家人欢天喜地迁居到装修一新的海景别墅。

熊市和生育期间，花巧凤的闲暇时间相对多了起来。她是一位惜时如金的人，见不得时间像东去之水一样哗哗地流走。恰好在夏季时，她已顺利拿到金融学本科学历。现在该是往上攀登更高峰——考研的时候了。

考研是她多年的梦想。当年还在省城旅游学校就读时，她就与姜雯霞相约考研。只因李大丰的暴行，令她精神恍惚许久，后来又因远走他乡，迫于生计，才没有一步到位去报考研究生。但她没有放弃对专业知识的学习，这些年她始终在紧张的工作间隙努力自学，已先后取得旅游管理专科和金融学本科学历。当年的好朋友姜雯霞已在两年前考上了一所北方名校的法律专业研究生，这对花巧凤无疑是一种巨大的激励。

目标明确以后，她开始着手准备复习迎考。11月初的时候，花巧凤叫曹鹏赶回老家的旅游中专帮她开了异地报考研究生证明，这样她就能在南粤就地报名参加考试了。

1996年1月28日，花巧凤忐忑不安地走进了研究生招生全国统一考试考场。她报考的是南粤大学金融学专业。原以为自己拿到了本科学历，再考个研究生应该不是太难的事。但一拿到试卷，她就傻脸了。毕竟是没有经过正规的大学教育，很多问题她都闻所未闻，根本就不知道如何下笔回答。好在她平日里对政治经济新闻比较关心，在旅游学校时，英语的底子也很不错。具体答题时，她凭着对相关知识点的一些了解，结合平时对一些问题的思考，充分展开想象，尽量把答题纸写得满满当当。

连续4天的研究生考试把花巧凤折磨得精疲力竭。当她迈着软绵绵的脚步走出考点大门的时候，曹鹏已在门口等候多时。

"考得怎么样？"曹鹏关切地问。

"别提了！这4天就像做梦一样，那些题目我是怎么答完的都搞不清楚，大多是活题目，没有一题有把握，估计很难考得上。"花巧凤苦笑着说。

"考不上就考不上吧,也没什么大不了的,我们现在不是过得很好吗?"曹鹏轻声安慰她说。

"考研是我多年前确立的目标。我从没想过考上了能带来什么,但如果考不上,心里一定会非常不甘。"花巧凤倔强地纠正道。

"好吧,你既然坚持要走这条路,我就坚决支持你走下去,这次如果考不上,来年咱们再考!"

"这还差不多!考研就像翻山一样,你没翻过去之前根本就不知道山那边什么样子,或许别有洞天,也或许一片黑暗。但无论如何,你都必须翻过去才知道。"

"没想到我们家大当家的还有这么深刻的思想!"曹鹏调侃道。

"你才知道呀?"花巧凤嗔道。

"好,算我有眼无珠好了吧。不过,如果这次考不上,千万不要气馁,一次考过当然好,如果考不上,咱们就多考几次。只要你愿意坚持,我就无条件支持你,大不了家务活我多做点,儿子我多带点。不过,你也要做好面对失败的思想准备。我听说很多考研人被多次失败折磨得疯疯癫癫,咱们犯不着为了考研把自己搞成那个样子。"

"老公真是善解人意!你放心,我不会走火入魔。我只是把考研当作人生目标,没指望把它当作改变命运的跳板。你刚才提到有些人被考研弄得精神失常,其实他们有他们的难处。像我们老家那个地方,农民苦,吃商品粮的也过得并不怎么样,听说很多老师每个月的工资根本就不够花,碰到财政困难,老师们连基本工资都拿不到。在这种情况下,他们只有走出来才有机会。"

"是呀,走出来的方式有很多种。农民因为没有知识,出来只能做苦力。像我们这些多少有点知识的,出来以后机会稍微多一些,但也并不是每个人都能闯出一片天地。所以在我们老家还有很多像我们这样多少有点知识的人就只有考研这条路了。"

"说的没错!你知道他们为什么压力那么大吗?"花巧凤问。

"怎么不知道?这些压力更多的是来自周围环境。你想想,本来你和周围的人都差不多,突然有一天你说要去考研,那岂不意味着你要走出这个群体,将来可能会升官发财?人呀,都是有些嫉妒心的,大家一起过苦日子没什么,一旦你可能超过别人,那人家岂不忌恨你?"曹鹏答道。

"其实被人忌恨问题也不大,如果他最终远离那个地方,一切都会风平浪静,因为别人再怎么忌恨也够不着他了呀！就怕一次两次考不上，被别人知道了，这些人就会笑话你：嘿，你不是要考什么研究生吗？怎么老是考不上？真是癞蛤蟆想吃天鹅肉！所以，那些人背负的压力要远比我们大得多。"花巧凤补充道。

"不光是被嘲笑，有些时候上司和周围的人还会给你使绊子。你要报考，他们就千方设法不让你报名。你要是准备复习迎考，他们就千方百计给你压担子。你要是考上了，他们就左推右挡扣压你的档案。反正就是处处为难你。"曹鹏叹了口气说。

"你这么一讲啊，我现在压力真是小多了。我们远在南粤，周围认识我们的亲朋故旧不多，所以不必承载太多的压力。还记得我曾经跟你说过我小学同学姜雯霞的考研故事吗？"

"怎么不记得？她当时在老家一所初中一边当老师，一边准备考研。苦呀，累呀，都算了。好容易考上一所名牌大学的研究生，结果被人以工作年限不足为由写了封检举信，最终弄丢了好容易才到手的录取通知书。"曹鹏说。

"哎！这就是人心呀！好在她基础好，第二年还是考上了。否则，真难想象她以后怎么待在那个地方。对了，说起雯霞，好久没跟她联系了。到家以后给她打个电话，跟她分享一下这两天考研的感受吧。"

花巧凤好容易拨通了姜雯霞宿舍传达室的电话，接电话的阿姨拖着长长的尾音说："这都啥时候了，学校早就放假了。"花巧凤想想也没啥要紧的话要说，就挂掉了电话。

2月初的一天，王永富把花巧凤叫到办公室。花巧凤不知何事，进门后默默坐在王永富的对面，耐心等他说话。王永富从兜里摸出一支香烟塞进嘴里，"啪"的一声按响了他那只金光闪闪的打火机，一股蓝莹莹的火苗瞬间蹿得老高。他叼着香烟凑近火苗，猛吸一口，随后闭上眼睛，身体往后一仰靠在沙发上，这才缓缓地从鼻孔中释放出那口烟雾。

"再过几个月我就要退休了。"王永富心有不甘地说。

"哦，这么快呀？"花巧凤虽然知道王永富离退休不远，但这话从他嘴里面亲口说出来，花巧凤还是感觉有点突然。这两年她的工作虽然比较辛苦，也的确对营业部的业绩贡献很大，但她在内心深处还是非常感激王永富对她的支持。这种支持不是说王永富帮了她多少忙，而是一种放手和信任。王永富从来不干涉花巧凤的具体工作，凡是花巧凤职责范围内的事，他决不插手。除非花巧凤遇到困难，需要他出面协调。现在王永富亲口说出自己很快就要退休,这对花巧凤来说无疑是一个巨大的损失。

王永富好像看出了花巧凤的心思,猛吸了两口烟,再慢慢地吐出来,说:"新陈代谢,新老交替,就是无法抗拒的事。这两年你工作干得非常出色,我也落得个清闲自在,我们配合得非常好,说来我还要感谢你呢!"

"您是营业部总经理,要操心的事很多,我多干点也是应该的。要说感谢,肯定是我应该感谢您。您把我招过来,给了我那么大的工作自主权,关键时候还想方设法地支持我、帮助我。如果说我的工作业绩还不错的话,这与您的放手和支持是绝对分不开的。"花巧凤发自肺腑地说。

"好,我们不谈这个了,能友好合作,总归是一种缘分!你来我们滨海营业部已经两年出头了,这两年时间你给营业部带来不少新客户,大家对你认可度很高,我打算提拔你做营业部总经理助理。"

"这个……合适吗?我还年轻,也许……别人比我更合适呢!"花巧凤对王永富的话毫无思想准备,只好语无伦次地谦让一番。

"合适!怎么不合适?营业部里业绩优先,与年龄关系不大,你业绩做得这么好,有提升的机会,当然应该首先应该考虑你了!"王永富把手中的烟蒂狠狠地按进面前的烟灰缸里,"我本来想一步到位提拔你做营业部副总经理的,没想到总公司那边分管我们营业部的总裁助理欧芬坚决不同意,说你资历尚浅,还需要再磨炼磨炼。嘿!你说这是什么话?她的资历就深了?"

被提拔做总经理助理,花巧凤已经感到非常意外了,没想到王永富还因为试图提拔她做副总经理与欧芬闹得不愉快。见王永富有些激动,花巧凤赶快安慰道:"真的非常感谢您!让我做总经理助理,我都担心自己做不好,要是欧总真批准我做副总经理,我还真不一定能做得好呢!"

"做肯定能做得好!你为人谦虚,做事认真,业务能力很强,做个副总经理应该是绰绰有余的。只是胳膊拗不过大腿,欧芬不同意,我也没办法。但提拔你做总经理助理,这可是我职权范围内的事情,她就算不同意,也拿我没办法。"王永富说着又摸出一支烟,点着后抽了起来,"只是有一点我不太明白,你原来还是她的下属,应该也给她做过不少贡献,怎么在对你的提拔问题上这么不通人情呢?"

王永富的话令花巧凤陷入了深思。她明白自己与欧芬并非一路人,当年在通银证券南粤分公司的时候,欧芬就只想把美籍华人吴忠爆仓的责任推给花巧凤,丝毫不考虑花巧凤的处境。现在两人虽然连见面的机会都不多,但欧芬毕竟身居中成证券高位。一个心胸狭隘、不敢担责、靠美色结交权贵的高管怎么能容忍一个心胸坦荡、敢于负责、靠认真做事而成绩斐然的下属呢?更何况,这位老下属还因不服不合理的处分而当众表达过愤怒?!但花巧凤不好也不愿意把这些陈年旧事在别人面前重新提及,便努力从嘴角挤出点笑容,算是回应王永富的问题。

王永富似乎余怒未消,他"啪"地一拍桌子说:"媚上欺下,这种人的存在真是社会的不幸!不知你有没有听说过,这个欧芬来到中成证券后故技重演,到处勾搭人家有妇之夫,最近又黏上了金羽证券老总,人家老婆都来我们总部闹过好几次了!"

"听说过一些,大家各走各的道,随她去吧。"花巧凤随口答道。

"好!还是你想得开。做人就得像你这样,本本分分比什么都重要。你是一个优秀的搭档,只可惜我很快就要离开这里了。"王永富说着把烟蒂丢进烟灰缸里,顺手拎起茶杯往通红的烟火上倒了点茶水。只听"嗤"的一声,烟蒂腾起最后一股青烟后便安静地躺在那只晶莹剔透的玻璃器皿中。

花巧凤升任总经理助理以后,仍兼任交易部经理。虽然职权范围跟以前相比没有太大的区别,但工资收入和办公条件都要有所提高。

就在王永富召集营业部部门副职以上干部开会宣布花巧凤任职的当天下午,她就被安排坐进一间独立的办公室。办公室面积不大,放下一张桌子、两把椅子和一只铁皮柜以后,就基本没啥空间了。更为要命的是,这间办公室连个巴掌大的窗户都没有。但这些都不重要。对于体制内的人来说,从小格子间搬进独立的办公室,这意味着地位的提升。花巧凤虽然对地位不是太在意,但毕竟有了一个独立的空间,可以不受干扰地处理一些私密的事情,打一些私密的电话,所以总体感觉还不错。

花巧凤是个热爱自然的人,为了使自己那间狭窄的办公室变得有生气一些,她不知从哪里弄来一堆瓶瓶罐罐,先灌上大半瓶水,再插上绿萝、常春藤等绿色植物的藤蔓。这天下午,就在她忙着收拾这些植物的时候,钟逸勤来到她的办公室,并顺手带上了房门。

"花总好兴致呀!"钟逸勤边说边一屁股坐在花巧凤对面的椅子上。

"什么花总不花总的,怎么听起来这么别扭?"花巧凤放下手中的瓶子,也坐了下来,"钟总登门一定有什么重要的事情要说!"

"你荣升总经理助理后我还没有祝贺过呢,今天特意登门祝贺。"

"好！既然钟总这么当真，那我就先谢谢了！"

"其实除了当面祝贺，我还有要紧事要跟你商量。"钟逸勤说罢，特意停顿了一会儿。

花巧凤想，钟逸勤找上门来应该主要是要商量股市方面的事情，但又不知道他具体想说什么，就诚恳地问道："是有关股市的吧？"

"没错，我就是个炒股的，不谈股市，还能谈什么呢？！"钟逸勤自嘲道，"是这样，你有没有发现现在很多股票连续下跌的时候，有一只股票好像很坚挺，不仅不怎么下跌，还常常几个点几个点地往上涨？"

"您是说彩云电视吗？"

"对！我原以为有大机构在坐庄，可是打听了很多人，都没发现这只股票有坐庄的痕迹，后来又查看了很多材料，也没有发现它有什么特别之处。"

"您说的彩云电视我倒是也注意过，其实他还是有一些特别之处的。"花巧凤不假思索地说。

"哦？愿听其详！"钟逸勤眼睛一亮。

"彩云电视最大的优点是业绩好，每年的分红也比较高。我根据它当前的股价和去年的分红算了一下它的股息率，差不多将近8%。这种股息率虽然比现在的三年定期存款利息要稍微低一些，但毕竟大家对电视机的需求有增无减，这样，彩云电视去年的业绩一定是超过上一年的，等年后公布分红方案以后，也许我们就会发现按现在股价算它的股息率还会更高。"花巧凤滔滔不绝，越说越起劲。

"有点意思！这是一种基本面分析方法。我以前也用过这种方法，但有效性不高，很多股票明明业绩非常好，可股价就是不涨。很多股票业绩很差，但只要有人坐庄，今天讲个故事，明天释放个消息，股价反倒涨得离谱。后来我就渐渐放弃了基本面分析方法，利用我的人脉，到处打听内幕消息。靠这种办法，居然很快赚了大钱。"

"钟总您是股市和期市的高手，您有可靠的消息来源，当然会把它用到自己的股票和期货操作上了。哪像我，也认识不了多少高人，只能用些土办法来分析股票。我就想，大家为什么要买股票？为什么不把钱直接存在银行？还不是因为买股票获得的分红要高于把钱直接存在银行吗？"

"土办法有土办法的妙处！你今天说的这些话倒是提醒我了，做股票不能撇开基本面乱炒。否则哪一天我得不到可靠消息，或者听到个假消息，那岂不是要吃大亏了？"

"钟总说得很有道理！我最近注意到电视和报纸上的新闻好像对股票内在价值说得多了起来。"

"是有这么个迹象，看来股票市场上的风向要变了！要么我少拿点钱买点彩云电视试试看吧。"

第二天，钟逸勤下了个200万元的大单，全部买入了彩云电视的股票。花巧凤也悄悄地和李晓芳每人各投100万元买了彩云电视股票。

3月份的时候，花巧凤获悉了自己的研究生考试成绩：总分320分，与面试分数线仅差5分。她感觉很郁闷：自己无论在挺着大肚子期间，还是儿子出生后，都抓紧一切点滴时间刻苦学习，毫不懈怠，个中艰辛常人真是难以想象。如果分数差距太大，她也就死心了，偏偏是仅差5分就与多年前的梦想失之交臂，叫她如何不难受？

这天晚上，花巧凤哄睡了儿子，一个人坐在椅子上发愣。刚从饭店忙罢归来的曹鹏见花巧凤闷闷不乐，知道她还在为考研没达线的事烦心，就安慰说："读不读研究生能有啥？我看社会上那么多人连大学都没读过，不也照样过日子？很多人甚至过得要比读过大学和研究生的人好得多。"

哪知曹鹏不安慰还好，这一安慰花巧凤更加伤感了："你不知道，一个人确立目标以后，如果不能实现，心里会有多痛苦。考上研究生是我和姜雯霞多年前共同的梦想，现在人家姜雯霞再有几个月就要研究生毕业了，我这里却连个门也进不了。你说我心里能好受吗？"

"那你就给姜雯霞打个电话吧，看她能不能帮你出出主意！"曹鹏见自己难以说服花巧凤，便试着把远在千里之外的姜雯霞拉出来助自己一臂之力。

花巧凤一想也是，就顺手把电话拨了过去。这一次接线阿姨很快就叫来了姜雯霞。姜雯霞一听是花巧凤的声音，很高兴，就在电话那头调皮地问："这大半夜的有啥要紧事要说？不会是要告诉我你今年考研上线了吧？"

"没上线就不能给你打电话了吗？"花巧凤气若游丝地问。

仅此一句话，姜雯霞马上明白了花巧凤的考研结果，赶忙说："我们是好朋友，上不上线当然都要打电话告诉一声了。"

"这还差不多！告诉你，我这次的确没有上线，离面试分数线仅差5分。"花巧凤如实告知。

"哦,的确挺可惜的!不过,你已经相当不容易了,既要工作,又要带孩子!换上其他人,估计连报考都不会去,你竟然还能考这么多分!"姜雯霞颇为理解地说,"不要气馁,明年再考,一定会顺利过关!"

"嗯,我的确不想放弃,明年一定还会再考!你现在快毕业了吧?欢迎你暑假来南粤玩玩。"

"我现在还在赶毕业论文呢,每天都紧张得要命,你打电话时我刚从图书馆回来,一会儿还要继续熬夜弄论文。等毕业答辩什么的都弄好了,我再看有没有时间去看你。"

"好呀,等你好消息!"花巧凤放下电话,感觉姜雯霞也不容易,想想要是自己今年被顺利录取,此后几年也很难轻松度过,于是便暂时放下了对落选的失落感。

## 第二十三章
# 新帅连烧三把火　旧部变脸似翻书

　　王永富退休之后,中成证券滨海营业部来了位崔总经理。崔总大名英才,三十有余,身材魁伟,仪表堂堂,据说业务能力也十分了得。花巧凤暗自感叹自己运气爆表,刚送走一位关心自己的老前辈,又迎来一位前途似锦的青年才俊。

　　交接那天,王永富当着营业部全体员工的面热情地握住崔英才的手说:"这个营业部刚成立没几年,我老头子能力有限,多亏有花经理他们帮我冲锋陷阵,这几年业绩在全公司也能名列前茅。你年轻有为,今后肯定会带领滨海营业部越做越红火。"

　　崔英才满脸堆笑着说:"王总是我们业内的知名前辈,在营业部建立伊始就带领大伙很快进入良性发展,并挤进全公司营业部前列。领导让我来接您的班,真是既深感荣幸,又诚惶诚恐,生怕把您打下的好端端基础搞砸了。今后还请您多多指导呀!"

　　王永富连忙摆手说:"不在其位,不谋其政,我哪里敢再过来指导？你这么优秀,来之前也做过其他营业部的副总,一定会做得比我好得多!"

　　两人一个大度,一个谦恭,令在场的所有员工无不感慨万千。花巧凤对崔英才的认同也进一步提高,不遗余力地配合他熟悉情况,做好各项工作。

　　崔英才到任后看起来不温不火,处处谨慎,实则雷厉风行,大刀阔斧。他在一月之内热热闹闹地连烧了三把火。第一把火是人事调整。先是把办公室主任和财务部经理提拔为营业部总经理助理,紧接着新设一个市场部,把原交易部联系客户等职能转到市场部,要交易部专心负责交易。

　　崔英才的第二把火是搬迁营业部。他说,滨海营业部现在的地理位置的确不错,但面积太小,装修也太土气,极大地限制了营业部的发展。他把物色营业部新址和装修的重任交给了总经理助理兼办公室主任董林蹈。这位董林蹈先生年轻有为,八面玲珑。王永富在任时,他就跑前跑后帮王永富解决了不少公私事务,颇受赏识,两三年的时间就被王永富从一般员工提升到办公室主任的重要位置。崔英才到任后,他再次发挥超常的协调能力,很快取得了新领导的信任。

崔英才的第三把火是发动全员搞业务。崔英才说,一个营业部不能仅把交易部当成业务部门,也不能搞前台后台之别,大家都要搞业务,谁拉来客户谁就是营业部的功臣。他特别强调财务部的作用,说财务部不仅是重要的记账部门,更是比交易部更重要的业务部门。为显示财务部的重要性,他特令办公室在排名时打破惯例,把新提任的总经理助理兼财务部经理金有财排在三位总经理助理之首,把董林蹈排第二,花巧凤排第三。

对于崔英才的一连串动作,花巧凤并没多想,哪位领导没有自己的风格?她愿意全心全意配合新领导做好工作。为此,她比以前更加严格要求自己,处处以身作则,事事尽心竭力。

"笃笃笃",有人敲门。房门未关,花巧凤抬头一看,是她的副手交易部副经理卞琏旺,便说了声:"请进!"

卞琏旺紧走两步,来到花巧凤的办公桌前,恭恭敬敬地对花巧凤说:"花总,崔总叫我来通知您今天下午3点半到会议室开会。"

"哦,什么事?"

"具体我也不太清楚。"

"知道了,你先回去吧。"花巧凤看着卞琏旺远去的背影,感觉很奇怪。王永富老总经理在的时候会议并不太多,这位崔总来了没几天就是三天一大会,两天一小会,开得挺密集,要讨论的事情也并不多,却总是翻来覆去讨论个没完没了。还有,以前开会都是办公室通知,今天却让卞琏旺通知。至于卞琏旺,花巧凤对他印象还算不错,虽然他的业务能力一般,又喜欢摆摆谱,占占小便宜,但对花巧凤一直客客气气,工作也还算配合。

下午3点半,花巧凤准时走进会议室。随后,卞琏旺及其他4位交易部同事也陆续走进来在花巧凤两侧坐了下来。花巧凤想,看来是要专门给交易部开会。又过了一会儿,崔英才一边打着电话,一边走进会议室,在花巧凤他们对面坐了下来。等他好容易打完电话,"啪"的一声合上那只最新款摩托罗拉手机的翻盖,眯起眼睛把对面6人挨个看了一遍,才慢条斯理地开了腔:"我到滨海营业部不久,对大家还不是太熟悉,今天是第一次给你们交易部开会。今天的议题只有一个,就是如何加强内部团结,提高交易工作的效率与质量。"说完,他再次把对面6人挨个看了一遍,最后把目光停在花巧凤的脸上。

花巧凤见领导盯着自己,明白他这是在等着自己发言呢,虽然对崔英才提出的这个议题感觉很别扭,但想到他毕竟是营业部的一把手,既然提出这个议题,一定有所指,便自觉接过话茬说:"非常感谢崔总对交易部的关心,交易部人手不多,原来有11人,分出去一个市场部后,现在加上我只有6人。大家的工作量都很大,相互之间也都非常团结。说到工作效率与质量,今天我也没有思想准备,还没有具体的思路。不过,我们肯定会继续努力,争取比以前做得更快更好。我就先这样开个头吧,具体请其他几位同事补充。"说罢,扭头看了看卞琏旺。

花巧凤发言的时候,卞琏旺正翻着圆鼓鼓的眼睛盯着天花板,感觉花巧凤想让他补充,并没有立即说话,而是先用眼光征询崔英才的意见,见崔英才点头,才开口发言:"刚才巧凤说了,交易部内部非常团结,这一点我基本同意。"

花巧凤脑袋"嗡"的一声,心想,通知我开会时还张口"花总"闭口"您",怎么几分钟一过就改口当众叫起了"巧凤"?虽然她本人对别人怎么称呼自己并不太在意,但直接下属突然当众改了口,还是令她非常意外。非但如此,卞琏旺对她花巧凤所说的交易部非常团结仅表示"基本同意",难道我们真的哪里不团结了?

"不过,"卞琏旺似乎并不在意花巧凤的反应,而是正对着崔英才煞有介事地继续说,"要说工作效率和质量,我看我们交易部的确有不少需要改进的方面,今天时间仓促,会后我会专门写一份东西报给崔总。"

崔英才又分别示意其他4位,结果与花巧凤讲得大同小异,都认为部门内部非常团结,工作效率与质量方面会配合花总努力提高。至于具体的不足和措施,没有一人能够说得出。

见大家都轮流发过言,崔英才开始说话:"刚才巧凤和各位都发言了,老实说,除了卞经理的发言比较实在以外,其他的发言都太空洞。希望你们回去再好好思考一下,交易部内部到底团不团结?你们的效率和质量该怎么提高?"接下来,崔英才就团结的重要性和不团结的危害性翻过来倒过去说了半天,直到天色已暗,街灯亮起,才抬手看了看表说:"不早了,今天先开到这里。哎!你们交易部真让人不省心!再不努力,别的部门随时都可以取代你们!"

回家的路上,花巧凤还在琢磨:这位崔总葫芦里卖的到底啥药,为何突然要开这么个关于团结和效率的会?我们现在人手这么紧,交易时间大家忙得头昏脑涨,还让人怎么提高效率?还有他对待自己和卞琏旺的态度,对她花巧凤直呼其名也就罢了,毕竟他是领导,但对卞琏旺却又特别称"经理",他到底想干什么呢?

## 第二十四章

# 土菜馆里叹庄弱　岂知强庄套人狠

"叮",花巧凤的手机响了一声。她随手查看了一下,是一条短信:"今晚6点在山里人土菜馆小酌一杯如何?"短信来自钟逸勤。

花巧凤暗自感觉好笑,过来跟我说一声不就成了,还煞有介事地发了条信息。既然他发信息来,那我也回信息去吧。于是编了条信息回了过去:"谢谢您好意!下班后要回去给孩子喂奶,无法分身赴会。"

片刻后,钟逸勤的短信又来了:"你可以坐我车先回家喂孩子,然后咱们再一起去饭店。"

花巧凤想了想,近期多有不顺,自己上次与晓芳姐一起各投入100万元买入彩云电视后,一直也没见上涨,既然钟逸勤有约,不如跟他聊聊,或许还能有所启发。于是她再次回复:"恭敬不如从命!"

花巧凤走出办公楼的时候,钟逸勤的车子已等候多时。花巧凤拉开车门,利索地上了车,钟逸勤一踩油门,小车很快汇入繁忙的车流。

花巧凤到家的时候,儿子正躺在奶奶的怀里与奶奶咿咿呀呀地互动着,见妈妈回来,高兴得咯咯直笑。曹鹏的妈妈在农村老家相对空闲一点,所以儿子出生后,他们就把妈妈接到南粤帮忙带孩子。老太太见儿子和儿媳妇整天忙忙碌碌,也就毫无怨言地承担起家务活和带孙子的重任,她自己也从孙子的健康成长中获得了很多乐趣,孩子的乳名乐乐就拜老太太所赐。花巧凤给乐乐喂完奶,亲了亲乐乐胖乎乎的小脸蛋,把孩子递给婆婆说:"妈,我晚上要出去跟人谈点事,一会儿你自己弄点吃的吧。"乐乐见妈妈又要出门,"哇"的一声哭了起来。花巧凤管不了那么多了,拎起包就走了出去。

山里人土菜馆开在市中心的美食街里。一进菜馆,花巧凤便感到了浓郁的山村气息:偌大的一个院落里,假山、池塘、小桥、流水一应俱全,院落的一角摆放着几只巨大的水族箱,水族箱里养着大大小小的野鱼、沼虾、泥鳅、甲鱼之类的鲜活水产品。水族箱的旁边是一排堆放着各式山野菜、野菌菇、虫蛹之类的木架子。院落的四周是一间间山村特色的包房,每间包房的门头上都挂着一串串紫红色的小玉米,一派喜气洋洋的丰收图景。花巧凤生于农村,长于农村,见到如此亲切的画面,心情一下子大好起来。

两人在服务生的引导下,走进了其中的一间包房。包房空间较大,一半用于吃饭,摆放着厚重的木质桌椅;另一半用来喝茶,摆放着原木雕刻而成的茶几和几只黄色小竹椅。

"钟总,真是难为你了,居然发现了这么一个接地气的饭馆!"花巧凤还未落座,便欣喜地夸起来。

"难为什么?我们这些人平时除了交易,就知道到处寻找好吃好喝好玩的。这家饭店是我上次跟几个朋友无意中发现的,感觉有点意思,想着你或许会喜欢,今天特意带你来感受一下。"钟逸勤说。

"谢谢!谢谢!我是正宗的农民出身,对农村的一切都怀有特殊的感情,这些年一直在外奔波,很少回去,却经常在梦中回到家乡。"

"看来我今天还真是选对了地方。来,看看菜单,喜欢什么就点什么吧。"钟逸勤说着,把菜单递给了花巧凤。

花巧凤也不客气,接过菜单很快就点好了。等菜的工夫,两人一边喝着菊花茶,一边东一句西一句地聊着天。

"花总,最近工作上有什么困难吗?"钟逸勤随口问道。

"哎!业务上就那么些东西,我们都做熟了,就是人手一下子很紧张。"花巧凤神情落寞地说。

"嗯,我能感觉得到,你现在的工作环境很糟糕。原本一个好好的部门突然间就被一拆两半,你要是还能保持轻松,那才叫怪呢!"

说话间,服务生很快上齐了菜:油炸船丁油鱼金黄喷香,清蒸小笋壳鱼圆圆滚滚,清炒鹿茸菌蓬松酥软,油炸蜂蛹香气四溢,石锅炒土鸡蛋黄绿相间,蒜泥竹叶菜嫩绿肥厚。

"来来来,别光顾着看,吃起来才更香呢!"钟逸勤说着给花巧凤夹了条油炸船丁油鱼。

"嗯,真不错,今天是第一次吃这种鱼,刺少肉细,色艳味美!"花巧凤一边吃一边赞不绝口。

"鱼是好吃，花总对它的夸奖更有意思，你这哪里是夸鱼？明明是夸奖美女嘛！"钟逸勤逗趣说。

"钟总真会联想，你见过哪个美女刺少肉细，色艳味美吗？"花巧凤嗔道。

"花总呀！"钟逸勤说完眯起眼睛看着花巧凤。

花巧凤的脸腾地一下红了，她拽出一张餐巾纸，轻轻擦了擦嘴角，开始转移话题："不说这个了，钟总对最近的股市怎么看？"

"别提了，烦着呢！自从上次买入了彩云电视，这都一个多月了，居然没涨几个点，我现在正估摸着是不是要把它们卖掉，换一只涨得快的。"钟逸勤夹了只蜂蛹送进嘴里，"嗯，真香！花总敢不敢吃？"

"咋不敢吃？！我们小时候啥稀奇古怪的没吃过？像蚂蚱、知了之类的，只要被我们抓到，就会随手把它们扔进烧过的草木灰里烤着吃，那才叫香呢！"说着，花巧凤也夹起几只油炸蜂蛹放进嘴里。

"花总果然生猛，佩服！佩服！"钟逸勤顺手给花巧凤用汤匙舀了点油炸蜂蛹，"既然喜欢吃，就趁热吃吧！对了，你怎么看当前的股市？"

"我现在也没有看得太明白，感觉跟你差不多吧，按说这么好的股票应该涨，但它就是不涨，你能有啥法子呢？"花巧凤摇摇头说。

"既然它不涨，我们再着急也没有用，看来彩云电视这只股票里面没有庄，或者庄太弱。我准备再去找朋友打听打听，看看有没有强庄股跟上一把。"钟逸勤无可奈何地说。

"钟总路子多，有什么好股票可要记着分享呀！"

"那还用说么？我所有的单子都是经你手下的，就是想瞒也瞒不过你呀！"

"那我就先谢谢您啦。"花巧凤说着，端起茶杯，"来，我以茶代酒敬您一杯，感谢您的长期支持！预祝您早日再骑牛股！"

几天后，钟逸勤来到花巧凤办公室，刚刚坐定，就迫不及待地说："找到了！找到了！"

"找到什么了？"花巧凤一脸懵懂地问。

"牛股呀！"钟逸勤说，欣喜之情溢于言表，"我通过可靠渠道得到了一只牛股——中龙科技。"

"哦，这只股票我注意过，最近涨得很厉害，从底部上来已经快 50% 的涨幅了。

不过,它去年业绩巨亏,主营业务也没有什么特色,今天搞印刷,明天搞地产,谁也搞不清它到底想搞啥。"花巧凤平静地说。

"管他业绩好不好、主营业务干啥,只要能涨不就行了吗?彩云电视业绩倒好,主营业务也很清晰,可股价就像蜗牛一样,爬了这么久,也没见涨起来,真是急死人了!"

"您说的也是啊!不过,中龙科技已经涨了这么多了,接下来还能有多少空间呢?"花巧凤颇感疑虑。

"嘿,这才涨多少?我朋友告诉我,这只股票盘子小,股价低,关键是主力志在高远,实力非常强大,没有三五倍的涨幅是不会停下来的。"钟逸勤把握十足地说,"对于这样的股票,在主力拉升目标完成之前,什么时候买入都是正确的!"

"难道它会一直涨下去,连头也不回一下吗?"花巧凤不解地问。

"那倒未必。像这样的股票,涨起来猛,跌起来也非常厉害!摸不透它的脾气,要么是见它价格已高,不敢买入;要么是被它一炝蹶子,掀下马鞍。"

"哦,那您打算怎么做它?"

"我这点钱哪能谈得上做它!我就打算跟个庄,跟在大主力后面赚点小钱。"钟逸勤谦虚地摆了摆手说,"我想先把前段时间买的那200万元彩云电视卖掉,全部现价换成中龙科技作为底仓。没有两三倍的涨幅决不卖出。另外,我想再准备200万元,只要它敢跌,我就敢买。小跌小买,大跌大买。"

"钟总,您这可是与狼共舞呀!"花巧凤提醒道,"据我所知,凡是庄股,走势都挺诡异的,一不小心就会被深套。"

"这个我也知道!想赚钱,总是要担点风险,受点惊吓,哪可能舒舒服服躺在那,钱就赚来了?好在我有确切消息,不是盲目跟庄。"

"好的!您既然想明白了,试试也无妨。反正您的资金量大,即便拿出400万元,在您的总资金量里面也只是个小数目。"

"这是资金管理问题,看来花总对股票交易感觉越来越好了!"

"哪里?与您比起来不知要差多远呢!"

在花巧凤的协助下,钟逸勤很快平掉了彩云电视的仓位,在其股价从底部上来大约50%的位置上买入了中龙科技这只庄股。花巧凤自己也通过李晓芳卖掉了彩云电视,与李晓芳各自买入了100万元的中龙科技。

他们买入中龙科技后,这只股票果真连连续几天迈着小碎步稳步上攻。更为幸运的是,南粤证券交易所很快出台扶植股市的政策,一批像中龙科技这样的低价、亏损股就像雨后的春笋一样快速拔高。钟逸勤先前期待的回调基本没有出现,最像样的回调也不过是在前几天上涨三五个点以后,回调一两个点,或者连续几天小涨小跌,做一个平台整理。而稍微整理几天以后,南粤证券交易所又会出台新的扶植股市政策。截至 9 月初的时候,他们的浮盈已有 150% 左右。

花巧凤见这只庄股涨势凌厉,担心庄家随时反手做空,便将钟逸勤约到办公室一起讨论。

"钟总,您的中龙科技都涨这么多了,是不是可以卖了?"花巧凤问。

"急什么?我刚刚跟朋友联系过,现在市场环境这么好,咱们南粤证券交易所一口气出台了这么多扶植股市的政策,把南粤市场搞得这么热火。听说上海证券交易所已经坐不住了,马上也要出台一批扶持股市的政策。你想想,两个证券交易所互不相让地要把股市搞起来,我们这么快就把手中的股票卖掉,岂不要错过今后可能的更大涨幅吗?"

"说的也是啊!只是看到中龙科技这么差的业绩却毫无理由地上涨,心里面很不踏实。"

"不能说毫无理由吧?政策支持就是最大的理由!庄家的实力和雄心就是股票上涨的内在动力。中龙科技两大条件皆备,想不涨都难呀!"

"那您打算什么时候卖出呢?"

"卖?为什么要卖?我现在最大的心病不是什么时候卖,而是什么时候买!可惜市场不给机会,一个劲地往上涨,连个像样的回调都没有。"

"难道您认为中龙科技会一直涨下去吗?"

"这倒未必。反正我现在得到的消息是,庄家的目标还远没有到。不过,你刚才这个问题倒是提醒我了,既然它不愿意回调,那我干脆也就不等了,我再拿出 100 万元加点仓吧!"

"这样做风险是不是太大了点?要不再耐心等待一下回调?"

"不等了。连庄家自己都没有做空的勇气,担心在这么好的环境下,一旦做空,筹码会被其他对手抢去,那我也就不等了吧。"钟逸勤说完后,果真又委托花巧凤加了 100 万元的仓位。这一次,花巧凤没有跟在后面加仓,而是采取了持股观望的态度。

1996年9月，上海推出了针对本地上百家上市公司的优惠政策。远在南粤的股市炒家却立即嗅出两地政府对股市争相纵容的味道，于是，更加肆无忌惮地追捧低价绩差股。在此背景下，中龙科技的庄家几乎不用动脑筋，只是守牢自己的筹码，其股价便噌噌往上蹿。到10月下旬的时候，中龙科技股价已从5月份起步时的1.8元/股涨到6.2元/股。

面对股市的狂热，管理层终于坐不住了，他们从10月底开始对股市进行温和调控，试图让非理性的上涨稍稍降些温度。10月22日，证监会发言人重申，证券经营机构不得在股票买卖业务中从事信用交易。市场似乎感到了危机，南粤股价指数当日大跌3.06%。但仅过了一夜，股民们次日便继续做多，南粤股价指数上涨2.8%。10月25日，证监会决定向证券期货机构派驻督察员，南粤股价指数小幅低开，但很快又被拉了起来，截至收盘时收涨0.91%。10月26日，证监会选择周六这个休息日颁布了《证券经营机构自营管理办法》。然而，股票市场仍不买账，10月28日，南粤股价指数竟然暴涨4.55%。10月30日，证监会要求加强期货交易实物交割环节管理，证券市场终于嗅出了监管层的打压意图，南粤股价指数当日下跌2.27%。

花巧凤目睹股票市场从高歌猛进到终于低头，隐隐觉察到这轮行情可能会在管理层的打压下很快结束，便找来钟逸勤讨论应对之策。谁知钟逸勤听罢花巧凤的担忧后，竟然哈哈大笑："花总多虑了！你没听说过'千金难买牛回头'吗？别看证监会打压得狠，真正的力量在市场这边！现在大家情绪高昂，庄家粮多马壮，这火能那么快就被灭掉吗？依我看现在的回调正是千载难逢的加仓良机！今天算是来不及了，明天我一定会再拿出100万元加仓！"钟逸勤越说兴致越高，越说底气越足，惹得花巧凤也不禁心里痒痒起来。

11月1日证监会发出《关于严禁操纵市场行为的通知》，南粤股价指数跳空低开两个百分点。钟逸勤春风满面地把一个100万元的买单递到花巧凤的手上。中午的时候，花巧凤电话通知李晓芳把她俩的账户上也各自加仓100万元。当李晓芳听到花巧凤加仓的指令后，在电话那边大吃一惊。

"你没有搞错吧？咱们的账户上浮盈已有160%以上了，你确定不是让我卖出而是让我买入吗？"李晓芳不安地问。

"没错，是要让你买入，这两天的回调是非常难得的买入良机！"花巧凤语气肯定地说。

李晓芳还是不放心,又接着补了一句:"回调是回调,这个我也注意到了,中龙科技这两天虽然也回调了十几个点,但现在毕竟还在高位,按你原来的风格是要低买高卖的,怎么现在反倒要在高位补仓了?"

"哈哈!晓芳姐,这你就不懂了,在上升趋势中,回调就是买入良机,等股票价格涨起来了再卖,仍然属于低买高卖呀!"花巧凤努力凭着她对钟逸勤操作思路的理解来说服李晓芳。

"那好吧,既然你这么坚决,我就听你的,反正这些钱也都是你在股市里面帮我赚出来的。"李晓芳不大情愿地说。

"你就放心吧,晓芳姐!"花巧凤紧跟着强调一句。

李晓芳很快依花巧凤指令把她们的总成本加到了400万元,每人投入成本200万元。

11月1日收盘后,南粤股价指数收跌3.6%,钟逸勤和花巧凤当日补进的仓位都略微出现了亏损。但自11月4日开始,包括国龙科技在内的低价股再次掀起大涨狂潮。国龙科技股价很快创出新高,钟逸勤和花巧凤等人新增仓位的浮盈已经超过20%。

11月12日,证监会发布《境内及境外证券经营机构从事外资股业务资格管理暂行规定》,当日市场继续以上涨作为回应,南粤股价指数继前一天大涨4.27%后,又上涨1.4%。11月15日,证监会主席周道炯强调,地方监管部门要把工作重点转移到监管上来。市场仍然毫不理会,南粤股价指数当日大涨2.77%。11月20日,证监会查处海通证券、深发展非法为客户提供融资案件。市场终于耐不住了,南粤股价指数次日暴跌7.1%。

花巧凤目睹中龙科技在大盘的暴跌下股价快速滑落,心里如同猫抓一样难受。她一个人在狭窄的房间里来回不停地踱着步,反复盘算着应对之策。卖吧,万一这次回调后,股价再创新高,岂不是要错过一段大涨行情。再说,中午时她跟钟逸勤简短交流时,钟逸勤仍对市场前景信心十足,并明确指出现在的股价距离庄家的拉升目标至少还有30%的空间。怎么办?恰在此时,李晓芳的电话打了进来。

"巧凤,现在所有的股票都在跌,咱们的中龙科技已经涨了那么多,你还不准备卖吗?"李晓芳焦急地问。

"晓芳姐,先别急,我也正在为这个事发愁呢。都说'富贵险中求',如果这点市场的震荡就把我们吓倒了,那还怎么指望更大收益呢?"花巧凤似乎在安慰李晓芳,也似乎在安慰自己,"别看市场跌得猛,一些庄家和大户正盼着这一天呢,他们舍不得用自己手中的筹码洗盘,现在正好借监管层带来的利空顺势洗盘,好在低位拿到廉价筹码。我有一个很好的朋友,今天下午刚刚趁大盘下跌,又补了100万元的中龙科技,现在他在这只股票上的总成本已经有500万元了。这样算来,我们的平均成本比他要便宜不少。他都不担心,我们有啥值得担心的?据他说,中龙科技在目前的价位上至少还有30%的上升空间,我们就算不补仓,也没有必要现在就卖吧?"

李晓芳听罢,感觉似乎在理,就对花巧凤说:"你说的这些我也不太懂,但是既然你心里这么有底,我们暂时就持股观望吧。不过,你千万要留心,不要耽误了卖出的好时机。"

股市很快又止跌回升。自11月21日开始,国龙科技等低价绩差股再次连续走高,到11月底时,股价已达8.3元/股。

12月2日,证监会主席周道炯指出,规范基金业将是一段时期发展基金业务的首要工作。证券市场闻声小幅下跌,截至当日收盘,南粤股价指数小跌0.13%,次日更是大涨3.54%。12月6日,证监会发通知要求加强对上市公司临时报告审查,南粤股价指数收涨1.1%。12月9日,证监会下发《关于加强证券市场风险管理和教育的通知》,众炒客竟相互打趣:这是要吓唬谁呢?股票市场要是没有风险,那还叫股市吗?咱们要是怕风险,早就不在里面玩了!结果,南粤股价指数当日大涨2.38%,国龙科技股涨至9.2元/股。花巧凤大致匡算了一下,中龙科技从最低点上来已经涨了4倍,从他们首次建仓算起,已经涨了两倍半。于是便找来钟逸勤了解他的打算。

"怎么样?中龙科技涨势凶悍吧?"钟逸勤一进门便神采飞扬地说。

"的确很厉害!钟总这一波节奏踏得真准!"花巧凤夸完钟逸勤,紧接着把问题抛了出来,"那您接下来准备怎么做呢?"

"捂!"钟逸勤语气坚定地说,"不到主力的目标位绝不撒手!"

"哦,现在的股价距离您当时所说的主力目标位已经不远了吧?"花巧凤谦虚地问道。

"至少还有两块钱的距离!"钟逸勤说,"主力也在随行就市,现在市场这么强,他们早把中龙科技的目标价调高到12块了。"

"您说的这个主力胆子还真够大的,11月初证监会就发出严禁市场操纵的通知,他们竟然当耳旁风。"花巧凤在肯定的语气中,稍微流露出担忧之意。

"不要紧,他们现在只是焐股不卖而已,并没有去操纵市场。再说了,他们用了几百个账号进行买卖,就算真有操纵市场行为,查起来也不是那么容易的!"

"哦,原来是这样啊!假如市场再来一次比较大的调整,那您还补不补仓呢?"花巧凤就像小学生一样刨根问底。

"补!为什么不补?你一定要记住,牛市中的每一次下跌都是加仓良机!"钟逸勤说完,意味深长地看了眼花巧凤,"等这一波做完了,我们找个地方好好庆祝一下去!"

花巧凤满脸通红地说:"您总是这么客气!"

12 月 13 日,证监会规定到 1997 年 2 月 15 日还未获得资格证书的券商将不得从事股票承销业务。南粤股价指数闻风大跌 5.22%。钟逸勤在 9 元/股附近,再次加仓 100 万元。至此,钟逸勤的总成本达到 600 万元。花巧凤虽然对钟逸勤所说的中龙科技股价达到 12 元以上的目标也比较期盼,但这次和前次一样,没敢再跟着加仓。

就在钟逸勤和花巧凤期盼中龙科技涨到 12 元/股的当口,《人民日报》于 12 月 16 日发表社论《正确认识当前股票市场》,语气十分严厉地指出:"中国股市明显处于过高状态",明确告知市场参与各方"股市有涨必有落","政府要把经济搞好是真,但绝对不会在股市暴跌时去托市,也托不起市",要求投资者对政府托市"不能抱有任何幻想",强调要坚定不移地贯彻"法制、监管、自律、规范"八字方针,"进一步抑制过度投机"。为配合《人民日报》社论,监管层还同时出台了新的交易规则:从"T+0"改为"T+1",并同时推出股票涨跌停板制度。

《人民日报》社论在各类证券市场参与者中间引起了强烈的反响,经过周六、周日两天的消化、发酵,证券市场中弥漫着一股从未见过的紧张气氛。

12 月 19 日,股市一开盘,钟逸勤便将一张清仓卖出的交易指令交到花巧凤手上。花巧凤第一时间帮他挂好了卖单,然后打电话通知晓芳如法操作。然而,想要卖出的人实在太多了。成千上万手卖单死死地压在那里,而买单几乎为零。滨海营业部内外挤满了焦虑的大户小散,大家望着电脑显示屏幕上凝滞不动的绿色数字,个个心急如焚。大盘一口气跌了一个星期,南粤股价指数总共下跌了 35%。

在市场暴跌的日子里,花巧凤带领交易部一帮人,一边手忙脚乱地帮大家挂上卖单,一边暗暗祈祷股市尽快止跌回稳。然而,市场并不在意人们的美好意愿。就在大盘止跌后,钟逸勤他们的国龙科技继续走出一字板跌停走势,直到第十个交易日,中龙科技的跌停板才极不情愿地打开。此时,其股价已从最高点的 9.5 元/股一直跌到 3.5 元/股,跌幅高达 63%。此时,钟逸勤的账户不仅全部回吐了先前的浮盈,还浮亏了 260 多万元。花巧凤和李晓芳因为后来两次调整时没有加仓,高成本的仓位不多,所以总的浮亏也要少一些,两人共浮亏约 120 万元,平均每人浮亏 60 多万元。

面对着入市以来的首次巨亏,花巧凤心情极其难受,更难受的是她现在没有了方向:是继续等待?还是割肉出局?她的确不知该咋办,于是主动约钟逸勤前往那间山里人土菜馆面谈。

山里人土菜馆里人来人往,灯笼高挂。钟逸勤和花巧凤在服务生的引导下,穿过庭院内的九曲桥,又来到了上次他们待过的那间包房。两人相邻,刚一坐定,服务生便热情地递上菜单。

"咱们今天换几个更生猛的菜怎么样?"钟逸勤拿眼斜睨一下花巧凤,嘴角里藏着一丝不易觉察的坏笑。

"今天我请客,您想吃啥就点啥吧。"花巧凤似乎一点也不在意。

"那就先来一份油炸土狗吧!"钟逸勤对服务生说。

"慢点,您知道什么是土狗吗?"花巧凤提醒道。

"怎么不知道?土狗学名蝼蛄,专门在农田和菜地里为非作歹,还喜欢在牲口粪便上爬来爬去,不过这个东西蛋白质含量极其丰富,不仅具有药用价值,还是男人滋补之佳品。"

见钟逸勤说起土狗来头头是道,花巧凤没好气地说:"这么恶心的东西,您竟然把它夸得一朵花一样,真是服了您了!"

"生活中比土狗恶心的东西多了去了,但像土狗这样看起来恶心,吃起来味美的倒是不多。"钟逸勤以哲人的口气说道。

"先生,这个油炸土狗您还要吗?"站在一旁的服务生问道。

"要!除了油炸土狗,你再给我来一份油炸竹虫。"钟逸勤说完,不忘再补充一句,"竹虫长得像蛆,有些地方的人直接就把它叫竹蛆。不过,这东西也是美味,含有丰富的蛋白质和十多种人体所需的氨基酸。"

"你才点两份菜,还需要什么吗"服务生有点着急了。

　　花巧凤也跟着起哄："人家服务生对各种菜的营养价值一定比您知道得多,您倒好,不抓紧点菜,反而在人家面前卖弄起来。"

　　"我哪里敢卖弄,这不是怕你不知道这些东西有多好吗?"钟逸勤干笑两声,接着说道,"既然你们都着急了,那就再给我来一份红烧小杂鱼,一份红蘑炖野猪肚。嗯,再加一份清炒柳蒿吧。"

　　服务生转身而去。花巧凤见钟逸勤点菜的工夫还不忘幽默,忍不住好奇地问:"您这一波做下来,浮亏了这么多,心情一点都没受影响吗?"

　　"影响?怎么没有?最近这十来天,我几乎夜夜失眠,眼看中龙科技在跌停板上封得死死的卖不出去,一天就要损失几十万,真是心急如焚呀!可急又有什么用呢?自己做的决定,结果再差,自己也要咬着牙扛下去!"

　　"看来您现在调整得差不多了!"

　　"是麻木了!反正这些钱也是在股市和期市上挣来的,以前挣了人家那么多,现在还回去一点而已。"

　　"哈哈!您心真大!"

　　"不是心大,是心情舒畅!"钟逸勤盯着花巧凤水灵灵的大眼睛说。

　　"怎么还舒畅了?"花巧凤一脸懵懂地问道。

　　"在我最失意的时候,有你这样的大美人陪伴在身边,心情能不舒畅吗?"钟逸勤调侃道。

　　花巧凤满脸绯红,假装没听见,端起茶碗低头抿了口菊花茶。恰在此时,服务生把油炸土狗和油炸竹虫端了上来。

　　"真香!"钟逸勤说话间从随身带来的纸袋里掏出一只竹筒,打开盖子,为花巧凤和自己各斟了小半杯红通通的液体,端起杯子对花巧凤说:"来,尝一口!"

　　花巧凤端起杯子凑到鼻子前轻轻地闻了闻,一股清幽的酒香扑鼻而来,原来是酒!

　　"这是畲族人的山哈酒,红曲酿制,竹筒储藏,看起来喜庆,喝起来甘甜。我托朋友千里迢迢从浙江畲族自治县带出来的,在家放了好久都没舍得喝,今天特意拿出来与你共享。"钟逸勤如数家珍地介绍起来。

　　"真是太感谢了!那我就借这杯贵重的红色美酒祝您早日时来运转吧。"花巧凤端起酒杯与钟逸勤碰了一下,仰头喝下半口,再仔细地咂了咂嘴:"真不错!清冽可口,既有粮食的芬芳,又有竹子的清爽!"

"好喝就多喝点吧! 这种酒汲取了竹子里的竹荪素,营养丰富,能够滋阴壮阳,延年益寿。来,我也祝你越来越漂亮!"钟逸勤也举起酒杯与花巧凤碰了一下。

两人你来我往,杯中的酒很快见底。钟逸勤又提起竹筒给花巧凤和自己各加了半杯。"来来来,别光顾着喝酒,要趁热吃土狗和竹蛆!"

花巧凤在酒精的刺激下,也多少有点兴奋,她伸出筷子夹起一只黑乎乎的土狗在眼前晃了晃说:"有什么大不了的? 饭店敢上这个菜,我就敢把它吃掉!"言罢,干脆利落地将土狗扔进嘴里,嘎嘣嘎嘣嚼了起来,"嘿,还真不错! 比蚂蚱和蜂蛹味道还要好!"

"花总真乃女中豪杰也!"钟逸勤向花巧凤跷起了大拇指。

"不敢当,不敢当! 吃只土狗就算豪杰了,那这个豪杰也太不值钱了吧? 钟总亏了那么多钱,还能心平气和,不忘幽默,您才是真正的豪杰!"

"我这不过是苦恼人的笑,钱虽亏了,生活还是要过的,整天愁眉苦脸,也不能把丢掉的钱再苦回来,只好假装很开心。"钟逸勤自顾自地喝了口酒,苦笑着说,"这一波被套后, 我也做了反思, 虽然监管层的打压是这次股市暴跌的最直接原因,但我自身的贪婪以及操作策略上对内幕消息的过分依赖是最根本的原因。"

"您说得真有道理! 按说您既有庄家方面的可靠消息,又有政策方面的可靠消息,应该不至于套得这么狠。"

"可不是嘛!"钟逸勤一拍桌子说,"怪就怪我太贪婪、太自负,本来在《人民日报》社论发布前,我在部委的那帮朋友已经提醒我国家要出手了,但我就是不信,以为庄家把盘控得那么牢,他们还不是想怎么拉就怎么拉吗? 谁知庄家的那点实力在国家力量面前那么渺小!"

"那你打算怎么处理中龙科技呢?"花巧凤试探着问。

"认栽!"钟逸勤呷了口山哈酒,颓废地瘫在座椅上,目光呆滞地看着服务生把红烧小杂鱼和红蘑炖野猪肚端上桌来。

山哈酒色艳味香,花巧凤在不知不觉中渐感脸颊发烫,浑身酥软,但见钟逸勤的眼神里既有不甘,也有无奈,知他内心极为痛苦,便努力打起精神,体贴地给钟逸勤夹了条小杂鱼,"来,您也趁热吃吧!"

钟逸勤微微抬起身子,嘴里喃喃道:"'福兮祸之所伏,祸兮福之所倚'。老祖宗的话讲得可真有道理呀! 没想到我钟某人在股市期市纵横驰骋这么多年,这次也栽了个大跟头。"说完,又端起酒喝了一大口。

花巧凤渐渐头晕目眩,才知道这种山哈酒还是有些后劲的,见钟逸勤又在大口喝酒,担心他喝醉了,便伸手接过钟逸勤的杯子说:"要么,咱们就多吃点菜,不要再喝酒了吧?"

"刚才我还夸你是女中豪杰呢,没想到这点酒你就怕了!"钟逸勤一把抓住花巧凤还没来得及缩回的右手,又把另一只手也塔了上来,歪起头,眯起眼睛盯着花巧凤说,"我们今天一定要把这一竹筒山哈酒喝完了。"

花巧凤试图抽回右手,但钟逸勤双手的握力要大得多,她只好保持原来的姿势,等待钟逸勤主动放手。好在钟逸勤并没有进一步的动作,两人就这样把手悬在半空,四目相对。房间里静得出奇,就连空气也像凝滞了一般。恰在此时,木板门上传来了"笃笃"的叩击声。钟逸勤极不情愿地松开了双手,没好气地嘟囔一声:"进来吧。"

随着"吱呀"一声响动,服务生端来一盘青色的炒菜,"清炒柳蒿,你们的菜上齐了,要不要再来点主食?"服务生一边把菜往桌上放,一边歪着头问钟逸勤。

钟逸勤靠在椅子上,脸色铁青,头也不抬,仅抬起右手轻轻地挥了一下。服务生知趣地赶紧离开了。

就在服务生进屋的一刹那,花巧凤似乎一下子感到了解脱的快意,但这种快意仅持续了几秒钟便迅速消失,一种莫名的失落感油然而生。她开始怨恨服务生来得不是时候,希望他尽快离开,再也不要鲁莽地敲门进来。她甚至在内心中陡然升起某种渴望,渴望有一团炽热的火球把自己瞬间熔化,或者有一双有力的大手把自己撕得粉碎……

"来,咱们都稍稍加一点!"钟逸勤提起竹筒给花巧凤和自己又斟了点山哈酒。花巧凤不再推辞,只是双眼迷离地看着钟逸勤发愣,她虽然已经眩晕,但心里还算明白。她隐约感到自己或许还需要再喝一点,这样自己的胆子就可以更大一些。

钟逸勤举起酒杯对花巧凤说:"李白有一句诗说'人生得意须尽欢,莫使金樽空对月'。今天有你这样的大美人陪伴身边,真是天大的幸事,在股市上的那点亏损又算什么?我要抓紧这美好的时光,尽情享受,决不让巨亏的阴影蒙蔽了我的眼睛!"说罢,一仰脖子,"哧溜"一声把小半杯山哈酒一饮而尽。

见钟逸勤又是吟诗,又是夸自己,花巧凤深受感染。她莞尔一笑,说:"钟总又在开玩笑了,这个房间里只有你我二人,哪有什么美女?不过,我还是非常佩服您这样遇事不慌、愈挫愈勇的豪爽劲。记得李白还说过一句,'五花马,千金裘,呼儿将出换美酒,与尔同销万古愁'。既然您喜欢喝,那我也舍命陪君子了!"说完,也一仰脖子把杯中酒喝了个底朝天。

"好!够义气!"钟逸勤鼓掌大赞。

花巧凤把自己的空杯递到钟逸勤面前,示意他再给自己斟上,却被钟逸勤伸出的右掌挡了回去。"人生得一知己足矣!你如此放开自己,陪我喝酒,已令我受宠若惊。我哪能得寸进尺,不顾你的酒量,一定要把你灌得烂醉如泥?今天咱们就喝这么多。"说罢双手扶着椅子试图站起来,但努力了两把均未能成功。

花巧凤明白钟逸勤这是要出门买单去,便对他嗔道:"今天的聚会是我提议的,这个单一定得我来买才好!您先别急,我们都再吃点热菜,喝点热水,等酒劲稍稍消解了一点再走。"

钟逸勤并未理会花巧凤的提议,继续强撑着试图站起来。"你能陪我一起出来喝酒,已经十分荣幸,哪能让你买单!"钟逸勤一使劲终于站了起来,晃晃悠悠直奔门口而去。

花巧凤怕他摔倒,急忙站起来准备扶他一把。谁知自己站是站了起来,但两腿飘得厉害,身子一歪,差点摔倒。钟逸勤见状立即折回,一把抓住花巧凤的胳膊。花巧凤勉强撑住了没倒在地上,却直接靠在了钟逸勤的肩膀上。钟逸勤感觉脸上一热,原来是蹭到了花巧凤温热的脸颊。他就势把自己的嘴巴扭过来轻轻压在花巧凤的脸上,一股麻酥酥的电流瞬间流遍花巧凤的全身,她潜意识里的某种激情终于一发不可收拾地爆发了……

"丁零零……丁零零……"一阵阵急促的电话铃声吵醒了花巧凤。她揉着惺忪的睡眼,抬起沉重的脑袋,往四周一看,自己竟然躺在一张宽大的床上。她心里一惊:这是宾馆,我怎么会躺在这里?再一看,钟逸勤也躺在身边。她赶紧再仔细瞅瞅自己和钟逸勤的身体:两人的衣服都穿得好好的,钟逸勤甚至连皮鞋还在脚上穿着。花巧凤这才长长地舒了一口气,从牛仔裤兜里掏出手机。电话是曹鹏打过来的,因为她未能及时接听,铃声已经断了,但电话上显示的时间清晰地告诉她,此时已是后半夜。

花巧凤迅速理了理思路,觉得除了记忆断片之外,自己应该没做什么更出格的事情,便把电话给曹鹏回拨了过去。"喂,我跟朋友在外面谈事,忘了给你打电话了,你别急,我很快就到家。"打完电话,她蹑手蹑脚下了床,拎起随身携带的挎包,看了眼还在熟睡中的钟逸勤,跟跟跄跄地走出房间。

　　马路上空无一人,偶尔有一两辆高大的土方车拖着长长的尾巴咣当咣当地疾驶而过。一阵凉风吹过,花巧凤不由得打了个激灵,脑子也一下清醒了许多。她裹紧衣服在路边来回踱步,希望能等来一辆夜归的出租车。她的运气不算太坏,没过太久,便有一辆老旧的出租车在她身边戛然而停。她跌跌撞撞地上了车,心里开始后悔起来:天那!我怎么会这样?都做了些啥呀?怎么能撇开曹鹏和孩子在外胡吃乱喝?她甚至有些鄙夷自己,一个衣衫不整、浑身酒气、大半夜里在宾馆门前候车的年轻女子意味着什么?

　　就在她胡思乱想,追悔不已的时候,司机告诉她目的地到了。她迅速付好车费,木然地下了车,神情呆滞地朝着家的方向蜗蜗独行。不远处,她家卧室窗台的那盏小灯透过厚重的窗帘正发出昏黄的光。她明白这里才是她真正的心灵港湾。曹鹏什么都没问,只是伸手接过她的挎包,叫她赶紧洗漱睡觉。花巧凤也没再解释,很快便蒙头大睡。

　　管理层的“十二道金牌”终了把亢奋的股市打回了原形,也使首次发生巨亏的花巧凤开始重新审视自己的炒股策略。本来,她对市场还是有独立判断的,也因此在这个初创的市场中掘到了第一桶金。但自从她结识钟逸勤以来,眼见他凭借内幕消息出手凶悍,获利丰厚,自己渐渐放弃了独立判断的原则。特别是在钟逸勤为她在国债期货上利用内幕消息精准进退,收获360多万元的巨额利润后,她变得更加迷恋内幕消息,以致虽然隐约感到在管理层的持续打压下,大盘随时可能暴跌,但终究还是因为更加偏向于相信钟逸勤带来的内幕消息而遭受重大损失。她暗下决心:从此以后,要尽快建立自己的分析体系,坚持凭借自己的独立分析进出股市。

　　“方便吗?”钟逸勤站在花巧凤的办公室门口问。

　　“方便。”花巧凤若无其事地邀请钟逸勤进屋说话。

　　钟逸勤带上门,拘谨地说:“昨晚……不好意思,喝高了。”

　　花巧凤笑了笑,心想,过去的事还提它干吗,幸亏你也喝高了,要不然还不知道会干出什么糗事呢!不过,她倒也不打算说出什么令钟逸勤尴尬的话,毕竟钟逸勤人不坏,对她很友善,还帮她赚过几百万,就轻描淡写地说:“开心嘛,好在都没有彻底醉倒。”

　　“你能这么想就好!”钟逸勤紧绷的神经一下放松下来,“我还担心你会有想法呢!”

"怎么会？我也不是那种小肚鸡肠的人，不过，我以后可不敢再喝那么多酒了！"

"这个还真很难说。"钟逸勤苦笑着说，"我自己不知发过多少次誓，要把酒戒掉，可就是记不住。"

花巧凤不想再说喝酒的事，便呵呵笑了两声，问钟逸勤，"您昨天说要把股票清仓，想好了吗？"

"想好了，今天找你就为这事。本想等国龙科技多少反弹一下再止损，但仔细再看了一遍《人民日报》社论，才明白管理层不想让大家炒垃圾股，看来它还真难反弹得起来。所以我也不想再等了，干脆现在就割掉算了。"

"说得有道理！我也估摸着垃圾股短期内很难反弹得起来，与其在这边干等着，还不如早早割肉，以求解脱！"

"好！既然你也这么说，那我今天就割肉清仓吧。"

"我只是一个营业部的交易员而已，随便说说感想，您在股市期市纵横驰骋这么多年，可不能拿我的话当真！"

"不！你不是普通的交易员，你已经是领导了，更重要的是你对市场、对政策、对交易都有非常独到的理解。这次在中龙科技的操作上，你的提醒也非常及时，只可惜我没有按照你的建议及时止盈，否则现在就不是亏损260多万，而是至少有四五百万的盈利了。"钟逸勤不无遗憾地说。

"您过奖了！我要是真有那高的水平，早就不猫在这里赚这点死工资了。"花巧凤抿嘴笑了笑说。

"我有一种预感，凭你的智慧和干劲，你迟早会成为亿万富豪！"钟逸勤用一种不容置疑的口气说。

"您又笑话我了！不过，真有那么一天，我一定要与您再大醉一次！"

"你前面还说不敢再喝那么多酒了，怎么这么快就改变主意了？"钟逸勤眯起眼睛笑着问。

"不是改变主意！而是对我来说，成为亿万富豪是根本不可能的事，所以我才敢说再大醉一次呢！"

"好！那我们就记住今天的话吧！"

"没问题！"花巧凤一脸轻松地说，"对了，您打算清仓中龙科技以后怎么办？"

"我还是要好好想想再说,看来原来的炒股习惯要改一改了。"钟逸勤茫然地说。

"根据最近的观察,我倒是觉得当前是炒作绩优股的好机会。"花巧凤不失时机地提醒钟逸勤。

"哦?为什么?"钟逸勤双眼放出光来。

"您想想,像彩云电视这样的绩优股前期虽然涨了一些,但其实并没有涨多少,我们当时买它的理由一点都没有发生变化。现在管理层不让炒垃圾股,那接下来的资金还不都得往这些没涨多少的绩优股上面来吗?"花巧凤胸有成竹地说。

"太好了!那我就把卖中龙科技的钱都拿来买彩云电视吧。"

"可以是可以。不过买入后一定要有耐心,如果像上次那样,眼见垃圾股大涨,忍不住把彩云电视卖掉,可能又要错过一波大行情了。"

"嗯!这次我就紧跟政策走一把,政策不变,我就不卖。"说完,钟逸勤当场填好了卖单和买单,由花巧凤交给手下人执行去了。

当晚,花巧凤跟李晓芳通了个电话,详细分析了这次失利的原因以及下一步的打算。李晓芳见花巧凤说得有理,暂时放下了对亏损的烦恼,并在第二天根据花巧凤的指令把中龙科技全部换成了彩云电视。

## 第二十五章

# 乔迁未必都欢喜　宴会厅里皆演员

1996年12月31日收盘后,中成证券滨海营业部整体搬迁到附近的一栋现代化大厦。新址整整占了两个楼面,而且总面积是原来的两倍多。因为新旧营业部相距不远,又都在南粤湾区域,所以搬迁后的营业部连名字也不用改。

无论在私还是在公,乔迁都是一件极为喜庆的大事。花巧凤早上跟随搬迁车辆走近新营业部大门的时候,就被眼前的豪华布置镇住了:营业部门里门外张灯结彩,鼓乐齐鸣,插满鲜花的高大花篮从营业部大门一直排到马路边。中成证券总裁李锋、总裁助理欧芬、滨海营业部总经理崔英才一班人身着笔挺的西装或套裙,胸口上别着大红花,春风满面地站在花篮边迎接各方宾客。

花巧凤很久未见欧芬,虽心存芥蒂,还是准备主动上前跟她打个招呼。那欧芬本是逢场作戏高手,见花巧凤朝自己走来,主动伸出了葱白般的纤纤玉手。花巧凤不敢怠慢,立即加快步伐,伸出双手,与欧芬递来的右手不松不紧地握在了一起。

"欧总好!好久未见,您变得更加漂亮、更加高雅了!"花巧凤的这句话虽说有恭维的成分,但的确也说得恰如其分。

欧芬听后立马神采飞扬起来:"巧凤,没想到你还是这么会说话,我哪里变得漂亮了?成天被一大堆工作累得要死,我感觉这两年要衰老好几岁呢!"说完,缩回手,又伸出来轻轻拍了拍花巧凤的肩膀说,"倒是你还是老样子,听说你刚刚生了儿子,现在身体恢复得这么好,一点也不像生过孩子的人。"

花巧凤心想,你哪里是在忙工作,要说忙于结交权贵,打压异己,或者勾引别人的老公,我倒是信了,而偏偏就是欧芬这样把工作当儿戏的人反倒更热衷于把工作挂到嘴边。但这里毕竟是公共场合,在她俩对话的同时,李锋、崔英才都在一边眼巴巴地看着呢,花巧凤继续满脸堆笑地附和道:"是呀!欧总一直是大忙人,把工作看得比什么都重,也许拼命工作就是您的驻颜秘方吧!"

　　花巧凤的一句话把欧芬乐得前仰后合，灿若桃花。一旁的李锋接过话来说："欧总在驻颜方面确有过人之处，我以前怎么就没想到秘诀恰在工作之中呢？"崔英才更是忙不迭地呈上溢美之词："欧总是我们大家的榜样！今后我一定要把欧总的工作驻颜术在滨海营业部女同胞中大力推广起来！"

　　欧芬听罢笑得腰都直不起来。她一边笑，还一边用手指着身边的这几个人，嗔道："你们呀，就知道起哄！"等她又笑了一会，突然直起腰，伸出双手按住花巧凤的双肩，说："哎呀，巧凤！你怎么嘴变得这么甜了？看来，我当初把你招进通银证券算是招对人了！"又扭头对崔英才说："巧凤是我最早发现的才女、美女，现在放在你们营业部里，你一定要好好关照她哟！"

　　崔英才连连点头道："欧总，您就放心吧！巧凤是我们这里的业务骨干，我肯定会好好培养她的！"

　　花巧凤见寒暄得差不多了，明白再继续待下去，有喧宾夺主之嫌，便借口有事要处理，匆匆与几位领导握手道别。

　　花巧凤被分到二楼一个靠近角落的办公室。这间办公室虽然位置有些偏，但办公室面积比之前的要稍大些，并且还有一扇窗户。尽管通过这扇窗户只能看见对面一栋破旧写字楼灰秃秃的墙面，但毕竟还能把窗户打开，透进些外面的新鲜空气，花巧凤的心里还算满意。她是一个异常知足的人，当前的办公条件可是她小时候连做梦也不敢想的。她现在依稀记得当年坐在小板凳，趴在泥墩上上课的情形。就连那位动不动就拿小树棍敲打学生的姜老师，也只能和其他四位弯腰驼背的老教师挤在半间昏暗的土坯房里备课和批改作业。她年纪轻轻就能在中国最现代化城市的崭新大楼里拥有一间窗明几净的独立办公室，这是何等的幸运！

　　当晚，花巧凤根据办公室的统一安排与众人齐聚隔壁的南粤湾大酒店用餐。花巧凤到时，偌大的酒店大厅已经人声嘈杂，30多个大圆桌已差不多坐满了人。花巧凤按照她所在的桌号落座后，便四下张望起来。在靠近前方演讲台的位置，有一张足可坐下20人的大圆桌，圆桌中间放着艳丽的鲜花，这个应该就是主桌了。李锋、欧芬及各界头面人物已然坐定，崔英才及负责办公室和财务部的两位总经理助理董林蹈、金有财也在下方的位置上坐着。这些人或相互寒暄，或低头喝水，或查看手机。对李锋、欧芬坐在主桌，花巧凤并不吃惊，但对董林蹈和金有财也坐主桌，花巧凤着实有些想不通了。她在心里默默嘀咕：这两位该不是高升了吧？

　　"花总，您知道吗？董总和金总刚刚被提拔为咱们营业部的副总经理了。"一旁的卞琏旺悄声对花巧凤说。

听罢此言,花巧凤感觉脑袋嗡的一声,便什么也听不见了。她心里明白,自己刚才的猜测还真没错,只是她突然发现,自己似乎是这个营业部的局外人,连卞琏旺都知道两人被提升做营业部副总这样的大事,她花巧凤竟然一丁点都不知道!想到此,她有一种异常酸楚的感觉:自她来到滨海营业部以来,工作不可谓不努力,业绩不可谓不靓丽,怎么到如今自己倒像个局外人?她感觉自己脸上烧得厉害,心脏也噗噗跳得厉害。"不行,要镇静!"她提醒自己,"不能让人看出自己的失态!我一个农民家的苦孩子能有今天已经十分不易,还想那么多干什么?"

接下去的时间里,花巧凤的脑子几乎一片空白。领导们开饭前讲了些什么?她自己现在到底吃的啥菜?她是一概不知。"巧凤,领导过来敬酒了!还不赶快站起来?"卞琏旺以责备的口气提醒花巧凤。花巧凤赶忙站起来,端起杯中的红葡萄酒与走到桌前的李锋、欧芬等人恭恭敬敬地碰了杯子。待这些人移步下张桌子时,花巧凤扭头看了看卞琏旺,他正在满脸堆笑地冲着领导们远去的背影使劲点头呢。花巧凤心里一阵恶心:没旁人在的时候,张口花总,闭口您;领导一来,你就直呼巧凤,你这张脸呀,变得可真叫快!

"花总,您看我们要不要去主桌敬下酒?"卞琏旺满脸媚笑地碰了碰花巧凤的胳膊肘说。

花巧凤抬头朝主桌看了一眼,转完一圈又回到原位的领导们已经被各路敬酒大军围得水泄不通。她轻轻笑了笑说:"人太多了。"

卞琏旺失望地摇了摇头说:"其他部门都已去过,就差我们部门了。"花巧凤假装没听见,站起来给自己舀了一碗热腾腾的鸡汤,"吱吱"喝了起来。

卞琏旺终于忍不住了,端起酒杯,拎起一瓶红酒,一个人走到主桌旁,伸长脖子,焦急不安地等待着前面的敬酒客为自己闪出一个空档。一旦逮住个空档,卞琏旺就会欣喜若狂地大跨一步,凑近这位领导的身边,弯腰、低头,挤出谦卑的微笑,把手中的杯子尽可能压低后往领导的杯底轻轻碰上一下,嘴里还念念有词地说着什么。从口型上看,他应该是在说:"我是交易部的小卞,请您多多关照!"

约莫半小时之后,卞琏旺拎着空空的酒瓶,腆着鼓囊囊的大肚子,迈着八字方步,心满意足地往自己的座位走来。那架势,就像刚刚拿到世界冠军,或者买六合彩中了头奖一样。还未坐定,便摇头晃脑地自言自语道:"吃不消,吃不消,这些领导真是太能喝了!"

　　花巧凤见主桌周围的人已渐渐退去，心想，时间差不多了，自己也该出场了，便对同桌的交易部同事说："走，咱们也过去敬敬酒。"

　　卞琏旺本以为花巧凤心里憋屈，不会起来给领导们敬酒，现在见花巧凤居然要率全部门的人前往主桌，不免感到意外。他尴尬地笑了笑问："需要我一起去吗？"

　　花巧凤懒得跟他计较，就随口应道："大家都随意，愿意去的就一起去。"

　　卞琏旺立即起身赶在花巧凤的前头，巴巴结结地向主桌走去。距主陪李锋尚有两三步时，卞琏旺敞开嗓门说道："李总，我和巧凤给您敬酒来了！"说罢，弯腰，垂首，恭恭敬敬侍立在一边，等待李锋应答。

　　李锋见一下子又来了四五个人，就拿起酒杯站了起来，冲着卞琏旺说："小卞呀，你刚才不是来过了吗？"

　　卞琏旺忙满脸媚笑着说："刚才是我自己敬您的，现在是代表交易部给您敬酒！"

　　李锋"哦"了声，随即把脸转向花巧凤。

　　花巧凤见李锋转身，便彬彬有礼地说："我们交易部来给您敬酒了，祝您身体健康，工作顺利！您随意吧，我们喝完！"说罢带头把杯底的一小口红酒一饮而尽。

　　"你们这么认真，我哪能随意？"李锋笑着一仰脖子，也喝了个底朝天。

　　"李总真是海量！"还没等花巧凤发声，卞琏旺抢先恭维起来。

　　李锋没有接话，只是冲着花巧凤说："感谢你们的心意，我也祝你们工作愉快！"

　　花巧凤再次道谢后，请李锋坐下。

　　第二个要敬的是欧芬。没等花巧凤开口，欧芬就主动站了起来，把花巧凤拉到一边，低声问道："你现在工作干得顺不顺利？"

　　花巧凤不知欧芬何意，便随口说道："还行吧，这半年我们又为营业部拉来了不少增量客户。"

　　欧芬似乎没听见一样，以语重心长的口气告诫花巧凤："不光做事要认真，做人也要谦虚！你看人家董林蹈和金有财，做事做人都非常有水平！你们营业部是我分管的，按说可以关照关照你，但你也要和崔英才搞好关系不是？"

　　花巧凤心想：跟崔英才能不能搞得好关系，我说了不算，而是他说了算。我在主观上没有任何与他不搞好关系的理由，行动上对他恭恭敬敬，工作上恪尽职守，在条件这么艰难的情况下，还能把业务工作做得更好，难道这还不够吗？至于他为何厚彼薄我,这就只有他自己清楚了。再说,就算崔英才对我没有成见,你就能公正待我了?王永富老总经理在的时候,还不是你把他提升我的建议否决掉的?但想归想,场面上的话花巧凤多少也会说点。只见她举起酒杯,客客气气地与欧芬碰了一下,说:"欧总讲的我都记下了,我一定会从自己身上多找原因,争取做得更好!"

欧芬听罢,笑眯眯地拍了拍花巧凤的肩膀,说:"好好干!"然后,又挨个与交易部的其他成员碰了碰杯子。

轮到卞琏旺时,欧芬拉长声调说:"小卞呀,你这个小伙子眼睛蛮亮的,好好干,你的前途光明得很呀!"

卞琏旺得到欧芬的夸奖,眼睛立马笑成一条缝,条件发射似地把腰弯成90度,拱起双手不断作揖,连声说:"欧总抬爱!欧总抬爱!有什么需要我做的,您只管吩咐,我愿效犬马之力!"

等转到崔英才这里时,卞琏旺已经跑到交易部一行人的最前列。花巧凤多少有些疲惫,巴不得有人替他把恭维话说出来,便超然地跟在后面等待着。

"崔总,交易部有我在,您就放心吧!有什么做得不到的地方,请您只管批评!"

花巧凤见卞琏旺拍着胸脯向崔英才表忠心,不想妨碍他们交流,赶忙举杯与崔英才碰了一下,就转身来到董林蹈和金有财身边,礼貌地碰了碰杯,又说了些祝贺高升之类的漂亮话,快步回到自己的座位。

## 第二十六章
# 相夫教子享天伦　领会大义落袋安

以乔迁之名开办的酒会终于随着主桌头面人物的离席而结束了。花巧凤心里烦闷,看看时间还早,就打车直接往凤鹏徽菜馆去了。

店里人来人往,非常热闹。曹鹏正坐在账台算账,见花巧凤进来,非常惊讶地问:"咦?这么晚,你怎么来了?"

花巧凤撅起嘴,故作生气地说:"这是我自己的店,我咋就不能来了?"说罢,仰起头,背起手,在曹鹏面前来回走了两趟。

"行,行,欢迎花总光临小店巡视!您看要不要我把今天的账报给您听听?"曹鹏打趣地说。

"那倒不必!要报就把这一个月的账报一下吧。"花巧凤随口说道。

"这个月去除各项成本,差不多可净赚 8 万块钱。全年下来,我们可净赚 100 万元左右。"曹鹏掰着手指头,颇为得意地说,"等春节一过,我们再租个更大的门面,开个分店,到明年年底的时候至少一年可净赚 200 万元。"

"哎呀!你这生意做得这么好,我要是失业了,你可要养着我呀。"说话的工夫,花巧凤的嘴唇抖动起来,差点一句话没能说完。

曹鹏见花巧凤情绪不对,就把她拉到一间空着的包间里,关上门问道:"谁欺负你了吗?"

曹鹏的话刚落音,花巧凤的眼泪"唰"地一下涌了出来,她伸出双臂,一把箍住曹鹏的脖子,呜呜哭了起来。

自他们相识、相知,到结婚生子,曹鹏还没见花巧凤如此放开了哭泣,知道她一定遇到了极大的难事,或遭受了空前的委屈,便伸出左手揽过花巧凤柔软的腰肢,用右手轻轻地顺着花巧凤飘逸的长发一直抚摸到丰腴的臀部。曹鹏的身体就像门板一样高大结实,双手就像蒲扇一样宽大厚重。依偎在这样的身体上,又被如此厚重的大手反复摩挲，花巧凤那颗受伤的心很快平复下来。她抬起头，泪眼婆娑地仰望着曹鹏那张坚毅的国字脸，说："有你疼着真好！"

"傻妮子，我不疼你，谁疼你？"曹鹏万般柔情地低下头，伸出温婉的舌尖，轻轻舔去花巧凤眼角的泪水，"谁欺负你了？能让我一向坚强的宝贝哭出来，这得受了多大的委屈呀！"

"哎！都是工作上的那点事。我们这些外乡人真难呀！"花巧凤抽泣着说。

"工作上的事有啥大不了的？"曹鹏不屑一顾地说，"我前面不是说过，我开饭店，把你养起来，你还有什么好担心的？"

"人家不是担心，就是心里感觉到憋屈。"花巧凤抬起右手抹了下眼角，"其实，我心里还是非常喜欢这份工作的，你一定要把我放在家里养着，还真不习惯呢。"

"哦，明白了。我现在耳朵好像出了点问题，你刚才说哪里憋屈啊？"曹鹏指了指耳朵说。

花巧凤从未听曹鹏说过耳朵不好，吃惊地问："不会吧，你年纪轻轻，耳朵怎么会有问题？"说着拿过曹鹏的右手，放在自己的胸脯上，"我刚才说的是这里。"

"噢，是这里呀！看来我刚才没有听错。来，让我帮你揉一揉！"说着就把手顺着花巧凤的领口伸了进来。

"你这个死鬼，一点正形都没有！"花巧凤伸手佯装恼怒地拍了下曹鹏的手背，"别忘了，这里可是饭店！"

曹鹏赶忙缩回手，嘴里不住地嘀咕着："算了，算了，人家要的是正形，不需要安抚！"

花巧凤抬头瞅了他一眼，嗔道："谁要你安抚了？"说罢，双手紧紧抱住曹鹏的臂膀，踮起脚尖，伸长脖子，把两片粉红的芳唇凑到曹鹏嘴边。

曹鹏不情愿地抬起头，学着花巧凤的口气说："你这个死鬼，这里可是饭店！"

"你还学会上杆子了？"花巧凤用手使劲掐了一下曹鹏的肩膀，"算了，不跟你计较了，这是你的饭店，你的地盘你做主！"

"哈哈！这才像我宝贝疙瘩说的话嘛！"言毕，瞅准那两片滑润的红唇，一口吞了下去。

自从有了孩子，两人白天被工作缠着，晚上被孩子闹着，很久没有畅快淋漓地享受过彼此的温存。没想到，因为工作上的失意，花巧凤跑到这间远离家门的饭店里，反倒找着了慰藉，她浑身酥软，气息不匀。曹鹏的动作越来越猛，越来越野，他的心脏有节奏地怦怦跳着,嘴里呼哧呼哧地喘息着。花巧凤用心迎合着这一切,很快便明显感到一只硕大的硬物有力地抵在自己的小腹……

不知过了多少时间,花巧凤挣脱曹鹏的双臂,满脸潮红、双眼迷离地瞅着曹鹏说:"今晚不回去了怎么样?"曹鹏似乎没有听明白,他疑惑地睁大眼睛看着花巧凤。

"家里有孩子打扰,咱们去酒店住一晚试试。"花巧凤说罢,害羞地捂上了双眼。

"嘿!这么好的事,我怎么就没想到?"曹鹏拍着脑袋说,"我给妈打个电话,就说今晚有事不回了。咱们这就去酒店,顺便告诉你,今晚开房的钱我出了!"

花巧凤伸出粉拳,轻轻敲在曹鹏宽厚的胸脯上,"瞧你这点出息! 那还不赶快?"

"嘿嘿,到底是谁这点出息?"曹鹏一边说着,一边拉起花巧凤走出包间,简要地向花巧燕和曹娟交代了饭店事项后,便快步出门,登上那辆破旧的二手车,飞速驶向不远处的南粤大酒店。

登记、付款、入室、冲洗,这一系列动作是那么的干脆流畅!花巧凤在里面冲洗的时候,曹鹏无聊地打开电视,有一搭无一搭地看着电视里的动物世界。当花巧凤裹着雪白的浴巾走出浴室的时候,早已一丝不挂的曹鹏突然间血脉贲张,他一把扯下花巧凤的浴巾,扛起花巧凤将她一把扔到宽大的席梦思床上。花巧凤被弹起老高,嘴里却嘻嘻地笑着。曹鹏不由分说,对准花巧凤,一下子扑了上去。

没有人还能想到去关电视,动物世界还在自管自地播放着。电视画面上,两只欢快的小鸟在一望无垠的绿色草原上追逐嬉戏,时而你蹲在我的肩上,时而我踏上你的脊背,上下翻飞,极尽畅快……


在崔英才和卞琏旺等人构筑的立体网络包裹下,花巧凤在滨海营业部的生态环境一天差似一天。不过,因为在家庭方面,有来自曹鹏的精心呵护,花巧凤逐渐学会了放下。天地之大,焉能没有容身之处?她还记得多年前巧燕跟她说起花文东时说过的那句话:老天爷对大家都是公平的,如果有人把你的这条路堵上了,老天爷一定会在其他什么地方给你留条路,只是看你有没有福气找到罢了。

但是她花巧凤的另一条路又在何方呢?是曹鹏说的安心待在家里养起来吗?肯定不是! 她根本就不是一个等吃坐喝的人。

是与曹鹏一起开饭店吗?应该也不是。饭店收入稳定,是他们这个小家幸福安康的基石。但饭店的事有曹鹏一个人张罗就足够了。再说,她自己对经营饭店也没有太大兴趣。

是回到导游的老路上吗?也不太可能。导游这项职业的确收入可观,但那是吃青春饭的,她这个年龄已差不多到了导游职业生涯的后期了。

是跳槽到其他证券公司吗?这个倒是可以考虑。凭她的业务能力和客户的认可度,随便换个证券公司一点都不成问题,而且职位和收入都有可能提高一些。不过,当初她投奔欧芬进入通银证券南粤分公司时更看重的还是接近股票市场的机会,对职位和收入的考虑并不太多。

现在她对证券投资越来越痴迷,她喜欢那如心电图般起起伏伏的 K 线图,喜欢琢磨 K 线图背后的政治、经济、文化、社会、政策、市场等方面的逻辑。对!她理想中的职业就是证券投资,而不是仅仅待在证券营业部里按部就班地等待升官发财。想清楚了这些,她不再为当下的际遇而纠结。她想:你们围堵你们的,我要自寻新路去也! 感谢围堵,要不然,我差点就要忘了当初为何要到证券公司了!

不过,她非常明白,证券投资是一项对个人综合素质要求极高的行当。现在来看,她至少在专业知识上距离这种要求还有很大的差距。前年考研,她仅差 5 分;去年稀里糊涂地忙于工作和照顾孩子,连名都没报;那今年一定不能再错过了!

元月的南粤,天气凉爽,云淡风轻。花巧凤和曹鹏推着乐乐,在风景如画的南粤湾滨海步道上沐浴着和煦的阳光。乐乐已经一岁零三个月了,正是喜欢爬上爬下的时候,在小推车里没坐多久,就吵闹着要爬下来自己走。花巧凤和曹鹏拗不过他,就把乐乐从小推车里抱出来,放在地上牵着走。乐乐对任何事情都非常好奇,见到前面有只白鸽,便试图挣脱妈妈紧紧捏着的手。花巧凤没法,就放开了。乐乐一摇三晃,眼看就要碰到那只白鸽,白鸽使劲往前跳了几步,根本就不屑于同这个小个子计较。如此反复多次,乐乐终究不能靠近白鸽,急得哇哇大叫。花巧凤和曹鹏却在一旁看得直乐。就这么个简单的游戏,他们一家三口竟然可以耗费好长时间,一点都不感觉无聊。

美好的时光总是令人感觉短暂。转眼间,到了 1997 年 4 月。花巧凤正坐在办公室里望着对面建筑物破旧的墙壁发呆:她和李晓芳年前买的彩云电视股票,现在已经浮盈一倍以上。也就是说,她和李晓芳当初投入的 400 万元,在止损中龙科技,买入彩云电视后,已从当初每人亏损 60 多万元,变成每人盈利 100 多万元。

要不要把浮盈兑现掉？假如不及时兑现，万一哪天股市突然来个大跌，岂不又前功尽弃了？但在当前的情况下，花巧凤还找不出太多卖出彩云电视的理由。从股价来看，彩云电视的确已经涨了很多，从去年的底部上来已经涨了两三倍。但从公司的业绩以及中国老百姓对电视的需求来看，彩云电视的发展远远没到头。最关键的是，大盘从上一年管理层发出"十二道金牌"引发暴跌以来，虽然反弹了50%以上，但管理层尚未表达对当前股市走势的导向性声音。

就在花巧凤举棋不定的时候，他的老朋友钟逸勤找上门来。"花总呀，我的彩云电视已经涨了一倍多了，是不是该卖了呀？"钟逸勤刚一坐下就迫不及待地问。

"卖不卖，还要问我吗？您自己就是投资高手呀！"花巧凤客气地说。

"嘿！什么高手不高手的，我只是碰巧在前些年仗着胆大和内幕消息赚了些小钱而已，你才是投资专家！"钟逸勤因为上一波的失利，早已对股市心生敬畏，现在又因花巧凤的建议买入彩云电视而抹平亏损，另有浮盈近100万元，自然对花巧凤高看了一眼。

"钟总真会开玩笑，我不过是碰巧押对了彩云电视而已，刚刚还在对彩云电视是不是到头而百思不得其解呢，您就来了。我刚才从政策和彩云电视的业绩、股价方面都做了分析，感觉似乎股价还没走到头。不知您这里有什么消息？"花巧凤诚恳地问。

"你说消息啊？自从上次听消息买中龙科技吃了大亏，我是再也不敢轻易相信消息了。不过，前两天跟一个银行的朋友聊天，他说现在国家有大量的国债发不出去，老百姓不买也就算了，就连一些大国企、大银行也热心炒股，不愿意买国债。你看这种情况会不会对股市产生影响？"

"真的吗？"花巧凤睁大了眼睛问。

"真的，我在银行的朋友亲口跟我说的。"钟逸勤语气肯定地说，"有问题吗？"

"当然有问题！你想想，国家发行国债是干什么用的？是为了维护国家正常运营！国债发不出去还了得？"花巧凤说着，有些激动起来，"依我看，要不了多久，国家肯定会出台政策打压股市，以便把资金驱赶到国债上去！"

"是呀！国债发不出去是关系股市的大问题，我早前怎么就没想到？必须在国家政策出台之前，抓紧时间把手中的股票清仓！"钟逸勤恍然大悟地说。

第二天，钟逸勤果断清仓彩云电视，稳获90多万元净利润。花巧凤也通过李晓芳清空了她们的仓位，每人获利100多万元。

花巧凤他们清空彩云电视股票后，大盘仍然三天一小阳，五天一大阳，不紧不慢地向前推进着。没有人认为股市会跌，即便此前被套过多次的炒客，也倾向于相信此次是个例外。

花巧凤开始怀疑自己是不是把彩云电视的股票卖得太早了。因为她打开电视，财经节目里各路专家吐沫横飞地鼓吹着对宏观经济的无限看好和绩优股的投资价值；她翻开报纸杂志，会看到在此轮行情里收获颇丰的大小股民纷纷现身说法，而且很多人都会特别提到彩云电视，认为这只股票即使再涨个两三倍也不为过。即便她逛个街、赴场饭局，或擦个皮鞋、剪个发，也会听到白发苍苍的大爷大妈、早起晚睡的小商小贩以及勤勤恳恳的擦鞋匠和理发师们两眼放光地热烈讨论他们心中的牛股……

五一劳动节那天一大早，李晓芳打电话给花巧凤，说是多日未见，想见见她娘儿俩。花巧凤正好也要休息一下，便邀请李晓芳来自己家玩。李晓芳爽快地答应了，10点钟不到，她就来到花巧凤的门前。花巧凤正带着乐乐在门口的空地上追逐一只小花猫，抬头时，李晓芳已走到近前。她欣喜地站起来，一把拉住李晓芳的双手，说："晓芳姐，好久没见，你今天能过来走走，真是太好了！"又拉过乐乐，说："快叫阿姨！"乐乐走路尚且歪歪扭扭，眼下只能不太清楚地蹦出"爸爸、妈妈"等几个简单的词汇，听妈妈要他喊"阿姨"，硬是直愣愣地盯着李晓芳看了半天，也没挤出半个字来。

"孩子还小呢，你就会收拾她！"说着像变戏法似的从手提包里掏出一大盒巧克力塞到乐乐胖乎乎的小手里。乐乐一点也不含糊，一把抓到手里，谁知李晓芳并没放手。一大一小两个人就这样你拽过来，我拽过去，急得乐乐嘴一瘪，差点哭了出来。李晓芳见状，慌忙放手，乐乐一下将巧克力紧紧抱在怀里，开心地咯咯大笑起来。

"乐乐真是太可爱了！"李晓芳一边夸着孩子，一边大笑，"哎呀呀，笑死我了，有个孩子真好！"

"喜欢孩子，就赶快生一个吧！"花巧凤抱起乐乐，将李晓芳引进屋内。

"说得轻巧，我一个人跟谁生哟！"李晓芳幽幽地叹了口气说，"那个死拿督怕我生了孩子把他拴住了，每次那个的时候都要郑重其事地带上个厚套套。其实我特别喜欢小孩，今天过来就是要看看你们家乐乐的。"

花巧凤见李晓芳讲得伤感，就把乐乐塞到她怀里。乐乐因为刚刚得到李晓芳的巧克力,也不认生,倒是很快活地跟李晓芳互动起来。李晓芳要亲他的小脸,他便把脸凑过去任她去亲,要他把另一边脸送上来,他也积极配合,惹得花巧凤在一旁笑得眼泪都快要出来了。花巧凤见李晓芳是真喜欢孩子,便说,"晓芳姐,你这么喜欢孩子,还是早点想想办法吧。女人生孩子不能太迟了!"

"我也是着急呢!今天来还有一件事想跟你商量商量。"李晓芳一边逗着乐乐一边说,"你说我要是跟李钦文分手好不好?"

"啊?你说真的?"花巧凤吃惊地张大了嘴巴。

"我还没拿定主意呢,所以才过来征求一下你的意见呀!"

"这是你们两个人之间的事,我可不好说什么!不过,我可以问问你,你到底爱不爱他?他到底爱不爱你?"

"这个还用问吗?我要是不爱他,当初也不会昏头去跟了他。虽然他很有钱,但我那时也不缺钱呀。现在嘛,我已经有些麻木了,他连个孩子都不肯给我,你让我还怎么爱他?至于他嘛,我感觉和我差不多,当初对我应该还是很有感情的,但现在似乎有些淡漠了,也许是因为我渐渐老去的缘故吧。"

"嗯,那你认为他将来还会像最初那样对你好吗?"

"应该不可能了吧!他当初对我的容貌更迷恋一些,将来我只有越来越老、越来越丑的份,他怎么能还像当初那样待我呢?"

"哦,看来晓芳姐对这些都很明白呢!那你有没有考虑过,如果跟他分手了,你自己工作、生活会受到影响吗?"

"想是想过了。生活方面应该不会有什么影响。这些年,他除了每年来中国几次,平时根本就没管过我,我跟一个单身姑娘没有什么大的区别。就是工作方面,我还不敢确定。现在南粤的这两家珠宝店虽然是我搞起来的,但如果我离开珠宝店,都不知道自己还能干什么。不过,我这些年倒是攒了些私房钱,加上你帮我在股市里赚的,也快有上千万了。你说,要是我从珠宝店里出来专门跟你一起炒股行不行?"

花巧凤没想到李晓芳从她与李钦文的关系一下子谈到了炒股上,还要放弃珠宝店工作专门跟她一起炒股,忙说:"这个可要慎重!炒股作为业余爱好还行,但真要以它为生可就难说了。反正我现在也没法讲清楚,你容我想想再说吧!"

乐乐见两个大人只顾着说话,没怎么睬他,便嗷嗷闹着要出去玩。花巧凤见饭时已到,就抱起乐乐,上楼跟婆婆打了个招呼,带着李晓芳前往凤鹏徽菜馆用餐去了。

5月10日晚上,花巧凤还像往常那样,一边哄着乐乐,一边看新闻联播。一条消息引起了她的注意:国务院决定自5月12日起,将印花税税率由3‰上调到5‰。

"直接提高交易成本,国家终于出手了!接下来应该还有其他的一些措施会出台,幸亏这次清仓得早!"花巧凤自言自语地嘀咕道。她庆幸自己再次凭借独立分析,做出了正确的决策。虽然这次采取行动的时间早了将近一个月,但有一位著名的投资家不是说过"有钱赚的时候什么时候卖都是对的"吗?花巧凤高兴得一连亲了乐乐好几口,把乐乐逗得咯咯大笑。

## 第二十七章

## 崔英才变本加厉　花巧凤低价买房

1997年5月12日,早上开盘前,空仓中的钟逸勤眉开眼笑地捧着保温杯来到花巧凤的办公室。刚一进门,钟逸勤就伸出大拇指说:"花总这次判断神准呀!比国家政策提前了将近一个月呢!"

花巧凤平静地说:"对是对了,主要还是靠蒙的,而且害得您早早清仓,要少赚不少钱呢!"

钟逸勤连忙摆手说:"不能说蒙,这次还真是靠你的精准把握。要说少赚几个钱,那可不能怪你,要是谁每次都能在最低点买入,最高点卖出,全世界的钱还不都被他一个人赚去了?"

花巧凤说:"您能这样想,真是太感谢了!"

钟逸勤则说:"要说感谢,还是应该我谢你,你不仅让我回了本,还有了80多万的净收益!"花巧凤请他坐下,他不肯,说只是过来打个招呼,马上要开盘,交易部的人又要忙了。说完,钟逸勤就转身溜达到大户室里盯着电脑显示屏幕悠闲自在地喝茶去了。

有意思的是,上调印花税这条重量级消息并没有对股市造成多大的冲击。南粤股价指数竟然跳空高开,创下此轮牛市的新高。花巧凤发现,不管是大户室,还是散户大厅里,大家的神色都比较平静。很多人还很不屑:不就是把印花税上调了两个千分点吗?能有多大的影响?大不了少交易几次。

花巧凤心想:人呀,就是容易好了疮疤忘了痛,印花税上调两个千分点也许不算大事,也就是增加了一点交易成本而已,但这体现了国家对股市的态度,"十二道金牌"引发的大调整才过去几天,大家居然这么快就忘记了!

截至当日收盘时,南粤股价指数竟然收了根只有很短上下影线的红十字星,全天大涨2.6%。花巧凤看着收盘结果,摇摇头,苦笑了一下。心想,等着吧,这轮牛市以来所有股票都轮番涨了一遍,也该到头了,接下来,一轮漫长的熊市就要开始了。

股市果然应了花巧凤的猜测,仅仅自嗨了一天,便从 5 月 13 日开始了下跌之旅。5 月 13 日、14 日南粤股价指数分别下跌 2.27%和 6.41%,5 月 16 日更是大跌 8.86%。

这些天,花巧凤比以前更加注意关注每晚 7 点的新闻联播。当她在 5 月 21 日晚听到央视播音员字正腔圆地发布严禁国有企业、国有控股企业与国有企业控股的上市公司入市通知的时候,她心里清楚,国家调控股市的组合拳再次出手了!不让国字号企业入市,股市里不知道要失去多少资金!

5 月 22 日,前几天还心怀侥幸的股民们终于被吓得落荒而逃。南粤股价指数直接跳空低开 8 个百分点,大批股票封死跌停。盘中,指数稍微往上反弹了一下,便像泄了气的皮球一样,再也无弹起。截至收盘时,南粤股价指数大跌 8.65%。

政策的利空总是恰在行情火热、即将产生向下拐点的时候接踵而至。花巧凤预期中的政策利空还没有结束。没几天,大幅增加新股额度的行动也从天而降。

花巧凤现在非常明白,没有一两年的折腾,这轮调整是结束不了的。她告诫自己:既然已经撤出股市,近期就不必想着再进去了,还是先把注意力转移一下再说吧。事实上,比股市更重要的事情多的是:准备考研、帮曹鹏策划徽菜馆的分店、陪乐乐玩耍……样样都需要她倾注热情与时间。

不过,花巧凤首先还是个职业女性。在股市调整、交易量下滑的日子里,她必须为保住营业部的业绩而绞尽脑汁、四处奔走。令她沮丧的是,忙乎了几个月不仅没能拉来几个增量客户,就连一些老客户也在形势的急转直下中大幅度地降低了交易频率和持仓水平,有些谨慎的股民干脆把钱全部转回银行存定期去了。

恰在此时,始于泰国,迅速席卷东南亚的金融危机愈演愈烈,真是"屋漏偏逢连阴雨"!10 月 23 日,香港恒生指数大跌 1200 多点。10 月 28 日,香港恒生指数再次大跌 1600 多点,跌破了 1 万点大关。尽管中国中央政府对外明确宣布人民币不贬值,对内通过扩大内需来刺激经济增长,但南粤与香港近在咫尺,要说不受影响,那是根本不可能的,最起码人们参与股市的胆量要比以前小了不少。

眼看一年就要结束,中成证券滨海营业部全年的业绩似乎要比上一年下降不少。崔英才在 11 月初神色严峻地召开了一次各部门副职以上人员参加的业务沟通会。他开门见山地讲了三点:"第一,今年我们营业部的业绩波动很大,年初几个月还行,但 6 月份以后下滑很严重,其中的原因主要来自外在的环境变化,但我们自身的原因同样不可小视,因为比较起来,滨海营业部的业绩下滑程度比兄弟营业部要大得多;第二,市场部和交易部这两个业务部门要好好反思一下自己的工作能力和工作效率,要想尽一切办法,在最后两个月时间内把业绩做上去;第三,今年的年终奖大家不要抱太高期望,不可能每年都有提高,即便我们把业绩做到和去年一样,年终奖也会有所下降。"

崔英才说完后,分管办公室工作的副总董林蹈和分管财务的副总金有财分别作了发言,大体内容是表扬办公室和财务部人员在营业部搬迁后如何克服人少活多等重重困难为营业部节约成本、改善工作条件,甚至在服务业务部门方面做出了多么突出的贡献,表现多么优异,工作多么辛苦,等等。

花巧凤心里明白,崔英才的话是在对她施加压力,但她已不想辩解,因为真正应该对新增客户没达目标负责的是崔英才来后新成立的市场部,她负责的交易部事实上已沦落为一个后台部门了。再说了,你崔英才不是说财务、办公室等本质上都是业务部门吗?怎么碰上营业部业绩下滑,它们就不是业务部门了呢?感情是要在业务好的时候来分享奖金呀!至于董林蹈和金有财的发言,花巧凤简直不忍直视。她想,要说你们为领导和自己服务,我还相信,可别净往别人身上扯!不过想归想,她眼下还不打算把牌全部摊开了,除非……

"除非什么呀?好像这些破事很值得计较一样!"想到这里,花巧凤不禁哑然失笑。恰好轮到她发言了。为了使自己的情绪适应会议室里悲观压抑的气氛,她迅速收敛了笑容,使劲清了清嗓子,先平静客观地汇报了一下自己的工作:"今年以来市场的确波动较大,工作也比以往难做很多。交易部克服了人手严重不足的困难,极力做好各项工作,所有年初确定的工作目标都已完成或接近完成,并且未发生一起交易差错事故,也没有发生被客户投诉的事件。除此之外,我们还按营业部的最新要求,利用各种机会积极巩固与客户的关系,配合公司及兄弟部门努力开拓新增客户,但因总体环境不利,这方面的工作进展不大。"

崔英才好像已经留意到了花巧凤的笑容,内心应该极为不爽。因为就在花巧凤准备发言的时候,他的眉头就开始皱了起来。当听到花巧凤说起自己全年任务已完成或接近完成时,他的眉头皱得更紧了。他其实是希望花巧凤完不成任务的,这样他也好找到惩处花巧凤的理由。对于崔英才的反应,花巧凤就像没有看见一样,她若无其事地用手轻轻撩了一下柔软的长发,继续秉着负责任的精神对营业部工作提出了深思熟虑后的专业建议。她说:"根据我的观察,这轮熊市可能还要持续比较长的时间,建议营业部做好准备工作。第一个建议是正视现实,放低目标。熊市的到来,不是一个小小营业部能够抗拒得了的,所以我们必须顺其自然,放低目标。第二个建议是从长计议,积蓄力量。逆周期的努力固然精神可嘉,但培养队伍,修炼内功,静待时机,也不失为下行周期的明智选择。"

花巧凤说完后,会议室里鸦雀无声。但从大多数人的表情中可以看出,他们对花巧凤的观点还是非常认同的。崔英才却并不买账,似乎更不开心了,他脸色铁青,半晌没有吭声。

还是卞琏旺心明眼亮,他抓起话筒愁容满面地说:"崔总前面讲到的问题我非常认同。现在市场环境虽然不好,但我们自身的问题更大。作为业务部门,我们还有很多工作可做,越是环境不好,我们越是要千方百计想办法。巧凤刚才说的稍微消极了一点,我虽然不能替代她的工作,但我自己愿意再吃点苦,再想点办法。"

花巧凤感觉好笑,心想:你这个变脸王呀,说起空话、套话可真有一套!市场环境好的时候,都没见你努力过,现在工作难做,你倒成天像模像样地煲着电话粥,唱着高调,做出一副工作很辛苦、很在行的样子。可这一年下来,哪样工作你能从头到尾、保质保量、不出纰漏地做好了?

与花巧凤持同样想法的人应该不在少数。因为她环顾四周时发现,不少人在听到卞琏旺发言时都有一种忍不住想笑出来的样子。不过,崔英才听过倒是非常受用,原本铁青的脸色也变得稍微活泛了一些。

及至会议总结时段,崔英才对卞琏旺大加褒奖:"刚才卞经理讲得非常好!越是艰难的时候,越是需要有像卞经理这样勇于担当的好同志!我希望你们都能虚心地向卞经理学习,千方百计把业务工作做上去。"接下来,他把目光转向花巧凤,意味深长地说:"巧凤,你是营业部总经理助理兼交易部经理,在滨海营业部也算是老人了,我希望你能从营业部的整体需要出发,不仅要勇于克服困难,把业务做好,还要注意加强内部团结,不能老让我来操心你们内部的事情!"

花巧凤听后,不知是该气还是该笑。心想,你直呼我"巧凤"也就罢了,偏偏一定要称卞琏旺"卞经理"。交易部本来没有矛盾,卞琏旺那点小花招我根本就没有在意过。他是我的副手,只要你把他的工作分配和考核权按规矩还给我,我还能带不好交易部这几个人?现在好了,你可是唯恐天下不乱,自你来到滨海营业部以后,不仅把他的工作分配和考核权从我这里拿走,现在还挖空心思,一定要在我们之间制造点矛盾才放心!行行行!您是营业部总经理,您愿意怎么说就怎么说吧!

想到这里,她非常放松、非常谦恭地笑着朝崔英才点了点头,表示自己听进去了。

然而,情况并没有因为花巧凤的不在意、不计较而有所好转。这次会议以后,崔英才隔三岔五过来询问花巧凤的新增客户开拓得怎么样了。每次花巧凤都想解释,她现在交易时间要在营业部盯着,其他时间还要处理善后工作,眼下人手紧张,大环境不好,况且开拓新增客户也不是自己的本职工作。但每次崔英才都没等花巧凤张口,便对她说一通要顾全大局、不能叫苦、注意团结之类的大道理,而且每次都是翻过来倒过去地把那几句话反复说。弄得花巧凤心情非常糟糕,只得悄悄叹气:哎!他自己沉不住气,还一定要把情绪转移到别人身上,作为营业部一把手一点起码的定力和风度都没有,真是受不了!但是花巧凤明白,受不了也要受。眼看就要到研究生入学考试时间了,她必须排除一切情绪上的干扰,在做好手头这点工作的基础上,把复习迎考做得扎实再扎实一些。

1998 年 1 月 28 日,花巧凤再次走进研究生招生考试考场。有了前年的考试经验和这两年的积累,特别是能否考上研究生于她已不再是什么大不了的事,她已经比上次从容多了。几天下来,花巧凤感觉轻松自在,该答的都答了,至于老师能给多少分,那就不是她能左右了的了。所以当曹鹏开着破车来接她的时候,她还没等曹鹏开口,便主动说:"今年的感觉还不错。走,咱们看晓芳去!"

看李晓芳是他们提前商量好的一个活动。李晓芳半年前与李钦文彻底了断了不清不楚的情人关系,旋即找了个比她小几岁的男朋友,现在已有了几个月的身孕,正在家里待着保胎呢。

路上,曹鹏跟花巧凤嘀咕:"你这个晓芳姐可真能折腾,不是从了老头子,就是找个小白脸,人生可真够丰富多彩的!"

花巧凤没好气地说:"不许瞎说!晓芳姐也挺不容易的。再说了,她对我一直很好,你见到她以后可不要乱说。"

"知道她对你很好,肯定不会乱说,就是感觉她这样过也挺够折腾的,哪有我们这样安安稳稳过得踏实?"曹鹏说到开心处不禁吹起了口哨。

车子很快就到了李晓芳的楼下。李晓芳正与她的小男友在二楼阳台上面对面坐着喝茶,夕阳的余晖映在他们的脸上,显得分外温馨。花巧凤推开车门,才探出半个头来,就被眼尖的李晓芳看到了,她开心地站起来,扶着阳台边的栏杆使劲地向花巧凤招了招手,便转身快步往楼下走。小男友怕她摔着,也赶忙站起来,追了几步,搀着她小心地走了下来。

花巧凤和曹鹏两人走到李晓芳别墅门口时,李晓芳两人正好走出门外。花巧凤一把拉起李晓芳的双手,从头到脚仔细端详了一遍。李晓芳被看得发毛,用手轻轻拍了拍花巧凤的肩膀说:"死丫头,看什么看,又不是不认识!"

花巧凤嬉笑着说:"还真被你说对了!我还在想,这是哪个姑娘?面色红润,油光水滑,这么漂亮?"

李晓芳红着脸又拍了花巧凤一下说:"就你会贫!"

花巧凤一本正经地说:"晓芳姐,真没骗你,几个月没看到你,你可真是漂亮多了!我猜想要么是因为你身边这位帅哥把你哄得开心,人逢喜事精神爽嘛;要么是因为你肚子里的孩子是个小美女,都说女人怀了闺女变漂亮,怀了小子变得丑;要么是两者都有。"

李晓芳听后笑而不语。花巧凤再次嬉笑着说:"全被我说中了不是?!"

她俩说话的时候,曹鹏和李晓芳的小男友站在一旁只顾傻笑。李晓芳突然想起什么似的,忙放下花巧凤的手,指着小男友说:"我们只顾说话,忘了给你们介绍这位美男子了,他姓郑,大名郑经,是位音乐天才。"

花巧凤和曹鹏齐齐看了过来。这位郑经先生的确是位帅哥:中等身材,蛋形脸,棱角分明,蓄着一头波浪长发,上穿咖啡色紧身皮夹克,下穿蓝色紧身牛仔裤,脚蹬一双咖啡色翻毛牛皮靴,浑身上下散发出浓郁的艺术家气质,怪不得李晓芳这么快就被他迷上了呢!

郑经一下变成三人的焦点,倒也不感到难为情,还主动和曹鹏、花巧凤握了握手,说:"晓芳成天念叨你们,欢迎你们过来做客,天色已晚,赶快进屋说话吧。"四人这才陆续走进屋内。

花巧凤刚要在客厅的椅子上坐下来,李晓芳就示意她先不要坐,并冲着两位男人说:"你们俩一位是艺术家,一位对艺术天生痴迷,应该会有很多共同语言,你们先在这里喝喝茶聊聊天,我跟巧凤到楼上说话去,一小时后,我们一起到厨房弄火锅吃。"转身又对花巧凤说:"你们家是开饭店的,不缺吃,不缺喝,今天就在我这里将就着吃顿火锅吧,火锅料和荤素菜品都准备好了,一会儿我们把火打着就可以吃起来了。"说罢,拉起花巧凤朝楼上走去。

二楼阳台上的茶具尚未撤去。李晓芳给茶壶里加了点热水,又帮花巧凤洗了只茶碗。二人一边欣赏落日,一边喝茶聊天。花巧凤首先开了口:"晓芳姐,你跟拿督算是彻底了结了吗？"

李晓芳长长舒了口气说："了结了！老是像前面那样拖着也不算个事，再说我也老大不小了，看到你们家乐乐那么可爱，心里实在痒痒得难受，谁叫他不肯让我怀孕的呢？"

"这倒也是啊！女人嘛，如果不生个孩子，那肯定不是完整的人生。"花巧凤顺着她的话说道，"这位拿督可真是的，一点都不为人着想！"

"算了，过去的事我也不想太纠结了，毕竟我们曾经相互拥有过。分手的时候，他也比较爽快，这栋别墅给我了。另外，还给了我百十万作为生活费。不过，两家珠宝店的经理不让我做了，他另外找了个亲信接了这个位子。哎！就是这一点，我稍微有点不甘心，这两家店可都是我一手搞起来的呀！"

"晓芳姐，看来你还真想得开！不过，不当珠宝店经理，你岂不是失业了吗？"

"是呀！我现在正在发愁呢。虽说现在手里有点钱，但经不起我们两个人坐吃山空啊。我在想，要么我就跟你一起学炒股算了。"

"晓芳姐，那可使不得！你虽然对股票不算陌生，但要想以它为生，那可要好好掂量掂量了。这些年我在证券公司工作，不知见过多少大户变成散户，再由散户变成贫困户，甚至欠账户。你看咱们对面的香港，因为这场金融危机，不知有多少人瞬间破产了呢！"

"哎！那我该干什么呢？再去找家商场吧，可谁愿意直接聘一个领导呢？要是让我去做一般的营业员，我也不太愿意，挣不了多少钱不说，整天站柜台也够累的。"

"不一定要再去打工，你可以买上几套房，当收租婆呀！现在正是亚洲金融危机闹得凶的时候，房价降得也厉害。我查了一下，咱们南粤1992年的时候，商品房均价每平方米1万块，现在只要每平方米5200块，差不多便宜一半呢！"

"嗯，你说的倒是一个好办法，就不知楼价还会不会再降下去？"李晓芳犹豫不决地问。

"这就说不准了，其实这就像股票一样，你永远买不到最低价。但我敢说，现在离最低价已经不远了。南粤是中国改革开放的前沿阵地，将来会有更多的企业、更多的年轻人往南粤集中，所以房价回到1992年的每平方米1万块根本就不是问题。再多了我也不敢说，等房价回到1万再看吧。"

"巧凤，这些年我就服你，你看得明白！要么我就买它十套八套房子，剩下的钱一部分留着炒股，一部分留作生活费，你看怎么样？"

"晓芳姐,你可不要忙着夸我! 你对资金安排很内行呀。10套100平方米的房子,差不多500多万元,再拿出500万元用于炒股,剩下还有100万元左右用于日常生活,正好把你现在的钱都安排掉了。等下我要跟曹鹏商量一下,也买它十来套房子吧。"

听花巧凤说也要买十来套房子,李晓芳吃惊得瞪大了眼睛:"哇! 你这个小妮子也这么有钱了? 想不到! 想不到!"

花巧凤连忙摆手:"跟你比差远了,我想买十来套稍微小一点的房子,比如80平方米一套的那种,总共下来也就400多万。这些年我跟曹鹏多少挣了点钱,加上和你一起炒股赚的,总共也有七八百万了。我有工作,曹鹏的饭店也能挣不少,每个月房租也要收回不少,所以不用留生活费。这样我还能拿出来三四百万用于炒股。"花巧凤没有跟李晓芳说钟逸勤帮他炒国债期货赚了370多万的事,这事已经过去很久,她不想再提。眼见关于资金安排的事情聊得差不多了,花巧凤便嚷嚷着问:"对了,晓芳姐,你还没有透露过怎么认识这位郑大帅哥的呢?"

"这个呀,暂时保密!"李晓芳一脸幸福地说。她喝了口茶,靠在椅背上默默地欣赏了一会即将掉到地平线下面的红太阳,一手掐腰,一手撑着桌面站了起来,说,"天不早了,咱们下楼吃火锅去!"


亚洲金融危机越演越烈,市场情绪极其低落。加上春节临近,中成证券滨海营业部里人气十分低迷,平时闹闹哄哄的散户大厅越来越门可罗雀。

崔英才眼见交易量一天天萎缩,都要过年了,也不放过对花巧凤的催促。这天收市后,他一个电话又把花巧凤叫到办公室。"巧凤,有人说你最近经常跟客户散布悲观言论,说亚洲金融危机还在持续发展,中国不可能不受影响,股市短期内很难走好,要一些大户控制好仓位,不要轻易抢反弹。"崔英才以一副兴师问罪的口气说道。

花巧凤在来的路上,就想到崔英才叫她过去肯定没什么好事,心里本来多少有些准备的。但听到崔英才说出前面那番话,她还是没了方向,因为崔英才提到的那些话,她的确说过,就是不知道崔英才想要干什么。于是她只好笑了笑,算是默认。

崔英才见花巧凤只是笑笑,又不说话,便加重了语气说:"看来你还真说过这些话! 那你能告诉我,你说这些话的居心何在吗?"

听到此言,花巧凤更加没了方向:我不过是跟投资者交流了一下自己对大势的看法而已，难道还犯了什么错不成？但崔英才毕竟是营业部的领导，她还不太好直接把心里话说出来，便赔着笑脸说："关于亚洲金融危机的事我的确说过，不过是转述了一下专家的观点而已，当然我自己也是认同这种观点的。至于要投资者注意风险，控制仓位，我也说过，这个不会有什么问题吧？"

"你说不会有问题就没有问题了吗？"崔英才的脸色变得更加严肃了，"你这样散布悲观言论，影响投资者交易情绪，蛊惑他们空仓不交易，我们营业部的交易量怎么上得去？"

花巧凤想，这些投资者除了部分散户外，哪个不是聪明绝顶、信息灵通呀？凭我那几句话就吓得住他们？再说了，就算他们是听了我的建议而控制仓位的，那也是为他们好啊！管理层不是经常教育投资者"股市有风险，投资需谨慎"吗？便脱口顶撞了一句："提醒投资者注意风险，应该没错吧？"

"你的问题不在这里，而在于散布悲观言论导致投资者空仓。投资者空仓，营业部的交易量就会下降。你的言论直接影响到营业部的业绩，希望你谨言慎行，不要做危害营业部业绩的事情。"崔英才声色俱厉地训斥起来。

花巧凤感到非常莫名其妙，真是欲加之罪，何患无辞！她本来不想辩解，但见崔英才如此胡搅蛮缠，便平静地说道："崔总，我明白您的意思，您是希望不管什么时候这些客户都能频繁交易，为营业部贡献尽可能多的佣金收入。但是如果营业部不能在行情不好的时候尽到提醒义务，保护好这些投资者，等他们都赔得一贫如洗，哪天机会来了，我们的客户即便想交易也没有能力，我们所希望的佣金收入也就无从获得了！"

崔英才见花巧凤不肯认账，脸色更加难看，他开始调高调门，对花巧凤的言论进行定性："你不用找这样那样的理由！你的言论从小的方面说，造成营业部交易量的下滑；从大的方面来说，是公然与国家关于亚洲金融危机不会对中国经济发展造成冲击的观点唱反调。听说你还宣扬过中国进入通货紧缩的言论，国家一直说目前情况属于有效需求不足，什么时候说过通货紧缩了？"

花巧凤明白，崔英才这是理屈词穷后要对她上纲上线扣帽子了，心想，你一定要胡搅蛮缠，我也没法陪你瞎扯下去，便问了句："崔总还有事吗？如果没有的话，我有事先走了。"说着，起身要走。

崔英才没有正面回答，只是丢了一句硬生生地狠话："走就走吧，你要做好对自己言论负责的准备！"

　　花巧凤不想再与他辩解,她知道,任何辩解都是没有用处的,崔英才这是铁了心地要打压她。她头也没回,坚定地从崔英才办公室走了出来。

　　崔英才的态度多少有些令花巧凤烦闷,这种烦闷一直持续到她安顿好乐乐入睡,躺在自己床上的时候。曹鹏看出花巧凤情绪不好,就问原因。花巧凤简要介绍了最近一段时间崔英才对她的打压情况。曹鹏听后想都没想就说:"依我看,崔英才三番五次找你碴儿,并不是因为你做错了什么,真实的原因可能是你这个位子碍着他的事了,他需要把你搬开,好安排自己的人马。"

　　半躺在床上的花巧凤一拍大腿说:"对!怪不得无论我工作做得多好,也不管我对他的态度有多谦恭,他总要想法找碴儿呢!原来是想把我赶走呀!还是我老公看得明白。"说完一头扑进曹鹏的怀里。

　　曹鹏轻柔地揽过花巧凤,轻轻在她的脸上亲了一口,说:"毕竟我从事过多年的办公室工作,这些年因为开饭店又与社会上各种人打过交道,这点小伎俩还是能看得透的。别烦心,这个交易部经理的位子,咱还不一定看得上呢。现在咱们两处饭店生意都这么好,你干脆回来帮我管饭店好了!"

　　花巧凤哈哈一笑说:"你又来了!就算离开了滨海营业部,凭着我这些年的业绩,随便到哪一家证券公司都不愁找到一份合适的工作。我不是看今年考研考得还不错,不想在分数出来之前再折腾了吗?!再说了,现在两处饭店一处交给巧燕管,一处交给曹娟管,你统管全局,这样安排不是很好吗?"

　　"好是好,你要是也回来帮忙张罗,那我们的生意不是更加红火了吗?"

　　"那也不一定吧?我对管理饭店又没啥兴趣,要是一开始就跟你一起开饭店,说不定远远没有你一个人管着好。就算还能有现在这么好,我们也攒不下这么多钱,一口气买下十套房子呀!"

　　"好好好,我的大美人,我不是怕你委屈吗?你既然这么有主见,我就听你的行不?"曹鹏说完,低头沉思了一会,突然翻身压住花巧凤,在她浑身上下狂吻起来……

## 第二十八章

# 送走奶奶心悲凉　迎来发小话难叙

因为乐乐还太小，花巧凤和曹鹏只是打发各自的妹妹回老家去了。大年初二一大早，花巧凤就接到花巧燕打来的电话，说奶奶快不行了，要她抓紧回去。花巧凤一听奶奶不行了，心里咯噔一下，那年爷爷去世，她紧赶慢赶没能赶在爷爷去世前看上一眼，这些年心里一直非常遗憾。这次奶奶要走，她再也不能错过了。放下电话，她以最快的速度订好了回省城的机票，简单收拾了一下行李，便让曹鹏开车送她飞速赶到机场。

当天日落之前，花巧凤从省城转乘的长途客车便在通往自己家的那条碎石路口停了下来。因为长时间被挤在一角，花巧凤双腿发软双脚发麻。待她好容易一瘸一拐地从车上下来时，巧燕和巧旺已经每人扶着一辆自行车在路边候着了。花巧凤拍了拍巧旺的头说："小弟一眨眼都长这么高了！"巧旺害羞地说："大姐，你常年不在家，俺都 11 岁，上四年级了。"说着把自行车推给花巧凤，"大姐，你一人骑一辆，俺坐二姐的车，赶快回去，奶奶正等着你呢！"花巧凤听罢，在地上跺了跺脚，舒展了一下麻木的双腿，骑上自行车，跟随巧燕快速往家的方向骑去。

姐弟三人到家时，奶奶已被安放在铺着稻草的地铺上，周围围满了自家人和一些近亲。当花巧凤跨进门槛的一刹那，大姑凑近老太太耳边说："妈，睁开眼睛看看吧，你最牵挂的大孙女巧凤回来了！"

旁边的人自动闪开了一条通道。花巧凤紧走几步，蹲下身来，握住奶奶冰凉的左手，眼泪扑簌簌地往下掉。"奶奶，我是巧凤，我回来看您来了！"花巧凤的深情呼唤终于唤醒了奶奶，她慢慢睁开了紧闭的双眼，撇了撇干瘪的嘴，努力做出愉快的样子。花巧凤很高兴，她转头向周围看了一圈，欣喜地说："快看呀！奶奶醒了，奶奶没事了！"奶奶重重地换了几口气，双眼突放光芒，嘴唇颤动了几下，似乎有话要说，但片刻之后，便再次闭上了眼睛，只在嘴角留下舒心的笑容。

花文礼用手试了试母亲的鼻息,无比悲痛地说:"俺妈走了。"屋子里的女眷们一听,全部放声大哭,花巧凤更是扒在奶奶身上哭得天昏地暗。男人们则七手八脚地拿来瓦盆,点着纸钱、檀香,屋子里迅速弥漫开浓浓的哀伤气氛。

约莫十来分钟左右,花文礼的本家六哥、桃花谷支部书记花文军吆喝一声:"都不要急着哭了,老太太82岁仙去,算是福寿双全。趁老太太身体还热活,男眷们避开,女眷们抓紧给老太太擦洗身体,换上寿衣。"

没过多久,老太太被换好寿衣,安详地躺卧在冷铺上。女眷们重新放声大哭,远亲近邻们则陆续赶来恭恭敬敬地对准老太太的遗体行上大礼。花巧凤一边哭泣,一边回想起奶奶在她小时候对她的种种好处,遗憾自己在奶奶在世的最后几年,没能亲手给她递上几碗饭,送上几杯热水,更没有陪她到远处走一走,看一看。相比奶奶在弥留之际还那么在意她,自己做得实在不够。花巧凤越想越伤感,渐渐把嗓子都哭哑了。

"起来吧巧凤,别哭坏了身子。人死不能复生,你奶是吃过年夜饭以后才感觉不行的,在闭眼之前,还能看上你一眼,算是有福气之人。她生前经常念叨的就是你这个大孙女,常常拿着你的照片,一看就是半天,说都是托你的福,临到老还能住上大瓦房,吃上好饭菜。"刚刚止住大哭的大姑一边搀着花巧凤的胳膊,一边抽抽泣泣地述说着。

妈妈也在另一边抽泣着拽起花巧凤的另一只胳膊说:"起来吧孩子,你大姑说的都是实情,你奶这几年过得快活着呢。"

花巧凤自打进门,还没顾上和妈妈说一句话,见妈妈也过来拉她,慢慢停止抽泣,站起身来,一头扑进妈妈怀里。又是好几年过去了,妈妈已变得更加衰老。她抬手替妈妈理了理凌乱的白发,忍不住又泪流满面。

正月初几这几天正是桃花谷人口最齐全的时候,在外打工的大人、读书的孩子刚回到家没几天,还没来得及离家,听说花巧凤奶奶去世,纷纷前来祭奠。家里人来人往,络绎不绝。每一位见到花巧凤的人都会对她称赞不已。

有人说:"巧凤,你可给你们家做大贡献了,瞧瞧你家的这几间大瓦房,啧啧,可算是让你奶奶、你父母、弟妹们过上好日子了!"

也有人说:"巧凤,你可给咱桃花谷长脸了,俺们全村人都跟在后面沾了光,现在大人们都要小孩子向你学呢!"

花巧凤则会谦虚地说:"我本事不大,没做多少,家里太穷了,这些年给亲戚们添了不少麻烦,等今后有机会了我再慢慢报答。"花巧凤说是这么说的,其实她已经做了很多,除了资助父母建起了前后共 6 间红墙青瓦的漂亮房子,还大力资助弟妹们读书求学,现在三妹巧鸽正在省城的大学里上二年级,四妹巧鸭、五妹巧鹅再过几个月即将参加高考和中考,今后少不了还要她出钱资助。好在她现在把巧燕渐渐培养成了管理饭店的行家,巧燕挣的钱也会给家里寄上一些。这些弟妹们也都清楚,要不是大姐这些年不断资助,他们别说上学,就连吃饱饭都可能是个大问题,因此对这个多年难得一见的大姐格外亲热,都大姐长,大姐短地围着花巧凤,生怕她在家这几天苦着累着。

花文东和姜雯霞听说花巧凤回来了,也分别前来探视。因为奶奶去世的缘故,再次见到两位小学时的老同学,了解到他们的近况,多少有些令花巧凤感到意外。

花文东是在花巧凤奶奶去世当晚就过来的。他是花姓本家,又在家排行老大,理所当然要第一时间前来祭奠。再加上他听说花巧凤在外发了大财,也想过来看看这位辈分上算他侄女的老同学。

那天,花巧凤正头顶着白孝带蹲在奶奶遗体前守灵,一位进门就行叩首大礼的三十来岁男人引起了他的注意。这人身高一米七以上,留着油光水滑的大分头,身披藏青色呢绒大衣,打着天蓝色领带,脚穿油黑锃亮的皮棉鞋。花巧凤心想,这人是谁呢？怎么这么眼熟？

"巧凤,这是你文东叔。你们俩同过学,你先一边歇一会,陪你文东叔说说话去。"花文礼一边给花文东的腰上系了条白布孝带,一边对花巧凤说道。

花巧凤尚在伤心时,听见父亲说眼前这人是花文东,便擦了擦眼角的泪珠,站了起来,随巧燕一起把花文东引到了前屋。

"文东叔,你进门时,我还在想这人怎么这么眼熟呢！"花巧凤请花文东坐下后感叹道。

"这都多少年没见过了,你现在也变化很大,如果在外面碰到了,还真认不出来你呢！"花文东撇着流利的普通话说。

花巧凤一听,感觉很诧异。在桃花谷这个地方,大家非亲即故,知根知底,谁要是装模作样地撇普通话,十有八九会被人戳脊梁骨:"这家伙真骚包,才出去几天,就连家里话也不会讲了？再骚都没用,把你的皮扒掉,我都能认出你骨头！"所以,尽管花巧凤这些年回到桃花谷的次数不多,但每次回来一定要老老实实说家乡土话。不过,面对花文东,诧异归诧异,她倒完全理解,明白他要么是讲习惯了,要么是为了显示自己有学问、有涵养。

"是呀！有十来年没见过了吧？你的变化太大了！"花巧凤很快从诧异的感觉中恢复过来，继续用已经非常生疏的家乡土话说，"听说你这些年在外面干得非常好！"

"说不上非常好，也就是比在家待着好一些，比起你现在要差很远呢！"花文东说话的语气倒是非常谦虚，"听说你现在发了大财，光房子就买了十来套！"

"我也没有挣到多少钱，买房子是因为碰巧赶上了房价低，手头多少攒了点钱。对了，你现在做什么工作？"花巧凤问。

"别提了！这些年我干过很多工作。最开始和你伯一起去天海的时候，给人当小工，眼看着要领工资了，结果那个黑心的包工头把我们的工钱全卷跑了。你伯他们熬不下去，就回来了。我想着家里连饭都吃不饱，回来也是白搭，就在那边硬挺着。好容易找了份服装厂做学徒的工作，结果我太笨，不是把好端端的新衣服剪破了，就是烫了个大窟窿。老板心眼再好，也容不下我这样祸害下去，就把我撵出门去。好在天无绝人之路，饿急了，我就到处捡破烂卖，慢慢也就熟悉了收废品这个行当，攒下了一点小钱。再后来，老家过去的人说咱们桃花谷产出的桃子个大汁多，就是卖不出去，眼看就要一堆一堆地烂掉，要是有人能拿到外面卖掉就好了。从那以后我又做了几年水果生意。"小时候说起话来磕磕巴巴的花文东一口气把这些年的经历说得头头是道。

花文东说话的时候，花巧凤就在想：眼前这位衣着光鲜、气度不凡、谈吐得体的人果真是当年那个流着浓鼻涕，系着烂草腰，趿着破单鞋，冻得瑟瑟发抖，说起话来结结巴巴的差等生花文东吗？不过，她很快就确定，眼前这位的确是花文东，因为刚刚是她父亲亲口说的。在花文东说到做水果生意的时候，她插话问："你做水果生意也赚到很多钱了吗？"

"差一点赔大了！做上这生意才知道，水果生意其实是最难做的，稍微耽搁几天，就会烂掉。有一年，我从外地拉了几车皮西瓜去天海市，谁知赶上了连阴天，西瓜根本卖不出去，结果烂掉一大半。因为我非常清楚水果生意有多难做，现在我自己买水果的时候绝不会跟小贩讨价还价，挑挑拣拣。"花文东心有余悸地说。

"不卖水果了，那你现在干啥呢？"花巧凤好奇地问。

"现在做安利！"花文东自豪地说，"安利主要做家庭护理产品和保健品直销，产品质量都很好的，你要是需要，我回去给你寄点过去。"

花巧凤虽然还沉浸在奶奶去世的伤感之中，但听到花文东提起安利就兴奋的样子,联想到她平时接触过的一些安利推销员见人就要宣讲或推销的样子,不禁有些好笑。但她又不想坏了花文东的兴致,便随口说道:"文东叔客气了!我家里日用品都用不掉。"

"嗯,也罢,你需要时给我打电话吧!"说着,花文东从衣袋里掏出一只黄灿灿的名片盒,从里面取出一张名片递给花巧凤,"这是我的名片,有事可打我手机。"

花巧凤伸手接过名片,凑近白炽灯看了看。名片是镀膜的塑料名片,非常精致,花文东三个字还特意烫了金,名字旁边赫然写着他的职务——"大区经理"。

"哇!文东叔这么厉害,都做大区经理了!"花巧凤由衷地赞道。

"没啥!没啥!都说名片名片明着骗嘛。"花文东虽然嘴在谦虚,但脸上的表情却显示他还是很有些自得的,"我做安利以来,不光是赚了些钱,当了个小官,更重要的是我跟那些来自中国香港、新加坡,甚至美国的培训师们学到了很多东西,从语言表达到衣着礼仪、与人交往和商品推销,都开了眼界,长了见识。所以你别看我当年连初中都没考上,现在我可是经常要给别人上培训课的。"

"哦,怪不得你现在这么风度翩翩,说起话来也一套一套的,原来是受过专业训练的呀!"花巧凤再次由衷地赞叹道。

"大家都要进步嘛!我天生愚笨,不像你们那么聪明,所以要想适应现在社会的发展,更得多吃点苦头,学点真本事了!"花文东应道。说话间,花文东的手机响了,他掀开大衣,从别在裤带上的皮套子里取出手机,接通了电话。简单几句交流之后,他挂掉电话,啪的一声合上那只摩托罗拉手机的翻盖,略有歉意地对花巧凤说:"是你小婶子打来的,问我这么晚了咋还不回去。看来我得回去了,明天一早我再过来忙活。"说罢,出门跟花文礼等人打了招呼,便匆匆回家去了。

奶奶去世第二天,花巧凤才开始慢慢接受奶奶离开人世这个残酷的现实。她在轮流守灵的间隙各处转转找点事情做,或者跟客人们打打招呼。正当她在门口张望时,远远看见姜雯霞随着姜老师往她家走过来。她快步迎了上去,先恭恭敬敬向姜老师鞠躬问好,然后拉住姜雯霞的手。花文礼此时也迎了出来,先向姜老师按桃花谷的规矩行了个孝子跪拜礼,接着把他引到屋里喝茶抽烟去了。花巧凤则把姜雯霞引到了母亲为她和巧燕收拾出来的临时住处。

花巧凤让姜雯霞坐在房间里唯一的一把小竹椅上,自己就在床边坐了下来。不知为什么,自打在门前见到姜雯霞的那一刻起,她总感觉有一道鸿沟横亘在她们之间。"你现在在哪工作?"花巧凤尝试着问。

"在政府。"姜雯霞的回答精练到了极点，然后就低下头盯着她自己的脚尖，似乎那上面有看不完的西洋景，道不尽的新鲜事。

"政府好，看来你将来要当大领导了！"花巧凤想着大家毕竟是多年的好朋友，现在又是在她家里，总不能就这样干坐下去，便顺口说道。

"也就这样吧，能干成啥样还不知道呢！我选择去政府工作主要是想着能为老百姓做点实事，不是冲着当多大领导去的。"姜雯霞总算一口气多蹦出来了几个字。

花巧凤听后感觉自己与姜雯霞的距离更大了，心想，看看人家，风格多高呀！自己怎么成天就想着自家那点事呢？想到这里，她不由得赞叹道："还是你目光远大！"

姜雯霞终于抬起头，眼睛闪现了一丝光芒，但随即又恢复了冷峻。"说说你吧，听说你现在挣大钱了，你一个月工资有多少呀？"姜雯霞问道。

"我工资也不多，每个月几千块吧。"花巧凤虽然比较忌讳别人张口就问收入，但还是如实做了回答。

"几千块啊？那还不够多？你知道我一个月才多少吗？"姜雯霞看样子很震惊，稍稍停了一会才摇着头说，"只有几百块！"

"哦，那是有点少了。按说像你这么高的学历，个人能力又这么强，你的工资要比我高出不少才对呢！"花巧凤设身处地地说，"要不你也来南粤吧，随便找个工作，都会比我收入高得多！"

"政府里收入也高吗？"姜雯霞问。

"那倒不太清楚，听说没有企业高。"花巧凤如实答道。

"哦，那就算了，反正也没法调过去。我们市是北方地区著名的航运和经济中心，级别也高，属于副省级市，我现在的职务是市经贸委办公室副主任，级别正科，相当于咱们这里的乡长。"姜雯霞多少有些放松起来，那又窄又长的脸上分明展现出君临天下的豪迈。

花巧凤对政府里的情况基本没啥概念，但见姜雯霞那么郑重其事，感觉应该很厉害，便附和着说："真了不起，恭喜你啊！"

"有啥值得恭喜的？我现在发展得还不算快，我研究生的一些同学有的都升副处级了，不过人家后台硬。哎！像我这样的人，就吃没有后台的亏！"姜雯霞说到此处，面色又有些冷峻下来，"对了，你今年考研感觉如何？"

"感觉还可以。"花巧凤见姜雯霞终于关心起自己考研的事，心里很高兴，"这些年一直以你为榜样，总忘不了当年咱们相约考研的情景。为了激励我自己，我把你的名字写在每本考研资料的封面上,一看到你的名字,我就浑身是劲,感觉再大的困难都可以克服!"

"你这是在诅咒我吗?"姜雯霞似乎有点不开心。

花巧凤心里一紧,心想,我没说错什么呀! 这个姜雯霞这些年没见过面,联系也不多,前年邀请她去南粤,后来也没去,怎么现在好容易见一面,感觉没啥好聊的了? 她现在如此神秘莫测、阴晴不定,看来眼前的这个姜雯霞已经完全不是当年那个可以一起钻进小河沟戏水,爬上大树梢掏鸟蛋的姜雯霞了。

气氛有些尴尬,空气似乎凝固了一样,但随即便被"吱呀"的开门声打破了。

"大姐,文东叔听说雯霞姐来了,想过来看看她,不知你们方便不方便?"花巧燕推开房门探头问道。

"方便,方便! 快让文东叔进来!"花巧凤庆幸自己得到了解脱,满口答应着。

"不打扰你们聊天吧?"花文东一进门便问。

"不打扰,巧燕你再搬把竹椅给文东叔坐。"说完,就跟雯霞介绍道:"这是花文东,你一定认不出了吧?"

"哦,还真想不到!"姜雯霞稍稍欠了欠身子说,"听说你也在外面发大财了?"

"哪里哪里? 我哪算发财,比起巧凤你们我差得太远了,既没文凭,又没水平,全靠在外面闭着眼瞎干。"花文东谦虚地说道。

姜雯霞没再跟进,看得出她脸上有明显的不屑。

不过,花文东倒并不在意,还主动向姜雯霞介绍起这些年的经历,并寻问姜雯霞的近况。姜雯霞虽然心里不太情愿,但多少还是说了些话。三人你说几句,我说几句,时间倒也过得很快。没多久,巧燕再次进屋喊他们出去吃饭,三人的聊天也就自然结束了。

安顿好奶奶的丧事,花巧凤又在家住了几天,便再次乘飞机赶回了南粤。

## 第二十九章

## 来新人愈加孤立　撞苟且痛失一指

　　正月十五一过,股市又进入了正常交易时间。但营业部里的气氛并没有因为股市进入正常交易而热火起来,不管是散户大厅,还是大户室都稀稀拉拉见不到几个人。

　　就在花巧凤为交易量发愁的时候,崔英才把她叫到办公室。这一次,崔英才的态度非常好。花巧凤刚一进门,崔英才就笑呵呵地站了起来,还给花巧凤让了座。待花巧凤在他对面坐定,崔英才方坐了下来,先是嘘寒问暖一番,大意是让花巧凤不要伤心,早日从失去亲人的悲伤中尽快走出来。就在花巧凤刚刚开始对崔英才的悉心关怀心生感激之情的时候,崔英才话题一转,说道:"巧凤啊,你来我们营业部也好几年了,对营业部的发展也做出了不少贡献,公司总部那边考虑到你比较辛苦,又帮我们营业部安排了一位年轻人,也是一位女同志,人非常聪明、能干,大学毕业后在宏远证券工作了两年,对交易方面的业务非常熟悉,她来以后,将接替你担任交易部经理,你就专任营业部总经理助理,不用再兼任交易部经理了!"

　　花巧凤越听越感觉不对劲:什么?叫我只担任总经理助理,那我具体能干什么呢?崔英才好像看出了花巧凤的心思,接着说:"将来你就可以超脱了,你的工作就集中到协助我开拓市场吧。"

　　花巧凤没法再说什么:一切都是那么无懈可击,你工作累,需要有一个年轻人来帮你分担,又没有给你降职降级;再说了,这位年轻人又是总部派过来的。她只得点点头,说:"服从上级安排。"

　　第二天,董林蹈带了位美女来到花巧凤的办公室。"巧凤,这位是新来的赵艳小姐,崔总安排她担任交易部经理,你们俩对接一下,尽快办理好交接手续,要确保交易工作不断不乱。"接下来又对这位赵艳小姐简要介绍了一下花巧凤的情况。

　　董林蹈说话的时候,花巧凤对于这位赵小姐快速打量了一番,发现她还真是一位非常标致的美女：瓜子脸、柳叶眉、薄唇小嘴、高挺鼻，最特别的就是那双眼睛，形似两弯新月，波光潋滟，顾盼生辉；发黑而短，上面戴了一只淡黄色的头箍，看起来既精干又俏皮；身材娇小，一袭淡紫色紧身风衣和一双黑色高跟鞋却把女性的娇美衬得恰到好处。花巧凤心想，年轻就是好，这么漂亮的姑娘换上自己是个男人，也会对她着迷七分。看来，这位赵小姐更可能是崔英才亲自弄过来的！算了，人家都要来接替自己的工作了，那就大大方方地做好配合工作吧。想到这里，花巧凤对董林蹈说："董总放心，我会尽快跟她做好移交工作。"说罢，就将卞琏旺及交易部其他几位同事一起叫到了会议室。

"这位是新来的赵经理。根据营业部领导的安排，从今天起，她将接任我的交易部经理一职，希望各位配合做好相关工作。"花巧凤简要介绍过赵艳，又把交易部的每位同事和部门的情况向赵艳作了详细介绍。

花巧凤说话时，特意观察了卞琏旺的表情，发现他脸上一阵红一阵白，非常不自然。看得出卞琏旺心中正在波涛汹涌，似有一百二十个不甘心。花巧凤心想，卞琏旺呀卞琏旺，你以为我不兼交易部经理，就该轮到你了吗？哎！现在好了，你又有新领导了，你就好好跟着她干吧！

交接完毕，花巧凤准备回到自己办公室，赵艳与其他同事也分别往自己的座位走去。只有卞琏旺跟在花巧凤身后进了她的办公室，一进门便替花巧凤关上了门。"还有事吗？"花巧凤和颜悦色地问。

"没，没有了。"卞琏旺嘴里虽说没事，却又一屁股坐在了花巧凤对面的椅子上，脸上的表情已由刚才的不甘心明显变成了愤怒。

"有事就直说吧，不要紧的！"花巧凤鼓励道。

"花总，我的确没什么事，就是感觉营业部这样的安排对您太不公道了。您这些年把交易部工作干得这么出色，现在却被直接架空，去协助崔总干什么市场开拓。现在市场行情这么差，亚洲金融危机什么时候结束还看不到头，市场开拓能容易吗？明显是他在给您找难题嘛！"卞琏旺愤愤不平地说。

花巧凤想，卞琏旺说得倒是实情，他这个人并不笨，对这些关系看得明白着呢！只是他说这番话的出发点更多应是为自己叫屈，他原以为如果我不做交易部经理，那接替我的肯定是他了，谁知半路杀出个程咬金，来了一位美女赵艳，把他的梦想击得粉碎。但想归想，花巧凤也不能明说出来，只是说："我没什么，干什么都是干！再说人家这么优秀，我给她让出位子也是应该的！"

"您真认为这位赵美女优秀？"卞琏旺压低声音,伸长脖子对花巧凤说,"她除了长得像个妖精,根本就不像个能干事的人,你不知道吧,她跟崔总那个那个……"

"别乱说,传出去不好！"花巧凤正颜提醒道。

"我没乱说,这是公开的秘密。您就等着看热闹吧！"卞琏旺神秘兮兮地说,似乎已经洞悉了所有的秘密,说完便起身告辞出门去了。

不再兼任交易部经理又不分管任何事务的花巧凤虽然仍然保留着营业部总经理助理的头衔,实际上已完全沦为一个普通的业务员。然而,崔英才布置给她的市场开拓任务却并没有因此减少,反而比之前更重了。花巧凤每天早出晚归,到处拜访各类客户,得到的回应差不多都是"经济形势严峻,资金高度紧张",与她之前根据公开信息所得出的结论相差无几。为了说服崔英才放弃逆市思维,花巧凤特意撰写了一份调查报告,在对自己开拓市场方面的阶段性工作进行小结的基础上,结合亚洲金融危机演化和国家宏观经济的一些现实问题,对营业部的工作提出了自己的意见和建议。

一天下午四五点钟的时候,花巧凤拿着打印好的调查报告,来到崔英才办公室门前。门是关着的。花巧凤轻轻敲了两下,屋里没人应答,但似乎又有人在里面说话。她又用力敲了两下,门开了。花巧凤用手扶着把手顺势往里推了推,探头往屋里张望了一下。不看则已,一看吓了一大跳。只见崔英才和赵艳两人都赤裸着下身在宽大的三人沙发上扭作一团,被压在下面的赵艳还不时发出娇滴滴的喘息声。花巧凤不由自主地尖叫了一声。崔英才抬头看时,花巧凤还未来得及退出门外。四目相对,要多尴尬就有多尴尬,三个人全都僵持在那里。花巧凤哪里见过这种阵式,羞得满脸通红,浑身流汗,直到听见身后的脚步声才把门随手一带,快步走开。因为走得异常慌乱,差一点撞上了那位来人。

"花总,你找崔总吗？"来人原来是办公室的小张。

"我……找……"花巧凤结结巴巴,竟然没能答出话来,只是继续闷头快步往前走。一进自己办公室,就啪的一声关上了房门,背靠在门上,双手捂着胸口,老半天后,心里还在扑通扑通猛烈地跳着。眼看就要下班了,花巧凤仍感脸上烧得厉害,她使劲定了定神,硬着头皮打开门,低头汇入了下班大军。一路上,她始终没敢抬头,心脏依旧扑扑跳个不停,眼前不是晃荡着那四条大白腿,就是闪现出崔英才那双惊恐的眼睛,似乎不是别人,而是自己做了什么见不得人的事情。

晚上,她把白天的偶遇详细向曹鹏诉说了一遍。曹鹏听后半晌没有说话。花巧凤心里越加不安。她眼巴巴地盯着曹鹏说："你快说话呀！我都不知道明天怎么去面对崔英才和赵艳了！"

曹鹏悠悠地叹了口气说："我们老家有一种说法，见到别人干苟且之事会倒霉的。"

"这种情况应验过吗？"花巧凤更加不放心了。

"都是这么说的，很少听说谁撞上过这种事情，更别谈有没有应验了。"曹鹏答道。

"哦，那就没法子了，是福不是祸，是祸躲不掉，倒霉就倒霉吧，人总不能一辈子净走红运。其实，我倒是更担心以后见到那对狗男女该如何面对！"

"如何面对？又不是你做错什么了？该考虑如何面对的应该是他们！"曹鹏气愤地说，"要么你把他们的事公开吧，让他们身败名裂！谁叫那个崔英才这两年给你穿了多么多小鞋的？"

"公开？你有凭据吗？如果说不出凭据，那不变成毁谤别人了？再说了，我们也不是那种喜欢叽叽歪歪嚼舌头根的人呀！"

两人你一言，我一语，讨论了半天，也没讨论出个名堂来。曹鹏因为一天忙下来太累，没多久就昏昏沉沉地睡着了。花巧凤没法，心想，不去想这些烂事了，就当什么也没发生吧。

然而，花巧凤可以当那件事没发生过，崔英才和赵艳是绝对不可能忘掉这件事的，他们所经历的心理折磨肯定要比花巧凤大得多。也不知道崔英才是怎么想的，第二天一大早就打电话叫花巧凤过去一下。花巧凤心想，这人脸皮真厚，他竟然还有脸让我过去！算了算了，过去就过去，看他能把我怎么样！花巧凤心一横走了过去。

崔英才办公室的门是开着的。花巧凤走到门口时，他正在房间内来来回回踱着步，两手还不时在胸前使劲地来回搓着。见花巧凤已到，崔英才赶忙把门关上，堆起笑脸，点头哈腰地用手示意花巧凤在沙发上坐下。花巧凤看到沙发就想到昨天的情景，心里阵阵恶心，宁愿站在房子中间，也不肯坐下。崔英才不再坚持，他再次确认门的确已经关上，便回头扑通一声在花巧凤面前跪了下来，一边用手使劲扇着自己的脸，一边嘴里不停地说着："花总呀花总，这些年我的确亏欠您不少，昨天都是我一时糊涂，做了见不得人的事，您大人不计小人过，看在我上有老下有小的面子上，千万要替我保密呀，否则，我这个家就全完了！"

崔英才这么一跪,倒令花巧凤无所适从起来。她站在原处愣了一回,心想:这么个一表人才的人中豪杰怎么突然变成癞皮狗了呢?!她想转身离开,崔英才却用膝盖快速往前滑动着挡在了门后。花巧凤没办法,只好在原处站了下来。

"花总,您倒是说句话呀!"崔英才一边声泪俱下地说,一边用手抹着眼泪。

"崔总,能别这样吗?您到底想让我说什么?"花巧凤终于吐出了两句话。

"您就说您大人不计小人过,愿意给我这个小人留条生路吧!"崔英才带着哭腔说,"其实,您应该清楚,没有公司总部那里欧芬总的授意,光凭我崔英才一个人是不能对您怎么样的。"

一听到欧芬两个字,花巧凤的气一下子上来了:她到底想干什么?我在通银证券南粤分公司时给她背了那么大的黑锅,她不仅没有丝毫歉意,还处处打压陷害我,真是够歹毒的!但花巧凤很快就恢复了理智,她厌恶地对崔英才说:"一个巴掌拍不响,没有你助纣为虐,她难道能把我吃了不成?!"

崔英才仍旧跪在地上,头点得像小鸡啄米似的,说:"花总您说得对!我自己也不是好东西,我是鬼迷心窍,为了把赵艳拉到我们营业部并最终取代你,我一来滨海营业部就处处对你使坏,还在不久前不让你兼任交易部经理。"

花巧凤越听越生厌,脱口呵斥了一声:"既然你的目的都达到了,为什么还要逼着我做那些根本不可能做好的事情?"

"花总您息怒,赵艳只是接替了您的交易部经理一职,还有总经理助理这个职务她没拿到呢。"

"哎!心真够黑的,这个位子本来就是虚的,你完全可以多任命一个总经理助理,为什么一定要赶尽杀绝,连条生路都不给人留呢?"花巧凤愤怒地责问。

"是是是,我的确心太黑了,总是感觉您比较碍事,想让您早早离开滨海营业部。花总呀,该我认的错我全都认了,您能原谅我吗?我保证以后规规矩矩做个好人,再也不寻机难为您了!"崔英才一边哭哭啼啼地说着,一边不住地双手合十向花巧凤作揖,两只眼睛充满了乞求的神情。

"哎!早知今日,何必当初?"花巧凤叹了口气说。

"您说得对,都怪我色迷心窍,做事荒唐,昨天要不是我头脑发热连门都没关好就急吼吼地行苟且事,也不至于搞成这个样子!"崔英才语无伦次地说。

"您说什么?您是后悔昨天没有关好门被我撞上了吧?"花巧凤厉声反问道。

"不是不是,您看我说哪去了,我是说,要不是您昨天把门帮我们带上了,还不知道会有多少人撞上呢？我这是要感谢您呀！"崔英才赶紧又换了副嘴脸，以求打动花巧凤。

"谁稀罕你的感谢？我先生说我昨天撞上你们那破事会倒霉，你能不让我倒霉就阿弥陀佛了！"花巧凤想起昨晚曹鹏说过的话，心中不免更加厌恶了。

"您这么说，我真无话可说了。不过，我可以指天发誓，我崔英才今后一定好好做人，绝不做任何伤害您的事情！"说着，果真一手指天，嘴里念念有词，"以后我崔英才要是做半点伤害花巧凤的事，天打五雷劈，全家死光光！"

花巧凤听罢，心想，这种人简直无可救药了，诅咒自己也就罢了，还要把全家也搭上，这种人的话能信吗？于是阻止道："停下停下！我不需要你发誓，你要真是诚心痛改前非，就给我写张保证书吧，字数不要太多，把昨天的情况大致说清楚就行。"

"那怎么行？这张保证书要是被别人看到了怎么办？"崔英才可怜兮兮地问。

"不愿意写就算了，我还不想要了呢！"花巧凤说罢，再次转身要走。崔英才腾地站了起来，从后面一把抱住了花巧凤的后腰。花巧凤吓得大惊失色，厉声叫道："你要干什么？快放手，不放手，我就喊人了！"

"喊吧，喊吧，这间房子隔音效果好，就怕你喊破嗓子也没有人听得见！就算被别人听见，也没啥大不了的，只要你不答应替我保密，别人迟早也会知道！"崔英才凶巴巴地说，仍没有松开双手。

"你想怎么样？"花巧凤问。

"我不想怎么样，你放心，我不想强奸你。别以为你自己长得还行，都这么老了，我根本就没兴趣！但是你必须保证替我保守秘密！"崔英才咬牙切齿地说。

"如果我不答应呢？"花巧凤本来无意说出那件龌龊事，但见崔英才气焰嚣张，便故意问道。

"那你就别想从这间屋里走出去！"崔英才说着，从后面用脚使劲一踢花巧凤的腿弯，试图令花巧凤跪在地上，"现在轮到你跪在地上指天发誓了！"

花巧凤拼命挣扎，不肯跪下，但哪里是人高马大的崔英才对手。眼看自己就要被崔英才强行按到地，花巧凤急中生智大叫一声："快来人呀！"

崔英才腾出一只手紧紧捂住花巧凤的嘴巴，穷凶极恶地说："告诉你这间房子隔音效果好，你还不信！再不听话，小心我勒死你！"说着就把那只捂住花巧凤嘴巴的手转移到她的脖子处，使劲掐了下去。没多久，花巧凤就被掐得眼冒金星，脸色发青，虽然用尽全身气力挣扎，仍是一点用处都没有。大概暂时还不想置花巧凤于死地,崔英才终于在花巧凤没昏迷之前松开了手。花巧凤呼哧呼哧过了好一会才缓过气来。见花巧凤没事了,崔英才又阴森森地催问到:"到底发不发誓?"

花巧凤想,誓是肯定不能发的,我得先稳住他,然后再想办法,就说:"崔总,您先放手吧,我们坐下来好好谈谈行吗?"

崔英才见花巧凤态度有所软化,就嘿嘿干笑了两声说:"算你识相!不过,别跟我耍花招,你要是不给我生路,我先弄死你算了!"说完,就松开紧箍着花巧凤身体的手,叫花巧凤坐在他的办公桌对面,自己坐回老板椅里,定了定神,很快又恢复了一副意气风发、高高在上的领导派头。"巧凤,有什么想法你就只管说吧!"崔英才佯装大度地说。

"崔总,您看我能不能给您写份保证书,保证不把昨天的事说出去!"花巧凤一边说话,一边四下里瞅着。突然,她眼睛一亮,在崔英才的桌面上发现了一只大号的订书机,而对她来说,这只订书机简直就是触手可及。花巧凤想,如果能抢过订书机,把紧靠桌子的这扇窗户玻璃砸破,我的叫喊声就可以被外面的人听见了。

"你想得可真美!就算你能给我写保证书,以后你要是说出去了,我能把这份保证书拿出来吗?"崔英才冷笑着说。

他的话音刚落,花巧凤就一把抢过订书机,用尽气力砸向窗户。一下,两下,厚重的钢化玻璃终于被她砸出了一个窟窿。她一边砸一边大喊:"救命呀!救命呀!"还没等她喊到第三声,崔英才的那双大手就再次牢牢钳住了她的脖子……

花巧凤一觉醒来,发现自己正躺在医院里。曹鹏坐在病床边焦急地等待着,见她醒了,赶忙站起来在她的额头上轻轻吻了一下。"你终于醒了,可把我急死了!"曹鹏说完就叫也在床边守候的花巧燕快去叫医生。

医生很快过来,一番查看和问候之后,对花巧凤和周围守候的人说:"已经脱离危险,还要慢慢休养,注意不要碰着伤口!"

"伤口?"花巧凤吃惊地问,"我哪里受伤了?"

"是手指头。"曹鹏轻声安慰道,"不要紧,是只右手的小拇指,影响不会太大。"

花巧凤吃力地把右手举到眼前,小拇指的地方被缠上了一层厚厚的纱布,但根本就没看到小拇指伤成啥样。于是就问曹鹏:"我的小拇指到底咋样了?"

"被……被……医生截掉了。"曹鹏吞吞吐吐地说。

"为什么?"花巧凤痛苦地追问。

"因为……因为你的小拇指被那个王八蛋用订书机砸得血肉模糊,医生说没办法修复，只好截掉了。不过，你身体其他部位伤得还不算严重，医生说治疗一段时间应该就可以恢复了。"

曹鹏说话的时候，花巧凤又把两只手分别举到眼前看了看，然后痛苦地闭上了眼睛。

"这次多亏你自己急中生智砸破了玻璃，才使得你的喊声能被外面人听到，否则还不知道那个恶魔会怎么折磨你呢。那些破门而入的群众说，门外的人进去时，崔英才正一只手掐着你的脖子，另一只手举着订书机歇斯底里地往你的手上乱砸。不过，你放心，这个崔英才已被公安机关抓获，他最终要为自己的恶魔行为负责。"曹鹏补充道。

10天后，花巧凤康复出院，但她的右手小拇指却永远地失去了。崔英才后来也因故意伤害罪被判了7年的有期徒刑。

中成证券滨海营业部出了这么大的事情，自然引起了监管层的高度关注，他们责令中成证券对滨海营业部进行彻底整顿。新任总经理到任后，免去了赵艳的交易部经理一职。赵艳虽然与花巧凤被伤案没有直接的联系，但因为失去了保护伞而主动辞职，另找门路去了。本来新任总经理准备推荐花巧凤为营业部副总经理的，但她因为已经收到南粤大学全日制金融学硕士录取通知书而婉拒了领导的好意。

## 第三十章

# 重回校园结新伴　重仓等来"5·19"

9月的南粤,天气依然炎热,花巧凤的心里更加火热。已经完全走出致残阴影的花巧凤,在曹鹏的陪同下,走进了南粤大学的校园。这是她时隔10年之后,再次以学生的身份走进校园。见到校园内成群结队的大学生从身边走过,曹鹏以开玩笑的口气对花巧凤说:"瞧见了吧,这些帅哥美女都是你的同学,你可别倚老卖老欺负他们呀!"

"你看我是那样的人吗?"花巧凤嗔道。

"嗯,目前不是,谁知道你将来会不会变质呀?"曹鹏继续逗着花巧凤。

"将来也不会变质!即使变,也只会变得更加年轻。"花巧凤也跟着幽了一默。

曹鹏扭头仔细看了看花巧凤:"让我好好看看,嗯,你还别说,我老婆果真变回小女孩的模样了!"

花巧凤羞涩地笑了笑,说:"想不到吧?这就是环境的力量!你可要抓紧时间学习了,否则你与我的差距会越来越大哟!"

"不要逼我,你知道我一读书头就痛。再说了,我对你还是很有信心的,差距再大你都不会丢下我不管!"曹鹏把握十足地说。

"嗯,看来你是把我吃透了!"花巧凤说着伸手轻轻捻了捻曹鹏的耳垂。曹鹏顺势抓过花巧凤的手,正好摸到右手小拇指截去后留下的疤痕,他心里一凉,脸色一下子变得有些伤感。

花巧凤看到曹鹏情绪的变化后,知道曹鹏这是心疼她,就说:"事情已经过去了,我自己都不去想了,你就不要再纠结了。"

"是呀。"曹鹏叹了口气接着说,"记得我当时就跟你说过,撞见别人苟且会倒霉,没想到那么快就应验了。"

"你这纯属迷信!只是我运气不好碰上了崔英才这种恶人而已。"花巧凤释然道。

"是不是迷信已经不重要了,反正那个恶魔也得到了应有的惩处。就算这种说法有道理,也已经应验过了。你已经丢过手指倒过霉了,从今往后你该步入康庄大道了啰!"曹鹏道。

两人边走边说,没多久就到了金融系办公室门口。

金融系办公室门里门外人来人往,好不热闹。花巧凤打发曹鹏先回去,自己一个人怀着无比激动的心情走进了办公室。刚进屋,花巧凤便一眼看到了林宏达教授。林宏达是花巧凤的硕士学位导师,六十出头的年纪,长方脸,大耳阔,鼻直口方,双目炯炯有神,身材高大,腰挺背直,在中国金融学界属于泰斗级的人物,不仅指导硕士研究生,还指导博士研究生和博士后。林教授此时正站着同两位学生模样的人笑眯眯地说话。花巧凤在此前已经多次拜访过他,因此,彼此间已经非常熟悉。"林老师好!"花巧凤恭恭敬敬地向老先生问好。

林教授看到花巧凤也非常高兴,对她招招手说:"过来过来,我给你介绍一下,这两位都是你的同学,你们先相互认识一下,办理好入学手续以后,到我办公室去一下,我一会儿就回办公室等你们。"说完先行离开了。

花巧凤与在场的一男一女两位同学打了招呼,他们全是上半年刚毕业的本科生,大概在二十二三岁的年纪,而她自己整整28周岁,是个不折不扣的老大姐了,不由得感慨万千。花巧凤心想,真是岁月无情人易老呀!自己本来就没有经过正规的大学教育,现在老大不小,理解能力、记忆力也比不过年轻人了,这以后的学业自己可得拼上一拼,要不然被这些小青年甩得太远,岂不尴尬?导师林老先生那边也交代不过去呀?

三人说话的工夫,又来了一位中年男人,个子不高,肚子却挺很远。"你们是林老师的研究生吗?我叫周易,跟你们是同届的同学,刚从林老师那里来,他让我到这里与你们碰头。"这位周易同学说起话来中气很足。

几人结伴,很快就办完了入学手续,转而前往林教授办公室。

林教授的办公室与金融系办公室在同一栋楼,十几平方米的样子,里面已经坐满了人。见四人已到,林教授站起来招呼他们说:"快坐下吧,我来给你们介绍一下。"从林教授的介绍中,花巧凤得知,老先生每年会招硕士生4名、博士生2名,这样再加上历届生,在读的研究生共有18人。每学年开学第一天,林教授都会把在读的新老学生召集到一起,相互认识一下,并简要介绍一下自己近期的研究方向和研究重点。

老先生介绍完毕，周易从椅子上站起来，用带有浓重粤语口音的普通话说："我叫周易，周到的周，《周易》的易。"屋子里的人一下笑了起来，有人说："什么叫《周易》的易，你简直没说嘛！"就连林教授也被逗乐了："老周，你就喜欢卖弄你的《周易》！"

"老周？"花巧凤感觉好笑，周易年纪大是大了点，但还不至于被称为"老周"，更何况"老周"两个字还出自老先生之口呢？

旁边的一位师姐见花巧凤偷笑，就凑到她的耳边说："老先生喜欢礼贤下士，别看他称周易为'老周'，你就以为周易德高望重，过一会他会叫你'老花'的！"

花巧凤点点头，心想，叫就叫吧，反正我也感觉自己比较老了，但真要是自己的老师这么喊自己，肯定受用不起。

"林老师，我哪里敢卖弄？"周易笑着向林教授拱手说道，"《周易》是中国传统文化中自然哲学和人文实践的有机结合，是汉民族的'大道之源'，我的父母给我起了这么个名字，我非常自豪，所以走到哪里都要跟人说明一下。"

林老先生接着周易的话说："老周说得对，《周易》是老祖宗留下的宝贵精神财富。作为中国人，我们一定要好好领会《周易》这本书中的深刻思想。特别是我们搞金融学研究的，不能两眼直盯着西方的经济金融学理论，还要善于从老祖宗留下的宝贵精神财富中汲取营养，构建我们自己的金融学理论。"

老先生话音一落，房间内爆发出热烈的掌声。周易又接着说道："林老师说得太好了！我本科毕业后，在政府机关里做过几年经济管理方面的工作。后来，南粤改革开放的声势越来越大，我就和朋友一起下海创建了一家证券咨询公司，尝试过用《周易》中的思想精华与西方传过来的经济金融理论相结合，来具体研究中国经济金融方面的问题，对政府和一些企业提出过不少独特的建议。很多年过去后，回过头来再看，我们提出的那些建议还真经得起时间的检验。"

林教授听后，开心地笑了："老周原来跟我说过，他的研究方法很独特，在证券投资上也赚过不少钱，你们将来可以多向他学习。对了，老花先前的工作就是在证券公司，工作干得非常出色，你们又是同一届，以后可以多切磋，有什么好的投资机会也可以给同学们分享一下。"林老先生一边说一边用手指了指花巧凤。

花巧凤脸一红，心想，这个老先生，还真叫起"老花"了。她恭敬地站起来，用左手捂嘴笑了一会才说："老师过奖了，我会多向您和周易学兄请教，争取在理论和实践方面都能有些作为。"

　　第一学期的课程比较繁重，花巧凤丝毫不敢松懈。她像个真正的脱产研究生一样规规矩矩地挤进8人一间的集体宿舍，每天学到很晚才爬上双层铁皮床的上铺休息，天麻麻亮就起床背诵那些生僻拗口的英语单词，只在双休日或法定节假日才回到家里陪陪乐乐和曹鹏。好在已经3岁的乐乐开始上了幼儿园，白天在幼儿园里与老师和小朋友一起玩得开心，晚上有奶奶和爸爸的照顾，倒也不孤单。但每到周末见到妈妈的时候，便会异常开心，寸步不愿离开妈妈。最令花巧凤揪心的是，每到周一的时候，她只能早早起床，悄悄地溜出门外，稍有响动，就会惊醒乐乐，扯着嗓子哭闹着不让她离家。

　　一转眼三个月过去了。12月7日，中国人民银行宣布将存贷款利率各降低0.5%，这是亚洲金融危机爆发以来的第四次降息，也是本年度的第三次降息。这天正好是星期一，林宏达教授要给几位研究生讲高级金融学这门必修课。林老先生在讲完当日课程内容后，问大家对这次降息怎么看。两位应届生同学首先按教科书上的原理回答说，降息有利于刺激消费，扩大内需，增加投资，促进出口，从而延缓经济衰退。林老师则说，这个大家都知道，他希望听到更能结合实际的说法。

　　周易听后，不紧不慢地说："那我就从《易经》第一卦——乾卦来谈谈吧。六爻就像六条龙，可以非常形象地说明事物发展的过程。初九为潜龙勿用，九二为见龙在田，九三为终日乾乾，九四为或跃在渊，九五为飞龙在天，上九为亢龙有悔。这一轮经济调整叠加了亚洲金融危机以后，国家为发展经济，应对亚洲金融危机动了不少脑筋，在货币政策上已经是危机以来的第四次降息了。我认为所有这些政策上的努力都可以理解为我们目前仍处在九三阶段，即终日乾乾，辛勤劳作，自强不息。如果能有其他政策方面的配合，就会形成一股强大的合力，使我们的经济发展阶段进入九四阶级，也就是或跃在渊。"

　　周易发言的时候，林老师频频点头，看来他比较欣赏这种跳出教科书条条框框，把中国传统文化活学活用的思考方法。

　　花巧凤对易经虽没啥概念，但这些年几乎天天与股市打交道，对国家政策和经济发展的规律还是有些想法的。她说："现在国家面临着深刻的改革任务，特别是在住房、医疗和教育方面，国家已明确了改革目标。但是这些领域的改革都直接关系着老百姓的切身利益，要想让这些改革顺利进行，必须让老百姓有钱才行。要想让老百姓有钱，就必须大力发展经济。要想发展经济，就必须改变企业运营资金主要依靠银行贷款的旧模式，大力发展直接融资市场。所以依我看，这次降息虽然在前几次降息的基础上,进一步降低了企业的资金成本,有利于刺激消费、扩大出口等,但是如果国家不重新重视发挥资本市场的直接融资功能,那么几次降息所起到的终日乾乾作用就会大打折扣。"

花巧凤说到这里,周易开始兴奋起来。他说:"刚才花巧凤谈到了另一个层面的问题,这就是要不要重新重视直接融资作用的问题。这的确是一个非常关键的问题。依我看,一旦国家重新重视了直接融资,那么已经连续调整两年多的股市必然进入九二阶段——见龙在田,从而迎来一波新的大行情。"

"对对,周易学兄说得太好了,大家可以密切关注这方面的信号,咱们完全可以跟着政策走一把!"

林老先生对大家的讨论很满意。他说:"你们的发言都很好。我们的学习就应该像今天这样,不要拘泥于教材,要放开眼界,开动脑筋,活学活用。很多经济社会问题并没有标准答案,需要我们大胆想象,小心求证。"

花巧凤受这次上课讨论的启发,几天后,她瞅准一个空档,跑到一家证券营业部为自己开了个股票账户,把尚余的 200 多万资金转到了账户里。她现在已不是证券从业人员,可以光明正大地进行股票投资了。

1999 年 5 月初的一天晚上,很久未联系的钟逸勤给花巧凤打来了电话。手机铃声响起时,花巧凤正在准备第二天的课程发言。她赶紧跑出教室门外,压低声音问:"钟总,好久没有联系了,最近还在关心股市吗?"

电话那头的钟逸勤笑呵呵地说:"我这些年靠股市期市生存,除了炒股和做期货,其他的也不会啊!"

花巧凤就说:"这样说来,您今天打电话过来是想要聊聊股市吧?不过,这两天比较忙,周末我请您去我家新开的徽菜馆小聚一下,顺便给您介绍一位新朋友如何?"

钟逸勤在电话那头连声称花巧凤猜得准,并且非常爽快地答应了花巧凤的邀请。

周六晚上,钟逸勤如约来到曹鹏前年新开的徽菜馆,在曹鹏的亲自引领下,走进一间小包房。花巧凤与周易正在房间内喝茶聊天,见钟逸勤进门,便站起来迎上两步,伸手与钟逸勤热情相握。一番寒暄之后,花巧凤把钟逸勤向周易和曹鹏做了介绍。

曹鹏退出门外。服务生很快把菜上齐,三人边吃边聊。钟逸勤先是对花巧凤在滨海营业部的遭遇感慨了一番,接着进入了本次聚会的正题:"花总在滨海营业部的时候就对证券市场有非常独到的见解,多亏你在这轮熊市开始前提醒我清空了手中的股票,保住了上一轮牛市的成果。现在两年时间过去了,我估摸着这轮熊市差不多应该结束了。花总现在是金融专业的研究生,身边又有那么多的大牌金融教授,肯定对当前的证券市场也会继续关注。我这次约见花总,就是要想听一听你们对证券市场的高见。"

花巧凤笑了笑说:"钟总一直比较客气,我在营业部的时候勉强还可以被称作花总,现在我只是一名在校学生,哪能再被称作花总?倒是周易学兄还在继续开着自己的公司,他才是真正的老总呢!"

周易也嘿嘿笑了两声说:"我首先也是个学生呀!愿听钟总高见。"说罢举起酒杯:"为表诚意,我先干掉这杯!"

钟逸勤举杯迎了上去,说:"我来陪你一杯,今天真是向两位请教来了!不知你们有没有注意到国家领导人在美国纳斯达克市场考察的报道?"

"当然注意了!"花巧凤和周易几乎异口同声地说,"我们还注意到国家领导人在贵宾留言簿上写下了'科技与金融的纽带,运气与成功的摇篮'这两句话。"

"那你们是如何看待此事的呢?"钟逸勤问。

"这不是明摆着的吗?咱们的最高层在正面肯定股市,而且是特别肯定具有想象力的科技股!你们可以想一想,美国除了纳斯达克市场,还有主板市场,他为何没去主板市场考察一番?我个人以为,他可能更看重股市对科技创新的促进作用。"周易把握十足地说。

"我感觉周易学兄说得有道理!"说完,花巧凤转身问钟逸勤,"钟总在部委有很多老朋友,您这里有没有相关的信息印证周易学兄的判断?"

"你别说,还真有一些。"钟逸勤夹了块臭鳜鱼放在嘴里,"听说朱总理对股市的发展专门提了8点意见,其中包括要求基金入市、允许国企申购新股,还有降低印花税。"

"哎哟!都是重量级的手段呀!这些意见一旦变成政策落实下来,股市肯定会再起一波行情!"花巧凤欣喜地说,"来来来!我要敬钟总一杯,感谢您为我们带来这么重要的消息!"

钟逸勤举杯相迎,说:"先别忙着感谢。现在市场太悲观了:一方面亚洲金融危机还没有完全结束,另一方面去年长江流域发生的百年一遇洪水对经济的冲击还是蛮大的,我还真不确定这个消息正式出来以后,市场能不能正面反应一下呢!"

"那还用说吗?记得去年12月份降息后,我们的导师就组织我们讨论过一次。

我当时就说,一旦国家重新重视了直接融资,那么无论实体经济还是证券市场,都会再次进入飞龙在天阶段。你们就等着吧,已经调整了两年多的股票市场很快就会迎来一轮波澜壮阔的上涨行情。"周易兴奋地说完这番话,主动站起来为自己斟满酒,一仰脖子喝了下去。

这次聚会后,花巧凤对一些跌幅很大、近期已经成交量非常稀疏的网络股逐一进行了梳理,并利用周二下午没课的机会,跑到证券营业部里用先前转进股票账户的 200 万元资金重仓买入了她最看好的几只网络科技股。

1999 年 5 月 7 日是一个令中国人极其痛心的日子,一枚北约导弹不偏不倚地落在了中国驻南斯拉夫大使馆。当正在家里与乐乐玩耍的花巧凤从电视上得知这一消息时,内心难受到了极点。曹鹏还在饭店里忙活,花巧凤抓起电话就给曹鹏打了过去。

"喂,看到电视上中国大使馆被炸的新闻了吗?"花巧凤用颤抖的声音问。

"看到了。真是欺人太甚!饭店里的客人们连吃饭的兴致都没有了,大家都气得够呛,说这哪里是误炸,分明就是故意挑衅嘛!大使馆那是什么地方?炸咱们的大使馆,与直接侵略我们的国土没有区别呀!我都想好了,真要是打了起来,我们的小饭店也不要开了,我也要到前线参战去!"电话那一头,曹鹏义愤填膺地说。

花巧凤知道曹鹏是个热血青年,真要是发生战争了,他完全有可能弃商从戎,她也肯定会无条件支持。但眼前,她更关心在中国经济艰难复苏的关键时刻,这一"误炸"会不会阻断中国经济复苏的进程。于是她又把电话拨给了周易。

"喂,花巧凤,我一看是你的电话,就知道你找我有啥事,肯定与咱们大使馆被炸有关系。"周易在电话里用与曹鹏相近的语气说,"告诉你吧,这个北约真是太可恶了!不过,我用《易经》八卦推演了一下,中国这条巨龙当前正处在或跃在渊阶段,要想阻挡巨龙的腾飞,没那么容易!"

花巧凤一听,心里稍稍有了底,但又不是太放心,就问:"周兄看这次轰炸对咱们的经济发展会不会造成什么不良影响呢?"

"影响肯定有,这是避免不掉的!但这种影响只能是短期的。长期来看,这次事件只不过是中国发展中的一个小插曲而已。"周易非常笃定地答道。

尽管周易的回答非常乐观,花巧凤却丝毫不敢怠慢,因为前几天她刚刚重仓了几只网络股。双休日的两天时间里,她一边密切关注着时局的变化,一边小心筹划着应对的方案。按理说,投资是个人的事情,遇到突发利空事件,应理性处理,该止损就止损。但这次的突发事件却关系着国家的安危。如果一窝蜂地止损砸盘,倒是有一种战争未打人先逃的嫌疑。曹鹏都说真要打起仗来他愿意弃商从戎,那自己岂能在经济上先当逃兵?再说,周易已经说了,真要打起来,咱们未必就会输掉。最后,花巧凤决定从容应对,静观其变。

然而,股市是由众多机构投资者和大户、小散共同参与的。各类投资主体的想法,不可能与花巧凤完全一致。5月10日,南粤股价指数跳空低开后,便一路下行。花巧凤中午休息时,悄悄跑到附近的一家证券营业部查看了电子大屏幕上的股票报价。眼见屏幕上一片惨绿,花巧凤的心里不由得一紧。但她不打算改变初衷,别人怎么样,她管不了,自己一定要坚持。想到这里,她平静地回到校园。下午放学后,她通过手机短信得知,当日南粤股价指数大跌4.53%。

接下来的几个交易日,南粤股价指数除了5月11日反弹了1.56%以外,天天收阴线,一天比一天低,花巧凤的心情也是一天比一天沉重。直到5月18日晚,花巧凤接到了钟逸勤打来的电话,她的心情才一下子豁然开朗起来。

钟逸勤在电话里告诉花巧凤,当天证监会召集八大证券公司,传达了朱总理关于股市的8点意见,并研究了具体的落实办法。

花巧凤一听,对着电话兴奋地说:"这次会议开得太及时了!管理层再不出手,咱们的股市不知还要跌多久!现在好了,这个会议相当于吹响了股市的进军号角,中国股民们团结一心,显示力量的时刻到了!钟总您可要抓紧机会,建议您明天早上一开盘就重仓买入!"

钟逸勤在电话那头说早已买了。花巧凤就劝他可以再补一些明珠科技、广播电视、国安股份等网络科技股。

同钟逸勤通完话以后,花巧凤意犹未尽。她先是在自修教室里找到了周易,把她与钟逸勤通话的情况转告周易,建议他重仓出击网络科技股。然后,花巧凤又给闺蜜李晓芳打电话,建议她也重仓出击,花巧凤还特别补上一句:"晓芳姐,我们通过股市支持国家的时刻到了,你可千万不要错过这次机会哟!"

5月19日一大早,花巧凤通过电话委托又买入了一些明珠科技和国安股份,就夹起书本上课去了。下午课间的时候,她掏出手机查看了一下持仓个股的涨跌情况。真是不看不知道,一看吓一跳。南粤股价指数大涨5.03%,而她所持有的几只网络科技股全部以涨停收盘。她深深地呼了口气,有一种扬眉吐气的感觉,既是为自己,也是为自己的祖国。

晚上去食堂吃饭的时候，花巧凤正好遇上了刚刚打好饭准备回寝室的周易。周易捧着个大搪瓷缸,搪瓷缸里大块的红烧肉堆得老高,边走边大口咀嚼着,看得出心情非常不错。花巧凤正好想听听他对当日行情的看法,便拦住了周易。周易返身回到食堂,在一个安静的角落选了个座位,边吃边等花巧凤。

"花巧凤,你真够厉害的! 我还以为这世界上只有我这个矮胖子喜欢吃红烧肉呢,原来像你这样的大美女也是红烧肉的忠实信徒啊。"周易笑呵呵地对刚刚落座的花巧凤说。

花巧凤被他这么一说,也乐了:"周兄,我首先声明一下,我可不是什么大美女! 要说红烧肉嘛,许你吃难道就不许我吃? 再说了,今天是啥日子? 那可是中国股民与国家并肩而立的好日子! 您说我能不吃点红烧肉庆贺庆贺吗? "

尽管身处食堂一隅,两人这么豪爽的对话,还是引来了众人的注目。周易挤眉弄眼地对花巧凤说:"你往周围瞅瞅看, 就因为买了几块红烧肉, 你都快成明星了!"说完夹起一块红通通肥嘟嘟的大肉块放进嘴里,大口咀嚼起来。这块肉实在太大了,以至于周易两只嘴角不断冒出清冽冽的猪油。

花巧凤见周易吃红烧肉的样子有点滑稽,心想,这些人哪里是在看我,分明是在看你嘛! 不过,就算看我,又能怎样? 谁叫我今天心情这么好的呢?! 想到这里,她嘿嘿笑了两声,问:"周兄是本来就爱吃红烧肉,还是专为庆祝今日的行情? "

"嗯,让我想想。"周易暂停了嚼咀,故作认真地思考了一会,慢条斯理地告诉花巧凤:"两者都有吧! 但今天吃红烧肉,我是一定要吃出一种仪式感的。"

还仪式感?! 花巧凤被她逗得差点呛着了。她赶紧放下饭缸,用手捂住胸口,使劲咳了几下才恢复正常。坐在小饭桌对面的周易直愣愣地盯了半天,想搭把手帮个忙,又不知该如何出手。直到花巧凤不咳了,才敢扒拉两口饭到嘴里。

花巧凤恢复平静以后就问:"从今日大盘和网络科技股上涨的势头看,这次行情能持续多久呢? "

"持续多久我不敢说,反正好戏只是刚刚开始,巨龙刚刚出水,没有月把时间行情不会结束。"周易不容置疑地说。

"哦,这就是你说的飞龙在天吗? "

"不错! 龙已经抬头,怎么说也要在天上飞一段时间吧? "

接下去的几个交易日,不管是大盘,还是网络科技股,都连拉大阳,网络科技股更是上演了连续涨停的火爆行情。仅仅过了两周时间,花巧凤手中的股票市值已经浮盈超过 60%。她估摸着再这样疯涨下去,管理层又该出手降温了,便再次与周易和钟逸勤进行了沟通。有意思的是,无论是周易的六爻分析结果,还是钟逸勤从高层得到的信息,都显示这一轮的行情没有结束。

接下来的发生的情况的确证实花巧凤有些多虑了。6 月 10 日,央行再次宣布降息。花巧凤一下子心定了许多,因为这次降息发生在股市大幅攀升的过程中,降多降少倒在其次,表明态度更加重要。说白了,管理层就是想通过降息告诉大家:你们只管做多,我来给你们提供流动性。

又过了两个交易日,证监会领导亲自出面,强调这次股市上涨是恢复性的。花巧凤明白,管理层对当前的股市上涨的确满意,决不会话音刚落就反手打压。

更令花巧凤充满底气的是 6 月 15 日《人民日报》发表的特约评论员文章《坚定信心,规范发展》。这篇文章一改两年前同在《人民日报》发表的那篇痛斥股市乱象的社论,不仅再次强调本轮股市上涨是恢复性的,还苦口婆心地奉劝各路投资者坚定信心,珍惜当前股市的大好局面。然而,不知为什么,当日的南粤股价指数跳空高开后竟一路下跌,收盘时大跌 2.97%。不过,已亲历多次牛熊转换的花巧凤此时倒不那么紧张了。她清楚,在各方投资者还没有彻底疯狂之前,这轮牛市是不会轻易结束的,更何况高层推动牛市上涨的意图还是如此明白呢?!

6 月 25 日,虽然管理层还没有流露过对股市上涨的负面看法,南粤股价指数却再次发生了冲高回落的情况,更引人注目的是两市成交额达到了创纪录的 830 亿元。这一现象引起了花巧凤的高度警惕,她明白,冲高回落伴随着天量的交易额,意味着多空双方发生了严重的分歧。再联想到 6 月中旬以来,虽然大盘指数还在一路上行,但她所持有的几只网络科技股只能在一个大箱体内来回震荡,花巧凤明显感觉风险将至。是该兑现利润了,花巧凤想。

当她把自己的想法告诉周易时,得到了周易的高度肯定:"你的想法很有道理,我正想找你说这事呢!如果说 5 月 19 日到 6 月中旬这段时间属于飞龙在天的话,那么 6 月中旬以来,股市的高歌猛进就有点亢龙有悔的味道了。不管别人怎么看,反正我打算在一两个交易日内大幅度降低仓位了!"

因为自己的判断和周易的想法不谋而合,6 月 28 日中午的时候,花巧凤通过电话委托大幅度降低了自己的仓位,将 200 万元本金和 150 万元收益尽收囊中,仅留下了涨幅不大的部分国安股份,市值还不到 50 万元。随后她又分别给李晓芳和钟逸勤打了电话,建议他们也及时落袋为安。

花巧凤大规模降低仓位那天，南粤股价指数大涨了 7.82%，次日又大涨 3%。但是她一点也不感觉遗憾，毕竟短短的一个多月时间，她就收获了巨额利润。再加上期末考试迫在眉睫，她必须全力以赴准备迎考。因此，她在 6 月 29 日中午又通过电话委托把仅剩的 50 多万市值的国安股份全部清仓，将此轮行情的 200 多万收益全部装进囊中。

无股一身轻的花巧凤终于可以心无旁骛地复习迎考了，只是在复习的间隙偶尔翻翻手机，查看一下行情。7 月 1 日是《证券法》正式实施的第一个交易日。当花巧凤在当日盘后查看市场行情的时候，她感觉非常意外，因为南粤股价指数竟然以大跌 6.24% 来迎接这部证券行业大法！她在庆幸自己清仓及时的同时，再次被市场的反复无常深深震慑。

7 月中旬的一天，钟逸勤打电话给花巧凤，说是好容易又赶上了一波牛市，赚了点小钱，要约花巧凤出去聚聚，庆祝一下。花巧凤正好刚结束期末考试，前段时间因为复习迎考累得够呛，正想找机会放松一下，便一口应允，并建议钟逸勤把周易一起拉上。

聚会是在一家海鲜排档进行的。南粤临海，当地人喜食海鲜，所以一到晚上，所有的海鲜大排档都会人满为患。一般人吃海鲜只认新鲜与否，对场地不太挑剔，只要有个地方坐下就行，所以即使在路边都可以支起一张小桌子，放上几把小凳子，大快朵颐起来。三人来到海鲜排档不仅要享用美食，更想好好交流一下对未来股市走向的看法，最好能有一个安静一些的地方。他们跟老板好说歹说，总算弄了个小包间。

老板动作麻利，一会儿的工夫，清蒸深海鱼、蒜蓉帝王蟹、清炒北极贝和澳洲龙虾刺身等便摆满了桌子。

"不错呀，都是硬菜！要是再来点茅台，那可就更来劲了！"周易看着满桌的名贵海鲜自言自语道。

"好呀！周总既然说了，咱们就喝茅台。"钟逸勤说完，吩咐服务生拿过一瓶茅台，待其打开后，亲手帮花巧凤和周易斟上。

花巧凤脑子里还清楚地记得前年与钟逸勤喝山哈酒大醉差点出轨的糗事，忙用手捂住自己的杯口说："我不会喝白酒，你们俩喝吧，我就算了！"

"哪能算了呢？今天是钟大富豪请客，咱们可不能便宜他了！"周易先前在花巧凤的徽菜馆里与钟逸勤已经共进过晚餐，后来又因为对股市都有共同的爱好而经常电话联系，说起话来也就比较随意。

"富豪谈不上！但这段日子的确在股市里赚了点小钱,今晚好酒好菜管够。你们两位当学生的好容易结束考试,也该好好轻松一下。"钟逸勤一边说,一边端起小酒杯,"来,先干掉这一杯！为我们的股市顶住使馆被炸压力,走出这么一波大行情干杯！"说完,一仰脖子,吱的一声喝了下去。

"要的要的,钟总就是豪爽！这酒是我点的,我自己岂能落后？"周易说完也一口喝了下去。

花巧凤见两个男人都喝了,只好也端起杯子抿了一小口。眼尖的周易立即起身"抗议":"花巧凤,这酒你可不能不喝,一来不能薄了钟总的面子,二来吃海鲜多少要喝点白酒去去寒。"

"周兄,看你说的！似乎我要不喝,你们都不想带我吃这顿饭了！既然这样,那我就干了吧！"花巧凤说完,也一仰头把杯中剩余的酒喝干了。"不过,咱们有言在先,我今天只能陪你们喝三杯。"花巧凤补充道。

"好！好！你多少给点面子就行。"周易嬉笑着说。

这顿饭既然是因股市而起,三人的话题很快便转到了股市上。

钟逸勤说:"我早就说过,花总对股市有非常独到的见解。我这次能高位兑现利润又是多亏花总及时提醒,要不然,我可能又得坐一次电梯了。真是太感谢了！"

"钟总,您可不要急着感谢我,真要感谢还是感谢周易兄吧,我也是受他的亢龙有悔说启发,要不然,哪能在国家政策未转变之前就忽悠你兑现利润呢?!"花巧凤谦虚地说。

周易听后很是受用,一边低头享用美食,一边得意扬扬地说:"花巧凤,你也不要谢我,要谢就谢咱老祖宗,《易经》是老祖宗留下的宝贵精神财富。"

"不谢你谢谁？老祖宗留下的精神财富又不是只给你一个人的,为什么别人没有把它用到股市分析上呢？"花巧凤紧跟了一句。

"对！花总讲得太好了！看来我这次有幸高位清仓,既要感谢花总,也要感谢周总！"钟逸勤在一边插话说,"说起《易经》,我正好要请教一下周总,你看这一轮行情是不是就算完了呢？"

周易想了想说:"按说一轮行情到了亢龙有悔阶段就该结束了,但如果这条龙是主动沉下来修整的,那么待它养精蓄锐一段时间,完全可以再次跃出水面。"

"高！"钟逸勤把酒杯往桌面上啪的一放,问,"你估计它要休整到什么时候呢？"

"这个嘛……"周易故作高深地沉思片刻,举起酒杯说,"要看是否有天时、地利与人和。来,一起喝了这杯酒,再容我慢慢道来。"

"周兄,你就不要卖关子了,有高见要及时与朋友分享嘛!"花巧凤端起酒杯说,"我破例多喝一杯,你速速道来!"

"这还差不多!但这酒不能让你一人喝,我和钟总都来陪你。"说着呷了口酒,接着说,"咱们先说天时。我认为,股市里的天时就是世界和国内的政治、经济环境。你们看当下的天时是否有利呢?"

钟逸勤抬起头,眼珠咕噜噜转了几圈,又低头沉思了一会,说:"天时应该是有利的,我在部委的那帮朋友说,目前高层在全力推进国企脱困,而脱困的最简单有效办法就是通过市场化手段从市场上拿到资金,说白了,就是要让这些困难企业尽快上市。你们想想,如果股市不走牛,这些企业哪能顺利上市?!"

花巧凤听后附和了一句:"周兄,钟总的信息不得不重视,他的信息来源一向是非常可靠的哟!"

周易想都没想就说:"信,哪能不信呢?别说钟总能得到可靠的信息,就算得不到,我们也可以从公开的信息中看得出管理层当前非常希望股市走牛。所以说,眼下天时是有利的。"

花巧凤接着问:"周兄所说的地利指的是什么?"

周易道:"我认为股市中的地利,应该是指当前指数或个股价格所处的位置是高还是低。如果高了,应该需要跌一跌才好继续上冲。如果低了,那只要有一个契机,股价就会往上冲。"

钟逸勤说:"什么叫高?什么叫低?这个其实很难说,指数或个股的价格永远只是个相对的数值。我这两年看了一些股票技术分析类的书,从技术分析来看,如果一个阶段股价连续上涨得太多,就需要回调整固一下;反过来,也是一样。就拿这次的"5·19行情"来说,发动得太突然,涨得太快,短短一个多月时间,很多股票价格就翻了一倍,从技术上说就需要回调整固一下。"

"钟总,您可真够厉害的,都开始技术分析了!"花巧凤不由得赞叹道,"那您说说,这次回调应该到哪个位置呢?"

"是呀,快说说,也让我们心里有个底!"周易也迫不及待地附和起来。

"让我说没问题!不过我可有言在先,我只是刚刚学了点皮毛,这东西有没有道理,能不能算得准,我可不敢打保票!"钟逸勤吞吞吐吐地说。

"嘿,谁要你打保票了?再不说就罚你三杯了!"周易催促道。

"行!那我就班门弄斧一下!你们都知道,这轮行情是股市回调两年后在政策推动下突然发动的。所以从技术角度来看,应该回踩一下长期均线,我认为这个长期均线应该是年线。我看了下,如果要踩到年线的位置,大概要回吐一半的涨幅。"钟逸勤说。

"这么说,这次回调还有很长的路要走呀。不过,你用的这种方法,我们以前也没有听说过。暑假里有机会我也要好好研究研究,今天就权且先信你一回吧。"周易说着又举起酒杯,"别光顾着说话,酒还是要喝的!"

花巧凤也说:"钟总虽然没读研究生,书可没少看,敬佩!敬佩!我以茶代酒,也敬您一杯吧!"

钟逸勤被两人这么一将,倒有点不好意思了:"班门弄斧,班门弄斧!你们都是学金融的高才生,我不过是倒腾一点国外传过来的技术理论而已,还没有验证过。"

"不说这些,股市的事谁能讲得清楚?还不都在摸着石头过河?但愿你的技术分析能猜对了。"周易颇为理解地说,"最后,再起一波行情还需要人和。我认为,股市中所谓的人和,是指各类市场参与者是否都人心思涨,齐心协力要把股市轰起来。"

"周兄说得好!"花巧凤忙不迭地向周易竖起了大拇指,"从我在证券公司工作的经历来看,股市的涨跌还真是令人难以琢磨。任何经验都不能管得很远,我就亲眼看到很多早期的投资者因为胆子大稀里糊涂赚了不少钱,但后来同样因为胆子大,抱着过去的经验不肯放手,结果很快就把先前的盈利输得精光。"

花巧凤的话似乎一下子触到了周、钟二人的痛处。他们都收敛笑容,陷入了沉思。房间里一下子变得出奇的安静。后来,还是花巧凤打破了沉默,她说:"我来谈谈人和的问题吧。周兄说,股市中的人和需要各市场参与者都能够人心思涨。据我看,如果政府也算作市场的一方参与者,那它当前肯定是希望股市再涨下去的。问题是还有不少普通股民因为在这轮行情中赚到不少钱,眼下都落袋为安了,如果股市没有一个比较像样的调整,这些人是不会再进去的。所以说,人和这个条件还需要等上一段时间。"

"说得好!既然眼下再起一波的条件还不太充分,咱们就耐心等一等吧!不过,等待的过程既痛苦又无聊,不如我们再找点乐子吧!"周易看了看钟逸勤和花巧凤说,"我周某人算是吃饱喝足了,感谢钟总破费!接下来我请两位转场歌厅如何?"

花巧凤对转场兴致不高,但碍于情面,还是与他俩同去了。

## 第三十一章

# 逢低再买科技股　象牙塔里避长熊

　　到 12 月初的时候,南粤股价指数已逼近年线。而"5·19行情"中涨势最凶猛的明珠科技等网络科技股则率先在年线附近企稳。花巧凤因为受钟逸勤启发,暑假期间狠狠地啃了几本股票操作技术方面的书籍,对均线、MACD、KDJ 之类的技术指标已经比较熟悉。眼看网络科技股真的踩到了钟逸勤所说的年线,花巧凤兴奋地给钟逸勤和周易拨通了电话,告诉他们自己的这一发现。两人一致认为花巧凤的电话打得及时,当前的确是天时、地利、人和兼具,可以重仓参与这轮牛市的第二波行情。

　　得到肯定后,花巧凤投入 300 万元,并同时通知李晓芳,再次杀回了网络科技股,之后重新投入紧张的学习中去。她根据均线理论推测,这一轮的反弹至少可以到前高附近。所以平时只在每日收盘后查看一下大盘指数和所持个股的涨跌情况。

　　大盘及网络科技股果真如花巧凤他们预期的那样,稳步走高。到了第二年 3 月以后,南粤股价指数便再次到达"5·19行情"启动后的反弹高点附近。也就在这个时候,市场上关于一些企业造假上市的传言越来越多,大盘的震荡越来越频繁,幅度也越来越大,前期涨势最凶的网络科技股开始出现暴涨暴跌的情况。花巧凤看看自己的浮盈已超过 70%,担心利空逐渐放大进而导致行情掉头向下,加之硕士研究生的学业已经过半,她既要开始准备写作论文,又要备考博士研究生,无暇顾及股市涨跌,便利用大盘反弹的机会,把手中仓位全部清空,一心一意扑到学业上了。

　　后来的股市运行证明,花巧凤整整比"5·19行情"彻底结束提前了一年零三个月。直到 2001 年 6 月 14 日,南粤股价指数才在创出历史新高后,因国务院发布的《减持国有股筹集社保基金管理暂行办法》这一重磅消息改变了运行方向。但是花巧凤并没有太多的遗憾。一方面,2000 年 3 月份以后,南粤股价指数虽然没怎么大跌,也没有上涨多少,前期大涨的网络科技股反倒回调了不少;另一方面,她好容易考上了硕士研究生,又有幸师从林宏达这个金融学大牌专家,无论如何也不能不尽心竭力把硕士学位稳稳地拿到手,更何况她对学业的追求还不想止于硕士学位呢!

2001 年 6 月,花巧凤顺利通过了硕士学位论文答辩,同时也如愿以偿地拿到了博士研究生录取通知书。几个月之后,她将继续师从林宏达教授攻读博士学位。

攻读博士学位期间,花巧凤征得导师林宏达的同意,把研究方向聚焦到中国股市的制度设计上来。她首先对改革开放后中国股市的起起伏伏作了系统梳理,发现每一次行情起来时都与政府的大力支持分不开,而支持的背后又都离不开融资诉求。刚刚结束的这一轮“5·19 行情”,起因就是要为国企脱困服务。经过了两年多的时间,够条件上市的国企上市了,不够条件上市的国企也千方百计造假上了市。而6 月 14 日发布的“国有股减持办法”意味着有好几百家国有股比例超过 70%的上市公司要按规定出售至少 10%的国有股用于补充社保,那将是一个非常巨大的数字。这样看来,股票市场只能以下跌来回应了。当她把这一发现告诉钟逸勤和没再继续攻读博士学位的周易时,两人完全赞同她的观点,都认为这波熊市可能会非常漫长。

然而,再漫长的熊市也有结束的时候。花巧凤既然选定将中国股市的制度设计作为研究对象,就不能不关心股市的变化。她干脆买了台手提电脑放在宿舍里,每天完成既定学习任务后都要复盘研究一下。

股市下跌得很干脆,从 6 月一直跌到 10 月中旬。南粤股价指数累计下跌了33%,几乎没有过像样的反弹。花巧凤明白,这样跌下去,国有股减持的目标是没法实现了。其实,对于这个问题,管理层比花巧凤更要明白得多。10 月 23 日,证监会不得不宣布暂停执行国有股减持暂行办法。当日,南粤股价指数大涨 9.8%,个股几乎全线涨停。当花巧凤晚上打开电脑,看到满屏的涨停板时,着实大吃一惊。但是,她已经错过了大涨前建仓的机会,心里虽然多少有些遗憾,但也不准备去追涨。她想,不过是暂停而已,万一哪天管理层看股市走好,又要搞减持,岂不又要大跌?再说了,周易所说的股市走牛的天时、地利、人和三要素,当前仅具备一点点天时而已,地利、人和方面还没有什么明显的迹象。

尽管不会参与了,但花巧凤并不想就此罢休。她决定做个游戏:预测一下此次反弹的高度。

花巧凤打开南粤股价指数的 K 线图,仔细观察了一番均线排列情况,发现所有均线都呈空头排列,支撑"5·19 行情"第二波的年线已经跑到指数上面很高很高的地方。她明白,纯粹从技术指标来看,当前的行情充其量不过是一次反弹而已,考虑到 11 月 23 日的南粤股价指数刚刚站上 20 天均线, 而上方死死反压着的 30 天均线又近在咫尺,也就两三个百分点的距离。因此,短期来看,反弹的高度有限,最多不会超过 5 个百分点。至于未来一两个月的高度,那还得看政策面、基本面等等能否配合得好。

亲身经历过几轮股市起伏的花巧凤心里非常清楚,熊市里最好的策略就是空仓。但她既然已经将股市作为博士研究生阶段的研究对象,就不想离股市太远。她打算拿出 10 万元,尝试一下能否在熊市中找到牛股。她把两市 1000 多只股票的 K 线图逐个进行了分析,发现 6 月 14 日以来,有的股票跌幅非常惊人,比如广厦科技,因大盘回调叠加业绩造假被揭穿,在经历了连续 15 个跌停板后才稍稍减缓跌势,已累计下跌了将近 65%。有的虽然跌幅不大,但未来前景如何,也不太清楚。倒是钢铁和汽车两大行业跌幅与大盘指数相差不大、业绩也不错,更重要的是作为支柱产业正在享受国家的多方面支持。

经过反复权衡,花巧凤决定做一个投资组合。她选定广厦科技、海龙钢铁、东方汽车三只股票作为建仓对象,各自投入 2 万元在 12 月初的时候建下了底仓。具体策略是:在此后的一两年时间内,无论这三只股票中哪只股票累计下跌了 20%,就增加 1 万元的仓位,直到剩余的 4 万元全部用光;哪只股票累计上涨了 20%,就减掉一半的仓位,直到全部卖完。

南粤股价指数继续下跌。到 2002 年 1 月底的时候,南粤股价指数创下了调整以来的新低。6 月 23 日,花巧凤从新闻中得知,管理层决定,除海外上市的企业以外,国内上市的企业停止执行《减持国有股筹集社会保障基金管理暂行办法》。她更加清楚地看到了管理层呵护股市的意图。但是当钟逸勤和周易打电话问她如何解读这一政策信号时,她明确指出,从天时来说,这一政策只能说明管理层对股市的呵护有所增加,却没有根本解决天量国有股的减持问题,投资者极有可能再次利用这次利好从股市中大举出逃。

6 月 24 日, 南粤股价指数在停止国有股减持的利好刺激下再次爆发井喷行情,当日大涨 9.34%,个股纷纷以涨停报收。但此后的走势,恰如花巧凤的判断一样,越走越低。几个月之后,不少股民看着当时尽管已经很低而此时更低的南粤股价指数,无不感叹管理层的决定使自己又捡到了一次逃命的机会。

2003年6月,花巧凤已度过了两年的博士研究生生活。此时,她的10万元投资组合全部变成了广厦科技及5万多元的现金,净值加在一起只有8万多块。因为海龙钢铁和东方汽车都上涨了40%以上,早已按计划卖光,而广厦科技居然在前期已下跌近65%的基础上又下跌了70%以上。花巧凤在海龙钢铁和东方汽车上赚到的1万多块钱,全部被广厦科技造成的亏损吃光还不够。她看着账户上显示的净值数据,不由自主地苦笑了一下,心想:幸亏没有投入太多,在熊市里即使能非常幸运地抓到几只牛股,赚上一点小钱,却不够弥补一只看起来跌得很透、价格也非常便宜的熊股所造成的亏损。

恰在这年6月,社保基金入市的报道开始见诸报端。7月,QFll也在A股市场买下了第一批股票。花巧凤似乎看到了牛市的一缕曙光。但是凭借着多年的股市经历,她非常清楚,牛市的真正驾临还有漫长的路要走。她决定把先前的组合继续坚持下去,直到牛市的天时、地利、人和三要素全部齐备,才重新决定下一步该如何行动。

利好的因素还在不断积累着。2004年2月,《国务院关于推进资本市场改革开放和稳定发展的若干意见》正式发布。正在对博士论文进行最后修改和完善工作的花巧凤抽空认真研究了这份文件,她欣喜地发现,这份文件不是把国有股的全流通进程换成"股权分置改革"这么简单,而是有实质性的转变,它的最大亮点就是非流通股股东和流通股股东之间可以平等进行利益交换。她想,看来新一轮牛市的脚步越来越近了!我得抓紧时间把论文弄好,千万不能错过了这轮大行情。

几个月之后,顺利完成博士论文答辩的花巧凤一身轻松地准备约请钟逸勤和周易一起聚聚。当她好容易接通钟逸勤的电话后,却被电话里传来的沙哑、疲惫的声音吓了一跳。在确定对方的确是钟逸勤以后,花巧凤说明了自己的意图。不料,电话里的钟逸勤以一种极其苍凉的声音说:"你们聚吧,我还有事。"说罢,就挂断了电话。花巧凤一脸懵懂地举着电话站在原处,半晌没回过神来。她不明白,这到底是怎么啦?

花巧凤把电话拨给了周易。周易倒是很欢快的样子,一听是花巧凤的电话,高兴得嘴都合不拢,没等她说话,就迫不及待地问:"大博士有啥喜事?该不是博士毕业了要请我喝酒吧?"

"哈哈!还真被您猜对了!不过博士毕业也不算啥大不了的喜事,完成了一项人生使命而已。"花巧凤自谦道。

"你总是这么谦虚！算了算了,不跟你唠叨这些虚头巴脑的了。这次聚会我来安排,略表我这个小硕士对大博士的景仰之心。"周易一如读书时的幽默风趣,逗得花巧凤在电话那头咯咯直笑。

"哦,对了！我刚才给钟总打电话,感觉他情绪似乎比较低落,不太愿意参加聚会,你想办法跟他联系一下,看看是怎么回事吧。"

"嗯,他的情况我略知一二。你放心,我拖也要把他一起拖过来！"周易在电话那头把握十足地说。

有了周易的承诺,花巧凤便不再疑惑。"希望他一切都好！"花巧凤在心里默默地念叨。

## 第三十二章

## 周易亲掌游艇舵　众人出海释重压

几天之后的一个上午，花巧凤如约来到南粤湾码头。一身白色装束、挺着大肚腩的周易老远就看到了花巧凤，一边拼命挥动着手中的红色棒球帽，一边扯开嗓子大喊："花巧凤！花巧凤！"

花巧凤循声一望，没费劲就找到了周易，也挥手呼应，紧走几步到了周易近旁："唉哟，周兄今天真够精神的！"

"那是！祝贺你博士毕业，敢不精神吗？"周易说着把红色棒球帽戴在头上，用手撸了撸白T恤，拍了拍自己的大肚皮，转身指了指身边的美女对花巧凤说："我们只顾说话，忘掉给你介绍了，这是我的助理小孙。"随后，又指了指花巧凤对小孙说："这位就是我经常跟你提起的美女博士花巧凤。"

花巧凤连忙摆手说："周兄就是喜欢拿人开玩笑，我都是30多岁的中年人了，哪里敢称美女，像小孙这样的年轻姑娘才是真正的美女呢！"

小孙抬手用手背遮住眼睛，微微一笑说："花博士折杀我了，周总经常跟我说起您呢，还要我向您学习，可我脑子特笨，别说博士，就算硕士估计也考不上！"

"钟总！"周易的叫声打断了两个女人的对话。花巧凤顺着周易手指的方向看去，果真是钟逸勤！只见他带着黑色棒球帽，穿着一件灰突突的老头衫，正神色木然、步履迟缓地向这边走来。钟逸勤快到近前时，周易向前迎上几步，双手抓住了他的肩膀，亮开他那特有的大嗓门说道："钟总果然给面子！你今天要是不来，恐怕我以后再说什么话，花巧凤都不会信了！"说罢，扭头对花巧凤挤了挤眼睛。

花巧凤伸手与钟逸勤握了握说："好久未见，最近还好吧？"

"哎！别提了，一言难尽！"钟逸勤摇摇头苦笑了一下说。

周易见气氛不太轻松，便拉着小孙的手对钟逸勤说："这位是我的助理小孙，今天是特意过来陪你的。"

钟逸勤再次苦笑了一下,说:"周总言重了,我哪有这么大的魅力,要说是专为您而来,我倒信了。"

"哈哈!不说这个!不说这个!我们抓紧时间登游艇吧!"周易用手指了指停靠在码头的一大片游艇说。

花巧凤和钟逸勤听后都愣了一下。花巧凤先开口叫道:"游艇?周兄之前可没透露过呀?"

"透露了不就不好玩了吗?再说,也就是一艘游艇而已,没什么值得炫耀的。走,今天天气这么好,我们抓紧时间到海上吹风去!"

四人相互谦让着来到了周易的游艇边上。这是一艘中型的家庭用游艇,造型流畅、轻巧,白色的艇身在阳光的照耀下反射出诱人的光芒,艇内大概能坐 4 到 6 个人,4 人坐在里面应该非常舒适宽敞。当周易推开仓门的一瞬间,一股宜人的清凉直扑而来。

"还是这里凉快,刚才只顾和你们说话,连汗都没顾得上擦。"周易说着,拽过一条干毛巾使劲擦着头上的汗水,"哎!别只顾站着,各找各位,先坐下来,我这个船老大马上就要开船了!那谁?钟总,两位美女就交给你了,你要好好照顾他们!"

"周总,不要总是这么客气!我一个破产的穷光蛋哪里还配称什么总!"钟逸勤神情落寞地说。

破产?穷光蛋?花巧凤越发不明白了,她怔怔地看着钟逸勤,心想,这才一年多没见面怎么就破产了?

钟逸勤见花巧凤盯着他看,知道她在寻找答案,没有立即出声,而是松松垮垮地坐了下来,扭过头,愣愣地看着窗外加速后退的风景。花巧凤也顺势在钟逸勤对面坐了下来。见小孙走到前头看周易操作游艇去了,花巧凤低声说:"钟总,您可是经过大风大浪的人,应该不会轻易就被击倒吧?!"

"你只说对了一半,大风大浪我的确见得多了,被击倒这个事实你却没有说中。"钟逸勤依然盯着窗外,幽幽地说。

"跌倒了可以再爬起来呀!"花巧凤善解人意地说。

"没用了,我这次亏得血本无归,很难再爬起来了。"

"需要我帮你做点什么吗?你当年给我帮过大忙,现在也该我帮你了!"

"那都是多少年以前的事了,你居然还记得!不过,当年我帮你,是因为我有确切的内幕消息,只是顺手帮你操作了一下期货账户而已,应该不算什么大忙。"

"怎么不算？你没几天就帮我赚了200多万,这些钱在当年可是不得了的数字,就算在现在也是一笔巨款！"

"你客气了！实际上你后来也帮过我很多忙,前些年不正是因为你的帮助,我才扭亏为盈的吗？"

"大家既然是朋友,就不要算得那么细了吧！能说说你这次到底发生了什么吗？"

"我们这些炒股炒期的,除了栽倒在交易上,其他的事情也沾不上呀。"

"哦,明白了,该不是因为这一轮大调整吧？"

"的确是。反正周总已经知道了,我也不想刻意隐瞒什么。"钟逸勤扭过头,看了眼花巧凤说,"这事说来话长了。你还记得当年'5·19行情'之后,周总我们三人相约在南粤股价指数回踩年线后再重新建仓,去做牛市第二波吗？"

"怎么不记得？当时我根据你的技术分析法,发现南粤股价指数回踩年线后就第一时间给你和周易打了电话,还得到了你们两人的一致肯定。"

"没错,我那次放下电话第二天就重仓出击了。"钟逸勤说话间,又将眼光转向浩渺无边的窗外大海。

"那不正好踩准节奏了吗？"

"大盘的节奏的确踩准了,个股的节奏也算没踩错,我前前后后一共投入将近1000万资金,几个月的工夫就翻了两倍多。"

"那不是很好吗？"

"好什么?后来亏得血本全无。唉,我辛辛苦苦干了十几年,好容易积累下1000多万的资金,没几天都就被跌得一干二净。"

"你买的是什么股？"

"广厦科技。"

"哦,这可是有名的造假股啊！"

"谁说不是呢？广厦科技的造假年报出来之前,我就通过可靠渠道获得了消息。你想想,在一个即将再起一波的大牛市里,一只每股收益连续几年都会翻番的股票价格还不飞上天吗？我因为既坚信消息来源可靠,又对牛市第二波深信不疑,所以在年报正式披露之前就差不多满仓进入了。后来,在广厦科技股价翻番以后,我又从可靠渠道得知当地政府主要领导和公司管理层还将放出重磅利好消息,以便进一步拉升股价。为了能赚更多,我通过各种关系又拆借了几百万年息百分之十几的现金,全部在广厦科技拉升途中投了进去。"

"哦,您这种操作风格和以往可是完全不一样呀!"花巧凤说完,也把头转向窗外。游艇早已远离码头,进入了更加开阔的水域,海水蓝得令人心都要化了,与同样令人心醉的蓝天几乎融为一体。周围已很少见到其他船只的身影,偶有三五成群的大小海鸟贴着水面飞过,一瞬间便消失在无垠的天际。置身于这样的环境中,人竟显得如此渺小,如此不堪一击。

或许也是被大海的浩瀚无边震慑了,钟逸勤深深吸了一口气,再慢慢吐出,说:"人总是喜欢自以为是,其实跟大自然相比,真是微不足道。或许是被之前的成功以及跌倒后再起来的经历冲昏了头脑,以为自己既然看准了大势,又有可靠的信息渠道,为什么不在一只牛股上重仓出击呢?"

"于是您便做出了与之前风格完全不同的决策?"

"是的,谁知竟然碰上了业绩作假的烂股!之后的情况你应该也知道了,广厦科技被交易所停牌一个月再复牌后,我已经没有出逃的机会了,眼睁睁看着每天巨量的卖盘压在那里没有人买,心里真是比刀割还要难受。15个一字跌停板后,广厦科技的跌停板终于打开了。这时,我原本投入的1000万元加上拆借过来的500万元初始成本仅剩不到一半的市值。我不死心,希望它能反弹一下,就又拆借了300多万资金,逢低补了仓位。谁知,低点之后还有更低点,广厦科技不仅没怎么反弹,还越走越低。几个月之后,我的净值仅剩不到600万元了。由于我拆借的资金期限已到,债主催债催得厉害,只好被迫平仓。平仓后,我的1000万资金不仅全部化为乌有,还倒欠别人100多万。没办法,我就卖掉两套房子,好歹把账还掉了。可自己一家除了仅剩一套住房外,已经彻底返贫。"钟逸勤断断续续地把他破产的过程原原本本地给花巧凤说完后,再次轻轻叹了口气,如释重负地缓缓转过头来看着花巧凤。

花巧凤从眼睛的余光中看到了钟逸勤的神态变化,也把头偏了回来,但她此时已不知该说些什么才好,是安慰几句,还是跟着把广厦科技骂上一通?她完全没了主意。

"两位聊得怎么样?"正在愣神的花巧凤抬头一看,原来是周易走到了身边。花巧凤笑了笑,没有答话。钟逸勤也只是咧了咧嘴。周易似乎并不一定想知道什么,接着说:"看来两位聊得不错,连肚子饿了都不觉得,走,咱们上岸野餐去!"

花巧凤抬腕看了看表,时间已过11点半,肚子还真有点饿了,便冲着钟逸勤说："下去吧,看看周大老板到底给咱们准备了什么好吃的。"钟逸勤没说什么便站起身来,默默地跟在花巧凤的身后往前走。周易则背了个鼓鼓囊囊的双肩包与小孙并肩走在后面。

上岸后,周易安顿好游艇走到了最前面,边走边指点着周围的环境给三人解说。这是一座无人居住的荒岛,岛上树木高大,杂草丛生,百鸟齐鸣。四人走到一处高地,登上一块巨大的石块,极目四望,眼光所及之处,海天一色,无边无际,既有一种与世隔绝的孤独感,又有一种万事皆空的虚无感。周易拍了拍钟逸勤的肩膀问:"感觉怎么样?"

"不错,到了这里才知道人其实无足轻重!"钟逸勤仰头看着天上缓缓飘移的白云说。

"自从我们公司买了这只游艇,我就隔三岔五登上这类荒岛。平时置身于拥挤的城市,满眼都是各种利益纠葛,常常会被成败得失拖得疲惫不堪。但只要一进入无边的大海,登上荒无人烟的小岛,躁动的内心很快就会安宁下来。这几年股市行情不好,幸好找到了乘船远行的乐子,才使我能在漫长的熊市消耗战中转移了一些注意力,也减少了很多无端的烦恼。"周易像是自言自语,又像是特意说给钟逸勤听。

"周兄,你讲得真好!要是早点邀请钟总与你同行,早点让他感受一下,或许他就不会亏那么惨了!"花巧凤在一边插话道。

"钟总刚开始操作广厦科技那会,我们这只游艇还没买回来。"周易颇为遗憾地说,"其实,就算那时钟总有了登岛的体验也未必不会出手广厦科技,人只有在遭受挫折的时候,才会对人生的意义有更深的思考。就像我每次从远海回到城市那样,那种处于荒岛的无助感很快就会被嘈杂的环境冲刷得干干净净,自己又会不由自主地自高自大起来。"

"你一会儿说远海旅行使你内心宁静,一会儿又说回到城市很快又会自高自大,这岂不是自相矛盾?"花巧凤说。

"博士就是不一样,看来还是你机灵!"周易跷起大拇指,高深莫测地笑了笑说,"每个人对环境的感受不会完全一样,对一种感悟的记忆时间更不会完全一样。我是一个非常感性的人,对一些道理虽然能够看得明白,却常常会因为环境的变化很快改变此前的认知。所以我需要非常频繁地在嘈杂与荒凉之间切换,防止自己头脑发热做出不理智的事情来。"

"周兄真是不得了,我怎么越看越发现你像个哲人?"花巧凤故意逗着周易。

"花总讲得真是太准了!在公司里,我们都叫他哲学家!"小孙拍着白白胖胖的小手说,言毕还扭过头情意绵绵地瞥了一眼周易,风情万种地扮了个鬼脸。

"就你嘴快!"周易假装恼怒地瞪了一眼小孙,"一边待着去,大人说话小孩别插嘴!"

"你才是小孩呢!"小孙噘起猩红的小嘴,扭了扭身子,嗔道,"不理你了,就会欺负人!"

周易见状,也不吭声,而是伸开双臂从背后一把抱起小孙。小孙吓得花容失色,大声尖叫,手脚都在半空中乱舞乱踢。周易哪肯放手,花巧凤担心两人摔着,忙从一边扶住小孙。钟逸勤也好言相劝:"快放下,别摔着。"周易这才轻轻把小孙放下来。小孙手捂胸口,弯腰大口喘着粗气,嘴里不停地说:"这个死鬼,吓死我了!"周易听见后,反而更开心了,他挺了挺腰,双手做成喇叭状放在嘴前,对着辽阔的大海"嗷嗷"大吼起来,惊得群鸟扑棱棱可着劲地向远处飞去。

周易的行为激起了花巧凤和钟逸勤的冲动,两人也面朝大海"啊啊""嗷嗷"地叫了起来。小孙见三人都如此放松,哪肯当个另类,便整理了一下被周易揉皱了的淡紫色 T 恤和米黄色超短裙,昂首挺胸,扯开嗓子跟着大吼起来。

四人声嘶力竭地乱吼乱叫一通之后,渐感疲惫。周易率先停止大叫,示意大家都停下来,找个阴凉的地方填肚子去。不说吃东西还好,一提要吃,个个都感觉肚子饿得咕咕叫。钟逸勤迫不及待地伸手要拉周易背包的拉链,被周易一转身避开了,急得钟逸勤紧追两步要强行下手。

花巧凤在一旁看着好玩,拍手起哄说:"不带这样的好吗?女士还没吃呢,钟总您就好意思提前开小灶?"惹得三人都笑弯了腰。

有了刚才的一番闹腾,四人都轻松了许多。变化最明显的就是钟逸勤,脸上的愁容已经完全不见,取而代之的是一种大彻大悟的超然。小孙欢蹦乱跳地走在最前面,一不小心,肉色的丝袜被路边的茅草勾住,她用手一拽,不仅带起长长一根丝线,还把细嫩的手指割出一条血道道,气得她哇哇直叫。

周易非但没有安慰小孙,还在一旁讲风凉话:"出门前就告诉你,岛上杂草丛生,要穿条长裤,你倒好,为了赶时髦,说啥都不听,这下好了,知道什么叫'不听老人言,吃亏在眼前'了吧?"

"呸!你就会占人便宜!"小孙没好气地对周易嗔道。

"谁占你便宜了？我说的可是事实！你再不当心,一会儿要是从草丛中窜出一只大花蛇来,看你还信不信我的忠告！"周易吓唬道。

一听说大花蛇,小孙的脸吓得煞白,顾不上避开杂草和荆棘,扭头就朝周易扑来。

花巧凤虽说生于农村,长于农村,但打小就特别怕蛇,听到"大花蛇"几个字,也大惊失色,直往两个男人身后躲。

两个男人见状,都忍不住狂笑起来。周易用手轻轻抚着小孙如丝般的长发,像个大英雄似的说:"别怕,天塌下来不是还有我吗？"逗得小孙不由得乐了起来:"就你那个头能顶得住吗？"

钟逸勤则拿出骑士般的风度对花巧凤说:"花总你就走我后面吧, 如有大花蛇,我一脚就把它的头踩扁啰！"

四人说笑着,来到了一棵枝繁叶茂的大榕树下面。周易和钟逸勤手脚并用,轧倒树下的杂草,收拾出一块空地来。周易从双肩包里取出一大块厚实的花格塑料布铺在地上,一股脑地把包中的食物倒在塑料布中央。花巧凤一看,真是品种繁多、令人垂涎。有火腿肠、茶香卤蛋、五香牛肉等袋装食品,也有金枪鱼、午餐肉、八宝粥等罐装食品,还有阿胶红枣、椒盐腰果、酥脆香蕉等零食,更有啤酒、香槟、矿泉水等一众饮料。

"别只顾看了,刚才不都说饿了吗？"周易说着盘腿坐了下来,抓起一罐啤酒,啪的一声拉开拉环,一仰头咕咚咕咚喝了下去。一罐啤酒三下五除二就被他喝了个精光,"真是又热又饿,还是啤酒喝着舒服呀！"周易抹了抹嘴,闭起眼睛非常享受地说道。

其他三人见状,也不推辞,纷纷学着周易的样子盘腿坐了下来,看啥顺眼就随手拿起。花巧凤一边嚼着阿胶红枣,一边对周易不吝赞美之辞:"没想到周兄还挺会买吃的！"

"嘿,我哪有那闲情逸致,这些后勤工作都是俺们小孙办的！"周易朝小孙努努嘴,坏笑着说。

"谁是你的？"小孙拣起一袋五香牛肉朝对面的周易砸去,周易躲闪不及,五香牛肉直中他那圆滚滚的大肚皮。

花巧凤感觉好玩,就假装责怪地对小孙说:"小孙你可要当心了,要是把周兄的肚皮砸爆了,我们可要跟着受伤啰！"一句话惹得大家再次捧腹大笑,小孙笑得眼泪直流,钟逸勤笑得直喘粗气,就连周易自己都笑得东倒西歪。

大家笑够之后,钟逸勤也抓起一罐啤酒,并给其他三人一人递了一罐。他打开拉环,郑重其事地分别与三人碰了碰罐子,说:"非常感谢周总今天的安排! 今天的活动令我茅塞顿开。更感谢两位美女为我们今天的旅程增添了久违的暖色! 我先干为敬,你们随意。"说罢一仰脖子咕咚咕咚喝了下去。

其他三人见钟逸勤已经释然,也都开开心心地把罐中的啤酒喝个底朝天。周易舒了口气说:"看到钟总已经赶走了心魔,我们都非常高兴! 其实资本市场就同人生一样,免不了起起伏伏。入了这一行,不仅要修炼各种本领,更要修炼好心态。我有一位笔名蓼痴的朋友最近写了部《价值投资三十六计》,书中有不少非常有哲理的投资心得,更有非常脍炙人口的财经词作。书还没有出版,我已经先睹为快了。等这本书正式出版了,建议你们每人买上一本,放在案头,经常读一读,一定会收获良多。"

花巧凤接过周易的话说:"周兄真是幸运,书还没出版,你就抢先看到了,能否给大家透露一下书中的主要内容?"钟逸勤和小孙也附和着要周易透露一下。

周易一拍大腿说:"这本书内容丰富,我一时还真说不清楚。不过,既然你们都这么想了解书中内容,我就给大家吟上一首书中的词作吧。"说罢,他清了清嗓子,气沉丹田,声情并茂地朗诵了一首蓼痴的《水调歌头·假道》:

> 金牛何处有? 铁鞋觅九州。紧盯中外时局,揣摩啥兆头。刚见莺歌燕舞,又闻风声鹤唳,思绪入凉秋。斗胆抄大底,底却深幽幽。
>
> 狼烟起,战马嘶,鸦雀啾。利空骤至,慌把廉价筹码丢。转眼风和日丽,长阳旱地拔起,前熊扮牛秀。苟息疑转世,悄然假道走。

周易吟罢,钟逸勤率先鼓起掌来,深有感触地说:"写得真好,虽然格律不一定准确,却把资本市场起起伏伏、阴晴不定的特征写得惟妙惟肖!"花巧凤和小孙却直呼不过瘾,闹着要周易再吟一首。周易拗不过大家,自己也感觉只吟一首不太过瘾,便又接着吟诵了蓼痴的《花非花·树上开花》:

> 花非花,雾中树。
> 战鼓擂,峥嵘露。

千军齐聚抖威风，

万马奔驰扬气度。

　　吟毕，大家不约而同地一起鼓起掌来。花巧凤感慨万千地说："这首《花非花》真是激动人心，恰如当前的市场！不过，我隐隐觉得这一轮熊市就快到头了，资本市场的春天很快又要到来，衷心祝愿钟总能早日重拾昔日辉煌！也祝愿我们自己在即将到来的牛市里都有个好收成！"花巧凤的话赢得大家的共鸣，发自内心的掌声和欢呼声在这座孤岛上空久久回荡……

## 第三十三章

# 花博士再遇贵人　肖经理违规遭惩

　　花巧凤因为经济方面压力不大,前期几乎没花精力去找工作,现在博士已经顺利毕业,也该把求职提上议事日程了。对于一个热门专业的名师之徒来说,找工作的路径很多:可以请导师推荐,也可以找学长们帮忙。但花巧凤恰是一个不愿意给人添麻烦的人,她把职业范围确定之后,便频繁奔走于各类人才市场,或直接在网上查找招聘信息,投递精心编写的个人简历。

　　然而,花巧凤的求职正好赶上宏观调控最严厉的阶段。年初以来,国家对钢铁、有色、水泥、电解铝的去产能工作抓得越来越紧,对房地产和固定资产投资的限制越来越严格。在这样的背景下,不仅新增工作岗位大幅缩水,就连很多老的工作岗位都面临裁员的压力。炎炎夏日里,每当她浑身湿透从求职的人堆中艰难地挤出来时,都有一种难以名状的挫折感。她做梦也没有想到,拥有良好职业经历,又经过整整6年金融学专业训练的名校博士竟然碰到了求职难的问题。

　　一次,她好容易接到一家证券公司发来的面试通知,竟高兴得像个孩子似的,一夜都没睡好觉。可是等她第二天去证券公司,路过楼下的散户大厅时,心一下子就凉了半截。偌大的一间散户大厅里只有十来个白发苍苍的老头、老太,老头们把原本整齐的椅子搬到一起打牌,老太太们则悠闲地一边择菜,一边聊着家常。一位证券公司工作人员模样的人走过来试图制止这些老年人的行为,却被老人们围着谴责一番:"我们的股票都套住百分之六七十了,你不让我们在这里等着解套,难不成要逼我们割肉认栽?!"

　　花巧凤上楼见到人事部经理时,心里更凉了。人事部经理是一位萎靡不振的中年男人。当他漫不经心地看完花巧凤的简历后,懒洋洋地对她说:"看来你是证券界的元老了。不过,资格再老、学历再高都没用。这几年很多小券商倒闭,有经验的证券从业人员满大街都是,我这里每天都能收到一大堆求职简历,根本就来不及看。也是我这两天实在无聊,碰巧就抽中了你的简历。我看你以前干得不错,又是学金融的博士,感觉你可能会适合做我们公司的客户开发工作。"

花巧凤对人事部经理的态度并没有太在意,心想,客户开发还真是自己以前的强项,不过现在博士已经毕业,好歹也要做一份技术含量高一点的工作呀。于是她非常礼貌地问:"有没有管理方面的岗位?"

"管理岗位?"人事经理眼皮一耷拉,半晌才接着说,"谁都想搞管理,现在根本没人来开户,公司还在愁能把哪些人裁掉呢,哪还有多少人给你管呀!有份客户开发的工作已经不错了,你要是不想做,那就算了!"

花巧凤好容易得到一个面试机会,当然不想轻易放弃,于是又问:"能了解一下客户开发工作的具体岗位和薪水吗?"

"你如果来,岗位是客户经理,试用期三个月,试用期薪水每月500元。干满三个月,经考核合格可以录用为正式员工,每月基本工资800元,绩效工资另定。"人事经理有一搭无一搭地回答。

花巧凤听后,心彻底凉了,心想,看来我这个博士算是白读了,居然只值800块钱一个月,想想再聊下去也没多大意思,便起身告辞。

几天后,她又收到了一份面试通知书。这是一家名叫大为基金的公募基金发来的通知。有了上一次的面试经历,花巧凤这次已基本不抱什么希望。然而,当她如约来到大为基金,在接待人员引领下走进面试办公室的时候,一下子惊呆了。

"花巧凤,花博士,没想到我们在这里又见面了!欢迎你来大为基金应聘!"面试官热情地与花巧凤打着招呼。

"您不是……"花巧凤张大了嘴巴。

"没错,是我,李锋,没想到吧?"面试官没等花巧凤说完,便爽朗地接过话茬。

"世上还有这么巧的事?"花巧凤惊叹道。

"不是巧,而是有缘,你是我让助理专门从一堆简历中特别挑出来的。我现在已从中成证券调任大为基金总裁了。现在国家正大力发展基金业务,我这里正需要像你这样既有实战经验,又有金融知识的高学历人才,希望我们能在这个新的领域再度合作!"李锋热情洋溢地说。

花巧凤万万没想到,自己历经千辛万苦,居然在无意中撞到了老上级的门上。她当然不会拒绝这么好的机会,两人很快谈定了入职条件。半个月以后,花巧凤以基金经理助理的身份正式入职大为基金。

入职大为基金以后，花巧凤的工作主要是协助基金经理进行研究分析、实地调研和制定策略。她的顶头上司肖越虽然只有32岁，比她还年轻两岁，却是一名老资格基金经理，已在大为基金工作近十个年头，作为基金经理独立管理股票型基金产品也有近五年时间了。肖越身材中等，体型偏胖，性格随和，因为知道花巧凤是总裁李锋亲自选定之人，对花巧凤更是礼让有加。

花巧凤好容易找到自己感兴趣的工作，哪敢轻易怠慢，每天都早出晚归，尽心尽力，生怕出了差错。有了花巧凤的积极配合，肖越一下子轻松了不少。不久之后，肖越就给了花巧凤1000万元以内的独立投资权限。得到授权后，花巧凤深感责任重大。虽然她在股票投资上经验丰富、收益甚丰，但轮到自己操盘基金产品，感觉还是完全不一样。更为要命的是，虽然管理层推出股权分置改革以稳定股市的意图非常明显，但在严厉的宏观调控下，人们的投资意愿极其低下，再加上股权分置改革到底怎么具体实施，大家心里一点底都没有，因此，股票二级市场上成交极为低迷。

一天，花巧凤刚给交易员下了个2万元的买单，交易员就打电话过来跟她抱怨："花博士，您这个单子太大了，今天很可能无法完成交易，下次您再下交易指令最好不要超过5000元。"

花巧凤听后哭笑不得：一个几十亿规模的基金，对一只股票的买卖每单不能超过两万元，这种交易还怎么进行得下去？收盘后，她找到交易员了解成交情况，她的这份买入指令果真没有完全成交。

"花博士，您不知道，现在很多股票买单和卖单都极为稀少，有时候只要一万块钱就能拉个涨停，一两千股下去就能砸个跌停。前几天肖经理给我下了个一万股的卖出指令，我一看，下面的买盘最多不过十几手，只能一手、两手地卖，这一卖就是一整天，实在是太麻烦了！"交易员满脸悲凄地说。

花巧凤把当天的情况跟肖越做了汇报，肖越手一摊，说："没办法，现在的市场就是这个死样子！不过，我感觉这种情况不会持续太久了。卖不掉股票，说明大家对现在的市场还没信心，市场情绪还停在熊市里；买不到股票，说明手中有股的人都感觉自己的股票太便宜，舍不得卖，牛市或已为时不远。不用急，我们现在只要逢低买入就行，能买多少是多少。"

"哦，明白了。"花巧凤刚说完"明白"，突然又发现自己其实并没有真正明白，便又接着问道，"如果我们想买的股票买不到，就算我们的组合和策略都非常好，年底排名的时候不还是要被别人甩到后面吗？"

"这个你就不用担心了，我们买不到，别人也不一定买得到，到时还是看谁的组合和策略更胜一筹。"肖越一脸轻松地说，"再说了，做公募基金未必一定要把净值做到多高，最理想的基金净值应该在0.95到1之间。"

"为什么不想方设法把净值做上去呢？"花巧凤满脸不解地问。

"这还不简单？你把净值做到1以上了，投资人一看有赚头，就会想法赎回，你净值越高，他们赎回的欲望就越强。如果大家都一哄而上要赎回，咱们的基金规模不就下降了吗？基金规模一旦下降，基金公司拿到的管理费不也跟着下降吗？"

"那为什么又不能低于0.95呢？"花巧凤又问。

"一般来说，人们对5%的亏损还是能够承受的，一旦亏损超过5%，投资人要么会闹事，要么会止损赎回。所以，基金经理无论如何也要把亏损控制在5%以内。"

花巧凤一拍脑袋说："哦，我明白了！只有把净值控制在0.95到1之间，才会使投资人因投资尚处亏损状态而不忍割肉，又不会因为亏损太多而闹事，这样，基金公司就可以坐享投资者缴纳的管理费了。"

"没错！不过把净值维持在0.95到1之间并不容易，这可是个高难度的技术活！"肖越意味深长地说。

"投资者买基金本是想着赚钱，如果我们把净值老是控制在0.95到1之间，岂不是有些对不住他们？"花巧凤问。

"嘿嘿，什么对住对不住的！现实就是这样，我们做得再好，给投资者赚得再多，自己也不会因此得到多少奖励，反而有可能因为做得太好引起投资者赎回基金而遭受领导批评。"肖越无奈地应道。

"如果基金公司不能给投资者赚到钱，以后谁还会再买基金呢？"花巧凤追问道。

"这个你就不用担心了！封闭式基金的规模是一定的，在基金封闭期间，投资者如果想赎回，随时可以在二级市场进行。开放式基金也并不是每一个产品都不赚钱。一般来说，基金公司为了吸引投资者购买基金，会全力打造一两个明星基金经理。有了明星基金经理做招牌，再发基金也就不成问题了。"

"哦，原来是这样！"与肖越的一番对话，使花巧凤茅塞顿开。虽然她并不认同某些基金公司的这种做法，但她毕竟只是一个基金经理助理，只好入乡随俗。不过，肖越对股市正处磨底阶段的说法倒是同她不谋而合。她决定趁股市尚未走牛，做好再次入市准备。

　　作为基金从业人员,花巧凤并不能直接买卖股票,但买卖基金倒是允许的。她最初入市的时候,市场监管还不严,股票买卖是通过闺蜜李晓芳进行的。后来读了研究生,可以名正言顺地炒股,便自己开了个股票账户,完全自主操作。现在市场监管严格,她又经过了这么多年的高等教育,思想境界与当年相比早已不可同日而语。因此,她决定不再游走在法律边缘,而要通过买卖基金的方式,守法依规,光明正大地参与资本市场。

　　在决定买什么基金的问题上,花巧凤倒是陷入了为难境地:买开放式基金吧,谁能保证你想买的那只基金不是基金管理人存心要把净值控制在 0.95 到 1 之间的那只?买封闭式基金吧,谁能知道哪只基金必然能带来正收益?想来想去,她决定干脆买指数基金算了。这样,主动权还掌握在自己手里,省得一不小心碰上只烂基金。不过,要买指数基金现在还不是时候,到年底时,国内首只指数基金才能正式上市。好在现在还是熊市,她也没有必要急吼吼地下手去买。

　　当花巧凤把准备买入指数基金的打算及理由告诉周易和钟逸勤时,他们首先提出的一个问题就是:“你可以买自己公司的基金吗?”花巧凤想都不用想就答:“当然可以!”当他们又问“你会买自己公司的基金吗”,花巧凤却一时语塞。是呀!买不买自己公司的基金呢?买吧,别人的基金做得怎么样,她花巧凤一点把握都没有,在自己的基金里,她现在也无法充分体现自己的操盘意图。看来,还是买指数基金比较好,指数基金本身的投资策略虽然是被动的,但是进入时点的主动权却在基金购买者自己手中。当前大盘正处在筑底阶段,虽然谁也说不清楚最低点到底在哪里,但她可以阶段性采用定投策略。她目前共有 700 多万元现金,打算每月投入 60 万元,在一年之内把这些钱全部买成指数基金。想清楚之后,她从 2005 年 1 月开始正式执行这一投资策略。

　　2005 年春节以后,南粤股价指数继续阴跌不止。4 月 29 日,证监会发布了《关于上市公司股权分置改革试点有关问题的通知》。5 月 9 日,三一重工等四家上市公司开始发布股权分置改革方案,流通股平均获得了 10 股送 3 股左右的对价,股权分置改革正式进入实施阶段。虽然这一重大利好并没有立即扭转股市的下跌趋势,却吸引了越来越多的大资金逢低买入。6 月 3 日,南粤股价指数创下了本轮调整的最低点 2590 点之后,便开始震荡走高。

　　年底的时候,花巧凤的 700 多万现金差不多全部变成了指数基金。也就在这个时候,肖越出事了。出事的原因是利用老鼠仓为自己和亲属谋利,获利金额巨大。在此之前,当风控人员向花巧凤了解情况时,她几乎对肖越涉嫌老鼠仓一事一无所知。直到公司宣布撤销肖越基金经理一职并对他此前的作为详细披露以后,花巧凤才知道,原来肖越利用自己跟踪几只牛股的便利,利用亲戚的账户先于或同步于自己管理的基金多次买入卖出相同的股票,总共获利200多万元。由于相关法律还没有针对老鼠仓的制裁措施,加上公司也不想因为这件事影响了公司形象,所以对肖越的处罚仅止于将其撤职和劝离大为基金。

肖越离职后,他管理的基金一时没了主心骨。正当花巧凤对接下来的工作一筹莫展之时,总裁李锋打电话叫她过去一下。花巧凤很快来到李锋的办公室,简单寒暄之后,李锋问:"肖越的事情你都知道了吧?"

"知道了。"

"你怎么看?"

"挺可惜的。肖越本是个水平很不错的基金经理,我这一年多来跟他学到不少东西。当然,利用职务之便,以损害公司利益为代价为自己牟取利益,这一点就非常不应该了。"

李锋微微点了点头说:"的确很可惜的,我当初把你放在他的手下做助理,也是看重了他的才能,没想到他竟然干出这种事! 好,不说他了,有没有想过你们这只基金接下来该怎么办?"

"我这两天也正在为这事发愁呢! "花巧凤丝毫不掩饰自己对目前情况的忧虑,"经过四年多的调整,很多股票已严重低估。现在国家对股权分置改革已经迈出了实质性的步伐,不少机构已加快建仓节奏,一轮牛市可能很快就要到来。在这种情况下,公司如果不尽快找人接替肖越此前的工作,我们这只基金很可能会错过最后的低位建仓机会。"

"哦,看来你对市场还是很有心得的嘛! "李锋笑了笑,接着问,"你看公司内谁来接替这个工作比较合适?"

"谢谢李总鼓励! 我的一点浅见,不一定正确! 不过要问谁能接替肖越的工作,还真不好说。我来的时间不太长,对于其他人的情况也不太了解,再说,人事问题也轮不到我来说什么呀! "

"你还挺谦虚的! 看看你自己能不能接替这个位置?"李锋问。

李锋的这一问题完全出乎花巧凤的意料,她连连摆手说:"不行,不行! 我的资历太浅,万一把基金管砸了,公司可就损失大了!"

李锋爽朗地笑了笑说:"论资历,你已经不浅了,你有过十来年的证券交易从业经历,又做了一年多的基金经理助理;论学历,你是名校的金融学博士,属于科班出身。我今天找你来,不仅是要征求你的意见,更重要的是向你宣布任命。在我找你之前,已经广泛征求了大家的意见,公司内对你评价很高,都希望你能够接任这份工作。"

就这样,因为肖越的违规,花巧凤在到大为基金刚刚一年多的时间,就阴差阳错地成了一只几十亿规模基金的管理人。

## 第三十四章

## 曹老板亲自下厨　花经理妙解虚实

走出李锋的办公室，花巧凤心里久久不能平静。按说这么快就转正担任基金经理，心里应该非常高兴才是，但她除了忐忑外，很难高兴得起来。她要接手的这只基金规模高达几十亿元，基金净值稍微波动几个百分点，就是上亿元的盈亏，这与她操作自己几百万的资金相比，完全不是一个量级，操作策略与操作难度也完全不是一回事。

不过，从职业生涯来看，这总归是一次晋升的机会，好多人做梦都想得到这样的机会呢！刚刚走进自己的办公室，花巧凤就立即发了个短信，把晋升的情况第一时间告知了处处呵护她、支持她的曹鹏。曹鹏也立即回复："热烈祝贺！晚上回来咱们好好庆贺一下！"

下班后，当花巧凤开着自己那辆红色小奥拓进入自家车库时，一眼就看见曹鹏的大奔已安安静静地停在了那里。"这家伙今天怎么回来这么早？"花巧凤自言自语道。

曹鹏这几年的生意越做越大，第三家分店已于去年正式开张。这第三家店说是分店，其实已远非前两家分店能比，更非总店所能比及。这是一栋处于闹中取静地带的三层高独立楼房，从外观到内部装潢都极具徽派建筑特色，高高的门楼令人心驰神往，楼宇内外随处可见的精细纹饰令人顿感徽文化的厚重与博大精深。

由于曹鹏不仅在徽菜的传承与创新上下足了功夫，还在徽文化的挖掘与传播上动足了脑筋，因此，他们的凤鹏徽菜馆已成为南粤一批超级食客所极力推崇的高端饭店，顿顿爆满，一座难求，订一个包间至少需要提前一周。

生意火爆，盈利肯定少不了。最初开店时，曹鹏要算计的是一年能挣 10 万，还是 20 万。现在 1 年下来，4 家店加在一起，总盈利已有七八百万元。有了这么好的盈利，曹鹏也没有亏待自己，他给自己换了辆大奔。曹鹏本要给花巧凤换辆保时捷的，可花巧凤天性低调，说自己不像曹鹏需要开辆好车显示一下实力，自己一个打工的，越简单越好，说什么也不要，最后她只要了辆小巧玲珑的奥拓。

花巧凤走出车库，回头又看了一眼曹鹏的大奔，心想，兴许是接过乐乐后，没什么事就在家多待一会吧。她没再多想，就像平常一样，随手打开了房门。令她始料未及的是，一股沁人心脾的清香扑面而来，正前方的茶几上放了一只硕大的花篮，花篮中最多的是花巧凤最喜欢的淡紫色百合。花巧凤欣喜地把鼻子凑近花篮，闭上眼睛深深地嗅了又嗅。

"妈妈，这花好看吧？爸爸说你升官了，这是他特意为你买的！"10岁的乐乐听见妈妈进屋，忙大叫着从自己的小屋里跑了出来。

花巧凤故作生气地说："小孩子懂啥？什么升官不升官的，就知道瞎起哄！在家说说就算了，千万不要到学校说去！"

"乐乐说得没错！你升任基金经理，要掌管几十亿资金，那还不叫升官？"曹鹏戴着高高的厨师帽，围着花围裙，卷着袖口子，笑嘻嘻地从厨房里走出来说。

花巧凤扭头一看，差点乐喷了。"哎哟！我的曹大老板，你可好多年没在家这身打扮了！今天是啥情况要亲自下厨？"

"啥情况？这不是明知故问吗？我可是放下店里的一大堆事情，特意跑回来亲手做几个家常小菜给你祝贺一下的！"曹鹏双手一摊说。

"对，爸爸今天是专门为你破例的！"乐乐也在一旁帮腔道。

"好！好！"花巧凤一把揽过乐乐的肩膀说，"就算为我，好了吧？你先回屋做作业，一会儿吃饭了再叫你。"

乐乐平时难得与爸爸、妈妈一起在家吃顿晚饭，今天见爸爸亲自下厨做菜，非常兴奋，忸怩着不愿回屋。曹鹏就推了他一把说："回去吧儿子，好好写作业去，吃饭还要等一会儿。"乐乐平常对曹鹏多少有些发怵，便磨磨蹭蹭回屋去了。

眼见乐乐已经回屋，花巧凤也换好居家服饰来到了厨房门口。曹鹏正有腔有调地忙乎着，见花巧凤过来，就说："欢迎巡视！都是家常菜，最后一道小葱炖鸡蛋马上起锅！"花巧凤伸头一看，果真都是家常菜：萝卜烧排骨、葱姜珍宝蟹、醋熘土豆丝、青菜烧豆腐，再加小葱炖鸡蛋，正好四菜一汤，这些都是花巧凤最喜欢吃的，她心里一动，不禁从背后一把抱住曹鹏，将脸贴在他厚实的后背上，久久不愿移开。

"就是一次普通的晋升，没想到曹大老板还这么当回事！"花巧凤贴着曹鹏的后背喃喃道。

曹鹏一边忙着烫碗筷，一边随口说："你的事再小也是大事，更何况执掌几十亿资金，本身也不能算是小事了！"

"明白。就知道你对我好！"

"嗯，这个倒没说错！虽然咱们已经不缺钱了，你工作不工作、升官不升官都不要紧，但只要你想做的事，我都会全力支持！"曹鹏收拾好碗筷，转过身子盯住花巧凤的双眼看了一会，噘嘴在花巧凤额头上亲了一口，又一把抱住花巧凤说，"谁叫我当年死乞白赖一定要娶你呢？！"

"美的你！"花巧凤推开曹鹏，用手指在他鼻子上刮了一下，"是不是有些后悔了？"

"怎么会后悔，偷着乐还来不及呢？"曹鹏咧开大嘴笑着说，"没有花总提供起步资金，咱们的4家徽菜馆怎么着也开不起来呀！"

"哼，算你明白！不过，都能相互支持对方做自己喜欢做的事业，也算是一种难得的缘分。我打工做做金融，你开饭店做做实业，这可是虚实兼顾的好搭配。我这些年虽然在金融市场上做得还不错，但是也看到了太多的一夜暴富和瞬间破产，对金融其实还是心存敬畏的。实业却不同，虽然也难度不小，但至少可以一分耕耘，一分收获，风险要比金融小得多。"花巧凤说着说着竟忘情地踮起脚尖亲了一口曹鹏的下巴，"实业才是金融的后盾，就像你我之间的关系一样，你把饭店开好了，我的胆子才能大起来！"

"这话讲的，我怎么这么爱听呢！"曹鹏弯腰凑近花巧凤的脸颊使劲亲了一口，说，"金融也至关重要，没有你从事金融搞来活钱，咱这饭店还真开不起来！好了，一切就绪，花总能否动手把饭菜端到餐桌上呢？"

"好勒！"花巧凤脆生生地应了一声，赶忙动起手来。

摆好饭菜之后，花巧凤喊出婆婆和儿子。曹鹏打开酒柜，取出一瓶干白葡萄酒，娴熟地打开瓶盖，为花巧凤和自己各自倒了点，扭头对母亲说："今天巧凤升职了，我要跟她喝一点，热闹一下。"

"那敢情好！你们多喝点！"曹鹏妈妈说。

"妈，您别听曹鹏瞎说，他就是酒瘾上来了！"花巧凤嗔道。

"对！我爸酒瘾上来了，还净找借口！"乐乐也在一旁帮腔，逗得三位大人大笑不止。

曹鹏妈见儿子儿媳难得在家一起吃饭，就对乐乐说："乐乐，咱们吃自己的，别管他们。"于是很快吃完饭一边忙活去了。

乐乐不像奶奶那样知趣,吃起饭来慢慢腾腾,还不时给爸爸妈妈讲些学校的事情,什么张三推了一把李四,被老师点名批评啦;什么某某男生给某某女生塞小纸条啦……惹得曹鹏和花巧凤不时大笑,他们明白,一家人难得在一起吃顿家常饭,乐乐这可是真高兴呀!

几杯干白下肚,花巧凤渐觉两腿发软。好在这是在自己的家里,喝得酩酊大醉又有何妨?醉眼蒙眬间,花巧凤举杯和曹鹏碰了一下:"曹老板今天做得一桌美味,我要敬你一杯!"

"嘿!你还跟我客气上了!"曹鹏举杯相迎。

"能不客气吗?你在饭店的工作那么忙,今天为了我这点小事,特意回家亲自掌勺,怎么说也要感谢一下嘛!"

"妈妈说得对,爸爸平常把我接回来就去饭店忙了,今天又是买花,又是做菜,表现真不一般呢!"乐乐说着,碗一推,说,"你们喝吧,我也吃饱了。"

花巧凤也不管乐乐,而是继续对曹鹏说:"饭店的事情你要好好干,照现在的势头发展下去,不出几年说不定就可以上市了。"

"上市?就是要把公司的股份卖给你们这些炒股的吗?"曹鹏抿了一口酒说。

"你这话说起来没错,可听起来怎么那么扎耳呢?!"花巧凤嗔道。

"股票的事我虽然不参与,但也多少也了解一些。你好好想想,那些上市公司有几家是好公司,大多数还不是冲着圈钱去的吗?我们的徽菜馆现在靠自我积累也可以慢慢做大,为什么一定要上市呢?"曹鹏不解地问。

"上市不仅可以向社会融资,解决快速发展所需的资金问题,更重要的是可以通过上市,使企业的经营管理更加规范起来。"

"这个我明白。但据我所知,现在的企业上市,除了圈钱外,没多少是冲着提高经营管理水平的。"

"你要用发展的眼光看,现在是这样,不代表未来也是如此。"花巧凤提醒道。

"嗯,但愿你说的未来不会太远!"曹鹏再次举杯与花巧凤相碰,"其实我们做实业也相当不易,不仅要服务好顾客,还要提心吊胆地和各路吃拿卡要的神仙周旋。如果真有一天,咱们的徽菜馆能上市,我也乐得当个自在老板,把经营管理交给专业人员去做。"

"你说啥?你当自在老板?别忘了咱们徽菜馆的真正老板是谁了?"花巧凤故

作生气状。

"没忘没忘！这么大的事情,哪能随便忘记呢？"曹鹏嬉笑着说,"俺清楚得狠,花总才是真正的大老板,俺不过是个站台的。来来来,老板再喝一口！"

"算你脑子转得快！"花巧凤仰头喝下了杯中酒。

两人边聊边喝,竟把一瓶干白喝了个底朝天。花巧凤慵懒地躺在沙发里,双眼迷离地看着曹鹏收拾碗筷。曹鹏不愧是饭馆老板,收拾起锅碗瓢盆来就是利索,三下五除二就把餐厅和厨房都收拾得干干净净。等他擦干手,来到花巧凤身边时,花巧凤已经发出了均匀的呼噜声。曹鹏顺手拿来一条毛巾被,轻柔地搭在花巧凤身上。谁知这一盖,反倒把花巧凤弄醒了。她揉着惺忪的睡眼,问:"你还去饭店吗？"

"不去,都安排好了,今晚就在家陪你。"曹鹏说着准备弯腰坐下来。

"先别急着坐下,我们出去转转吧。"曹鹏屁股还没挨上沙发,就因花巧凤的一句话又抬了起来。

两人披上风衣,轻轻带上房门,沿着小区的林荫小道一直走出大门。海浪"哗哗"地拍击着礁石,远处的行船发出忽明忽暗、忽强忽弱的亮光。两人手挽着手,肩挨着肩,不紧不慢地行进在南粤湾边上。

"现在分店多了,你一个人忙得过来吗？"花巧凤随口问道。

"忙得过来。多亏巧鸽、巧鸭、曹娟,每人一个店帮我扛着,我除了统管外,就具体管老店一个地方,老店本来就小,最近我又在市场上招了个店长,等他情况都熟了,我也就超脱了！"曹鹏轻松应道。

原来,巧鸽大学毕业后直接来到南粤,从巧燕手中接管了凤鹏徽菜馆的第一家分店。巧燕则因为物流配送得心应手,成立了自己的配送公司,与老公另立门户去了,据说现在干得风生水起。凤鹏徽菜馆的第二家分店自成立之初一直由曹娟任店长,现在也经营得红红火火。最新的这家分店现在名义上也由巧鸽任店长,实际上是由前两年大学刚毕业的巧鸭具体负责。花巧凤和曹鹏的意图是,巧鸭聪明灵活,大学的专业又是工商管理,等她各方面业务熟悉以后,这第三家分店就彻底交给巧鸭打理了。

"你最好还是不要太放手了。巧鸽和巧鸭几乎没吃过什么苦,我担心她们把分店搞砸了。"花巧凤说。

"放手还是要放的,我管得太紧了,她们就难以得到锻炼,这样,对咱们徽菜馆的长期发展也是不利的。"

"行,我也就是提醒一下,具体情况我也不是太清楚,你自己看着办就是。"

"嗯。多亏你有这么多妹妹,否则我们哪找那么多靠得住的自己人帮忙打理?"曹鹏感叹道。

"你这话只说对了一半。自己的弟妹当然靠得住,但事业做大以后不能都靠自家人,也不可能有那么多的自家人。我看按现在的发展势头,我们很快就可能开第四家分店,总不能指望巧鹅和巧旺再来接手。一来,他们都还小,可能赶不上;二来,他们也可能会有自己的理想,不一定再愿意跟咱们一起经营饭店了。另外,你还要考虑万一现在这几个人(包括曹娟)哪一天就像巧燕那样自立门户,咱们的几个分店都该交给谁来打理?"

"这些我倒也想过了。用自己家人固然放心,但自家人总是有限的。所以,我们今后还要有长远一点的眼光,该从市场招人就从市场招人,该从内部培养就从内部培养。我准备过了年就腾出手把这些事好好策划一下,省得到时关键岗位的人手跟不上公司发展的节奏。"

"嗯,这话说得真有水平!"花巧凤歪头往曹鹏胸脯前蹭了蹭,说,"你真是天生做老板的料!"

"才发现呀?"曹鹏伸开手臂使劲揽了一下花巧凤的肩膀,"现在看嫁给我不亏吧?!"

"不亏,你这么优秀!"花巧凤说着伸手拧了一把曹鹏的耳朵,"看把你得瑟的!"

"我哪里敢得瑟哟!快高抬贵手,放我一马吧!"曹鹏歪着头,假装痛苦地呻吟着。

"要我放手没问题,以后不许得瑟了!"

"不敢了,快饶俺一命!"曹鹏惨兮兮地讨着饶,惹得路过的行人不停地回头观望。

花巧凤不想被人当作泼妇,这才放开手,说:"好了,你也别再装小可怜了!有件事我想跟你商量一下。"

"什么事?"

"好久没跟晓芳姐联系了,也不知她怎么样了,我想这个周末请他们一家去你的新店聚聚。"

"就这事吗?你自己的姐妹,想啥时聚就啥时聚,干吗要问我?"

"这不是把你当回事吗？再说,你老是提醒我要跟她保持距离,我怕请她来聚,你会有想法。"

"没有的事！你该聚就聚,我只是提醒你不要在人家面前太得瑟,以免人家面子上挂不住。"

"嗯,知道了。"花巧凤应了声,转念一想又有些不对劲,就用手拍了一把曹鹏的手背说,"看把你能的,怎么又变成我得瑟了?！"说罢,两人齐声大笑起来。

## 第三十五章

# 徽菜馆里两家欢　风月场中遇情郎

　　周六这天傍晚，花巧凤带着乐乐早早来到凤鹏徽菜馆新店，沿着典雅的紫漆旋梯直奔二楼的贵宾包间。

　　临近春节，包间特别紧俏，但曹鹏特意为这次聚会留下一间最大的包间。这间包间仿照徽州民居客厅风格，门头上镶着百鸟朝凤的精美砖雕。推开厚重的对开黑漆板门，一眼便可看到一张又长又高、古色古香的雕花香案，香案正中摆着红陶香炉，炉内三支刚燃不久的檀香正散发出馥郁的香气。香案上方挂着以徽州山水为题材的中堂画，中堂画的两侧是一副草书对联："走不完的前程停一停从容出步，急不来的心事想一想暂且丢开。"两侧的粉墙上也各挂两幅徽州山水图。置身其间，有一种"一生痴绝处，无梦到徽州"的感慨。房间正中摆放着一张足可坐下20人的紫漆大圆桌，圆桌周围却只摆了6张紫漆太师椅。

　　花巧凤在房间里转了转，感觉布置还算满意，看看时间差不多了，决定下楼迎接一下。娘儿俩在大厅门口没站多久，李晓芳一家人便手拉着手喜气洋洋地走了过来。

　　"哇，妙音长这么高了，真是越长越漂亮！"花巧凤说着伸手拉过李晓芳身边的小女孩。妙音是李晓芳和郑经的女儿，今年正好6岁，长得既有李晓芳的灵气，又有郑经的文气，是个特别惹人疼爱的小美女。郑经平时喜欢倒腾乐器，认为女孩子就该有文艺范，所以孩子出生后就给她取名妙音，希望孩子长大后能够有一副绝妙的好嗓子，最好能成为一名歌唱家。

　　"阿姨好！"妙音见花巧凤跟她打招呼，主动仰起粉嘟嘟的小脸向她问好。

　　"好！好！妙音真懂事！"花巧凤边说边弯腰亲了亲妙音，再直起身子分别与李晓芳和郑经打了招呼。

　　"你们家乐乐呢？"李晓芳问。

"刚才还在这儿呢,怎么一转眼就跑没了?哎!男孩子就是皮,哪有妙音乖?不管他了,反正饭店里面的服务员和厨师他都认识,这么大了也跑不丢,我们先进房间吧。"说着一手挽起李晓芳,一手拉着妙音有说有笑地上楼去了。

一进包间,李晓芳就吆喝起来:"哇,今天的安排太奢侈了,这么大的房间只摆6张椅子!"

郑经也在一边附和道:"这家饭店是人家自家的,想怎么安排不就怎么安排吗?"

他们这样一夸,花巧凤反而有些不适了,忙说:"这间房的确是这家分店里最大的一间。不过,有幸请到晓芳姐一家,再大也不过分!"

李晓芳听后比较受用,她翻了一眼郑经,哀怨地说:"看到了吧,都是男人,你看人家曹鹏多能干,饭馆开了一家又一家。哎,啥时我们娘俩也能享到你的清福呢?"

李晓芳的话还未说完,郑经的脸腾的一下就红了,他用手拔了拔波浪长发,撇了撇嘴,似有满腹的委屈无处诉说,又似做了错事的孩子任凭家长数落。

一旁的花巧凤感觉浑身不自在,心想:男人是你自己挑的,就算有一百二十个不满意,也不好当着别人的面说,这叫他如何才能在别人面前挺直胸膛?但想归想,今天毕竟是她在请客,便使劲挤出笑脸打圆场:"晓芳姐,曹鹏哪能跟郑老师比,他不过是个开饭馆的生意人,郑老师可是大音乐家!"

妙音听到花巧凤说她爸是大音乐家,开心得小手直拍,说:"还是阿姨说得准,我妈就知道欺负爸爸!"

孩子的话引得花巧凤哈哈大笑,也多少化解了房间内的尴尬气氛。"不是阿姨说得准,而是你爸爸本来就非常优秀。"花巧凤伸手轻轻抚摸着妙音的额头说。

说话间,曹鹏扶着乐乐的肩膀推门而入。"我就知道你们都到了,热烈欢迎你们全家光临小店!"曹鹏说着伸手与郑经使劲握了握,"大音乐家,欢迎你呀!今天我们要好好喝上几杯!"

郑经已基本从刚才的尴尬中恢复了过来,听说要喝酒连忙摆手说:"不喝不喝!待会儿还要开车。再说了,今天是专门前来祝贺的,你们的事业都做得这么好,我一定要保持清醒头脑,也好跟你们多学几招。"

一番寒暄之后,两家人分坐圆桌两边。花巧凤和李晓芳紧挨着坐在上首,曹鹏和郑经脸对脸坐在其次,两个孩子紧挨着坐在下首。服务生很快将热、凉、荤、素各式佳肴端了上来。曹鹏央了半天,郑经也不肯接过酒具。最后,大家一致决定,大人小孩全部以新榨玉米汁当饮料。花巧凤亲手为每人倒上饮料后,曹鹏热情举杯说:"今天咱们就以水代酒,热烈欢迎你们全家光临小店!"

"酒"过三巡,菜过五味。四个大人的话变得多了起来,两个孩子更是叽叽喳喳闹个不停。

乐乐正处调皮捣蛋的年纪,哪能正襟危坐老实太久,稀里糊涂随便吃喝了一点,便溜下桌子东摸摸,西瞧瞧,还不发出各种怪叫声。花巧凤说了他几遍都不管用。后来,还是曹鹏一声呵斥,乐乐才极不情愿地坐回原位,低着头有一搭无一搭地喝起玉米汁来。

妙音开始时还比较安分,安静优雅地享受着美食。但看到乐乐爬来爬去,也溜下座位,黏着爸爸嘀嘀咕咕说个不停。

花巧凤见妙音长相甜美,彬彬有礼,心中暗生怜爱。她把头凑到李晓芳近前悄生说道:"晓芳姐可真有福气,你把妙音培养得这么有模有样,真是羡煞我了!说不定再过几年,等乐乐懂事了,他会患上单相思的。"说罢,捂嘴偷笑起来。

李晓芳使劲剜了她一眼,也把头凑近花巧凤耳边,悄声说:"想得美,那可是郑经的心头肉,你们乐乐要是过不了他这一关,休想得逞!"

"能透露下怎么才能得逞吗?"花巧凤瞄了一眼郑经,悄声问道。

"有钱就行!"李晓芳为了说话方便,干脆将太师椅往花巧凤身边移了移。

花巧凤也把椅子往李晓芳那边挪了挪,与李晓芳紧紧靠在了一起。"你说个数,多少钱才能打动郑经的心?"花巧凤故意逗她。

"难说。"李晓芳撇了撇嘴,"他可是个会花钱的主,再多的钱都不够他花,而且是只会花钱,不会挣钱。"

"他都把钱花到哪里了呢?"

"我也说不清,不是买车,就是买酒、买乐器。你想想,一辆车几万、十几万可以买得到,几百万、几千万也能花得出;一瓶酒几块钱能买得到,几万、几十万也未必能买到顶级好酒。乐器更是这样,有些乐器价格贵得没谱。更离谱的是,买一次两次也就罢了,他可是见到好的就想下手。有了新车和新乐器,他会随便就把旧车和旧乐器处理掉,经常是只用过一两年的车子和乐器连零头都卖不回来。酒就更没底了,几万块钱一瓶的酒,咕咚咕咚几口就喝没了。哎!反正钱不能到他手里,一到他手转眼就不见了。"李晓芳说到这里,不禁叹了口气。

"哦,原来是这样! 他既然喜欢喝酒,今天为何不肯喝?"花巧凤不解地问。

李晓芳抬头看了眼放在香案上的酒瓶子,再次压低了声音说:"这酒看来是你们徽州老家最好的烧酒了,但距离郑经的标准太远。他只喝葡萄酒,不喝白酒。就算你拿了葡萄酒,他也不会随便喝,除非是国外知名酒庄的陈年佳酿!"

"天啊,他可真是个会享受的主!"花巧凤伸出舌头扮了个鬼脸。

"你们两个说什么那么开心?"曹鹏好奇地看着花巧凤说。

"在说你呢! 你要好好把饭店开好,多赚些钱,否则你儿子将来连媳妇都讨不上!"花巧凤嬉笑着说。

曹鹏一脸懵懂地回了一句:"儿子讨媳妇是他自己的事,哪能就靠我来替他挣钱?"说着站起身,手端玉米汁,来到郑经身边,弯下腰说:"我记得郑老师还是能喝几杯小酒的,怎么今天这么节制?"

郑经见曹鹏来到自己身边,也把手边的玉米汁端了起来,说:"今天不是要开车吗?下次你们到我家,我一定陪你好好喝上几杯!"说着与曹鹏碰了下杯子,"你把饭店开得这么成功,真是不容易,向你学习!"

"要说向我学习,那可真不敢当! 要说不容易,还真被你说准了。不过,什么事都怕死磕,我这些年就盯着饭店这一件事做,不知脱了多少层皮,才有了今天这个样子。"曹鹏谦虚地说,"其实,我对音乐也很感兴趣,只是这些年为了把饭店生意做好,仅有的一些音乐基础都荒废了。还是你厉害,能把这份爱好当作事业一直坚持到现在!"

"惭愧惭愧! 我至今一事无成,你已越做越大了!"郑经也跟着自谦道。

"你们两个大男人真有意思,还互相吹捧上了!"李晓芳扯开嗓门叫道。

"晓芳姐,我们不是互相吹捧,而是相互仰慕!"曹鹏说。

"相互仰慕?他仰慕你,还说得过去,他有什么地方值得你仰慕的?"李晓芳问。

"他是音乐家,还把女儿培养得这么优雅,这些我就远远比不上呀!"曹鹏指着妙音说。

"对对! 晓芳姐,郑老师把妙音培养得这么优秀,他可是立了大功啊!"花巧凤也在一旁帮腔。

提起妙音,李晓芳的脸立即乐开了花,嘴里却继续硬道:"孩子是我生的,跟他培养有什么关系?"

"怎么没关系? 你一个人能生得了吗?"花巧凤打趣道。

"妈妈,为什么李阿姨一个人生不了妙音妹妹?"半天没吭声的乐乐冷不丁问了一句。几个大人你看看我,我看看你,都不知该如何回答才好。

还是花巧凤率先开了口:"对了,我们只顾在这说自己的,两个孩子老早就不耐烦了,不如让妙音在这里表演一下才艺吧!"

一听要表演,妙音立即进入状态,主动走到一边的空地上,挺胸收腹,字正腔圆地说:"大家好!我给大家唱一首《我爱你,中国》吧。"妙音话音刚落,四位大人使劲鼓起掌来,就连乐乐也咧开大嘴拍起了巴掌。

"百灵鸟从蓝天上飞过,我爱你中国⋯⋯"妙音一张嘴,果然不同凡响:空灵、飘逸、悠扬,令人为之心颤,为之动容。

一曲刚毕,曹鹏带头鼓掌:"厉害!这么高难度的调都能唱得下来,真是了不起!"说完拍了拍郑经的肩膀,回到了自己的座位。

花巧凤也不吝赞美之辞:"晓芳姐,你可真有福气!"

"啥福气?这一大一小都是花钱的主,我现在越来越感觉财政吃紧了!"李晓芳低声叹道。

妙音见大人们都很开心,又清了清嗓子说:"我再给大家跳支新疆舞吧。"说完,舒展腰肢,抖动脖子,兀自跳将起来。

花巧凤见妙音跳得有模有样,不禁啧啧赞叹:"妙音能歌善舞,真是不得了!"

"巧凤,我刚才不是说了吗?财政吃紧呀!现在每个月收上来的三万多块房租根本不够花,留下来准备炒股的钱也被花得差不多了,我现在心里别提有多急了!"

"你们的开销的确是够大的!不过,就算你没去工作,郑老师总该多少能挣些吧?"花巧凤试着问。

"哎!不怕你笑话,郑经就是一件摆设,他成天沉迷在那点爱好里面,真要是指望这点爱好挣钱就没门啦!只能在酒吧里唱唱歌,弹弹琴,挣点零碎钱。都怪我当年跟李钦文分手后孤独无聊,在酒吧里撞上他,竟被他的歌声和甜言蜜语迷住了心窍!"李晓芳叹道。

那是一个夜黑风高的晚上,一个人在空荡荡的大别墅里盯着墙上时钟发愣的李晓芳突然有一种难以名状的孤独感。

就在前几天,她与李钦文彻底切割了关系。开始时,她还庆幸自己终于回归了自由与无牵无挂,但连续两三天待在屋里无所事事,她越发心烦意乱、坐卧不安起来。

"我就这样一直在家里待着,等着自己慢慢变老吗?"李晓芳无力地窝在沙发里,盯着时钟一遍又一遍地问自己,但那个虚幻的自己根本不知该如何回答她。她抓起电话,刚刚按完李钦文的电话号码,突然想到这个电话已不能随便再打。她连忙手忙脚乱地掐断了电话,噔噔蹬蹬走到楼上,挨个打开了所有房间的灯光。惨白的光亮反倒使她更加惆怅。

"不行!我得到一个人多的地方去!"李晓芳把晚上所有人多的地方想了个遍:去电影院吧,一个人看完了电影还得一个人回来;去商场吧,除了能买回一大堆不中用的东西,似乎并不能排遣多少烦恼……还是去酒吧吧,至少可以喝点饮料,看看表演。她为自己化了艳丽的浓妆,穿上性感的短裙,喷上极具诱惑力的香水,一阵风似地来到了南粤最热闹的酒吧一条街,一头钻进了那家飘着爵士乐的小店。

店里灯光昏暗,李晓芳好容易才在服务生的引领下找到一处墙角的空位,也就没再挑剔,坐了下来。

"小姐,您要喝点什么饮料?"服务生谦卑地弯腰询问。

她想都没想就脱口而出:"来瓶红酒吧。"因为在她的潜意识里只有红酒才能配得上这里的气氛。

半杯红酒下肚,李晓芳渐感眼神迷离。前方的舞台上,一个蓄着波浪长发的吉他手正娴熟地拨动着琴弦,忘我地对着麦克风深情地唱着《给自己的情书》:"你仰望到太高贬低的只有自己,别荡失太早旅游有太多胜地……"缥缈的歌声句句戳心,李晓芳听着听着便热泪盈眶。她不由自主地掏出钱包,随手抽出20张红彤彤的百元现钞,递给路过身边的服务生:"请帮忙交给这位唱歌的帅哥!"

十几分钟之后,当李晓芳呆坐在原处,为台上的歌者不再是先前那位小伙而郁闷时,她的身后响起了极具磁性的声音:"你好小姐!非常感谢您的赏识!我能坐下来跟你一起喝一杯吗?"

李晓芳回头一看,顿时愣住了,那位深情的歌者不知啥时已至她的身旁。"可以,可以,您快请坐!"她心潮澎湃地说。

接下来的事情已不必多言。李晓芳与这位歌者越聊越投缘,两人都是相见恨晚,说着说着便自然黏在一处。一瓶红酒喝完,李晓芳便不忍继续待在酒吧。她快速付好账,紧紧依偎着这位歌者,以最快的速度回到了别墅……

"知道这位歌者是谁吗？"李晓芳说完上面那个故事，悠悠地问花巧凤。

"应该是郑经吧。"花巧凤答。

李晓芳轻轻点了点头，没再说话。

花巧凤这还是第一次听李晓芳说出她与郑经的陈年旧事，一时不知还该说什么才好，只好敷衍了一句："你对他要有信心，说不定哪天他一举成名了呢？"

"你听说过在酒吧里挣小费为生的人能成名吗？"李晓芳反问道。

"这个我不太清楚，应该有吧！"花巧凤应道。

"好了，不扯这个。你现当基金经理了，有没有什么好股票推荐推荐？我得自己赶快多挣点钱了。"

"现在的确是重新入市的好时机，但我现在是基金经理，按规定不能像以前那样随便告诉你哪只股票可以买哪只股票可以卖了。不过，你可以买我操盘的基金，买其他的指数型基金也行。"花巧凤说。

李晓芳听后，脸上的表情渐渐由晴转阴。花巧凤看在眼里，苦在心里，隐隐感觉到自己和李晓芳的姐妹情缘开始出现了裂痕。幸好越跳越欢的妙音再度把大家的注意力吸引了过去。为避免尴尬，花巧凤等不及妙音跳完，便率先鼓起掌来。妙音在众人的鼓励下，最后又跳了高难度的旋转动作，才神气十足地停了下来。

"跳得太出彩了！"曹鹏不禁从太师椅里站起为妙音送上热烈掌声。

"别只顾着为妙音鼓掌呀，我看乐乐早就坐不住了，我们也请乐乐为大家表演一个节目好不好？"郑经一边用纸巾为妙音擦汗，一边提议道。

妙音听爸爸说要让乐乐表演，也跟在后面嚷嚷："乐乐哥哥，来一个！"

乐乐在大家的鼓动下，大大方方走到旁边的空地上，深深鞠了一躬，说："大家好！我给大家表演一下少林拳吧。"说完，挺胸收腹，眼视正前，双手握拳，双腿蹬直，"嘿"地大叫一声之后，便纵身跃起，左冲右击，上下翻飞起来。

"好！"乐乐的表演赢得了大家的齐声叫好，妙音更是又蹦又跳，频频鼓掌助威……

两个孩子的表演把这场聚会推向了高潮，也多少掩盖了李晓芳的不悦之色。

是筵席，总有散了的时候。眼看夜色已深，两家人终于在互夸对方孩子的友好气氛中依依不舍地各回各家。

## 第三十六章

# 马遇伯乐成赤兔　凤逢李锋成明星

花巧凤的运气还真不错。自她接掌基金经理以后，南粤股价指数就开始在券商和有色股的带动下缓缓爬升起来。由于花巧凤对这轮行情看得很远，所以在她接掌基金经理初期就把肖越先前买入的一些前景不太明朗的行业和个股调出投资组合，大幅增加了券商股的仓位。同时，大宗商品的走牛也使她看到了有色股的希望，她也非常笃定地在组合里增加了有色股的比重。

到 2006 年 5 月中旬的时候，南粤股票指数已从花巧凤接手时的 2600 多点涨到 4300 多点，涨幅 65%。而花巧凤执掌的基金由于有大比例的券商、有色股，浮盈更是超过 80%，不仅跑赢大盘，还一举进入基金业前列位置。各种耀眼的光环随即铺天盖地而来，什么"明星基金经理""美女股神"之类她之前想都不敢想的称呼如影随形。在公司内部，李锋把各种荣誉、奖励毫不吝啬地给她；在公司外部，各种媒体、论坛无不以能请到花巧凤为荣。

面对突然的爆红，花巧凤开始时还不太适应，因为她原本就是一个恬静、低调的人。但随着抛头露面次数的增多，她渐渐适应了这种万众瞩目的状态，要是有那么一两天没人追着她问这问那，她反倒会感觉浑身不自在。

6 月份以后，南粤股价指数开始跌多涨少，越走越低。花巧凤执掌的基金净值也没再创新高。非但如此，其基金净值反倒有所回调。开始时大家也不觉得有什么，有涨就有跌嘛。但两个多月过去了，人们对股市的前景渐渐失去了信心，"反弹行情已经结束"的说法甚嚣尘上，一些技术派人士甚至以"大盘 M 头已构筑完毕"的说法，直接发出"熊市即将来临"的喊声。

大盘到底何去何从？大家都亟须得到一个明确的说法。但无论多厉害的专家或投资家都无法真正说服大家接受自己的观点。于是，广播、电视、报纸、杂志上的各种辩论多了起来。花巧凤就在 8 月初的一天就有关股市的热点问题接受了南粤电视台的专访。

主持人是一位帅气的小伙,但问起问题来,却丝毫不含糊。花巧凤刚一坐定,他就开门见山地抛出了一个极难回答的话题:"我们都知道您是一位金融学的博士,这两年在大为基金干得风生水起,而且听说您对当前的股票市场非常乐观。我想请教一个问题,您看南粤股价指数在未来的一两年时间内会到达什么点位?"

"先看1万点。"花巧凤略微沉吟后便脱口而出。

"您是说1万点?"主持人瞪大了眼珠,直愣愣地盯着花巧凤。

"没错。"花巧凤非常肯定地答道。

"这个点位可有点超出我们的意料!老实说,我还是第一次听人说出这样的点位,要知道南粤股价指数现在只有3800多点!请问是什么原因让您在当前股市连续下跌的情况下,还能如此信心满满?"

"这个很简单,首先是经济基本面好。过去3年,我国GDP增长率都在9%以上,而且逐年增加。从今年上半年公布的数据来看,GDP的增长率已经超过10%。不仅中国经济增速较快,从全球来看,经济都处在一个上升周期。有这么好的基本面,股市没有不涨的道理。"

"那为什么2005年以前,中国经济增速也很高,股市反而跌跌不休呢?"主持人问。

"那是因为股市上的其他条件还不完全具备。比如,资金供应。目前,中国经济发展较快,加上人民币升值比较明显,境外一些热钱都在想方设法进入中国境内,这么多热钱进来必然会推高国内资产价格。就股市来说,由于社保基金、保险资金和QFII等超级主力大规模进入A股市场,会为股市带来了大量的新鲜血液。有了大资金的进驻,股市岂有不涨之理?"

"您刚才说的是资金,我想请问还有什么条件是前些年不具备的呢?"主持人追问道。

"还有老百姓的参与热情。中国人有勤俭持家的美德,老百姓的存款意愿很高,2005年的储蓄率达到46%,而世界的平均储蓄率仅有20%。2005年我国百姓银行存款总额达到14万亿。你只要想一想,如果中国的储蓄率下降到世界平均水平,就会有七八万亿居民存款到股市和其他市场中去。现在老百姓参与股市的热情越来越高,有了他们的大力参与,中国股市不涨都难。"

"您刚才提到了老百姓的参与热情,但没有说出怎样才能激发他们的热情。"

主持人又问。

"老百姓的热情已经被激发出来了呀！你没见中国老百姓正在以空前的速度进行存款搬家吗？"花巧凤反问道。

"嗯,这个消息我先前了解一些。想知道是什么原因直接触发他们将存款搬家的吗？"

"简单地说是赚钱效应。当老百姓看到别人买入股票后很快就能翻倍,你想拦住都拦不住！"花巧凤稍稍停顿了一下,又接着说,"当然,除了上面讲的这些理由外,中国股市的制度性变革是股市继续走牛的最直接原因。"

"好！非常感谢您的精彩解答。我还想问最后一个问题,您认为这轮牛市具体会在哪年哪月结束？"

"这个问题不好回答。但我可以回答的是,只要股权分置改革没有基本完成,这轮牛市就不会真正结束。"花巧凤底气十足地回答。

花巧凤关于南粤股价指数能上万点的说法,经南粤电视台的传播,就像长了翅膀一样,迅速飞遍千家万户。有人坚信不疑,有人将信将疑,也有人视为笑话。但从此以后,她就有了"花万点"这个绰号。

花巧凤抛出"万点论"的那期电视节目播出以后,她的手机都快被打爆了。打来电话的不是亲朋,就是好友,也有不知从哪里找到她电话号码的普通股民。

最先打来电话的是李晓芳。她在电话里说:"巧凤,刚刚又看到你在电视上做节目了。讲得真好,其他的我也听不懂,但我就记得你说南粤股价指数要上1万点。如果真能涨到那么高,我宁愿卖掉两套房子来买股票！"

从李晓芳的语气中,花巧凤明显感觉到了孤注一掷的兴奋。她明白李晓芳现在可能真是手头吃紧了,否则不会想到卖房买股。她提醒李晓芳不要轻易作此决定,但李晓芳的态度非常坚决:"我们1998年买的房子,到现在整整8年过去,才涨了不到一倍。你在电视里上说今后两年内南粤股价指数就可能从现在的不到4000点涨到1万点,也就是还要涨至少一倍半,你说我能不把房子卖掉吗？除非你对股市涨到1万点只是说说而已！"

花巧凤赶忙说:"在电视上的发言岂能乱说？实际上,我认为1万点未必能止得住,因为要想完成股权分置改革,没有股市的大涨是不可能做到的。"

没想到李晓芳听说1万点未必止得住,反倒情绪更高了,她在电话那头激动地说:"怪不得现在大家都叫你'花万点'呢,原来你对股市这么看好！既然这样,我卖不卖房,你就不要管了,给我推荐几只牛股就行!"

"晓芳姐,我现在真不能再给你推荐股票了,否则,我饭碗不保不说,还很可能受到法律处罚。"花巧凤道。

李晓芳听罢,长长地叹了口气说:"巧凤,你变了!我现在正需要你的帮助,可你……哎!"

听筒里突然变得一片死寂。花巧凤对着手机连连"喂"了数声,对方却一点回应都没有。她把电话拨了回去,但李晓芳的电话已处关机状态。

就在花巧凤坐在沙发里发呆的时候,她的电话又响了。"一定是晓芳!"她快速打开电话,不是晓芳,是周易。他的声音依然那么洪亮:"'花万点',恭喜你呀!又看到你上电视了。"

花巧凤嗔道:"别人那么叫叫也就算了,周兄怎么也来取笑我?我上电视只是工作需要,因为大为基金准备再发几只新产品,领导希望我多在媒体上露露脸,好吸引大家买我们的基金。"

"哈哈!我哪里取笑你了?'花万点'这个绰号喜庆,许别人叫为何不许我叫?"

"算了,不跟你贫了,爱咋叫就咋叫吧!"

"嗯,这还差不多。不过,我感觉你对南粤股价指数涨到1万点的判断显得稍稍保守了一点。"

"周兄也是这么想的吗?太好了!其实我也没把话说死呀,只是说先看到1万点。这样多少可以留些余地,等到上了1万点再调整预期嘛!"

"嗯,还是这样好!不能像那些大忽悠专家一样,一上电视就胡言乱语。"

周易的电话多少把花巧凤从刚才的不适情绪里拉了回来。花巧凤想:还是周易兄善解人意!也不知钟总最近怎么样了,这么好的入市机会,他要是能抓住了,说不定很快就可以翻身。想到这里,她主动给钟逸勤拨去了电话。

两人又有一段时间未曾见面,连电话也打得不多。钟逸勤听到花巧凤的声音有些激动。他颤巍巍地说:"花总,你现在成名人了,非常感谢你,还记得我这个老朋友!"

"哪里哪里!我和以前一样,仍旧是个打工仔,只是现在因为工作需要,会经常在媒体上露露脸而已。"

"你们公司那么多人,为什么不要别人露脸?还是你优秀呀!我刚刚在电视上看过你的节目,你说南粤股价指数会上1万点,讲得太好了!我坚决支持!"

"钟总,我们也是多年的老朋友啦,您既然这么鼓励我,我也就不再谦让了。今天给您打电话主要想了解一下您的近况,有没有需要我帮忙的地方?"

"帮忙倒是不需要了,我已经从前期的失落中走出。上次聚会后,我用手中仅有的几十万资金放了三倍的杠杆,融了些资金,加在一起有200多万元,正好抄了个底,买了几只重组股,现在总资产已经有600多万了。今天听你对大盘指数这么乐观,我信心更足了!"

花巧凤从钟逸勤的语气中感觉他的确比先前大为改观,心里颇感欣慰。但一听他说又在放杠杆融资,不禁为他捏了一把汗。她想给钟逸勤提个醒,便说:"钟总,大盘前景的确比较乐观,但使用杠杆还是千万千万要小心呀!"

"谢谢你的提醒!这个我自己也考虑过,上一次破产就是因为放了杠杆。按说我现在不能再做同样的事情了,但既然现在上涨趋势未完,我如果不使用杠杆,什么时候才能重新回到破产前的水平呢?"

听了钟逸勤的解释,花巧凤半晌没有言语。从趋势上说,现在的点位的确不高,大盘再创新高的可能性非常强烈;从交易策略上说,每个人都有自己的独特之处,她花巧凤认为对的未必就真对,她花巧凤认为有风险的,或许正好是个大机会。

后来,还是钟逸勤打破了沉默:"花总,怎么不说话了?"

"哦,我只是在想,要不要更坚决地阻止您放杠杆,但又没有很大的把握。"花巧凤应道。

"谢谢!我都想清楚了,只要你对大盘有信心,我就可以用杠杆。我知道,你作为基金经理,一般不会跟人讨论个股问题,我也不想为难你,不会追着要你推荐股票。但我可以告诉你的是,我的选股方向跟你的完全不一样。我现在只做题材股,这些股票一旦被抓住了,涨得快,不涨则已,一涨就是几倍几倍地翻。我需要尽快回复到破产前的水平。"

钟逸勤的话再次激起了花巧凤的担心。但她明白,人家有人家的想法。作为朋友,除了提醒和默默祝福外,她别无他法,只好再次提醒钟逸勤注意风险并祝他好运。

曹鹏晚上到家时,花巧凤的电话还在响个不停。但曹鹏对她的"万点论"似乎并不太关心,只是绕到花巧凤坐着的单人沙发背后,伸出两只宽厚的大手轻轻地捻着她的耳垂,说:"你老是这样把工作带回家里,不要累坏了身体!"说完,低下头从花巧凤的后脖颈一直亲到她的脸颊。

花巧凤放松地往身后的沙发上靠了下去,微闭双眼,半启朱唇。似在迎合曹鹏的温存,又似在享受难得的安宁。曹鹏把嘴盖在花巧凤的朱唇之上,腾出一只手夺下花巧凤紧紧握着的手机,使劲按下关机键。花巧凤的手机热得烫手,曹鹏心里一阵阵酸楚。他起身绕到花巧凤侧面,用一只胳膊托着她的脖子,一只胳膊托起她的大腿,慢慢把她捧起来,轻轻放在床上。"你需要休息了!"曹鹏说完,对准花巧凤的朱唇又轻柔地吻了一下,兀自到卫生间洗漱去了。

可能是太累的原因,花巧凤竟很快熟睡过去。是的,她的确太累了。白天要早早起床,马不停蹄地开晨会,看研报,下指令,带团队,忙调研,跑市场,做节目……晚上在家,还要继续研读海量研报,接听或打出一个又一个电话,构思一个又一个的投资策略……

第二天下午收盘后,李锋一个内线电话把花巧凤叫到了他的办公室。未待花巧凤坐稳,李锋就迫不及待地说:"巧凤,你最近出镜率挺高啊,可喜可贺!"

"谢谢李总关心!要说出镜率高,那是因为公司特别是您给我提供的平台好,否则哪有我露脸的机会?!"

"没想到你还挺谦虚的!"李锋端起茶杯,轻轻吹了吹浮在上面的茶叶,小心撮了一口热茶,接着说,"不错,你是我招进来的,后来的提升也是我极力推动的,但最根本的原因还是你自己有这个实力,所以,什么谢不谢的,以后就不要说了!"

"李总,瞧您说的,就算我有天大的本事,没有您的赏识和大力启用,我也不会有今天的成绩。所以无论何时何地,我都不能忘记您的关心和支持!再说了,我在来大为之前,也赶了不少招聘会,接受了不少面试,但那时股市行情极为低迷,竟没有几家单位愿意录用我,最后还不是您果断地给了我这个机会吗?"

花巧凤的几句话把李锋说得开怀大笑:"巧凤呀巧凤,没想到你还挺会说话的!也是我们有缘,在中成证券的时候,我就知道你非常能干。那时我虽然是证券公司总经理,但不直接分管你,分管你们营业部的欧芬对你又有成见。所以虽然非常看好你,却又帮不上你什么忙。"李锋又低头撮了口热茶,"不过,现在好了!我们又可以一起合作了!"

"真是太感谢您了!您今天找我还有什么事吗?"花巧凤因为接下来还要同团队的小伙伴们一起开会研究新基金发行事宜,所以不想在李锋这里耽搁太多时间。

"哦,你看我,绕了半天,正事倒忘了说。是这样的,你昨天在电视上的发言我也注意到了。你说南粤股价指数会上万点,这对激发大家购买咱们的基金当然是好事,我要代表公司向你表示感谢。目前,市场情况这么低迷,南粤市场一天的交易额不超过 100 亿元,中航国际一上市就跌破了发行价,在这种情况下你提出'万点论',既需要扎实的专业能力,又需要有敢为人先的魄力。但是你有没有想过,如果到时候大盘上不了万点,你该怎么办?"

"谢谢李总关心!对大盘能不能上万点这个问题,我们经过仔细地研究分析,我个人还是很有把握的,具体理由已经在前两天给您的报告里说得很清楚了。不仅如此,我实际上看得更高一些,但当前不宜说得过满。至于如果大盘上不了万点我个人该怎么办这个问题,我倒是真没有考虑过,只能听天由命了。不过,我们基金的投资策略中有仓位控制和回撤的具体应对措施,基金净值本身不会有大的问题。"

李锋看了眼花巧凤,点了点头,说:"我很欣赏你这种小心求证、大胆探索的工作精神!真要是大盘到不了 1 万点,也不要有思想负担,大盘指数是各种市场参与者共同博弈的结果,谁要是真能猜准,那还不成神仙了?另外,我前面提到的中航国际破发一事,你怎么看?"

"这个呀?我正要跟您汇报呢!中航国际一上市即破发的情况在 A 股有史以来还没出现过。这说明当下市场里人们的情绪比较悲观,以为这只股票是在大盘构筑头部时发行的,发行价已经充分反映了它的市场价值。而我和我们的团队恰恰认为,当前大盘只是上升趋势中的调整,因此,中航国际的发行价不是太高,而是偏低。事实上,从我们近期的调研结果来看,中航国际今年业绩翻番应该不成问题。这样的话,它的股价在当前位置至少可以上涨一倍。再加上大股东承诺今后几个月内会大比例增持,国家还要推动更多的国字号大盘股发行上市。所以无论怎么看,中航国际现在的股价都是最安全,甚至是低估的。我打算在我们基金的组合中大幅增加中航国际的头寸!"

花巧凤说话的时候,李锋频频点头。待她说到要增加中航国际头寸时,李锋一拍桌子,大声说:"好!放开干,我坚决支持!"花巧凤看着被震得四处飞溅的茶水,感觉一股暖流迅速转遍全身。

## 第三十七章

# 文东把酒话沧桑　曹鹏举杯谢贤妻

8月底以后,南粤股价指数在大盘股的带动下逐级走高。花巧凤管理的基金由于主打绩优大盘股,其净值增长几乎与大盘同步,到11月底的时候,基金净值就增长了30%以上。但大盘点位距离她所说的1万点还有不少的距离,所以她对基金仓位基本没作太多的调整。

12月底的一个周末,巧燕打电话说老家来了一位熟人,叫花巧凤务必晚上留出时间陪这位熟人吃顿晚饭。花巧凤手头正忙,也就没有去猜测到底是哪位熟人到来。

傍晚时分,花巧凤带着乐乐一起来到了巧鸭担任店长的凤鹏徽菜馆第三家分店。巧鸭知道大姐难得来饭馆吃饭,已早早在店门口等待。乐乐见到巧鸭,叫了声"四姨好",便一个人溜到一边玩耍去了。花巧凤问巧鸭到底是哪位熟人到来,巧鸭还是不肯说。花巧凤没有再问,随着巧鸭来到了二楼的包房。待巧鸭推开门,花巧凤一下子惊住了。包房里一位西装革履、气宇轩昂的中年男士和一位身材窈窕、面容姣好的年轻女子正悠闲地坐在旁边的沙发里喝茶,见花巧凤进门,赶忙从沙发里站了起来。

"文东叔,我道是谁呢?原来是您大驾光临呀!"花巧凤笑容满面地与来人打着招呼,却将眼光不经意地扫向旁边的年轻女子。

"巧凤,多年不见,你现在事业炉火纯青呀!来来,我给你介绍一下。"花文东用手指了指年轻女子,"这位是你们的小婶子,姓张,大名张翠翠。"

花巧凤心想,怎么又出来个小婶子,那年回家,你不是带过一个回去吗?但想归想,这种话还是不能直接讲出口的。出于礼貌,花巧凤向这位张翠翠笑了笑,说:"小婶子好!"

几人说话的工夫,巧鸽、曹鹏及乐乐、巧燕夫妇分别赶了过来。宾主围着大圆桌很快落座,服务生按照巧燕事先的安排开始端上徽式冷菜。

曹鹏开口问:"今天文东叔和小婶子远道而来,我们兄妹们连同孩子也是托您的福,才有机会坐在一起吃顿饭。眼看就要过年了,我们今天多少喝一杯,算是提前吃顿团圆饭吧。店里红酒、白酒、黄酒、啤酒都有,不知您喜欢喝什么样的呢?"

"白酒我倒是能喝几杯。不过,今天就不喝你的酒了,我特意带了几瓶酱香型老酒。"花文东诚恳地说。

"文东叔,您太客气了!到我们饭店做客,哪能让您亲自带酒呢?"曹鹏急忙伸手制止。

花文东并没理会,而是站起来,转身从放在一边的袋子里取出两瓶酒放在桌上,说:"这酒是我从茅台镇酒厂老板手里直接拿过来的,30年酱香陈酿,在外面很少能见到。老板是我的好朋友,这酒绝对货真价实、价廉物美。如果要摆派头,当然是飞天茅台比较长脸,但是家庭聚会,还是喝这种陈年佳酿比较实惠。"花文东说起酒来,兴奋之情溢于言表。

曹鹏见花文东诚心要拿出自己的酒,也就不再推辞,令服务生拿来分酒器和小酒杯。花文东打开瓶盖,在三只分酒器里分别倒上一些,一股甘甜的酒香迅速在房间里弥漫开来。

曹鹏随手取过一只分酒器,对着亮光仔细看了看,那微黄的酒体似乎在无声地述说着岁月的沧桑,"不错!看样子是有些年份了。"他又将分酒器凑到鼻子底下轻轻闻了闻,再声说道:"酒香浓郁,果真是好酒!"说完提起分酒器,准备向小酒杯里斟酒。

花文东用手一挡,说:"这种酱香酒生产周期长,从踩曲、投料,到九次蒸煮、八次发酵、七次取酒,整整需要一年时间,之后还要经过多年的储存,再拿出来精心调制,包装,才能最终走上我们的餐桌。所以在喝前一定要稍微醒一会,等酒分子与空气接触一会,这样喝起来才会更加爽口。"

"文东叔,您对酒这么在行,现在不会是改行烧酒了吧?"花巧凤忍不住开口问道。

花文东连连摆手说:"没有没有!只是爱好而已。再说,酱香酒也不是那么好做的,就算学会了生产工艺,离开茅台镇那个特别的环境,也休想烧出同样的好酒。我现在做的是钢贸生意,平时应酬多,交了不少酒友。所以对酒的好坏,特别是酱香型酒,多少还是有些发言权的。"

花巧凤虽然也能喝些酒,但对酒本身并不是太感兴趣,对花文东所说的钢贸生意倒是有些熟悉。前阵子,花巧凤还带领团队就钢贸业务做过专题调研,知道这是近些年比较火爆的行业,就说:"您又做上钢贸生意了,怪不得现在这么财大气粗!"

"看你说的,我哪里财大气粗了?小钱多少是赚了一些,暂时还没有发大财。最近大家都说炒股赚钱快,我在电视上也经常看你节目,今天过来,不仅要看看你们,还想请你给我指点一下股票该怎么炒。"花文东道。

"我看这酒也该醒得差不多了吧?要么我们先喝起来,边喝边聊如何?"曹鹏说着话,为几只小酒杯里分别斟上酒,"来,今天我们就用文东叔的美酒欢迎文东叔和小婶子光临南粤!"说罢,一仰脖子喝将下去,然后咂了咂嘴,说:"好酒!黏稠、清冽、回味悠长!的确不同一般!"

三杯陈年酱酒下肚,花文东的情绪开始高涨起来。他挺直脖子,两眼迅速扫视了一遍满桌的美味佳肴,感慨道:"时间过得真快!这些年真像做梦一样,没想到我花文东这辈子还能坐在这么高档的饭馆里享受中国名菜。"

花文东说话的工夫,花巧凤的脑海里渐渐浮现出那个裹着破棉袄,系着烂草腰,趿着开口鞋,流着浓鼻涕的少年花文东形象。她努力在眼前这位衣着光鲜、身材魁梧、底气十足的状汉身上找到他当年的影子。然而不管她怎么努力,都无法将这两个形象对得上。莫非眼前这个人是别人冒名顶替的?然而,这一念头仅仅一闪,就连她自己都差点乐了,心想:"许你一个农村小妮子考上博士,成为几十亿基金的管理人,就不许人家吃饱肚子当上大老板?"

"巧凤,你在乐啥呢?"花文东问。

"哦,我在想文东叔您可真能干,当过农民,做过小工,学过裁缝,捡过垃圾,卖过安利,现在又做起了钢贸。"花巧凤收起笑容,非常认真地回道。

花文东听罢,低头沉吟片刻,说:"你说得没错,这些行当我都做过。最苦的就是当农民。你知道,我上小学时候成绩太差,连初中都考不上,只好回家当农民。哎!那时候年龄太小,家里又穷,每天连三顿少油寡盐的粗粮饭都吃不上,走起路来腿发软,头发晕,哪能干得动地里的重活?但我是家里的老大,你小奶半身不遂,你小爷又好赌,我只能硬着头皮干了。夏天脱层皮,秋天累断腰,感觉每天都长得像一年一样,经常是刚见到太阳露脸,就盼着它赶快落山。就算这样,一年下来也赚不到几个钱。"

"真是不容易!我小时候在家也没少干农活,真是太苦了,现在想起来都怕得慌！"曹鹏接过花文东的话茬说。

曹鹏说完，在座的除乐乐外，全部陷入了沉思。

"四姨，你们都怎么不说话了？"乐乐摇晃着坐在身边的巧鸭胳膊嚷嚷道。

乐乐的话把全桌人的目光都吸引了过去。花文东看着乐乐胖嘟嘟、红扑扑的脸蛋，心中暗自生羡，他笑呵呵地对乐乐说："这一桌人，除了你，都受过干农活的苦，我们像你这么大的时候，个个都瘦得皮包骨。"

乐乐仍然不解，又问："这与你们说不说话有什么关系呢？"

"当然有关系啦！大家一想到当年那种吃不饱、穿不暖的日子，都怕得慌！"一直没有怎么说话的巧燕老公解释道。

乐乐似懂非懂地点点头，开始专心喝自己的饮料，不再言语。

"我记得文东叔刚开始外出打工的时候，也过得很苦。"巧燕见大家都不说话了，就添了一句。

"没错！我和你伯他们好容易在建筑工地上干了几个月，工钱居然被包工头卷跑了。家里又到了麦收的当口，你伯他们没办法，就卷铺盖回老家了。我好不容易出来，不想稀里糊涂回去，就留在了天海。先是跟人学裁缝，因为太笨，老是把人家衣料弄坏，没多久就被老板撵出门去。我没有其他活路，只好白天捡垃圾，晚上睡桥洞。慢慢跟人学会了贩卖垃圾，这才渐渐好起来。"花文东说着说着，眼神变得迷离起来，仿佛又回到那不堪回首的过去。

曹鹏见大家好容易聚在一起，提到过去竟心情变得这么沉重，就端起酒杯说："好在那时候的苦早都过去了，今天大家好容易聚在一起，还是多说点开心的事吧！来，我们用文东叔的好酒再敬文东叔和小婶子事业越做越顺，日子越过越美！"

"还是侄女婿讲得好！来，我们一起再干一杯，希望那种苦日子从此与我们和下代人再没关系！"花文东喝完杯中酒，转身问花巧凤："你经常在电视上说股市，怎么没见你推荐过股票？"

花巧凤说："说说股市，讲讲大盘，那是我的工作需要，也是我担任这种工作的人可以说的。但是我不能公开推荐股票。"

"哦，是这样。"花文东点点头，又问，"私下里推荐一下可以吗？"

"也不行，就算向自家亲戚推荐也不可以。你要是想买基金，我倒可以推荐一下。"花巧凤答道。

"我对基金更不太了解。股票倒是买过几只，还是股票的钱赚得快，比我做钢贸来得还要快！"花文东提起股票，情绪又开始高涨起来，"几个月以前，一个朋友向我推荐了 100165 南粤铜材，我听成 100156 东山旅游，就花了百十万买了一些。买过以后，因为太忙，也没有再去过问。前段日子，朋友问我南粤铜材买了没有，我一听就傻眼了，就问他'你给我推荐的不是 100156 东山旅游吗？'朋友听后脸都绿了，把我狗血喷头教训了一通。我被他训得叫苦连天，心想被他训了事小，要是买了不该买的烂股票，那可就亏大了！吓得我赶紧打开账户，不看不要紧，一看我愣住了。你们猜怎么了？"

一桌人听后，纷纷猜测：一定是亏了一大笔！只有花巧凤平静地说："东山旅游是一只比南粤铜材更牛的股票，如果我没有说错的话，文东叔至少赚了一倍的钱！"

"对！还是巧凤明白！没想到我误打误撞还能赚上一大笔钱。还是股票好做，来钱快呀！"花文东两眼放光地感叹道。

"不是股票好做，而是您正巧碰上了大牛市！"花巧凤本不想坏了花文东的兴致，但又担心花文东被这次的偶然赚钱经历冲昏头脑，导致他今后吃大亏，只好当头给他浇上一点凉水。

"哦。"花文东略微收敛了一下眼中的光芒，但他很快又恢复了刚才的兴奋，接着说，"管它好做不好做，反正都不会比我收垃圾、做钢贸更难了！既然赶上了大牛市，我为什么不加大本钱赌一把？巧凤你就直说吧，牛市还能走多久？"

花巧凤本欲令花文东冷静一下，没承想他听不进其他的话，就听到"牛市"俩字了！她明白，要想轻易说服这个白手起家、一路冒险闯关的文东叔改变主意，那可比登天还要难！只好对他说："这个谁也说不准！"

花文东仍不死心，盯着问道："你不是经常在电视上说，这轮牛市要上万点吗？"

"没错，我是这样说过。但我说的万点是指南粤股价指数，不是所有的指数都能上 1 万点。从空间上来看，南粤股价指数涨到 1 万点还有 60% 以上的距离。从时间上看，这就说不准了。有可能几个月就能到，也有可能一年两年都到不了。文东叔您是要赚快钱的，如果真要一两年才能长到 1 万点，即使你能够赚 60% 多的利润，恐怕也不如做钢贸赚得快！"花巧凤认真地说。

"嗯，这么说我还真得好好考虑考虑了。"花文东呷了口茶说，"要么我就少放点钱在股市里吧。"

"这样要好一些！你要把钱放在自己更熟悉的领域,股市可以做,但在你对它熟悉之前,不要放太多钱在里面。"

曹鹏见两人说得差不多了,提起酒杯站起来对花巧凤说:"别光顾着说股票,文东叔大老远来到南粤,我们一起给他和小婶子敬杯酒吧。"

"对,我都差点忘了！"花巧凤也提起杯子站起来恭恭敬敬地对花文东和他身边貌美如花的小婶子说:"祝文东叔和小婶子生意兴隆、财源滚滚！"

花文东不紧不慢地端起杯子,轻松地笑了笑说:"好,先不管他生意兴隆不兴隆,心意我们先领了,这酒我们一定喝掉！"说完,仰头喝了下去。

花巧燕两口子见大姐、大姐夫都敬酒了,也恭恭敬敬起身给花文东和小婶子敬酒。

花文东再次豪爽地喝下杯中之酒,啪的一声把酒杯往桌上一放,说:"你们文化人喜欢说'他乡遇故知',没想到我在他乡遇到了这么多的亲人！巧燕,听说你现在干得也不错,能透露一下你具体做什么业务吗？"

"我们主要搞物流配送,最开始的时候只是帮我姐夫送送菜啥的,干着干着路子熟了,我们就试着给其他的饭店也送送货。就这样,慢慢有了些余钱,买了自己的第一辆小货车。再后来,人手不够,就开始雇人帮忙。现在我们加起来有十六辆运货车、一处仓储配送中心,雇的工人有五十多号人了。生意干得还行,就是苦了点。其实,在南粤这个地方,只要你愿意吃苦,总能找到适合自己的事情做。"花巧燕简明扼要地介绍了自己的情况。

"你也很了不得！我记得你很小的时候就有闯劲,初中刚毕业就到天海打工,你能有今天也不是平白无故的呀！"花文东跷起大拇指说。

"文东叔,您才了不起呢！吃了那么多苦,独自一人闯了一片那么大的天地！"花巧燕回道。

"是呀是呀！文东叔才厉害呢,我和巧燕这里毕竟还有大姐、大姐夫的关照,您可是单枪匹马闯出来一片天地。巧燕平时没少提到您,您的故事我们都清楚,是我们学习的榜样！"巧燕的老公钱途顺着巧燕的话说道。

"哈哈！我哪有你们说得那么厉害。"花文东摆了摆手说,"其实我们大家都不容易。最不容易的是你大姐,她一个女孩子最先来到南粤,虽然没听她说过吃苦的事,但是我们闭着眼睛都能想到她当时有多不容易！"

花文东的话一下子勾起了曹鹏对往事的回忆,一屋人除了花巧凤自己就只有他清楚花巧凤当初为什么要来南粤、来南粤后又吃过哪些苦头。他心情沉重地对花文东和花巧燕姐妹们说:"文东叔说得没错!巧凤能有今天,这一路吃的苦头可真不少!我有一个建议,文东叔远道而来,前面已经喝了好几杯,我们先让他歇一会,吃点菜,我来和你们几位一起向你们大姐敬杯酒吧!没有她为我们打前站,就不可能有凤鹏徽菜馆,也不会有你们今天在南粤这么好的日子!"

曹鹏的话刚落音,巧燕、钱途、巧鸽、巧鸭4人呼啦一下全都站了起来,个个恭恭敬敬举起手中的酒杯或饮料杯,在曹鹏的率领下齐刷刷喝完了杯中的酒或饮料。

曹鹏、钱途和众妹妹的行动令花巧凤始料未及。她一时不知该如何回应才好,只是木然地站起身,脸颊轻轻抽搐了几下,一滴豆大的泪珠瞬间落了下来。

"妈妈,你怎么哭啦?"乐乐放下手中的筷子,跑到妈妈身边,把她按进太师椅里。

"没啥!妈妈这是高兴呢!"花巧凤轻轻抚着乐乐的后背,重新站起来,端起手边的饮料对花文东和曹鹏说:"噩梦总有过去的时候,我们现在过得都挺好。感谢文东叔的理解!感谢曹鹏的支持!"说完喝了口饮料,又对几个妹妹和钱途说:"我们一起努力吧,只要足够坚强,天下没有过不去的坎!"

## 第三十八章

# 花巧凤镇定持仓　蒋小瑛暗中砸盘

12月29日是2006年的最后一个交易日。从秋季以来就一直坚定上行的中航国际,突然发力涨停,一些有色、钢铁产业的大盘股也跟着大涨起来。花巧凤执掌的基金因为投资组合中以中航国际及其他绩优大盘股为主,净值高达1.55,轻松摘得当年基金业年度冠军称号。

2007年1月4日,以中航国际为主的大盘股再度联手强拉涨停。正在紧张盯盘的花巧凤思绪被一阵敲门声打断,她伸手按了一下遥控开关,房门吱呀一声打开了,她的助手之一胡笃仁局促不安地闪了进来。

"有事吗?"花巧凤柔声问道。

"有,有一点。"胡笃仁两手搭在一起,极不自然地来回搓着。

胡笃仁是花巧凤执掌基金后,从南粤大学金融系招聘的应届硕士研究生。虽然与她不是同一个导师,但既然都从南粤大学金融系毕业,也算是同一个专业的小师弟,平时对他照顾有加,悉心培养。胡笃仁个头不高,长相清瘦,戴幅黑框眼镜,看起来文质彬彬,人非常聪明,干起活来手脚也很麻利。见胡笃仁比较紧张,花巧凤没有多问,而是面带笑容地看着他,似乎在说:"不要紧,有话只管说!"

"是,是这样的,年前年后大盘股涨得厉害,我看QQ群里很多人都说'大象起舞,小票难',元旦前后这两天大盘股涨得吓人,今天咱们的基金净值也上升了不少,万一哪天大盘股也像小票一样突然掉头向下,现在的浮盈不就没了吗?"

花巧凤感觉胡笃仁纯属杞人忧天,却并不想打击他的积极性,毕竟大多数人看到自己股票大涨,开心还来不及呢,谁会想到担心呢?于是便示意他坐下,问:"别人看到手里的股票涨都很开心,你为什么反倒担心起来了呢?"

"我在书里看过'别人贪婪我恐惧,别人恐惧我贪婪'的说法。现在大盘股这么涨,肯定有很多人在贪婪地抢筹,在这种情况下,我们不是要恐惧吗?"胡笃仁说。

"嗯,是有这么个说法。不过,你还记得当初我们为什么要买这些大盘股吗?"花巧凤问。

"知道。第一,因为这些股票的估值低于正常水平;第二,因为这些大盘股的盘子大,对于我们这样几十亿规模的大资金来说,买入大盘股可以保持很好的流动性;第三,也是最重要的一点,股权分置改革使中小投资者真正有了同股同权的权利,并且股权分置改革完成后,上市公司的经营水平可能大幅提高,盈利能力也会跟着大幅提高。"胡笃仁说起买入大盘股的理由来,如数家珍一般。

"嗯,很好!那我再问你,现在这些股票的估值高于正常水平了吗?"花巧凤又问。

胡笃仁挠挠头,眼睛木然地盯着地面说:"现在大盘股的估值还真很难说,比起发达国家同行业的蓝筹股估值,咱们的大盘股估值总体上还是高了不少。但与这些股票的历史估值比较,现在还不算高。"

"好!既然还不算高,那我们为什么要急着卖呢?"花巧凤追问道。

胡笃仁拍了拍脑门,说:"我晓得了,这轮上涨以后,大盘股的估值水平应该有回到历史高点附近的可能,所以在这之前,我们不应该受股票涨多涨少影响。"

"理解得很准确!"花巧凤又点点头,表示认同,"我再问你,我们买入大盘股的第二个理由现在发生变化了吗?"

"好像也没有。大盘股的流动性现在依旧很好,不存在卖不出去的问题。"

"嗯,关于这一点就不多说了。你再想一想,现在股权分置改革结束了吗?"

"没有。目前至少还有一半上市公司的股权分置改革没有完成,并且据说这些上市公司的股权分置改革难度更大。"

"这就对了。简单易行的事情早就被做掉了,现在留下没改的大多数都是一些硬骨头。那么你认为管理层会放下这些难啃的硬骨头不管了吗?"

"应该不会吧。"胡笃仁不太确定地答道。

"不是应该不会,而是肯定不会。半途而废对谁都没有好处,况且已经有了那么多股权分置改革成功完成的先例,怎么说都会继续推进下去。所以,只要股权分置改革没有基本完成,这一轮牛市就不会结束。"

"这么说,我们只要看准股权分置改革的进程就行了?"胡笃仁似有所悟地问。

"是的,这是本轮牛市的最根本原因,也是我们基金何时需要大幅减仓的一个重要指针!"花巧凤语气肯定地说。

"花总,我都明白了。您先忙,我回去了。"

"行,回去吧。你要记住,我们在做股票投资时要清楚自己投资的理由是什么。如果准备卖出,首先要问问自己,当初买入的理由是不是发生了变化。如果发生变化,或者发现当初的理由不正确,可以做出卖出决定。反过来,就要坚定持股。千万不要被乱哄哄的市场情绪左右了自己的决策。"花巧凤又补充说了几句。

正如花巧凤所言,南粤股价指数的确没有因为胡笃仁等人的忧虑而立即掉头往下,而是不断创出新高。到1月中旬的时候,中航国际就在上年12月28日的基础上,又上涨了70%以上,南粤股价指数也上涨了25%以上。


2007年2月14日是春节前的倒数第二个交易日。南粤股价指数继续高举高打,到收盘时大涨2.61%。下午收盘后,花巧凤召集基金团队商讨节前策略。核心议题是持股过年还是持币过年。

有人说,从去年秋天开始,南粤股价指数在大盘蓝筹股的带动下,一路上行,几乎没有过像样的调整。1月底2月初的时候,虽然指数有过几天的短暂震荡,最大跌幅曾高达7.6%,但仅仅一周以后,大盘指数就继续稳步上行,不断创出新高。没有只跌不涨的股市,也没有只涨不跌的股市。我们的基金虽然有仓位要求,不能真正做到空仓。但是年前最大程度降低仓位,还是非常应该的。

也有人说,现在大盘走得的确很猛,很多个股早就翻了几倍,按说也该狠狠地调整一下了。但是这一轮上涨是在经历了过去六七年的漫长熊市后,才好不容易出现的恢复性行情,不会只涨三四个月就熄火。所以根本用不着担心春节一过市场就会立即转熊,持股待涨是当前的正道。

花巧凤认真听着每一个人的发言,还不时记着笔记。但她没有急于说出自己的观点,而是耐心等待每一位团队成员都做出发言。

"我感觉你们说的都有道理,但又都没有讲到点子上。"

正在低头记笔记的花巧凤抬头一看,原来是前些天劝她减仓的胡笃仁。

"春节长假的确时间有点长,整整有5个交易日不能交易。而在我们休市期间,国外股市照常开门,这大概是我们休假期间最大的不确定性因素。不过,依我看,世界经济目前总体形势不错,就算变差,也应该有个过程,不会在10天之内一下子就不行了。另外一个不确定性因素就是自然灾害等突发性风险。但是这类风险对股市的影响短暂,不会改变市场的正常趋势。所以我认为,在当前的环境下,讨论持股还是持币意义不是太大。股市春节后大概率会按照现在的趋势运行。"胡笃仁接着说。

"按你的逻辑,股市就这样一直涨下去,永远不会回头吗?"团队中有人忍不住问了一句。

"当然不会。花总当初带我们建立现在的仓位时除了考虑估值、流动性以外,更重要的是考虑到了股权分置改革这个触发因素。我之前对这个触发因素认识得也不够,前几天跟花总请教后才稍微明白一些:既然这轮行情是股权分置改革引起的,那么在其他条件没有明显变化之前,这轮行情也大概率要在股权分置改革基本完成后才会结束。另外,我还注意到,以前每轮牛市结束之前,管理层都会因为对股市的疯狂不能容忍而出手打压,但这轮牛市以来,管理层还没有发出对股市不满的声音,更别提出什么直接打压股市的措施。"胡笃仁从容应道。

胡笃仁的发言引起了花巧凤的注意。她对胡笃仁本来就印象不错,现在见他不仅对自己的思路理解得很准确,还有了新的补充,感觉非常满意,就插了一句:"笃仁刚才讲得很好,特别是对政策信号的理解很有新意!新中国的股市总共才运行不到 20 年,属于新兴市场,不健全的地方很多。虽然大家都希望能在一个不受干预的市场中交易,但目前来看,股市还不可能没有管理层的干预。所以在管理层发出明确政策信号之前,市场的趋势一般不会发生大的变化。"

花巧凤说完以后,大家不再言语。她是基金经理,是基金产品的第一责任人。她既然决定保持仓位不作大的调整,也就是持股过年,其他人也就没有什么好说的了。但别人不说,不代表没有其他的想法。花巧凤就看到先前主张降低仓位、持币过年的团队成员面露怀疑神色。该说的已经说过了,她不想再解释,也没有必要反复解释。在股市里搏击,每一天都会遇到大量的不确定性。有人一战成名,有人一夜破产。但只要有赚钱效应存在,总会有新人揣着发财梦不断往里面冲。她管理的是公募基金,赚的钱会被基金购买者分走,按大为基金公司的机制,她自己多少也能得到相应的奖励。所以尽可能把基金净值做上去,既是她自己的职责所在,也是她自己的利益所在。想清楚了这些问题,花巧凤果断做出维持仓位、持股过年的决定。

春节前的最后两个交易日,大盘继续保持强势。2 月 15 日,南粤股价指数大涨 3.21%。2 月 16 日,南粤股价指数以几乎与上个交易日持平的涨幅,平静地结束了春节前的交易。花巧凤看着电脑上不再闪烁的股市行情,深深换了几口气。虽说她继续看多后市,但也深知市场瞬息万变,风险说来就来。春节之后市场到底会怎么走,她其实也没有十足的把握。既然已经做出抉择,并且也为市场可能的大跌做好了预案,那就只好听天由命了,该承担的风险还是要承担的,该承受的压力也是要承受的。

春节期间,国内外形势平稳。虽说人们在相互拜年走动时,谈得最多的还是股市,不少人提起股票还撸胳膊卷袖子,准备大干一场,但春节之后的首个交易日,股市并没有因此大涨,只是延续了节前最后一个交易日不温不火的走势。截至当日收盘,南粤股价指数收涨0.05%,仅比前一个交易日涨了0.02%。

走势平稳意味着长假因素得到了彻底的消化。但大盘毕竟从去年8月以来连涨了半年,累计涨幅翻了一番。有句话说,"不在沉默中爆发,就在沉默中消亡"。花巧凤从节前节后连续两个交易日的平静中多少嗅出了点异常。她感觉胸口有点发闷,喉咙也有点痒痒。这到底是怎么了?她攥紧拳头往胸口上轻轻捶了几下,又抿了几口温水。还是闷!还是痒!她从座椅中站起来,在房间里来回踱着步。她所在的楼层是5楼,在这幢40多层的大楼里,属于相对底部区域。这里远离南粤湾,看不到大海,花巧凤目光所及是鳞次栉比的楼房,一幢更比一幢高。

踱着踱着,花巧凤突然有了一个奇怪的感觉:股市似乎与这些大楼相像,你如果只在屋里待着,并不会觉得自己所在的楼层有多高。但假如你从窗子往下看,哪怕自己只是站在5楼,也会感觉已经站得很高了;假如你从窗内往上看,就会发现自己其实所处的位置还很低。股市不也一样吗?现在我们感觉指数涨得高了,那是因为我们从前根本没有到达过现在的高度,而现在的高度未必就是最高点,等再过了一段时间以后,回头再看现在的K线图,一定会感觉目前这个高度根本就不算什么。想到这里,她发现自己不再胸闷,嗓子也不再发痒。她心里暗自好笑:原来自己对股市也有恐高症!但既然当初建仓的理由现在还没有发生大的变化,那就坚定持股,静观其变吧!

第二天,南粤股价指数稍稍高开一点点后,便一路下行,越走越低。花巧凤基金重点持有的中航国际等大盘蓝筹股开盘后就直线下跌,其中,中航国际在开盘后十分钟之内大跌3%以上,成为当天市场上的领跌品种。怎么办?止盈吗?花巧凤低声问自己。现在减仓应该还来得及,即使在跌停板上卖出也没有什么太大的损失,毕竟这只股票已经为她的基金带来了1倍多的浮盈。不过,她很快就否定了自己。昨天不都想明白了吗?股市涨了半年多,获利盘非常丰厚,心态不稳之人选择落袋为安可以理解。但她花巧凤毕竟是专业投资人,有着自己的买入和卖出逻辑,在当初买入逻辑没有发生根本变化之前,不应该被股市的日常震荡乱了方寸。"对!不能乱了方寸!"她咬紧牙关,攥紧拳头,默默地对自己说。

到上午收盘时,中航国际大跌近7%,其他大盘绩优股也都跌幅不小。花巧凤决定不去管它,心平气和地到食堂吃午饭去了。

"巧凤,今天上午股市跌得很怪异呀!"一位与她年龄相仿、打扮时髦的年轻女士刚在她的对面放下餐盘,就迫不及待迫不及待地说。此人也是大为基金的基金经理,姓蒋,名小瑛,管理的基金规模跟她也比较相近。

"是呀,今天跌得很突然!"花巧凤礼貌地应了一句。

"事出蹊跷必有妖。虽然我们现在还不清楚暴跌的理由到底是什么,但一定有消息灵通人士提前得到了重大利空消息。我看股市这一轮也涨得差不多了,今天的下跌有明显做头迹象。如果3天之内指数不能再创新高的话,大盘在形态上的M头应该就成立了。"蒋小瑛煞有介事地说。

"哦,这个还真很难说。我以为技术指标可做参考,但不能当投资依据。很多时候我们从图形上看它是M头,但过了一段时间以后才会发现,它其实更像一个W底。"花巧凤不温不火地说。

蒋小瑛意味深长地看了一眼花巧凤,没再接着说股市。两人天南海北地扯了一通不着边际的其他话题。

下午开盘后,中航国际突然被几个大单压低了两个多点。花巧凤既然心里已经拿定主意,也就没再当回事。下午两点以后,中航国际再次被密集的大单压至跌停。此后,仅仅小幅反弹了几分钟的时间,便彻底躺在了跌停板上。

截至收盘,南粤股价指数大跌9.91%,两市个股几乎全线跌停。

正当花巧凤复盘分析的时候,胡笃仁神情紧张地敲门进来,尚未把门带紧,就结结巴巴地说:"花总,您,您知道今天的中航国际是,是谁砸跌停的吗?"

花巧凤一愣,今天这么多只股票跌停,她倒的确没在意中航国际的跌停有什么特别之处。

"别紧张!到底怎么回事?"花巧凤用温和的眼神鼓励胡笃仁好好说。

"是,是这样的:我刚才去卫生间,听交易部的小曾和小孔在路上嘀咕,说是蒋总下午把手中5个多亿市值的中航国际和3个多亿市值的其他两只大盘股全部以跌停价下了卖出指令。这几只票可都是我们的重仓票呀!"胡笃仁情绪激动地说。

花巧凤听罢,也感觉比较恼火。心想:这个蒋小瑛可真是太过分了!明明知道这几只票是我的重仓股,却专要大单把它们砸跌停!看来是中午吃饭时得知我不会减仓,故意要给我一个下马威吧。哎!摊上这么个同事,真是够倒霉的!

胡笃仁见她半晌没吱声,嗫嚅着说:"花总,她这么做太过分了,您还是去跟李总说说吧。"

找李总?能解决什么问题呢?大家都是基金经理,都有自主决策的权利,都要对自己的产品净值负责,蒋小瑛能对自己基金的投资者交代清楚就行。蒋小瑛故意砸盘可能的确是针对我,因为我的净值排名不仅在大为基金遥遥领先,也在公募基金行业里长期处于前几名的位置,她肯定有些气不顺,今天不过是借股票普跌的机会砸我的重仓股进而试图把我在基金业界的排名往下拉一把而已。但她砸得了一时,还能砸得了一世不成?就算她还想砸下去,也得手中有筹码才行!花巧凤想到这里,对胡笃仁摆摆手说:"算了!每个基金经理都有自己的操作自主权,她故意砸盘的行为的确可恶,但这也是她的权利。目前市场分歧很大,从今天的大跌来看,就算蒋总不砸盘,也会有其他不相干的人砸盘。"

"就这么算了吗?"胡笃仁心有不甘。

"你还想怎么样?"花巧凤问。

"我也没有什么好办法。估计就算李总知道这事,也不好多说什么,顶多把蒋总找过去批评一顿。"胡笃仁说。

"那不就结了吗?人家是自主操作,李总批她,她也未必服气。我们现在的目标是把自己的基金净值维持好,而不是和其他人比勇斗狠。"花巧凤接着说,"幸好今天不是年度收官,否则被她这么一砸,我们的年度排名就甭想靠前了!"

"是呀,花总!我看今天虽然跌得厉害,但当初我们买入股票的理由都没有发生变化,如果再跌一跌,估计又会有很多人拿钱往股市里冲了!"

"嗯,你能这么想,我很高兴!我们眼下的任务不是跟别人计较砸不砸盘,而是要留心当初买入的条件有没有发生变化。"花巧凤担心胡笃仁对蒋小瑛砸盘一事还想不开,又补充说道。

胡笃仁本是个明白人,见领导都不愿意计较,便礼貌地向花巧凤道别后退了出去。

没出胡笃仁所料,南粤股价指数在年后大跌次日便低开高走,以 3.19% 的涨幅再次站上 20 天均线。此后十几个交易日,南粤股价指数始终围绕 20 天均线小涨小跌,到 4 月 2 日时,便以一根 2.77%的缩量阳线创出了此轮牛市以来的新高。在这一个多月的时间内,个股更是精彩纷呈。一些业绩平平甚至严重亏损的垃圾股不涨则已,一涨便至少是三五个"一字"停。

不过,指数虽然恢复了上行,花巧凤管理的基金净值却基本处于止步状态。因为在这段时间里,大盘股熄火,垃圾股飞天,股市再次上演跷跷板效应。

4 月初的一天早上,花巧凤像往常一样,一坐进她的小奥拓,便拧开收音机。新闻播音员的语气很平稳,但播出的内容却非常令人振奋:昨日南粤股票市场成交额已突破 700 亿元,新增开户数 27 万户! 花巧凤不由得笑了出来:一年前,每天 100 亿的交易额都算天量,这才几天就上 700 亿了? 按现在的新增开户数算下去,要不了多久,每天的成交额就会突破 1000 亿元! 看来,这一轮牛市还远没有结束呀!

花巧凤心情大好! 她把频道转到音乐台,电音公主邵雨涵节奏感十足的歌声一下把她吸引住了:"无所谓掉下来或摘牌我相信有未来/只有这样我们才不会被打败/就是死了都不卖/死了都不卖,不卖,不卖……"花巧凤扑哧一声又笑了,心想:这首歌还真是挺应景的! 不知蒋小瑛听后做何感想? 是后悔过早砸盘? 还是准备高位补仓?

## 第三十九章

## 调研刚睹股民疯　赴宴又见好友狂

　　股市继续高歌猛进。5 月 13 日,南粤股价指数报收 10019.92 点,正式站上 1 万点大关。不少老友新朋纷纷打电话或找上门来祝贺她坐实"花万点"美名,临了,不忘补上一句:现在股市这么热乎,要不了多久该上 2 万点了吧?花巧凤不敢轻易作答,她当初买入股票的几个理由除个股估值高了以外,其他条件还没有明显变化,按说,大盘还会继续涨下去。但是她是个异常谨慎的人,需要对当下影响市场走向的众多因素调研清楚了再作判断。因此,她带领团队开始马不停蹄地到处实地走访。

　　5 月下旬的一天上午, 她带领团队按事先约定的时间来到一家证券公司研究所。研究所是卖方,明星基金经理带领团队亲自登门可不是闹着玩的。研究所所长亲自出面, 所里的当红首席经济学家和首席策略师携各行业首席分析师热情接待。花巧凤的问题很直接:目前市场上的个股估值是高了还是低了?管理层目前对股市的态度究竟如何?

　　首席经济学家是位资深的宏观分析师,过去 3 年连续在《金牛》杂志社举办的首席分析师评比中获得首席经济学家第一名。首席策略师也获得上一年度的首席策略师第一名。两位明星首席一致认为当前市场估值水平的确有点偏高,但如果考虑到中国经济的快速增长,这点泡沫并不算什么,很快就会被优秀的经济增长数据拉低。至于管理层对股市的态度,他们得到的消息是管理层对全民炒股的态度并不一致。部分领导认为民众热衷炒股后肯定就没有心思老老实实发展实体经济了,将来一旦股市泡沫破裂,会伤害中国经济的健康发展。另一部分领导认为,股市有点泡沫并不算什么,泡沫才是股市的魅力所在,他们希望中国普通民众除了得到工资性收入以外,还能享受到财产性收入。因为上层意见并不统一,所以目前还不太可能有针对股市的打压政策出台。

花巧凤对股市有自己的判断,前来调研不过就是为了验证自己的判断。听了两位首席及其他一些行业首席的发言之后,她感觉股市泡沫的确已经成为一个不容忽视的问题,管理层虽然对股市泡沫有所警惕,但尚处他们可容忍的范围之内,所以近期不太可能出台针对股市的打压措施。

继续交流的意义已经不是太大,她起身辞别一众首席。

刚走到一楼的时候,她就被一阵极有节奏感的叫喊声吸引住了:"涨!涨!涨!"她和团队的小伙伴们循声找了过去。声音是从刚才这家证券公司开在底楼的营业部里传出来的。营业部面积不算小,足有200平方米,里面密密麻麻挤满了人。花巧凤站在门口往里看时,只见房间里的老头老太、小伙姑娘个个满脸涨得通红,正瞪大眼珠紧盯着墙上满屏红彤彤数据的大屏幕,高举右手,齐声大喊:"涨!涨!涨!"说来也够神奇的,大屏幕上的数据果真在众人的呐喊下,噌噌地往上蹿,南粤股价指数明明白白地显示为12001点。"噢!站上了!站上了!"大厅里随即爆发出雷鸣般的掌声……花巧凤不由得摇了摇头,此情此景她再熟悉不过了,每轮牛市的最高潮都差不多都是这个样子!她心里隐隐感觉一场大的危机正快速走来。

花巧凤没有过多在此停留,而是带领团队快速赶回大为基金。在回公司的路上,她已经想好了:她管理的基金自接手以来因为始终维持较高仓位,很少调仓换股,目前已经跟随大盘翻了两倍还要多。现在她要做的只是把浮盈兑现,将初始成本留下即可。就算将来股市跌去一半,基金的净值也能保持在2以上。倘若有机会逢低再加仓买入一次,即便用一半盈利去加仓,将来都可能因为股市的二次拉升而获得更加可观的收益。一到公司,她便按路上想好的策略以最快的速度下达了减仓指令。

对自己个人账户所购买的指数基金,她也抽空开始了大幅减持。她的目标是先把利润拿回来,把成本留下待涨。反正自己个人账户的净值已经上涨3倍多了,当初的700多万成本已经为她带来了2000多万的浮盈,拿回2000多万,留下700万,怎么说也不亏了吧?!

既要到处调研,又要动手减仓。一周下来,花巧凤早已累得筋疲力尽。周六早晨,好久没有睡懒觉的她,本想赖在床上多躺一会儿,哪怕是闭着眼养养神也好,可她的手机却不识时务地响了起来。

花巧凤迷迷糊糊地拿起手机,凑在耳朵上一听,原来是李晓芳。自从上次两家人一起聚餐时李晓芳心生芥蒂以后,两人连一次电话都没有通过。花巧凤是一个重情重义之人,如今李晓芳主动打来电话,她心里自然十分激动,于是一骨碌翻身坐起,欣喜地问:"晓芳姐,是你呀! 这么早打来电话有什么好事要说吧？"

电话那一头,李晓芳的声音也非常甜美:"还是巧凤懂我! 真有那么点好事,所以要打电话跟你分享一下。"

花巧凤说:"太好了,你就慢慢说吧!"

哪知李晓芳并不急于说出来,只是说:"还是见面再聊吧,我们两家好久未在一起聚餐,今晚我请客,咱们去南粤湾边上新开的那家潮州菜馆吃饭如何？你把曹鹏、乐乐都叫上,打个车过去,郑经说要跟曹鹏好好喝一杯呢!"

花巧凤放下电话,心想,晓芳姐这么神秘兮兮,葫芦里到底卖的啥药？

傍晚时分,花巧凤想到好久没有见过李晓芳,决定赴宴之前好好拾掇拾掇。她打开衣柜,挑出一件镶着花边的白色抹胸连衣裙,两手拿着连衣裙的双肩往胸前一放,对着宽大的镜子仔细看了看。"还不错,就这件了!"她喜欢白色的服饰,感觉白色象征着纯洁,既符合她的性格,也适合她的肤色。她迅速换上连衣裙,对着镜子转了几圈,从前看到后,从后又看到前。衣裙比较紧致,把她身体的曲线勾勒得恰到好处。

花巧凤满意地坐到梳妆台前,对着镜子仔细扑上粉底,施好烟脂,再拿出眉笔,准备给自己画两道俏皮的眉形。待她仔细观察自己的眉眼时, 心里不由得咯噔一下:她的两只眼角不知啥时长出了几道细细的鱼尾纹! 真是岁月无情呀! 她沮丧地在凳子里坐了一会,最后决定先不管这些,便拿起眉笔继续刚才未完的工程……

收拾好之后,一家人早早打车来到位于南粤湾的潮州菜馆附近。花巧凤看看时间还早,提议一家人先在海边散散步。乐乐一听拍手称快。5月底的南粤,白天气温早已高得令人难耐,但傍晚的南粤湾边却异常清凉。一阵阵轻柔的海风吹来,让人备感神清气爽。曹鹏和花巧凤手扶海边的护栏,迎风而立。远处的太阳就像一只巨大的红色圆盘被人精巧地挂在南粤湾上。整个南粤湾被染得通红,微风拂过,海面上到处闪耀着猩红的亮光,就像无数片红色的鱼鳞一样。近处的红树林沐浴着霞光,随风轻轻摇曳,不时发出沙沙的欢笑声。

曹鹏不由自主地感慨起来:"南粤湾真是太美了! 可惜我不是诗人,否则一定要为她献上最美的诗句!"

花巧凤也被眼前的美景深深感动,听曹鹏这么说,也颇感遗憾,就说:"我们俩在南粤白手起家,真应该好好感谢一下这里的一草一木,是它们给我们带来了好运和吉祥! 知道吗? 每次看到这些红树林我都备感亲切,总感觉浑身有使不完的力量。"

"是啊! 别看这些红树林现在枝叶繁茂,当初它们不过是从大树上坠落的小苗苗,随波漂浮在无边无际的大海上,只是由于命运的偶然安排,才扎根淤泥,一天天长大成林。这同我们当初两眼一抹黑来到南粤,如今终于扎根在这片土地上的经历多么相似!"曹鹏一手揽过花巧凤的肩膀,一手指着眼前的红树林,动情地说。

花巧凤把头往曹鹏的肩膀上靠了靠说:"还真是很相似,怪不得我每次见到这些红树林都感觉那么亲切呢! 原来它们就是我们,我们就是它们! 真是太感谢这座城市了! 对了,刚才你说想作诗却作不出来,那你为什么不唱首歌呢?"

"你想让我唱什么?"曹鹏拍了拍花巧凤的肩膀问。

"当然是《小城故事》了! 还记得当年你哭着喊着一定要唱给我听吗?"

"嗯,说得对! 在这个时候唱其他什么歌都不合适,只有这首歌才最能表达我们的心情。"说罢,曹鹏轻轻地哼唱起来:"小城故事多,充满喜和乐……"

"爸爸,你又唱上了? 南粤这么大,你怎么偏要唱什么小城?"在一旁玩够了的乐乐拽着曹鹏的紫色 T 恤说道。

"傻孩子!"曹鹏轻轻拍着乐乐的头说,"爸爸妈妈当初从老家刚过来的时候,南粤的确只是个小城。这些年南粤就像你一样,虽然越来越高,越来越大,但我还是习惯唱《小城故事》。"

"我们乐乐就喜欢较真! 我看你跟他也说不清楚,时间差不多了,我们抓紧去饭店吧。"花巧凤一手拉过乐乐的手,一手挽着曹鹏的胳膊往近旁的潮州菜馆走去。

花巧凤一家到达菜馆包房时, 李晓芳一家 3 口早已等候多时。"'花万点'博士,你现在架子可真大,我们已经恭候多时了!"李晓芳从沙发里站起身说。

花巧凤抬腕看了看表说:"没有呀! 我们可是踩着点来的,你看现在还差 1 分钟才到 7 点呢!"

"算了,不跟你贫了! 让姐看看你最近有没有变漂亮。"说着,拉起花巧凤的手上下打量起来,"嗯,的确更漂亮了,比在电视上还要好看,特别是这身连衣裙,把你穿得像个白雪公主似的,配得上'花万点'的光荣称号!"

"哪里了? 晓芳姐就会拿人开涮! 您才是真正的大美女呢!"花巧凤转而也对李晓芳大加夸奖起来。

李晓芳今晚的打扮的确也十分讲究:上穿淡紫色桑蚕丝雪纺衫,小圆领的设计既时尚又大方,下穿黑色一步裙,脚蹬淡紫色高跟皮凉鞋,微施粉黛,高耸发髻,两只金黄的耳坠随着身体的晃动叮当作响,富贵之气逼人。看得出她和花巧凤一样,临行之前都做了充分的准备。

两人手把着手相互恭维了半天,竟忘了当晚会面的目的。还是郑经在一旁提醒:"你们别只顾说话,赶紧坐下来吧!"乐乐和妙音这两个孩子也在一旁起哄:"是呀!我们都饿坏了!"李晓芳这才拉着花巧凤在大圆桌上首紧挨着坐了下来。

凉菜已经摆好,有红彤彤的冻红蟹、肥嘟嘟的生腌咸虾姑、晶莹剔透的水晶冻肉……花巧凤看了一眼桌上的凉菜,对李晓芳说:"晓芳姐一下点这么多好吃的,真是太感谢了!"

"谢什么?要说谢也该我谢你呀?"李晓芳说完,扭过头对站在一旁的服务生说:"有 1982 年以前的法国红酒吗?"

"有,不过价格都比较高,最低的也要 2 万多一瓶。"服务生答道。

"不要紧,你把酒单拿给我看看。"李晓芳吩咐道。

"晓芳姐,我们只是家庭聚会,你点这么贵的酒干啥?"花巧凤试图阻止李晓芳。

曹鹏也起身说:"晓芳姐,两家人一起聚聚挺好的,千万不要点那么贵的酒!一定要喝,咱们喝点普通的黄酒、白酒都行。"

李晓芳并未听劝,很快挑中一款每瓶 4.5 万元的 1980 年产某名牌红酒。一会儿的工夫,服务生就小心翼翼地拿了一瓶过来送到每位大人面前验了验酒,然后拿出开瓶器,准备开酒之前还向李晓芳询问是否确定要开。曹鹏和花巧凤齐声喊:"不要开!"花巧凤甚至要冲过去夺下服务生手中的开瓶器。李晓芳故作生气地说了一句:"哎呀!我说你们就不要争了,一瓶酒而已,你们要是不喝,我们家郑老师还要喝呢!"

郑经也在一边接茬:"是是!你们都不喝正好,我可以一个人独享了!"

曹鹏和花巧凤见无法阻止,只好作罢。待服务生打开瓶盖为每人杯中斟上时,压抑已久的醇香迅速在房间内弥漫开来。李晓芳伸出右手用两只手指捏住高脚杯长长的杯柄,随手摇晃了几圈,凑近鼻子下面闭上眼睛深深嗅了几下,说:"不愧是名酒,这香味真是让人无法抗拒!"说完把高脚杯轻轻放在桌上,郑重其事地发表祝酒词:"今天真是难得,我们两家又凑在一起,早上跟巧凤通电话时,她还问我有什么好事,我说还真有一点。现在你们一家人赏光来分享我们家的好事,我们非常高兴。我和巧凤是多年的好姐妹,今天一定要吃好喝好!来,这酒醒得差不多了,两位孩子把你们的饮料也举起来,我们一起先干了这杯吧!"

一阵"叮叮咚咚"的碰杯声过后,4个人捏住杯柄,将杯中物摇匀后,一饮而尽。

"香!陈年名酒果真不同凡响!"曹鹏咂嘴细细回味一番之后,认真地说。

"的确不同凡响!不过,晓芳姐刚才说的喜事到底是啥还没有揭开谜底呢!"花巧凤附和着。

正在这时,服务生又陆续端上6碟热菜,边上菜边介绍说:"这是红烧南非网鲍,各位请慢用!"

"来,先别急着问啥好事,这里的南非网鲍是全南粤做得最好的,我们趁热先吃,过一会我一定为你们揭开谜底。"李晓芳继续以吃喝为由转移着大家对秘密的注意力。

肉质鲜美、香味浓郁的南非网鲍尚未完全入腹,一盘硕大的清蒸海上鲜又随着吱呀一声门响被服务生端上桌来。

"都别闲着,这条清蒸海上鲜是用小苏眉做的。也算我们有口福,今天碰上饭店刚进了一批名贵深海鱼,这种小苏眉可是吃一条少一条啰!"李晓芳说着,用公用汤匙给花巧凤舀了一大块鱼肉,"吃吧,巧凤!据说这种小苏眉富含多种不饱和脂肪酸和矿物质,肉质鲜嫩,对人体健康大有好处。嗯,你们两位大男人也不要闲着,给孩子们多夹点!"

"晓芳姐,你别光顾着别人,自己也来一块吧!"花巧凤将鱼转到面前,顺手给李晓芳舀了一大块。

"真热闹!我们两家人就该这样经常走动!"李晓芳一边享用花巧凤舀来的小苏眉,一边眉飞色舞地说。

"常来常往当然好了,但像今晚这样花费,哪能频繁得了?"花巧凤说。

李晓芳抬起头来,满不在乎地说:"这点花费算什么?亏你还是个拥有'花万点'美名、三天两头上电视的明星基金经理!随便买只股票,半天赚的钱就足够吃上好几顿了。"说完,又举杯邀请大家共饮,"这么好的酒,你们俩都不要客气啊!一瓶肯定不够,待会再要一瓶。我现在算是看明白了,天下最容易做的事就是炒股!最容易赚的钱就是股票差价!巧凤,你前面不是问我有什么喜事吗?现在我可以告诉你了,因为我找到了一条发大财的捷径!"

"我知道李阿姨找到的那条捷径是什么！"乐乐大声吆喝着说，"是炒股！我长大了也要炒股，等我挣了大钱，一定请你们喝比今天更好的酒，吃比今天更大的鲍鱼！"

乐乐的一句插话，逗得大家捧腹大笑。妙音乐得直往桌子底下钻。

花巧凤担心乐乐听说炒股容易而怠于学习，忙对乐乐使了个眼色说："大人说话，小孩子别乱插嘴！股市风险大着呢，没有一定的知识和经验积累，千万不能轻易进去，更不要想着一进股市就能大把大把赚钱！"

李晓芳听花巧凤说到风险，脸上露出一丝不屑的笑容。她用胳膊肘碰了碰花巧凤说："乐乐也就是说着玩玩，你别动不动就风险风险的。这话你以前说我还信，因为以前啥时买、买什么、买多少全听你的。现在轮到我自己独立做决定，才知道原来做股票竟然这么简单！"

"晓芳姐，凭我们这么多年的交情，难道我说'炒股有风险'还骗你不成？"花巧凤不解地问。

一直闷头喝酒吃菜的郑经见花巧凤提出疑义，忙放下筷子对李晓芳说："巧凤说得没错，媒体上不也成天在说'炒股有风险'吗？"

"哈哈！你们简直都神经过敏！我说炒股简单，并没有说巧凤有意吓唬我，而是想说巧凤虽然搞了这么多年的证券，可能还没有真正弄明白股票是怎么回事！不信巧凤你说说，从年初到现在你给你们基金赚了多少钱？"李晓芳辩解道。

花巧凤想了想说："快有两倍了。"

"好！就算你赚了两倍！你知道我赚了几倍吗？"李晓芳问。

花巧凤咬紧嘴唇，脑子里迅速转了转，心想，晓芳姐既然这么问，肯定是比我赚得多了，于是，壮着胆子说："3倍。"

"就3倍吗？"李晓芳叹了口气，缓缓地摇摇头说，"你可真敢说！幸亏我们还是这么多年的好姐妹，居然对我这么没信心！"

花巧凤有些诧异，就问："哪该有多少？"

"告诉你吧，千万别吓着，我从年初到现在已经整整赚了5倍！"李晓芳得意地说，接着又凑近花巧凤耳边嘀咕道："我卖了2套房子，又抵押4套房子借了些钱，总共凑了600万本钱，通过不断换股，滚动操作，年初到现在整整赚了3000万元！"

花巧凤听后，感觉很不可思议，就虚心问道："晓芳姐这么厉害，您是怎么做到的呢？"

"别提了！炒股哪有你们说的那么复杂？不是看估值，就是看公司前景、国家政策什么的。我倒觉得炒股要多简单就有多简单！我只有一个办法，就是跟着消息做。不管什么股票，只要有消息，就是好股票。上个月我在股吧里看到东方科技业绩造假，可能要被处罚。我一想，被处罚怎么了？就算公司要关门了都没有问题，也许会有一大堆人排队等着去收购它呢！再一想，如果真被收购了，那股价还不飞上天?！我毫不犹豫就拿出500万元直接杀了进去。谁知上午刚买，下午这只股票就死死封住了涨停。接下去一连七八个交易日全部是'一字'涨停板，要不是涨停打开了，我还要继续捏在手里呢！哎！也是我胆小，我卖了以后，东方科技立马又拉了5个涨停板！"

花巧凤对东方科技这只股票并不陌生。这是一只有名的庄股，业绩烂得一塌糊涂，每股亏损将近1.5元，还经常爆出各种丑闻，至于被批评、被处罚那简直就是家常便饭。可这只股票的庄家愣是与上市公司实际控制人合伙演绎了一出又一出的卖壳重组大戏，而且每次都能在流言蜚语中将股价强悍拉起。更令人啼笑皆非的是，跟在庄家后面赚点小钱或被深套后因为庄家拉升而亏损有所降低的小散门竟对操纵东方科技的庄家顶礼膜拜，深情地称其为善庄。

像东方科技这样的烂股票，别说花巧凤现在掌管的基金不敢碰，就算她当年操盘自己的个人账户，都不敢买上哪怕100股。她怕李晓芳在这种股票里陷得太深会吃大亏，就善意提醒道："晓芳姐，对这种没有业绩支撑的庄股，还是不碰为好，小心哪天庄家反手做空，股价再也起不来！"

哪知李晓芳听后，把嘴一撇，不屑一顾地说："你们这些专业人士就知道把风险挂在嘴边，胆子也太小了！怪不得现在满大街的人都在说'战胜机构，打败基金经理'呢！不是有一句俗话叫什么'富贵险中求'吗？不冒点风险，哪有机会大富大贵哟！"

"晓芳姐，我不是说你不能冒风险，而是说要对你所冒的风险心里有底。像东方科技这种巨亏庄股，一旦国家什么时候强制它退市，你可能会亏得血本全无。更何况你的炒股资金里面有很大一部分还是融资借来的！"花巧凤还在试图说服李晓芳。

"什么巨亏不巨亏、退市不退市？我只知道赚钱是硬道理！买这样的股票钱赚得快，赚得猛，我为什么一定要买那些听起来业绩好得不得了，可股价就像死猪一样的股票呢？"李晓芳举杯站起来，把脸转向郑经说，"好了，不说这些了。我们俩一起敬巧凤一下吧！"

花巧凤一脸懵懂地也站了起来，疑惑地看着李晓芳问："敬酒就敬酒呗，咋还弄得这么正式？"

李晓芳伸出杯子与花巧凤碰了一下，说："先别问，喝下再说。"

已经走到近旁的郑经也与花巧凤碰了碰杯子说："对，你就先喝下吧！"

待花巧凤喝下杯中酒，李晓芳和郑经才各自归位坐下。李晓芳指着满桌的美味佳肴对曹鹏和两个孩子说："你们别光顾着看，要下劲吃啊！"说完，侧过脸，一脸严肃地问花巧凤："知道我为什么要感谢你吗？"

花巧凤摇摇头，表示仍然不解。李晓芳低头舀了一汤匙龟群点点红送进口中，细细品味一番，咂了咂嘴说："因为你先前不肯给我推荐股票，我才自己摸索，反倒找到了一个炒股赚大钱的好办法，你说我能不感谢你吗？！"

花巧凤没想到李晓芳绕了半天竟说起自己当初没给她推荐股票，心里非常不是滋味，脸上渐渐有些挂不住了。她嗫嚅着解释道："晓芳姐，当初真是因为工作原因不能给你推荐股票，就算现在也不能推荐，除非我不当基金经理了！"

李晓芳伸手拍了拍花巧凤的肩膀，大度地说："看你想哪去了？姐没有埋怨你的意思！我这是真心诚意要感谢你呢！你想想，要是你当初给我推荐了股票，我能挣到今天这么多钱吗？"

正在这时，服务生又给每人送上一小盅小米炖海参，一边上菜一边说："这是你们要的北海道海参。"

李晓芳笑容满面地接着说："这种北海道海参是一等一的滋补佳品，大家都趁热享用吧！"

曹鹏见气氛有些尴尬，就提起杯子站起来对花巧凤说："晓芳姐今天这么开心，我们一起敬敬晓芳姐和郑老师吧！"说完，先绕到郑经身旁，同他轻轻碰了一下，再走近李晓芳。李晓芳也起身迎了两步，举杯与曹鹏和花巧凤伸来的杯子碰在了一起。

孩子是大人之间最好的黏合剂。曹鹏归位后提议："晓芳姐和郑老师今天这么盛情，但一次吃这么多珍馐美味怕是一时也消化不了。我有个提议，让两个孩子起来给我们表演表演，一来给大家助助兴，二来也让他们消化消化。"

曹鹏的提议得到了大家的一致赞同。两个孩子欢蹦乱跳地跑到包房的空地上轮番拿出了各自的绝活。房间里顿时充满了阵阵欢乐的笑声和热烈的鼓掌声。

大人们一边欣赏表演,一边继续推杯问盏。第一瓶红酒很快见底。在李晓芳的坚持下,服务生又打开了第二瓶陈年红酒。

结账时,李晓芳大方地拿出金灿灿的信用卡,眼都没眨一下就爽快地刷掉了105000元。

坐上出租车之后,微醺的花巧凤还在嘀咕:"晓芳姐今天真是疯了,一顿饭居然吃掉10万多!"

"人家开心嘛!可能认为股市上的钱来得容易,不花白不花!只要我们自己不乱花钱就行,哪能管得了人家?也是托了股市的福,咱们的徽菜馆这半年也是生意兴隆,天天爆满。我观察了一下,来饭店吃饭的客人三句话不离股票,个个都像打了鸡血一样!"曹鹏感叹道。

"您不会是那个经常上电视的基金经理花总吧?"年近半百的出租车司机突然插了一句话,"您在等车的时候,我看着就像。嘿!现在的股市真过瘾,年初到现在,我在开车的空余随便买上几只就赚了十几万。照这样下去,到年底,我得有几十万进账了。我家老伴见我开出租辛苦,老早就要我别再开了,干脆回家专职炒股算了!"

花巧凤听罢,与曹鹏相视一笑说:"看来到年底时我们连出租车也打不到啰!"

## 第四十章

# 夫妻家中论股市　姐妹茶楼商做盘

5月30日早晨,花巧凤像往常一样打开了小奥拓的车载收音机。"财政部决定将股票交易中的印花税由1‰上调至3‰。"这则简短的新闻令花巧凤的心里猛然一惊:昨晚临睡前她还习惯性地上网浏览了一下财经新闻,并未发现有此消息。看来,管理层这是铁了心要给股市一个出其不意的下马威了!好在她把基金和个人账户里的仓位都已降到目标水平。对她来说,如果股市因为这条消息来次像样的调整,也许意味着一次新的机会。

上午开盘后,南粤股价指数不出意外地低开低走,全天大跌6.16%,近百只股票封死跌停。

当晚,曹鹏问花巧凤:"听说今天股市跌得一塌糊涂,你的基金还好吗?"

正捧着手提电脑翻看券商研报的花巧凤抬头笑眯眯地反问了一句:"你说呢?"

"看样子你应该没受损,不然不会这么轻松。"

"噢,你这啥逻辑?谁说亏钱一定要哭天抢地了?"

"亏钱后心情肯定不会好,即使不哭天抢地,也很难笑出来。"

"嗯,还真是被你说对了。我前几天就把该卖的卖掉了,今天的大跌对我来说,更多的是机会。"

"还是我老婆厉害!看到食客们哭丧着脸大骂什么'半夜鸡叫',还为你捏把汗呢!"曹鹏说着,弯腰在花巧凤额头上亲了一下。

花巧凤闭上眼,噘嘴在曹鹏的脸颊上回敬了一口。虽然都是四十来岁的人了,他们每天还至少要这么互动一次。

"你刚才说我厉害,这我可不敢当。要说我不贪,我还真认。"花巧凤低头一边继续翻研报,一边说,"今天管理层出台印花税的方式的确有问题,哪有深更半夜突然出政策的？所以股民才会骂'半夜鸡叫'。但是，把今天的暴跌全都怪罪到管理层头上，也不太理性。"

"你说得对。股市里的事我不太明白，但遇到问题不能只怪别人。"

"没错。其实这次股市大跌是有内在原因的，说白了就是股价太高。另外，管理层要出台政策打压股市也是有征兆的，前面又是加息，又是提高存款准备金率，只是没想到上调印花税这种直接针对股市的政策会以突然袭击的方式出。其实，很多股民也知道股市泡沫大，管理层对股市的打压政策迟早也会来，但他们看着股市天天大涨，就没法淡定，闭着眼睛拿钱往股市里冲，总想着自己不会是最倒霉的那个人。"

"人性就是这样，很难不贪！"

"所以只要谁能戒掉贪字，最起码不要太贪，就差不多能成功一半。"

"好，我完全同意！时间已经不早了，你能不能不要太贪心工作，早点洗洗睡呢？"曹鹏用充满暗示的语气说道。

"哦，你又想那个什么了？"花巧凤眯起眼睛瞅了瞅曹鹏说，"刚才还说你完全同意我的观点，怎么还没转身就犯贪心了？"

曹鹏听了一愣，忙说："我没有犯贪心啊！"

"还说没犯，你犯了贪—色—之—心！"花巧凤故意把最后四个字加重语气，拉长间隔。

"哦，原来是这样呀！"曹鹏抬起胳臂，隆起了强健的肱二头肌，说，"你看我这么强健的体魄，大贪不行，小贪总不过分吧？"

"行行，一会儿就让你小贪一把！"花巧凤随手关掉手提电脑，快步冲进淋浴间……

"5·30"之后的3天时间内，南粤股价指数仅在第二天反弹了2.51%，便再次大跌两天。几天下来，南粤股价指数总共跌去将近20%，一大批股票连续4天封死跌停。股吧里、菜场里、营业部里、办公室里……总之，凡是有人的地方，到处充满着愤怒的骂声。4天前，说起股市还眉飞色舞的股民及各类专业投资人，现在突然变得垂头丧气、愁眉苦脸起来。

周五晚上，花巧凤刚放下碗筷，手机铃声就急不可耐地响了起来。电话是李晓芳打来的，约花巧凤出去喝茶，说是有要事相商。花巧凤心想，别说有要事相商，就算啥事没有，这茶也要喝。她放下电话，安顿好乐乐，跟婆婆打了个招呼，便匆忙出门了。

到达茶楼，一位打扮清甜的小妹很快将花巧凤带进包房。正在焦急等待的李晓芳见花巧凤准时赴约，激动地从藤椅里站起来，拉着花巧凤的手妹妹长妹妹短地叫着。

"晓芳姐好雅兴哟，寻了这么个安静的地方！"花巧凤环顾了一圈包房陈设说。

"哪里还有什么雅兴？这不是要跟你谈事吗？才选了这个地方。"李晓芳难得谦虚地说，"看看喝点什么吧！"

花巧凤扫了一眼茶水单，为自己点了壶金骏眉。小妹很快把茶水、茶具、小吃等捧了进来，为两人斟上茶水后退了出去。

花巧凤端起小巧玲珑的茶盅，凑到鼻子底下嗅了嗅说："真香！我就爱喝红茶，红茶里又最爱金骏眉，这种茶汤色红润、香气宜人、入口爽滑。对了，晓芳姐今天找我来，该不会只是品茶吧？"

李晓芳瞥了一眼花巧凤，嗔道："喝杯茶而已，你的弯弯绕可不少！那姐就直说吧，今天找你还真有非常重要的事要跟你商量。"

花巧凤喝了口茶，笑笑说："晓芳姐，您可真逗，还说我弯弯绕多，您到现在也没说到底找我有什么事呀。"

李晓芳低头沉默了一会说："我的股票套住了，能不能帮我想想办法？"

对李晓芳在炒股上栽跟头，花巧凤早有预感。上周聚会时，该说的她也说了，但李晓芳自信心爆棚，哪里听得进去？这几天，股市因为印花税上调而快速回落，如果李晓芳依然满仓持股的话，她的股票资产一定回落不少。但具体情况，还要看她怎么说。花巧凤给自己的小茶盅里倒满了茶，说："晓芳姐，先别急！你把情况说清楚，能帮的我一定帮！"

李晓芳两眼亮光一闪，欣喜地呷了一口茶说："太好了！我就知道你会帮我！是这样，我先前在股吧里认识了一位'带头大哥'。他每隔两三天就会在股吧里推五只票，起先没太当回事，后来发现，他推过的票很快就能连续涨停，我就开始拿点小钱跟在他后面做。做着做着就越做越大，越赚越多，我跟他还成了好朋友。上周聚会时跟你说我整整赚了3000万，这些钱大多数都是跟着他一起赚的。"

"你能赚这么多钱，很好啊！"花巧凤说。

"好当然好了！但现在股市不是被'半夜鸡叫'打趴下了吗？"李晓芳沮丧地说，"我手中的5只股票这一周全部吃了4个跌停板，一转眼1000多万就没了。想想真是太恐怖了！"

"其实，你可以早点止损的。"

"哎！我倒是想啊！可卖不出去呀！'半夜鸡叫'以后，我看股吧里人都说股市到顶了，要抓紧时间卖掉手中股票。从这周二晚上开始，每天夜里都要熬到12点按跌停价把几只股票全部挂好卖单才敢睡觉。可谁知道，一连三天下来，根本就没人买。看着跌停板上封了那么大一串数字，真是跳楼的心都有了。"李晓芳神情黯然地述说着，脸上再也找不到哪怕一丝上周聚会时的神采。

"如果你没能在印花税上调后的最初两天卖掉，那就算了吧。要是股票质量还行的话，可以先放一放，也许过不了多久股市还能反弹一下，到时再卖不迟。能告诉我你手中都是哪几只票吗？"花巧凤见多年的好姐妹这么着急也很想给她出出主意。但是，待李晓芳说出这几只股票的名称后，她彻底傻眼了：全是业绩巨亏、丑闻缠身的烂股票！花巧凤无奈地摇摇头，接着说："我本以为这几天股市的情绪已经释放得差不多了，接下来大盘多少会反弹一下，但是这几只票太差了，就算大盘能够反弹，也轮不到它们呀！"

李晓芳听罢，神情更加黯然。花巧凤安慰她说："晓芳姐也不必太担心，我只是说如果大盘反弹，你手中的这几只垃圾股不一定有机会跟着反弹，但不代表你就没有机会卖出。再说了，我说的也不一定准！也许要不了几天这些票还能创新高呢！"

"创不创新高要看你给不给机会了！"李晓芳放下茶盅眼巴巴地看着花巧凤。

"晓芳姐，这我就听不懂了，股市那么复杂，要是我在这里随便念叨念叨你就能解套了，我情愿帮你每天念叨几十上百遍，直到你解套为止！"

"巧凤，你能这么说，姐就放心了！今天姐不是请你帮忙念叨来着，而是想请你帮忙拉抬一下。我那个'带头大哥'说了，只要你肯出手，没有涨不了的股票！我跟他已经约好，再过一会，他就到了，具体怎么操作，他说得比我清楚。"

花巧凤一听明白了八九分，连连摆手说："晓芳姐，这个我可真做不了，你赶快打电话让他别来。"

李晓芳的脸立即晴转多云，说："我跟人家都说好了，哪能说不让来就不让来呢！你们先见见面，谈成谈不成再说嘛！"

没多久，一位三十刚出头的男人在茶楼小妹的引导下走进了包房。李晓芳像接天神一般，欢天喜地迎上去说："余总，你来得真准时，快请坐！"

这位余总倒也不拿自己当外人。他朝花巧凤微微笑了笑便一屁股坐进藤椅里。

"这位就是我刚才跟你说起的余总,大名余影鹿,是身价数亿的股神级人物,也是我们散户的带头大哥。"李晓芳指着来人对花巧凤说。

"哪里哪里,李总过奖了!"余影鹿欠了欠身,嘴上说着"过奖",脸上却写满了"自命不凡"。

李晓芳接着又用手指着花巧凤对余影鹿说:"这位是花总,她手里掌管着两个基金产品,每个产品的最初规模都在30多亿,现在都涨了两倍多,加起来快有200亿了。我和花总是多年的好姐妹,你有什么好主意,尽管说出来就是!"

花巧凤根本就没心思跟这位"股神"谈什么合作。但碍于李晓芳的情面,只好应付着说道:"我那规模再大、业绩再好都没啥大不了的,充其量就是个打工女伢子,自己也挣不了多少钱!"

谁知花巧凤话未落音,李晓芳便接过话茬说:"所以你要想办法跟人合作一下,现在余总正好可以帮你这个忙!"

余影鹿也在一旁附和:"帮忙谈不上。花总是知名人物,妇孺皆知的'花万点',今日得见,三生有幸!只是没想到花总做那么大的贡献,自己却收入不高。不过,如果您有兴趣,我们可以合作一下,保证不会亏待你!"

花巧凤心里明白他们所说的"合作"是什么意思,但碍于她与李晓芳的交情,又不好先入为主直接拒绝,就假装不明就里,说:"我纯粹是个打工的,还真不晓得有啥能力跟你合作。"

余影鹿说:"可以合作的地方多了去了。比如,我现在主推的几只题材股,就是李总手里的这几只股票,只要你能配合加加仓,拉抬一下股价就行。事成之后,我们再按约定比例给你分成。一般情况下,做成一只股票,你起码能得到1000万的分成。你除了用基金的钱动手下下单,一分自己的钱都不用花!"

事情已经摊开,花巧凤不能再装糊涂了。她只好明确断了对方的念想,就说:"对不起,这种事是违法的,我再缺钱也不能做!"

余影鹿故作轻松地笑笑说:"花总真是太谨慎了!这种事在股市里每天都在发生,你看有几人被抓?有句话叫'法不责众',想必您一定听说过!"

花巧凤也笑了笑说:"当然听说过!但我还听说过另一句话,叫着'常在河边走,哪能不湿鞋?'"

半天没吭声的李晓芳见两人各说各话,就插了一句:"巧凤,看你说的,哪有那么严重?不过是联手做做股票而已!"

"晓芳姐，可能我说得不太妥当，但这种事总归是违法的，只要做了，就会有被发现的那一天。"花巧凤说。

"原来花总是怕被人发现呀！这个好办，我们可以定一个攻守协议，保证不把你说出去！我们这两年跟很多上市公司老板、券商分析师和基金经理都有过深度合作，大家都很愉快，从来没有出过问题。"余影鹿说。

"对对对！有姐给你做担保，还有什么好怕的。余总这人特别可靠，你想想，要是不可靠，能有那么多人愿意跟他合作吗？"李晓芳心急火燎地说。

面对两人的轮番攻势，花巧凤实在不知说什么好。她为自己和李、余二人分别加了些热水，然后指着壶中的金骏眉说："知道这种茶为什么这么名贵吗？"

余影鹿端起茶盅品了一口，说："看来花总还是个懂茶之人！也算我们有缘，我对茶也略知一点。就说金骏眉吧，这种茶源自武夷山高山深处的原生态小种茶树，采摘时只取最嫩的芽尖，再经过摇青、发酵、揉捻这么一大串复杂工艺才能最终成茶。"

"余总果真是行家，对金骏眉讲得头头是道！我刚才注意到一个细节，就是余总说这种茶只取特种茶树上最嫩的芽尖。"花巧凤说。

"对，没有好的原料，再高明的老师傅用再高级的工艺也做不出这么好的茶来。"余影鹿点头说。

"这就对了！你不觉得股票跟金骏眉有那么点类似吗？"花巧凤问道。

"此话怎讲？"余影鹿和李晓芳同时陷入迷茫。

"要想让股票价格涨起来，如果它本身的质地好，稍加宣传，或者根本就不用宣传，大家就会出手去买。买的人多了，股票价格自然就会起来。"花巧凤喝了口茶继续说道，"反过来也一样，假如一只股票本身业绩很烂，你再怎么宣传，它也不能摇身一变成了好股票。"

"哈哈！花总不愧是名校博士，说的还真是那么回事。不过，我并没有说我们可以合作把绩差股变成绩优股。那些上市公司老板们成天费尽心机都做不到，我们这些外行哪能那容易做到？！但我们可以和上市公司老板联手制造公司业绩提升、收购优良资产，或者被别人兼并收购的消息，再请一些大牌分析师写几篇报告，请一些名嘴在媒体上推荐一下。这样一来，股民们的积极性不就被调动起来了吗？如果再有像你这样的大资金配合着出手拉抬一下股价，一切不都完美了吗？"余影鹿摇头晃脑地说着，似乎眼前堆满了金山银山一样。

花巧凤听后张大嘴巴，故作惊恐地说："原来这就是你们所说的合作！这不仅是内幕交易,而是操纵股价了! 你就是再给我八个十个胆,我也不敢做!"

"巧凤,你现在胆子怎么变这么小,送上门的大机会都不敢抓? 人家余总可是手眼通天的人物,想跟他合作的基金经理排队都排不上呢。你可好!"李晓芳说完,长长地叹了口气。

"晓芳姐,我的确胆子小,真是年纪越大胆子越小啰。"花巧凤摇摇头,自嘲道。

余影鹿见花巧凤这边几乎没有合作可能,便起身告辞,先行离开了。

李晓芳又动之以情,晓之以理,做了半天工作,花巧凤仍旧不为所动。李晓芳气得满脸通红,这场喝茶聊天活动,最终不欢而散。

晚上睡觉前,花巧凤坐在床头把当晚她与李晓芳和余影鹿喝茶的情况一五一十说给曹鹏听,并问曹鹏该怎么办。曹鹏没有直接回答,而是先问了一句:"我们家现在缺钱吗?"

"既缺又不缺。说缺钱,是因为人的欲望永远没有止境,今天有 1000 万,明天就会想什么时候能有 1 个亿;说不缺钱,是因为我们现在不仅自己有吃有穿有住,还能多少帮着父母、亲戚分担点压力。"花巧凤答道。

"好! 我再问你,你要一个亿的钱干什么?"

"这个问题我以前还真没怎么想过。不过,我可以告诉你,我们家距离 1 亿已经不远了。"

"不会吧? 几家徽菜馆一年倒是能挣大几百万,我这里节余下来的钱总共不过 2000 多万;你当年买的 10 套房子要是全卖掉估计能卖 2000 万以上;咱们这套别墅就算值 1000 万,加在一起也不过才 5000 万呀。"

"如果我告诉你我这里还有 3000 来万,你信不?"花巧凤用手捅了捅曹鹏的后腰说。

"啊? 你怎么会有这么多钱? 不会来路不明吧?"曹鹏惊得差点从床上掉下去。

"看你这点出息!"花巧凤忍不住咯咯大笑,"放心吧,我的钱也都是阳光收入! 我在读研究生之前收入就很高,这一点你是知道的。这两年做基金经理,收入也少不了。更重要的是,我通过合法买卖股票和基金把那点工资收入又大大放大了一下。所以才能变出这么多钱。"

"没看出来你竟在我眼皮底下赚出这么多钱! 我起早贪黑,累死累活也没有你挣得多。看来你还是蛮适合做地下工作的嘛!"说罢,翻身把花巧凤压在身下,揉得她气都喘不过来。

　　花巧凤好容易才把曹鹏推到一边去。她用手理了理凌乱的头发,对曹鹏翻了翻白眼,嗔道:"滚一边去,正事还没说完呢!"

　　曹鹏的兴奋情绪已通过刚才的一番动作得到释放,便又一本正经地在床头安心坐下,说:"好!还是回到刚才那个问题吧,等我们的钱财加在一起达到1亿以上怎么办?"

　　"这个我还没有想明白呢!其实,我们现在的小日子过得已经很好了,真要有更多的钱恐怕也是要拿出来去帮助别人。"

　　"这不就结了!帮助别人是为了行善,操纵股价却属违法,你有必要通过违法挣来的钱去帮助别人吗?"

　　"当然没有!我只希望通过自己的努力挣点干净钱,在自己的能力范围内,尽可能帮助更多人。不过,我现在感觉晓芳姐那里有点磨不开面子,她满心希望我帮她一把,而我却无能为力。"

　　"你真是我的好老婆!"曹鹏偏过头在花巧凤脸颊上亲了一口,接着说,"你的这位晓芳姐现在变得跟以前完全不一样了,她对财富和奢侈生活的追求太过头,胆子越来越大,赌性越来越强,已经到了为利益不择手段的地步。今天她能与那个什么余总联合忽悠你操纵股价,明天就很可能为了自保把你卖了。你还是要想想清楚,能帮的忙可以帮,不能帮的忙坚决不要帮!"

　　"嗯,我也是这么想的,我甚至都想过,她真要是缺钱,我借给她三五百万都行,如果她最终还不起,送给她也行。"

　　"你也太心软了,像她这样乱花钱,有多少钱都不够挥霍!要帮我们就去帮老家那些穷人去!"

　　"那我也不能眼睁睁看着她掉进大坑里啊,毕竟是这么多年的好姐妹!"

　　"你重情重义我完全理解,你要帮她,我也不太反对,但你一定要守住底线:违法乱纪的事不能做!扔钱满足她奢靡生活的事不能做!"

　　"明白,我已经想好该怎么帮她了。"

　　第二天清晨,花巧凤早早起床,打开电脑,调出了李晓芳所持股票的走势图,又仔细分析了这些股票的基本面,然后拨通了李晓芳的电话。

　　李晓芳的声音听起来很欢快:"巧凤呀,这么快就把电话打过来了,姐就知道你能想得开!"

　　"晓芳姐,咱们这么多年的交情,我怎么会想不开?我回来后,把你手里面的几只股票挨个仔细研究了一遍,再结合大盘的情况看,这几只股票问题还真不是太大。"

"那就好!　说说你的具体想法!"

"首先,我感觉大盘已调整差不多了,接下来应该会有反弹,你手里的这几只票还不算太差,或许可以跟随大盘一起反弹一下。如果大盘指数能回到前期高点附近,你手中的这些股票差不多能反弹20%左右,到时只要你舍得卖出,就可以了。"

"巧凤,你有没有搞错?就算他们能反弹20%,我还是亏损呀,我在这几只票上平均亏损将近35%!"

"没错,到时候你如果卖出还是会亏损一些。但再高的炒股水平也不能确保每只股票都赚钱,总体上赚钱就行。你清仓以后,自去年以来总体上还能赚2000多万。现在大盘情况比较复杂,还是趁反弹清仓好一些,至少还能保住前期利润!"

"巧凤,原来你说来说去只是劝我止损,我还以为你想明白了,准备跟余总合作做盘呢!你这个人真是的,明明有轻松挣钱的机会却不去抓紧了,怎么发得了财哟!"

"晓芳姐,做盘这事我真不能做。"

"你再想想,俗话说'人无外财不富,马无夜草不肥',早点做决定,我们一起发点财吧!"

"不用想了,晓芳姐。能出的主意已帮你出了,听不听就看你自己了。"

"行,你清高你的,就算我们不认识!"李晓芳见花巧凤软硬不吃,气哼哼地挂掉了电话。

## 第四十一章
# 龙虎山上风光好　老友相聚话牛熊

　　李晓芳的反应令花巧凤非常郁闷。曹鹏已去饭店忙活去了，她一个人站在2楼的卧室阳台上，看着远处的大海发呆。友谊的小船说翻就翻，这是她无论如何也想不到的。5月底的气温已经高得令人气喘，汗水很快顺着她的额头啪嗒啪嗒往下掉。她伸出手背蹭了蹭，又使劲甩了甩手，汗水被甩出老远。

　　"我这是要干啥？折磨自己吗？"花巧凤看着汗水划出的银色抛物线不由得笑了出来，她想，"该来的总会来，该去的总会去，还是别管那么多了！"恰在此时，手机响了起来，她转身进屋。

　　"花总，在干吗呢？"是钟逸勤打来的电话。

　　"在阳台上晒太阳呢。"

　　"我没听错吧？现在的太阳可算是烈日了！"

　　"你没听错，的确如此。"

　　"哦，明白了，你可能遇到烦心事了。我正好跟周易总联系好了，你既然喜欢晒太阳，我们一起去爬山如何？"

　　"谁喜欢这个季节晒太阳？不过，如果你们两位愿意去晒，我可以奉陪！"

　　"好勒，你抓紧换好运动装，带齐防晒装备，我们一会儿去你家附近接你。你把地址发到我手机上。"

　　钟逸勤和周易的越野车很快开来了，花巧凤带着乐乐利索地钻进车后排。上次一起乘游艇游荒岛的美女小孙也在后排坐着。几人相互问候了一番，周易一踩油门，越野车像脱缰的野马飞快地开走了。

　　花巧凤见钟、周二人情绪不错，就问："大热的天，两位老总好雅兴，怎么突然想起爬山来着？"

　　"闲得无聊，找点乐子嘛！我们哥俩今早打电话扯淡，周总说好久没见'花万点'了,想找你这个大名人聚聚。我提议一起吃顿饭,被周总嘲笑了一通,说你家是开饭店的,不缺吃,别动不动就吃呀吃的,太庸俗! 我又提议再乘周总的游艇出海一趟,他又说老是开游艇也挺无聊的,不如一起去爬爬山。"钟逸勤笑呵呵地说。

"花巧凤,别信他瞎咧咧,爬山这种馊主意只有钟总能够想得出来,你想想,我这样的体形哪能爬得了山,分明是他想整我嘛! 不过,我这人心宽体胖,懒得跟他计较,爬山就爬山,谁怕谁! 我就是喜欢挑战!"周易一边开车,一边用他那特有的大嗓门嚷嚷着。

"还是周兄讲得好呀! 我们这些搞证券投资的有几人害怕挑战?! "花巧凤说,"我们每天打交道的 K 线图不就是一座又一座大山吗? "

"对!"钟逸勤抬高调门说道,"我怎么以前没想过? "

一车人除了乐乐纷纷称赞花巧凤的这个比方既生动又贴切,都说,在大盘即将选择方向的关键时刻一起来爬爬山真是太合适不过了。

南粤的山多,但既不高也不险。一行人要爬的这座山叫龙虎山。山的一半似龙,绵延数公里,龙头直入南粤湾,畅饮着南粤湾里的清凉海水。山的另一半似虎,正匍匐在南粤湾边,凝视着这座城市一日千里的变化。山上树木繁茂,遮天蔽日,凉风习习,反倒比城里凉爽了不少。

大人孩子一行五人一路说笑着往山顶走去。花巧凤见钟逸勤情绪一直比较高昂,估计他已经完全从前几年的低迷中走出来了,就问钟逸勤:"钟总这一波做得还可以吧? "

还没等钟逸勤张口,周易便抢先说道:"人家现在已是雄风重现啰! 这一波行情从头吃到尾,完美逃顶,毫厘不差! "

"哇! 钟总真厉害,我就知道你能干! 快说说总共赚了多少? "花巧凤惊叹道。

"嗯,其实早就想跟你说说的。但你现在是公募基金经理,言行不比当年,所以我和周总也不敢轻易打扰你,生怕给你带来不便。不过,一起讨论讨论大势和操作策略应该问题不大。你刚才问我赚了多少,总数就不说了,我现在的本钱小,说也没意思,但是我可以告诉你赚了多少倍。"钟逸勤不紧不慢地说道。

"感谢理解,快说说多少倍吧! "花巧凤催促道。

"差不多有 8 倍。"钟逸勤答。

"太牛了! "花巧凤不由自主地跷起了大拇指,"能透露一下,您是怎么做到的吗? "

"当然可以,好朋面前岂敢隐瞒?等爬上前面那个平台,我坐下来慢慢说给你们听!"钟逸勤往前指了指说。

山路并不陡,平台很快被踩到脚下。小孙接过钟逸勤和周易背上来的双肩包,从包里取出几样饮料和零食放在石桌上,四位大人各自在石桌四周的石凳上坐下,乐乐则抓过一瓶果汁跑到一旁逗弄灌木丛上的毛毛虫去了。

花巧凤对钟逸勤狂赚8倍的成果非常佩服,一边拧着矿泉水瓶盖,一边盯着钟逸勤说:"还不赶快分享宝贵经验!"一句话,惹得大家哈哈大笑。

钟逸勤咧咧嘴说:"没想到花总变成了急性子,我虽然通过这轮行情多少翻了下身,但资产总量远没达到几年前的水平,比起你们两位,仍然是个失败者。"

"钟总,你不要绕弯子,再绕下去花巧凤都要急死了。身在股市,只要一天不出来,都不能说到底是赚了还是赔了。所以说,现在论成败还为时过早!"周易忍不住插了一句。

"周总的话永远都是这么有哲理!其实我这一波操作也没有什么特别的窍门。我的投资方向在以前聚会时就跟你们说过,就是只做重组股。这两年我把所有ST股全部撸了一遍,把那些净资产为正的、主营业务逐步好转的以及法律关系清爽的分别找了出来,前两类主要搏扭亏或减亏,后一类主要搏借壳重组。选好以后,就在大盘低迷时逢低布局。当然,光有这些还不够。一方面,我放了点杠杆,我在这一波行情起步时没多少钱,这一点你们是知道的,1:2的配资,风险基本还能承受。另一方面,就是紧跟大盘节奏,在大盘上升趋势中,捂股不放,不到目标价位决不放手。"

花巧凤听得很认真,还不住地点着头,待钟逸勤把策略说完,由衷地称赞道:"钟总的策略还算比较理性,不是简单炒作押宝,而是坚持了投资的基本准则,在个股基本面脱胎换骨之前买入,脱胎换骨之后酌情卖出。中间赚的差价钱既体现了专业水平又离不开远见卓识!"

"哪里哪里,我不过是吸取了以前的教训,稍稍沉下心做了点功课而已。即便这样,如果没有这轮大牛市也是白搭。"钟逸勤谦虚道。

"钟总的话看似谦虚,其实还是非常有道理的。这就像春天播种一样,即使你平好了土地,撒好了肥料,播好了良种,如果老天就是不下雨,水库河流也正好干涸,你又能怎么办?这轮牛市正好借着股权分置改革这股春风而起,所以有风才是关键!"周易摇头晃脑地说道。

"周总所见极是！"花巧凤赞道，"既然这轮牛市是以股改这股春风而起，那它也应该会以股改的基本完成而结束。但是为什么在还有很多上市公司未完成股改的情况下，股市就开始暴跌了呢？"

"暴跌并不意味着行情结束，而是中途换挡。这轮行情从去年秋天起来以后，就像推土机一样，每天轰隆隆地闭眼往前开，几乎所有的参与者都盈利丰厚，非常需要交换一下筹码，而财政部凌晨推出的上调印花税措施正好为调整找到了借口。"周易解释道。

"这么说，连续调整之后还会再起一波行情了？"花巧凤问。

"这个比较难说。从空间上看，应该差不多了，现在你还能找出低估的个股吗？从市场参与者的情绪来看，也应该差不多了，'5·30'之前，全民皆股的现象已经有点亢龙有悔的味道了。但是从时间上看，似乎还可以再走一段，因为股改仍有最后一程需要冲刺。"周易应道。

"周兄脑子真是越来越灵了！"花巧凤伸出大拇指赞道。

见花巧凤夸周易，一直两手捧脑袋，胳膊肘撑在石桌上，滴溜溜转着大眼睛听几人谈话的小孙忍不住拿起矿泉水瓶挨个跟几人碰了碰说："你们个个都是高人，我能跟在你们后面拎拎包送送水也是不小的福分呀！"

周易放下矿泉水，用手指着小孙，笑着说："你们都没注意吧，小孙现在可不是一般的打工妹了，人家现在也是个小富婆啰！"

"去去去！"小孙白了一眼周易说，"周总就知道拿人寻开心，我那几个小钱哪能称得上富婆？要不是跟你们学了几招，还赶上了这轮大牛市，苦日子也不知要过到啥时候呢？！"

"既然大家都说到了机会，那我们就为有幸赶上了这场大牛市举杯畅饮吧。"钟逸勤举起矿泉水瓶提议道。

"砰，砰……"几只矿泉水瓶在郁郁苍苍的龙虎山上激情地撞击着，白花花的水珠从瓶子里撒野似地向四面八方飞溅而去。

## 第四十二章
# 多年闺蜜终反目　心底坦荡险渡劫

　　6月5日,南粤股价指数继续先前走势,跳空低开。花巧凤按既定方案为自己管理的两只基金下达了增仓指令。中午休息时，她又为自己的个人账户增持了1000万元的指数基金。到当日收盘时,南粤股价指数收涨4.79%。她长长地舒了一口气:看来这轮调整已经结束了! 但指数会涨到何时,还不得而知。

　　这以后,南粤股价指数开始稳步走高,到6月12日收盘时已放量上涨至前期高点以上。但此后几个交易日,指数开始显露疲态。花巧凤见指数从底部上来后又上涨了23%以上,担心大盘再次回调,便再次对两只基金进行大规模减仓,直到仓位水平降至基金要求的最低限度。至于个人手中的指数基金则做了清仓处理。虽然股改还没彻底结束,但她已经从个股估值的虚高及管理层的打压态度中嗅到了风险,决定在大盘及个股充分调整之前不再增仓。

　　处理好手中事务以后,花巧凤抽空给李晓芳拨去电话,准备提醒她也降降仓位。她一连打了七八遍,李晓芳就是不接。想到两人毕竟曾经那么好,花巧凤编了一条短信发了过去。大意是:大盘已经反弹不少,晓芳姐的几只股票已创出新高,不仅已经解套,而且还有了十几个点的盈利,建议她全部卖出,至少要把融资的钱卖出来,把账给人家还上。短信发出后,李晓芳那边依然没有回应。花巧凤想,作为朋友自己也只能做到这一步了,便不再牵挂此事。

　　6月20日以后,南粤股价指数没出花巧凤意料开始连续下跌。然而,就在市场一片看淡之时,大盘再次上行。以"中"字头为首的超级大盘股高举高打,屡创新高,一两个月时间便能价格翻倍的大盘股比比皆是,让人直呼看不懂。

　　望着不断蹿升的指数和不断刷新的个股价格,花巧凤心里多少有些失落。特别是当同为基金经理的蒋小瑛因为敢于捂股甚至追高补仓而净值大幅提升并且业内排名直逼她的时候,花巧凤更加难以淡定。真是被套令人痛苦,踏空同样令人难受！花巧凤一遍又一遍地问自己要不要再增仓,一遍又一遍把自己否定。她开始变得神经质起来,交易时间不敢打开交易软件,她怕看到满屏的红色;公司开会时不敢抬头,她怕看到蒋小瑛舍我其谁的笃定;开车时间,不敢打开收音机,她怕听到"死了都不卖"的豪迈……

然而,怕是没用的。到9月中旬的时候,蒋小瑛的当年基金净值增长排名已跃居花巧凤之上,也就是说进入了业界领先水平。花巧凤的团队成员开始不淡定了,就连胡笃仁也时不时劝她不要与趋势为敌,最起码不能太轻仓。李锋总经理虽然没直接问过她的基金净值,却几次问过她仓位情况。南粤股价指数眼看就要上到16000点,各种媒体早就喊出"2万点不是梦"。

增仓,还是维持现状?花巧凤站在办公室里望着窗外的白云一筹莫展。她对当初重仓买入的理由再次进行检视:估值早已不低,政策早已不再宽松,股改已经接近尾声……所有持股的理由都已经非常牵强!她把心一横:坚决轻仓,哪怕自己因此被甩到行业末尾甚至丢掉饭碗也决不后悔!决心下定之后,花巧凤不再纠结,该看盘就看盘,该直视蒋小瑛就直视蒋小瑛,该听收音机就听收音机……

9月底的一天晚上,久未联系的李晓芳给花巧凤打来了电话,要约她周六下午去咖啡馆坐坐。花巧凤心生喜悦:毕竟是多年的好姐妹!周六下午,她精心打扮一番,提前来到了约定地点。

咖啡馆里空空荡荡。花巧凤扫了一眼,明白李晓芳还没有到,便找了个靠窗的位置坐了下来。服务员殷勤地递上价目表,她为自己选了杯卡布奇诺。咖啡机一阵咯吱作响之后,浓郁的焦糊味很快在房间内弥散开来。

花巧凤贪婪地嗅着焦香,浑身上下有说不出的轻松。整整三个月了,她在大多数时间内被不断创出新高的指数折磨着,何曾如此惬意?"晓芳姐也真是的,要是早点拉我出来喝咖啡,我也可以早点放松一下。"她望着窗外随性开放的金凤花想。

"您的咖啡好了,请慢用。"服务员把印有心形图案的卡布奇诺小心放在花巧凤面前。她不想破坏杯面上的美丽图案,只是拿起汤匙沿着杯壁伸进去舀了一点点混着奶香的咖啡送进嘴里。咖啡微微有点苦,但更多的是香甜。她把身体往座椅后面靠了靠,心想:苦中有甜,甜中有苦,这不就是生活吗?

"花巧凤,你在这里好悠闲哟!"

花巧凤抬眼看时,李晓芳不知什么时候已经来到了她的身后。"晓芳姐,快坐吧！我也是刚到不久。"花巧凤欠了欠身子招呼李晓芳坐下说话。

李晓芳冷着脸一屁股坐了下来，随即伸出右手在空中酷酷地画了一道弧线。十几个蓄着板寸头，戴着大框墨镜，穿着黑色西服，打着黑色领带，踩着黑色尖头皮鞋的男青年呼啦一下围了过来。

"我今天不是跟你喝咖啡的，而是来跟你谈事的。"李晓芳盛气凌人地说。

花巧凤被眼前的一幕惊呆了。她迅速调动自己的记忆，试图找到李晓芳此举的缘由。

"不用胡思乱想了！跟你明说吧，因为你的误导，我在股市里至少少赚两千万，我今天是找你要账的！"李晓芳一字一顿地说，每一个字背后都暗藏着冰冷的杀机。

"晓芳姐，我怎么不记得什么时候误导过你？"

"都到这个时候了，你还要装蒜？难道不是你6月份一遍又一遍打我电话，还发短信让我卖股票的吗？"

"哦，那你卖了吗？"

"全卖了，你说的那么邪乎，我敢不卖吗？万一股市大跌，我不是竹篮打水一场空吗？"

"你是亏着卖的吗？"

"不是！我还赚了20%。"

"你既然赚了，为什么还要来找我麻烦？"

"不找你找谁？我把那几只票卖掉以后，它们又涨了快有一倍。要是放到现在，我至少要多赚2000万。2000万呀！我不找你要找谁要？"

"可是股票是你自己卖掉的呀！"

"别啰唆，主意是你出的，短信是你发的，你必须弥补我的损失！"

"你没有损失，你只是少赚了点！反过来我也要问你，如果当初我让你别卖，你多赚出来的钱会不会给我呢？"

"一码归一码！我现在说的是你必须给我补偿损失，别扯远了！"

"这个损失我没法给你弥补，我根本就拿不出这么多的钱。"

"不补钱也可以。你可以配合余影鹿余总做几只股票，方法跟上次说的一样，他负责选票，你负责拉抬。事成之后，你不仅不用再补我前面的损失，还可以得到分成。"

"这更不行。"

"行不行就看你自己了！"李晓芳正言厉色地说，"机会在你自己手里，两条路你必须选一条，否则别怪我翻脸不认人！"

那十几个黑衣青年见李晓芳说话声音越来越大，语气越来越不耐烦，纷纷双手抱在胸前，从四周慢慢围了上来。

自从这十几个黑衣人进屋开始，花巧凤的心里就扑扑直跳。现在这些人竟然这么近距离地围上了，她的胸口就像被一块巨石压着一样，憋闷得特别难受。她佯装轻松地伸手去抓咖啡杯，但手抖得厉害，差点把杯子碰翻。

"别磨蹭了！快说你到底选哪条路！"

李晓芳的不耐烦反倒使花巧凤冷静了，她知道怕是没用的，在这光天化日之下，他们能把自己怎么样？于是她干脆把心一横，平静地说："晓芳姐，我们也是十几年的好姐妹了，没想到你现在变成这样！你如果遇到难处，我肯定会尽力帮你，但是你今天提的这两个要求既不合情，也不合理，我没法答应！"

"好！那你就等着吧，我不信你最后不答应！"李晓芳说完，怒气冲冲地站了起来，昂首挺胸，噔噔噔地走出咖啡馆。那帮黑衣青年挨个用眼狠狠地瞪了一下花巧凤，便气势汹汹地跟了出去。

李晓芳一行人离开后，花巧凤呆呆地在咖啡馆坐了半天，亲眼看着咖啡杯口的心形图案一点点破碎，直至最终幻灭。要不是服务员走过来问要不要加点热水，她甚至连回家都没有想起来。

晚上，花巧凤把白天发生的事情原原本本告诉了曹鹏。曹鹏听后勃然大怒。要不是花巧凤苦苦阻拦，他当即就要冲到李晓芳家里去讨要说法。

花巧凤的理由很简单：她不仁，我们不能不义，毕竟是这么多年的好姐妹。如果她继续这么闹下去，再采取措施也不迟。

曹鹏拗不过花巧凤，就说："自从那年去她家第一次见到郑经起，我就预感到她会离你越来越远。你知道她和郑经之间是一种什么样的关系吗？"

"夫妻关系。"花巧凤随口答道。

"什么夫妻关系？！你真天真，分明是包养关系，李晓芳利用她卖身李钦文换来的钱财转身包养郑经！"

"你别把话讲得这么难听，我们毕竟姐妹一场！"

"那是以前的事，现在她已经变成了黑道的同路人。今天下午她明着是向你索要少赚的钱，实际是借此向你施压，好让你配合余影鹿操纵股价。对这样一个不惜把你推向违法深渊的人,你还要跟她做姐妹吗?"

花巧凤被曹鹏问得哑口无言。她想了想又反问道:"郑经钱挣得少一点没错,难道夫妻间一定要男的比女的挣得多吗?"

"当然不是!如果挣得少,花得也少就罢了。但郑经呢?基本不挣什么钱,还变着法地喝名酒,开豪车,你说这不是甘心被包养又是什么?"

"好像是有点那么回事!那我接下来该怎么办呢?"花巧凤想了想说。

"不太好办。李晓芳已经走上了一条不归路。她包养郑经,维持奢靡生活,离不开大量的金钱,正常途径弄不到钱,就必然动歪脑筋。今天她联手余影鹿,明天可能会联手王影鹿、张影鹿……直到你同意配合他们。所以她一定会纠缠下去。"

"那怎么办?我哪有工夫跟她这么耗下去!"

曹鹏抬起头,盯着天花板想了半响,说:"要么我也找几个人去吓唬吓唬她?"

"亏你想得出!那不变成黑道火拼了?本来我们是受害者,你这样一折腾,就算我们浑身都是嘴,也讲不清了!"

"那就没办法了,只能兵来将挡,水来土掩,走一步看一步。"曹鹏叹了口气说,"不过,从下周一起,我得亲自护送你上下班,我不在你身边的时候,千万不要单独跟她会面。"

第二天上午,李晓芳给花巧凤发了条短信:"想好了吗?两条路你选哪一条?如果今晚 12 点之前得不到答复,我明天就会采取行动。"花巧凤不敢耽误,立即给曹鹏打了电话。

曹鹏气愤地说:"还真是黑道的做派,这么快就下最后通牒了!别理她,咱身正不怕影子歪,看她到底能拿你怎么样!"

有了曹鹏的支持,花巧凤便不再纠结。她仔仔细细回顾了这些年与李晓芳之间的交往,除了早年在营业部工作期间与李晓芳一起私下买卖过股票,以后便没什么可以被她拿来说事的了。早期的股票买卖,虽然不太合规,但当时政策上对证券从业人员不能从事股票买卖要求得不是那么严格,而且她花巧凤完全凭自己的独立判断买卖,没有参与过内幕交易,更没有与别人合作操纵过股价。更何况,当时采用的是现金交易,基本没留下任何痕迹。事情已经过去那么多年,李晓芳很难拿出什么对她不利的证据。读研究生期间,她完全独立操作,除了根据大势向李晓芳提出过买卖建议外,与李晓芳没啥瓜葛。博士毕业,进入基金公司工作以后,她完全按照证券从业人员的要求行事,没向任何人违规透露过自己的持仓动向,而且坚决拒绝李晓芳和余影鹿的不合理要求,李晓芳又能拿出什么不利于她的东西呢？

想清楚以后,花巧凤钻进淋浴间,拧开蓬蓬头,任凭温热的细流从头淋遍全身……

周一早晨,曹鹏开车载着花巧凤和乐乐,先把乐乐送到学校,再接着护送花巧凤。车子离大为基金所在办公楼尚有百十米的时候,他们就看到一群光头黑衣青年每人手举一个小牌子围在大楼入口处,入口处的上方挂着白底黑字的横幅,上书"严惩基金内鬼,赔我巨额损失！"

"这些人很像前天跟在李晓芳后面的那拨人,怎么办？"花巧凤不安地问。

"进车库,把我车停在你的车位上,我陪你从车库乘电梯上楼。"曹鹏方向盘一打,直接把车开进了地下车库。

待两人顺着电梯踏上大为基金所在的楼层时,前台小姐立马向花巧凤做了个手势。花巧凤走近前台小姐,方知南粤证监局已派人前来大为基金,目前正在她办公室检查电脑设备。

两人说话间,从前台侧面走出一个40多岁的陌生男人,开口便问:"你是花巧凤吗？"

"是的,请问你有什么事？"花巧凤问。

"我是证监局的,有人举报你内幕交易,误导投资者,造成巨额损失。"那人说。

"我没有内幕交易。"花巧凤争辩道。

"有没有,你说了不算,我们需要核查后才能做出结论,请把你的手机交给我,跟我一起去你办公室。"那人以命令的口气说。

花巧凤自打从事证券工作以来,还是第一次遇到这种事情,心里多少有些惊慌。她扭头与曹鹏交换了一下眼神,见曹鹏表情轻松,便跟他招招手随那人往自己办公室走去。

花巧凤的办公室里已有一男一女两人等在那里。那个男的正在大为基金公司网管的协助下查看花巧凤的电脑,见花巧凤进来,便叫网管先回去。

"把QQ密码给我。"倒腾电脑的那个男人命令道。

"我很少用QQ。"花巧凤答。

"只要有就要说出来。"那人强调说。

花巧凤只好如实说出QQ密码,站在一边眼睁睁地看着三人在她的电脑里、文件柜里翻找,下载。又过了大半个钟头的样子,花巧凤被他们带进了大为公司的小会议室。

"花经理,我们也是奉命行事,你不用紧张,但该说的一定不能隐瞒。我现在要问你几个问题,请如实回答。"为首的那个男人说道。

花巧凤点点头,表示明白了。

"有人举报你涉嫌内幕交易,有没有这回事?"那人问。

"我很早就从事证券工作,中间读了6年研究生,这几年由卖方变为买方,继续从事证券工作,对证券从业人员的要求非常清楚,可以说从来没有参与过内幕交易。"花巧凤答。

"你有没有在6月底给一个叫李晓芳的人发短信,叫她抓紧时间清仓?"

"有过。我们是多年的好朋友。她因为先前自主购买的股票被套,比较焦急,我也想帮她一下。后来在大盘反弹后,我判断这轮牛市基本到头,就建议她乘反弹清仓。"

"你对她持有的股票情况了解吗?"

"通过公开资料有所了解,她持有的那些股票都是业绩很差的题材股。"

"你管理的两只基金里也有这几只股票吗?"

"没有,我严格遵循价值投资理念,她买的这几只股票根本就不在我的股票池里,我也没有私下接触过这几家上市公司。"

"好,我们会对你的材料进行核查。希望你说的都是实话,如果发现有不实回答,处理的结果一定会很严重!"问话人严肃地说完后,盯着花巧凤,两眼一眨不眨地看了一会儿。

花巧凤被看得发毛,但因为心底坦荡,很快便恢复了平静。

证监局一行人离开后,花巧凤又被李锋叫了过去。李锋没有问她到底有没有内幕交易,只是告诉她"树欲静而风不止"的道理,要她摒弃干扰,从容做好手头工作。花巧凤也没多解释,只是让李锋放心,她决不会做出格的事情。

第二天,证监局派人把手机还给了花巧凤。没有说她有什么事,也没说她没什么事。关于"内幕交易"这场闹剧逐渐归于平静。但花巧凤从此无法再把"李晓芳"与"晓芳姐"这两个概念联系到一起。

## 第四十三章
# 蒋小瑛赢者通吃　姜雯霞官气外露

国庆长假后的第一个交易日，南粤股价指数在节前大涨 3.19% 的基础上，再次跳空高开，全天大涨 1.95%，稳稳收在 19000 点以上。花巧凤依然坚持基金账户轻仓、个人账户空仓的策略，每天艰难地看着指数高位震荡、个股涨停不断的盘面。指数大涨与她无关；指数回调，她也假装没看见。

到 11 月底的时候，花巧凤的团队成员终于忍不住了。在一次盘后小结会上，这帮平均年龄不到 30 岁的年轻人没有一个不强烈建议加仓的。就连一向坚定追随花巧凤的胡笃仁也直言："大盘已经连续调整一个多月，风险已经得到释放。眼看就要年底收官了，再这样轻仓下去，我们的年度排名可能彻底没戏了。最高领导人都说要'创造条件让更多群众拥有财产性收入'，您还怕什么？"

花巧凤没办法，只好安抚大家："排名固然重要，资金的安全更不可忽视。万一我们刚一加仓，股市就掉头大跌怎么办？再说，财产性收入不仅包括股票增值收入，还包括利息、租金、专利、房租、红利、房屋增值等等收入，凭什么我们就要把宝只压在股票增值收入上？你们算算当下这些蓝筹股的股息率，看看有几个能高于 3% 的？"

花巧凤发话以后，大家不再争辩。但从各位的表情可明显看出，他们虽然无法反驳她的观点，心里还是非常相信趋势的力量。

12 月初以后，南粤股价指数重拾升势。胡笃仁再次叩响花巧凤的办公室房门。"花总，听说蒋总那边的基金仓位又达到最高限了。"胡笃仁说。

"你想说什么？"花巧凤问。

"如果再不增仓，我们可能会失去今年的最后机会！"胡笃仁躲躲闪闪地说。

"失去就失去吧。我还是那句话，资金安全最重要！"花巧凤平淡地说。

就这样，花巧凤在新一轮反弹中仍然坚持轻仓以对，直至年度收官。

元旦过后,基金排名很快出炉。蒋小瑛的排名最终定格在业内第二,而花巧凤的名字只能在十几名以后才能找得到。

赢者通吃。这个规律在基金业内也不例外。蒋小瑛已完全取代花巧凤成为各类媒体的座上宾。备受追捧的蒋小瑛意气风发,说起话来铿锵有力,已明确喊出"南粤股指 3 万点不是梦"的豪言壮语。对于大为基金来说,有了明星基金经理,就有了管理更多资金的机会。公司趁热打铁,立即以蒋小瑛的名义闪电发行两只新基金,每只基金规模都在 100 亿元以上。本以为如此大的规模未必能全部发售出去,谁知基金推出后,出现了秒杀的热火场面。很多没如愿申购到基金的机构或个人竟到处托人,希望能多少获得些份额。就连花巧凤也接到不少请托电话,希望她能从中说说好话。

大为基金公司毫不吝啬地把各种荣誉加在蒋小瑛头上,什么"年度最佳基金经理""理财能手""创新先锋"……总之,只要有荣誉,就少不了蒋小瑛。而花巧凤只能坐在角落里一遍又一遍地配合各种仪式的需要为蒋小瑛送上热烈的掌声。

不过,与外界对蒋小瑛的追捧形成鲜明对照的是花巧凤内心的宁静。她带领团队对 1000 多家上市公司进行了全面梳理。这一梳理,她吓了一跳:当下上市公司的平均市盈率已经高达 70 多倍!这意味着投资这些上市公司,在派息率为 100%的情况下,平均需要 70 多年才能通过股息收入收回投资成本!太高了,如果此时投资的话,恐怕在自己有生之年都没有机会收回投资成本!花巧凤苦笑了一下,她记得前年行情起来之前上市公司的平均市盈率不过十几倍。泡沫太大了,这是明显的寅吃卯粮!别人如何做,她管不了,她花巧凤是无论如何不能趟这摊浑水的!

作为权益类基金经理,她清楚地看到了泡沫的巨大,也清楚地明白这个泡沫必然会破。但这个泡沫究竟什么时候破?以什么形式破?她完全不知,也没有太多的应对之策。她能做的就只有轻仓,坚持,再坚持,直到市场平均估值回复到她认为安全的水平。

2008 年春节过后,资本市场上的利空消息开始多了起来。

从基本面看,一些主流经济学家纷纷表示中国经济再无法保持 10%以上的增长速度,2008 年能达到 8%的增速就已经不错了。

从资金面看,股权分置改革完成后上市公司的股票已由之前的部分流通变成了全流通,虽然很多上市公司的大小股东在股改时都承诺会锁定一两年,但大家都明白这批暂时被锁定的大小非股票很快就要进入市场。据统计,全流通后,市场上的股票供应将至少增长6倍。到时候有没有那么多的钱来承接这些新增股票还真是个问题。

更要命的是,去年开始的美国次贷危机大有愈演愈烈并席卷全球之势。2月9日,七国财长和央行行长会议关于次贷危机影响加大的声明话音刚落,英、德等国便爆出银行深陷次贷危机的消息,美国的著名投行贝尔斯登更因资金紧张被摩根大通收购。

在上述多重利空的共同压制下,南粤股价指数在1月初冲上18000点以后,便一路走低,再也无法攻上之前的19600高点。

为了分散注意力,也为了搜寻潜在投资标的,花巧凤加大了实地调研的频率。她带领团队奔赴大江南北,跋山涉水,披荆斩棘,深入工矿企业、偏远集镇,获得了大量一手资料,对当下经济实情和未来发展机会有了更加清醒的认识,也因此更加坚定了轻仓策略。

然而,能够像花巧凤这样保持清醒的人毕竟是少数。就在风险步步逼近的时候,市场的氛围仍然沉浸在牛市的狂欢中。"死了都不卖"的歌声依旧那么豪迈,"千金难买牛回头"的箴言仍是那样深入人心。曾经因为股票上涨一倍早早清仓而错过之后再涨一倍机会的股民们在面对大盘和个股回调时,要么死死捂住手中股票,要么涨红了脸高举钞票冲进股市补仓。蒋小瑛执掌的两只百亿新基金在大盘的回调中火速建仓,3月底便基本完成建仓计划。此后,蒋小瑛开始频频亮相各种研讨会、策略会,激情四溢地宣讲她的"3万点不是梦"。

4月8日,国际货币基金组织发文宣布次贷危机将使全球损失1万亿美元。花巧凤深感危机巨大,她凭着一颗专业人士的热心,积极组织团队成员撰写报告,明确提出A股已在内外因素的合力作用下进入熊市的观点,提醒投资者千万莫把熊市下跌看成牛市回调。然而,像她这样因早早轻仓而业绩偏后的"胆小基金经理"的声音是那么微弱,以至于一向看重她的李锋总经理都没有好好看完这份不合时宜的报告。非但如此,李锋总经理还话里有话地告诉花巧凤:"独立思考固然重要,市场机会更要果断把握。大盘从去年高点调整到现在已有30%的深度,按照黄金分割理论,在这个位置怎么说都会有一轮反弹吧?!"

就在花巧凤感觉曲高和寡、形单影只的时候,公司办公室主任给她打来电话,说是接市金融办通知,北海省金融办副主任要来公司考察,点名要她作一个关于当前经济形势的汇报。北海省金融办副主任？花巧凤的嗓子突然一紧，这个人莫不是姜雯霞？她顾不得多想，只是认认真真地记下办公室主任对汇报的具体要求。

放下电话后，她还在琢磨这事。对于姜雯霞升任北海省金融办副主任的消息，她在几个月前已从花文东发来的短信里得知，当时还向姜雯霞发去了祝贺短信，只是一直没有得到回复而已。花巧凤想：应该不是姜雯霞过来。如果是她，总该跟我打声招呼，而不是通过官方途径点名要我汇报吧？不过，不管谁来，她花巧凤的这份 PPT 都是要准备的。材料是现成的，花巧凤很快就按要求做好一份图文并茂的 PPT 汇报稿。

两天后的下午 1：20，花巧凤早早捧着手提电脑走向公司会议室。进门的一刹那，花巧凤怔住了。会议室里，背对门的地方已经坐了七八人，中间那位中年女性果真是姜雯霞！她赶紧把电脑放在一旁的椅子上，快走几步来到姜雯霞身后，声音颤抖地轻轻喊了声："雯霞！"

姜雯霞听到喊声，转过身子，扶着椅子站起来应了两个字："巧凤。"

两人各自伸出右手握了握。花巧凤明显感觉对方的手柔软无力，随时都欲撤离的样子，便知趣地快速把手缩回。"没想到你会来！"花巧凤没话找话地嘀咕道。

姜雯霞没有接话，而是一副公事公办的样子把随行人员分别向花巧凤作了介绍。这些人除了一人是陪同姜雯霞前来调研的南粤金融办办公室主任，其他都是北海省各大金融机构的董事长、总经理。花巧凤礼貌地与他们交换了名片，心想，姜雯霞这阵式还真不小呢！

一番寒暄之后，花巧凤捧着电脑走到客人对面，找到自己的名牌，坐了下来。1点半，大为基金公司总经理李锋一行准时来到会议室。主宾双方交换了名片，各自在自己的名牌前就座。交流会由李锋主持，他简要介绍了大为基金的基本情况，姜雯霞也大致介绍了北海省金融业发展状况。轮到花巧凤汇报时，她清了清嗓子说："热烈欢迎姜主任来大为基金考察指导，前年我去北海省调研时本打算顺道去拜访一下，因为时间仓促没能成行，没想到姜主任今天专程来到大为。"

"你们认识？"花巧凤的话还没说完，李锋插话问。

"我们是同学。"姜雯霞表情僵硬、惜字如金地说。

李锋没再言语。花巧凤开始按 PPT 提示的要点进行汇报。结束时，她再次向姜雯霞及来访的北海省各金融机构领导表示感谢，请他们对汇报内容批评指正。

姜雯霞一行对花巧凤的汇报似乎并不太感兴趣，基本没提任何问题，便转而交流北海和南粤的金融业发展情况了。他们说话的时候,花巧凤就在一边静静观察姜雯霞。从面容来看,还找得到姜雯霞年少时的轮廓,只是稍显饱满、圆润、成熟,甚至多少有了些居高临下的霸气。花巧凤虽然没在机关待过,但她知道级别这种东西在体制内特别有意思,不在一个级别上,就根本不可能有相近的表情、语气和肢体语言。就算同一个级别,政府官员与企业的领导也不能同日而语。比如,姜雯霞带来的这些人从级别上可能与她不相上下,但还是要服从姜雯霞的统一指挥。而大为基金这边,可能只有李锋能与姜雯霞勉强相当,所以除了面对李锋时,姜雯霞还能表现出交流的姿态,而面对屋里其他任何人都会瞬间转换成听取汇报的样子。花巧凤暗自发笑:没想到多年不见,姜雯霞已经练就了变脸的高超本领,这要是见了比她大的领导,肯定也能秒变乖巧小学生。

大约两个小时后,姜雯霞致辞表示感谢大为基金李总的热情接待,感谢花总的精心准备和精彩汇报,说因为时间关系,要离开大为基金,赶赴下一个目的地了。李锋等人起身送行,与姜雯霞边走边交流。

花巧凤好容易才逮住个机会低声对姜雯霞说:"今晚方便吗?请你吃顿便饭吧!"

"晚上要陪省长参加南粤市的宴请。"姜雯霞头也没转就回了一句。

花巧凤没再说话,而是默默地跟在李锋身后,一直把姜雯霞一行送进电梯。

吃过晚饭,花巧凤给姜雯霞发了个短信,请她在方便时回个电话。但等了很久,姜雯霞的电话也没有打过来。花巧凤想:算了,人家正陪省长参加重要活动呢,哪有工夫与我瞎扯。

曹鹏回来后,见花巧凤闷闷不乐的样子,便问缘由。花巧凤把姜雯霞来大为的事原原本本说了一遍。曹鹏听罢,用手捻着花巧凤的耳垂说:"我当啥不得了的大事呢!这种事也值得你挂在心上?"

"怎么不值得?我们是打小一起长大的,现在她变得这么疏远,我有点想不通,自己到底哪里做得不好!"花巧凤推开曹鹏的手大声说道。

"你什么也没做错!"

"那是她错了?"

"她可能也没错。只是你们现在的身份完全不在一个层面。也许我们自认为自己还算成功,但人家未必这样认为。在她的眼里,你就是一个基金公司里的打工妹而已,而她则是级别比你们老总还要高的领导干部。想一想,你跟李锋能平起平坐吗?"

"当然不能！但我和姜雯霞毕竟是发小！"

"发小也不行，你们根本不在一个跑道上！在你级别赶上她之前，你跟她在一起只有充当乖巧小学生，才能换来她赏识的笑脸。"

"怎么会这么复杂?!"花巧凤无奈地叹了口气。

"不想就不复杂。各走各道，各拜各庙。你要真想找到小时候的友谊，只能等到她退休那一天了。"

"为什么?"

"因为只有离开光环和权力，人才能返璞归真。"

曹鹏的一番话令花巧凤茅塞顿开。她不再纠结，而是畅想起了退休后的欢乐场景。

## 第四十四章

# 李晓芳绝命托孤　花文东醉生梦死

美国次贷危机还在继续发酵。9月7日,美联储宣布接管房利美和房地美,以避免它们因无法继续履行公共职能而对金融体系造成重创。9月15日,经营了158年的著名投资银行雷曼兄弟公司被迫宣布破产,一场席卷全球的金融风暴就此展开。而此时,南粤股价指数已从去年最高点一路下跌了12000多点,跌幅已超60%,不少个股的跌幅更加惨不忍睹,跌幅超过80%的垃圾股比比皆是,A股平均市盈率已从70多倍降至20倍以内。

高位建仓的蒋小瑛没有等到她期待的牛市第二波,反而越陷越深,基金净值缩水一半以上,只有0.5不到了。

花巧凤无心看别人的笑话。在波谲云诡的资本市场里面行走,谁能确保自己步步踏准?真有这样的人存在,那还不把全世界的钱全部赚过去了?她现在要做的是紧盯时局变化,建好股票池,随时准备进场收集低估筹码。

就在花巧凤摒弃杂念尝试补仓的时候,郑经打来的电话令她一下子变得凄然起来。下班后,她直接把车开到凤鹏徽菜馆,简单吃了碗肉丝面就坐上曹鹏的车直奔李晓芳的别墅。一路上,花巧凤不停地抽泣,曹鹏则苦口婆心地在一旁安抚。

李晓芳的别墅前灯光昏暗、树歪草乱。花巧凤举起无力的右手轻轻叩响紧闭着的房门。门开了,郑经探出蓬头垢面的脑袋,见是花巧凤两口子,急忙做出请进的手势。客厅里除了郑经父女,还有李晓芳的父母,全部眼泪汪汪。妙音看到花巧凤,翻身从姥姥怀里站起,伸开双臂一把抱住花巧凤的腰部"哇哇"大哭起来。花巧凤驻足在客厅中央,轻轻抚摸着妙音的头,眼泪忍不住扑簌簌掉了下来。

郑经木然地一边招呼曹鹏和花巧凤就座,一边安抚两位老人。花巧凤揽着妙音就近在双人沙发里坐下,曹鹏则紧挨着挤在一边。客厅里气氛相当凝重,除了哭声,就是叹息声。这样坐了一会,曹鹏率先开了口:"哭也没用了,都冷静下来,想想后面的事怎么处理吧!"郑经这才像睡醒了似的,一拍脑袋,转身上楼,不一会就下来把一只牛皮纸信封交到花巧凤手里。

花巧凤瞄了一眼信封上歪歪扭扭的几个字:"花巧凤妹妹亲启"——这是李晓芳的字迹。她哆哆嗦嗦地撕开封口,从里面拽出折叠着的两张A4纸,展开来快速看了一遍。信不算太长,歪歪扭扭写了以下内容:

巧凤:我的好妹妹!也许你认为我没有资格这么叫你,但这已经不要紧了。当你看到这封信时,我已经永远离开了这个世界。有句话叫作"人之将死,其言也善。"希望这封信能多少表达一点我对你的歉疚之情。

我们都生在贫苦的农村,缘分使我们在南粤相识。我们曾共同在此奋斗,彼此扶持,彼此鼓劲,赚得可观的财富。但鬼使神差,我误入歧途,迷迷糊糊相信了余影鹿,以为股市里遍地黄金,只要敢放杠杆就能挣到更多的钱。我不仅不听你的好言相劝,还找人吓唬你,写信诬告你,目的只是想逼你帮我拉抬股价。

去年年底时,我还有差不多4000万。按余影鹿的主意,我放了两倍杠杆,全部压在他提供的几只股票上。原以为只要这些股票稍稍上涨50%,我就可以拥有1个亿的资金了,谁知今年股市一路跌下来。我只好一路卖房补交保证金。现在,我所有的房产全卖掉了,别墅也抵押出去了。股市还在没完没了地跌,我的钱已经彻底亏光,变成了不名一文的穷光蛋。

我已经无路可走。郑经根本挣不到钱,家里花销又大,我只好先走一步了。我已经选好了离开这个世界的地点,粤湖证券总部的那栋楼有三十多层,我只要从楼顶上轻轻一跳就彻底没有烦恼了。

我离开后,最放心不下的就是妙音。这孩子懂事、聪明,也特别亲近你,希望你看在我们曾经的友情上,隔三岔五看看她,代我给她一点母爱。别的我也管不了那么多了,我父母本是农民,老家还有一个弟弟,他们回老家总不至于挨饿。郑经还是有点才的,就是不会挣钱,他是男人,年龄还不到40,底下的路该怎么走,他自己总该能想出办法。

最后,再次乞求你的原谅!再次拜托你代我给妙音一点母爱!

你曾经的好姐妹:李晓芳绝笔

花巧凤看完信,眼泪像决堤的洪水一样再次奔涌而出。她已经完全原谅了李晓芳,代之而来的是无尽的惋惜和悲痛。她紧紧抱住妙音,用下巴抵住妙音的头顶,尽可能地把一个母亲的爱传递过去……

这个十一长假注定不轻松。刚刚帮郑经一起安排好李晓芳的后事,花巧凤又得知花文东那边也出了问题。

事情是这样的:10月3日一大早,身为物流配送公司老板娘的花巧燕在为某KTV送货时发现,有一个貌似花文东的人手扶一间包房门框一瘸一拐地准备出去。她有些好奇,就盯着这人多看了一眼。从头上看去,这人满头的乱发几乎有一半都是白的;再瞧脸上,这人眼圈乌黑,眼球红肿,胡子拉碴,似乎三天三夜没有睡过觉。嘿,这人可不就是花文东吗?!怎么变成了这个样子?她快走两步喊了声:"文东叔!"

花文东一愣,从恍惚中回到了现实:"哦,怎么这么巧?你也在这!"

"我是来送货的。这两天因为放长假,人手紧,我就亲自送过来了。你这是怎么啦?"

花文东支支吾吾不愿意说。

花巧燕明白他可能遇上什么事了,就说:"不说算了,我正好货已送好,你跟我一起回去吧。"

花文东还是不愿意。花巧燕就连推带拉地把他推了几步。一个工作人员模样的小伙子听到这边有动静,走过来查看。花巧燕问小伙子发生了什么事。小伙子把花巧燕拉到一边低声说:"他是我们这里的常客,最近连续半个多月天天待在这间包房里。每天晚上要换好几个姑娘陪他玩耍,小费给得很大方,一出手不是2000块就是3000块,姑娘们都喜欢跟他玩。他消费起来也特别大方,上万一瓶的洋酒眼都不眨就能要上好几瓶。到了早晨,姑娘们下班了,他就在包房里睡觉。老板见他舍得花钱,特别关照我们要好好照顾,不要打搅他,他愿意在包房睡觉,就让他睡吧。估计他这是要出去找饭吃呢。"

两人说话的工夫,花文东已经走出老远。花巧燕没再打听,快步追了过去,好说歹说,才把花文东劝上自己的送货车。

回到自己公司后,花巧燕把花文东请进办公室坐下,便掏出手机拨通了大姐的电话。花巧凤问啥事,她只说文东叔也在,叫大姐过来一起聊聊。

等花巧凤赶到时，花文东正斜靠在沙发上打着呼噜。花巧燕见大姐到来，示意她先不要吵醒花文东。两人蹑手蹑脚地走出办公室。花巧燕把刚才偶遇花文东的情况仔仔细细地说了一遍。花巧凤皱起眉头说："文东叔一定是遇到什么大麻烦了，等他醒来后好好问问再说。"随后，与花巧燕聊起家长里短。

过了大概个把钟头的样子，花文东从办公室里走了出来，一边伸着懒腰，一边打着呵欠，看到花巧凤也在这，就说："哎呀！巧燕你也真是的，把你姐叫过来干啥？她那么忙！"

花巧凤迎上去叫了声："文东叔，你几时来的南粤？怎么也不打声招呼？"

花文东苦笑了一下，没说话。花巧凤没再追问，而是转脸看着花巧燕说："巧燕，文东叔可能还没吃早饭呢，你去弄点吃的过来吧。"

"何止没有吃早饭？我连脸都没洗呢！"花文东尴尬地笑了笑说。

花巧燕把花文东带到员工宿舍冲洗了一把，又到食堂亲自下厨做了一大盆面条端到办公室。

花文东吃完面条时已经满头大汗。他随手拽张餐巾纸，一边擦拭着头上的汗水，一边断断续续地说："你们两姐妹看到我这个样子一定很奇怪。都是自家人，我就不瞒你们了。这两年不知运气咋那么背，做钢贸吧，好容易托人贷款求人囤货，指望挣点差价，可钢材价格越跌低越低，把我那点本都快赔光了；买股票吧，去年还行，随便在路边听个消息，就能买到翻几倍的大牛股，今年就不一样了，以前挣的钱全赔光了不说，把我的老本也亏了不少。我现在除了欠银行几百万贷款什么都没有了！"

"文东叔，其实我一看到你这个样子，就明白怎么回事了，因为你上次来南粤时说过正在做钢贸和股票。记得我当时还劝你当心，你也听不进去。现在你既然明白股市的风险，那就别做算了。"花巧凤说道。

"我是不想做了！来南粤之前，我已经把所有的股票都卖掉，全部加在一起也就弄出八九十万。本打算到南粤能远离那些债主，安安心心把这点钱吃完、喝完、玩完，然后两腿一蹬去见阎王，没承想被巧燕撞上了。看来，我这是命不该死啊！"

"文东叔，你是见过大风大浪的，年轻时那么苦，你都挺过来了，现在怎么会往死上面想？再说，你死了小婶子怎么办？我那两个弟弟、妹妹怎么办？"

"哎！管不了那么多了！该走的路都走完了，没有希望啊，我活着又能解决什么问题？"

"人来到世上一趟不容易，坎坎坷坷总是少不了，我们谁没遇到过为难事？你一个男子汉怎么能遇到点困难就想到走绝路呢？"

花文东被花巧凤说得一时没话说。

花巧凤趁势又加上一句："如果不能荣华富贵，那就平平淡淡。你有什么困难，我和巧燕一定全力帮你。"

花巧燕也在一旁附和了一句："你欠的钱，我可以先帮你垫上一些。如果钢贸和股票都不能做了，你就来我们物流公司吧，我们现在正好缺人手，就来帮我管管内务，等以后情况都熟了，再看你喜欢做什么吧。"

听完巧凤、巧燕两姐妹的一席话，花文东既惭愧又欣喜地说："我真糊涂！怎么能往绝处想？真是太不应该了！你们姐妹俩既然愿意帮我，那我就爬起来再拼上一把！"

## 第四十五章

# 洗尽铅华愈超然　重返山巅心气平

　　美国次贷危机不仅使中国的官方储备和一些银行投资的美元资产面临巨大风险，也使深度融入国际经济体系的中国实体经济遭受重大冲击。10月9日，继美国之后，中国人民银行也开始放松货币，决定下调人民币存货款基准利率各0.27个百分点。但股市并不领情，南粤股价指数当日下跌2.4%，次日再跌5.52%。

　　花巧凤感觉股市已经跌得足够狠，很多个股的市盈率只有十几倍，便开始出手增仓。她把两只基金里可供使用的资金均分成30份，打算在30个交易日里每天分散买入标的股票。对自己的个人账户，则拿出2000万现金，每天花70万元买入指数基金，直到资金全部用完。

　　花巧凤的建仓计划尚未完全得到执行，中央政府便在11月9日宣布实施宽松的货币政策和积极的财政政策，并同时出台了总规模达4万亿的宏大投资计划。她明白，股市的阶段性底部已经没有任何悬念地到来了，接下来的任务就是按部就班完成建仓计划和耐心等待股市反弹了。

　　2009年元旦过后，上一年度的基金排名很快出炉。花巧凤因为全年绝大部分时间轻仓，只是在第四季度才开始分批增仓，反倒以年度净值增长仅仅8.7%的成绩戏剧性地重回公司第一、业内三甲。而蒋小瑛管理的几只基金却损失惨重，特别是去年初发行的两只新基金净值都在0.5以下，不仅在大为基金公司成为垫底的基金经理，在业内也被甩到了最后几名。各种好评、荣誉再次潮水般地涌来。但历经风雨、痛失闺蜜的花巧凤已经对这些没有太多兴趣，她委婉地推掉一个又一个抛头露面的机会，谦逊地答谢一波又一波热情洋溢的赞誉。

　　周易和钟逸勤得知花巧凤重回业内三甲，分别打来电话祝贺。花巧凤说，都是老朋友了，不用那么客套，股市就像人生一样，起起伏伏，阴阴晴晴，不在于一时的得失，活得长久才是正道。

　　周易夸花巧凤"历经铅华,超凡得道",说做股票就需要像她这样宠辱不惊,无视干扰,坚守自己的逻辑和信念。还说,手中有股时,胸中应无股;手中无股时,胸中应有股。花巧凤问他这两年收获如何,周易告诉她自己早已参透了人生,根据乾卦原理,该出手时便出手,该放空时便远遁,虽说没有富可敌国,但也不至于套在山巅站岗,憋在谷底叹息,"至于具体数字嘛,嘿嘿,改日请你和钟逸勤乘我的新游艇去趟远海再说"。

　　钟逸勤则一如既往地称赞花巧凤眼光独到、做事果断,说这些年最佩服的人就是花巧凤,只可惜花巧凤太不谙风情,从不给他机会。花巧凤就在电话里嗔道:"咱们都是人到中年了,亏你还有兴致开这种玩笑!不过,看起来你心情不错,这两年应该收获不小吧?"钟逸勤则回她,被人仰慕是一种福分,叫花巧凤好好受用,自己又不会强迫她做什么。还说多亏有她和周易这两位朋友的开导和支持,这两年自己做得还行,完美地抄了一把大底,逃了一把大顶,现在的资产总量已经回到前几年峰值以上了。花巧凤把周易要请他俩乘坐新游艇出行远海的话转述了一遍,钟逸勤在电话那头激动地说:"太好了!太好了!期待这一天早日到来!"

　　随着各国央行的干预,次贷危机的影响在超级宽松的货币政策之下逐渐趋于平静。中国的股市也因4万亿投资计划和十大产业振兴计划的落地持续反弹了7个多月。到7月底的时候,南粤股价指数已从2008年的最低点反弹了1倍以上。

　　花巧凤带领团队认真分析了经济前景和主要上市公司的盈利能力后发现,次贷危机虽然暂时不再恶化,但靠拼资源的传统发展模式已经走到尽头,转型既势在必行,又不可能轻易完成。中国也是一样,在新的增长模式发挥作用之前,还有很长的路要走。她发现眼下的这轮反弹已经把能炒的都炒了一遍,市场平均市盈率又到了30多倍,而经济增速却并没随4万亿投资的落地而提高,反倒明显回落。

　　是时候离开了!花巧凤再次把她管理的基金仓位降到最低点,把个人账户里的指数基金全部清空,然后,向公司请了年休假,带上乐乐和妙音一身轻松地前往北美休假去了。

　　花巧凤休假归来,正赶上《金牛》杂志社组织的年度最佳分析师评选活动。她每天都要接到多个分析师的电话、短信或电子邮件,内容无外乎在上一个年度里,他(她)或他们的团队多么精准地预测了行情,推荐了牛股,请求她在投票中多多关照,要投票就投他(她)或他们第一名。对此,花巧凤只能一笑了之,因为她比谁都明白,这些人没几个说得准的,很多人的策略甚至完全可当作反向指标。但是她也知道行走职场都有难处,人家都腆着脸求上门来了,总该给人点面子吧？再说了,以后参加调研什么的,不还得靠人家牵线搭桥吗？所以只要有人找到她,她从不让人失望。不过,刚刚参加的这场拜票饭局却令她哭笑不得。

事情是这样的:受老东家通银证券邀请,花巧凤前往南粤一家豪华会所参加晚宴。这家会所坐落在南粤公园内的湖心小岛上,岛上大树参天,假山环抱。花巧凤在工作人员的引领下,登上小艇,十几分钟便登上小岛。刚上岸,码头边恭敬候着的小伙便通过耳麦通知了下个一路口的接待人员。就这样,经过五六次通报,花巧凤才拐弯抹角地到达目的地。这是一间面积足有100平方米的大厅,大厅内灯火通明,天花板最中间是一盏大气的欧式吊灯,大厅四壁分别嵌着四盏欧式壁灯,沿着四周墙壁安放着一圈乳白色真皮沙发。大厅中间摆着足可坐下30人的枣红色大圆桌。

花巧凤到时,十来个业内排名居前的基金经理已然到达。"花总,您来得正好,就差您了！"通银证券首席经济学家满脸堆笑地快步迎上两步打着招呼,直接把花巧凤安排在主陪右首坐下。次陪席位由首席策略师认领。主客双方在主陪的招呼下分别落座,基本按主客、男女错落的方式入座。花巧凤身边是一位二十刚出头的帅气宏观分析师。

菜式品种繁多,极尽奢华,不是南非双头鲍,就是北海道甜虾、阿拉斯加帝王蟹;酒有白、红、干白多个品种,白酒只上30年国酒,红酒和干白必是1982年以前的某奢侈品牌。酒过三巡,菜过五味。室内的气氛渐渐热火不起来。首席经济学家是一位四十刚出头的干练大叔,国字脸、高鼻梁、满头乌发,声如洪钟,在向每位客人恭恭敬敬地敬了一次酒之后,便高声宣布:通银证券宏观和策略团队在过去的一年多时间内尽心尽力,不仅准确预测了2007年的牛市高点和2008年的熊市低点,还于2009年6月最先提出反弹接近尾声的观点,已成为卖方宏观和策略的标杆,为投资人理性、科学投资尽到了应尽之责。他希望今晚到访的各位基金大佬在接下来的"金牛分析师"评审活动中把自己宝贵的一票投给通银证券。为了表达通银证券宏观和策略研究团队对各位大佬的感激之情,他号召在座的美女帅哥务必把身边的基金大佬服侍多好。

有了领导的指令,通银证券的姑娘、小伙们立马行动,各展其长。姑娘们对身边的基金大佬哥长哥短娇滴滴地叫着叫着便黏了上去。一时间,有喝交杯酒的,有耳鬓厮磨的,有拥在一起的,也有双双拥在墙角的。

在场的女性基金经理只有花巧凤一人。她身边的这位帅小伙也不甘示弱，先是一口一个"花总、花总"地叫着，没多久便直接叫"姐"，反正目的只有一个，就是要花巧凤喝酒。花巧凤本来对喝酒兴趣不大，但奈不得小伙的甜言蜜语，很快便喝得晕晕乎乎。她本能地站起身，准备去卫生间洗把脸清醒一下，谁知刚起步，身子便一个趔趄，差点摔倒在地。小伙眼疾手快，一伸手搀住了她的胳膊，花巧凤这才没当场摔倒。

"姐，您要去卫生间吗，我扶您过去吧！"小伙子善解人意地贴在花巧凤的耳边低声说道。

花巧凤心想，你一个男的，哪能跟我一起去卫生间呢，便红着脸说："谢谢，我自己去！"

谁知小伙倒也不拿自己当外人，继续揽着她的胳膊，小声说："姐，您别客气，您看这一屋子人，我不陪您去，谁能陪？小弟我就喜欢像您这样的成熟女性，自打您进屋那一刻起，我就暗下决心，只要您需要，小弟愿随时听候召唤！"然后，环顾了一下四周继续说，"您也看到了，大家都是正常人！"

花巧凤没好气地说："小伙子，你想啥呢？别人怎么做，我管不到，你呀，还是把心思多放在钻研业务上吧！"

小伙子见花巧凤这么说，脸上一阵白一阵红，杵在那儿半天没说出话来……

时间还不算太晚。花巧凤去罢卫生间，回到大厅门口时，见一屋人你搂我抱，气氛愈加暧昧，感觉再待无益，便直接转身往码头去了。

## 第四十六章

# 三剑客再议避熊　钟逸勤期市发威

十一长假里的一天早晨，花巧凤应周易之邀来到游艇码头。周易和小孙已在码头等候多时。小孙见到花巧凤亲热地跑上去一把揽住她的胳膊，花总长花总短地叫着。

周易则挤眉弄眼地调侃道："你们姐俩可真够亲热呀！待会儿上了游艇估计你要跟另一个自己亲热了！"

花巧凤有点犯糊涂，就问小孙："你们周总啥意思？"

小孙刚想开口，周易就做了个闭嘴的动作。小孙只好说："周总不让说，你就别问了吧，反正上了船就一切都清楚了。"

待花巧凤跟随周易和小孙走进游艇的一刹那，她一下愣住了。一位二十刚出头的红衣女子正亲昵地依偎在钟逸勤的臂弯里，而这个女子看到花巧凤也张大了嘴巴。

"两位花巧凤不期而遇，妙！"周易鼓掌叫道。

钟逸勤稍稍有些尴尬地笑着站了起来说："花总来了啊，今天你可迟到啰！"随后，转身拍了拍红衣女的肩膀说："这位是小曾，大名曾艳梅，是我在中成证券滨海营业部的客户经理，今年大学刚毕业。我听周总说他的新游艇很大，想必多一个人没问题，就把她也请过来了。"

钟逸勤说话的工夫，花巧凤仔细打量这位红衣女：粉嫩的鹅蛋脸上镶着两道月牙眉，一双水灵灵的大眼睛顾盼有情，略显高挺的鼻梁下恰到好处地长着两片红润饱满的嘴唇。像！真是太像了！她不由得暗自称奇：世界上竟然有这么巧的事吗？

红衣女也直愣愣地上下打量着花巧凤。那眼神由起初的大吃一惊很快变成了恍然大悟，她伸手拢了拢自己乌黑发亮的短发说："您长得太像我妈了，难不成您是我的小姨？"

没等花巧凤答话，周易大声笑着说："人家在家中排行老大，怎么能是你小姨？要说他长得像你妈，还不如说你就是年轻时候的她！"一句话把大家都逗得大笑起来。周易又凑近花巧凤的耳边说："我今天才明白，原来钟总一直暗恋你，又不能得手，只好找了个你的替身！"

花巧凤伸手拍了一把周易，嗔道："你就会瞎说。"但心里却默认了周易的说法。

几人相互介绍一番后，周易转身开船去了。钟逸勤便一人周旋在三个女人之间，一会要给这个倒水，一会儿又要帮那个剥糖，生怕一不小心怠慢了哪个女人。

花巧凤见周易忙得不亦乐乎谁都不想得罪，心里暗觉好笑，但又不忍见到钟逸勤太累，便主动劝他不要客气，问他最近对股市有什么看法。

提起股市，钟逸勤立马一身轻松。他顺手拿起桌上的矿泉水喝了一口，说："我对后市看得很淡，感觉今后很长一段时间都难有大机会了。"

"哦？我们想到一起去了！说说你的理由吧！"花巧凤鼓励他继续说下去。

"我的理由很简单：看基本面，美国次贷危机的影响还没有得到彻底消化，传统产业的盈利能力从2007年的高点掉下了很多，至今没有恢复，新兴产业大多仍处在幼芽阶段，一时半会还没能力挑起经济大梁；看资金面，4万亿投资计划把资金都吸引到基础设施和房地产上面去了，现在民间借贷成本动不动就20%，甚至更高，谁还有心思把钱投到股市？看股票供应，大小非解禁已经没法回避，我看到有人算了笔账，说是过几年全都上市流通了，股票的供应量一下子就会比现在增加五六倍，这还不包括发行新股增加的股票供应量。"

"讲得太好了，我的想法跟您基本一样，感觉今后几年会是慢熊走势，要想再起一波行情，必须把这些大小非消化差不多了才行。我现在就是发愁，股票投资者在今后这么长的熊市里该怎么办？！"花巧凤补充道。

花巧凤的话令在座的其他三人都陷入了沉思。过了一会，还是小孙打破了沉默，说："你们这些老总三句不离股市，今天天气这么好，不如我们到船头看周总开船去！"

驾驶舱内，周易正在全神贯注地紧握方向盘。洁白的游艇就像离弦之箭，直插大海深处，演绎着速度与激情的欢歌。往前看，烟波浩渺、无边无际；往上看，碧空万顷、白云如絮；往两边再看，白浪翻滚、水花四溅。

"啊……"小孙朝着游艇疾驶的正前方张开双臂，高挺双峰，陶醉地大声喊了起来。

"抽什么风？可别把海怪吓出来了！"周易扭头揶揄一句。没承想,他手一抖,游艇摇晃了一下,差点把小孙摔了个仰八叉。

花巧凤和曾艳梅也被晃得东倒西歪,幸亏她俩下意识地把手拉在一起,才没有摔着。

周易眼尖,马上吆喝道:"得,这母女俩就是有缘分！"气得花巧凤恨不得抢上两步一把掐死他。

"花巧凤,你干嘛朝我翻白眼？"谁知周易哪壶不开提哪壶,竟然问了一个花巧凤没法回答的问题。

"周总,你还是好好开船吧！"钟逸勤不想把大家的注意力都集中到花巧凤和曾艳梅的关系上,便故意打岔。

"开什么开？你们在那乐呵,就留我一个人做苦力呀？告诉你们,我还不想开了呢！"周易说罢,这里掰一掰,那里拧一拧,发动机一下就停止了轰鸣。他一脚迈,离开驾驶舱,直奔中间的娱乐区,一屁股倒在软绵绵的沙发里,四肢随意伸展着,好不惬意。

游艇渐渐慢了下来,直至随波逐流。四周除了水还是水,无边无际的水,深不见底的水。能乘十几个人的豪华游艇此时就像一个被抛弃的孤儿,任凭汹涌的海浪肆无忌惮地拍打船舷,发出"哗、哗"的撞击声。

钟逸勤还好,几个女人可吓得够呛。花巧凤踉踉跄跄走到娱乐区捂着胸口问周易:"周兄,你怎么不开了？"

"为什么要开？开到哪里去？"周易双手一摊说。

"总该有个目的地吧？比如一座荒岛什么的,这样我们也好上岛走走。"花巧凤道。

"今天不上岛了。我们这是在远海,周围没有荒岛,就这样任凭风浪打不是很好吗？"周易一脸轻松地说。

钟逸勤似乎看出了门道,他伸手示意花巧凤不要多问,并招呼小孙和曾艳梅也过来在沙发里坐下。"大家都安心坐下吧,我明白周总的意思了！"

"明白了什么了"花巧凤就近坐在沙发里问。

"周总这是提醒我们要有张有弛、劳逸结合！"钟逸勤说,"游艇已经行走老半天了,我们还好,周总可是一直高度紧张地开着船！"钟逸勤这么一说,三个女人这才眉头舒展,长长地叹了一口气。

"我还以为周兄有什么情绪呢!"花巧凤在沙发的扶手上使劲一拍说。

"你把我周易想成什么人了?整个一个小肚鸡肠的八婆嘛!"周易佯装愤怒地指着花巧凤说,"今天我特意请大家来远海,不是要吓唬你们,而是让大家好好感受一下宁静和孤独。为了各位都不虚此行,建议大家都不要吱声,就坐在原处,可以观看四周景致,也可以静坐冥想,反正不要说话,半个小时后我们再交流一下心得如何?"

周易的提议,得到了大家的自觉响应。游艇内再无半点声息。浪更急了,不时有水珠飞溅到窗户上,游艇时而向左偏,时而向右歪,被彻底遗弃了一样。太阳毫无保留地把白花花的光芒洒在船身上,碰巧飞过的海鸟把一串起伏不定的鸣叫声抛下后,便是更加令人心慌的空寂……

周易站起身来,从吧台的冰箱里捧出一盆色彩缤纷的水果放在娱乐区中间的桌子上,环顾一下每个人的脸庞:"感觉怎么样?来,吃点水果吧!"

"有一种莫名的虚空感。"钟逸勤伸手用叉子叉了块火龙果送到嘴里说。

"感觉自己很渺小。"花巧凤接着说。

"我刚才差点没哭出来。"小孙一脸忧郁地说。

"我……我想飞,可知道自己飞不起来,有点懊恼。"曾艳梅吞吞吐吐地说。

"好!大家的感受都差不多,这种感受说到底就是空旷无边与我们日常所处的拥挤城市空间的巨大反差。"周易以一种哲人的口气总结道。

"有道理!怪不得周总能在资本市场里立于不败之地,原来你深谙进取与休整的道理!"钟逸勤竖起大拇指说,"正好,前面我和花总谈到一个问题,就是都看淡未来若干年的资本市场,但又没有想到合适的应对办法。你刚才这么一说,我似乎有主意了!"

"空仓休息?"花巧凤问。

"空仓的确是一种选项,但这是一种消极的休整。我们还可以选择一种积极的休整。"钟逸勤说。

"这个方法我考虑过,比如加大可转债、企业债等固定收益产品的投资比重,或者购买一些信托产品,申购新股也是一种很不错的选择。"花巧凤说。

"毕竟是明星基金经理,还是花总厉害!"钟逸勤再次竖起大拇指,"不过,对我这个做期货起家的人说,既然实体经济注定要走熊,重返期市也是不错的选择。听说股指期货很快就要开通了,这个鲜到时候我一定要尝尝。"

钟逸勤和花巧凤应对熊市的策略引起了大家的共鸣,钟逸勤率先鼓起掌来:"这次远海真是不虚此行啊,把两位应对熊市的高招都哄出来了!"

熊市对于有准备的人来说,其实并不是太难熬。十一长假结束后,花巧凤便着手为可能的漫长熊市做准备。她所做的第一件事就是说服李锋总经理等相关决策人把她所管理的两只股票型基金进行大比例分红,然后重新募集一只总规模50亿元的股债混合型基金。由于先前持有花巧凤管理的两只股票型基金的投资者非但没有在2008年股市大跌中遭受损失,反而获得了可观的分红,所以,这次以她名义募集的混合型基金不到三天即全部售罄。至于自己的个人账户,她拿出6000万元平均买进了知根知底的6只纯债基金。做好了这一切,她便开始了耐心地等待。

工作方面,两只股票型基金的仓位已降至极限低位,新募集的这只混合型基金只要按计划做好建仓工作就行。因此,花巧凤除了按部就班处理好日常事务,偶尔对几只基金的持仓品种和持仓结构进行一些微调外,便把更多的精力放在了实地调研上。对于一些因题材、事件带来的脉冲机会,她基本不去过问。事实上,因为基金规模非常庞大,这样的机会也根本没法把握。所以无论是2009年10底创业板推出后的前期炒作,还是2010年4月股指期货推出后股指快速回落后的反弹、2013年初豪冠科技等融资融券品种的疯狂拉抬,她都没有参与,却也因此躲过了2011年的单边下跌、2012年的个股惨跌和2013年8月光大乌龙指事件的冲击。不仅躲过冲击,她还因为股票型基金轻仓和混合型基金重仓可转债、企业债等固定收益品种,在央行对信贷总量逐季收缩、社会融资成本一路走高、民间借贷成本一度高达30%—40%的背景下,再度为大为基金创造了可观的业绩,那只混合型基金的收益率更是连续4年达到8%以上。

不过,在李锋等公司领导的强烈要求下,花巧凤还是极不情愿地参与了一把2013年的创业板炒作,并鬼使神差地收获了一笔意外利润。说她"极不情愿",是因为她对创业板的估值和发展前景看不明白,不知道该以什么逻辑进行投资。从市盈率看,2012年底,上证A股的平均市盈率不到12倍,中小企业板的平均市盈率不到28倍,而创业板股票的平均市盈率却超过34倍。如果创业板的盈利增长能力比主板或中小板的盈利增长能力高也就罢了,但从年报预测公布的数据来看,主板企业的净利润增长率至少还能达到将近15%,而创业板企业的净利润增长率只有 5% 左右。因此,一向谨慎的花巧凤无论如何也不会增持创业板股票。

李锋一般不干预花巧凤等基金经理的独立操作,但在 2013 年春季的时候,也不知为啥突然关心起基金经理们的持仓情况了。他知道花巧凤管理的两只股票型基金仓位极低,便把她找过去,说现在创业板里的股票大多是代表中国经济未来的科技、媒体、通信等产业,正在受到国家政策的重点扶持。自从 2009 年 10 月底管理层推出创业板以来,已经有 3 年多的时间了,在经历前期的炒作之后,不少股票已经调整得非常充分,对于这样的股票不能不重视。他还强调,在资金总体紧张的情况下,如果要发动行情,必然只能选那些体量小、不受融资融券影响的股票,而创业板就是最好的选择。

花巧凤起初并没有把李锋的话当回事,直到李锋第三次把她找到办公室,严肃地要她认真考虑下创业板股票的投资价值,她才意识到李锋可能有某种无法明说的原因要她增持创业板股票。想到李锋既是公司领导,又对自己有知遇之恩,自己只好曲意逢迎一下。谁知当他召集基金团队讨论创业板股票的投资可行性时,团队成员竟一致力挺增加创业板股票的持仓量。经过再三权衡,花巧凤从她的两只股票型基金里各拿出 10 亿元增持了一批估值相对较低、增长前景相对较好的创业板股票。也是花巧凤运气不错,待她增仓接近尾声时,不少创业板股票已迭创新高。几个月之后,当这些新增创业板股票总体浮盈接近 50% 的时候,她因再也无法容忍这些股票的巨大泡沫而快速清仓了。与 2007 年她早早离场主板一样,这次她提前得更早,在她清仓以后,创业板股票总体上又上涨了将近 50%。不过,她一点也不遗憾,反倒有点白捡皮夹子的意外惊喜,因为这次投资决策根本不是她的本意。

后来,花巧凤听说李锋总经理因为强制手下基金经理增持创业板股票而获得了某个更早埋伏创业板股票炒家的一大笔分成。好在监管部门并没有追究此事,她也就一笑了之,权当从没听说过此类传言。

闲暇之余,花巧凤要么去凤鹏徽菜馆转转,帮曹鹏打打下手,提提建议;要么约上周易、钟逸勤等一众老友,爬爬山,喝喝茶,逛逛远海,日子过得倒也有声有色。也正是在与老朋友们交流的过程中,她了解到了另一个此前不曾关注的领域,并深刻影响了她在 2014 年开始的那轮杠杆牛市的操作策略。

2014 年春夏之交的一个周末下午,花巧凤与周易、钟逸勤等几个朋友在南粤湾边上的一处茶楼喝茶闲叙。天气晴好，百花争艳，窗外的红树林更是枝叶婆娑、婀娜多姿。几人围桌而坐，海阔天空地漫天闲扯，说着说着竟又扯到了股市。

花巧凤说："股市从 2008 年到现在已跌了整整 6 年，我们几个人还好，做做固定收益也能勉强度日，可苦了那些一直在股市里泡着的啰。要是在经济下行时也有机会挣大钱就好了！"

花巧凤话音刚落，钟逸勤便接过话来："亏你还是金融学博士呢！对于金融从业人员哪有什么经济上行与下行之分？只要市场有波动就会有机会。"

"这个我当然知道，可是一般人还是习惯于做多，做空风险太大。即便是顶级高手，也不敢轻易做空。还记得 1998 金融危机那年索罗斯是怎样从香港大败而归的吗？"花巧凤反问道。

"当然知道。那是索罗斯自不量力，以一己之力对抗有着强大靠山的香港金管局，能得手才怪呢？！但是一般的市场博弈，多空双方的胜率不会有太大的区别。如果方向看准了，策略也用对了，做空同样能挣到大钱。"钟逸勤辩解道。

两人辩论的时候，周易就在一旁冷眼旁观。他见钟逸勤情绪那么高涨，心里便明白了八九分，就冲着花巧凤做了个鬼脸，说："花巧凤，你别总用老眼光看人，没瞧见钟总今天红光满面、意气风发吗？别忘了，人家可是做期货起家的资本大鳄！要不是国债期货停了那么多年，他怎么会与我们坐在一起扯什么股票？！股市里赚的那点钱，哪有凭借保证金放杠杆钱来得快？"

花巧凤经周易这么一说，当即恍然大悟，自己早年在中成证券从国债期货里挣到的那几百万还是拜钟逸勤所赐呢！现在经济低迷、股市长期走熊，人家重操旧业还不顺理成章吗？于是便用一种极其谦恭的语气对钟逸勤说："真抱歉，我竟然忘了您原本就是期市高手！能透露一下您最近的战果吗？"

"高手谈不上！只是近期跟在几个大佬后面做空螺纹钢小赚一个多亿而已。"钟逸勤答道，他被周易和花巧凤夸得有点不好意思了。

"一个多亿？上次见面的时候，还没听你说过这事，这才几天的工夫，你就赚了一个多亿！"在座的几个人几乎异口同声地惊叹道。

"你们没有参与过期货交易，对保证金交易的赚钱效率根本就没有概念，实际上，我这一个多亿只花了不到半个月的时间就到手了。"钟逸勤说着眼光飘向了窗外的红树林，仿佛又回到了那段惊心动魄的日子——

那是一个普通得不能再普通的上午,钟逸勤的办公室里突然来了十几个极不普通的客人。为首的是一位身材高大的五十多岁男人,这人头发乌黑发亮,面容红润饱满,再配上一身藏青色名牌西服和银灰色真丝领带,更显得气宇轩昂,不怒自威。钟逸勤的办公室不大,见客人较多,忙招呼为首的这位客人坐在宽大的单人沙发里,并吩咐手下人再搬些凳子过来。哪知一起进来的另外十几个男人都极力摆手,说:"不用搬凳子,站着就很好。"钟逸勤只好尊重他们的意愿,在对面的另一只单人沙发里坐下。其他客人则全部双手叠在胸前,腰杆挺直,毕恭毕敬地站在为首这位客人的身后或两侧。

"这是我们老板的名片。"待钟逸勤坐定后,站在为首这位男人右侧的一个小伙子弯腰用双手递过一张金灿灿的名片。钟逸勤快速扫了一眼,紧接着微微欠了欠身子说:"原来您就是河西矿业集团的高董事长,久仰大名,失敬失敬!"

钟逸勤话音刚落,刚才递名片的那位小伙便接着说:"看来钟总对河西矿业集团和高董还是很熟悉的嘛!"

"岂止是熟悉?简直如雷贯耳!河西矿业集团是我们南方地区数一数二的特大型国有企业,拥有品位一流、储藏丰富的煤、铁两大矿产,高董事长更是著名企业家,我哪能不知道?只是不知道高董和各位来到我这间小公司有何贵干?"钟逸勤客套一番后便抛出了自己的疑问。对他来说,这位大名高守的国企董事长如果没有什么要事,一定不会屈尊亲自到访他这间小公司的。

"哈哈哈哈!"一直没怎么说话的高董事长开口说话之前,先豪爽地大笑几声,"当然有事了!钟总是期货高手,早已声名远扬,我们也算是惺惺相惜吧。我今天找你还真有点事。"

听到高董事长说真有事,钟逸勤立马坐直了身子,做出洗耳恭听状。

高守董事长还是没有立即细说来意,而是随手指了指身边的那位小伙说:"你先把我们这段时间的战绩跟钟总介绍一下。"

小伙子立即绘声绘色地说:"我们河矿集团最近在高董的亲自指挥下纵横商品期货市场,打了多场硬仗,赢得一个又一个关键性胜利,可以说是风生水起,战果辉煌,一两个月工夫就把好几个亿收入囊中!"

钟逸勤自从 2001 年在广厦科技上摔了大跟头,好容易才借 2007 年那波大牛市重新翻身,现在的心性早已被岁月打磨得如镜面般平静。他这些年在股市走熊期间,重新回到期货市场,已经形成了一整套独立的操作体系,追求的是稳定、持久盈利,而不在于一城半池的得失。所以他对于期货市场上一闪而过的明星并不是太在意,对于小伙子口中神乎其神的高董事长压根就没有听说过。但他也是快到知天命的年纪了,对客人表达一下起码的礼貌还是会的。于是他以惊异的神情回应道:"高董不愧是大国企的灵魂人物,我做了20多年的期货和股票也没能赚到这么多钱,您真是太厉害了!"

"厉害谈不上,在国企打工,主要靠奉献精神。"高董事长极力表现出谦逊的姿态。众随行人员无不为之动容,个个作肃然起敬状。

高董事长身边的那位小伙子则不失时机地添了一句:"高董对自己要求一向甚严,别看他处处身先士卒、常常亲临一线,并且为集团创造了那么高的效益,自己却没有多拿一分钱,不仅没有多拿,还比很多中层干部拿得少。"

"哈哈!不说这些了,还是进入正题吧。"高董事长苦笑着摆摆手示意小伙子别再说下去,但看得出他对小伙子的话还是非常受用的。"是这样的,"高董事长接着说,"我呢,这两个月亲自操刀做了几把煤、钢期货,小赚了几个亿。以前不做不知道,光听人说风险长风险短了,这一上手才发现,哪有传说中的那么邪乎?你把方向看准了,手中又有巨额资金,只要轻轻一拉,钱不主动跑来找你都难哟!"

钟逸勤心想,哪有那么简单的事?很多时候,就算你方向看得对,也未必赚得到钱;你以为自己钱多,市场上比你钱多几十倍、几百倍的大有人在。但他以谦卑的口气问:"哦,那您前面是做多还是做空的呢?"

"当然做多啰!我们自己手里有矿,最近半年来订单和出货量逐月提升,经济复苏的势头非常明显。我还深入研究了国际、国内宏观经济数据和国家的政策导向,都证明经济在探底回升。"高董事长讲到这里,开始眉飞色舞起来,那样子既似凯旋的大将军,又似学贯中西的知名学者。

"高董真是太神奇了!"钟逸勤先以极其谦恭的口气夸赞一句,委婉地接着说,"不过,以我从事期货和股票20多年的经历来看,做期货交易可是个既累人又劳心的苦差事,您既要管理那么大一家矿业集团,还要亲自研究、亲自操盘,可不要把身体累坏了呀!"

高董事长听罢,抬手狠狠拍了下沙发扶手,说:"钟总果然内行!我还真是累得够呛,所以也想给自己找一个期货方面的助手。听说你水平不错,我这不是亲自登门了吗?"

高董事长拐了那么大的弯,总算说到了正题。但是对于受雇于人,钟逸勤完全没有思想准备,更不知该如何接话,便沉吟了一会。

"你要是愿意过来,我可以给你开 300 万的年薪。"高董事长语重心长地说。

300 万年薪!这个数字对绝大多数中国职场人来说都是不可企及的梦想,但是对钟逸勤来说却未必如此。他宁肯顶着巨大的市场压力和风险,也不太愿意过 300 万年薪的安稳日子。这些年他如闲云野鹤一般完全按照自己的心性行事,虽然也曾经历过人生低谷,但终究还是挺了过来。人生的路还相当漫长,他愿意继续按自己的意愿走下去。于是他轻轻笑了笑说:"非常感谢您的赏识,在下已经习惯于做个体户,恐怕难以胜任您的要求。"

高董事长愣了一下。他没想到 300 万的年薪居然也没能打动眼前这位看似不起眼的中年人。好在他也算见多识广的大佬,随口打个哈哈就把这事带过去了:"不要紧,不要紧,你再想一想,想明白了可以随时给我打电话。"紧接着又天南海北地与钟逸勤扯了一会儿便果断起身告辞,随行的十几个人呼啦一下也紧跟着扬长而去。

钟逸勤把故事讲到这里,便不再继续。他把眼光从窗外的红树林上收回,低头为自己添了一小杯碧绿的太平猴魁,慢条斯理地端起来送到鼻子底下闻了闻,又轻轻放了下来。

"然后呢?"花巧凤忍不住追问了一句。

"然后我就追踪到了河矿集团的席位。"钟逸勤端起小茶杯,把杯中茶痛痛快快地一饮而尽,"我发现那位高董事长的确是在强烈做多,但他的对手盘却更加强悍,经多方了解,才知道是两位期货大佬在联手做空。从方向来看,做多肯定没错。但期市对决往往不仅仅看方向是否正确,很多时候资金实力和交易策略更加重要。"

"看来你是打算做空了?!"花巧凤插了一句。惹得周易在一旁打趣说:"钟总还是赶快说完吧,看你把花巧凤急的!"

"我这不正说着嘛?!"钟逸勤笑着说,"我们做交易当然要从善如流!谁还能跟钱有仇吗?我二话没说就集中资金跟在两位大佬后面一起做空了。就这样,多空双方连续相持两周多的时间,都在不断增加兵力。直到第三周开始,两位空方大佬突然成倍增仓,一举把多方彻底打爆。我就是在这场对决里收获了 1 个多亿利润。"

"钟总真是太厉害了!"花巧凤情不自禁地称赞道。

"我这还真不算什么！你知道那两位大佬最后斩获多少吗？"钟逸勤伸出9个指头比画了一下。

"我的妈,9个亿呀！"花巧凤张大嘴说。

"9个亿？你可真敢说！告诉你吧,是90亿！他俩每人收割了45亿！"钟逸勤强调,"跟这两位比起来,我只是小虾米一只,想想还是真有点惭愧！"

"惭什么愧？"周易接过了话茬:"你怎么说也赚了1个多亿,有啥惭愧地？以我看那位不知深浅的高董事长才该惭愧去呢！"

"这倒也是,我后来了解到多头仓位大多是河矿集团的,这一把总共亏掉了110多亿元。现在那位高董事长已经被双规了,据说他亏掉的这些钱大多是通过编造虚假担保从银行里套出来的。除了违规参与期货交易,这位高董事长还被传拥有巨额来路不明财产,可能是贪污来的,也可能是受贿来的。"钟逸勤补充道。

"哎！真是人前一套,人后一套！幸亏你们把他打爆了,不然以后不知还要给国家带来多少损失呢？！"周易叹了口气说。

两人谈论高董事长的时候,花巧凤就像没听见一样,自顾自地喝茶发呆。事实上,自从听说两位期货大佬没几天就收割90亿,花巧凤就陷入了深深的沉思。一方面,她惊叹于期货市场来钱之快、来钱之猛;另一方面她也隐隐觉得在A股已经开通股指期货和融资融券的新环境下, 传统的股票交易策略或许已经有些落伍,但是究竟该如何适应这种新的变化呢,她一时没了主意。

"花总怎么不说话了？"钟逸勤问。

"我在想,假如有更多像你这样的期货高手参与股市会怎么样？"花巧凤若有所思地问。

"嗯,这还真是个问题。以前股市没有融资融券,也没有股指期货,但现在都有了。特别是在股市已经连跌6年、大部分股票不仅跌幅很深而且估值极低的情况下,此时从期货市场转战股票市场倒的确是个机会。我自己就准备尽快选一些低估值品种建好基础仓位,一旦政策走暖、市场趋势形成,便满仓加杠杆干起来。"钟逸勤满怀激情地说。

"兄弟,前事不忘,后事之师！你那年梦断广厦科技就是因为满仓加杠杆吧？！"周易仗着老朋友的关系竟然哪壶不开提哪壶,专拣钟逸勤的伤疤去揭。

"哈哈！不要紧。不是有一句话叫'人不会两次踏入同一条河流'吗？那年我在广厦科技上栽跟头主要是因为这只烂股票业绩作假和市场高位持股太集中,更重要的是当时还没有做空手段。这次我肯定不会犯同样的错误。表面上看都是满仓加杠杆，但现在的股市处于长期调整后的估值底部区间，我会优选干净的蓝筹股适当分散建仓，在大盘上升趋势出来以后再通过股指期货建好空单。这样一来，就完全可以做到'锁定风险，让利润奔跑'了！"

"有点意思！看你说得头头是道，应该是做过了沙盘推演。我对期货没啥研究，也没有玩过，没啥发言权，对阴阳相生的道理多少懂得一点。当前的股市虽然总体估值较低，但宏观经济下行趋势未变，这一点成为制约大盘走强的首要因素。不过，从发展阶段来看，算是已经处在见龙在田阶段了，就看有没有火星把它点燃起来啰。反正我已经建了一些仓位，等趋势出来会加大力度。最后，我还是想提醒你一下，千万要把风险控制好，特别是在大盘亢龙有悔的时候！"

"多谢提醒！希望牛市早早到来！"钟逸勤双手合十，认真地向周易道谢！

## 第四十七章
## 虎踞山林伺机动　智者大成胸有竹

　　这次茶叙后,花巧凤反复琢磨一个问题:在经济增速明显下降的情况下,到底会不会来一场牛市?她回顾了新中国 20 多年的股票史和欧美国家近 400 年的股票史,发现股市走牛并不一定要在经济上坡时发生,能看得到上坡希望也成。但是在明显看不到经济上行可能的情况下,还是很难走牛的。她不敢轻易增仓,决定还是看看再说。

　　正好乐乐刚刚参加完高考,妙音再过几天也会完成中考。花巧凤打算请上几天年休假,和曹鹏一起带着乐乐、妙音去新疆喀纳斯湖去寻找传说中的水怪。但乐乐却对跟随父母出游极其排斥,一心想跟同学结伴去贵州探险溶洞。花巧凤不放心,以乐乐从小到大还没有离开过父母为由,口干舌燥地劝了一遍又一遍,试图打消乐乐的出游计划,弄得乐乐很不开心,一个人把自己关在屋里蒙头大睡。花巧凤没法,只好在曹鹏晚上回来后诉苦。

　　哪知曹鹏了解情况后,并没有站在花巧凤一边,而是随口说道:"我当多大的事呢!你让他自己出去不就行了吗?"

　　花巧凤心有不甘地回道:"你这个当爹的心真大!他没有单独出过门,要是有个三长两短怎么办?"

　　"与同学一起出游不算单独出门!再说,他已经 19 岁了,个头比我还高,孩子大了总要离开我们,我们哪能能永远跟着他?别忘了,我们像他这大已经离家多年,你一个女孩子连个结伴的人都没有,不还闯到南粤来了吗?"

　　曹鹏的话令花巧凤一时语塞。乐乐已经 19 岁这个不争的事实也令她想到了自己的年龄:时间过得真快,转眼间,她就从一个懵懵懂懂的少女变成了 44 岁的中年母亲。想到这里,她心里不由得吃了一惊:难道我已经无意中进入了一间封闭保守的小黑屋里?她把自己的担心告诉了曹鹏。

曹鹏听后哈哈大笑，说："可不是老了吗?! 你知道要是在农村老家，我会把你叫啥?"

"啥?"花巧凤不知曹鹏什么意思，紧盯着他等待回答。

"老太婆!"曹鹏一字一顿地说。

花巧凤愣了一下，但很快反应过来，她伸出拳头往曹鹏的腰上轻轻捅了一下，说："那你就是老头子了!"

曹鹏拍了拍渐渐凸起的大肚腩一本正经地应了声："哎!"于是两人你叫一声"老太婆"，我喊一声"老头子"，闹了几分钟，把花巧凤乐得眼泪都出来了。

闹着闹着，花巧凤突然止住笑声说："我想开了，既然我都变成老太婆了，还有什么对儿子不放心的? 爱到哪去，就让他到哪去吧，我们提醒他做好安全防护就行了。"

"我看成。不过，就算提醒也不要说太多，要让他自己拿主意。"曹鹏回了一句。

一周后，乐乐安全回到家里，除了皮肤变得油黑了一点之外，并没有在哪里少一块。花巧凤这才真正接受儿子已经长大成人的事实。但是在对于未来股市行情的预期上，她依然乐观不起来。眼看着公司新任的 80 后富二代基金经理火速完成建仓计划，并开始张罗着开通融资融券业务，花巧凤开始反思自己在投资决策上是不是也误入了保守的小黑屋。她把自己的担忧再次向曹鹏诉说。

出乎意料的是，曹鹏并没有认同她的担忧，而是委婉地告诉她："一岁年纪一岁人，到了我们现在这个年纪，做事稳健一点没啥不好的。因为相比那个 80 后基金经理，我们已经输不起了。股票怎么投资我一向不懂，但有一点可以明白地告诉你，那就是要'听从内心的呼唤'! 如果你认为现在没有做多的理由，就坚持自己的观点，直到你有充足的理由改变观点。反正除了少挣点钱，又不会损失什么。"

曹鹏的话再次使她茅塞顿开。她走到站在窗口往外张望的曹鹏身后，从后面环抱起他粗壮的腰身，把略显松弛的脸颊紧紧贴在他的后背。

花巧凤的按兵不动终于引发了团队成员的反弹。就连在花巧凤亲自提携下担任基金经理助理并一向对她敬佩有加的胡笃仁也开始三天两头找她抱怨。

胡笃仁刚进花巧凤团队时不过是大学刚毕业没几年的小伙子，这一晃也 30 多岁了，跟另外一个团队的那位 80 后基金经理年龄不相上下。人家因为家底殷实，能够为大为基金公司的基金销售做出重大贡献。据说大为某个 30 多亿规模的基金中至少有一半是他老爸的公司直接买掉的，其他则是他老爸利用关系帮他推销掉的，所以他的职务提升简直就不费吹灰之力。胡笃仁知道自己没有这个家庭实力，也不想跟他比，但眼看着那位 80 后基金经理行事果断、手法彪悍，担心花巧凤被他甩得太远，自己跟在后面吃亏，就不停地去劝花巧凤抓住底部建仓机会。

在团队成员的轮番推动下，花巧凤也不好再坚持己见。她组织团队就建仓的可行性进行了辩论。辩论之前，她首先根据公开资料和实地调研收集到的数据强调了经济下行趋势不改的事实。她说："大家都知道 2014 年的中国经济处在增速换档期、结构调整阵痛期、前期刺激政策消化期这'三期叠加'阶段，在这种复杂的情况下，没有证据说明在可以看得到的将来中国经济能恢复高速增长，如果看不到实体经济全面向好，股市哪可能有大行情？"

胡笃仁等人则说："股市到现在已经跌了整整 6 年，整体估值非常低，特别是一些券商、银行、保险等金融股，很多 PB 只有 1.2 倍，甚至更低，这种情况在 A 股历史上是非常少见的。"

花巧凤则说："估值低只说明买入后相对比较安全，并不是大涨的理由，如果实体经济没有起色，这些股票可以长期维持这么低的估值。"

胡笃仁等人则说："除了估值低，目前资金面情况相当不错。货币政策相当宽松；刚性兑付被打破后，原来挤破头往房地产和基建里钻的资金也没有更好去处；再加上有了融资融券，今后会有更多的敏感资金借助杠杆进入股市。"

胡笃仁等人还说："更重要的是政府对股市的态度非常友好，有借助股市激活宏观经济的趋势，5 月 9 号发布的《国务院关于进一步促进资本市场健康发展的若干意见》就是明证。听说新股发行制度也要改革，像老股转让、超募规模、新股的定价、发行的规模都会受到严格限制。"

大伙说到这里，花巧凤内心的天平已经开始倾斜。根据这么多年参与股市的经验，她非常清楚，估值低、市场钱多、政策支持都是股市可能走牛的重要条件。而对于这些条件，她自己又何尝不晓得呢？现在唯一缺少的就是宏观经济可能走强的证据。她把自己的担忧再次向大家强调了一遍。

胡笃仁等人笑了。有人说："花总，您是股市老将了，有一句话叫'股票炒的是预期'，现在宏观经济全面走强的迹象虽然不明显，国家战略调整和推进改革的力度却是空前的，特别是'一带一路'和国资国企改革，不知要释放出多少经济活力来呢？所以就算没有经济的全面回升，局部回升总是少不掉的！"

整个团队除了她以外几乎一边倒地做多主张和依据,再次令花巧凤有一种误入保守小黑屋的想法。她吸取自己在阻止乐乐自主出行方面的教训,决定从善如流,按大家的意见开始做多。当然,这种从善如流并非盲从,而是胡笃仁他们提到的国家战略调整和改革力度使她最终看到了经济结构性走好的曙光。

自 6 月底开始, 花巧凤开始带领团队逐步增仓估值较低的券商等金融股,以及与"一带一路"、国资改革相关的蓝筹股。但对于自己的个人账户她则求稳为主,继续持有债券型基金。到 7 月中旬时,她管理的两只股票型基金仓位已接近最大持仓要求;对那只混合型基金也稍微降低了债券的持有比例,相应提高了股票持有比例。

值得庆幸的是,在她建仓目标接近完成时,南粤股价指数开始逐步走高。到了 9 月,新华社连续 3 天共发表 9 篇文章力挺中国股市。这些文章从《中国需要"有质量的牛市"》到《搞活股市对推进转型升级至关重要》《国企改革和新产业培育或引领第三次牛市》,一篇比一篇更加明确地招呼大家抓紧进场参与即将到来的大牛市。

看着股市和基金净值节节走高,花巧凤心里乐开了花,这轮等了 6 年的牛市终于来到了! 同时,她又多少有些纠结:自己怎么不知不觉就变保守了呢?

## 第四十八章

# 花巧凤稳骑疯牛　胡笃仁眼热丧生

利好股市的政策还在陆续出台。11 月 17 日沪港通开通,虽然资金的流动是双向的,但在 A 股刚刚走牛的情况下,资金北上的概率更大,最起码在心理上对投资者是一种鼓舞。更何况管理层还宣布要积极推动 A 股纳入 MSCI 和 FTSE 指数呢?11 月 22 日,中国人民银行出乎意料地宣布降息 0.25 个基点,成为继 4 月和 6 月两次定向降准 0.5 个百分点之后的又一次货币宽松行动。

在暖风频吹的良好氛围之下,南粤股价指数在 2014 年的最后一个月份开始了狂飙突进,一个月大涨 22.35%。到年底收官时,南粤股价指数以 35.6% 的年度涨幅一扫 6 年熊市阴霾,令全国上下一片欢腾。有着牛市先行指标的券商板块全年涨幅更是高达 154%,一举夺得年度涨幅之冠。

不过,面对如此火爆的场面,特别是到了年底关账时刻,花巧凤和她的团队又面临要不要减仓的问题。这回轮到胡笃仁他们不淡定了。胡笃仁就专门找她建议多少卖一点,至少要把券商股先卖掉。他的理由是这么短的时间内突然涨了这么多,有点恐怖。花巧凤就反过来做他的工作:"当初增仓是你们强烈建议的,这一点我要感谢你们。不过,现在还不要急于减仓,特别是当我们看到券商股带头大涨的时候,因为它们是先行指标,意味着今后还会有大行情。至于什么时候需要减仓,那就要看这轮牛市起来的逻辑有没有变化了。"

胡笃仁毕竟也浸淫市场多年,花巧凤这么一说,他立即就明白了。"对,这轮牛市能起来这么快,与融资余额快速放大关系最大! A 股年初余额只有 4000 多亿,到年底的时候已经跨过万亿大关。如果哪天管理层限制杠杆或者其他什么政策开始收紧,那就该当心了。"

"没错,市场好不容易起来了,不会这么快就结束的!现在的行情发展刚刚处在或跃在渊阶段,我们要耐心等待飞龙在天的那一刻。"花巧凤也学着周易的口气定义起股市的发展阶段。

　　花巧凤管理的两只股票型基金因为增仓及时,增持的又主要是券商等蓝筹股,所以年度净值增幅相当可观,差不多增加了一倍,不仅没输给本公司的那位80后基金经理,还再次荣列基金业年度排名前五。面对如此优异的成绩,花巧凤自然十分高兴,但也隐隐感觉到某种危机。这种危机感不是对股市,而是对她自己。因为这是她继2013年被动参与创业板行情大赚之后第二次在别人的推动下进行决策。

　　"难道自己真的落伍了吗?"她问自己,也把这个问题抛给了晚归的曹鹏。

　　曹鹏没有正面回答她, 而是问:"你是不是对这次的投资活动一开始就心里没底?"

　　"有那么一点。因为看不到宏观经济有走强的迹象,恰恰这一点又是股市走牛的最重要前提。"

　　"那就对了。依我看你不是变保守了,而是更加成熟了。这与你不放心乐乐与同学结伴外出不完全一样。在对待乐乐的问题上,我们之前都没有为人父母的经验,只能凭感觉摸索。在股票投资上,你却有20年的直接经验,早已形成了一套成熟的投资办法。你去年7月份不愿出手增仓,是因为条件不完全符合你的要求。所以就算侥幸回到行业前排,你内心仍然焦虑不安。"

　　"这么一说,还真是这么回事。我老公怎么突然变得这么有思想?"花巧凤从曹鹏背后用双手摩挲着他的脸颊感叹道。

　　曹鹏闭上眼睛,把头往沙发里靠了靠。自从去年秋季乐乐远离南粤去北方大学数学系读书以来,家里一下子清净了许多,但饭店的工作依然非常忙碌。因此,他非常享受这一天中最难得的安逸,甚至希望时间就此凝滞。过了好几分钟,他才咕咕哝哝地说:"咱们这一路走来,经的、见的都不算少了。对证券投资,我虽然不太懂,但人生的道理都大同小异。做事一定要听从内心的呼唤,对于自己认知能力之外的事情,还是不做为好。"

　　曹鹏的话令花巧凤眼前一亮。对,"听从内心的呼唤"!虽然南粤股价指数全年涨幅喜人, 但花巧凤个人账户持有的债券型基金在2014年平均收益率也有21%,比南粤股价指数低了不到15个百分点。自她以6000万元自有资金买入纯债基金以来,累计收益率已达45%。这样算来,六七年来,在别人因漫长熊市而亏损累累的情况下,她还能维持这么高的收益率,已经非常难能可贵。投资的关键在于持久盈利,而不是一城半池的得失。这么一想,花巧凤反倒欣慰不少。

　　2014年年底的快速拉升和杠杆牛市的说法引起了管理层的关注。2015年元旦一过,监管层开始重点核查两融业务。这一行动对火热的杠杆融资多少泼了一盆冷水。南粤股价指数在1、2两月反复振荡,以表达市场对监管层的敬畏之情。进入3月份,随着监管层对两融核查的结束,南粤股价指数再次放量拉升,一路走高。新增开户量迭创新高,日成交额也一天比一天活跃。4月20日,两市合计成交额达1.8万亿元,上交所更因成交首次过万亿而系统爆表。

　　4月22日下午收盘后,胡笃仁敲开了花巧凤的办公室。"花总,我想跟您谈点事。"平时稍显腼腆的胡笃仁像打了鸡血一般神采飞扬地说。

　　花巧凤感觉有点好奇,就告诉他:"有什么开心事,快点说吧!"

　　"花总,我是来向您辞行的!"胡笃仁说。

　　花巧凤一怔,心想:"好好的怎么突然就辞行了?"她盯着胡笃仁看了一会,心平气和地问:"去哪高就?"

　　"没有高就。"胡笃仁说,"我和两个朋友一起凑了点钱,找证券公司放了1:10的杠杆,弄了个1亿多的盘子,接下来准备自己干。证券从业人员又不能炒股,我只好找您辞行了。"

　　胡笃仁的回答令花巧凤非常意外。她首先想到的是自己耽误了胡笃仁的前程,人家富二代80后都已经是基金经理了,胡笃仁到现在还是个基金经理助理,眼看自己没啥前途,当然会想到出走。于是她歉意地笑了笑说:"都是我不好,让你一时没有晋升机会。其实,我已经在考虑向公司推荐你晋升了,只是要稍稍再等上一段时间。"

　　还没等她的话落音,胡笃仁连忙说:"花总,说实在话,您对我已经不能再好了,这一点我非常清楚。我现在的决定完全是个人根据市场机会做出的,与晋升不晋升一点关系都没有。"

　　胡笃仁的话多少令花巧凤心里好受一些。但出于这些年的交情,也出于好奇,她问:"什么市场机会?"

　　"当然是股市的机会了!现在大盘涨势喜人,个股精彩纷呈,监管层对股市看起来也比较呵护。这么好的机会,若是不及早参与,等到大盘指数翻番,可就错过了底部进入赚大钱的机会了!"

　　"还记得我们去年夏天关于股市投资机会的讨论吗?"花巧凤问。

　　"当然记得。"

"那时我迟迟不肯增仓的一个原因就是看不到宏观经济走好的迹象。你现在是不是发现情况有变？"花巧凤问。

"目前还没有,但国家战略调整和深化改革带来的结构性机会却比以往任何时候都确定,连《人民日报》都说'4000点才是A股牛市的开端',难道我们还要怀疑吗？"胡笃仁十分有把握地反问道。

"哦,你是说今天大家都在传的这篇文章吗？"

"当然。"

"你是在《人民日报》上看到的这篇文章吗？"花巧凤问。

"不是,您知道我一般也不看《人民日报》,但随便打开一个媒体,都说是《人民日报》的观点,这还能有错吗？"

"哎!笃仁呀,我们做了这么多年的投资,哪能对消息的源头连核实都不核实？我早晨一看到这个消息,就去资料室查看了《人民日报》,上面根本就没有这篇文章。后来再一查,原来是《人民网》的一个记者写的一篇采访综述。"

"这有什么区别？难道他们不是一家吗？"

"一家肯定是一家,区别还是非常大的。《人民网》是《人民日报》的网上信息交互平台,两者完全不是一回事,《人民网》记者写的文章只能代表他个人,不能代表《人民网》,更不能代表《人民日报》,只有《人民日报》评论员文章才能代表《人民日报》。作为专业投资人,你怎么能仅凭一个记者个人写的文章就做出投资决策,甚至做出辞职决定呢？"

花巧凤绞尽脑汁、苦口婆心劝了半天,也没能令胡笃仁回心转意。一个月之后,胡笃仁正式离职。

南粤股价指数继续大涨,6月13日开盘后不久,南粤股价指数达到本轮反弹以来的新高18211.76点,距2007年的19600.03点仅差一步之遥。但同日午间,证监会发布官方微博,要求证券公司对外部介入进行自查,要求各地证监局对自查情况核实。花巧凤得到消息后,第一个反应就是"监管层终于开始了拆杠杆行动,这轮牛市的前提已不复存在!"下午开盘后,她以最快的速度和力度对3只基金持有的股票进行最大限度的减持,对个人手中持有的债券基金,也做了清仓处理。

股市的激情并没有因为监管层要调查场外配资而突然熄灭。南粤股价指数在6月15日收盘时不过下跌了2.19%而已。但经过一夜的消化、发酵,各路投资者开始咂摸出味道来。从第二天开始，一些个股开始连续跌停，致使投资者连止损的机会都没有。

猛烈的下跌很快击穿了一些高杠杆投资者的平仓线，并引发配资公司不计成本进行抛售。据坊间传闻，因为掌握配资客户的股票账户，一旦发现有账户跌破安全线，配资公司会立即冻结该账户，次日开盘后便将账户内的所有股票直接挂跌停板卖出。如此一来，会有更多的股票跟着封死跌停板，并进而引发更多的配置账户被强制平仓。

多米诺骨牌式的崩盘令A股市场里没能及早出逃的投资者目瞪口呆。待他们反应过来，自己的账户不是被强制平仓，就是深度套牢。一些投资者开始将怒火转向清查配资本身。一时间，微信上、QQ里、各类网站股票论坛里……到处充斥着漫骂和绝望之声，希望上层早日采取措施，以防危机进一步扩大。然而，股市就像决堤的大坝一样，在汹涌的洪流铺天盖地席卷而来的时候，即便是最上层也无法立即阻止股市的进一步下跌，只能等待那积蓄已久的能量稍稍释放之后才好出手。

一连十来天，股市里的血雨腥风跟花巧凤完全没有关系。凭借二十多年的股市经验，她敏锐地觉察到这种下跌只是开了个头而已。所以在市场没有彻底平静之前，她也无须再为增持什么股票而绞尽脑汁。但是作为专业投资人，只要她还在办公室待着，就不能不打开电脑盯着满屏皆绿的股票报价。她明白，每一根绿色的K线下面都可能压着家破人亡的故事，她甚至常常想到李晓芳以及那张从高楼坠落后而血肉模糊的脸。因此，尽管自己在风险到来第一时间侥幸离场，她还是高兴不起来。这种无所事事感和对李晓芳惨烈结局的回忆常常堵得她喘不过气来。

"该休个长假了，最好能约上钟逸勤和周易，再带上妙音一起去趟纯净之地，比如香格里拉，或者阿里。"正当她在电脑前想入非非的时候，一阵急促的敲门声打断了她的思绪。

"不好了，花总！听说胡笃仁胡经理要跳楼了！"接替胡笃仁基金经理助理一职的刘稳进门就结结巴巴地说。

"在哪里？"

"就在南粤证券一家营业部的楼顶上。"

"离这不远。快走，我们去看看能不能劝劝他。"

在奔向地下车库的路上，花巧凤两腿发软，好几次差点跌倒。好容易跌跌撞撞上了车，哪里还能沉下心把握方向盘？她把车钥匙交给刘稳，自己扶着车坐进副驾驶位子。

一路上,刘稳断断续续介绍了胡笃仁的情况。原来,胡笃仁离开大为基金后,正赶上股市进入快车道,很快就赚到了人生的第一个 1000 万。眼见来钱之快,他又七拼八凑从亲戚朋友那里借来 1000 万元,和另外两个朋友总共凑了 5000 万本金,然后再以 10 倍的杠杆,搞了个 5 亿元的盘子。这 5 亿的盘子开始时也还不错,很快就给他们带来将近 1 个亿的浮盈。然而,6 月 15 日以后,胡笃仁一伙人的账户很快跌破平仓线,当晚就被资金出借方冻结。此后,因为账户内的股票天天跌停,资金出借人即使每天第一时间挂跌停板卖出也无法脱手,以致胡笃仁自己的本钱全部赔光也不足以偿还人家的钱,反倒还欠资金出借人 1000 多万。这样,胡笃仁里里外外要背上 2000 多万的债务。

"这些都是他昨晚打电话告诉我的,谁能想到他今天就要寻绝路呢？"刘稳唉声叹气地说。

他们到达到现场时,一圈人正在黄色警戒线之外神色严峻地说着惋惜的话。花巧凤从人缝里探头往里看了看,不由得悲从中来:地面上一具血肉模糊的躯体还在咕咕地流着鲜血,躯体旁边那块巨大的气垫正在丝丝放着凉气。

"太可惜了,只差一点点就落在气垫上了！"有人为地上的死者扼腕叹息。

花巧凤仰头看了看足有 30 层高的楼房,又低头看了看地上的躯体。她心里明白:这个人极可能就是几个月前刚从她这里离职的胡笃仁,这一赌把自己的命都赌上了。她的胸口突然像压了块巨石般地沉了一下,眼前一黑,若不是刘稳及时出手扶了一把,就差点摔倒在地。

场面太血腥了！花巧凤定了定神,准备尽快离开。就在她转身的一刹那,一条白底黑字的横幅出现在她的眼前:"不要跳楼,等待反弹"。她无奈地叹了口气,三步并作两步离开了现场。

6 月 27 日,屡弱的股市终于迎来一丝希望。这一天,中国人民银行同时祭出降息、降准大招。各路媒体争先恐后进行解读,几乎一边倒地认为这对股市是超级大利好。诡异的是央视财经频道在解读时却在画面下方打出了这样一行字幕:"一旦逃出火场,请不要再进入火场。"

正窝在沙发里的钟逸勤看到那行字幕后,会意地笑了。进入 5 月以后,随着大盘的加速拉升,钟逸勤一边不断减少股票的仓位,一边不断加大股指期货的空单持仓量。到 6 月 15 日时,他同花巧凤一样,在第一时间清空了股票。不同的是,他把股指期货的空单持有量加到了最大。所以对绝大多数股民是噩梦的大跌对他来说反倒意味着大赚。他心里清楚,"双降"行动看起来力度空前,但对于下跌已呈惯性、参与者已如惊弓之鸟的股市而言,其实不过是杯水车薪而已,稍作反弹后,一定会有更猛烈的下跌。

6 月 29 日是星期一。南粤股价指数在"双降"的刺激下跳空高开,但很快就调头往下,收盘大跌 5.78%,个股再现千股跌停奇观,两市共 1500 多只股票跌停。当晚,监管层开会安抚投资者情绪,国家各部委也开始密集出台各种利好消息。

被称为"A 股 72 小时黄金救援"的行动果然法力强大。6 月 30 日,南粤股价指数大涨 5.69%,两市共 200 多家个股涨停。前两天还处在水深火热中的投资者见到反弹力度强烈,担心踏空,纷纷返身入市抢筹。然而,好事并没能持续下去。在接下来的三天里,大盘和个股再次如瀑布般倾泻而下,每天都重复上演"千股跌停"奇观。

股市的非理性下跌终于惊动了最高层。7 月 4 日下午,国务院召开了阵容强大的紧急会议,把"一行三会"、财政部、国资委、主要央企的负责人全部招集来,共商应对股市暴跌之策。7 月 5 日晚,证监会宣布暂停 IPO 并发布消息称中国人民银行将给予证金公司流动性支持。7 月 6 日,在权重股的拉抬下,南粤股价指数开始企稳,但到收盘时仍然下跌 1.39%。个股更是惨不忍睹,两市共 917 只个股跌停。7 月 7 日南粤股价指数再次大跌 5.8%,两市共 1752 只个股跌停。

7 月 8 日南粤股价指数跳空低开,全天维持低位震荡格局。接近收盘时,南粤股价指数仍大跌将近 3%,在有 1400 多家上市公司停牌的情况下,仍然有 917 只个股跌停。至此,南粤股价指数已下跌将近 40%。钟逸勤因做空股指,已经在股指期货上浮盈超过 5000 万元。考虑到浮盈非常巨大,大盘和个股的风险已经得到了比较充分的释放,他果断平仓离场。

就在钟逸勤平仓股指期货空单的第二天,市场上传来了公安部门会同监管部门排查恶意卖空股票与股指期货线索的消息。钟逸勤得知消息后吓出一身冷汗,心想:幸亏跑得及时,就算不被认定为'恶意做空',也可能因为这一消息刺激股市大涨而少得不少盈利。事实证明,他的担心不是没有道理。自这一天起,南粤股价指数因为国家队巨资买入和严查恶意做空而连续 3 天报复性大涨,两市个股更是精彩纷呈,连续上演了 3 天的"千股涨停"奇观。

天气一天比一天炎热,已在此轮过山车行情中多空通吃的钟逸勤开始萌生退场之意。他分别给花巧凤和周易打了电话,得知他俩皆已全身而退,便商量起接下来的打算。

花巧凤在电话中说自己虽然获利不少,但见到那么多中产人士在短短几个月内把十几年的辛苦积累输得一干二净甚至家破人亡,心情一直比较沉重。她说自己想到远方转转散散心,还问钟逸勤想不想一起结伴去趟阿里或者香格里拉。

周易则说 "万事皆有定数"。他认为这轮中产财富幻灭的根本原因在于一个 "贪"字。政策虽有疏漏之处,如果这些人不是在大盘疯涨、个股估值虚高的情况下,依然通过高杠杆资金参与"击鼓传花"游戏,怎么说也不会亏得如此之惨。至于出游,他也很想放松一下,只要是没去过的地方,到哪都可以。

经过多次沟通后,花巧凤和周易接受了钟逸勤提出的去中东月亮城旅游的建议。钟逸勤说,月亮城是中东的经济金融中心,既有世界第一家七星级酒店、世界最高建筑哈利法塔,又有像伯克希尔哈撒韦公司、德意志银行、瑞士信贷、摩根士丹利这样的世界级金融企业的分支机构。所以对于金融从业者来说,月亮城非常值得一游。

## 第四十九章

# 月亮城大开眼界　老法师惜败熔断

　　签证很快办好。7 月下旬,一个阳光灿烂的早晨,花巧凤带着正放暑假的乐乐和妙音与钟逸勤、周易一行 5 人登上前往月亮城的国际航班。

　　导游出身的花巧凤在出发前做了大量的功课,对月亮城的情况差不多做到了如指掌。一路上,她从月亮城的历史沿革到地理位置、风俗民情、经济发展、旅游资源,没少给大家讲解,惹得钟逸勤和周易直呼划算,因为导游费算是省了。

　　"你们这两个大土豪啊,还在乎这点导游费吗?"花巧凤嗔道。

　　"当然在乎了!我们到了月亮城花的中国人好不容易攒下来的外汇,能少花肯定要尽量少花嘛!"周易摇头晃脑地说。

　　"周总说得没错!尽管咱有钱了,但也不能随便糟蹋了不是?除非……"钟逸勤故意卖了个关子。

　　"周叔叔该不是想说,除非我们自己能在国外挣到钱吧?"乐乐在一旁冷不丁添了一句。

　　乐乐的话把大家的注意力都吸引过来了。钟逸勤走过去拍拍他的肩膀说:"小伙子,还是你们年轻人有志气呀!我本来也想这么说的,没想到被你抢了先。后生可畏,后生可畏呀!"然后,他又扭头看着花巧凤说,"花总,乐乐虽然长得像你,智商和眼界可要比你更高哟!"

　　听钟逸勤这么说,乐乐反倒不好意思了。他红着脸说:"我就是说说玩的。"

　　花巧凤也替乐乐谦虚:"别看他长着一米八几的大块头,在咱们面前就是个大一的孩子。"

　　行程相当顺利。到达月亮城机场后,花巧凤一行直奔当地最有名的帆船酒店。这是全球首家七星级酒店,宾馆坐落于距海边不远的人工岛上,从远处看,酷似一艘正在大海中奋力前行的巨型帆船;酒店内部设施极尽奢华,就连门把手和厕所的水管上都镶满了黄金。

花巧凤轻轻拉开窗帘,一股轻柔的海风扑面而来,她用手理了一下长发,看着绵长、旖旎的沙滩和蔚蓝、纯净的海面,内心思绪万千。25 年前还因为那个黑暗的下午而伤痕累累的她做梦也想不到自己能出现在世界顶级、最奢华的酒店里。她感到自己已经羽化成蝶,而在羽化的过程中,自己不仅付出了百折不挠的艰苦努力,还非常幸运地赶上了一个波澜壮阔的伟大时代。

"花阿姨,您在想什么呢?"同住一屋的妙音走到花巧凤的身边问。

"哦,我在想时间过得真快,一眨眼的工夫你和乐乐都成大人了。"花巧凤转过身来,看着清纯可爱的妙音说。刚读完高一的妙音已经出落得像个大姑娘了,从眉眼上依稀可见李晓芳的影子。花巧凤的心里咯噔一下,心想:要是晓芳姐不轻信蛊惑并与我翻脸,要是她不误入歧途直至丧命,那该有多好呀!她扶住妙音的肩膀说:"好孩子,阿姨这代人很快就老了,接下来要看你们的了!"

妙音懂事地点了点头说:"阿姨您放心吧,我一定会努力的。"自从妈妈走后,妙音把花巧凤当亲妈一样依恋。花巧凤对妙音也是关怀备至,从出钱接济她读书、生活到隔三岔五地问候、陪伴,至少可以抵得上半个妈妈。

在接下来的几天时间里,花巧凤一行人逛了金碧辉煌的世界名品购物中心,亲身体验了世界最大的室内滑雪场,还登上了全球最高的建筑——哈利法塔。当他们在一分钟不到的时间内就到达 800 多米高的塔顶时,个个感觉无比奇妙。

"真是个神奇的地方!"钟逸勤看着高塔周围鳞次栉比的建筑感慨道,"要是能在这买套房子,就可以经常过来住上一段时间了!"

"纯粹过来住几天没多大必要去买房子,除非你要在这开展业务。"花巧凤接过话茬说。

"嗯,这个主意好!可是我们这些做惯了股票和期货的人到这里能开展什么业务呢?"钟逸勤似乎在问花巧凤,也似乎在问自己。

还没等花巧凤说话,周易就说:"继续搞金融啊!花巧凤不是说月亮城是中东地区的金融中心和航运中心吗?来这里搞金融也是顺应中国'一带一路'倡议的需要嘛!走,等我们再看过码头以后或许就有主意了。"

周易的话引起了大家的共鸣。从高塔下来之后,他们直奔港口而去。这是世界最大的人工港口,共有 65 个泊位,总跨度达 15 千米。港口内各种装卸设备错落有致,各色集装箱密密麻麻,来往巨轮络绎不绝。真是不见不知道,一见吓一跳。他们被这个人工港口的繁忙和现代深深震撼了。

"不愧是中东和北非地区原油的共同出货地！要做原油期货，一定要到这里了解最真实最及时的原油量价信息！"周易感叹道。

"对！真是一句话点醒梦中人呀！"钟逸勤伸手猛拍了一下周易的肩膀说，"我要在这里设一间办公室，近距离感受原油量价波动的节奏！"

大盘的平静仅仅维持不到一个月的时间，便在 8 月 18 日开始因央行改革汇率中间价报价机制而再度开启暴跌模式。到 8 月 26 日收盘时，南粤股价指数在短短 7 个交易日内跌去 28.6%。

在这轮暴跌之前，钟逸勤和花巧凤、周易分别交换了意见。他们一致认为救市只是暂时解决了股市的流动性问题，在个股估值见底和实体经济出现复苏迹象之前，股市里不会有大的向上趋势。但当花巧凤问钟逸勤，如果再有暴跌，他会不会再通过做空赢利时，钟逸勤赶忙摆手说："不会了！不会了！第一，不忍下手了。看到那么多大户小散因股市暴跌倾家荡产，不由得想起 10 年前自己爆仓的情形，无论如何也不忍心去跟他们争点蝇头小利。第二，也不敢下手了。听说公安部门掌握沪上一家资产管理公司的恶意做空事实，而且拘捕了那位里通外国的法人代表和俄籍操盘手。这种情况下，就算借给我 8 个胆子，也不敢再放期指空单，万一被认定为恶意做空，那可就百口难辩了。第三，也没法下手。中金所已经公布，从 9 月 7 日起，将期指非套保持仓保证金提高到 40%，平仓手续费提高到万分之二十三，单日开仓交易量超过 10 手就会被视作交易异常行为。杠杆率大降、交易成本大增、交易规模大幅受限的情况下，就是神仙也无法再入场操作，何况我这么一个普通人呢？"

当然，钟逸勤暂停参与国内股指期货交易还有更重要的原因，那就是他已经找到了新的方向。国际原油期货市场最低 50 倍的保证金交易市场和每天六七万亿美金的交易额深深地吸引了他。经过多次往返沟通，到年底时，钟逸勤在月亮城的期货办公室就正式开张了，首笔 1 亿美元投资竟然来自月亮城的首富——拥有哈利法塔周围 90% 以上物业的皇室投资基金总裁赛纳尔。

已如惊弓之鸟的股市并没有因为钟逸勤等人不忍、不敢、无法参与股指期货交易而封闭下跌空间，也没有因为国家队在 2014 年 7 至 9 月累计 1.5 万亿的大手笔买入而大幅向上反转。甚至从 2014 年 8 月开始的拘捕从事"非法市场活动"人士也只是短暂吸引了一下看客的好奇心，为茶前饭后增加了一些谈资而已。比如，当余影鹿被以"非法操纵市场"的罪名戴上手铐时,人们谈论最多的竟是他身上那件极不合身的某名牌西服,而不是抓拘捕本身的重大意义。

2016 年 1 月 4 日,央行突然改变"8·11"汇改确定的定价规则,引发市场对人民币贬值及资本外流的担忧,南粤股价指数再次发生暴跌。为防暴跌而制定的熔断机制正式生效。但因为熔断机制的不完善,特别是较低的熔断阀值极大地刺激了市场的恐慌行为,1 月 4 日到 7 日,两度触发二级熔断。市场怨声载道,管理层紧急宣布暂停熔断。但直到 1 月 28 日时,南粤股价指数才基本止跌。南粤股价指数在开年首月便突遭劈头一棒,累计下跌 25%,直接回到 2014 年 11 月底的水平。

对于这次因熔断放大了的恐慌行情,周易在春节前与花巧凤、钟逸勤的一次会面中还心有余悸。他拍着日渐光亮的大脑门惊恐地说:"按说我也算是经多见广、处乱不惊的老股民了,但这次熔断却让我实在难以淡定。1 月 4 日第一天因大盘跌幅达到 5% 和 7% 阀值而熔断时,我还没太当回事,以为市场还没习惯,也没有及时止损。但 1 月 7 日那天的熔断却让我一时没了方向。那天开盘后,我看盘面走得还行就上厕所方便去了,回来时电脑屏幕上的股价已经全部不动。没办法,我一边心急火燎地等待,一边暗下清仓决心。好容易等到 15 分钟后再次开放交易,还没有缓过神来,大盘又被熔断了!"

"周总亏得不重吧?"钟逸勤关切地问。

"重倒是不重,伤不了元气,可几天下来也亏了大几十万!我做股票这么多年,这还是第一次遇上开盘后仅 28 分钟、实际交易时间不到 15 分钟就收盘的情况,也是第一次被一泡尿冲走了十几万!"周易自嘲道。

"我和钟总早已清仓 A 股,我连债券基金都清掉了,周兄一向老谋深算、稳扎稳打,怎么还被熔断伤着了呢?"花巧凤不解地问。

"嘿!别提了!也是我一时糊涂,虽然总体不敢看多,但见到不少个股在国家队买入后涨势凌厉,比如那个美艳股份不到一个月就翻了一倍半,还创出了新高,所以就动了贪心。"周易面有愧色地解释。

"也是呀,我和钟总要不是注意力转移了,说不定也会入场掺和一下。"花巧凤说。

"好在我没打算长线持有,资金投入也不多,不然,没死在前两轮暴跌,倒被这一波巨浪拍倒了!"周易感慨万千地补充道。

花巧凤与钟逸勤和周易之间的交流很自然又转到了对未来市场的看法上。

"大盘从去年 6 月中旬到现在已经过三大波暴跌,每次暴跌的由头虽然不太一样，但说到底还是因为估值太高。目前来看，总体风险已经释放得差不多了。"花巧凤说。

"风险是不大了，但也没有完全解除。别忘了，现在的市场里面还有一两万亿的国家队资金呢！这些资金会不会退出？什么时候退出？以什么方式退出？都是回避不掉的大问题。在这个问题基本解决之前，股市难有大机会。"周易提醒道。

"周兄说得没错！我刚才只是说风险不大，并不是说立马就会来波大牛市。从经济基本面看，中国的转型应该是个长期过程，因转型成功带来的经济回升也会有一个过程；从股市本身的运行来看，这轮杠杆泡沫破裂影响那么大，最高层动用那么多资源，今后一定会有针对性地完善股市制度建设，在制度完善之前别指望有像样的牛市！"花巧凤叹了口气接着说，"只是对我们这些做惯了股票交易的人来说，突然间又不知道该怎么办才好了。"

"好办呀！"钟逸勤啪的一拍桌子说，"我们可以结伴去月亮城玩原油期货嘛！现在布伦特原油价格每桶不到40美元，这应该是一个绝对的低位，往上走的动力非常强烈。机会难得，走过路过不要错过！"

"的确是个机会！但我和花巧凤对期货不太熟悉，如果放下自己熟悉的东西，一股脑地进入完全陌生的领域肯定不行。"周易否决了钟逸勤的提议后接着说，"所以呀，我宁愿空仓慢慢等待！再说，虽然我对大盘总体机会把握不大，但对于中国经济的长期前景还是非常有信心的，特别看好因为改革和结构转型带来的新机会。"

"哦？周兄能具体说说吗？"花巧凤立即表现出浓厚的兴趣。

"这不是秃子头上的虱子，明摆着的吗？走过了粗放型发展的中国经济将来一定要在科技、环保、文化上有新的突破才行。所以无论是国家的政策，还是民间的资金今后都会更多往这个方向去。政策和资金去的方向，就是我们这些人应该跟进的方向。可惜，我不懂科技，对环保也是门外汉！"

"但是你懂文化！你对中国传统文化，特别是《易经》有非常独到的研究！"花巧凤跷起大拇指说。

"过奖过奖，有点心得而已！我大学读得就是中文，这些年对中国传统文化一直没有放弃过。我最近就在琢磨能不能搞一个文化产业基金，投股权也好，投二级市场也行。民族复兴一定离不开文化的复兴，搞文化产业投资肯定错不了！"周易说起文化越发激动起来。

　　"周总这么一说,我突然有一个主意,不如我们三个每人成立一个基金,大家相互参股,封闭运行,这样既可以各展所长,又能在一定程度上分散风险。"钟逸勤提议道。

　　"是个好主意!"花巧凤抢先表态,"我作为公募基金经理虽然没法自己弄个基金出来,但我家的徽菜馆正在进行股份制改制,今后准备重点开发桃花谷和徽州地区的名优特农产品,参与新农村建设,你们可以一起参与进来。"

　　"新农村建设!这个方向好!"钟逸勤和周易几乎异口同声地说。

　　经过一番仔细推敲后,三人最终决定:钟逸勤在他的中东月亮城公司里设一个期货专户,三人各出资 150 万美元,由钟逸勤具体负责进行原油期货交易;周易在他的私募基金里设一个文化产业专户,三人各出资 1000 万元人民币,由周易具体负责开展文化产业的二级市场交易;花巧凤和曹鹏的凤鹏徽菜馆在进行股份制改制时,为钟逸勤和周易各留出价值 1000 万元人民币的股份。

　　当晚,花巧凤把三人合作的意向跟曹鹏一说,立马得到他的高度评价:"这样好啊!既有'走出去',又有文化振兴和新农村建设,都是国家战略!在具体操作上,也能充分发挥你们三人各自的长处,算是真正的强强联合了!"

　　春节过后,三人的合作很快进入了实质性操作。大家各自按预定节奏忙活自己的事情,不用赘言。唯花巧凤在市场低位完成对一些安全品种的小幅增仓后,开始思念起多年未见的父母和两个最小的弟妹。当她把思乡之情与曹鹏说起时,曹鹏爽快地说:"想家了,咱们就回去吧!正好现在饭馆的股份制改造也弄好了。有职业经理人管理,咱们也该歇歇了!"

## 第五十章

# 功成荣归桃花谷　严冬过后便是春

3月中旬,花巧凤和曹鹏分别安排好基金和徽菜馆的日常事务,准备坐高铁回桃花谷。听说花巧凤要回老家,花文东急不可待地拨通了她的电话说:"我也一年多没回老家了,你哪天回去?我们一起走吧。"

"那好啊!正好车票还没买,可以买在一起了。另外,你看带点什么礼物回去呢?"花巧凤应道。

"这个好办!从我朋友那里搞十来箱酱酒,再买十来箱岭南点心、百十本儿童图书。酒送男人,点心送女人,图书送孩子,老家亲戚朋友多,要见者有份才行!"

"哎呀!文东叔,一下要带这么多东西,钱倒也花不了多少,可就算我们三个一道走,那也没法背呀!"

"谁要你背了?你咋忘了我是干啥的了?"

"嗯,对呀!文东叔是物流公司大老板!"

"我们把东西买好,先通过物流送到桃花谷,这样,我们还没有到家,东西就到家了。"花文东说。

原来,自打2008年下半年花文东在穷困潦倒时加盟花巧燕的物流公司以后,很快就学会了物流的操作流程。干了几年以后,花文东多少有了点积累,便决定自己出来单独干,花巧燕做市内配送,他则主攻跨省物流,既互不竞争,又能相互对接。又经过两三年的打拼,花文东的跨省物流已经做得小有名气了。浴火重生的花文东比以往任何时候都低调务实,也非常感激花巧凤姐妹们对他的帮助。

3月的岭南,早已繁花似锦、春意盎然。花巧凤、曹鹏、花文东一行三人随手带上简单的行李,踏进北上的高铁。坐在宽大、舒适的高铁二等坐车厢里,目睹窗外的青山绿水、大厂小店快速后退,花文东不由得想起当年被迫钻进慢吞吞的绿皮车座位底下栖身的情形,不由得感慨万千起来:"没想到我花文东还能坐上这么高级的火车！"

"文东叔，您又忆苦思甜了呀？"花巧凤打趣道。

"嘿嘿，我是感觉咱们能有今天真是不容易！当年连饭都吃不饱，现在居然都能衣锦还乡了！"花文东憨笑道。

"何止是衣锦还乡？！文东叔不是还要回去修桥铺路做善事吗？"曹鹏插话说。

"做善事谈不上，回去尽尽心意吧。"花文东反倒有些不好意思了。

仅用不到 7 个小时，花巧凤一行便抵达距桃花谷最近的高铁站。三人走出车站时，花巧旺正站在门口迎接。"一路辛苦了！"巧旺接过大姐手中的小包说。

听他这么一说，三人全都笑了："辛苦啥？六七个小时就到了！可能还没你站在这里等得辛苦呢！"几人说笑着钻进巧旺的崭新越野车。

花巧旺如今正好 30 岁。当年在本省一所职业技术学院农学系毕业以后就直接回乡创业了。这些年，他通过自己的艰苦努力，外加花巧凤、花巧燕的财力支持，愣是带领乡亲们在桃花谷建成了远近闻名的农产品深加工基地。目前，他们这个基地每年能有好几百万元的盈利。村书记花文军见花巧旺能力强、人正派，就举贤不避亲，提名他担任桃花谷村村主任，并顺利高票当选。

越野车在平坦、开阔的高速公路上一路疾驶，仅用几十分钟便稳稳当当停在自家门口。听见车响，花文礼和朱良英一人牵着一个孩子欢欢喜喜地迎出门外。花巧凤借着门头上的灯光看到父母出来，赶忙从车上跳下，三步并作两步迎了上去："俺伯、俺妈，我回来了！"

"嗯！回来了好！"朱良英眯起眼睛仔细打量着花巧凤说，"巧凤，你这几年没咋变！"然后，对着五六岁大小的女孩和三四岁大小的男孩说："快喊大姑、大姑父，还有小爷！"小女孩脆嘣嘣地叫了声"大姑"便朝花巧旺身后躲去，小男孩则直接抱住朱良英的大腿把脸埋了起来。这时，花巧旺的媳妇和花巧鹅也闻声走了出来。两个孩子的天真举动令众人欢笑不止。

花文东跟花文礼和朱良英等分别打了招呼，准备先回自家，却被花文礼一把拽住，说："正赶上饭点，咱哥俩也好久没见了，好好聊聊再回不迟。"都是自家人，花文东也就不再客气，大家你推我让地走进了灯火通明的正屋。

红彤彤的大圆桌上早已摆满了香喷喷的饭菜。花巧凤伸头一看，不禁拍手尖叫起来："哇！红烧大公鸡、清炖猪蹄裤、鸡蛋炒韭菜、黄鳝烧腊肉……个个都是俺最喜欢吃的！"说着伸手要去拿那只高高翘起的大鸡脚，却被朱良英笑着伸手制止了："怎么还像小时候,连手也不洗一下?!"惹得一屋子人哄堂大笑。

3月的桃花谷是名副其实的桃花之谷,房前屋后、山上山下,处处披着粉色的霓裳。一朵朵娇嫩的花瓣灿若云霞,和着3月的暖风,摇曳生姿。与桃花争妍斗艳的还有大片大片金黄金黄的油菜花、星星点点雪白雪白的梨花……流光溢彩,蜂舞蝶飞,层层叠叠。花巧凤和曹鹏徜徉在花海之中,辗转于左邻右舍,嗅着馥郁的芳香,哼着轻快的小调,如同置身于世外桃源一般。而他们所到之处,无不受到明星般的欢迎。

离家前两天,曹鹏代表凤鹏徽菜馆股份有限公司与代表桃花谷生态农业有限公司的花巧旺在父老乡亲的见证下,正式签订了战略合作协议。双方一致同意,由凤鹏徽菜馆股份有限公司出资700万元, 桃花谷生态农业有限公司出资300万元,合资成立名优特农产品公司,以进一步带动桃花谷村经济发展。

花巧凤还和花文东一起来到他们当年就读的桃花谷小学,两人不仅向学校赠送了他们从南粤快递回来的100多本儿童书籍, 还每人向学校捐赠100万元,用于学校改善校舍,添置体育设施,奖励优秀教师与学生。

有意思的是,代表桃花谷小学接受捐赠的不是别人,正是桃花谷小学校长花巧鹅。花巧鹅从县城师范学校毕业后,直接回到家乡小学,经过十几年的努力,她因学历高、教学好而深受好评,并被推选为校长。

离开桃花谷之后,花巧凤又随同曹鹏回到徽州,同样与当地企业合资成立了名优特农产品企业并向曹鹏当年就读的小学进行了捐赠。

有了桃花谷和黄山脚下两个名优特农产品公司提供稳定、优质的食材,凤鹏徽菜馆的生意更加兴隆。2016年年底,某知名投行主动上门对其进行上市辅导。两年后,凤鹏徽菜馆股份有限公司的首次上市发行申请材料即报到证监会。

花巧凤从家乡回到南粤第二天便被已经担任大为基金董事长的李锋叫到办公室。那天李锋情绪非常不错,还没等花巧凤坐稳,就对花巧凤不吝赞美之辞:"巧凤呀! 这些年你工作做得非常不错,牛市能逃顶,熊市可生存,给大为公司做出了很大的贡献呀! 看来,我当年把你招进来,真是没看错!"

花巧凤本是谦虚低调之人,听领导这么夸自己,反倒有点不太自在,就说:"都是李总您领导得好呀!"

李锋哈哈大笑:"没想到你也学会说套话了! 算了算了,这种套话我听起来也挺舒服,那就接受了吧!"他话锋一转,接着说:"不过,今天找你来不是为了听你说套话的,而是要向你宣布一项任命。"李锋说到这里故意停下来,端起茶杯,低头吹了吹浮在上面的茶叶,吱吱地喝了口茶。

花巧凤不知李锋葫芦里卖的什么药,只好淡然地注视着李锋,耐心等他说出结果。

李锋见花巧凤毫无期盼之意,忍不住哈哈笑了起来,说:"你倒挺能沉得住气!是这样的,经公司研究,决定提任你为大为公司副总经理,具体分管公司研究和投资工作。"

李锋的话完全出乎花巧凤的意料,她不知所措地站起来说:"不行不行,我怕自己胜任不了,还是把这个机会交给更合适的人吧!"

李锋抬起右手做了个往下压的动作,说:"坐下坐下,大家都认为你最胜任,你是在业务一线成长起来的,不仅为公司做出过重大的贡献,还在基金管理上有着非常丰富的经验,人又正派公道,像你这样的人不提升、不重用,难道去提升那些只会搬弄是非、徇私钻营之徒?"

花巧凤还想说些什么,却被李锋坚决打断。她自知不好再推,便大方接受任命,并建议提任她的三只基金的基金经理助理为基金经理,把她原来管理的三只基金分别移交给他们进行管理。

担任大为基金副总经理以后,花巧凤秉承她一贯稳健的投资风格,耐心做好传帮带工作。在她的指导下,大为基金旗下的多只基金在2016年至2018年连续3年名列行业前十。2016年,他们在股市总体不振的情况下,抓住了"资产荒"背景下险资举牌概念股的机会。2017年,他们抓住了供给侧结构性改革背景下优质煤炭股、钢铁股的业绩复苏机会和大盘绩优股的"龙头溢价"机会。

特别值得一提的是,在2018年5月份科技股泡沫大得令人看不懂的时候,花巧凤在一次研究与策略方面的讨论会上以蓼痴的一首《江城子·白马》鼓励基金经理们坚持价值投资。她深情地朗诵道:

> 犹记去年白马欢。气不喘,步云端。日行千里,冲锋似耍玩。中小科创忙掩面,眼不见,心不烦。今岁名驹终困倦,风雨至,打寒战。偶失前蹄,跌入浅水湾。饱食足饮美睡眠,整戎装。再扬帆。

正是因为花巧凤始终坚持低估与价值投资策略,大为基金众基金经理幸运地逃过假疫苗事件、明星被抓事件、上市公司财务作假、大股东清仓式减持等一起又一起不良事件的冲击,有效规避了定增爆仓、质押爆仓、商誉减值爆仓等一个又一个沉闷的地雷。

"该爆的都爆了,该完善的制度也完善得差不多了!"花巧凤在 2018 年最后一天与周易、钟逸勤的聚会中无比向往地说,"股市的新一季春天或许已经不远了!"

"呵呵,你还挺乐观的嘛!那就帮我们预测一下上证指数何时也能上万点吧,尊敬的'花万点'博士!"周易阴阳怪气地说。

"是呀是呀!上证何时上万点?恳请'花万点'博士给我们指条明路!"钟逸勤也在一边起哄道。

"此乃天机,不可泄露!练好内功,必有奇迹!"花巧凤一字一顿地向两位老友吐出了极富禅意之言。

## 众人拾柴火焰高：师友评论摘录

　　《资本迷局》(曾用名《花万点的资本迷局》《春潮股韵》《花万点》)自 2018 年 7 月 31 日连载以来,得到众多师友的热情鼓励和大力支持。一些师友还在"艺眼投资"微信公众号及蓼痴的微信中留言,或对小说给予及时肯定,或提出中肯意见和建议。现将他们的留言摘录如下——

　　越来越精彩了！你的作品让我们重温中国证券市场的成长。

——姚燕萍

　　写得好,很接地气,与最近的热播剧《大江大河》有得一比。　——汤奇

　　特别精彩！这是一个时代的律动、时代的表情。　——张亚非

　　好有纪实性,真实的资本世界大概也是这样的吧?　——朱卫文

　　书写改革,精琢历史。　——杨初

　　好像是一部中国证券市场演化史。　——肖令君

　　资本迷局,跌宕起伏,心潮澎湃,仿佛昨日！　——警营刀客

　　"不要跳楼,等待反弹",多么熟悉的场景！　——黄晓明

　　写实又不失文艺范,是新生代股民了解资本市场的有效路径！

——李苏霖

　　在欣赏精彩情节的同时,可以学到很多财经知识。如能改编成影视剧绝对精彩。

——周小刚

　　此小说关于股市和基金从微观到宏现,从个人到群体,人间百态,社会经济,可圈可点。

——闻琴

　　用文学的形式分析金融市场,有自己独特的见解和深刻的理论论述,

超赞！　　　　　　　　　　　　　　　　　　　　　　　　——曹钧

　　金融才子、文学巨匠！用小说的形式剖析金融风云,魅力无限。

　　　　　　　　　　　　　　　　　　　　——走在阳光里(温老师)

　　听蓼痴谈股论经,看花万点的资本迷局,百集不倦。　——金学鑫

　　很惭愧,我对金融行业不太了解。是蓼痴的小说让我长了知识。很好的小说！佩服作者的才华！

　　　　　　　　　　　　　　　　　　　　　——逐梦(曹俊英)

　　太精彩啦！既能学到知识,又能了解资本市场迷局,堪比大片。

　　　　　　　　　　　　　　　　　　　　　　　　——罗志华

　　以前都是每天看更新,感觉不过瘾,一直留着有一个月没看。这两天一起看完了。太过瘾了,还学到了知识。感谢作者！　——诚德仁

　　投资理财历来是个敏感的话题。有的人沉迷其中,有的人望而却步。一个70后的作家用小说的形式演绎资本迷局,读来耐人寻味。为作者点赞！

　　　　　　　　　　　　　　　　　　　　　　　　　——书清

　　这部36万字佳作重现中国资本市场变迁,隐含股市常胜宝典。资深专业金融人的功底,仰望不及,膜拜伏地。希望四部曲早日面世。很开心从2018年3月桐乡始一路见证。　　　　　　　　　　　——王海凤

　　《资本迷局》从女主角花巧凤的成长过程中映射出改革开放和中国资本市场的发展历程,并通过女主角的投资逻辑表达了作者自己的投资价值观,向读者展示了证券市场从前仅为少数人所知的一些内幕和乱象,不失为一本让大众认识资本市场的好书！　　　　　　——戚丽雅

　　此书深刻,涉及经济方面的一些事,还涉及更深层面的一些东西。这个不是我个人一时能够理解透彻的事情,看来得多看几遍才有所悟。老师写的是真正的好,是更高层次的东西。　　　　　　　　　——宏图

　　小说不仅塑造了鲜活的人物形象,而且将资本市场的激荡及40年改革开放的雄壮诗篇通过一批股市参与者的沉浮呈现出来。从那个时代过来的人,读这部小说感同身受！　　　　　　　　　——刘福元

　　《周易》里的阴阳转化确实可以用于股票投资,先生能把它写进来,高！(小说接近尾声时)把各种大佬的操盘心理进行了描述,非常到位,也很有必要,一定要把他们写进去。(小说大结局)不仅写到了凤鹏两人衣锦还乡,还

写出了新农村的变化、国家的交通和物流现状，富了不忘帮助乡亲们一起致富。(整部小说)文采飞扬的背后是一颗坚韧不拔的、孜孜追求的心。追求理想，一步步前行，才有今日成就大作的基础。

——玉笑

身后有余忘缩手，眼前无路想回头。股市风云莫小看，几家欢喜万家愁。巧凤的故事只发生在那些能够讲述它们的人身上。不管讲述还是阅读，文学让人进入一种比日常现实更广阔的生活，并且深刻地影响他的表达和面对世界的态度。在今天这个充斥着纷争的时代，我们可能比任何时候都需要书写故事的人。长篇大论，百晚陪伴。业界精华，饕餮盛宴。期望大师兄再创力作，成为中国的德莱塞。

——罗永琳

小说家里，懂现代金融的不多。现代金融小说家里，懂中国金融现状的不多。蓼痴是少数中的极少数。李晓芳的往事，看似不经意中扯出，有些旁逸斜出之态，但知人论世，总须见诸过往，察其言，观其行，方见出高下……这一章(原153集)情节紧凑集中，犹如百鸟朝凤，既照应小说题目，又埋下伏笔多处。花巧凤之绰号"花万点"，果真名不虚传、名副其实。建议题目改为《……迷局》。这部财经小说到处都是迷局啊：改革开放……生机与危机并存，希望与失望交替，矛盾重重却又柳暗花明……定为《资本迷局》更具有金融小说独具的风采！

——海滨公园

一本好书天下传，蓼痴神笔出奇篇。财经本是难懂道，唯有万点解谜团。那么专业的术语，那么精辟的股市理论，我一个不玩股的也慢慢迷上了股票！长知识了。其中(原第149集)以完美的笔墨描述了建筑、人际和社会关系学。可见作者知识广博，心胸开阔。此篇描写人物最多，个个生动，让人百读不厌。作者把主人公写得有血有肉，有悲有喜，有起有落。花巧凤走麦城时，领导有看法，发小儿冷淡，事业走入低谷。我看了心都酸！其实人生就像海浪，时高时低才是真正的人生。但我坚信花巧凤是正确的！谢谢作者给花巧凤安排个好老公！让乌云中总有一朵白云展现，让苦难中总有一份甜蜜。

——吴金梅

两天半的时间把您的小说一口气读完了，越到后面越觉得精彩。感觉这部小说倾向于从国家政策以及监管的角度对三十多年股票市场的牛熊转换进行呈现与解读，读后突然有点豁然开朗了。这本书里面讲的主人公家庭背景跟我几乎是一样的。看这本书的时候感觉很多部分是在说我自己。很神奇,跨地域、跨时间段,但是却是类似的生活成长背景。我第一次看到的时候感觉很吃惊。

——刘元

蹊跷故事贫穷起,语言朴素接地气。蓼痴不痴好立意,跌宕起伏盼后续。

——卫金良

集专业性、生活性、娱乐性于一体,好书! ——三木四水

人物心理描写很到位,读之有趣有味,引人入胜。 ——冰清玉洁

那个年代考上中专就是改变了命运。真实接地气的一部小说。

——诚诚

(小说开始部分)形象生动地描述了孩童时代我们干农活的艰难情景,以至于成了鞭策自己学习的动力! 深有同感! ——中医师

真心佩服作者的脑动力,更加折服作者的知识储备! 欣赏作者的执着精神,感佩作者的文学造诣。 ——瀛洲居士(王连社)

书题性感,内文丰腴! 甘露滋润,赏心悦目! 看似寻常最奇崛,成如容易却艰辛。

——乔木

场面宏大,人物细腻,跃然纸上,大背景和细节相得益彰。 ——潘辉

痴身怀旷世才,浩瀚经营一精英。挥毫篆书红尘事,泼墨浓香震沉梦。

——荣

文笔优美,很接地气,不失为一篇有深度、有思想的长篇小说。

——胡军

故事扑朔离奇,生动曲折,让人欲罢不能! ——全新自我

好精彩的小说! ——划过夜空的流星

构思精巧,描写细腻。好作品! ——杉夫(朱玉华)

大气的文笔,喜欢。 ——梦中来(鲁宁)

眼前股市多奇事,资本迷局更精彩。蓼痴友人抒情忙,人人快乐最难得。

——王昌

写得很好! 读者意犹未尽就是好书。 ——王祖芳

语言精到,衔接紧密,故事扣人心弦,紧贴社会现实,好小说!

——曹操语录

作者对投资学有深入的了解,才写出如此精辟的美文! ——凤城伊人

凤鹏展翅飞,人生需经营。夫妻恩爱美,家和万事兴。 ——雅韵

描写活灵活现,不输红楼梦对美女的描绘。 ——燕存露

文笔流畅,语言朴实生动,人物刻画传神。 ——自华(单体舜)

花巧凤是位聪明胆大心细不可多得的人才,读此文还真略受启发。

——印墨尘香

故事情节严谨,人物描写鲜活,文字平实接地气,引人入胜,佳作!

——沂蒙山人

作品颇具现代文学色彩,人物鲜活,故事生动,为现代化建设树立了文学人物形象。 ——大江

非常喜欢! 以小说的形式,生动地反映了股市中人们的心态。

——Yale Yu-186

从偏远的乡村到繁华的都市,从资深经济学人到畅销小说作家,老兄给世界展示了不断跨越的完美典范。 ——汪中平

作者知识丰富、头脑聪明,是有才华的人,对股市行情精通熟悉,将来肯定有所作为,为老师点赞! ——山花烂漫

作者才思敏捷、才华横溢,(作品)洋洋洒洒,(堪称)鸿篇巨制,大视角描绘了改革开放的图景,为作者点赞! ——五岳草

语言生动形象,故事情节合理、环环紧扣,有蒋子龙的风格,是一部充满时代气息的长篇财经小说。期待一举走红。 ——大地

此小说(原第 183 集)构思独特,故事迷离,有人物,有事件,有生活,是一篇好看的小说。 ——峰回路转

快手啊! 这么长的小说,写得从容,不显粗糙,人物对话、场景、情节生动耐看! ——西北土豆李雪峰

这部小说仿佛就是写现代人的生活。一个人的生活就是一部奋斗史,很真实,也很时代性,特别是金融方面具有较强的专业性。文笔流畅,结构润畅,是一部好作品。 ——远方

小说很精彩耐读,品咂回味余香萦绕,生活气息颇强,符合时代大潮涌卷之势。总纲大气旷阔,气势磅礴。故事情节跌宕起伏,趣味横生,经典之作!

——旷野风

文笔流畅,语言朴实无华。人活着就是累,很现实的主题,感同身受！人生的旋律是在狂风暴雨里拼搏的绚烂，人生的旋律是在惊涛骇浪中奋进的高昂。

——四叶草

语言有特色,人物有性格,故事很精彩！(其中)杨大阳的性格刻画得很有特色,很成功！尤其是"刻意掩饰","鼓噪半天,非得让人接受自己的观点",让我也很受启发。

——陈勇

人物刻画形象逼真,恶有恶报,善有善报。连读3集(原149—151集),作者用朴实的语言描写两家每个人因性格差异产生对人生追求目标不同从而造成经济上收入的差距,突出了主题。

——达运

大话之人,必有大格局、大勇气、大毅力,一定一定拥有辉煌人生！粗看了一些章节,你精练的语言、娴熟的叙事技巧,令人敬佩。加上该故事是当代文学很少涉及的领域,直面时代风云,一定会在文坛刮起一股风！

——岸芷汀兰

再次对各位师友致以衷心的感谢！

# 一切都是最好的安排 ●

我本是愚笨之人。奈何自不量力,不时放出不知天高地厚的大话。而为了证明自己并非吹牛,只好硬着头皮跌跌撞撞往前冲,弄得身心俱疲,骑虎难下。

记得还在上小学一年级的时候,尚不知大学为何物的我在邻居大叔随口说我7岁一年级、8岁二年级……18上大学并开玩笑地问我想上北京的清华大学,还是上海的复旦大学时,竟脱口而出要上复旦大学。我已经记不清当时邻居的表情了。但现在想来,那个邻居一定不会信以为真。因为我家所处的是极为偏远、闭塞的乡村,当地农民连识字的都没几个,像我这大的孩子,因为家庭贫困和教育条件的极端薄弱,能把小学上完就不错了,怎么可能有机会去上初中、高中,甚至大学呢?没承想这句儿时的戏言却成了我的一个包袱。为了兑现它,我不知吃了多少苦头,才勉强在高中毕业后考上了本地的一所师范专科学校,离复旦大学不知要差多远。

按说,一个农村的孩子,好容易考上了师专,拥有了国家干部的身份和铁饭碗,应该高兴才是,但我却在听到录取结果时差点哭了出来。惹得当时的班主任胡云霞老师当即把我批评了一通。胡老师是我非常感激的恩师,她的批评使我很快清醒过来,下定决心这辈子不能就这么算了。但到底该如何走好后面的路,还是非常迷惘。

进入师专大门后的第一个月,我就得知专科生可以通过自学报考研究生。于是我便与同样被录取到六安师专的高中同学余红胜相约去省城合肥置办考研所需书籍,从此开始了堂吉诃德大战风车似的艰辛考研之路。工作3年后,我有资格报考研究生了。但老天似乎要故意与我为难,1994年我仅以3分之差未达全国统一录取分数线。而余红胜却在历经坎坷后考上了厦门大学(如今已任某地级市市长多年)。我从此多了一个榜样,就连做梦也想着考上了研究生。世事就这么奇怪,有时候你越是想达到某个目标,那个目标就会离你越远。因为爷爷的不幸去世和环境压力的空前巨大,1995 年, 我的考研成绩竟比全国统一录取分数线低了五十多分。我几近崩溃,我妈至今还常常说起我当年因再次落榜而深夜绝望捶床的不堪往事。我的好友闵长虹博士也不会忘记,一次在霍邱城关镇大街上偶遇刚刚考上复旦大学研究生的他时,我所表现出的神经兮兮的样子。他热情地向我伸出了援助之手,以平均每月一封信的频率向我无私传授考研经验并附鼓励之语。在他的帮助下,我终于在 1996 年考上了复旦大学硕士研究生,意外地兑现了儿时的一句无知戏言。

写这部小说,多少也与一次朋友间的大话有关。那是 2018 年 3 月,我与共同参加申万宏源金工桐乡会议的投资界友人饭后轧马路,谈投资。在谈到中国股市的潮起潮落时,我再次脱口说出了与自己能力极不相称的大话:写一本具有中国证券史意义的长篇财经小说《花万点的资本迷局》(现定名《资本迷局》,本故事纯属虚构,请勿对号入座)。尽管在此之前我已经默默地在筹划此事,但在当时除了能说出一个让人不知所云的书名外,无论是整体构想,还是详细提纲,都毫无着落,甚至连基本的素材都没有积累多少。不久之后的 6 月 7 日,我还在自己每周更新一次的个人微信公众号"艺眼投资"上多次宣称将于 7 月下旬开始每日连载长篇财经小说的计划。但因为我的《价值投资三十六计》直到 7 月 25 日才最终写完,根本就来不及对小说的写作进行系统周密的酝酿。

就这样,一直拖到 7 月 31 日,我才赶鸭子上架,挤牙膏似地弄出了不到 900 字的第一段文字,勉强兑现了 7 月下旬开始连载长篇财经小说的计划。俗话说,"万事开头难"。其实,坚持下去的难度更大。每天连载一篇的大话简直把我逼到了墙角。我只能利用繁忙工作之余的一切空档,星夜劳顿。即使在 8 月 3 日至 16 日去美国加州多地穷游期间,也常常在飞机上、火车里、大海边,一边欣赏美景,一边苦苦构思,一边随时记下只言片语,以确保每晚 12 点前能把当天的推送任务完成。此后,除了 8 月 24 日至 29 日因在泰国与一帮老友新朋参加学术会议,行程安排过于紧密,实在无法继续写作而被迫中断一周,以及偶尔因特别事务而暂停一两天外,即使大年三十那天都没有中断过写作和推送。常常熬到深夜两三点也要完成本该在零点前完成的任务。对于偶尔耽误的内容,也在后来写作顺手时以每天推送两篇的频率补了上来。就这样,截至今年 2 月 26 日,历经 210 天,总共 200 集共 35.5 万字的小说初稿终于全部推送完毕。算下来,除了去泰国的一周外,我基本兑现了平均每天推送一篇的承诺。

　　昨天上午我已将小说初稿全部修改了一遍。合上电脑，我不禁感慨万千：我这样一个文学的门外汉、读书时一到写作文就脑袋一片空白的资质平庸之辈竟当真因为自己不知天高地厚的一句大话而写出了人生中的第一部长篇小说！仔细想来，这个"奇迹"的最终实现除了靠自己"无知者无畏"的愚勇外，一些师友的"煽风点火"也起到了至关重要的作用。

　　我的博士导师王家瑞教授是第一位促成这部小说出炉的恩师。那是 2017 年 11 月 8 日晚，我去西郊宾馆向时任全国政协副主席的王老师汇报近期学习心得并向他展示了自己的"艺眼投资"微信公众号及几篇财经札记。他问我多少天能写一篇。我说每周一篇，每篇 800 字左右。他当时就说"太少了"，并在写作方向、格调立意方面予以点拨。恩师的教诲令我茅塞顿开，从那天起，我便开始筹划这部小说的写作。说起王老师，我与他真的很有缘分。这次去看他就是起因于前一天晚上在兴国宾馆的偶遇。我因应易界网创始人冯林先生之邀去参加他们举办的投资活动而误入一处建筑，刚刚回身欲往另一处去时，一辆面包车在我身边戛然停下。待我下意识地转身时，却一眼看到端坐在面包车里的王老师。我被这种奇妙的邂逅深深震撼了，因为王老师常年穿行于世界各地，很少来沪，即令偶尔来沪，也不可能在这么一个特定的时点被我遇上。这是我自成为王老师在复旦大学培养的第一届博士生以来发生的最奇妙的事情。所以我没有任何理由不坚持拿出一件令恩师稍感满意的作品。更何况他这二十多年来经常在我不在场时夸我"能写"呢？

　　促成我坚持写完这部小说的第二位恩师是我的初中老师陈勇先生。他从我小说连载开始就全程关注并以极大的热情给予我指导、鼓励与鞭策，使我能及时改善写作手法并战胜自己的怠惰情绪。陈老师比我大 7 岁，是我父亲教小学时的学生。我小时没少听父亲说过他天资出众、才华横溢的故事。这位聪明绝顶的高人竟在我初三那年用他不知从哪里搬来的智力测试题对我进行测试后宣称，我也是一个智商出众的人。直令对我"恨铁不成钢"的父亲气得说他"胡说八道"，却令一向自卑的我一下子腰杆挺直了不少。但直到几十年过后，因为自己在很多方面的无能为力，才使我最终意识到自己真的天资平平。陈老师目前已在市场打拼多年，拥有 3 家制造类企业。我打算深入挖掘一下他的故事，为下一本书的写作积累鲜活素材。

　　在我几十年的人生历程中还有众多良师益友扮演过"谎言大师"的角色，使我这个平庸之辈自以为天资不错，从而不曾被各种困难和挫折彻底击垮。

　　我高中时的班主任胡云霞女士就是其中一位。记得在我读高二下学期的一天中午,我从宿舍去教室的路上,迎面遇到她。她把我拦住,一本正经地对我说:"你很聪明,稍微加把劲,成绩一定很出色!"这句话对我这个在六十多人的班级里刚进前40名的后进生真是莫大的鼓舞,我从此精神抖擞,越战越勇,竟真的在高三第一学期结束时进入了班级前5名。有趣的是,几年前我回老家看望她,当面提到这件事时,她竟矢口否认。想必这类话她不知对多少人私下里说过!

1995年,我师专时的班主任卢佑诚教授去霍邱师范讲学时专门抽空去附近的陈埠职高看望正担任中学教师的我。当他见到我与人合住的宿舍仅一床、一凳、一箱、两课桌的寒酸景象并听我讲完考研的艰辛后,竟不忍留下吃我一顿便饭,反而坚决把我带到他的朋友家里,让我大快朵颐一番。分别时他握着我的手深情地说:"你是我的得意门生,那么聪明,又那么勤奋,实现目标一定没有问题!"我当时就懵了,我如此潦倒,怎么就成得意门生了?不过,想归想,我听后心里还是极其温暖的。现在想来,这不过又是一句"善意的谎言"而已。

我在复旦的恩师苏东水教授、倪大奇教授、王其藩教授和王伯军教授都是德高望重的大师级学者。令我受宠若惊的是,经多见广、识人无数的他们居然都在不同的场合,以不同的方式表达过对我资质的肯定,从而使我能继续以"我的确不笨"的积极心态去攻克一个又一个堡垒和难关。2018年年底,我去探望年近九旬的苏老先生。当我向他汇报自己正在利用业余时间创作一部长篇财经小说时,他眼睛一亮,说写东西本来就是我的长项,并热情鼓励我坚持写下去。老先生还以自己当年历经近十次申请才获得'97世界管理大会承办机会,并将此次学术会议办成东方管理学说历史性走向世界的感人故事向我现身说法,给我勇气和力量。

众多好友的鼓励与鞭策是小说最终完稿的又一力量和智慧源泉。中泰证券上海分公司副总经理姚燕萍女士、上海市虹口区民政局罗永琳女士、申银万国期货保险开发部总经理王海凤女士、老虎基金中国公司周治总经理、安徽典跃海绵城市建设有限公司董事长王磊先生等好友为我提供了众多珍贵的一手素材,并在小说写作过程中及时给予我各种支援,从而使这部小说在内容上得以丰满,在专业上得以靠谱。

在这部小说写作及修改期间,安徽省人民政府驻上海办事处原主任高洪博士、河海大学世界河谷研究院院长张阳教授、上海市粮食和物资储备局副局长沈红然先生、同济大学发展研究院院长任浩教授、深圳大学经济学院钟杏云教授、国信弘盛创业投资李信民博士、复旦大学能源研究中心副主任潘克西博士、红星美凯龙集团副总裁李中军先生、中国建设银行股权与投资管理部副总经理孙明新先生、宁波银行上海分行行长徐雪松博士、交通银行福建分行副行长张兵先生、久乘投资董事长陈军先生、金融四十人论坛特邀研究员同时也是人民银行金融市场司咨询专家邓海清博士、中南财经政法大学兼职教授柯美成先生、鸿海环球控股集团华东区总经理于利多先生、上海柏科咨询股份董事长曹鹏先生、人民日报社上海分社副总编张俊才先生、东方网创新研究院副院长张海新博士、财经早餐副总经理谢潞锦先生、上海星动力创始人朱阳先生、格林基金副总经理刘金先生、恒泰证券投资总监胡三明博士、上海枫联股权投资董事长丁瑜先生、资深投资人陈裕先生、上海奥达科董事长燕存露先生、中桐资本邹秀英女士、扬州大学经济学院李春来教授、海通证券钢铁行业首席分析师刘彦奇先生、中信证券河南分公司陈梅影女士、资深投资人宋艺宏先生、巴沃资产常务副总经理戚丽雅女士、聚均科技销售总监文静博士、招商银行上海分行李国富博士、上海甄投资产总经理汤玮立先生、我在投资公司的搭档郝永清先生、资深投资人连通先生、上海上电电容器有限公司何红庄先生、上海立信金融学院副教授潘辉博士、和君资本合伙人朱吕宏先生、中信证券上海东方路营业部汤奇先生、英大证券上海虹桥路营业部黄晓明先生、青岛昊洲投资总经理仇晨领先生、伯符投资林火城先生、上海广创建筑装饰工程公司总经理朱卫文先生、微笑草帽乡村发展集团创始人郭辉先生、上海复音企业管理顾问有限公司总经理张修成先生、君悦律师事务所合伙人聂华军先生,师姐伍华佳副教授,师兄肖云博士、吴冰博士、杨文斌博士、杨初先生、徐斌忠先生、白宏先生,同学吴强铃博士、刘永好博士、乔木先生、周宏先生,师弟李建华博士、王骏翼先生、侯海建律师,校友王贺林先生,好友汪春林博士、汪中平副教授、刘福元律师、张克听教授、李结兵先生,以及一大批热情的文友,如玉笑、大地、达运、瀚文、追梦人、小星儿、海滨公园、岸芷汀兰、Yale Yu-186、刘元女士、彤丽炜女士、吴金梅女士、王昌先生、张德斌先生、蔡志强先生、何良军先生等都曾以各种不同的方式给我以鼓励与支持。此外,还有众多亲朋好友对这部小说的写作给予过关心与支持,恐有疏漏,在此一并致以衷心的感谢!

我的夫人姚伟教授是我小说第一个读者。我们相约如果感觉写得好就给我打赏两块钱,感觉一般就给一块钱以示鼓励。令我窃喜的是,200集连载下来,我从她那里总共赚了400多块的小费。我的儿子王一乔今年正值中考。他独立性较强,几乎没在学习上给我增加额外负担,从而使我能够有更多精力从事创作。今天他参加中考体育考试,以满分的成绩顺利过关。我以两只煎鸡蛋和三碗清水面对他表示犒赏,并预祝他在几十天后的文化课考试中同样取得好成绩。我的父母、岳父母目前身体状况尚可,与我同住的父母承担了全部家务,使我能够心无旁骛地把所有业余时间都投入创作。在此,谨祝他们健康长寿!

天津人民出版社副总编王康女士、编辑岳勇先生,天一文化董事长董献仓先生、文化研究院执行院长张长征先生对本书的写作和出版事宜给予热情帮助,谨向他们致以诚挚的感谢!

陈勇老师和邓海清博士在百忙之中欣然为本书作序,令本书增色不少,也令我受宠若惊。我的朋友罗永琳女士看过两篇序言后,直呼陈勇老师写得行云流水般舒服,驾驭文字犹如探囊取物般自如,博学多才的知名经济学家邓海清博士则将诗词歌赋不经意中流淌在字里行间。因此,我要再次向他们致以衷心的感谢和美好的祝福!

"开弓没有回头箭"!但只有开了弓才明白此后的艰辛。自2018年7月31日连载小说以来,我除了牺牲掉几乎全部休息时间,还牺牲掉了大把大把的乌发。对此,我非但不汲取教训,还再次犯下说大话的老毛病,已跟多位友人放言争取再经过若干年的努力,完成以国企改革、民营经济、乡村振兴为主要内容的其他三部"资本迷局"系列长篇小说,最终形成本人的财经小说四部曲。真是"江山易改,本性难移"!也不知道果真完成四部曲以后,我的头上还能剩下几根发丝?!

写到这里,我的眼前不禁浮现出电影《冈仁波齐》里一群藏族村民向着他们心中那座2500千米外的神山一路磕长头的情景。人生没有白走的路,一切都是最好的安排!谨以此书献给所有我认识及认识我的人!

2019年4月13日、14日于黄兴公园及国权路寓所

4月15日、17日修订,5月12日定稿